dtv
premium

Rosemarie Marschner

Die Insel
am Rande der Welt

Roman

Deutscher Taschenbuch Verlag

Von Rosemarie Marschner
sind im Deutschen Taschenbuch Verlag erschienen:
Der Sohn der Italienerin (12160)
Nacht der Engel (20286)

Originalausgabe
Dezember 2000
© 2000 Deutscher Taschenbuch Verlag GmbH & Co. KG,
München
www.dtv.de
Umschlagkonzept: Balk & Brumshagen
Umschlaggestaltung unter Verwendung der Gemälde ›Napoleon
auf Sankt Helena‹, Anonym (um 1820), sowie ›Mädchen
von Procida‹ (1822) von Louis-Leopold Robert
(jeweils © AKG, Berlin)
Satz: Fotosatz Reinhard Amann, Aichstetten
Gesetzt aus der Aldus 11/12,5· (QuarkXPress)
Druck und Bindung: Kösel, Kempten
Gedruckt auf säurefreiem, chlorfrei gebleichtem Papier
Printed in Germany · ISBN 3-423-24231-0

ERSTES BUCH

Der Gefangene Europas

I. Die Ankunft

1

Aneinandergedrängt standen sie an der Reling und konnten nicht glauben, was sie sahen. Aus dem Dunst des Morgens tauchte eine unförmige Felsmasse aus dem Meer, noch weit genug entfernt, um für ein Phantasiegebilde gehalten zu werden. Doch je näher das Schiff heranglitt, um so mehr verzog sich der Nebel, und die Hoffnung schwand. Vor den Augen der Reisenden erhob sich ein schwarzer Bergrücken aus Lavagestein, so finster und abweisend, daß es unvorstellbar schien, hier könnten Menschen wohnen. Kahle, fast senkrechte Hänge, durchzogen von tiefen Furchen, die sich in schattigen Schluchten ins Wasser hinein verloren. In der Mitte, wie eine Krone, ein mächtiger Vulkankegel.

»Diana's Peak!« murmelte der englische Admiral Cockburn, der den Gefangenen Europas hierher begleitet hatte und nun seinen Blicken folgte – und dann wegwerfend wie ein Museumswärter, der mit dem Kinn auf ein minderwertiges Objekt hinweist: »Sankt Helena ...«

Nach einundsiebzig Tagen hatte die »Northumberland« ihr Ziel im südlichen Atlantik erreicht: sechzehnhundert Meilen vom Kap der Guten Hoffnung entfernt, fünftausend Meilen von London. Ein Kerker mitten im Meer, zehn Meilen lang und sieben Meilen breit. Ein Käfig unter der Last eines fremden Himmels ohne das vertraute Licht des Polarsterns. Wie ein Spielzeugdrache hing nun schon seit vielen Nächten an seiner

Stelle das Kreuz des Südens über den Passagieren der »Northumberland« und erinnerte sie daran, daß sie ihre eigene Welt verlassen hatten. Ausgestoßene im Gefolge des einstigen Kaisers von Frankreich.

Sie hielten den Atem an, in den Ohren das Rauschen der Wellen, durch die sich das Schiff vorwärts pflügte. Es wurde kälter. Immer näher rückte die dunkle Insel. Nichts schien hier zu leben, nichts zu wachsen, nichts zu blühen. Nichts, das sich bewegte. Nur oben auf den Felszacken glitzerten in der Frühsonne die Kanonen der Bewacher.

Eine kleine Stadt gebe es hier, hatte der Admiral erzählt, Jamestown, und die Passagiere hielten bang nach ihr Ausschau. Doch alles, was sie sahen, waren eine Mauer und ein gewölbtes Tor. Nicht einmal der Hafen konnte befahren werden. Wer die Insel betreten wollte, war gezwungen, draußen vor der Bucht zu ankern und sich dem Eiland schutzlos in einem kleinen Boot zu nähern. Sankt Helena: das angemessene Gefängnis für den gefährlichsten Mann der Welt, der gehindert werden mußte, das friedliebende Europa jemals wieder mit Krieg zu überziehen.

»General!« sagte Admiral Cockburn mit einer förmlichen Verneigung zu Napoleon Bonaparte, als begänne nun ein neuer Abschnitt ihres Umgangs miteinander. »General!« Er sprach es englisch aus. Während der ganzen Überfahrt hatte er seinen Gefangenen als Souverän behandelt und ihn mit »Sire« angeredet oder »Your Majesty«. Nun hieß es auf einmal nur noch »General«. Kalte Förmlichkeit im bisher so jovialen Gesicht: Hier redete der Diener der Krone, nicht der gutmütige Reisegefährte, mit dem man Abend für Abend am Spieltisch gesessen hatte und dem vor der afrikanischen Küste der Anblick eines Albatros Tränen in die Augen trieb.

Napoleon blickte auf die schwarze Insel. »Hat Ihnen Ihre Regierung befohlen, mir meinen Titel zu verweigern?« fragte er nach einer Weile. »Als eine Art kalkulierter Beleidigung vielleicht? Darin soll man ja groß sein in Ihrem kühlen Land.«

Der Admiral schwieg.

»Und warum befolgen Sie diesen Befehl erst jetzt?«
Auch Cockburn schaute auf die Insel, als wäre sie die einzige
Gemeinsamkeit, die ihn mit seinen Gefangenen noch verband.
»An Bord lag die Entscheidung bei mir«, sagte er dann. »Nun
sind wir am Ziel. Hier endet meine Sondervollmacht. Von jetzt
an bin ich gehalten, alle meine Entscheidungen mit dem Gouverneur der Insel abzustimmen.« Er wandte den Kopf und sah
Napoleon gerade ins Gesicht. »Entsprechend den ausdrück-
lichen Anweisungen meiner Regierung.« Napoleon erwiderte
den Blick nicht. Er ließ die Insel nicht aus den Augen. Da wußten alle, daß die Reise zu Ende war, die Schattenzeit zwischen
Freiheit und Gefangenschaft, Würde und Erniedrigung. Die
Ankerkette rasselte die Bordwand hinab, und die Kanonen
oben auf den Klippen meldeten die Ankunft des Gefangenen.
Es war der 15. Oktober 1815. Ein Sonntag.

Eine kleine Schar von sechsundzwanzig Getreuen, die sich
um einen Verfemten scharten: Zwei Tage lang warteten sie in
ihren Kabinen, bis ihnen mitgeteilt wurde, nun sei es soweit.
Die Sicherheitsvorkehrungen seien abgeschlossen, die Vorbereitungen an Land beendet. Am 17. Oktober um sechs Uhr
abends, kurz vor Einbruch der Tropennacht, bildete eine Garde
von Marinesoldaten, kommandiert von einem Hauptmann, an
Deck der »Northumberland« ein Spalier, um den General Napoleon Bonaparte von Bord zu geleiten. Generalsehren, nicht
das Zeremoniell für einen Kaiser.
Napoleon trat an Deck, hinter ihm Großmarschall Bertrand
mit seiner Gemahlin und seinen drei Kindern, General Montholon mit Frau und Kind, der Graf de Las Cases mit seinem
fünfzehnjährigen Sohn, General Gourgaud und danach die Bediensteten. Ein Hofstaat. Drei Generäle eines Generals.
Sie vergaben sich nichts. In ihrer Kleidung hätten sie den
Tuilerien zur Ehre gereicht oder dem Hof von St. James. Napoleon trug die grüne Uniform eines Infanteriegenerals mit weißen Revers, Paramenten, kleinen Goldknöpfen und goldenen
Epauletten. Weiße Krawatte, weiße Weste und Hose. Seiden-

strümpfe und Schuhe mit ovalen Goldschnallen. Ein zierlicher Degen hing an seiner Seite – rührend altmodisch, wie die englischen Augenzeugen in ihren Briefen nach Hause später gönnerhaft bemerkten. Quer über der Weste eine ziselierte Silberplakette und das Band der Ehrenlegion mit dem Diamantstern. Im Knopfloch das Eiserne Kreuz. Unter dem Arm hielt er einen großen schwarzen Hut ohne Schmuck, nur mit einer Trikolore-Kokarde. Um seine Schultern lag ein langer schwarzer Mantel.

Als ihn die schrägen Strahlen der Abendsonne trafen, zuckten seine Lider. Seine Kiefer mahlten. Die englischen Offiziere, die auf der weiten Reise seine Gewohnheiten kennengelernt hatten, vermuteten, daß er ein Lakritzbonbon kaute. Ein kleingewachsener Mann, dick geworden durch den Bewegungsmangel an Bord, vielleicht auch aus Kummer. Ein runder Kopf auf einem kurzen Hals. Massive Kiefer und ein starkes Doppelkinn. In die Mitte der Stirn fiel wie zufällig eine braune Locke. Graue, abschätzende Augen unter dünnen Brauen. Eine kurze, schmale Oberlippe. Er war blaß, noch blasser als sonst. Seine linke Hand tastete kaum merklich nach der Kokarde, die das Symbol der Freiheit war.

Die Garde präsentierte die Waffen. Dann ein Trommelwirbel. Großmarschall Bertrand trat an die Reling. Er inspizierte den Landungssteg, der steil zu einer Barkasse hinunterführte. Auf ihr sollten die Passagiere an Land geschafft werden. Bertrand trat zur Seite und machte Admiral Cockburn Platz, der Napoleon mit einer höflichen Bewegung einlud, ihm zu folgen. Als Napoleon seinen Fuß auf den Landungssteg setzte, erklang ein weiterer Trommelwirbel. »Wie bei einer Hinrichtung!« flüsterte Madame Bertrand ihrem Gatten zu, doch der hörte es nicht oder wollte es nicht hören.

Der Landungssteg schwankte im rauhen Seegang. Cockburn und Napoleon torkelten von einer Seite zur anderen und bemühten sich vergeblich, ihre Würde zu wahren. Der Hofstaat folgte ihnen in peinlicher Konfusion. Man hatte den Damen angeboten, sie mit den Kindern in einer Art Käfig auf die Barkasse hinunterzulassen, doch als sie die Vorrichtung sahen, lehnten sie entsetzt ab.

Napoleon kletterte in das Boot. Das dritte Roulement der Trommeln erhob sich. In Paris, auf der Place de Grève, wäre jetzt der Kopf des Delinquenten in den Korb gefallen, und die Menge hätte in einem einzigen, gemeinsamen Aufstöhnen für einen Augenblick vergessen, daß auch sie sterblich war. Es dauerte lange, bis alle Franzosen die Barkasse bestiegen hatten: atemlos, schweißüberströmt von der Anstrengung, zerzaust vom Südwestwind, durchnäßt vom Sickerwasser und von der Gischt. Napoleon hatte seine Kokarde verloren. Sie tanzte auf den schwarzen Wellen wie eine Blume. Niemand bemerkte es.

Stoß um Stoß trug sie das Boot der Küste entgegen. Die kurze Dämmerung der Tropen verwischte die Konturen zwischen Wasser und Land. Nur die Umrisse von Diana's Peak glänzten in den letzten Sonnenstrahlen einen flüchtigen Moment lang wie Goldfäden. Doch noch ehe die Barkasse ihr Ziel erreicht hatte, erloschen sie, und die Nacht fiel herab. Die »Northumberland« draußen in der Bucht und ihre fünf Begleitschiffe verschwanden in der Finsternis. Die Soldaten des 53. Regiments, die man hierher ans Ende der Welt transportiert hatte, damit sie den Vertriebenen und seine Handvoll Begleiter bewachten, würden die Nacht noch an Bord verbringen. Erst am nächsten Tag würden sie die Vorräte und das Gepäck aus den Bäuchen der Schiffe schleppen und dafür sorgen, daß der kleine Mann aus Frankreich an leiblicher Nahrung nichts entbehrte. Sie nannten ihn »Boney«, und je dicker er während der Überfahrt von England wurde, um so amüsanter fanden sie das Wortspiel: *Boney – now Fleshy.*

Alles war dunkel. Alles war fremd. Die Kinder klammerten sich an ihre Mütter und gruben die Fingernägel in den feinen Samt ihrer Kleider. »*Maman?*« Es war ein solcher Trost, die vertraute Stimme zu hören: »Ja, ja ... Ist schon gut. Wir sind ja gleich da, *mes petits!*« Und immer noch das Klatschen der Ruder auf dem Wasser. Das Schlingern des Bootes. Das nicht enden wollende Auf und Ab: in den einundsiebzig Tagen war es in ihre Körper eingedrungen und hatte sich ihrer bemächtigt. In einer Nacht der Verzweiflung, als Seekrankheit und Fieber sie schüttelten, sagte Madame Bertrand zu ihrem Gatten, es käme ihr vor, als ob das Blut in ihren Adern den Rhythmus der Wellen übernommen hätte und jetzt im Gleichklang schwang mit dem Meer ... Eines der Kinder fing an zu weinen. Die anderen wimmerten leise mit und wiegten sich hin und her.

Die Barkasse erreichte das Ufer. Krachend prallte das Heck gegen die steinerne Treppe, die zur Mole hinaufführte. Das Boot schwankte und schlingerte, als würde es im nächsten Moment umkippen. Englische Soldaten mit Fackeln warfen Haken über den Dollbord, um das Boot ruhigzuhalten. Sie reichten ihrem Admiral eines der Seile, die von einer Art Galgen auf die Treppe herunterbaumelten. Cockburn kannte den Mechanismus bereits. Mit einem einzigen kraftvollen Sprung schwang er sich wie ein Affe aus dem Boot und erklomm, sich immer noch festhaltend und die Schwungkraft nutzend, die glitschigen Stufen. Die Soldaten oben fingen ihn auf.

Napoleon nahm das nächste Seil. Beim ungewohnten Sprung rutschte der Mantel von seinen Schultern. Er blieb an Bord liegen. Ein junger Soldat kam Napoleon zu Hilfe. Neugierig leuchtete er dem ehemaligen Kaiser und Feind mit der Fackel ins Gesicht: »*Your coat, Sir!*« Napoleon verstand »Sire« und nickte gnädig. Er ließ sich von dem Engländer den Mantel wieder umhängen und sah wie von einem Feldherrnhügel aus zu, wie sich sein Hofstaat an Land quälte, als wäre dies ein Schiffsuntergang.

2

Im Hafen wimmelte es von Menschen, die herbeigeeilt waren, um mit eigenen Augen den Menschenfresser Boney zu sehen; den Oger von Paris mit dem einen blutigen Auge auf der Stirn, das unaufhörlich nach Menschenfleisch gierte. Eine Million Gotteskinder hatte im fernen Europa durch ihn ihr Leben verloren, während er geifernd von Stadt zu Stadt und von Land zu Land zog, brennend und mordend, eine Ausgeburt der Hölle. Seeleute von den drei Begleitschiffen, die früher als die anderen Sankt Helena erreicht hatten, weil die »Northumberland« in der Windstille der Kalmen festlag, hatten englische Zeitungen mitgebracht mit Bildern, die das Monstrum zeigten. Einer der Illustrationen zeigte den Satan selbst, nackt und behaart, wie alle Welt ihn sich vorstellte, mit Hörnern, Schlitzohren und einem langen Schweif, der sich um seine Bocksbeine ringelte. Er saß auf dem Boden in der Haltung eines liebevollen Vaters, der sein Kind in den Armen hält: einen Säugling in einem Steckkissen, doch mit dem wohlbekannten runden Schädel des einstigen französischen Kaisers. »Dies ist mein geliebter Sohn«, stand unter der Zeichnung, »der mir so viel Freude gemacht hat!«

Schon seit Tagen wartete die Insel schaudernd auf die Ankunft des französischen Ungetüms, auch wenn sich nur der gebildetere Teil der Bewohner unter seinem Namen etwas vorstellen konnte: der Gouverneur und seine Beamten, die Angehörigen der Garnison und die europäischen Zivilisten – Händler, Bauern und Gastwirte. Keiner von ihnen hatte jemals aufgehört, sich als Engländer zu fühlen und das gegenwärtige Leben als ein Provisorium zu betrachten – wie eine Wunde im Herzen. Verheilen würde sie erst wieder auf englischem Boden, in englischer Luft und unter englischem Himmel.

Wenn ein Schiff aus Europa vor Jamestown Anker warf, galt die erste Frage der Inselbewohner, der *Saints*, den Briefen und Zeitungen, die es mitgebracht hatte. Drei Monate alte Nachrichten, daheim schon längst wieder überholt, wurden als erregende Neuigkeit verschlungen, als vorläufig abgeschlossenes Porträt der Heimat, erstarrt wie eine Scharade. Erst wenn das nächste Schiff eintraf, ging die Geschichte weiter, Bild folgte auf Bild und wurde immer rätselhafter und exotischer, wie die unterbrochenen Erzählungen der Scheherezade. Wie sollte sich der Siedler von Ruppert's Valley, der sein Leben lang fast nur die eigene Familie zu Gesicht bekam, die erbitterten Volksmassen von Paris vorstellen, die die Bastille stürmten und ihren König köpften? Wie die *Grande Armée* des korsischen Advokatensohns, der Reiche zerbrach und neu errichtete? So fern das alles, so übergroß, so irrsinnig! Und jetzt sollte dieser Mann auf das kleine, friedliche Sankt Helena kommen, um hier für immer zu bleiben? Der Teufelssohn. Der Menschenfresser... Kein Wunder, daß sich die Preise verdreifacht hatten, seit seine Ankunft ruchbar geworden war!

Ein Mann wie dieser konnte nur Unglück bringen. Die Seeleute von den Begleitschiffen hatten berichtet, daß die Insel Madeira von einem schrecklichen Schirokko verwüstet worden war, als Napoleon in Funchal an Land ging. So glühendheiß sei der Sturmwind gewesen, daß die Trauben in den Weingärten zusammenschrumpften... Und als die »Northumberland« vor Teneriffa kreuzte, fiel ein Mulatte aus Guadalupe von Bord – als Menschenopfer gleichsam an den Gott des Meeres, der beleidigt worden war durch die Fracht, die auf ihm segelte. Vor den Augen der Passagiere und der Mannschaft wurde der Unselige von Haien zerrissen. Auch vor den Augen Napoleons, der bewegungslos an einer der Kanonen lehnte und durch sein Fernglas schaute wie jeden Tag: so viele Stunden lang, daß die Mannschaft die Kanone nur noch *Emperor's Gun* nannte. Was hoffte er zu sehen, der Einsame, der nie alleingelassen wurde?

Ein Mann, der Unheil brachte. Ob man ihn in Ketten an Land schleppen würde? In einen Käfig gesperrt wie ein wildes Tier? Ob er schrie und brüllte und sich wehrte mit der Kraft seines höllischen Vaters?... Wie gebannt standen sie da und warteten, die dreitausend Bewohner der Insel. Sie hielten sich an ihren brennenden Fackeln fest und fürchteten sich, ohne zu ahnen, daß die Angst der Ankommenden nicht geringer war als die ihre.

Die Honoratioren hielten sich im Hintergrund, um dem Gefangenen nicht die Ehre ihrer Aufmerksamkeit zu erweisen.

14

Diesmal ließen sie dem Volk den Vortritt: den Fischern und Kleinbauern, den Wirten der Bordelle, den chinesischen Arbeitern, den schwarzen Sklaven und den Dirnen aus der Hafenstraße. So viele Gestrandete, die ein ungnädiges Schicksal hier an Land gespült hatte, auf das Inselchen, das zu nicht viel mehr nütze war, als Schiffen auf dem Weg von England nach Indien Wasser zu liefern, frisches Obst und Gemüse vom Kap. Und Zerstreuung für die Matrosen. Das »Atlantikbordell« nannten sie es und freuten sich darauf, sich mit ihrer Heuer zwei, drei Tage und Nächte des Vergessens zu erkaufen, wo sie endlich einmal selbst die Herren sein würden, nach deren Willen es ging.

Sie standen da und warteten. Eine Mauer des Mißtrauens und der Beklemmung. Als sich die Franzosen von Bord schwangen, verstummten die Gespräche. Man hörte das Klatschen der Wellen, das Knistern der Fackeln und das Knattern der Fahnen im Wind: der Union Jack – für die Franzosen das Symbol ihrer zerschlagenen Hoffnungen und ihrer Gefangenschaft.

Der Gouverneur der Insel, Colonel Mark Wilks, begleitet von seiner Garde, stand zum Empfang bereit. Mit warnend aufgepflanzten Bajonetten drängten die Wachsoldaten die Neugierigen zurück und schufen eine Gasse: von der Anlegestelle bis zum Stadttor und dann noch weiter ins Innere von Jamestown, das keiner der Franzosen sich vorstellen konnte. Wäre nicht die verbindliche, fast mitleidige Höflichkeit des Gouverneurs gewesen, hätten sie das Gefühl gehabt, durch das Tor in den inneren Kreis der Hölle zu treten.

Napoleon stellte sich zwischen Cockburn und Bertrand. Er zog den nassen Mantel enger um die Schultern und rückte den Hut gerade. Im Schein der Fackeln erschien sein Gesicht als ein zittriger weißer Fleck. Trotz der Wachsoldaten schob sich das Volk immer näher an ihn heran. Es hielt Ausschau nach dem Blut an seinen Händen; nach den Ketten, die ihn fesselten; nach der Eisenkugel, die seine Füße zu Boden zwang ... Doch was es sah, war ein kaum mittelgroßer, unauffälliger Mann, an dessen Brust ein paar Orden glänzten. »Das ist er ja gar nicht!« rief jemand enttäuscht, und alle reckten den Hals und drängten sich nach vorne. Die Wachsoldaten in zwei Reihen, Gesicht zur Menge, hielten dem Druck kaum noch stand. Bertrand ruderte mit den Armen, um seinen Herrn abzuschirmen. Er wußte, daß sich Napoleon vor Menschenmassen fürchtete.

Nichts war so, wie die Saints es erwartet hatten. Sie sahen die ritterlichen Gesten, mit denen ihr Gouverneur – der beliebteste, den es auf der Insel je gegeben hatte – den Gefangenen begrüßte. Sahen dessen Begleiter: vornehme Stadtmenschen in Uniform! Sahen die beiden Damen in eleganter Reisekleidung, beherrscht und mit der Haltung von Königinnen – trotz der beschwerlichen Überfahrt in der Barkasse, trotz des Windes und der Nässe. Und dann die Kinder! Bildhübsche, verängstigte Kinder mit zuckenden Lippen und Tränen auf den Wangen. Junge Eltern mit kleinen Kindern: Nichts hatte man auf Sankt Helena weniger erwartet. Das Böse, auf das man sich eingerichtet hatte, mußte alt sein. Alt und häßlich wie die Sünde selbst. Alt und häßlich wie der Satan. Alt und verbraucht von der eigenen Schlechtigkeit ... Doch nun war nicht einmal der gefürchtete Napoleon ein alter Mann, und seine Begleiter schienen noch viel jünger zu sein als er. Gepflegte, stattliche Menschen, die man sich in einem Ballsaal vorstellen konnte beim sehnsüchtigen Klang eines Walzers, wie auch die feine Gesellschaft von Plantation House ihn tanzte: der Gouverneur und seine Familie und seine distinguierten Gäste aus aller Welt. Damen in seidenen Kleidern und mit glitzernden Steinen in den Ohrläppchen. Zartrosa Fingernägel, die durch Spitzenhandschuhe schimmerten. Winzige Löckchen am Haaransatz wie bei kleinen Mädchen. Weiße, makellose Zähne wie Perlen aus dem Meer: Der Himmel mochte wissen, wie sie es anstellten, daß ihr Gebiß nicht braun wurde und ihre Haut nicht verwelkte!

Wesen von einem anderen Stern waren sie in den Augen der Besitzlosen von Sankt Helena, von denen kaum einer gesund war. Die Gelbsucht hatte ihre Körper geschwächt. Der ewige Wind und die Sonnenglut ihre Haut verwüstet. Seeleute hatten Krankheiten eingeschleppt, derer man sich schämte, und die Armut und das einförmige Essen taten ihr übriges: Yamswurzeln am Morgen, am Mittag und am Abend! Graues, mehliges Yam, gekocht oder gebraten. Immer nur Yam ... Die sich Besseres leisten konnten, machten sich darüber lustig und nannten die Habenichtse der Insel hinter vorgehaltener Hand – oder manchmal auch in offener Beleidigung – die »Yamstocks«.

Die Yamstocks gehörten nirgendwo dazu. Sie waren Verirrte, Verschleppte. Mischlinge aus dem Strandgut der Kolonialisierung und des Welthandels: Nachkommen schwarzer Sklaven aus Madagaskar; gelber Sklaven aus Malaya; weißer Sklaven des Rums, der auf Sankt Helena so stark gebrannt wurde wie nirgendwo sonst auf der Welt. Ein Lethetrank, der das Leid des Lebens vergessen ließ und es nach dem Erwachen verschärfte, so daß man erneut zur Flasche greifen mußte, um nicht zu verzweifeln. Die Yamstocks – Mischlinge jeder möglichen Kombination, mißachtet und voller Argwohn, solange sie noch nicht der Resignation zum Opfer fielen: keine Chance, keine Perspektive, auch nicht für die Kinder. Sankt Helena war die Endstation des langen Irrwegs ihrer Vorfahren aus allen Winkeln der Welt.

Von den Saints wurden die Yamstocks mit Nüchternheit betrachtet, wie ein Packesel etwa oder ein Wachhund. Nur ihre Arbeitskraft zählte. Ein gesunder Schwarzer konnte mit dem Fleiß seiner Hände auf einer Plantage vier Weiße ernähren. Es galt nur abzuwägen, was billiger kam: ihn zu kaufen oder statt seiner einen Freien anzuheuern. Die Bewertung beider war die gleiche, nur daß man sich für den Sklaven noch persönlich verantwortlich fühlte, weil es eine finanzielle Einbuße bedeutet hätte, ihn zu verlieren.

Eine kleine Insel mit ihren Bewohnern, den Saints und den

Yamstocks. Die guten Leute und das Lumpenpack ... Und jetzt kam noch der Menschenfresser Boney dazu, der einst für gleiche Rechte aller Menschen ins Feld gezogen war und sich schließlich doch mit eigener Hand die Kaiserkrone aufsetzte.

3

»Es tut mir leid, General«, sagte Gouverneur Wilks, »aber in den ersten Tagen werden Sie mit einem Gasthof vorliebnehmen müssen. Die Renovierungsarbeiten in Deadwood Plain sind noch nicht abgeschlossen.« Er drehte sich um, ohne eine Antwort abzuwarten und ging voraus.

Von der Menge immer wieder angerempelt, traten sie durch das Tor in die Hauptstraße von Jamestown. Auch hier überall Menschen: auf der Straße und in den Hauseingängen; wie reife Trauben hingen sie aus den Fenstern und hielten mit ausgestreckten Armen Lichter heraus, um besser sehen zu können.

Sogar die kurzen Seitenstraßen waren verstopft. Jeder reckte und streckte sich, um einen Blick auf die Sensation werfen zu können. »Boney! Boney!« skandierten sie, um ihn dazu zu bewegen, in ihre Richtung zu schauen. Je länger er sich in ihrer Mitte aufhielt, ohne daß sich etwas Schreckliches ereignete, um so weniger unheimlich wurde er ihnen. Es war beinahe wie in den guten alten Tagen in der englischen Heimat, wenn auf dem Jahrmarkt ein wildes Tier vorgeführt wurde oder ein mißgebildeter Mensch. Fast dankbar waren sie ihm plötzlich, daß er ihnen einen solchen Nervenkitzel bereitete, und als sich vor der Pension von Mr. Porteous der Gouverneur und Admiral Cockburn verabschiedeten und Napoleon die schmale Treppe zum Eingangstor hinaufstieg – eine erstaunlich kleine Hand auf das Eisengeländer gestützt –, da klatschten plötzlich ein paar und pfiffen, und andere machten Witze über die Flöhe und Wanzen in Mr. Porteous' Etablissement, die den französischen Herrschaften die Nacht in Jamestown unvergeßlich gestalten würden. »Boney! Boney!« – Doch schon hatte sich die Tür hinter ihm und seinem Gefolge geschlossen. Die Wachen stellten sich auf, und Gouverneur und Admiral bestiegen die wartende Kutsche, um nach Plantation House zurückzukehren mit seinen vielen komfortablen Gemächern für die illustren Gäste aus aller Welt.

»Deadwood Plain?« fragte Napoleon den Wirt, als dieser ihm sein Zimmer zeigte. »Was bedeutet das?«

Mr. Porteous verstand ihn nicht. Madame Bertrand übersetzte die Frage. Der Gastwirt errötete verlegen. »Nichts Besonderes, Sir!« sagte er dann. »Nur ein Name.«

»Ist es schön da?«

Mr. Porteous verbeugte sich hastig und wünschte eine gute Nacht.

Draußen, in den Straßen von Jamestown, spazierte das Volk hin und her, immer noch aufgeregt von der Begegnung mit der Nachtseite der großen Welt, die sich in ihr bescheidenes Dasein eingeschlichen hatte: die Yamstocks von Sankt Helena, von Gott verlassen wie der Pöbel, der die Bastille gestürmt hatte. Gebt uns Brot! Nieder mit dem König! Es lebe das Volk! Freiheit! Gleichheit! Brüderlichkeit!... Deadwood Plain: nichts Besonderes. Nur ein Name... Ist es schön da?... In den Tuilerien brannten am Abend tausend Kerzen, und die Mächtigen und Schönen kamen, um sich zu verneigen. Napoleon I.: Begründer einer eigenen Dynastie. *Der einzige Herrscher der Welt, der rechtmäßig vom Volk gewählt worden war.* Gesalbt und gesegnet von Seiner Heiligkeit aus Rom... Napoleone Buonaparte aus Korsika, gerade rechtzeitig geboren, um ein freier französischer Bürger zu werden. Ein Jahr eher, und Korsika wäre noch von den Genuesen besetzt gewesen, die schließlich – zermürbt von den ewigen Verschwörungen und Gewaltakten – die rebellische Insel an Ludwig XV. verschachert hatten. Was wäre wohl aus dem jungen Buonaparte ohne diesen Kuhhandel geworden? Ein resignierter Advokat vielleicht wie sein Vater, auf der unermüdlichen Jagd nach Klienten, oder ein verbitterter Freischärler in der korsischen Widerstandsbewegung, der sein Blut auf den kargen Bergen der Insel vergoß im Kampf um die Freiheit. Ein Partisan, kein Kaiser... Deadwood Plain? – Nur ein Name, Sir.

Die ganze Nacht lag er wach, dachte nach und horchte auf die fremden Geräusche der kleinen Stadt; die Schritte der Menschen auf der Straße und ihre unverständlichen Rufe in der Sprache seiner Kerkermeister. Nach Mitternacht wurde es endlich stiller. Hin und wieder grölten ein paar Betrunkene. Frauen lachten und kreischten, und einmal sang eine schöne Männerstimme ein langes Lied in einem Rhythmus, der vielleicht afrikanisch war. In der Tiefe der Nacht schien es, als würde der Gesang niemals enden.

II. DER HOFSTAAT

1

Man nehme eine Handvoll Menschen, die bereit sind, dem Verlierer einer Entscheidungsschlacht bedingunglos zu folgen: wohin auch immer, unter welchen Umständen auch immer und für wie lange auch immer – und das im Schlepptau eines Mannes, von dem es immer schon hieß, er sei selbstsüchtig, rücksichtslos und ohne Erbarmen. Er hasse Widerspruch, Klagen, Unzufriedenheit und Schwäche. Es sei verboten, ihn unaufgefordert anzusprechen oder ihm Fragen zu stellen. Wenn er spiele, wünsche er zu gewinnen. Wenn eine Frau ihm gefalle, erwarte er Entgegenkommen. Was er begehre, nehme er sich.

Napoleon Bonaparte, vor kurzem noch Kaiser von Frankreich und König von Italien: Seine zweite Gemahlin war die Tochter des Kaisers in Wien, sein kleiner Sohn der König von Rom. Seine Geschwister saßen auf den Thronen Europas. Ein ganzes Zeitalter wurde nach ihm benannt, und die Kriege, die er führte, hießen die Napoleonischen. Wie eine Bienenkönigin kreiselte er im Mittelpunkt seiner Welt, und als sie zerbrach – unter Kanonendonner, auf den öden Feldern von Waterloo –, beanspruchte er, im Zentrum zu bleiben, und sei er auch nur Dreh- und Angelpunkt einer unbeirrbaren kleinen Menschengruppe, die sich Hofstaat nannte, obwohl es keinen Hof mehr gab, und obwohl Napoleon selbst noch am Abend vor seiner Krönung geäußert hatte, der glorreiche Thron von Frankreich sei auch nur ein mit Samt verbrämtes Brett.

Die Engländer auf der »Northumberland« fragten sich, woher es kam, daß immer noch so viele diesen Mann liebten und bereit waren, alles für ihn aufzugeben. Welche Sehnsucht befriedigte er, welchen Mangel glich er aus? Was hatte Frankreich, das seinen rechtmäßigen König ermordete, in ihm gesehen? Frankreich, zerfleischt in der blutigsten aller Revolutionen: Heute töte ich dich, morgen wird man mich töten. Wer die Macht liebt, kann sie bekommen, wenn er bereit ist, mit dem Finger auf jene zu zeigen, die ihm im Weg sind. Er braucht nur zu rufen: Dieser da ist ein Feind des Volkes! Auf die Guillotine mit ihm! Kopf ab! Kopf ab. Kopf ab ... So viele ausgestreckte Zeigefinger in den Jahren des Terrors! Keine Sicherheit mehr im Land. Keine Gerechtigkeit. Keine Ehre. Kein Brot. Die Aristokraten fort, die Blutsauger des Volkes, doch keine Besserung!

Bis Bonaparte auftauchte und der Anarchie seine Ordnung aufdrückte. Ein einzelner Mann von zweifelhafter Herkunft, mittelmäßigem Äußeren und katastrophalen Tischmanieren! Als erstes sprach für ihn, daß er am Terror der Revolution nicht beteiligt gewesen war, als zweites seine Energie und sein Gestaltungswille, als drittes seine Intelligenz. Genie nannten es seine Bewunderer, aber – so fragte man sich auf der »Northumberland« – wie weit wäre er damit gekommen, hätte Frankreich nicht aus dem letzten Loch gepfiffen! Blitzkarrieren waren etwas für Länder, in denen Unordnung herrschte. In England hätte man ihn beizeiten zurechtgestutzt und der Welt damit eine ganze Menge Unannehmlichkeiten erspart. Ein verdammter Ausländer – war er das nicht im Grunde? – auf dem Thron einer Nation, die sich die »große« rühmte. Good god! ... Die Offiziere der »Northumberland« schüttelten den Kopf und fühlten sich in ihrer Überzeugung bestätigt, daß die Franzosen Verrückte waren.

Doch dann sahen irgendwann, ganz unerwartet, auch sie – die bekennenden Realisten von der Insel, wo die Sonne nicht blendet – im Gespräch den Charme ihres Gefangenen aufleuchten; ahnten das Feuer, an dem sich eine ganze Nation gewärmt hatte, und fühlten die unerklärliche Magie dieses Menschen, woraus auch immer sie sich speisen und was auch immer sie anrühren mochte … Im Augenblick dieser Erfahrung verschlug es den aufrechten Tatsachenmenschen den Atem. Verdrossen brachen sie die Unterredung ab, entfernten sich, taten überlegen und konnten dennoch nicht aufhören, an den Mann zu denken, den sie nicht verstanden und doch so gern verstanden hätten, weil sein Charisma sie anzog und zugleich beunruhigte. Sie schrieben nach Hause, sie hätten sich »mit Bonaparte unterhalten« und er sei gar kein so übler Bursche – wenn man von dem Tohuwabohu absah, das er in Europa angerichtet hatte. In ihren Tagebüchern waren sie offener, doch immer noch vorsichtig, denn irgend jemand las sie vielleicht einmal, und dann mochte man nicht dastehen als einer, der in die Falle gegangen war … Wenn Napoleon aber nach dem Essen an Bord auf und ab spazierte oder an seiner Kanone lehnte und mit dem Fernrohr den Horizont absuchte, dann beobachteten sie ihn verstohlen, um zu ergründen, was das Besondere an ihm war.

Die Franzosen in seiner Begleitung schienen es zu wissen. Sie waren ihm in einer Weise ergeben, die die Engländer kaum fassen konnten. Das sollten die arroganten Gallier sein, denen Stolz und Freiheit über alles ging? Diese parfümierten Aristokraten – echt oder falsch: noch aus der Zeit vor der Revolution oder erst vom korsischen Parvenü geadelt? Auf jeden Fall waren sie fast alle Grafen oder Generäle oder beides. Was also hatten sie auf dieser gottverlassenen Insel in Mr. Porteous' Wanzenburg zu suchen? Was wollten sie hier mit ihren verwöhnten Kindern, die man zu zweit in ein schmales Bett gepfercht hatte und denen am Morgen das Blut über die zerkratzten Wangen lief? Keine seidenen Laken mehr wie zu Hause in Frankreich; keine Armeen von Zinnsoldaten, keine Porzellanpuppen in Spitzenkleidchen; keine Lakaien, die sprangen, wenn das edle Kind einen Wunsch äußerte. Nicht einmal mehr ein Bett für sich allein … Und die Eltern ließen es zu, weil sie aus irgendeinem Beweggrund einem abgehalfterten Emporkömmling zur Seite stehen wollten. Boneys Hofstaat: eine Ansammlung von Wahnsinnigen, sonst wären sie daheim geblieben und hätten versucht, sich mit den Bourbonen zu arrangieren. Sie hätten bestimmt nichts zu fürchten gehabt, denn die neuen-alten Machthaber hüteten sich, Märtyrer zu schaffen.

2

Sympathie, wahre Sympathie und Respekt, leisteten sich die Engländer nur für eine einzige Person im Gefolge des ehemaligen Kaisers. Es war die Gräfin Bertrand, Madame la Comtesse, Fanny – Ehefrau von Napoleons Großmarschall. Sie war die einzige, die von Anfang an zugegeben hatte, daß sie nur ihrem Gatten zuliebe auf die »Northumberland« gekommen war. Alles, absolut alles, so erzählte man sich, habe sie versucht, um ihren Gemahl dazu zu bewegen, nach der Niederlage von Waterloo mit ihr nach England zu gehen. Dort gehörte sie hin. Dort war sie aufgewachsen. Dort lebte ihre Familie, vor allem ihr Cousin Lord Dillon, dem alle Welt gewogen war, und dem Fanny so ähnlich sah, daß es schon beinahe komisch wirkte. Nicht einmal Admiral Cockburn konnte ein Lächeln unterdrücken, als er sie auf der »Northumberland« zum ersten Mal sah, und keiner an Bord vergaß je, daß sie versucht hatte, sich durch ein Bullauge ins Hafenbecken von Plymouth zu werfen, um ihren Ehemann noch im letzten Augenblick zu nötigen, daß er mit ihr und den Kindern an Land zurückkehrte in ein Leben ohne Höhenflüge und Abstürze. In das geruhsame Leben eines englischen Gentleman – auch wenn er Franzose war. Aber waren während der Revolution nicht viele Franzosen nach England geflohen und hatten sich dort wohl gefühlt?

»Ich glaube, du hast mich nie verstanden!« sagte Henri-Gratien Bertrand traurig und ohne Zorn, nachdem er Fanny aus dem Bullauge in die Kabine zurückgezerrt hatte und sich ihre Verzweiflung in Tränen auflöste. Da hörte sie schlagartig auf zu weinen, ließ ihre Kinder holen und sagte zu ihnen, man habe nun eine große Reise vor sich, die bestimmt sehr interessant und aufregend sein werde. »Vielleicht wird es euch sogar gefallen, *mes petits*.«

In der Familie Bertrand wurde der Vorfall nie wieder erwähnt. Die Matrosen allerdings, die Zeugen gewesen waren, sorgten dafür, daß das ganze Schiff und später auch halb Europa Bescheid wußte – was Fannys Ansehen aber keinerlei Schaden zufügte, denn wieder einmal entdeckten die Engländer in ihrem Herzen die geheime Vorliebe für Verzweiflungstaten und gute Verlierer. Zumal sie dem drögen Franzosen gönnten, daß seine Frau ihm gehörig einheizte. Es war fast so amüsant, als hätte sie ihm Hörner aufgesetzt.

Der Hof eines Fürsten bedarf der Hierarchie und des Zeremoniells. Sie regeln das Zusammenleben und bewahren vor Mißverständnissen und Grenzüberschreitungen. Alles ist festgelegt: welchen Platz ein jeder einzunehmen hat, welche Pflichten zu erfüllen sind, welche Privilegien ihm zustehen und mit wem er umgehen darf. Henri-Gratien Bertrand trug den Titel »Großmarschall des Palastes«. Damit war er die Nummer eins jenes winzigen Hofstaats, der sich um den verbannten Kaiser scharte: die »Treuesten der Treuen«, wie sie sich selbst nannten. Nach außen hin boten sie das irritierende Bild eines kompakten Blocks, alle vom gleichen Motiv beseelt: der Hingabe an ihren Kaiser. Nur seinetwegen schienen sie die Strapazen der Überfahrt auf sich genommen zu haben und die dumpfe Bedrohung einer Gefangenschaft, die erst mit Napoleons letztem Atemzug enden würde. Wann? In einem Jahr? Oder in vierzig? ... Die demütigende erste Nacht in Mr. Porteous' Pension war erst der ernüchternde Anfang. Aber hatten sie sich das nicht denken können? Und waren sie alle wirklich nur aus Verehrung und Uneigennützigkeit gekommen? Bertrand ganz gewiß, daran zweifelte niemand.

Trotz Napoleons Dauerkonflikt mit England hatte es Bertrands hoher Stellung nicht geschadet, daß er mit einer Britin verheiratet war. Fanny Dillon, die Tochter des Generals Arthur Dillon, stammte aus einer jener Familien, die bedeutend genug waren, um internationale Verbindungen einzugehen. Die Dillons waren Aristokraten. Vor der großen Revolution, die Frankreichs Adel hinwegfegte, war Fannys Vater Kommandant eines französischen Regiments gewesen, das schon seit hundert Jahren den Dillons unterstellt war. Seine Gemahlin war eine Verwandte von Joséphine Beauharnais, Napoleons erster Gattin. Als der Terror in Frankreich wütete, verlor auch der englische Adelige Dillon sein Leben unter der Guillotine. Seine kleine Tochter wurde indes nach England geschmuggelt und der Obhut seiner Familie übergeben.

Von Anfang an liebte sie dieses Land mit einem Gefühl, für das sie eigentlich noch zu jung war und dessen Reife der erlittenen Angst entsprang. Nach den Erschütterungen ihrer Kindheit wärmte sie sich nun am heiteren Gleichmut ihrer englischen Verwandten. Sie bewunderte ihr distanziertes Taktgefühl und ihre höfliche Ironie und weigerte sich jahrelang, von Frankreich zu erzählen oder Französisch zu reden. Auch später, als sie schon erwachsen war und die Bilder der Vergangenheit sie nicht mehr peinigten, lernte sie nicht mehr, wie mit Absicht, sich der Sprache ihrer ersten Jahre ohne Akzent zu bedienen – ein hübsches Mädchen der britischen Oberschicht, das sich in der Geborgenheit ihrer großen Familie immer weniger an die Flammen und den Rauch der Revolution erinnerte; an das Gebrüll des Pöbels, als er in das Palais der Dillons Einlaß begehrte; an das nicht enden wollende Hämmern am Eingangstor – Fäuste, so viele geballte Fäuste! – und an den Blick des Vaters, als zerlumpte Gestalten ihn auf die Straße zerrten, daß er zu Boden stürzte und sich die Stirn aufschlug. Alle lachten. Oh, wie sie lachten! Dieses Lachen und die klaffende Wunde in seinem Gesicht waren das letzte Memento der kleinen Engländerin an das revolutionäre Paris, das für sie zeitlebens mit der Farbe Rot verbunden war: Feuer und Blut.

Daß sie schließlich doch nach Frankreich zurückgekehrt war

und sogar einen Franzosen geheiratet hatte, lag an ihrer Verwandtschaft mit Kaiserin Joséphine und dem Drängen ihrer englischen Sippe, die es für opportun hielt, am Hof Napoleons vertreten zu sein. Joséphine lud das lebhafte, gutaussehende Mädchen nach Frankreich ein – zur Ballsaison, auf einen kurzen Besuch, dessen Ende sich aber immer weiter hinauszögerte. Als Napoleon den Dillons nach ein paar Monaten anbot, ihre junge Nichte mit seinem besten Mann zu vermählen und das elternlose Mädchen bei dieser Gelegenheit mit einer großzügigen Mitgift auszustatten, stimmte man erfreut zu. Selbstredend wurde auch Fanny nach ihrer Einwilligung gefragt, jedoch erst, nachdem die finanziellen und gesellschaftlichen Modalitäten abgeklärt waren.

»Wir hatten gehofft, er würde dich mit einem Prinzen verheiraten«, sagte Lord Dillon, der nach Paris geeilt war, bedauernd. Die Häfen Europas waren für englische Schiffe gesperrt, aber für Napoleons Gäste gab es keine Grenzen. »Wahrscheinlich bist du aber mit Bertrand sogar besser bedient. Er hält sich zurück, aber er ist ein fähiger Bursche. Du wirst ganz oben sein, und das ist mehr, als du in England je erwarten könntest.«

Fanny schwieg und weinte eine Nacht lang vor Enttäuschung über die unerwartete Gefühlskälte ihrer Verwandten; über die Wahl des Bräutigams, den sie kaum kannte; über die eigene Ohnmacht und aus vorweggenommenem Heimweh. Am nächsten Morgen erbat sie sich drei Tage Bedenkzeit und beobachtete bei jeder möglichen Gelegenheit den jungen Mann, den man für sie ausgesucht hatte und der ohne Zweifel sein Einverständnis erklärt oder sich vielleicht sogar um diese Heirat bemüht hatte. Manchmal begegneten sich ihre Blicke. Dann verneigte er sich höflich und wandte sich ab. Immer wieder nahm sich Fanny vor, ihn anzusprechen, geradeheraus, wie es in ihrer Familie üblich war. Doch nie schien die Gelegenheit zu passen. Immer waren andere da, die sich mit ihm unterhalten wollten oder mit ihr, so daß die drei Tage verstrichen, ohne daß sie ein Wort aneinander gerichtet hätten.

»Ich werde ihn wohl heiraten müssen, wenn ich jemals mit ihm reden will!« meinte sie achselzuckend zu ihrem Cousin, der sie daraufhin schmatzend auf die Wange küßte und sagte, er habe schon immer gewußt, daß sie ein vernünftiges Mädchen sei. Sie würde ihren Entschluß gewiß nicht bereuen. Und so war es auch, denn Bertrand war tatsächlich ein fähiger Bursche und dazu noch ein Mann von Charakter – aber das war ihr erst später aufgefallen.

3

Es war wie auf einer Bühne. Jeder von ihnen hatte seinen Auftritt, seine große, seine glanzvolle Zeit, bis Napoleons Interesse ermattete und sich einem anderen zuwandte. Ein Reigen der Schmeicheleien, des Betrugs, der Enttäuschungen und Kränkungen, der Eifersucht und später sogar des Hasses.

Von Napoleons sechsundzwanzig Begleitern waren sieben Aristokraten mit offiziellen Ämtern wie im Hofstaat eines regierenden Fürsten. Ganz oben General Bertrand als Großmarschall des Palastes. Danach Charles-Tristan de Montholon als Feldmarschall: so elegant, so aufmerksam, so bezaubernd – und so unmilitärisch, daß Napoleon froh sein mußte, daß er nie mit ihm ins Feld gezogen war.

Des weiteren: General Gourgaud, der sich rühmte, Napoleon mindestens zwei Mal das Leben gerettet zu haben, und dafür verlangte, von ihm geliebt zu werden. Doch wen hatte Napoleon jemals geliebt? Und die ihn liebten, hatten es noch immer bereut.

Als Hofmarschall fungierte der Marquis de Las Cases, von dem die Engländer sagten, er habe den Habitus des Kammerherrn so weit getrieben, daß er allein schon aus Unterwürfigkeit von kleinerem Wuchs als Napoleon sei. Hinter seinem Rücken nannten ihn alle den »Jesuiten« und machmal auch mit spitzen Lippen *l'Extasé*, den »Verzückten«, weil keiner den Kaiser so begeistert rühmte wie er. Eine Ehefrau hatte er nicht mitgebracht – es hieß, sie sei an seiner Seite frühzeitig verdorrt –, dafür aber seinen fünfzehnjährigen Sohn Emmanuel, der den Dienst eines Pagen zu leisten hatte und sich nach jungen Mädchen verzehrte.

Marie-Joseph-Emmanuel-Auguste-Dieudonné de Las Cases, Sohn des Marquis de Las Cases, Grundherr von Caussade, Puylaurens und Dourne; Großmeister der Schmeichelei, der erlesenen wie der penetranten. Trotz seiner hohen Herkunft hatte er sich schon 1802 Napoleon angeschlossen, mit dem scharfen Blick des Historikers den Mann der Zukunft erkennend. Napoleon hatte ihn zum Baron des Kaiserreichs ernannt und ihn während seiner Eroberungszüge an den Platz geschickt, für den Las Cases geboren war: seine Bibliothek, seinen Schreibtisch. Ein Schlachtfeld hatte Las Cases nie gesehen, doch während im Flackern der Kerze seine Feder über das Papier kratzte, hallten in seinem Kopf die Geräusche des Kampfes wider, der Angst, des Todes und des Triumphs. Systeme gingen unter, neue entstanden, wie eine Farbe sich mit einer anderen mischt, so daß eine dritte entsteht. Und er, Las Cases, durchschaute und beschrieb als scharfsinniger Chronist diesen ständigen Wechsel, den die Gutgläubigen Politik nannten und Napoleon Schicksal. Ein chaotisches Ineinander, Auseinander und Gegeneinander, durch das sich der Kaiser lavierte, nach den Gesetzen seiner Visionen und Begierden und den Widerständen, die er auslöste: Träumer und Opportunist, Weltverbesserer und Usurpator, von Gott gesandt und vom Teufel.

Manchmal, wenn Las Cases ein Kapitel seiner Niederschriften abgeschlossen hatte, träumte er davon, vor Napoleon zu stehen, ganz nah vor ihm, so daß er seinen Atem spürte, während der Kaiser rühmende Worte sprach und ihm das Tapferkeitskreuz an die Brust heftete. »Für besonderen Mut und außerordentlichen Einsatz im Kampf.« Es wäre der Himmel gewesen für den kleinen Mann mit der hohen Stirn, Napoleons Eierkopf, dessen Intelligenz keiner in Frage stellte, und über den sie dennoch lachten – heimlich, aber er merkte es trotzdem.

Mit seinen sechsundvierzig Jahren war er der älteste der Franzosen, ein Mann ohne naive Züge, kalt und berechnend. Und dennoch: Was hätte er nicht dafür gegeben, einmal im Leben die Tapferkeit eines Bertrand zu beweisen oder den Charme Montholons auszuspielen; die Augen von Frauen und Männern unwillkürlich aufleuchten zu lassen; Unruhe zu verbreiten, ohne auch nur ein Wort zu sprechen, und Herzen erzittern zu lassen – selbst wenn dieser Sieg nur flüchtig war.

Den Part der Hofdamen übernahmen die Gemahlinnen der beiden ranghöchsten Herren: Fanny Bertrand und die glamouröse Albine de Montholon, die es schon in ihren Zwanzigern auf drei Ehemänner gebracht hatte. Ihr gegenwärtiger Gatte, Montholon, war ihren Ansprüchen und ihrem Ehrgeiz jedoch ebenso gewachsen wie dem Dünkel ihrer vornehmen Abstammung. In Frankreich hatte sie als arrogant gegolten, in der Verbannung aber gab sie sich liebenswürdig und verständnisvoll. Die englische Presse behauptete, Napoleon habe das Ehepaar nur mitgenommen, weil er sich Albine sichern wollte.
Die beiden Damen waren einander nicht gewogen. Um sich gegenseitig aus dem Weg zu gehen, versteckten sie sich hinter ihren mütterlichen Pflichten: Die Montholons brachten einen siebenjährigen Sohn nach Sankt Helena mit – Tristan, nach dem Vater benannt; die Bertrands drei Kinder, deren Älteste, Hortense, jedermann entzückte – das hübscheste kleine Mädchen, das man sich vorstellen konnte, und dabei freundlich und wohlerzogen. Sogar Napoleon hatte einen Narren an ihr gefressen und überhäufte sie mit Süßigkeiten und kleinen Geschenken. Albine de Montholon lächelte großzügig darüber und erklärte mit der aufrichtigsten Miene der Welt, auch sie wünsche sich nichts sehnlicher, als eine so niedliche kleine Tochter zu haben. Worauf Fanny Bertrand zu versichern pflegte, es könne gar keinen reizenderen Knaben geben als den kleinen Tristan de Montholon. »Mein einziger!« lächelte Albine dann bedauernd und vergaß zu erwähnen, daß sie aus zweiter Ehe bereits einen anderen Sohn hatte, Edouard, der bei

seinem Vater, einem Schweizer Bankier, geblieben war und in dem Glauben erzogen wurde, seine Mutter – »eine achtbare, gottesfürchtige Frau« – sei bald nach seiner Geburt gestorben. Auch ihre erste Ehe mit einem gewissen Baron Bignon verschwieg Albine mit erlesener Grazie. Trotzdem kursierten in Paris die wildesten Gerüchte über diesen Mann, den niemand kannte, der aber bei der Hochzeit angeblich genau viermal so alt gewesen war wie seine Braut, dafür aber nicht halb so reich, wie sie erwartet hatte. Sein Vermögen erschöpfte sich an dem Brautpreis, den er an Albines verarmte Familie entrichtet hatte, und die Ehe dauerte nicht länger als seine Finanzkraft.

Keiner der Treuesten der Treuen liebte Albine, vielleicht nicht einmal ihr Ehemann. Sie schritt dahin, als wäre sie von einer gläsernen Mauer umgeben, durch die ihre Liebenswürdigkeit sehr wohl zu sehen, aber nicht als Wärme zu spüren war. Sie lockte, schien zu geben und spielte doch nur – vielleicht sogar mit dem eigenen Schicksal, denn warum hätte sie sich sonst auf diese Reise begeben? Vielleicht bestand ihre Familie schon zu lange, als daß sie noch irgend etwas hätte ernst nehmen können, außer dem Risiko und der Macht der Verführung.

»Madame la Comtesse weiß, wie die Musik spielt!« sagte Napoleon eines Abends auf der »Northumberland«, als man seinen sechsundvierzigsten Geburtstag feierte und Albine am Cembalo des Kapitäns saß und mit leiser, dunkler Stimme ein Lied aus ihrer Heimat sang, die sie vielleicht nie wiedersehen würde – das Lieblingslied der unglücklichen Königin Marie Antoinette, vom eigenen Volk ermordet, doch von Albines Familie bis zuletzt verehrt und geliebt:

Plaisir d'amour ne dure qu'un moment;
Chagrin d'amour dure toute la vie.

Es war heiß im »Salon der Seekrankheit«, die bleierne Hitze der Tropen, noch schwerer erträglich durch die vielen Kerzen und durch den Champagner, den man getrunken hatte. Das Schiff bewegte sich kaum. Seit fast einer Woche lag es in der

Windstille der Kalmen fest, und die Stimmung an Bord wurde von Tag zu Tag gereizter. Hoffnungslosigkeit hielt alle im Griff und Leere, als wäre die »Northumberland« der Welt für immer verlorengegangen.

Chagrin d'amour dure toute la vie ... Die leise, ein wenig atemlose Stimme hing noch in der Luft wie ein samtener Hauch. Die Männer in ihren prächtigen Uniformen starrten auf Albines Nacken, über dem sich rotbraune Löckchen ringelten, feucht von der Hitze. Alles schien sich plötzlich auf diesen weißen Nacken zu konzentrieren und auf die zarten Schultern, die sich dem Instrument entgegenbeugten. Weiche, blasse Haut, über die das Kerzenlicht huschte ... So wenige Frauen an Bord. So viel heimliche Sehnsucht, die niemand eingestand.

Auch Fanny spürte den Zauber, der von Albine ausging. Sie blickte hinüber zur anderen Seite des Salons, wo Miss Amy Stranger stand, deren Position an Bord unklar war, die aber an allen gesellschaftlichen Zusammenkünften teilnahm als »liebe Freundin des Admirals«.

Madame la Comtesse weiß, wie die Musik spielt ... Albine bewegte sich nicht, obwohl der letzte Ton ihres Liedes längst verklungen war. Da kicherte Amy Stranger plötzlich los, wie um die Faszination zu brechen. Als niemand mitlachte, errötete sie so heftig, daß nicht einmal das diffuse Kerzenlicht es verbergen konnte. Doch niemand außer Fanny achtete darauf. Immer noch hingen alle Blicke an Albine, die sich langsam erhob. Sie trat an die Seite ihres Gatten und schenkte ihm ein Lächeln. Er erwiderte es, und im ganzen Raum gab es keinen Mann, der Montholon nicht zum Teufel gewünscht hätte, Napoleon eingeschlossen, der selbst genau wußte, wie die Musik spielte, und der ihrem Zauber immer noch verfallen war.

4

»Für Cipriani würde er uns alle aufgeben!« sagte Marchand, Napoleons Erster Kammerdiener, eines Tages mit leiser Stimme und versuchte gar nicht zu verbergen, daß ihm dabei das Herz weh tat vor Eifersucht und heimlicher Sehnsucht nach der Zuneigung seines Herrn. Schon seit ihrer gemeinsamen Jugend auf Korsika standen der spätere Kaiser und Cipriani einander nahe. Beide gehörten zum selben Stall, dem Salicetti-Clan, und das auf einer Insel, wo es nur Freund oder Feind gab mit allen Konsequenzen für Leben oder Tod – eine Trennungslinie, so scharf wie jene zwischen dem grellen Licht der Mittagssonne und den Schatten, die sie bewirkte.

Mit Napoleon war auch sein Jugendfreund emporgestiegen. Nach einem ernüchternden Mißerfolg als Geschäftsmann wich Cipriani seinem Blutsbruder nie wieder von der Seite. Seine Funktion bei Hofe war unklar, doch sein Einfluß unbestritten. Wer sich bei Napoleon Gehör verschaffen wollte, tat gut daran, für sein Anliegen erst einmal Cipriani zu gewinnen.

Doch nicht nur Ciprianis Stellung war unbestimmt. Auch seine Wesensart entzog sich denen, die gerne wußten, woran sie bei ihm waren. Nicht einmal sein Name stand eindeutig fest. Auf Korsika hieß er immer noch »Signor Franceschi«. Sogar Napoleon nannte ihn manchmal so und bediente sich seiner für die Aufgaben, die er keinem anderen anvertrauen wollte. Cipriani war es, so glaubte Marchand entdeckt zu haben, der auf Elba, Napoleons erstem Exil, die britischen Offiziere ausspioniert hatte und herausfand, daß ihr Kommandant heimlich nach Genua gesegelt war, um seine Mätresse zu besuchen. Dies war die lang erwartete Gelegenheit für Napoleon gewesen, von der Insel zu fliehen und die Soldaten Frankreichs erneut um sich zu scharen für eine kurze, selige Zeit bis zum endgültigen Untergang im Rauch von Waterloo.

Cipriani, der Freund, der Bruder, der Spion, der Ergebene, Vertraute; das letzte Bindeglied zur versunkenen Welt der Kindheit, zur fernen Familie, zu den arglosen Knabenträumen von

Ruhm und Ehre, zum guten Willen – bei allem Ehrgeiz und aller Bereitschaft zur Gewalt: Beide glaubten daran, daß nach dem Terror der Revolution der ganze Kontinent Europa zu Frieden und Glück geführt werden konnte. Freiheit für alle. Gleichheit für alle. Brüderlichkeit für alle. Nur noch dieser eine Feldzug gegen jenen einen Herrscher, der sich dem neuen Ideal nicht unterwerfen wollte. Nur noch diese eine Schlacht. Diese eine Hinrichtung ... Und dann die glorreichen Utopien der Revolution: verwirklicht! Endlich verwirklicht für immer – vom großen kleinen Mann aus Korsika ... mit Cipriani immer an seiner Seite. Cipriani: sonnenverbrannt, mit drei langen, schwarzen Husarenzöpfen an jeder Seite, die ihm wie Schnüre von den Schläfen bis zur Brust baumelten. Schwarze Augen unter dichten Brauen, mißtrauisch und manchmal auch gütig. Ein breites, respektloses Lachen mit blitzenden weißen Zähnen, und eine Stimme, die keiner übertönte. Cipriani: kein angepaßter Höfling wie die anderen, sondern ein Sohn der Freiheit, der Unabhängigkeit und des Meeres. Immer treu. Immer loyal. Immer voller Ideen und Listen. Wie Napoleon ein Kind Korsikas, jener trügerisch sonnigen Insel im Schatten der Blutrache und der Habgier seiner Nachbarn.

Auf Sankt Helena hatte Cipriani zum ersten Mal in seinem Leben ein fest umrissenes Amt inne – das eines Majordomus, eines Haushofmeisters, dem außer Marchand alle Lakaien unterstanden: die drei Diener Noverraz, Napoleons »Schweizer Bär«, Santini, der Korse, und Saint-Denis, den Napoleon und bald auch alle anderen nur noch den »Mameluken Ali« nannten. Pierron war Chefkoch, Lapage sein Assistent. Die Kleiderkammer wurde von den beiden Brüdern Archambault verwaltet, das Silber von Rousseau und der hagere Gentilini schüchterte mit seiner Herablassung die weniger vornehmen Gäste ein, die sich in den ersten Monaten danach drängten, den verbannten Kaiser zu besuchen und zu begaffen – um so mehr, weil sie wußten, daß sie in früheren Zeiten nicht einmal den Saum seines Mantels hätten berühren können.

Vier weitere Dienstboten unterstanden den Familien Bertrand und Montholon. Alles in allem sechsundzwanzig Personen im Gefolge des einstigen Kaisers, nun alle am Rande der Welt, am Abgrund des Vergessens und der Lächerlichkeit. Gescheitert in Mr. Porteous' Etablissement am Ende der Hafenstraße von Jamestown, in der Nachbarschaft von Dirnen und Zuhältern; weit, weit weg von Paris mit seinen Lichtern, seinem Hang zur Größe und seinen unbeständigen Menschen, von denen immer noch so viele ihr einstiges Idol zurücksehnten und ihm ebenso viele den Tod wünschten.

III. DEADWOOD PLAIN

1

Um halb sechs Uhr morgens, als Mr. Porteous' französische Gäste noch in ihren Betten lagen – nach einer quälenden Nacht ohne Schlaf, als Opfer des Ungeziefers, das sich vor Jahrzehnten in den Matratzen eingenistet hatte – am frühen Morgen also trommelte ein Bote des Gouverneurs an das Eingangstor der Pension und verlangte, General Bonaparte zu sprechen. Als der Gastwirt, beunruhigt und verschlafen, den Riegel zurückschob und das Tor öffnete, drängte ihn der Bote, ein junger englischer Offizier, ungestüm beiseite und machte Anstalten, in den ersten Stock hinaufzueilen, wo Napoleon logierte. Doch Marchand, der Erste Kammerdiener, stellte sich ihm in den Weg, und aus dem Nachbarzimmer stürmte Großmarschall Bertrand – im offenen Morgenmantel aus dunkelblauer Seide, in der Hand den blanken Degen schwingend.

Erst jetzt begriff der Engländer, daß man ihn für einen gedungenen Mörder halten konnte, der gekommen war, Napoleon zu töten. Bestürzt blieb er stehen, salutierte vor Bertrand und meldete, zackig und kleinlaut zugleich, was man ihm aufgetragen hatte. Bertrand verstand ihn jedoch nicht und setzte ihm drohend die Degenspitze an die Brust.

Der Lärm weckte das ganze Haus. Alle Türen öffneten sich. Übernächtige, zerkratzte Gesichter. Weinende Kinder. Sensationshungrige Dienstboten. General Gourgaud, begeistert, Napoleon zum dritten Mal das Leben retten zu dürfen, warf sich auf den Engländer, um ihn mit bloßen Händen zu erwürgen. Der Engländer schrie mit überkippender Stimme immer wieder seine kurze Botschaft an Napoleon. Wie gegen einen Mükkenschwarm wehrte er sich gegen Gourgauds Angriffe, wagte aber nicht, sich angemessen zu verteidigen, denn dafür fehlten ihm die Instruktionen. Dann wurde es plötzlich still. Die Tür zu Napoleons Unterkunft sprang auf, und er selbst stand da, barfuß, in weißen Kniehosen und weitem weißem Hemd, die kurzen braunen Haare zerzaust in die Stirn hängend. Marchand sprang schützend vor und beschwor ihn, sich in Sicherheit zu bringen. Doch Napoleon schob ihn gelassen zur Seite.

»*What you want?*« fragte er den Boten in seinem französisch klingenden Englisch, das ihm sein Hofmarschall Las Cases während der Überfahrt auf der »Northumberland« beigebracht hatte und das er selbst für nahezu perfekt hielt. »*It is night.*«

Der Engländer atmete auf und brüllte erneut seine Meldung. Mit einer Bewegung seines Kinns befahl Napoleon Fanny Bertrand, die, ihre schlaftrunkenen Kinder im Schlepptau, ebenfalls herbeigeeilt war, die Nachricht zu übersetzen.

»Es handelt sich um eine Anordnung von Gouverneur Wilks, Sire: Admiral Cockburn wird in einer halben Stunde hier eintreffen. Er wird Eurer Majestät die künftige Residenz zeigen.«

Bertrand ließ den Degen sinken und Gourgaud seine Fäuste. Der Engländer atmete verstohlen auf und bemühte sich um militärische Haltung.

»Etwas mehr Contenance, Messieurs!« wies Napoleon seinen Hofstaat kalt zurecht. Keine Silbe darüber, daß es ein Affront war, ihn so früh aus dem Bett zu holen und aufzufordern, in der kurzen Frist einer halben Stunde bereitzustehen. Keine Silbe, auch wenn die Seinen unter der Nichtachtung litten, die ihm angetan wurde und die auch ihn in seinem Stolz getroffen haben mußte. Nur Kälte, Schweigen und eine Tür, die ins Schloß fiel. Vielleicht tröstete ihn der Gedanke, daß auch das

Exil auf Elba für sein ganzes Leben gedacht gewesen war und dann doch nur ein paar Monate gedauert hatte, und daß seine Bewunderer in Frankreich und Amerika gewiß schon Pläne schmiedeten, wie sie ihn aus seinem Atlantikkerker befreien könnten ... Etwas mehr Contenance – um die Selbstachtung nicht zu verlieren; den Stolz, jahrelang genährt durch unzählige Erfolge und Schmeicheleien; die Würde, das höchste Gut des Menschen und dem Sohn der korsischen Sonne besonders teuer ... In einer halben Stunde sollte er bereitstehen: Napoleon I., einst Kaiser von Frankreich und König von Italien, Herr über mehr als achtzig Millionen Menschen. Bereitste-hen auf Anordnung des unbedeutenden Gouverneurs einer unbedeutenden Insel. So unbedeutend, daß kaum einer sie kannte.

Als Student an der Militärakademie von Auxonne hatte Napoleon lange Nachtstunden damit verbracht, in blau eingebundenen Schulheften die Welt zu gliedern: die Besitztümer Frankreichs, Österreichs, Rußlands, Englands ... die ganze Welt war aufgeteilt in Machtblöcke, die sich unter dem Zwang ihrer Ängste und Begierden ständig veränderten. Kriege, Verträge, Erbschaften, Heiratsgüter; Gewalt, Raub, Betrug. Nichts war von Dauer ... Unter den britischen Besitzungen notierte er auf der obersten Zeile einer neuen Seite den Namen des winzigsten Punktes, den die Karte des unermeßlichen Atlantiks gerade noch zeigte. »Sankt Helena: kleine Insel« – mehr wußte der junge Kadett nicht zu schreiben, und es schien ja auch nicht wichtig. Die Seite blieb leer.

Zwanzig Jahre später, auf dem Höhepunkt seines Lebens, als der Papst ihn zum Kaiser salbte und die Bourbonen ihn als Mörder ihres Thronanwärters beschimpften, erinnerte er sich wieder des einsamen Felsbrockens, verloren im Meer, und spielte, ohne wirkliche Absicht, einen Ausritt lang mit dem Gedanken, ihn sich als Militärstützpunkt anzueignen, um einen Fuß in die Mitte des Südatlantiks setzen zu können: genau zwischen Afrika und Südamerika, den fremden, dunklen Kontinenten, die sich durch ihre Ferne dem Zugriff seiner Eroberung – noch? – entzogen, nicht aber seinem Fernweh und seinem grenzenlosen Machtanspruch. Höchstens fünfzehnhundert Mann, schätzte er, würde man für eine Invasion des Eilands benötigen und brauchte nicht einmal mit Gegenwehr zu rechnen, denn die Engländer fühlten sich sicher. Sankt Helena: kleine Insel…

»Sagen Sie Ihrem Herrn Gouverneur Wilks, daß ich den Herrn Admiral erwarte und auf Pünktlichkeit bestehe!«

Eine Minute vor sechs stieg Napoleon die schmale Treppe zum Ausgang hinab, gefolgt von Großmarschall Bertrand, Cipriani und dem Kammerdiener Marchand. Zur selben Zeit klapperten die Hufe der englischen Pferde die Hafenstraße herunter. Als gleich darauf in der Gaststube die Pendeluhr sechs Mal schlug, setzte Napoleon den Fuß auf die Straße, und Admiral Cockburn sprang vom Pferd. Man begrüßte einander auserlesen höflich, ein jeder erfreut über die eigene, perfekte Zeiteinteilung.

Zwei Offiziere des 53. Regiments begleiteten den Admiral hoch zu Roß. Ein Reitknecht führte ein weiteres Pferd am Zügel – einen stattlichen Rappen, wie Napoleon mit einem schnellen Blick befriedigt feststellte. »For me?« fragte er, stolz darauf, auch in der Sprache seiner Widersacher nicht nach Worten suchen zu müssen. Er strich mit den Fingerspitzen über die Goldstickerei auf der Satteldecke aus blutrotem Samt.

Cockburn verneigte sich. »Ein schönes Tier!« sagte er auf französisch. »Ich hoffe, es gefällt Ihnen, General!«

Bei der Anrede verfinsterte sich Napoleons Miene. »Haben englische Pferde auch einen Namen?«

»Es heißt Hope, General.«

Napoleon verstand »Hopp« und schüttelte den Kopf. »Und wo sind die Pferde für mein Gefolge?« fragte er dann streng.

Cockburn lächelte geduldig. »Die beiden Offiziere werden uns begleiten.«

Napoleon trat einen Schritt zurück. »Das reicht nicht aus! Ich muß darauf bestehen, meine eigene Eskorte mitzuführen:

meinen Großmarschall und zwei Mann zu meiner persönlichen Bedienung. Das ist das mindeste.«

Auf Cockburns Schläfe begann eine Ader zu pulsieren. »Völlig unmöglich, General! Sie sehen doch selbst: So viele Pferde stehen uns nicht zur Verfügung.«

Napoleon zog sich einen weiteren Schritt zurück. »Ich wäre nicht dorthin gekommen, wo ich war, hätte ich das Wort ›unmöglich‹ gelten lassen!« sagte er hochmütig. »Aber wie Sie wollen: Wenn es unmöglich ist, werden wir eben auf diesen Ausflug verzichten. Ohne meine eigene Eskorte rühre ich mich nicht von der Stelle.« Er verschränkte die Arme vor der Brust und überließ Bertrand die weiteren Verhandlungen.

Es dauerte eine Stunde, bis man sich geeinigt hatte, und die beiden englischen Offiziere mit dem Reitknecht zu Fuß zur Residenz des Gouverneurs zurückmarschierten, beschienen von der Morgensonne und begleitet von den anzüglichen Zurufen der Damen der Hafenstraße. Bertrand und Cipriani übernahmen die Rösser der Verspotteten und Marchand den mageren Klepper des Gastwirts.

»Ich hoffe, Sie sind nun zufrieden, General!« knirschte Cockburn und stieg erschöpft aufs Pferd. Seine Miene erinnerte die Franzosen hinter den Gardinen daran, daß Napoleon ihn während der Überfahrt den »Haifisch« genannt hatte.

»Aber ja, Admiral! Sehr zufrieden.« Napoleon schob den Fuß in den Steigbügel und wollte sich hochschwingen. Doch seine Knie knickten ein, und er wäre zu Boden gestürzt, hätte Cipriani ihn nicht aufgefangen. »Die lange Seereise!« murmelte Napoleon. »Man muß sich an den festen Boden erst wieder gewöhnen.« Cipriani umfaßte mit beiden Händen Napoleons linke Wade und katapultierte ihn kraftvoll in den Sattel. Alle atmeten auf, als sich Napoleon aufrichtete und sofort so tat, als wäre nichts geschehen.

»Wie ich sehe, sind wir Franzosen weit in der Überzahl!« sagte er wohlgelaunt zu Cockburn. »Sie werden sich vor uns in acht nehmen müssen, Admiral!«

2

Es war der angenehmste Frühsommermorgen, den man sich denken konnte. Mit sanften Fingern, wie eine zärtliche Geliebte bei Tagesanbruch, strich die Sonne über die schwarzen Lavafelsen hinter der armseligen kleinen Stadt und tastete sich behutsam nach unten zu den Dächern der niedrigen Häuser und in die eine lange Straße am Hafen, wo sich der ehemalige Kaiser und der gegenwärtige Admiral auf den Weg machten.

Ein buntes, ansehnliches Bild boten sie, Napoleon in seiner prächtigen Uniform eines *chasseur de garde* – leuchtend grüner Satin, auf dem die Orden Frankreichs glitzerten und glänzten; zu seiner Linken der englische Admiral in Rot und Weiß, ein hochgewachsener, stattlicher Mann mit dichtem, grauem Haar, das kürzer geschnitten war, als es der Mode entsprach. Sein Kinn war gespalten – was Napoleon schon auf der »Northumberland« zu der Überlegung veranlaßt hatte, ob dies wohl das Zeichen einer ausgefallenen Veranlagung sein könnte. »Ich durchschaue den Haifisch nicht!« pflegte er zu sagen. »Aber welcher normale Mensch ist überhaupt in der Lage, einen Engländer zu durchschauen?« Und er vergaß nicht, auf Cockburns auffallend große Hände hinzuweisen, mit ihren kurzen, breiten Nägeln und den rötlichen Haaren an der Außenseite. »Sehen so die Hände eines Aristokraten aus?« Und Napoleon betrachtete wohlgefällig seine eigenen Hände, klein, blaß und ein wenig zu weich für einen Eroberer der Welt. »Seine Stimme ist nicht schlecht«, räumte er dann ein. »Kräftig und hörbar. Wie alle Engländer säuft er natürlich. Gin, berichtet man mir. Man hört es, wenn er lacht. Menschen, die Gin trinken, haben eine scheppernde Art zu lachen. Angeblich sogar Damen. Aber ich kenne keine englischen Damen.« Und mit einem Seitenblick auf die errötende Fanny Bertrand: »Zumindest nicht viele.«

Hinter Napoleon ritt sein Großmarschall Bertrand, umgeben von einer unerschütterlichen Aura der Pflicht und des Anstands. Auch er von gutem Aussehen. Napoleon umgab sich gern mit schönen Menschen, wohl wissend, daß er selbst unscheinbar wirkte. Doch er litt nicht darunter, weil er überzeugt war, ein Genie zu sein wie Alexander oder Cäsar, und bei Genies legte man seiner Meinung nach keinen Wert auf das Aussehen. Sie überwältigten ihre Umgebung mit ihrem Einfallsreichtum und der Kraft ihres Willens.

Seit dreizehn Jahren stand Bertrand schon an Napoleons Seite und war in seiner Treue nie wankend geworden. »Keiner ist ehrlicher als Bertrand!« pflegte Napoleon zu sagen. »Es grenzt fast schon an Borniertheit. Generationen von Schulkindern könnte man großfüttern mit der Beschreibung seines untadeligen Charakters ... Übrigens die beste Voraussetzung dafür, ständig nur der Zweite zu sein.« Doch Bertrand störte es nicht, auf dem zweiten Platz zu bleiben, so wenig, wie es Napoleon störte, nicht schön zu sein. Seit Napoleon Frankreich aus dem Chaos der Revolution gezogen hatte wie einen ertrinkenden Selbstmörder, liebte ihn Bertrand, bewunderte ihn, verzieh ihm alles und war stolz darauf, ihm zu dienen. »Unter den Treuesten der Treuen ist er der Allertreueste!« sagte Napoleon einmal gerührt, als die »Northumberland« auf ewig in der Windstille gefangen schien und alle an den Tod dachten. »Ich werde es ihm nie vergessen.« Er gestand sich nicht ein – und wußte es vielleicht auch gar nicht –, daß er in Bertrand auf einen Menschen gestoßen war, der nie versuchen würde, ihn zu übertreffen; einen Menschen, dessen vorrangige Eigenschaft in Tagen der Revolution und der Eroberung nicht gefragt war, ja sogar vergessen schien, verschlungen von den Feuerzungen des Krieges: Güte, *chareis* im griechischen Sinn des Wortes. Napoleon, der Sieger, war blind für diese Gabe gewesen, und Napoleon, der Gefangene, begriff noch nicht, wie sehr er ihrer bedürfen würde.

Cipriani und Marchand bildeten die Nachhut. Cipriani: klein, dunkel und drahtig; Marchand: groß und schön, mit einem schwarzen Lockenkopf und braunen, freundlichen Augen. Vierundzwanzig Jahre war er alt, eine Augenweide von Mann – was auch den Damen in den Fenstern nicht entging, die erst »Boney! Boney!« riefen, sich aber dann trotz Napoleons galantem Gruß seinem Kammerdiener zuwandten. »He, Junge! Wenn du Lust hast: Diese Tür steht immer für dich offen!« und: »Hast du heute schon eine Frau gehabt, Süßer?«

Napoleon setzte seinen Hut wieder auf, und Marchand blickte verlegen zur Seite – nicht ohne zuletzt doch noch einen verstohlenen Blick zu riskieren.

»Ich würde mich in acht nehmen!« holte ihn Cipriani ins Reich der Vernunft zurück. »Mr. Porteous deutete an, die Damen hätten alle gewisse Krankheiten.« Den »Viehhof« hatte der Gastwirt das Geviert niedriger Häuser genannt, in dem Frauen jeden Alters, jeder Hautfarbe und aus allen Richtungen der Welt das verkauften, was die Seeleute in der Einsamkeit ihrer Herzen zu so etwas wie Liebe schönfärbten. An halbhohen Stalltüren lehnten die Frauen, die jüngeren noch hübsch und selbstbewußt, die alten krank und erschöpft, mit nackten Füßen. Schuhe waren teuer auf Sankt Helena, und die Freier zahlten immer weniger.

Marchand antwortete nicht, aber als die Straße eine Biegung nahm, drehte er sich trotz Ciprianis hochgezogener Brauen noch einmal rasch um. Doch die Damen hatten sich inzwischen zurückgezogen. Sie waren sicher, der Frauenmangel in Napoleons kleinem Hofstaat würde schon dafür sorgen, daß ihnen die Bekanntschaft der hübschen Jungen auf Dauer nicht entging.

Über eine schmale Steinbrücke querten sie einen Fluß und ritten dann weiter hügelan, bis sie nach etwa eineinhalb Stunden den höchsten Punkt der Straße erreicht hatten. Dort hielten sie inne und blickten hinunter auf die schattigen Wasser der Bucht von Jamestown und auf das weite Meer, dessen Horizont, halb im Nebel, die Krümmung der Erde nachzeichnete. Napoleon zog sein Fernrohr auseinander und holte die verschwommene Linie zu sich heran, in der Himmel und Erde aufeinandertrafen und hinter der sich – ganz weit weg im Norden – die Küste

Frankreichs verbarg, das köstliche Ziel seiner Sehnsucht. Ein sanfter Wind wehte von Südosten her, und für eine kurze Zeit verzauberte die Sonne die schwarze Insel und ihre Besucher, so daß alles, was ihnen zugestoßen war und noch zustoßen würde, nicht mehr so schlimm erschien, eine vorübergehende Laune des Schicksals nur, die es zu ertragen galt. Vielleicht sah Napoleon durch sein Fernrohr einen winzigen Punkt weit draußen, der näherkam und immer näher und ihn glauben ließ, dies könnte ein Schiff sein, bereit, den armen Boney und die Seinen abzuholen und dorthin zurückzubringen, wohin sie gehörten.

»Plantation House!« Die markige Ginstimme des Haifischs holte ihn aus seinen Träumen. Mit ausgestrecktem Arm, wie siegreiche Feldherrn auf Schlachtengemälden, wies Cockburn nach Westen über ländliche Häuser inmitten von Gärten hinweg, über kleine Wälder und ein paar Felder, auf denen Kartoffeln und Yamwurzeln reiften. »Der Sitz unseres Gouverneurs.«

»Ihres Gouverneurs!« Napoleons milde Stimmung war verflogen. Seine Augen folgten Cockburns Zeigefinger den Abhang hinunter zu dem stattlichen, taubengrauen Anwesen mit den freundlichen weißen Fensterläden, die noch von der Nacht her geschlossen waren. Weite, gepflegte Rasenflächen, grün wie daheim in Europa, umgaben die Residenz, zu deren Eingang eine breite Allee führte, die von alten Bäumen beschattet wurde. Bunte Blumenrabatten, ein Gärtchen mit einer Bank für zwei und Liegestühle unter Bäumen ... Napoleon dachte an seine Unterkunft in der Nachbarschaft des Viehhofs und er tauschte einen Blick mit Bertrand. »Wir wollen weiterreiten!« sagte er barsch und trieb sein Pferd an. »Opp!« Und dann zu Cockburn: »Was für ein lächerlicher Name für ein Pferd!«

»Es heißt Hope!« korrigierte ihn der Admiral. »Das bedeutet Hoffnung.«

Napoleon starrte ihn mißtrauisch an wie der Adler, als den ihn seine Bewunderer früher bezeichnet hatten. »Hoffnung?

So, so.« Er warf einen letzten Blick auf die Residenz des englischen Gouverneurs. »Ihr Engländer habt Sinn für Humor, scheint mir. Oder zumindest für Ironie.«

Sie ritten weiter nach Osten. Die Straße wurde schmaler und steiniger und das Gras am Wegrand kümmerlicher. Der fruchtbare Wiesenstreifen um Plantation House endete abrupt in kahlem Lavagestein. An der Grenze zwischen beiden stand ein weißes Landhaus inmitten eines üppigen Gartens voller Rosen. Granatapfelbäume und Indische Feigenbäume warfen gesprenkelte Schatten auf eine weite Terrasse mit weißen Gartenmöbeln und italienischen Blumentöpfen. Mehrere Menschen in heller Sommerkleidung – eine Familie wahrscheinlich – saßen am Tisch und frühstückten. Als sie die Reitergruppe bemerkten, blickten sie überrascht hoch. Ein kleiner, blonder Junge sprang auf, lief zum Zaun und winkte. Seine Familie ließ ihn gewähren. Napoleon winkte zurück und lächelte. Dann aber wandte er sich schnell wieder ab. »Beeilen wir uns!« sagte er mit rauher Stimme. »Die Sonne steht schon hoch, und es wird sicher bald heiß werden.«

Zwischen gelbgrünen Kakteen und blühenden Geranienbüschen setzten sie ihren Weg fort. Immer wieder tauchte zu ihrer Linken ein schmaler Steig auf, der in festgetretenen, unregelmäßigen Stufen von der Stadt herauf senkrecht den Hang emporführte. »Ich glaube, sie nennen diesen Pfad die Jakobsleiter«, erklärte Cockburn, Napoleons Blick folgend. »Aber fragen Sie mich nicht, warum, General. Ich bin nicht sehr firm in biblischer Geschichte. Der Steig ist auch noch nicht fertig, aber später soll er den Weg zum Camp hinauf abkürzen.«

Vorbei an einem Wasserfall, dessen zweigeteilte Fluten herzförmig zu Tal stürzten und sich in einem schäumenden Becken wieder vereinten, ritten sie weiter auf ihrem Weg, der immer schmaler wurde, zuletzt nur noch ein fast nicht mehr erkennbarer, steinerner Pfad war, als gebe es kaum Menschen, die ihn benutzten. Schließlich verlor er sich an einer überhängenden Felswand, die sich zu einer tiefen, engen Schlucht spaltete.

Cockburn zog einen Notizzettel aus der Tasche und konsultierte ihn. »Hut's Gate!« erklärte er erleichtert. »Ja, wir sind richtig. Ich dachte schon, wir hätten uns verirrt.«

»Eine Zumutung, uns so weit heraufzuführen, ohne mit dem Weg vertraut zu sein!« beschwerte sich Bertrand; doch Cockburn ließ den Vorwurf nicht auf sich sitzen. »Unsere beiden Offiziere hätten sich hier bestens ausgekannt!« berichtigte er scharf. Cipriani seufzte und bekreuzigte sich. Marchand tätschelte verzweifelt Mr. Porteous' Reittier, das bei jedem Schritt unter ihm zusammenzubrechen drohte.

Cockburn an der Spitze ritten sie in die Schlucht hinein wie durch ein Tor in eine verwunschene Welt. Jamestown, Plantation House und die heitere englische Frühstücksgesellschaft am Rande des Gebirges blieben zurück. Europa gab es schon lange nicht mehr.

Kein Laut war zu hören außer den Tritten der Pferde und hin und wieder einem Stein, der davonrollte. Steine überall. Schwarze Felsen. Eine mineralische Welt, die sie durchquerten wie einen Fluß zum Jenseits. Kein Vogel mehr, kein Gesang; keine Ziegen, die draußen noch herumgeklettert waren; nur die fünf Männer, die sich unbehaglich durch die schattige Schlucht bewegten und immer wieder nach oben schauten, als erwarteten sie den Angriff eines ominösen Feindes.

Die Schlucht weitete sich wieder. Der Pfad zog sich an den Felsen zu ihrer Rechten entlang, während sich zur Linken der Abgrund auftat. Unten im Tal tauchte zwischen verwachsenen Bäumen und unzähligen Geranienbüschen unerwartet ein grüner Fleck auf. Ein kleines Paradies inmitten der leblosen Welt.

»Geranium Valley!« gab Cockburn nach einem Blick auf seinen Zettel zu wissen. »Das Geraniental. Da unten entspringt auch eine Quelle.«

Sie schauten hinab und horchten, ob sie das Sprudeln des Wassers vernehmen könnten. Da trieb Napoleon plötzlich sein Pferd an und ritt über einen kaum erkennbaren Pfad hinab zu der lieblichen grünen Insel. Ein paar Mal rutschte das Tier und schien schon zu stürzen, doch immer wieder fing es sich. »Vorsicht, General!« rief Cockburn – besorgt, sein kostbarer Gefangener, den er aus einer anderen Welt hierhergeschafft hatte, könnte sich nun, so nah am Ziel, das Genick brechen.

Als Napoleon unten angelangt war, stieg er vom Pferd, stapfte durch das rotleuchtende Blütenmeer zur Quelle und kniete nieder. Er setzte den Hut ab und schöpfte mit beiden Händen das kühle, klare Wasser, das aus dem Felsen quoll. Er benetzte sich Gesicht und Nacken und trank, bis sein Durst gelöscht war. Dann verharrte er noch eine Weile. Alle wußten, daß Napoleon an keinen Gott glaubte, und doch sah es aus, als betete er. Dann nahm er wieder seinen Hut, stand auf und stieg mühelos aufs Pferd. Ohne den Halt zu verlieren, ritt er den Hang hinauf zu seinen Begleitern und reihte sich ein. »Das Tal der Geranien!« murmelte er bewegt, als wäre er schon einmal hier gewesen. »Ich würde es ›Tal der Stille‹ nennen.«

Noch einmal verengte sich die Schlucht. Sie mußten absteigen und ihre Pferde am Zügel führen. Der Weg schlängelte sich nach unten in eine finstere Senke, von der sie später erfuhren, daß sie *The Devil's Punchbowl* hieß, »Des Teufels Punschtopf«... Danach ging es wieder aufwärts. Erst jetzt öffnete sich die Schlucht wie ein mächtiges Tor, durch das sie auf eine weite, kahle Hochebene hinausblickten. Ein paar Gummibäume neben dem Weg weckten Hoffnung, doch sie versprachen mehr, als die Landschaft hielt.

»Deadwood Plain!« sagte Cockburn und bemühte sich, eine unerwartete Anwandlung von Scham zu verbergen. »Wir sind am Ziel.« In seinen Augen lag das Dunkel, das ihn gegen seinen Willen überwältigt hatte, als er jenem Albatros zusah, der vergeblich versuchte, sich in die Lüfte zu erheben, da die Weite des Himmels doch das Element war, in dem sich seine Eleganz erst entfaltete. »Wir sind am Ziel!« wiederholte Cockburn mit lauter Stimme, um sich selbst zur Ordnung zu rufen.

Napoleon und seine Begleiter starrten auf die kahle Ebene,

die sich vor ihnen ausbreitete, umschlossen von schwarzen Felsen, hinter denen man das Meer ahnte, die Ostküste der kleinen Insel, die sie nun fast schon durchquert hatten. Der höchste der Berge zu ihrer Linken sah aus wie das Profil eines Mannes mit einem Zweispitz auf dem Kopf: ein Spottbild Napoleons, als hätte sich der Schöpfer vor Jahrmillionen den Scherz erlaubt, die Zukunft zu zitieren. *The Barn* hieß der Berg auf der Karte in Cockburns Rocktasche, »Die Scheune«, aber Cipriani raunte Marchand zu, von jetzt an werde wohl jeder Besucher in diesem Felsrücken nur noch das steinerne Abbild des gefangenen Kaisers wahrnehmen.

»Deadwood Plain!« sagte Cockburn ein zweites Mal und entfernte sich einen weiteren Schritt von seinem unangemessenen Erbarmen.

Ein feuchtheißer Windstoß fuhr ihnen ins Gesicht, als wollte er sie in die Schlucht zurückwerfen, und änderte dann in einem pfeifenden Wirbel seine Richtung zurück auf die Ebene. Napoleon hielt seinen Hut fest, ohne den Blick von seinem steinernen Ebenbild zu lösen und von dieser Einöde, die ihn anzusaugen schien wie ein Strudel im Wasser. »Das kann nicht Ihr Ernst sein!« flüsterte er. Zum ersten Mal sahen ihn seine Begleiter klein und hilflos. Der einsamste Mensch auf der Welt. »Hier soll ich bleiben?«

Nie würde einer von denen, die dabeigewesen waren, den Blick vergessen, mit dem Napoleon Longwood House musterte, diesen schmutziggrauen Fleck am anderen Ende der Hochebene, halb verfallen, zerfressen von Regen und Wind, ausgedörrt von einer erbarmungslosen Sonne!

»Hier wollen Sie mich begraben?« murmelte Napoleon, ohne den Blick von dem verfallenen Gemäuer abzuwenden. »Das ist ja schlimmer als Tamerlans Käfig!«

Cockburn antwortete nicht.

»Ich habe mich freiwillig unter den Schutz der englischen Krone gestellt«, fuhr Napoleon leise fort, »vertrauend auf die Gastfreundschaft Ihres Volkes.« Er zeigte auf das Gebäude, weit ausholend, wie Cockburn zuvor auf die Residenz seines Gouverneurs. »Ist das die Art, wie England seine Gäste unterbringt?«

»Nicht ich habe entschieden, General«, entgegnete Cockburn, der den Albatros vergessen wollte. Der Haifisch, mit dem die Franzosen auf der »Northumberland« so viele gesellige Abende verbracht hatten. Am Spieltisch hatte er sich jovial gezeigt und ohne Ehrgeiz. Nun, ob er es wollte oder nicht, war er der Kerkermeister. Angehöriger eines kühlen, pragmatischen Volkes; ganz anders als der Sohn Korsikas, der die große Geste liebte, die Ritterlichkeit und das Erbarmen, besonders wenn es glanzvoll war.

»Ich werde hier nicht bleiben!« sagte Napoleon entschlossen. »Und ebensowenig werde ich in dieses sogenannte Hotel in dieser sogenannten Stadt zurückkehren.« Seine Augen waren Eis. Die Augen des Mannes, der die Hinrichtung des Herzogs von Enghien unterzeichnet hatte ... Es war notwendig gewesen, die Bourbonen durften keinen Thronfolger mehr vorweisen können. Der junge Mann mußte sterben, um des Friedens im Lande willen. Frieden durch Mord. Besser einer als Tausende. Kein Erbarmen in diesem Fall. Keine großmütige Geste ... »Finden Sie eine Lösung, wenn Sie können, Admiral! Sollte Ihnen das aber wieder einmal unmöglich sein, müssen Sie mich wohl in Ketten legen. In Europa wird man sich bestimmt dafür interessieren.«

Cockburn errötete vor Zorn und Hilflosigkeit. »Es handelt sich nur um eine kurze Zeit des Übergangs!« wandte er ein, obwohl ihm der Sinn nicht nach Erklärungen stand. Vielleicht hallten in seinen Ohren die Worte des preußischen Kommissars Stürmer wider, der Napoleons Verbannung für einen überflüssigen Aufwand hielt: »Wozu die Samthandschuhe? Warum stellen wir das Schwein nicht einfach an die Wand?«

»Übergang?« mischte sich Bertrand ein. »Übergang wozu?«

Cockburn mahnte sich zur Ruhe. »Man wird dieses Anwesen renovieren, General! In ein paar Wochen erkennen Sie es nicht wieder.« Er unterbrach sich betreten, als eine Ratte über die Stufen zum Eingang lief. Alle sahen es. »Bisher war einfach noch nicht genug Zeit, das Haus für Sie vorzubereiten. Es ist doch erst ein paar Monate her, daß man Sie gefangengenommen hat!«

»Niemand hat mich gefangengenommen!«

»Nun, seit Sie sich ausgeliefert haben.«

»Seit ich um die Gastfreundschaft Ihrer Regierung ersucht habe! Damals meinte ich noch, die Engländer wüßten, was das ist: Anstand und Ehre!«

»Man wird ein Militärlager hier heroben errichten. Dreitausend Mann, alle zu Ihrem persönlichen Schutz und Ihrer Bequemlichkeit. Sie werden sehen, wie schnell dieses Haus nicht mehr wiederzuerkennen ist.«

Napoleon erbleichte. »Dreitausend Mann? Zu meinem Schutz? Und vor wem, bitte sehr, sollen sie mich beschützen auf diesem gottverlassenen Felsbrocken?«

»Außerdem plant man bereits eine neue Residenz für Sie und Ihre Begleitung. Die gesamte Konstruktion und das Mobiliar werden in England angefertigt und hierher verschifft. Ein erlesenes Schlößchen, sagte man mir. Sie werden sich wie zu Hause fühlen.«

Napoleons Hände krallten sich um die Zügel seines Pferdes, das erschrak und sich aufbäumte. Napoleon hatte Mühe, es zu bändigen. »Ein erlesenes Schlößchen? Hier? Glauben Sie wirklich, ich hätte die Absicht, bis an mein Lebensende an diesem Ort zu bleiben? Mich dazu zu zwingen, dafür reichen Ihre dreitausend Mann nicht aus. Und wenn es hundertmal so viele wären: Wenn ich nicht will, hält nichts mich zurück!«

Cockburns Gesicht gewann seine normale Farbe zurück. »Verkennen Sie nicht Ihre Lage, General?« fragte er. Für einen Moment glichen seine Augen denen Napoleons. Wie feindliche Brüder standen sie einander gegenüber in der Hitze von Deadwood Plain, im ewigen Glutwind, der die wahnsinnig machte, die ihm nicht entfliehen konnten. Sie wußten nicht weiter und sagten sich, daß sie einander haßten, obwohl sie wochenlang höflich und freundschaftlich miteinander umgegangen waren.

Cockburn hatte das Gefühl zu verdursten, aber er wußte, daß es auf Longwood kein Wasser gab. Die nächste Quelle lag im Geraniental. Napoleon hatte aus ihr getrunken, und wider alle Vernunft haßte ihn Cockburn sogar dafür und fürchtete ihn zugleich ... Deadwood Plain. Der Vorhof zur Hölle. Zu heiß für Vernunft oder Güte.

IV. Der Rosenpavillon

1

Es war so dunkel, daß Bertrand keinen der Gegenstände im Zimmer erkennen konnte. Trotzdem wußte er ohne jeden Zweifel, daß es nur noch ein paar Atemzüge dauern würde, bis die ersten Sonnenstrahlen über Diana's Peak glitten und der kleinen Stadt den Morgen brachten. Bertrand konnte sich nicht erinnern, jemals einen Sonnenaufgang verschlafen zu haben. Von Kindheit an erwachte er unausweichlich kurz vor Anbruch der Dämmerung. Seine Mutter hatte die gleiche Gabe besessen, den Tag vorauszuspüren, und davor schon ihre Mutter: beide einfache, unsentimentale Frauen vom Lande, die darauf schworen, der Zeitsinn sei kein Erbe und schon gar nicht eine übersinnliche Fähigkeit, sondern eine erlernte Gewohnheit, die das ungeborene Kind im Mutterleib übernahm, und die nur weitergab, wer sich selbst Morgen für Morgen in dem Augenblick erhob, in dem die Sonne über den Horizont trat. Seit Generationen hatten es die Bertrand-Frauen so gehalten, und auch seine Mutter weckte ihn von seiner Geburt an zu Tagesbeginn, so daß er den Rhythmus von Erde und Himmel in sich aufnahm, noch ehe er laufen lernte. Auch später, als ihn die Revolution längst zum Aristokraten gemacht hatte, trug ihn der Pulsschlag der Zeit weiter von einem Sonnenaufgang zum anderen, als wäre Bertrand nicht der mächtige Gefährte eines Kaisers, sondern immer noch der Landmann aus dem Berry, der sich der Natur anpaßte, um zu überleben.

Er stand auf und trat ans Fenster, das sich im gleichen Moment als schiefergraue Fläche von der nachtdunklen Wand abzuheben begann. Vorsichtig, um seine Familie nicht zu wecken, schob er die nach Staub riechende Gardine beiseite und blickte hinauf zu den steilen schwarzen Felsen, deren Ränder sich röteten. Alles war ruhig und still. Bertrand überkam das gleiche Gefühl wie fast jeden Morgen: allein zu sein auf der Welt; der einzige Mensch, der wachte, während alles noch schlief. Er hatte keine Angst vor der Einsamkeit, vielmehr stärkte sie ihn und hob ihn über die anderen hinaus, als wäre er in der Lage, mehr zu erkennen als sie.

Erst mit zunehmendem Licht des Morgens verlor sich seine Überlegenheit. Ein kurzes Glitzern der Seele, und der Tag bemächtigte sich seiner. Während sich seine Frau und seine Kinder räkelten, wurde auch aus Bertrand wieder der Mensch des Tages und der Welt mit Name und Titeln, Amt und Verpflichtung, Erinnerung, Sorge und der Sehnsucht nach Glück. Henri-Gratien Bertrand, Großmarschall des Palastes im Dienste eines Kaisers, auch wenn man ihm die Krone entrissen hatte. Graf Bertrand mit Gemahlin und Kindern. Henri, mein Liebster – wie Fanny ihn manchmal nannte in den kostbaren Augenblicken, die in letzter Zeit so selten geworden waren.

Er trat an ihr Bett und blickte auf sie hinunter. Das aufgelöste dunkelblonde Haar ringelte sich um ihr Gesicht, das auf der Reise blaß und schmal geworden war. Unerwartete Reue überkam ihn. Verzeih mir! flehte er stumm. Vielleicht war es ein Fehler, euch hierherzubringen! Und er sah sie vor sich in den beiden schrecklichen Wochen, als sie auf der »Northumberland« auf den Tod erkrankte und keiner der englischen Ärzte ihr helfen konnte. Dr. Warden sprach von Hirnhautentzündung, und daß die Kranke nie wieder so sein würde wie zuvor, selbst wenn sie die Krise überstand. Sogar zur Ader ließ er sie, obwohl die Franzosen diese Methode verabscheuten. Doch Napoleon selbst stimmte zu, da Madame Bertrand eine halbe Engländerin war und als solche vielleicht auf die bestialische Behandlungsweise ihrer Landsleute ansprach. »Es wäre besser für sie und für uns alle, wenn sie stürbe«, sagte er nach seinem einzigen Besuch an ihrem Krankenbett. Bertrand wußte nicht, ob Mitleid aus Napoleon sprach oder Groll, weil sie sich dagegen gewehrt hatte, ihn auf seinem beschwerlichen Weg ins Exil zu begleiten.

Doch eines Nachmittags – das Schiff ächzte leise im allzu stillen Wasser – schlug sie plötzlich die Augen auf und sah ihn, Bertrand, an, der am Fußende ihres Bettes stand wie jetzt in der kleinen Pension auf der Insel. Er meinte schon, es wäre das Ende, sie würde tief aufseufzen – der letzte Atemzug, den der Soldat Bertrand so oft miterlebt hatte – und ihr Kopf würde zur Seite fallen, als wären unter einem harten Zugriff die Halswirbel zerbrochen. Bertrand legte die Hand vor den Mund, um sein Weinen zu unterdrücken, doch Fanny lächelte ihn an: kein verzerrtes Widerspiegeln von Schmerz und Angst, nein, das gleiche Lächeln, mit dem sie ihm als junges Mädchen entgegengetreten war, als Napoleon sie am Arm faßte und sagte, sie wisse ja wohl, daß General Bertrand sein Herz an sie verloren habe. Ein Lächeln, ungezwungen und natürlich, ganz anders als das Lächeln der neuen Damen am Hofe des emporgekommenen Kaisers. Das Lächeln einer jungen Frau, die den Wert der Zuneigung ermaß, die zwischen Menschen entstehen konnte, und ihn höher einschätzte als Titel und Würden. Hätte sie es verlangt, hätte ihr Napoleon, der Ehrgeiz verstand und honorierte, einen Prinzen gegeben, aber sie fügte sich in seine erste Wahl. »Ich habe den Besten bekommen!« sagte sie am Morgen nach ihrer Hochzeit – ein wenig mutwillig und ein wenig zu frech für ein wohlerzogenes Adelstöchterchen, aber voller Glück und, damals schon, voller Liebe für den zurückhaltenden jungen Mann, dessen Gewissenhaftigkeit ihr später das Leben erschweren sollte.

»Ich glaube, ich bin wieder gesund!« Sie setzte sich auf. »Ich habe Hunger und Durst, und ich fühle mich so stark, daß ich aus eigener Kraft nach England schwimmen könnte.«

Wir sind nicht auf dem Weg nach England, wollte er sagen, doch er schwieg, und merkte, daß sie ihm dafür dankbar war.

Er war noch immer in Gedanken bei ihr, als er auf seinem britischen Pferd die schmale Serpentinenstraße hinaufritt, noch im Schatten der Felswände, doch schon der Morgensonne entgegen. Allein, obwohl er wußte, Montholon und Gourgaud würden es ihm übelnehmen, daß er nicht auf sie gewartet hatte. Eifersucht war das heftigste Gefühl zwischen den Treuesten der Treuen. Eifersucht und Rivalität, was in diesem Fall wohl das gleiche bedeutete. Es war, als hätten sich die Söhne eines reichen Vaters um diesen geschart, hätten zu seinen Gunsten auf ihre eigenen Pläne verzichtet und wären dann plötzlich von ihm verstoßen worden: kein gemeinsames Leben mehr, wie erwartet, sondern nur stundenweise Besuche, die auch noch den demütigenden Beigeschmack vermittelten, unwillkommen zu sein.

Er hat uns im Stich gelassen, dachte Bertrand, obwohl er Fanny stets widersprach, wenn sie das gleiche feststellte. Aber wie hätte man es sonst nennen sollen, wenn Napoleon schon nach der ersten Besichtigung seiner künftigen Residenz erklärte, er habe weder die Absicht, in nächster Zeit hier zu wohnen, noch werde er zu seinem Hofstaat nach Jamestown zurückkehren?

»Wie wäre es zum Beispiel mit dieser hübschen kleinen Villa da unten?« schlug Napoleon vor und fächelte mit der Hand vage in Richtung des englischen Landhauses, von wo ihm zwischen unzähligen Rosen der blonde Knabe zugewinkt hatte – mit dem kindlichen Eifer des kleinen Königs von Rom, nach dem sich Napoleon verzehrte. Napoleon, der Vater, nicht Napoleon, der Kaiser oder Napoleon, der Verbannte. Der Große Adler, der sich nach dem Kleinen Adler sehnte und sich davor fürchtete, von ihm vergessen zu werden. *L' Aiglon,* das geliebte Kind, blond und rotbackig wie seine Mutter. O wie erleichtert hatte sie aufgeatmet, als man ihr mitteilte, Europa wünsche nicht, daß sie ihren Gemahl ins Exil begleite!

Das Anwesen, das Napoleon als hübsche kleine Villa bezeichnet hatte, nannte sich *The Briars*, »Die Wildrose«, nach dem duftenden Meer von Rosensträuchern, die es umgaben. Eine blühende Insel inmitten von nackten Felsen. Es gehörte einem englischen Kaufmann, William Balcombe, der von der Regierung in London auffallend protegiert wurde. Seit Jahren schon hielt er das Monopol für Lieferungen an die Ostindische Kompanie, für die Sankt Helena einer der wichtigsten Umschlagplätze war. Außerdem besaß er in Jamestown ein eigenes Bankhaus unter dem unauffälligen Namen Balcombe, Fowler & Cole, ohne das auf der Insel keine Geschäfte zu machen waren. Mr. Fowler und Mr. Cole traten nicht in Erscheinung, doch Mr. Balcombe war ein mächtiger Mann, ein reicher Mann, und alle wußten, daß er bald noch viel reicher sein würde, denn seit ein paar Wochen hatte ihm London ein weiteres Monopol zugestanden: alleiniger Lieferant zu sein für den Haushalt des exilierten französischen Generals Bonaparte.

Damit erhielt das Gerücht, das seit Jahren immer wieder auf Sankt Helena aufflackerte, neue Nahrung: daß der bürgerliche Kaufmann William Balcombe in Wahrheit ein natürlicher Sohn des Prinzregenten sei und von diesem, wenn auch inoffiziell, gefördert werde – der beste Motor für erfolgreiche Geschäfte und ein sorgenfreies Leben. Kein Wunder, daß der rundliche, harmlos aussehende Mr. Balcombe so entspannt und heiter war, der angenehmste Gesellschafter, den man sich wünschen konnte; ein Mann, der seine Familie liebte, sein Land und davor noch sein Geld, das so rund und kühl in seinen warmen Händen lag, die es kaum erkennbar und doch mit großer Umsicht festhielten und vermehrten. Wen Mr. Balcombe leiden konnte, der hatte es gut auf Sankt Helena, doch es war leichtsinnig, ihn sich zum Feind zu machen. Das wußte man in Jamestown und sogar in Plantation House, denn Gouverneure kamen und gingen – Beamte, abhängig davon, daß jemand auf den Gedanken kam, sie zu ernennen. Mr. Balcombe aber saß fest in seinem grünen Ledersessel im schattigen Kontor am Hafen, ein heimlicher kleiner König, dessen Szepter ein Geldsäckel war und dessen Reichsapfel das Herz seines mächtigen Vaters im fernen London.

»Würden Sie mir die Ehre erweisen, Ihr Gast sein zu dürfen?« hatte Napoleon an jenem Nachmittag vor zwei Wochen gefragt, als er endgültig begreifen mußte, daß von jetzt ab andere bestimmen würden, in welchem Rahmen er lebte. »Dieses Longwood ist eine wurmstichige Baracke, und in Jamestown fressen mich die Wanzen.« Mit Cockburn und Bertrand saß er auf der Terrasse des illegitimen Prinzregentensohnes und seiner Familie. Der Teetisch war festlich gedeckt. Duftende Rosen rundherum und in den Vasen, gedruckte und gestickte Rosen auf der Tischdecke aus Chintz, auf den Servietten und auf den Kissen der Gartenmöbel, gemalte Rosen auf dem Teegeschirr. Napoleon haßte Tee, hier aber schien er ihn plötzlich zu genießen. Er bat um eine zweite Tasse und danach um eine dritte. »Aber ohne Milch, Madame, wenn ich bitten darf!« Er schauderte bei dem Gedanken, Milch in gewürztes Wasser zu gießen und die graue Brühe dann auch noch zu trinken.

Mrs. Balcombe bediente ihn mit bebenden Händen. Schon oft hatte man ihr das Kompliment gemacht, sie habe Ähnlichkeit mit Joséphine Beauharnais. Bisher hatte sie dies als schmeichelhaft empfunden, denn Joséphine galt als erlesene Schönheit, doch als der Exgatte besagter Joséphine plötzlich leibhaftig auf Mrs. Balcombes Heim zugeritten kam und die Hufe seines schwarzen Rosses ihren Rasen ruinierten, erschrak sie bis ins Mark und sah in Gedanken das korsische Monster schon über sich herfallen – wußte man doch, daß die Franzosen nichts anderes im Sinn hatten als Fleischeslust und Napoleon dazu nichts anderes als Gewalt in jeder Hinsicht.

So floh sie mit ihren Kindern ins Haus, die Arme über den kleinen Schultern der beiden Jüngsten ausgebreitet wie die Flügel einer Glucke. Im Spielzimmer sperrte sie sich mit den Kindern ein. Die Fensterläden zu schließen, kostete ihre letzte

Kraft. Dann gebot sie den Kindern, sich ganz still zu verhalten, bis sich der Oger wieder entfernt hatte. »Ihr hättet ihm nicht zuwinken dürfen!« flüsterte sie. »Wahrscheinlich habt ihr ihn damit herbeigelockt.« Sie riß die vierzehnjährige Betsy zurück, die das Gesicht an die Fensterläden preßte, um einen Blick auf das Ungeheuer zu erhaschen.

Doch dann kam Mr. Balcombe persönlich hereingepoltert und forderte seine Gattin auf, mit den Kindern in den Garten zu kommen, um mit den Gästen Tee zu trinken. »Auch die Kleinen. Es scheint, er mag Kinder.«

Und nun wollte er bleiben, bis Longwood renoviert war! Mr. Balcombe bot ihm sogar an, das Haus für ihn und sein Gefolge zu räumen. Er selbst könne während der erforderlichen ein, zwei Monate mit seiner Familie nach Jamestown ziehen.

Zu Mrs. Balcombes Erleichterung lehnte Napoleon das Angebot ab. Er entschied sich für den kleinen Pavillon, der nur ein paar Schritte vom Haus entfernt, von Blumen umgeben, auf dem kurzgeschorenen Rasen stand. Vor Jahren hatte ihn Mr. Balcombe dort für Bälle und andere kleine Festlichkeiten aufstellen lassen, ein niedriges Holzgebäude im Adamstil, für viel Geld original aus England importiert, sechs Meter lang und viereinhalb Meter breit. Im Erdgeschoß ein einziger großer Raum, ein Saal mit einem Fußboden aus edlem Rosenholz, den die Mägde alle paar Wochen mit Paste einließen und so glatt polierten, daß es ein Wagnis bedeutete, ihn zu überqueren.

Durch zwei hohe Flügeltüren trat man ein wie in den Festsaal eines Schlosses, und durch sechs hohe Fenster drang die tropische Sonne in den leeren Raum, der auf Musik zu warten schien und auf den Tanz eleganter Herren und schöner Damen in luftigen Roben. Alles in Weiß: die Wände, die Kannelierungen und Gesimse und die zierlichen, schmiedeeisernen Ranken an den Fenstern. Wie eine Torte aus Zuckerguß erhob sich der Pavillon aus dem grünen Rasen. Nichts hätte weniger auf die einsame, schwarze Insel passen und nichts die verwundete Seele des unfreiwilligen Gastes tiefer rühren können – wie ein Lied, von dem jeder Ton vorhersagbar ist und jedes Wort tausendmal gesprochen, so daß der Zuhörer ohne Mühe weitersingen könnte, selbst wenn er das Lied vorher noch nie vernommen hatte.

Über eine schmale, steile Treppe kletterte Napoleon hinauf in den Dachboden: zwei winzige Kammern mit jeweils einer runden Luke nahe der Decke, nicht größer als ein Gesicht. »Man kann in jedes Zimmer eine Matratze legen«, entschied der Feldherr Europas, und Bertrand, der ihm gefolgt war, stand tief gebeugt da, um sich den Kopf nicht anzuschlagen, und fragte sich, ob die Räume nicht schon für eine Matratze zu winzig waren. »In dem einen Raum wird Las Cases schlafen, in dem anderen sein Sohn!« fuhr Napoleon fort. »Cipriani und Marchand können auf dem Rasen übernachten. Der Sommer steht bevor, da werden sie die frische Luft zu schätzen wissen.« Dann befahl er Bertrand, unverzüglich nach Jamestown zu reiten und die beiden Las Cases, den Mameluken Ali, den Diener Noverraz und den Koch Pierron heraufzuholen. Die übrigen Begleiter sollten vorläufig noch in der Pension bleiben. Man werde nach ihnen schicken, sobald man sie brauche. Zuletzt diktierte er eine Liste der Gegenstände, die ihm gebracht werden sollten, und bedankte sich bei Mr. Balcombe, der ihm anbot, sich aus dem Haupthaus nach Belieben mit Einrichtungsgegenständen zu versorgen.

»Er läßt uns im Stich!« entrüstete sich Fanny, als Bertrand erhitzt und niedergeschlagen in der Pension ankam und seinen Reisegefährten Napoleons Entscheidung mitteilte. Keiner stimmte Fanny zu, doch alle dachten wie sie. »Seine Armee hat er auch in Rußland zurückgelassen!« Noch nie war der englische Akzent in Fannys Sprache so stark gewesen. »Erst hat er sie in die Niederlage geführt, und als sie besiegt war, ließ er sie allein.« Napoleon, der nach Paris zurückkehrte, geschlagen, gedemütigt und einsam, während seine Soldaten in der Eiswüste der winterlichen Tundra verhungerten und erfroren ...
»Gibt es irgend jemanden, auf den er Rücksicht nimmt?« Keiner antwortete. Albine de Montholon senkte den Kopf und fing an zu weinen. Zum ersten Mal schien sie wie die anderen zu fühlen und zu ihnen zu gehören.

Noch am Abend des gleichen Tages transportierten fluchende englische Soldaten mit Hilfe von Packeseln Napoleons eisernes Feldbett zur »Wildrose«, seinen Reiseschreibtisch, der ihn auf allen Feldzügen begleitet hatte, und sein luxuriöses Waschgestell: goldene Schwäne mit ausgebreiteten Schwingen, auf denen eine reich verzierte, silberne Waschschüssel ruhte. Der berühmte Juwelier Biennais hatte das Prunkstück seinerzeit eigens für den Kaiser entworfen, und Marchand hatte es noch nach der Niederlage von Waterloo aus dem Elysée-Palast gerettet. Nun schmückte es wie ein schimmernder Altar eine Schmalseite des großen Saals im Pavillon. Seltsamerweise schien es dorthin sogar zu passen, als entstünde in dem Gartenkiosk eine Gegenwelt zur Wirklichkeit mit ihren verlorenen Schlachten, den unzähligen Toten und Verstümmelten und der Verbannung auf eine Insel ohne Gnade.

»Wie wenig man doch wirklich braucht«, sagte Napoleon zu Mr. Balcombe, der die Kostbarkeit bewunderte und dafür sorgte, daß der schönste Schrank, den er besaß, an der gegenüberliegenden Wand aufgestellt wurde. Napoleon nahm die Gefälligkeit dankbar an und ließ schon am nächsten Tag die schweren Kisten den Berg heraufschleppen, in denen das Service aus Sèvresporzellan verpackt war, von dem er während des Exils zu speisen gedachte.

»Das Volk von Paris hat es mir geschenkt!« erklärte er den vier Balcombe-Kindern, die mit aufgerissenen Augen den Dienern beim Auspacken zusahen: zwei kleine Knaben wie Putten auf katholischen Heiligenbildern und zwei junge Mädchen, Jane und Betsy, an der Schwelle zum Erwachsensein. Alle vier blond wie Maiskolben und so englisch wie das Empire. »Seht es euch an, *mes enfants!* Jeder Teller, jede Tasse trägt ein anderes Bild. Alles Ereignisse aus meinem Leben. Hier: die Pyramiden. Habt ihr schon von ihnen gehört? Afrika? Die Wüste? Auch Alexander der Große ist einst in Ägypten gewesen. Ich wollte, ich hätte dieses Land niemals verlassen, dann wäre ich jetzt der Herr des Orients!«

Der fünfjährige Alexander Balcombe lachte schallend auf.

Er dachte, der Fremde mit dem verrückten Hut mache einen Scherz. Seine Schwester Jane hielt ihm den Mund zu, doch Betsy beugte sich über das Geschirr und fragte in ihrem kuriosen Französisch: »Haben Sie bemerkt, Monsieur, daß auf Ihren Tellern die Krokodile im Nil alle lachen?«

Napoleon sah sie nachdenklich an. Dann nahm er einen Teller und betrachtete ihn. »Sie haben recht, Mademoiselle!« Er stellte den Teller zurück zu den anderen. »Eines Tages werde ich Ihnen den Teller schenken, damit Sie dieses Lachen nie mehr vergessen.«

»Aber dann ist Ihre Sammlung doch nicht mehr vollständig!«

»Vielleicht macht genau das den Reiz des Sammelns aus, Mademoiselle.«

»Sie werden ihn zurückhaben wollen!«

»Es gibt vieles, was ich zurückhaben will, *ma chère.* Dieser Teller gehört bestimmt nicht dazu.«

Am nächsten Morgen fand Betsy den Teller mit den Krokodilen auf ihrem Frühstücksplatz. Sie bedankte sich nicht. Sie zerteilte ihren Apfel darauf und sah Napoleon dabei in die Augen.

»Sie ist noch ein Kind«, murmelte Marchand, der sie beobachtete.

»Aber ja doch«, antwortete Cipriani.

Es war, als hätte man ihn ins Meer geworfen, zusammen mit wenigen Erinnerungsstücken aus seinem früheren Leben, alle vom Zufall ausgewählt. Dennoch war ihre Auftriebskraft stark genug, ihn über Wasser zu halten: am Leben, auch wenn es nicht mehr das Leben war, das er selbst gewählt hatte. Nun hielt er sich an den geschönten Porträts seiner Familie fest, die ihn bereits abgeschrieben hatte; an einer absurden Sammlung goldener Schnupftabaksdosen; an glänzenden Orden, die er früher mit offenen Händen verteilt hatte, verächtlich fast, wie ein Imperator Brot an den Pöbel. Sogar bei der goldenen Weckeruhr Friedrichs des Großen suchte er Zuflucht: »Ich habe sie aus Potsdam mitgenommen. Mehr war Preußen nicht wert.« Wie wohl es tat, Verachtung zu zeigen, wenn man selbst den Boden unter den Füßen verloren hatte.

Er suchte nach Halt. Klammerte sich an seinen Titel und an das erhabene Zeremoniell der Herrscher von Frankreich. Wer von außen kam und mit ihm reden wollte, mußte erst bei Bertrand um Audienz ansuchen. Die hierarchische Ordnung bei Tisch wurde streng beachtet, und kein Mitglied des Hofstaats hätte wagen dürfen, nachlässig gekleidet vor dem Auge seines kaiserlichen Herrn zu erscheinen. Cipriani, der Haushofmeister, schnitt mit eigenen Händen das Gras vor dem Eingang zum Pavillon in Form einer Krone, als wäre das Häuschen im Garten des englischen Geschäftsmannes Schloß und Thronsaal zugleich. Am Tag sollte die Krone jeden, der eintrat, erinnern, daß hier ein gesalbter Herrscher residierte, und des Nachts sollte sie die bösen Geister verjagen, die Einlaß begehrten, um sich auf seine Brust zu setzen und ihm den Atem zu beklemmen.

Vieles geschah zu seinem Wohlbefinden. Admiral Cockburn, der Haifisch, sorgte dafür, daß englische Soldaten auf dem Rasen ein großes, weißes Zelt errichteten, mit einem überdachten Verbindungsgang zum Pavillon. Mr. Balcombe ließ helle, duftige Gardinen vor die hohen Fenster des Tanzsaales spannen und blaßgrüne Seidenvorhänge rund um Napoleons Feldbett als Schutz vor Moskitos und den geträumten Bedrohungen der Nacht. Die Diener bemühten sich, seinen Gaumen zu erfreuen, und bereiteten in der winzigen Weinlaube neben dem Gemüsegarten Speisen zu wie einst in den Tuilerien. Pierron, der selbst das Süße liebte, modellierte aus gesponnenem Zucker die Lieblingsschlösser seines Herrn, goldbraune, schimmernde Gebilde, die Napoleon rührten, so daß niemand es wagte, davon zu essen. Man stellte sie auf ein Tischchen neben Mr. Balcombes Paradeschrank, in dem nun das Sèvresporzellan prunkte. Manchmal blieb Napoleon davor stehen und murmelte: »*Malmaison!* Mein Gott, wie lange ist das schon her!« Doch in der feuchten Luft verloren die gesponnenen Schlösser bald ihre Form und sanken in sich zusammen, bis sie eines Morgens nicht einmal mehr dazu verlockten, an ihnen zu naschen. Napoleon schwieg und blickte beiseite. Pierron trug beschämt die silbernen Tabletts mit den süßen Erinnerungen hinaus und schenkte sie den schwarzen Sklaven aus Madagaskar, die sich den Magen daran verdarben.

3

Es war hell geworden, ein sonniger Frühsommermorgen, klar und erfrischend. Bertrand war froh, daß er nicht auf Montholon und Gourgaud gewartet hatte. Die beiden brauchten einander nur zu sehen, schon entbrannte Streit. Immer war es Gourgaud, der Montholon Vorwürfe machte, er verdränge die anderen und schmeichle sich bei Napoleon ein. Montholon verzichtete auf eine Antwort, aber sein Gesichtsausdruck – kaum merklich herablassend, kaum merklich mitleidig – reichte aus, um Gourgaud noch weiter anzustacheln. Einmal auf der »Northumberland« hatte er sogar zu seinem Degen gegriffen und gedroht, Montholon auf der Stelle zu durchbohren. Erst Napoleon brachte ihn mit einem scharfen Zuruf zur Raison.

»Er wehrt sich nicht!« rief Gourgaud triumphierend. »Kein Wunder, Monsieur le Général hat bisher ein Schlachtfeld nicht einmal von ferne gesehen! Weiß der mutige Herr überhaupt, wie man einen Degen hält?«

Auch heute würde es wieder Zank geben, und Gourgaud würde den kürzeren ziehen, obwohl doch alles für ihn sprach: seine Tapferkeit an Napoleons Seite und seine Hingabe seit vielen Jahren, während derer Montholon jede Feindberührung zu vermeiden wußte, mit den Bourbonen liebäugelte und als notorischer Spieler ständig von Gläubigern verfolgt wurde. Erst nach der Niederlage von Waterloo war er plötzlich bei Napoleon aufgetaucht und hatte ihn an ein paar gemeinsame Monate auf Korsika erinnert, an Jugendtage voller Hoffnung und Ehrgeiz, als der dreiundzwanzigjährige bürgerliche Napoleone dem neunjährigen adeligen Charles-Tristan Mathematikunterricht erteilt hatte.

Napoleon, tief berührt von der Begegnung mit seinem schuldlosen Selbst, nahm Montholon und Albine auf. Seither fragte sich mancher, was mehr für ihn zählte: die erwiesene Treue seiner Gefährten oder die sehnsüchtige Erinnerung an eine Zeit, die längst versunken war; was schwerer wog: die Auszeichnungen und Adelstitel aus seiner eigenen Hand oder die Zugehörigkeit zu den alten Geschlechtern Frankreichs, hinweggefegt von eben der Revolution, aus der Napoleon selbst hervorgegangen war.

Wie ein blühendes Eden, vom Himmel herunter in eine Felswüste gefallen, tauchte die »Wildrose« vor Bertrand auf. *Cottage* nannten die Engländer diese Bauweise, ebenerdig und langgestreckt wie indische Bungalows in den Reisebüchern, die die Briten so schätzten. Alle Räume im Erdgeschoß, als wären die Architekten der Insel nicht in der Lage, eine ordentliche Statik zu planen. Trotzdem hatte das Gebäude einen einfachen, kindlichen Reiz, dem sich auch Bertrand nicht entziehen konnte. Während er durch die hohe Allee aus Feigen- und Granatapfelbäumen zum Wohnhaus hinauffritt und die Sonnenstrahlen den Boden vor ihm melierten, fragte er sich, ob es vielleicht an der Aura dieses Anwesens lag, daß Napoleons Erinnerungen immer wieder in seine Kindheit zurückkehrten und in seine Jugend, als ihm die spätere Größe schon möglich und erreichbar schien, der tiefe Fall danach aber undenkbar.

Vor dem Haus angelangt, saß Bertrand ab. Der malaiische Gärtner Toby eilte herbei und übernahm die Zügel. »Braver Boney schon an der Arbeit!« teilte er mit. Sein faltiges braunes Gesicht strahlte vor Zufriedenheit über die Nähe einer so wichtigen Persönlichkeit. »Spricht Worte, und Graf schreiben auf.«

Vom ersten Tag an hatte Toby Napoleon geliebt, der ihn nicht übersah wie die meisten, sondern bei ihm stehenblieb und ihn nach seiner Arbeit fragte. Toby versuchte erst, ihm auszuweichen, doch dann merkte er, daß sich der weißhäutige Fremde, mit einem Bauch wie der des großen Buddha, wirklich für ihn interessierte, und so zeigte er ihm den Garten: die unzähligen Myrtensträucher, die üppigsten der ganzen Insel; die Orangenbäume mit ihren glänzenden, tiefgrünen Blättern, den duftenden Blüten und den goldenen Früchten – alles zugleich, wie die Götter es so freigebig schenkten. Zitronen, Feigen, Mangos: welch ein Reichtum! Toby kam es vor, als gehörte das alles ihm. Vom Sklaven hatte er sich zum Herrn über die Schöpferkräfte der Natur emporgeschwungen. Er nickte bedächtig, als Mr. Balcombe Napoleon erzählte, Tobys Garten versorge das ganze Haus und brächte dazu noch einen Gewinn von sechshundert Pfund Sterling pro Jahr ein.

Napoleons Antwort kam unerwartet:»Warum lassen Sie den Mann dann nicht frei, *mon ami?*«

Mr. Balcombe schüttelte den Kopf.»Er ist ein Sklave, Sire! Er lebt seit vierzig Jahren in unserer Familie.«

»Wie bist du in die Sklaverei geraten, Toby?«

»Lange her, Majestät von Frankreich.«

»Wie?«

»Gefangen, Majestät von Frankreich.«

»Und deine Familie?«

»Auch gefangen. Oder davongelaufen.«

Napoleon wandte sich an Mr. Balcombe.»Genau dagegen hat Frankreich gekämpft, Monsieur! Eine ganze, schreckliche Revolution lang ... Wieviel kostet es, ihn loszukaufen?«

Mr. Balcombe lächelte.»Das ist nicht möglich, Sire. Diese Insel ist voll von Sklaven. Wir brauchen sie, und sie brauchen uns. Toby wäre hilflos, wenn er für sich selbst sorgen müßte.«

Toby ergriff Napoleons Hand und küßte sie.»Ist so, Majestät von Frankreich!«

Napoleon zögerte, dann ging er weiter. Toby sah ihm nach, bis er im Haus verschwunden war. Von dieser Stunde an nannte der malaiische Sklave den verbannten Kaiser nur noch den »Braven Boney«. Eine tiefere Zärtlichkeit hätte er Napoleon nicht erweisen können.

Der Brave Boney war tatsächlich schon an der Arbeit und diktierte seine Memoiren: laut, bellend und voller Ungeduld, weil seine Gedanken schneller durch die Vergangenheit eilten als Las Cases' Schreibfeder über das Papier. »Graf schreiben auf«, unbehaglich auf dem zierlichen Gartenstuhl, der sogar für Napoleons Reiseschreibtisch zu niedrig war. Las Cases – ohnehin schon ungewöhnlich klein gewachsen – mußte sich nach oben recken und zugleich nach vorne beugen, wobei ihm der handbreite Uniformkragen den Hals abschnürte und die angespannte Haltung die Knöpfe seines Rockes fast absprengte. Immer wieder rutschte ihm seine Goldbrille mit den kleinen runden Gläsern über den Nasenrücken hinunter. Las Cases rettete sie erst im letzten Augenblick, indem er sie blitzschnell mit der freien Hand nach oben stieß, so hastig und achtlos, daß sich an seiner Nasenwurzel zwei wunde Stellen gebildet hatten, die mit jedem Mal ein wenig tiefer und röter wurden.

Trotz der frühen Stunde war Las Cases perfekt gekleidet. Sogar den Degen trug er an der Seite. Napoleon hingegen machte es sich noch bequem, in einem hellen Hausmantel über Hemd und Hose. Wie eine Salve von Gewehrschüssen folgten seine Worte aufeinander, scharf und konzentriert, während Las Cases' Kopf immer tiefer sank. Bei jedem »Haben Sie das?« atmete er wie ein Erstickender auf und nützte die Gelegenheit, die Feder tief in die Tinte zu tauchen oder – welche Wonne! – mit der linken Hand kurz die rechte zu massieren, um das Blut in den verkrampften Muskeln zu verteilen.

»Haben Sie das?«

»Sehr wohl, Sire. Hinreißend! Was für ein einzigartiger Stil! Noch in tausend Jahren wird die Menschheit...«

Doch auch der Jubel rettete ihn nicht. Napoleon diktierte weiter, ohne Denkpausen und ohne merkliches Atemholen, während Las Cases' Schrift immer unleserlicher wurde und das Papier immer fleckiger. Je länger er schrieb, um so müder wurden seine Augen. Manchmal sah er kaum noch, was er zu Papier brachte – nur noch die Umrisse der eigenen Hand, die sich von links nach rechts bewegte und dann wieder zurück zur nächsten Zeile, wobei innerhalb dieses Rhythmus ein weiterer, feinerer entstand, der die Buchstaben und Wörter formte und zuletzt nur noch aussah wie ein unkontrolliertes Zittern.

Bertrand stand am Eingang und wartete darauf, bemerkt zu werden. Er hoffte, Las Cases' Martyrium möge noch lange andauern, denn danach würde Napoleon ohne Unterbrechung das Thema wechseln, und Bertrand mußte Las Cases' Platz einnehmen. Während dieser mit letzter Kraft seine Papiere zusammenraffte, würde Bertrand die noch warme, schweißfeuchte Schreibfeder ergreifen und die gleichen Qualen erdulden wie sein Vorgänger; vielleicht sogar noch schlimmere, denn Bertrand war zwei Köpfe größer als der kleine Graf, so daß er auf dem engen Stühlchen an Napoleons Schreibtisch nicht wußte wohin mit seinen Beinen und mit seinem ganzen hochgewachsenen Körper, wie Gulliver bei den Liliputanern. Mindestens zwei Stunden würde er es in diesem Schraubstock aushalten müssen, erst dann durfte er auf Ablösung hoffen.

Napoleon hatte alles genau eingeteilt: Las Cases diktierte er den Italienischen Feldzug; Bertrand litt an der Ägyptischen Expedition; Gourgaud quälte sich durch die Hundert Tage und Montholon bemühte sich, seine Haltung bei der Aufzeichnung des Empire nicht zu verlieren.

»Ah, Bertrand!« bemerkte Napoleon, ohne den Italienischen Feldzug zu verlassen. Schon in den Tuilerien hatte er jeden Tag vier Sekretäre verschlissen. Einmal diktierte er seinem Schreiber Meneval fünfzehn Stunden lang ohne eine einzige Unterbrechung. Meneval unterdrückte seine Körperfunktionen und sein Schmerzempfinden. Die Angst vor dem Zorn des Kaisers überwand die Forderungen der Natur. Um drei Uhr früh allerdings, als Napoleon noch immer frisch war wie ein Veilchen im Morgentau und Anstalten machte, einen weiteren Brief zu beginnen, ließ sich Meneval nach vorne fallen und schlief auf der Stelle ein. Erst der Hieb, den ihm Napoleon mit dem Billardstock versetzte, weckte ihn. »Wie können Sie es wagen, zu schlafen, Meneval! Schlaf ist etwas für Kleinkinder und Idioten. Wir können uns nicht leisten, unsere Zeit damit zu vergeuden.« Dann ging es weiter, noch zwei Stunden lang. Meneval erzählte später, er habe sich danach tatsächlich wie ein Kleinkind gefühlt und zugleich wie ein Idiot.

»Ist er bald fertig? Seine Majestät, meine ich!« flüsterte der Mameluk Ali Bertrand zu. Ali hatte die schönste Schrift im ganzen Gefolge. Seine Aufgabe war es, die korrigierten Blätter ins reine zu schreiben und zu ordnen. Dann las Napoleon sie noch einmal durch und lobte Ali, als hätte dieser sie entworfen. In den letzten Tagen hatte sich Mr. Huff, der Hauslehrer der Balcombe-Kinder, erbötig gemacht, die Hälfte von Alis Arbeit zu übernehmen, doch Napoleon mochte seine Schrift nicht. *Old Huff*, wie ihn seine Schüler nannten, weinte vor Enttäuschung. Er war ein Bewunderer der Französischen Revolution und ihrer Ideale, noch mehr aber ein Bewunderer Napoleons. »Der erste Bonapartist unter den Saints«, stellte Mr. Balcombe fest. Old Huff widersprach nicht. Er hätte Napoleon so gerne gedient!

Nun folgte doch noch der Feldzug nach Ägypten, an diesem Tag aber weniger quälend als sonst, denn Napoleon wünschte, erst noch einmal die Karten zu konsultieren. Er breitete sie auf dem Boden aus, legte sich davor nieder und erklärte Bertrand, als hätte dieser noch nie davon gehört, die Feldzüge Alexanders des Großen. Er sprach über den Islam und über den Status der Juden und verlor sich schließlich in Reflexionen über die Zukunft: »Wissen Sie, Bertrand, was mich heute nacht beschäftigt hat? Wir meinen immer, die Schwerpunkte würden sich niemals ändern. Frankreich, England, Österreich, Preußen – die alten Großmächte. Bald die eine stärker, bald die andere. Aber sehen Sie sich die Landkarte an! Die Vereinigten Staaten: Wir betrachten sie immer noch als eine Art Kolonie. Und dieses Rußland! Glauben Sie mir: Heute sind beide noch schwach und unsicher, aber irgendwann einmal wird es anders sein. Zwei Herkulesse in der Wiege! Ich wollte, ich wäre nicht gezwungen, mich mit der Vergangenheit zu begnügen!«

Draußen auf der Wiese kreischte Mrs. Balcombes Pfau – ihr großer Stolz, weil er sie an die vornehme Abkunft ihres Ge-

mahls erinnerte. Dann hörte man aufgeregte Stimmen, Ge-
zeter: »Glauben Sie nicht, ich hätte Sie nicht längst durchschaut!«

Napoleon erhob sich vom Boden. »Ah, Gourgaud und Montholon! Wir machen uns besser wieder an die Arbeit.« Er begab
sich zurück nach Ägypten, einen flüchtigen Gedanken lang zu
Betsy Balcombes lachenden Krokodilen und dann wieder zur
Hoffnung auf Unsterblichkeit.

Bertrand versuchte, mit Napoleons Redefluß Schritt zu halten, doch obwohl ihn der Rücken schmerzte und sein Nacken
steif war wie Holz, tauchte plötzlich das Bild seiner Frau vor
ihm auf, wie er sie am Morgen zuletzt gesehen hatte, erst tief
im Schlaf, dann langsam erwachend: »Gehst du schon, Henri?
Bleib nicht zu lange, und iß etwas, bevor du aufbrichst!« Hätte
es in Frankreich keine Revolution gegeben, lebte er jetzt vielleicht noch im Haus seines Vaters auf dem Lande, und seine
Frau würde die gleichen Worte sprechen, bevor er hinausging
aufs Feld oder zum Markt. Einfache Worte in einem einfachen
Leben. Sie waren es, dachte er, die zählten. Die großen Expe-
ditionen in unbekannte Länder endeten schließlich nur als
Memoiren auf tintenbeflecktem Papier. Sie mochten Beute
bringen und sogar Erkenntnisse. Aber daß das Leben weiter-
ging, ganz bescheiden von einer Generation zur nächsten, dafür sorgten die kleinen Dinge, der Alltag. Gehst du schon?
Bleib nicht zu lange! Iß etwas, bevor du aufbrichst!

Fanny! dachte er. Nur das. Ihren Namen. Und dann plötzlich: daß er sie ohne die Revolution und das Chaos danach niemals getroffen hätte, und wenn doch, daß sie dann unerreichbar für ihn gewesen wäre.

Napoleon besuchte die Pestkranken von Jaffa, und Bertrand
schrieb und schrieb und wußte gar nicht, was er schrieb, denn
in Wahrheit war er unten in Jamestown bei seiner Frau und seinen Kindern. Gehst du schon, Henri? Bleib nicht zu lange! ...
Fanny!

V. Betsy Balcombe

1

»Will you come into my parlour?«
said the spider to the fly.
»It's the prettiest cosy little parlour
that ever you did spy.«

»Not today, thanks, Mr. Longshanks,
I've other fish to fry.«

Man hätte es malen müssen, ein zart hingetupftes Gemälde; oder in anmutige Töne setzen, die aus einem Cembalo hervorperlten – nichts Greifbares, alles nur ein Spiel. Willst du mich zu Hause besuchen? sagte die Spinne zur Fliege. Du hast im Leben gewiß noch nie ein feineres Stübchen gesehen. – O danke nein, lieber Herr Langbein! Ich habe andere Dinge zu tun.

Sie sangen es zu dritt. Zunächst Napoleon, die Spinne, in kaum verständlichem Englisch und mit einer Stimme, die – schon seine erste Gemahlin hatte es naserümpfend festgestellt – zum Singen nicht geeignet war. Danach der bedeutungslose Zwischentext: Emmanuel de Las Cases, Page, fünfzehn Jahre alt, größer als alle anderen, dafür halb so dick und in Gegenwart der dritten anwesenden Person von wogenden Errötungen befallen: Betsy Balcombe, die kleine Fliege, die behauptete, andere Dinge zu tun zu haben. Mademoiselle *Betsiii*, wie Napoleon sie nannte – mit jenem spitzen, endlos gedehnten französsischen »Iii«, das Betsy schon in ihren Träumen vernahm und das in ihrer sehnsüchtigen Erinnerung bis zu ihrem letzten Atemzug nachklingen würde. Mademoiselle *Betsiii*, das vierzehnjährige Mädchen vom schwarzen Felsen, gerade erst von der Schule im fernen, heimisch-fremden England zurückgekehrt, wo es gelernt hatte, ein wenig Klavier zu spielen, ein wenig zu singen, ein wenig über Kunst zu plaudern und über Literatur, ein wenig den Haushalt zu führen und sich ein wenig schön zu machen, um ein wenig zu gefallen – gerade genug, um einen jungen Mann, den die Eltern für passend erachteten, dazu zu bewegen, ihr ein gemeinsames Leben anzubieten. Nicht mehr und nicht weniger.

Ein wenig Französisch zu sprechen, hatte Betsy auch gelernt, und von all dem anderen Erfahrenen und Eingedrillten erschien ihr im Vergleich dazu jetzt nichts mehr von Bedeutung. Mademoiselle *Betsiii*: die Beste in der einstigen Französischklasse der Finishing School von Torbay, besser als ihre ältere Schwester Jane, die den Konjunktiv nie begriffen hatte und sich nun schwerblütig in ihr Zimmer zurückzog, während draußen auf der Wiese zwischen den wilden Rosen das Leben erblühte ... Ein Kaiser – man denke sich! – ein Kaiser saß Betsy gegenüber und sang mit ihr! Er schenkte ihr Lakritze aus einer Tortoise-Schachtel, die er ständig in der Rocktasche mit sich trug, und manchmal eine Rose, frisch vom Strauch, taufeucht und voller Dornen. Doch damit konnte Betsy umgehen.

»Haben Sie schon einen *petit ami*, Mademoiselle?« – Willst du mich zu Hause besuchen? sagte die Spinne zur Fliege.

»Aber nein, Monsieur! Ich bin doch erst fünfzehn!«

Monsieur! Las Cases, der die Szene vom Pavillon aus beobachtete, zuckte zusammen. Diese Anrede, an den Kaiser gerichtet, bedeutete den Bruch jeder Etikette.

»Vielleicht möchte unser kleiner Page Ihr Freund sein. Wie wäre es, mein Lieber?«

Emmanuel wand sich vor Verlegenheit.

Doch Betsy schüttelte den Kopf. »Nein, danke, Monsieur.

Ich will keinen *petit ami*.« – O danke nein, lieber Herr Langbein! Ich habe andere Dinge zu tun.

Napoleon hatte immer schon gern gekuppelt und noch lieber mit dem Feuer gespielt: »Sehen Sie, Mademoiselle, wie rot unser junger Mann geworden ist? Bestimmt träumt er jede Nacht davon, Sie zu küssen.«

»Sire! Ich flehe Sie an!« Las Cases verteidigte seinen Sohn, als ginge es um Ehre und Leben.

»Natürlich würde er es nie wagen!« So Napoleon. »Vielleicht sollten Sie ihm ein wenig entgegenkommen, Mademoiselle. Sie hätten doch auch Ihren Spaß dabei, oder nicht?« – Du hast im Leben gewiß noch nie ein feineres Stübchen gesehen.

Das Spiel war nach Betsys Geschmack. »Machen französische Mädchen das: ›entgegenkommen‹?« Am Vorabend hatte Napoleon sie eine »Roastbeefesserin« genannt, und sie hatte mit einem kecken »Froschfresser« geantwortet.

»Natürlich tun französische junge Damen das, Mademoiselle. Und sie haben ihren Spaß daran, das dürfen Sie mir glauben.«

Las Cases zitterte am ganzen Körper, ebenso wie sein Sohn. Napoleon lächelte und schlenderte über die Wiese und aus dem Garten hinaus in die Allee mit den Feigenbäumen, Betsy hüpfte übermütig immer an seiner Seite. Hinter ihr der Neufundländer Sambo, ganz jung noch und ungestüm wie seine kleine Herrin, die ihn mit den Zärtlichkeiten überhäufte, für die sie noch kein anderes Ziel gefunden hatte. Auf Napoleons gebieterisches Kopfnicken hin folgte ihnen auch Emmanuel, zu gleicher Zeit abgestoßen, fasziniert und halbtot vor Verlegenheit. Sein Vater, obwohl nicht eingeladen, schloß sich ihnen an.

Sie bogen in einen steinigen Ziegenpfad ein, der zum Wasserfall führte. Von einem Augenblick zum anderen war es, als hätten sie eine lächelnde, grüne Insel verlassen. Felsen umgaben sie nun. Keine Rosen mehr, nur noch Kakteen und ein paar niedrige Bäume. Hin und wieder schreckten ein paar Wellensittiche auf, gelb wie die Seidenschleife um Betsys schlanke Taille.

»Nun, wie ist es, Mademoiselle?« Napoleon blieb stehen, so abrupt, daß Las Cases in seinen Sohn hineinlief und ihn fast umrannte.

»Was meinen Sie, Monsieur?« Betsy lächelte, die Arme auf dem Rücken verschränkt. Sie war ein wenig kleiner als Napoleon und verschaffte ihm so das Vergnügen, auf ihr mutwilliges Mädchengesicht hinunterzuschauen und die Wärme zu spüren, die von ihren erhitzten Wangen zu ihm emporstieg.

»Wollten Sie unserem schüchternen Pagen nicht ein Küßchen rauben?«

Betsy drehte sich zu Emmanuel um. »Wollte ich das?« Sie vergewisserte sich, daß Napoleon auch ganz genau zusah, dann wandte sie sich wieder zu Emmanuel und stellte sich auf die Zehenspitzen. Sie legte ihm eine Hand auf die Schulter, doch noch ehe ihre gespitzten Lippen seine Wange berühren konnten, drängte sich Las Cases empört dazwischen und stieß sie von seinem Sohn fort. Betsy stolperte und prallte gegen einen Felsen. Leise schrie sie auf und rieb sich die Schulter. »Monsieur! Er hat mir weh getan!« Der Hund Sambo knurrte und machte Anstalten, sich auf Las Cases zu stürzen.

Napoleon erbleichte. »Weinen Sie nicht, Mademoiselle! Sie werden sich revanchieren. Wenn nötig, halte ich persönlich den Herrn für Sie fest.«

Emmanuel schlug die Hände vors Gesicht. Sein Vater bebte vor Zorn, Scham und Ergebenheit. L'Extasé, der »Verzückte«. Ein Höfling, wie es keinen devoteren im ganzen Gefolge gab. Der »Jesuit«, dem Gehorsam über alles ging: Er stand da, die Augen auf das Gesicht des jungen Mädchens geheftet, als wollte er es durchbohren. Stand da, Mord im Blut – doch er rührte sich nicht. Ließ alles geschehen. Schwieg dazu mit Lippen so aufeinandergepreßt, als wären sie zusammengewachsen. Schwieg dazu, daß Mademoiselle *Betsii*, die kecke kleine Fliege, die Roastbeefesserin von der winzigen Insel im Atlantik, den Arm hob, weit nach hinten ausholte und ihn ohrfeigte. Klatschend, so daß sein Sohn zusammenzuckte, als hätte ihn eine Kugel ins Herz getroffen. Die kleine Bürgerstochter – wer auch immer der natürliche Erzeuger ihres geschäftstüchtigen Vaters gewesen sein mochte – die kleine Bürgerin, fast noch ein Kind, ohrfeigte mit Genuß den Aristokraten von vornehmstem Geblüt; den erwachsenen Mann, alt genug, ihr Vater zu sein; den Gelehrten, vor dessen Kompetenz sich eine ganze Historikergeneration verneigte. Ohrfeigte ihn – und sein Herr, dem er diente und der ihm Schutz schuldete, sah zu, ja, hatte es provoziert, als verstünde er nicht, welche Schmach er seinem Getreuen damit antat. Oder hatte er es herausgefordert, weil er es genoß, Las Cases beleidigt zu sehen, wie man ihn selbst beleidigt hatte? Verriet er ihn, wie man ihn verraten hatte? Wie das französische Volk ihn verraten hatte, indem es zuließ, daß sich die Bourbonen den Thron zurückholten? Wie die Völker Europas ihn verraten hatten, denen er die Errungenschaften der Revolution schenken wollte? Wie die Engländer ihn verrieten, indem sie ihn aus seiner Welt hinauswarfen mitten hinein ins Nichts? Napoleon Bonaparte, beleidigt und gedemütigt von so vielen – nicht nur von einem unreifen jungen Ding, das seine Macht auskostete. Beleidigt und gedemütigt vor den Augen der ganzen Welt – nicht nur auf einem einsamen Ziegenpfad auf einer Insel, die keiner kannte.

Las Cases' Brille, klein wie die eines Kindes, lag auf dem harten Felsen. Der Graf bückte sich und suchte mit den flachen Händen den Boden ab. Er kniff die Lider zusammen und schluchzte verstohlen auf, als er das Gesuchte nicht gleich fand. Emmanuel kam ihm zu Hilfe, kniete nieder und holte die Brille zwischen den Steinen hervor. Er setzte sie ihm auf, ganz vorsichtig, um die Wundmale an der Nasenwurzel nicht zu berühren. Vater und Sohn blickten einander in die Augen. Sie schwiegen, als ihnen bewußt wurde, daß das rechte Brillenglas zersprungen war. Es sah aus, als hätte eine Spinne ihr Netz darüber gezogen.

2

Die Diktatstunden verkürzten sich. Napoleon legte immer weniger Wert darauf, der Nachwelt seinen eigenen Standpunkt nahezubringen über die Ereignisse, die sein Leben ausgemacht hatten; dieses merkwürdige Leben, dessen Mannesjahre – die Jahre der Taten und der Macht – sich auf einmal von ihm zurückzogen, als ob der verschwommene Horizont, den er vom Felsen aus beobachtete, all die vergangene Aktivität und das Treiben in einzelne Bühnenszenen auflöste und an sich saugte; immer weiter weg vom Betrachter Napoleon, der sich eigenhändig an einer einsamen Stelle über zwei Steinblöcke ein Brett gelegt hatte, eine einfache Bank, sein Logensitz, von dem aus er die Ferne musterte und zusah, wie an der Grenzlinie zwischen Himmel und Meer sein Leben Bild um Bild entschwand, mitten hinein in die perlweißen Wolken, die an den Horizont gefesselt waren wie er selbst an diese Insel. Zurück blieb nur Leere und ein Staunen darüber, daß noch vor ein paar Wochen – vor einer Ewigkeit! – alles ganz anders gewesen war. Wenn er dann aufstand und zum Pavillon zurückkehrte, gefolgt von Las Cases, der eine Wegbiegung entfernt auf ihn gewartet hatte, fehlte ihm der Antrieb, sich wieder in die alten Zeiten zurückzuversetzen und die passenden Worte zu suchen, die den Enthusiasmus der großen Jahre wieder aufleben ließen und ihn später dem geneigten Memoirenleser verständlich machen würden.

»Heute nicht«, sagte er dann kopfschüttelnd zu Las Cases und wunderte sich selbst über seine geplünderte Seele. »Morgen wieder.«

Las Cases verbeugte sich gehorsam und verbarg die Sorge, daß sein Herr auch am folgenden Tag keine Lust haben würde, die unwilligen Geister zu beschwören. Seit Betsy Balcombe seine Brille zerbrochen hatte und niemand auf der Insel in der Lage war, das Glas zu ersetzen, sah der Graf nur noch auf einem Auge, und manchmal kam es ihm vor, als wäre auch Napoleon zur Hälfte erblindet. Sie merkten es alle, die Getreuen, daß der Brave Boney dabei war, den Anschluß an sein Leben zu verlieren.

Nur die Kindheit interessierte ihn noch, obwohl er in den vergangenen Jahren gerade an sie kaum gedacht hatte. Der Sieger von Austerlitz hatte nichts mehr gemein mit dem schmächtigen korsischen Knaben, dem zweitgeborenen Sohn eines freundlichen, mittelmäßigen Vaters und einer hinreißenden Mutter. *Paille-au-nez*, »Strohnase«, hatten ihn seine Kameraden auf der Militärschule von Brienne verspottet, wohin ihn die Protektion eines französischen Generals gebracht hatte, der den schwarzen Augen Letizia Buonapartes so bedingungslos verfallen war, daß er sich unter Qualen mit ihrer Freundschaft begnügte. *Paille-au-nez* – weil der korsische Akzent des Knaben so steinhart war, daß die Franzosen ihn kaum verstanden. Wenn er seinen Namen nannte, Napoleone, dann klang es in ihren verwöhnten Ohren wie *Napolioné*, was ein Witzbold sofort als *paille-au-nez* auslegte.

Neun Jahre war er alt, als er mit seinem Bündel durch das Tor der Militärschule trat, im Gepäck Plutarchs Biographien der Großen Männer, im Herzen Heimweh, im Kopf die Überzeugung, anders zu sein als alle, die jemals seinen Weg gekreuzt hatten. Anders – und besser, auch wenn niemand bereit war, es zu bemerken. Ein Königsschüler war er nun, erster Schritt auf dem langen Weg und erstes Winken dessen, was er in verhohlener Arroganz sein Fatum nannte. Wie alle Korsen betrachtete er die Franzosen als Unterdrücker seiner Heimat, jener duftenden Insel mit ihren schönen, leidenschaftlichen Menschen, so verletzlich, so streitbar. Kinder der Ehre, Kinder der Freiheit, die ihnen immer wieder geraubt wurde in diesem Meer, auf dem sich der Machthunger dreier Kontinente traf. Es dauerte Jahre, bis er anfing, sich als Franzose zu fühlen, dem die Vernunft näher stand als das Kreuz, und Voltaire näher als Christus. Die »Strohnase« geriet in Vergessenheit, auch weil der Königsschüler lernte, seinem Zorn nachzugeben und sich zu wehren.

»Ich war lange nicht mehr in meiner Heimat«, sagte Napoleon plötzlich atemlos zu Betsy Balcombe, die aus Gänseblümchen einen Kranz gewunden hatte und ihn nun auf seine Stirn drückte.

»So lange nun auch wieder nicht!« widersprach sie und zupfte seine Haare zurecht. »Ein paar Monate oder so, nicht wahr?«

»Ich meinte nicht Frankreich, *ma petite*«, murmelte er. Dann rief er den Silberputzer Rousseau herbei und erteilte ihm genaue Anweisungen, ein winziges Wägelchen für die Balcombe-Knaben zu bauen, vor das zum Vergnügen der Kinder sechs lebende Mäuse gespannt werden sollten. »In der Schule hat man mich zu Anfang *paille-au-nez* genannt«, sagte er zu Betsy, als Rousseau in der Weinlaube verschwunden war, um sich unverzüglich an die Arbeit zu machen.

»*Pie O'Nay?* Verstehe ich nicht. Was bedeutet das?«

Napoleon ließ den dünnen Faden der Erinnerung wieder los, an dem er sich so gern zu sich selbst zurückgetastet hätte: »Ist nicht wichtig, Mademoiselle!« Er küßte ihre nach Gras riechende Hand – galant, als wäre das kleine englische Mädchen eine vornehme Dame aus Paris, und ohne die goldenen Salons jemals kennengelernt zu haben, reckte Betsy den Hals und nahm die *grande allure* der eleganten Welt an. Sie blickte hinunter auf das geneigte Haupt, das einst eine Krone getragen hatte, und verzweifelte fast bei dem Gedanken, daß die dummen Gänse aus der Finishing School von Torbay sie jetzt nicht sehen konnten.

3

Er veränderte sich. Von Tag zu Tag schien er schlanker zu werden und dabei dennoch an Kraft zu gewinnen. Hatte er bei seinem ersten Ausritt auf Sankt Helena noch Hilfe gebraucht, um sein Pferd zu besteigen, so schwang er sich nun wieder so mühelos und energisch in den Sattel wie ehedem, als er den Kontinent Europa hoch zu Roß durchquerte, um ihn sich anzueignen.

Auch die Linien seines Gesichtes festigten sich. Die Müdigkeit verschwand aus seinen Augen und zugleich auch der gelbe

Schleier, der sich über das Weiße gelegt hatte. Seine Stimme klang wieder klar und kräftig, und seine Hände verloren ihren Anschein von Tolpatschigkeit.

An seinem ersten Abend in der »Wildrose«, als Napoleon die Stiefel abgelegt und bequeme Pantoffeln angezogen hatte, hatte sich der jüngste Balcombe-Knabe – zart und blond wie der kleine König von Rom! – noch vor ihm auf den Boden gelegt und mit Staunen über Napoleons Fußgelenke gestrichen, die heiß und geschwollen aus den Stoffschuhen hervorquollen. Nun aber waren Napoleons Beine und Füße wieder schlank geworden und sie drückten ihn nicht mehr zu Boden, als wollten sie ihn mit ihrer Schwere darin verankern. Zugleich hob sich auch seine Stimmung. Seine Ungerechtigkeiten und Zornesausbrüche, gefürchtet bei allen, wurden immer seltener, als würden sie bald völlig ausbleiben.

Napoleon hatte nie viel gegessen und immer nur mäßig getrunken. Seine Korpulenz der letzten Jahre ließ sich nicht erklären, ebensowenig wie die Schwäche in seinen Knien und die mannigfachen körperlichen Ausfälle, die ihn während der letzten Jahre gerade an jenen Tagen getroffen hatten, an denen sein voller Einsatz notwendig gewesen wäre: plötzliche, unerträgliche Schmerzen, die ihn stöhnend mitten aus der Schlacht fliehen ließen; Schwächezustände, die ihn auf sein Feldbett zwangen, die Augenlider flatternd vor Müdigkeit und Abscheu vor dem Licht; Schläfrigkeit mitten im Tumult, als ginge ihn der Kampf und das Töten – von ihm selbst doch geplant und befohlen! – gar nichts an.

Ermattung sogar am Morgen von Waterloo, als er ums Überleben rang: das seiner Armee, sein eigenes und das seiner Ideen und Träume. Alles, was er sich je ersehnt und erworben hatte, stand auf dem Spiel. Er konnte es zurückgewinnen oder für immer verlieren.

Noch zwei Tage vorher hatte er der Armee Blüchers standgehalten und den Feind zum Rückzug gezwungen. Fast schon der Sieg... Doch anstatt Blücher zu verfolgen, zögerte Napoleon plötzlich. Mattigkeit befiel ihn. Sein Blick verlor jeden Glanz.

Seine Augäpfel färbten sich gelb. Ein Feuer schien seinen Körper zu verzehren, das sich durch kein Getränk löschen ließ. Sein Rachen zog sich zusammen. Durch die würgende Enge seines Schlundes erbrach er sich qualvoll und schämte sich dafür. Nur sein Kammerdiener war zugegen und wimmelte verzweifelt die ungeduldigen Generäle ab, die vor dem Zelt mühsam ihre tänzelnden Pferde im Zaum hielten, den drohenden Untergang vor Augen.

»Wir warten!« ächzte Napoleon. »Sag es Ihnen. Aber morgen greifen wir an!«

Doch auch am nächsten Tag ging es ihm nicht besser. Sein Leib schmerzte, als drehte sich in seinen Eingeweiden eine Rasierklinge. Napoleon konnte weder stehen noch gehen. Mit gespreizten Beinen saß er rittlings auf einem Stuhl, den Kopf auf die eiskalten Hände gepreßt, die die Rückenlehne umklammerten.

»*Vive l'Empereur!*« riefen die Soldaten, die an seinem Hauptquartier vorbeimarschierten, als er zu Mittag endlich den Sturm gegen die Armee Wellingtons befohlen hatte. *Vive l'Empereur!* während sich der Kaiser in Schmerzen wand und sich vergeblich danach sehnte, seinen aufgeblähten Körper erleichtern zu können.

Vive l'Empereur . . . Ein versäumter halber Tag, der ihn vernichtete. Blüchers Preußen hatten die geschenkte Zeit genützt und sich wieder gesammelt. Sie eilten Wellington zu Hilfe. Napoleons Streitkräfte standen nun zwischen zwei Fronten. Wie ihr Herr verloren sie ihren Zusammenhalt und flohen hierhin und dorthin und mitten hinein in die Schußlinien der Engländer und Preußen. Fünfhunderttausend Franzosen gegen doppelt so viele Feinde auf der trostlosesten Ebene Belgiens. Waterloo.

Keine Hochrufe mehr für Napoleon. Der Adler war vom Himmel gestürzt. Endgültig. Alles verloren. »Es ist der Erfolg, der die großen Männer macht«, hatte Napoleon einst gesagt. Nun war er kein großer Mann mehr.

Halb wahnsinnig vor Schmerzen und Kummer floh er zurück nach Paris, wo ihn das Volk noch vor kurzem begeistert empfangen hatte. Nun wartete es wieder auf ihn und forderte schreiend seine Abdankung. Napoleon versteckte sich bei seiner Stieftochter Hortense in Malmaison, wo er einst – in einem anderen Leben – für eine kurze Zeit mit Joséphine glücklich gewesen war. Dann stellte er sich den Engländern, obwohl ihm seine Bewunderer in Amerika ein luxuriöses Asyl in New Orleans anboten. Doch Napoleon lehnte ab. Es schien ihm eines Kaisers unwürdig, sich im Bauch eines Schiffes zu verstecken und dort womöglich aufgegriffen und halbblind von der Dunkelheit an Deck gezerrt zu werden.

»Ich werde mich meinen ärgsten Feinden ausliefern!« entschied er. Er erinnerte sich seiner Lektüre aus der Jugendzeit. Plutarchs Biographien Großer Männer. Größe auch in der Niederlage: ein letzter Triumph für den besiegten Kaiser! Mit eigener Hand schrieb er einen Brief an den englischen Prinzregenten:

»Königliche Hoheit (ob seine Hand zitterte?), da ich den Faktionen, die mein Land aufspalten, und der Feindschaft von Europas Großmächten ausgeliefert bin, habe ich meine politische Laufbahn abgeschlossen. Ich komme wie Themistokles, um mich an den Herd des britischen Volkes zu setzen. Ich stelle mich unter den Schutz seiner Gesetze, den ich aus der Hand Eurer Königlichen Hoheit erbitte, des mächtigsten, standfestesten und großzügigsten meiner Feinde.«

Der großzügigste seiner Feinde verfrachtete ihn nach Sankt Helena, der kleinen Insel weit hinter Afrika, wo in alten Zeiten die Seeleute das Ende der Welt vermuteten und die Pforte zur Hölle: *Ubi sunt leones*, wie auf den antiken Landkarten geschrieben stand, weil man dort, in weitester Ferne, höchstens noch Löwen und andere schlimme Bestien vermutete. *Terra incognita*, so weit weg von zu Hause ... Dort aber, in der Frühsommersonne des südlichen Atlantiks, unter dem Kichern eines vierzehnjährigen Mädchens, das ihm eine Blumenkrone aufsetzte, gewann der Verbannte auf einmal seine Gesundheit zurück – ein kräftiger, temperamentvoller Mann in seinen

Vierzigern, der aller Voraussicht nach noch ein langes Leben vor sich hatte und der in seinen einsamsten Stunden von einem Brett zwischen Felsen aufs Meer starrte und mit dem Schicksal haderte: daß seine Schmerzen ihm nur den Untergang, aber nicht den Tod gebracht hatten und daß sie ihn nun verließen, als verspotteten sie ihn, kichernde Gnome, die ihm im Traum erschienen und ihm ihre Rückkehr ankündigten, irgendwann einmal, wenn es denn wieder an der Zeit wäre. Vielleicht schon bald. Vielleicht auch nie.

Die Engländer um Gouverneur Wilks und Admiral Cockburn bemerkten mit Genugtuung, daß sich der Zustand von General Bonaparte von Tag zu Tag besserte. Sie sandten optimistische Berichte nach London mit tausend Komplimenten für die weise Wahl des Herzogs von Wellington, Napoleons einstigem Todfeind, der Sankt Helena vor Jahren selbst kennengelernt und dem Prinzregenten als Exil für den Erzfeind empfohlen hatte: unerreichbar weit weg von allem und milde im Klima. Die Bestie würde nie mehr entkommen und dennoch lange leben, so daß niemand der englischen Regierung einen Vorwurf machen konnte.

So erhob sich Napoleon nun jeden Morgen pünktlich um vier, diktierte seine Memoiren und wartete dabei insgeheim schon darauf, daß die Balcombe-Familie erwachte und zum Frühstück kam. Dann plauderte er mit Mr. Balcombe, bis dieser nach Jamestown aufbrach, um seinen Geschäften nachzugehen – das Signal für Mrs. Balcombe, sich eilig zurückzuziehen, denn ihre Angst vor Übergriffen des französischen Unholds ließ niemals nach. Auch Jane verschwand wortlos, und Napoleon blieb zurück mit Las Cases und Emmanuel, mit den beiden winzigen Balcombe-Knaben und vor allem mit der blonden Betsy, die sich als Mittelpunkt der Welt fühlte und es als Bosheit des Schicksals empfand, wenn am Nachmittag Napoleons Gefolge auftauchte – erhitzt, erschöpft und beleidigt wie eine vernachlässigte Geliebte – und ihr der kleine Tristan de Montholon und die Bertrand-Kinder den Platz neben Napoleon streitig machten, ganz zu schweigen von den beiden gräflichen Damen, deren herablassendes Lächeln Betsy zu sagen schien, sie sei nichts weiter als ein unbedeutendes junges Ding, das keine Ahnung von der Welt hatte und sich obendrein noch falsche Hoffnungen machte.

4

Die Treuesten der Treuen litten darunter, daß sie für Napoleon kaum noch eine Rolle spielten. Er wollte nicht, daß man ihm zu nahe kam, und doch schien es, als sehnte er sich zugleich nach Nähe. Den Ausweg aus diesem Dilemma fand er in einem ständigen Wechsel seiner »Allertreuesten«, die er an sich zog und dann wieder verstieß, so daß sich keiner an seinem einsamen Herzen festsetzen konnte. Jeden Tag spielte er erneut seine Begleiter gegeneinander aus und manipulierte sie zu seinem eigenen Vorteil. Zu diesem Zweck erwählte er jeweils einen von ihnen und zeichnete ihn vor allen anderen mit Gunstbeweisen aus. Wer auch immer gerade an der Reihe war, konnte sicher sein, daß alles, was er sagte und unternahm, Napoleons Zustimmung finden würde. Gerechtigkeit spielte dabei keine Rolle, und auch mit Dauer durfte der Begünstigte nicht rechnen. Irgendwann einmal, vielleicht schon einen halben Augenblick nach einem besonderen Lob oder einer Auszeichnung, konnte Napoleons wohlwollende Stimmung in Gereiztheit und Ablehnung umschlagen. Der so unerwartet vom Sockel des Favoriten Gestürzte hatte keine Chance, das Podest wieder zu erklimmen. Wie ein Dieb oder Verräter wurde er in die Wüste geschickt und tat gut daran, zu schweigen und Napoleon vorläufig nicht mit seinem Anblick zu belästigen. Der einzige Trost für den Verstoßenen bestand in der Gewißheit, daß sich das gehetzte Gemüt seines Herrn irgendwann einmal auch seiner wieder erinnern würde und der Kaiser ihm dann lächelnd die Hand bot und ihn seinen Getreuen nannte, auf den er sich immer verlassen könne.

Von den Dienern und vor allem von Betsy, der hungrigen kleinen Göttin, abgesehen, stand in jenen Wochen Las Cases seinem Herrn am nächsten. Er war es, der des Nachts unter dem gleichen Dach mit ihm schlief, nur durch eine Art Hühnerleiter von ihm getrennt und durch eine Tür, die nicht schloß. Obwohl er müde war und erschöpft von den Ungerechtigkeiten des Tages und dem ständigen Kampf um Anerkennung, dauerte es dennoch oft Stunden, bis er endlich einschlief. Er sehnte sich nach diesem kurzen Schlaf, der noch vor Tagesanbruch enden würde. Er lag da auf seiner nackten Matratze, ohne eine Decke, nur mit seinem Uniformmantel neben sich, wenn er einmal frieren sollte; lag da in der winzigen, dumpfen Kammer, so niedrig, daß selbst er nicht aufrecht darin stehen konnte, und er horchte in die Nacht, die pelzig war, so dicht, daß man sie fast greifen konnte und doch so still ... Ein Grab! dachte er manchmal und weinte fast aus Liebe zu seinem Sohn, der in dem anderen Zimmerchen schlief, identisch mit diesem, genauso eng, genauso einsam, nur daß diese Einsamkeit für den Knaben noch viel schwerer zu ertragen sein mußte, fern von allem, was den Hunger und die Neugier seiner jungen Jahre gestillt hätte.

Emmanuel! dachte Las Cases. Immer wieder hörte er das laute Klatschen, als die feuchtheiße Mädchenhand seine Wange traf und den Stolz seines Sohnes. Den eigenen Schmerz hatte er vergessen. Nur das Geräusch war ihm noch in Erinnerung, in der er den Platz seines Sohnes eingenommen hatte. Von seinem Standpunkt aus sah er die Begebenheit, und mit seinem verwirrten Herzen litt er. Welchen Konflikt mochte es für Emmanuel bedeuten, sich nach diesem mutwilligen Kind zu sehnen, weil es keine andere gab, die in Frage kam, und es zugleich zu hassen, weil es den Vater gedemütigt hatte! Nie wieder hatte Emmanuel seit jenem Nachmittag mit Betsy gesprochen. Wenn sie ihn anredete, schwieg er und starrte sie an, als ob er sie haßte – kein galanter Page, der seiner Angebeteten heimlich Blumen aufs Kopfkissen legt, sondern ein junger Mann, der sich gegen die Erkenntnis wehrt, daß man zugleich begehren und verabscheuen kann.

Las Cases horchte in die Nacht hinein, in der Hoffnung, eine Bewegung zu hören, den Atem seines Sohnes oder Napoleons unten im Saal. Ein Husten oder ein Seufzen, einen kurzen Aufschrei vielleicht im Erschrecken eines Traumes, oder einen Fluch der Diener, die draußen im Freien schliefen, in ihre Mäntel gehüllt und Opfer der Insekten. Er lauschte, daß ihm fast die Ohren weh taten, doch es blieb still. Trotz der Nähe waren sie einander fern.

Es wird nicht ewig dauern, überlegte er, und sein praktischer Sinn gewann die Oberhand. Nicht mehr lange, und er würde das Buch beendet haben, um dessentwillen er sich Napoleon angeschlossen hatte. Ein paar Seiten mehr und ein paar Ereignisse, die er noch miterleben mußte, um seinen Lesern in Europa authentisch berichten zu können, wie der einstige Beherrscher der halben Welt auf einem kargen Felsen strandete und verkam. Das Buch sollte an jenem Tag enden, an dem Napoleon das windschiefe Longwood bezog, um in Zunkunft sein Leben nicht mehr mit unzähligen Höflingen und hochrangigen Gästen zu teilen, sondern mit Flöhen und Ratten. Ein dramatisches Ende für ein Buch, das man seinem Autor aus der Hand reißen würde. Napoleon selbst hatte einmal gesagt, die Götter liebten es, ihre Helden fallen zu sehen ... Wie viel mehr Genuß würden da erst die gewöhnlichen Sterblichen Europas aus seinem Untergang ziehen!

Es wird mein letztes Buch sein und mein bestes! dachte Las Cases und fühlte sich in seiner kleinen Kammer wie ein Riese. Nie wieder würde er der Größe so nahe sein und dem Untergang. Er war Zeuge und Agierender zugleich, und er war der Sänger, dessen Lied die Welt erschüttern würde. Wie verachtete er doch die anderen Getreuen, die nicht begriffen, was sie erlebten. Realisten im Tagesgeschäft, die taub waren für das Wispern der Unsterblichkeit! Niemals würde die Welt vergessen, daß in diesem Jahr 1815 dieser eine Mann Napoleon Bonaparte vom Olymp in den Orkus gestürzt war. Die Jahre würden vergehen, Menschen würden geboren werden und sterben, Generation auf Generation, und dennoch würden sie alle von dem

Mann aus Korsika gehört haben, der die Welt begehrte und doch alles verlor... Bertrand, Montholon, Gourgaud: Las Cases wußte, daß sie heimlich über ihn lachten, aber es war ihm gleich. Er wußte, daß er ihnen überlegen war, weil er sah, was ihnen entging, und durchschaute, was sie nicht einmal ahnten.

Der praktische Sinn des kleinen Grafen Las Cases: mit Hilfe von Napoleons Leid groß zu werden wie Homer; ein Buch für die Ewigkeit zu verfassen und gleichzeitig für sich selbst zu sorgen. In den wenigen Tagen vor der Überfahrt nach Sankt Helena hatte er noch einen Agenten beauftragt, mit Verlegern in Paris, London und Leipzig Kontakt aufzunehmen. Eine Antwort hatte er nie erhalten, aber so war es auch nicht vereinbart gewesen, denn niemand sollte erfahren, daß der hingebungsvolle Höfling auch an sich selbst zu denken wußte, so wie alle Höflinge zu jeder Zeit und an jedem Ort um so berechnender waren, je hingebungsvoller sie sich gebärdeten. Nach einem Erfolg wie diesem würde der »Verzückte« ausgesorgt haben. Ein lohnendes Geschäft für den Historiker, der sich bisher mit dem Respekt seiner Zunftgenossen begnügen mußte. Kein schlechtes Geschäft aber auch für seinen Protagonisten, der dem Autor sein eigenes Schicksal zur Verfügung stellte und dafür in ihm seinen besten Anwalt fand. Jeder Leser, der nicht von Anbeginn ein Feind Napoleons war, würde ihn nach der Lektüre bedauern und vielleicht sogar bewundern für die Geduld, mit der er dem Exil begegnete. Las Cases wußte, was er seinem Herrn schuldig war, und je mehr Sympathien er für ihn gewann, um so höher würde auch er selbst in der Achtung der Franzosen steigen und der Engländer und der unzähligen anderen, die sich in sein Buch vertiefen würden.

›Mémorial de Sainte-Hélène‹ sollte es heißen, und es sollte Napoleons Größe preisen. Aus eben der Gedankenwelt sollte es entstehen, aus der sich der Aristokrat Las Cases nie entfernt hatte, obwohl sie doch angeblich in den Flammen der Revolution untergegangen war: die Welt eines Oben und Unten, die Welt der unüberbrückbaren Hierarchien, die Napoleon bekämpft hatte, bis er selbst ihrem Zauber erlag und sich zum Kaiser krönte.

Freiheit, Gleichheit, Brüderlichkeit ... In seiner Kammer im Pavillon lächelte der Graf Las Cases in die Dunkelheit hinein. Unausgegorene Ideale, die nur überlebten, solange sie mit Blut genährt wurden. Wie schnell verdorrten sie, wenn sich die Menschen erst wieder darauf besannen, daß sie verschieden waren. Brüderlichkeit! – Als ob nicht immer schon einer des anderen Parasit gewesen wäre. Es war nur gerecht, sich das Leben seines Herrn anzueignen, bekam dieser doch im Austausch dafür beste Dienste als Dolmetscher, als Verteidiger, als Hofnarr und als Schmeichler: »Wie ich Eure Majestät bewundere! Welche Ehre für mich und meinen Sohn, in Ihrer Nähe sein zu dürfen!« Regierende, auch wenn man sie vertrieben hatte, brauchten dieses Manna aus Schmeichlermund, um sich selbst nicht zu verlieren. »Nie gab es einen größeren Herrscher als Eure Majestät! Das Volk von Frankreich liebt Sie und verehrt Sie wie einen Gott. Es wird Sie zurückrufen, weil es ohne Sie nicht leben mag.« Da war wohl ein versteckter Abgrund in den Herzen der Könige, Kaiser und Diktatoren, der nach solchen Zusicherungen hungerte: die verzweifelte Sehnsucht nach der Rechtmäßigkeit der eigenen Macht.

Unten im Tanzsaal wälzte sich Napoleon von einer Seite auf die andere und murmelte unverständliche Worte. Aus der Kammer nebenan war nichts zu hören. Emmanuel lag im Schlaf der Jugend, mit tiefen, ruhigen Atemzügen.

Es wird nicht ewig dauern, tröstete sich Las Cases erneut und widerstand dem Wunsch, in Emmanuels Zimmer zu schleichen und ihm mit der Kerze ins Gesicht zu leuchten, um zu sehen, ob sich seine Augäpfel unter den Lidern hin und herbewegten in Träumen, die Begehren und Verachtung mischten zu Verzweiflung und dem Wunsch, anderswo zu sein. Wo auch immer, nur anderswo. Der Wunsch, den sie alle hatten.

Es wird nicht ewig dauern ... Las Cases schloß die Augen. In dem flüchtigen Moment, da er hinüberglitt vom Wachen ins Vergessen, traf ihn wie ein Schlag vor die Brust die Angst, die er tagsüber beiseite drängte in den schwärzesten Winkel seiner Gedanken, wie ein abstoßendes Untier in den unendlichen Tiefen des Ozeans: die Angst zu erblinden wie schon sein Vater und auch dessen Vater. Seine Brille, hergestellt in Paris vom geschicktesten Optiker des Landes, hatte ihm geholfen, diese Angst zu vergessen. Nun aber, da das unschätzbare Hilfsmittel zur Hälfte unbrauchbar war, begegnete er mit jedem Blick der eigenen Schwäche und – vielleicht – dem Urteilsspruch des Schicksals, der für ihn, den Leser und Schreiber, fast ein Todesurteil war. Es wird nicht ewig dauern, wiederholte er in einem stummen Aufschrei, und der Gedanke streifte ihn, daß er wie sein Sohn den Mann da unten im Saal in Wahrheit haßte und auch das junge Mädchen, so unbedeutend und dennoch für eine kurze Zeit – viel weniger als ein Zwinkern der Ewigkeit! – mächtiger als drei Generäle der *Grande Armée*.

Es wird nicht ewig dauern. Las Cases war eingeschlafen. Wie sein unglücklicher Sohn. Wie der einstige Kaiser auf seinem Feldbett. Die Diener vor seiner Tür. Die englische Familie im Cottage zwischen den Rosen. Die malaiischen Sklaven in der Hütte hinter dem Gemüsegarten. Der verlassene Hofstaat in Mr. Porteous' Wanzenburg. Die Saints und die Yamstocks und die Dirnen von der Hafenstraße. Die vornehmen Engländer in ihren weichen Betten in Plantation House und die Soldaten des 53. Regiments in ihren flohverseuchten Baracken und Zelten. Sankt Helena, kleine Insel ... Ein Schiffchen im riesigen Ozean.

VI. Ball in Plantation House

1

Als Fanny Bertrand an der Seite ihres Gatten den Ballsaal von Plantation House betrat, kam es ihr vor, als wäre sie nach langer Zeit endlich wieder sie selbst geworden. Ein Gefühl absoluter Harmonie, als vereinten sich in diesem Augenblick die verschiedenen Wurzeln ihrer Herkunft endlich wieder zu einem einzigen, gemeinsamen Stamm: Fanny Dillon, nun Gräfin Bertrand, geboren unter der heißen Sonne von Martinique, der Heimat ihrer allzu jung verstorbenen Mutter, verpflanzt ins rebellierende Frankreich, gerettet ins bedächtige Britannien, Land ihrer Seele. Britannien plötzlich auch hier auf Sankt Helena, im warmen Nebel hunderter Kerzen, gerade erst angezündet, nachdem die Abendsalve von *Alarm House* oben auf dem Hügel den Sonnenuntergang angekündigt hatte. Die Gewehre auf der Festung High Knoll hatten geantwortet, danach die Schiffskanonen draußen vor der Bucht und vom Lager auf Deadwood Plain die Artilleriesalven des 53. Regiments. Die ganze Insel hallte wider von den friedlichen Schüssen, gedacht, den Tag zu gliedern. Morgens, mittags und abends der gleiche Vorgang: Schüsse wie Dialoge zwischen allen Teilen des winzigen Kosmos mitten im Meer. Der Tag war zu Ende. Zeit, sich auszuruhen. Zeit, einander zu treffen, aufeinander zuzugehen. Zeit für Gastlichkeit... Die vielen kleinen Flammen verschwammen zu einem goldenen Nebel, der den Ballsaal und die Menschen darin umhüllte und verklärte. So sanft alles, so fest-

88

lich und heiter, daß Wörter wie Verbannung und Exil ihren tragischen Sinn verloren. Alles nur halb so schlimm, meine Liebe. Nichts wird so heiß gegessen, wie es gekocht wird.

Fünfhundert Pfund, würde die ›Times‹ zehn Wochen später berichten, hatte Fannys Robe gekostet, ein Kleid für eine Königin, nicht für die Ehefrau eines Verbannten. In dreißig sargähnlichen Behältnissen hatte ihre Garderobe im Laderaum der »Northumberland« einen nicht unbeträchtlichen Platz eingenommen, übertroffen nur vom Gepäck der Gräfin Montholon, die es gewöhnt war, sich mehrmals täglich umzukleiden, und die nicht vorhatte, diese Usance zu ändern ... Fünfhundert Pfund für ein Kleid – aber es tat Fannys Beliebtheit keinen Abbruch. Man gönnte es ihr, denn war sie nicht ein Kind Englands, schuldloses Opfer des korsischen Banditen? Eine Engländerin, an diesem Abend endlich wieder unter Engländern, auf den Lippen die Sprache der Oberschicht, die noch viel enger verband als die gemeinsame Nationalität. Wenn Fanny redete, so redete sie wie der Prinzregent; wie die kleine Prinzessin Charlotte, die einmal Königin werden würde; wie Gouverneur Wilks, seine Gemahlin und seine hinreißende Tochter; wie Admiral Cockburn und die undurchsichtige Miss Stranger, für die diese Sprache das Paßwort gewesen war, das ihr erlaubte, sich hier einzunisten, wohin sie vielleicht nicht gehörte.

Die Saints von der Insel, Honoratioren und zum Teil reicher als selbst die hohen Beamten, sprachen anders und stellten sich damit, ohne es zu bemerken, außerhalb des geschlossenen Zirkels. Ein paar einfache Sätze genügten, um bei den Angehörigen der Oberschicht jenes gewisse Lächeln auszulösen, das verbindlich wirkte und doch in den Augen der Eingeweihten herablassend war und eine unsichtbare Barriere aufrichtete. Allein schon die dumpfe Aussprache des Buchstaben »I« charakterisierte den Saint als Kolonisten vom mittlerem Stand. Aus *sixpence* machte er *suckspence*, aus *milk* wurde *moolk*, und *tea* verwandelte er in *toy* – eine Quelle ständiger Scherze unter den feinen Leuten von Plantation House. Nicht einmal

der sanfte Gouverneur Wilks konnte der Versuchung widerstehen, sich im engsten Familienkreis nach ein paar Gläsern
Port darüber lustig zu machen und vor dem Schlafengehen
seine Gemahlin auf Gut-Sankt-Helenianisch neckisch aufzufordern: »*Guv me a kuss, luv!*«

Ein englischer Ball in einer englischen Residenz. Englisches
Stimmengewirr. Vergessen die Abhängigkeit von einem korsischen Franzosen. Vergessen die muffigen Zimmer in Mr. Porteous' Pension. Vergessen das Ungeziefer in den durchgelege-
nen Matratzen, die Fanny auf eigene Kosten gegen neue aus
Mr. Solomons Store ersetzen ließ. Als sie das verseuchte Bett-
zeug unten im Hof verbrennen lassen wollte, hinderten sie die
Frauen von der Hafenstraße daran und schleppten die alten
Matratzen wie eine kostbare Beute davon. »Die christliche See-
fahrt wird es Ihnen danken, Countess Fanny!« riefen sie, und
bald kannte ganz Jamestown sie unter diesem Namen.

Wer ihr begegnete, grüßte sie. Manchmal griffen Kinder
nach ihrer Hand, um die zierliche, goldene Uhr mit den vielen
Brillanten zu bewundern, die sie ums Handgelenk trug. Die
Uhr war ein Verlobungsgeschenk ihres Gatten gewesen und
selbst in Paris hatte sie Aufsehen erregt. Fanny wehrte sich
nicht gegen die kleinen Zudringlichkeiten. Sie lächelte den
Kindern zu und auch den Müttern. Wenn sie etwas in ihrem
Korb trug, Obst oder Süßigkeiten, dann schenkte sie es den
Kleinen und strich ihnen über den Scheitel.

Ja, Countess Fanny war eine wohltätige Dame mit einem
Herzen für das Volk. Countess Fanny verstand die Sprache der
Yamstocks, und sie war nicht beleidigt, als die Frauen ohne
Schuhe an den Füßen noch ein paar weitere Anzüglichkeiten
nachlieferten. Am nächsten Tag lag ein Sträußchen *Eternelles*
vor ihrer Tür, Strohblumen, wie sie oben auf Deadwood Plain
wuchsen, wo im ständigen Wind sonst kaum etwas gedieh, und
wo die hübsche junge Frau vielleicht ihr Leben beenden würde,
bald nicht mehr ganz so hübsch, weil die erbarmungslose Insel
Frauen schnell altern ließ. Countess Fanny: Nur die vornehmen
Herrschaften von Plantation House nannten sie manchmal bei

ihrem Mädchennamen Dillon, um die eigene Vertrautheit mit der Londoner Upper Class zu demonstrieren.

Sie gingen nicht in den Ballsaal hinein: sie betraten ihn. Figurierten wie Schauspieler auf einer Bühne. Königsdarsteller, hoheitsvoller als wirkliche Majestäten, weil sie im Augenblick ihres Auftretens alles ausblendeten, was sich außerhalb der Szene befand, die sie zu spielen gedachten. »Machen Sie mir Ehre!« hatte Napoleon befohlen, nachdem er sich entschlossen hatte, seinem Gefolge die Teilnahme an diesem Ball zu gestatten, den Gouverneur Wilks und Admiral Cockburn für ihn veranstaltet hatten. »Ehrengast: General Bonaparte« – ein kluger Schachzug, wenn es denn einer gewesen war. Sobald das Postschiff in England ankam, würde die Presse in ganz Europa berichten, wie rücksichtsvoll die britische Regierung den verbannten Kaiser behandelte – ein Ball zu seinen Ehren in der Residenz des Gouverneurs! – und wie schroff Napoleon dieses Entgegenkommen zurückgewiesen hatte. Als *Majesté Impériale* wollte er eingeladen, angekündigt und empfangen werden. So oder gar nicht. General Bonaparte? Wer war das? Seine Kaiserliche Majestät Napoleon I. kannte ihn nicht.

So sandte er sein Gefolge allein nach Plantation House. Französische Eleganz zu englischer Naturverbundenheit. Den Salon ins Landhaus. An der Spitze der Großmarschall des Palastes, Henri-Gratien Bertrand, schlank und hochgewachsen in goldbetreßter Uniform, die seinen Hals einschnürte, und geschmückt mit den Orden des Kaiserreiches. Ernst, fast melancholisch. Nichts an seiner Haltung erinnerte mehr an seine bescheidene Herkunft. Der höchste Würdenträger eines Kaisers war er, und es war seine Pflicht, diesen in all seinem Glanz zu repräsentieren. Den rechten Arm graziös angewinkelt, stützte er mit den Fingerspitzen die Fingerspitzen seiner Gemahlin, Comtesse Fanny Bertrand, die einem weißen, golddurchwirkten Kleid erschienen war, das unter der Brust von einem perlenbestickten Band zusammengehalten wurde, weich und fließend mit großem Decolleté, tiefer als jede der anwesenden Engländerinnen es je zu tragen gewagt hätte. Kurze Puffärmel, die die Arme freigaben. Das dunkelblonde Haar hochgesteckt. Ein paar Locken, die wohlkalkuliert in die Stirn fielen und über die Ohren ...

Das also war Countess Fanny, dachten die, die sie bisher noch nicht getroffen hatten, und wunderten sich, wie hochgewachsen sie war, fast so groß wie ihr Gemahl und größer als alle übrigen Franzosen – ein angenehmes Gefühl für die Engländer, die einzige Person aus Napoleons Begleitung, die mit England zu tun hatte, so stattlich zu sehen. Eine schöne junge Frau, die perfekte englische Rose, wären da nicht die dunklen Augen gewesen, so auffallend braun, im Kerzenlicht fast schon schwarz; ein Erbe wahrscheinlich ihrer kreolischen Mutter, von der man so wenig wußte. Aber der Vater immerhin war Engländer gewesen, und auf dem Schreibtisch des Gouverneurs lag noch ein Schreiben der einflußreichen Lady Holland, die ihm das Wohl der Countess ans Herz legte und das ihrer Kinder, die früher oder später nach England zurückkehren sollten, um in den Kreisen erzogen zu werden, in die sie gehörten, woher auch immer ihr Vater stammen mochte.

In zweiter Reihe, aber nicht minder spektakulär: Graf Charles-Tristan de Montholon mit seiner Gemahlin Albine, die sich in vollkommener Beherrschung nicht anmerken ließen, was sie von der Ankündigung durch den Zeremonienmeister hielten, der ihre Namen englisch aussprach, was unter den Gästen teils Heiterkeit, teils peinlich berührtes Kopfschütteln erregte. Ein elegantes junges Paar, kleiner als die Bertrands und viel dunkler: gallisch eben, wie die Anwesenden sie zunächst beruhigt einordneten. Alter Adel, das war bekannt. Vorrevolutionäre Aristokratie. Der Himmel mochte wissen, was sie in die Arme des Parvenüs Napoleon getrieben hatte, dessen Vorfahren gerade gut genug gewesen wären, den ihren die Stiefel zu polieren. Wahrscheinlich lag es an ihrer undurchsichtigen Vorgeschichte, daß sie nicht unter die schützenden Fittiche der Bourbonen zurückgekehrt waren: Albines wechselhaftes Liebesleben, ihre beiden Scheidungen und Tristans Geldaffären, seine Spielsucht und sogar Unterschlagungen, wie man munkelte. Und doch: wie vornehm sie sich bewegten! Wie gelassen und ruhig! Sie brauchten die Rolle der *distingués* nicht zu spielen. Sie waren in sie hineingeboren worden, und die Laster, die ihnen anhingen, waren die Laster der Dekadenz, anrüchig und doch verlockend. Neugier erweckend und Erschrecken.

Die Augen der Männer hefteten sich auf Albines blasses Antlitz mit den dunklen Augen, unter denen sich kaum erkennbare Schatten abzeichneten wie Erinnerungen und Versprechen zugleich. Ein kleiner, rosenfarbener Mund, sanft geschlossen, wie alles an ihr sanft schien und verletzlich, als genügte ein zärtliches Wort, sich ihr nähern zu dürfen – vielleicht aber auch nicht, denn wer hätte es wirklich gewagt, sie einzuschätzen? Auch die Damen im Saal, von den älteren bis zu den jungen Mädchen, starrten Albine an und suchten sie zu ergründen, und als es ihnen nicht gelang, wanderten die Blicke verwirrt weiter zu dem Mann an ihrer Seite: mit den Augen des Südens und den dichten Locken, so weich und fest zugleich, daß man sich vorstellen konnte, die Finger in sie hineinzuvergraben, wie Albine es vielleicht tat, wenn die beiden sich so einig waren, wie es nur zwei Wesen von gleicher Substanz sein konnten. Montholon. Tristan und Albine. So entrückt und so kostbar. Es war fast eine Erleichterung zu wissen, daß das Diadem in Albines rotbraunem Haar mehr als tausend Pfund gekostet hatte. Geldwert war real und greifbar, die Aura der Fremdheit verschreckte nur. Und verzauberte.

Von Las Cases, der hinter Albine de Montholon den Tanzsaal des Gouverneurs betrat, wandten sich die Blicke der englischen Damen und Herren schnell wieder ab. »Boneys Sekretär«, flüsterte einer seiner Gattin zu, was deren Interesse an dem kleingewachsenen Franzosen sofort erlöschen ließ. Nur der Gouverneur beugte sich ein wenig vor, um den Mann genauer betrachten zu können, den er unter dem Pseudonym Le Sage kannte und dessen ›*Atlas Historique*‹ schon seit Jahren die Bibliothek von Plantation House zierte.

Neben Las Cases – als wären sie ein Paar – schritt General Gourgaud, der »junge Gourgaud«, einer von Napoleons schneidigen Burschen, mit denen er die Welt beeindruckte, die es gewöhnt war, in den hohen Rängen alte Männer zu sehen, blaublütig und blasiert, weil keiner ihnen ihre Stellung streitig machte. In Napoleons Diensten hingegen zählte Talent, Mut, Energie, Loyalität ... Gourgaud, Sohn eines einfachen Musikers aus Versailles, besaß alle diese Eigenschaften, dazu aber noch ein paar weitere, die seinen Gegnern täglich neue Munition lieferten: Maßlosigkeit, Schwärmerei, Eifersucht und Reizbarkeit bis zum Verlust der Selbstkontrolle. Napoleon war sein Gott, die große Leidenschaft seines Lebens. Für ihn war Gourgaud bereit, zu leben und zu sterben. In seinem Namen stürmte er nach vorne, bot seine Brust den Kugeln dar und freute sich fast, als er bei Austerlitz und vor Saragossa durch schwere Verwundungen beweisen konnte, daß ihm für sein Idol kein Opfer zu groß war.

Beim Eindringen in den Kreml hatte er als erster eine Bombe entdeckt, die dazu bestimmt war, Napoleon zu töten. Mit eigenen Händen warf Gourgaud sie durch die Fensterscheiben nach draußen, während sein Herz jubelte ... Wenige Monate später schwamm er durch die eisigen Fluten der Beresina und stürzte sich auf einen Kosaken, der den Dolch gegen Napoleon erhob. »Mein Lebensretter«, sagte Napoleon ein wenig verwundert und mit ruhigem Atem. »Es wird langsam chronisch.« Trotzdem nahm er den schwärmerischen jungen Mann nicht mit nach Elba.

Gourgaud verzweifelte und erwog Selbstmord. Nur widerwillig beruhigte er sich wieder. Auf Anraten seiner Familie schloß er sich für kurze Zeit den Bourbonen an, ohne jemals aufzuhören, sich nach seinem Abgott zu verzehren. Als Napoleon wider alles Erwarten aus dem Exil zurückkehrte, eilte Gourgaud sogleich zu ihm in die Tuilerien.

»Es scheint, Sie haben mich verraten, Gourgaud«, sagte Napoleon, als der junge Mann ihn um Vergebung anflehte. »Wie soll ich Sie wieder aufnehmen, wo Sie doch so schnell die Seite gewechselt haben?«

Gourgaud überlegte keinen Augenblick, kletterte aufs Fensterbrett, riß die Läden auf und drohte zu springen, wenn Napoleon ihm nicht verzeihe. »Mein Leben ist nichts wert, wenn Sie mir nicht vertrauen, Sire!« Da zuckte Napoleon die Achseln, murmelte »Gut, gut ...« und verließ den Raum.

Gourgaud atmete auf, beschloß weiterzuleben und folgte Napoleon nach Belgien; setzte für ihn sein Leben aufs Spiel; sehnte sich danach, ihn wieder retten zu dürfen, und legte ihm wie ein Bruder die Hand auf den zitternden Arm, als bei Waterloo alles zu Ende war.

»Ich ernenne Sie zum Brigadegeneral«, murmelte Napoleon dumpf, gewöhnt, für alles zu bezahlen. Es war die letzte Ernennung, die er als Kaiser aussprach.

Nun war Gourgaud unter den Treuesten der Treuen; litt, weil er nicht bei Napoleon wohnen durfte; stritt sich mit Montholon und merkte nicht, daß jener ihn dafür bei Napoleon anschwärzte und in feinen, indirekten Andeutungen durchblicken ließ, Gourgauds Leidenschaft für den Kaiser habe etwas Unnatürliches.

So kam es, daß Napoleon Gourgaud in letzter Zeit aufmerksamer beobachtete als sonst und ihn eines Nachmittags im Feldlagerton grob anfuhr, es sei an der Zeit, daß er, Gourgaud, den Huren in der Hafenstraße einen Besuch abstatte, um endlich Dampf abzulassen, anstatt sich aufzuführen wie ein alter Grieche.

Gourgaud war tief verletzt. Sofort zog er den Schluß, daß nur Montholon hinter dieser Bemerkung stecken konnte. Ohne Bertrands Eingreifen hätte Gourgaud seinen Feind getötet: inmitten von Mrs. Balcombes duftenden Rosen und unter den Augen der malaiischen Sklaven, die nicht wußten, worum es ging, und die verächtliche Blicke tauschten über die weißen Teufel, die ihnen Heimat und Freiheit vorenthielten und sich auch untereinander verhielten wie Füchse zu Füchsen und Wölfe zu Wölfen.

Noch nie hatte es auf Sankt Helena ein Fest gegeben wie dieses. Zweihundert Gäste drängten sich in den Gesellschaftsräumen der Residenz des Gouverneurs, mehr Landhaus als Schloß. Plantation House: ein prachtvoller Bau im *Georgian Style* mit einem atemberaubenden Blick über Land und Meer. Sechsundvierzig Zimmer, die meisten von ihnen mit einer kostbaren Queen-Anne-Ausstattung, doch trotzdem familiär, weniger zur Repräsentation gedacht als zum Wohlfühlen in der Ferne, was bedeutet: fern von England, dem wahren Mittelpunkt der Welt.

Die Amtsgeschäfte wurden anderswo erledigt: im »Schloß« am Rande von Jamestown, einem strengen, zweistöckigen Gebäude mit einem flachen Dach und hohen, einschüchternden Büroräumen, geschaffen, die unberechtigten Bittgesuche der Saints abzuschmettern. Und unberechtigt waren in den Augen der britischen Verwaltung erst einmal alle Forderungen, denn auch die geringfügigste von ihnen störte die träge tropische Tagesroutine mit ihren von der Hitze auferlegten Ruhezeiten und ihren traditionsbedingten Teepausen. Außerdem betrug die Amtszeit des jeweiligen Gouverneurs nur vier Jahre, was bedeutete, daß er sich erst einmal einarbeiten mußte und darum vorsichtshalber überstürzte Veränderungen vermied. Nach zwei Jahren war dann aber schon wieder das Ende der Amtszeit in Sicht, und da wollte man die Entscheidung doch lieber dem Nachfolger überlassen. Es war schon belastend genug, auf diesen schwarzen Felsen verbannt zu sein, der so fern von jedem anderen bewohnten Gebiet war wie sonst kein Platz auf der Welt.

Wenn ein Saint es trotzdem wagte, mit seinem Bittgesuch durch den Torbogen in der übermannshohen Mauer zu treten, die das »Schloß« vor neugierigen Blicken und eventuellen militärischen Angriffen beschützte – links und rechts als Verzierung und Drohung jeweils eine kleine Kanone aufs Meer hinaus –, dann hatte er einen ermüdenden Weg durch die Instanzen vor sich: von einem Raum zum nächsten mit wochenlangen Wartezeiten dazwischen, bis er schließlich doch abgewiesen wurde und das schüchterne Ticken des Fortschritts und der Hoffnung enttäuscht verstummte.

Plantation House. Zweihundert Gäste zum üppigsten Bankett, das die meisten Anwesenden je erlebt hatten und jemals erleben würden. Lange, mit weißem Damast gedeckte Tische, geschmückt mit hohen, silbernen Kandelabern und den weißen Lilien der Insel; am Kopfende des Haupttisches der Gouverneur und seine Familie sowie Admiral Cockburn, sie alle streng nach Zeremoniell vermischt mit den Abgesandten des nicht anwesenden Ehrengastes.

Nur Gouverneur Wilks wußte, daß dies seine erste und letzte große Festlichkeit bleiben würde auf dieser Insel, die seit fast hundertfünfzig Jahren Eigentum der Ostindischen Handelskompanie gewesen war und nun per Dekret in den Besitz der britischen Regierung überging: Mit dem Tag, an dem der Gefangene Europas seinen Fuß auf den schwarzen Boden setzte, hatte Sankt Helena aufgehört, eine Handelsniederlassung zu sein. Es war nun ein staatliches Gefängnis.

Keiner der Inselbewohner ermaß bisher diesen Wandel in der Schwere seiner Bedeutung, nur Gouverneur Wilks spürte ihn wie einen Stich im Herzen oder einen Anfall der Gicht, die ihn von Zeit zu Zeit plagte – in den letzten Wochen immer öfter, weil die Sorgen ihn schwächten. Es ist doch nur eine unbedeutende Kolonie, tröstete er sich dann. Für mich und meine Familie ein Auslandsposten nach vielen anderen. Wahrscheinlich sogar mein letzter... Und er rief sich mattfarbene Bilder vors innere Auge, von englischen Wiesenflächen mit kleinen Wäldern dazwischen, einem Bach und Sträuchern, die im Wind raschelten – Sträuchern wie jenen, hinter denen er vor einer ganzen Ewigkeit seiner Gattin zum ersten Mal nahegekommen war, als sie noch nicht seinen Ring trug und so schlank war wie jetzt ihre Tochter, der nun seine Hauptsorge galt. Glück und Reichtum, das wünschte er sich für sie, doch nicht einmal für eine Schönheit wie Laura Wilks war es leicht, einen Bewerber zu finden, der ihr beides bot.

Vor Jahren, so dachte der Gouverneur, während er sein Ohr Fanny Bertrand zuneigte, vor Jahren hätte er die Ankunft eines so hochrangigen Gefangenen noch als Herausforderung betrachtet, vielleicht sogar als Glücksfall, mit dessen Hilfe sich die eigene Karriere ankurbeln ließ. Doch das war früher gewesen, als seine Gesundheit noch nicht zu wünschen übrigließ ... Einen bequemen Posten kurz vor dem Ruhestand: Das hatte er sich von Sankt Helena erwartet, und nun saß neben ihm eine englische Französin, und neben seiner Frau ein französischer General, die beide erfolglos eine angeregte Unterhaltung vortäuschten. Alle am Tisch lachten höflich, nickten einander aufmunternd zu, tauschten gefällige Gesten und suchten bei Fanny Bertrand oder beim Grafen Las Cases Hilfe, wenn die stumme Kommunikation in lächelnde Panik umzukippen drohte.

Unvereinbares versuchte sich zu arrangieren. Englische Offiziere, an deren Brust die Orden glänzten, die sie im Kampf gegen Napoleon errungen hatten, durchforschten ihr Gedächtnis nach französischen Höflichkeitsfloskeln, die sie als Kinder von *Mademoiselle* gelernt hatten – einer Gouvernante zumeist mittleren Alters und gehobener Intelligenz, die ihre Brotgeber verachtete und sich in ihrer Kammer unter dem Dach in die glorreiche Heimat fortträumte.

Die Franzosen andererseits verwöhnten – da Worte fehlten – ihre englischen Tischdamen mit fast schon handgreiflichen Artigkeiten, als wären die resoluten Ladies zarte Elfenwesen, nicht in der Lage, ohne die Unterstützung eines Kavaliers das Besteck zu halten. Gourgaud schoß dabei den Vogel ab, indem er der blonden Gouverneurstochter eigenhändig den Teller mit Delikatessen füllte und ihr zudem noch, für alle sichtbar, sein Herz zu Füßen legte. Wer bisher seine Männlichkeit angezweifelt hatte, mußte diese Meinung nun revidieren. Noch vor Ende des Abends hatte sich Gourgaud den Spitznamen »Lauras verliebter Gockel« redlich verdient.

»Miss!« lächelte er in Lauras Himmelsaugen und schob den Teller näher an sie heran, damit sie weniger Mühe habe, die Last des Bissens zum Munde zu transportieren. »Miiiss!« Und Laura lächelte verwirrt und zog die Serviette schützend höher. »Merci, monsieur!« – Was Gourgauds Herz engültig brach und seinen Ruf als Mann rettete. So hingerissen war er von Laura, daß er außer ihr alles vergaß und Miss Stranger zu seiner Linken fast den Rücken zukehrte. Dies schadete seinem Ansehen bei den übrigen englischen Damen jedoch nicht, denn Amy Stranger galt noch immer als Eindringling.

»Diese Franzosen sind schamlos!« urteilte die Klatschbase der Insel, Mrs. Younghusband, an ihrem Tisch in der Ecke. »Alles Katholiken! Sieh dir nur an, wie sich dieser Mensch an Miss Laura heranmacht!« Catherine Younghusband, Gattin eines der ältesten Offiziere des 53. Regiments, fungierte als eine Art ehrenamtlicher Begleiterin von Laura Wilks, die eines Wachhunds sehr wohl bedurfte, denn sie war das schönste Mädchen auf dieser Insel des Südens, wo sich im Fieber der Passatwinde die Paare früh fanden und Kinder Mütter wurden. Die Schönste weit und breit: Auch in London hätte Laura Wilks Furore gemacht und sogar in Paris, wie Gourgaud entzückt feststellte und dabei fast verzweifelte, weil er es ihr nicht sagen konnte.

»Abgehalfterte Generäle und Ex-Comtessen!« fuhr Mrs. Younghusband fort. »Es fehlte nur noch, daß er seine eigene Frau auch hierher mitgebracht hätte.«

Er – das war Napoleon, der Ehrengast, der nicht erschienen war. Nicht anwesend und doch übermächtig zugegen. Niemand konnte sich vorstellen, daß er hier säße: als Gast des Gouverneurs, gemeinsam mit zweihundert anderen Gästen, die vorgaben, ihn zu verabscheuen, und die doch ihre Seele dafür verpfändet hätten, ihm Auge in Auge zu begegnen. Doch dem hatte er sich entzogen, und während die Kapelle des 53. Regiments *Rule, Britannia!* intonierte, schien es fast wie eine Anmaßung, ihn eingeladen zu haben. *Rule, Britannia!* ... Die Engländer wiegten kaum merklich die wohlfrisierten Köpfe, bewegten die Lippen in stummem Gesang und hofften, zu späterer Stunde, wenn alles sich lockerte, den Text aus voller Kehle mitjubeln zu dürfen und Kraft daraus zu schöpfen, Selbstbewußtsein im strahlenden Panzer eines Liedes, das mehr war als nur ein Lied: ein triumphierendes Bekenntnis zur Größe der eigenen Nation. *Rule, Britannia! Britannia, rule the waves!* ... Napoleon war nicht gekommen; doch wäre er gekommen – so dachten sie alle in plötzlichem Unbehagen –, dann hätte er diesen Rahmen gesprengt. Die kleine Residenz eines kleinen Gouverneurs auf einer kleinen Insel.

3

Der einzige, der sich von der gehobenen Stimmung, der Würze der Speisen und der Wirkung des Kapweins nicht anstecken ließ, war Bertrand. Während er mit galant geneigtem Kopf vorgab, Mrs. Wilks' Kinderstubenfranzösisch zu lauschen, verharrten seine Gedanken in Wahrheit oben auf der kleinen Enklave zwischen den Felsen, wo die Kinder und die Dienstboten allein zurückgeblieben waren, denn auch Mr. und Mrs. Balcombe befanden sich als Gäste auf dem Ball. Da oben in der Abgeschiedenheit: die zu Jungen und die zu wenig Bedeutenden und mitten zwischen ihnen der Mann, der noch vor kurzem der Mächtigste unter den Mächtigen gewesen war.

Vielleicht versuchte er, den Balcombe-Knaben, die auf Stühlen standen, Billard beizubringen, und rollte am Ende unter dem Protest der Kinder mit eigener Hand die Bälle in die Taschen, weil ihm die innere Ruhe fehlte, den Regeln zu gehorchen. Vielleicht spielte er aber auch in der Weinlaube mit Betsy *Whist* – als Einsatz klebrige Pralinen, die er später im Bett aufessen würde, um seine Einsamkeit zu beschwichtigen. Oder er heckte mit Betsy kecke Streiche aus, wie man Old Huff erschrecken könnte oder eine der Siedlerfrauen, die immer noch dachten, er sei ein Ungeheuer mit einem einzigen, blutunterlaufenen Auge in der Mitte der Stirn. Vielleicht aber hatte er die Diener Marchand und Ali hinausgeschickt und lag nun auf seinem Feldbett im Tanzsaal, die Schnallenschuhe aus schwarzem Lackleder fein säuberlich nebeneinander auf dem Boden, den Blick auf die hohe Decke gerichtet, so weiß und so nichtssagend wie sein gegenwärtiges Leben. Oder er ging allein in den Garten und bewunderte im letzten Licht des Tages Tobys Rosen.

»Schöne Blumen, Toby!«

»Ja, Majestät von Frankreich.«

»Du hast den grünen Daumen, Toby.«

»Den grünsten von allen, Majestät von Frankreich; und die schwärzesten Fingernägel!«

Dann ging er weiter, Bertrand wußte es auf einmal so genau, als wäre er selbst dabei, durch den Garten, die Allee mit den Feigenbäumen hinab, hinaus zwischen die Felsen, auf engen Ziegenpfaden in die wachsende Dunkelheit hinein, doch er kannte den Weg ganz genau. Geröll, das sich löste und so weit hinunterstürzte, daß man den letzten Aufprall nicht mehr hören konnte.

Und dann das Ziel: das Brett zwischen den beiden Felsen. Napoleons Logenplatz mit Blick aufs weite Meer, jetzt nur noch zu ahnen; in die fernste Ferne, in den höchsten Himmel mit den Myriaden von Sternen der Tropennacht, mehr noch – viel mehr! – als die Zahl der Männer, die ihm einst gefolgt waren, die er nach Art der Kriegsherrn geliebt hatte und zugleich auch benutzt. Ausgenutzt. Wenn nötig, geopfert. Aber auf eine unerklärliche Weise immer auch geliebt.

»Ich denke, wir alle haben jetzt Lust auf eine Zigarre oder auf ein gutes Glas Port – oder auf beides.« Gouverneur Wilks gab den Dienern ein Zeichen und erhob sich: Signal für die Anwesenden, sich ihrer Geschlechterrolle zu besinnen – sollten sie sie je vergessen haben. Die Herren zu den Herren ins Rauchzimmer oder auf die Terrasse. Die Damen zu den Damen, um sich frisch zu machen, ein wenig auszuruhen und die Kommentare abzugeben, die schon längst auf allen Zungen lagen.

Danach würde man erleichtert und erquickt zurückkehren und sich aufs Tanzparkett wagen, während die gutaussehenden Burschen der Musikkapelle ihr Bestes gaben in der Hoffnung, von den hübschen jungen Mädchen der Insel bemerkt zu werden. Ein paar Blicke hin und her, und wenn man Glück hatte, begegnete man einander in den nächsten Tagen und erkannte einander wieder bei einer der Gelegenheiten, die zufällig erschienen und doch scharf und sehnsüchtig kalkuliert wurden und viele Male wiederholt, um nur ja zum Ziel zu führen.

Man tanzte Walzer, als wäre man in Wien oder Paris; kreiselte atemlos aneinandergeklammert über das polierte Parkett; versuchte, miteinander zu plaudern, vielleicht sogar zu flirten; prallte gegeneinander; entschuldigte sich lachend und ohne Bedauern; lebte auf unter der Magie einer Musik, die dem eigenen Charakter fremd war und doch verlockend und süß, eine ungewohnte Sehnsucht erweckend nach etwas, das man nicht benennen konnte und das man der Bequemlichkeit halber auf das Ereignis selbst bezog. Was für ein wundervoller Ball! Was für eine bezaubernde Nacht! ... Sankt Helena: ein paar selige Stunden lang kein schwarzes Eiland, von dem man sich wegwünschte, sondern ein kleines Paradies der Geselligkeit. Festlich, freundlich, glanzvoll. Keiner, der zugegen war, würde diesen Ball je vergessen. Den Ball zu Ehren von General Bonaparte, Ex-Kaiser und Gefangener.

Junge Mädchen, ein wenig plump, aber hübsch – und eifersüchtig aufeinander wie kleine Kätzchen. So viel Unwissenheit, so viel Lebenshunger. »Hast du gesehen? Hast du gehört? Hast du bemerkt?« Im zufälligsten Blick verbarg sich vielleicht ein Gebirge von Bedeutungen, und selbst der einfältigste Kavalier mochte den Schlüssel zu unerhörten Erfahrungen und Erfüllungen sein eigen nennen. Ein Händedruck während des Tanzes erschien als Gipfelpunkt der Sinnlichkeit, und die Zukunft war ein einziges Versprechen. Selbstverliebtes Kichern; heiße Wangen; feuchte Hände, verstohlen an seidenen Röcken abgewischt ... Und die Eltern sahen zu; schätzten die begehrten Junggesellen ab nach Familie, Vermögen und Karrierechancen und flehten zum Himmel, er möge das alberne Kind mit Verstand segnen, damit es den Richtigen wähle – vielleicht schon heute nacht, damit man wenigstens dieser Sorge endlich ledig sei. Hinter der sorglosen Fassade ging es wie unten am Hafen in Mr. Solomons Laden zu: Die jungen Männer begutachteten die ausgestellte Ware, folgten ihrem Herzen oder ihrem Ehrgeiz oder beidem – oder auch nur dem Drängen anderer Gefühle, die noch viel vitaler waren, aber weniger respektiert. Doch mit der passenden Partnerin ließen auch sie sich verwirklichen, und draußen, hinter den Büschen am Rande des Grundstücks, verschwand das eine oder andere Pärchen und feierte in aller Stille seine Art von Verlobung oder die frisch geknüpfte Bekanntschaft.

Gerüchte, Mutmaßungen, Bosheiten: Die nicht tanzten, beobachteten scharf und urteilten unerbittlich. Der Mißklang von Neid und Gehässigkeit versteckte sich zierlich hinter bewundernden Ausrufen: Wie schön diese französische Gräfin war! Eine geborene Aristokratin, das sah man sofort. Und was für eine interessante Lebensgeschichte, wie ein Roman! Albine – ein Name, der zu ihr paßte. Sogar Admiral Cockburn schien von ihr beeindruckt. Dabei verdankte er sein Amt auf Sankt Helena seiner jahrelang demonstrierten Abneigung gegen Napoleon. Aber daran hatte sich anscheinend einiges geändert. Die gemeinsame Seereise hatte bei dem alten Seebären offenkundig ihre Spuren hinterlassen. Was Miss Stranger wohl dazu sagte, daß ihr Galan die Hand der Gräfin so lange in der seinen hielt und dann langsam küßte – wirklich küßte –, denn seine Lippen schwebten nicht nur die korrekte Fingerbreite entfernt über dem Handrücken, sondern preßten sich weich und fest auf die schwarzen Spitzen, unter denen die weiße Haut schimmerte. Die Gräfin ließ es geschehen, zog die Hand nicht zurück, sondern überließ sie der Huldigung, die eigentlich schon eine Liebkosung war. Ihr Gemahl, der, ein Champagnerglas in der Hand drehend, daneben stand, sah, was geschah, wandte sich zur Seite und trank. Tristan, der seine Isolde einem anderen überließ ... So war es wohl bei den Franzosen, und er kam sicher auch nicht zu kurz. Man konnte nur hoffen, daß er sich nicht an Fanny Dillon schadlos hielt, die ihm wahrscheinlich nicht gewachsen wäre, obwohl auch sie von seiten der Mutter ihren Anteil französischen Blutes mitbekommen hatte. Französisches Blut, französische Frivolität … Aber man durfte nicht ungerecht sein: Keine der englischen Ladies sah englischer aus als die Countess Bertrand, und ihr Benehmen im Gespräch mit Gouverneur Wilks hätte nicht zurückhaltender sein können.

4

Eine Nacht, die so schnell verging wie sonst keine auf Sankt Helena. Die glanzvollste, die die kleine Insel je gesehen hatte; die glücklichste für die zweihundert Auserwählten, die am nächsten Tag, wenn sie sich erst ausgeruht hatten, zu ihren Tagebüchern eilen würden, um jedes Detail genau aufzuschreiben: für die Nachkommen und für sich selbst, um sich an schwermütigen Tagen daran aufzurichten, wenn das pausenlose Pfeifen der Passatwinde die Seele marterte und die eigene Existenz keinen Sinn mehr zu haben schien. »Napoleons Ball!« würden sie notieren und den fremden und doch vertrauten Namen betrachten wie ein seltenes Kleinod, das sich in roter Glut in das Fünfjahrestagebuch eingeschlichen hatte, in dem sonst nur von Alltäglichkeiten die Rede war, so unbedeutend, daß der Schreibende selbst sich nach ein paar Jahren kaum noch daran erinnern konnte.

Napoleons Ball: Musik und Tanz, Wein und Champagner, um die französischen Gäste zu beeindrucken und die europäische Öffentlichkeit, die die Berichte über dieses Fest verschlingen würde. So viel ungewohnter Champagner, daß die Gesichter sich röteten, die Zungen sich lösten und die ganze Welt sich verklärte! Neue Freundschaften wurden geschlossen, alte Feindschaften beendet. Die Achtung vor sich selbst stieg ins Unermeßliche. Auf Napoleons Ball wurde jeder Mann selbst zum kleinen Napoleon und jede Frau zur unwiderstehlichen Joséphine, auch wenn diese längst gestorben war, und eine andere noch vor ihrem Tod den Platz neben dem Kaiser eingenommen hatte. »Meine geliebten Eltern! Gestern abend war ich auf Napoleons Ball eingeladen …« Zahllose Briefe, die nach England flattern würden: Nur ganz nebenbei wurde erwähnt, daß keiner den gesehen hatte, mit dessen Namen sich alle schmückten. »Ein Fest wie in Versailles.« Noch während sie sich durch den Tanzsaal wiegten – in einer Weise erregt, die sie nie zuvor erfahren hatten – und zum ersten Mal im Leben die eigene Ehefrau behandelten, als wäre sie eine Kaiserin, dachten sie schon an das dicke Paket mit Briefen, das sie eigenhändig zum Hafen hinuntertragen würden, damit es mit dem allerersten Schiff, das auslief, seine Reise nach Europa antreten konnte und denen daheim bewies, daß man es in der Ferne zu Ansehen gebracht hatte.

Der Morgen graute schon, als auf ein Zeichen des Gouverneurs die erschöpften Musiker die Hymne anstimmten und alles sich erhob. Der Ball war zu Ende. Man fing an, sich voneinander zu verabschieden. Doch plötzlich drang mitten aus der Menge eine kräftige Stimme, nicht mehr ganz nüchtern, aber wer wäre das jetzt noch gewesen?

Rule, Britannia! Britannia, rule the waves!
Britons never shall be slaves!

Die Engländer horchten auf, lachten einander zu, als wäre ein geliebter Verwandter endlich eingetroffen, und sangen dann lauthals mit, als gelte es, auf der Stelle die Waffen zu ziehen gegen welchen Feind auch immer: gegen die verdammten Spanier auf den Weltmeeren, die verdammten Rebellen in Amerika oder den verfluchten Korsen, der versucht hatte, sich Europa unter den Nagel zu reißen.

Die Franzosen schwiegen befremdet. Nur Fanny Bertrand spürte einen Augenblick lang das Bedürfnis miteinzustimmen. *Rule, Britannia!* Doch zugleich fühlte sie den Arm ihres

Mannes um ihre Schultern, und sie erinnerte sich an einfache Lebensweisheiten aus dem Mund ihres Cousins Dillon, der Sentenzen liebte und nach ihnen lebte. Sich an die eigenen Leute zu halten, hatte er ihr geraten: »*Stick to your own kind!*« – obwohl er selbst sie mit einem Franzosen verheiratet hatte ... Und dann noch: »*Keep your distance!*« Halte Abstand! Wovon auch immer und von wem auch immer ... Aber wer waren ihre Leute? so fragte sie sich, während der Gesang sie immer lauter umbrauste; und wovon sollte sie Abstand halten? Von wem? Der Gesang der Engländer gellte in ihren Ohren ... so vertraut ... Das Lied, das sie immer geliebt hatte. Auf das sie stolz gewesen war. Das Lied, in dem sie einen Teil ihrer eigenen Seele wiederfand. Und doch auf einmal auch: das Lied der Feinde, der Kerkermeister, die ihr aufmunternd und freundlich zulächelten und ihre Hände drückten, als wäre sie eine der Ihren ... *Keep your distance!* dachte sie hilflos und lächelte mit schwarzem Herzen. *Keep your distance* ... Ob Lord Dillon geahnt hatte, daß sie einmal in einen solchen Zwiespalt geraten würde?

Die Uhr in der Halle schlug sieben. Das Morgenlicht entblößte die erschöpften Gesichter der Ballbesucher. »Es war uns eine Ehre!« verabschiedete Gouverneur Wilks seine französischen Gäste, hundemüde und erleichtert, daß es endlich vorbei war. »Sie wissen, Madame, daß Sie immer auf meine Unterstützung zählen dürfen«, sagte er zu Fanny Bertrand und küßte ihre Hand. »Seien Sie versichert, daß ganz England mit Ihnen fühlt und Ihnen helfen möchte!« Dann bat er Bertrand noch, »General Bonaparte« seine besonderen Empfehlungen zu übermitteln.

Bertrand verneigte sich. »Seine Majestät wird Ihre Reverenz zu schätzen wissen, *Monsieur le Gouverneur!*« antwortete er kühl, auch er zu müde nach der langen Nacht, um sich noch über Titel zu ereifern.

Admiral Cockburn, nicht mehr ganz sicher auf den Beinen, aber mit ungebrochenem Elan, bemächtigte sich ein letztes

Mal Albines schöner Hand und lieferte sich danach resigniert dem Unwillen von Miss Stranger aus.

Gourgaud, »Lauras verliebter Gockel«, erwies sich seines neuen Spitznamens würdig und verabschiedete die überforderte Gouverneurstochter mit einem Schwall französischer Liebesbeteuerungen, die sie nicht verstand, und mit Blicken, vor denen sie sich gefürchtet hätte, wäre sie nicht so müde gewesen.

Die Damen beugten sich zueinander, hoben das Kinn und küßten mit spitzen Lippen die Luft neben den Wangen ihres Gegenübers, und die Herren verbeugten sich militärisch, während ein paar vereinzelte Saints sentimental in Ovationen ausbrachen, als wäre dies die endgültige Versöhnung der Nationen. Gouverneur Wilks winkte ab und geleitete die französischen Gäste zu seiner offiziellen Kutsche, die sie hinunter zum Hafen bringen sollte in Mr. Porteous' Pension – damit sie sich wieder daran erinnerten, wer sie waren, und daß ihre Diademe, ihre seidenen Kleider, ihre prächtigen Uniformen und die Titel und Orden eines untergegangenen Regimes nicht mehr wert waren als das Geröll oben auf der Hochebene von Deadwood, wo nach dem Wunsch Europas alles enden sollte.

Keep your distance ... Als Fanny aus der Kutsche stieg und zu dem kleinen Fenster hinaufblickte, hinter dem ihre Kinder schliefen, glaubte sie im blassen Morgenlicht plötzlich alles zu durchschauen. Sogar sich selbst sah sie auf einmal aus der Entfernung: eine Fremde, betört von Lichtern und Komplimenten, die in Wahrheit nur einen Abstand verschleierten, der von Tag zu Tag größer werden würde. Dieser Ball, das begriff sie auf einmal, hatte nicht stattgefunden, um Sieger und Besiegte einander näherzubringen, sondern um vor der Welt den Schein zu wahren und guten Willen vorzutäuschen, wo in Wahrheit nur das Urteil der Völker über den gemeinsamen Feind vollstreckt wurde. Keine Hand, die darauf wartete, ergriffen zu werden, sondern eine Verabschiedung, eine, der noch viele andere folgen würden, Schritt für Schritt, so daß die Welt der Verbannten immer weiter zusammenschrumpfte, bis kaum noch etwas übrigblieb, was das Leben lohnte.

»Ein schönes Fest«, hatte sie noch vor ein paar Stunden ihrem Mann zugeflüstert, und er hatte nicht widersprochen. Nun, als er ihr auf der morgenleeren Straße aus der Kutsche half – die roten Lichter des Viehhofs waren längst erloschen –, stolperte sie fast, und nur seine Hand hielt sie aufrecht. Eine warme, vertraute Hand an diesem plötzlich so kalten Morgen. »Danke!« sagte Fanny leise und als sie in Bertrands Augen blickte, erkannte sie, daß er das gleiche dachte wie sie selbst.

Sie warteten auf Albine und Montholon, die am liebsten in der Kutsche sitzengeblieben wären, und weckten Gourgaud, der auf der Rückbank eingeschlafen war. »Es ist ihre Bescheidenheit!« sagte er noch halb im Schlaf. »Damit wird sie unwiderstehlich, nicht wahr?«

Fanny zog ihn am Arm aus dem Wagen. »Ja, ja...« murmelte sie beruhigend.

Dann stiegen sie alle langsam die Stufen zum Eingang hinauf, gekleidet wie Könige und verlassen wie Bettler. Mr. Porteous öffnete ihnen verschlafen die Tür. Sein Hemd stand offen, und er kratzte sich die Schulter. Er rief dem Kutscher, der den Wagen unverzüglich wendete, ein paar scherzhafte Worte zu, ohne eine Antwort zu bekommen. Als ginge es darum, ein Rennen zu gewinnen, raste die Kutsche die Hafenstraße hinunter, schnell, schnell zurück nach Plantation House, wohin sie gehörte. Ein paar Fenster öffneten und schlossen sich wieder. Vom Meer herüber wehte eine warme Brise und hob die Löckchen an Fannys Stirn, ein Streicheln fast, aber Fanny spürte es nicht.

VII. Abschied von den Rosen

1

An jenem Sonntag im Oktober, als die »Northumberland« vor der dunklen Bucht von Jamestown ihre Anker warf, während oben, auf den schroffen Felsen von Diana's Peak, die aufs Meer gerichteten Kanonen der Engländer in der letzten Abendsonne blitzten wie aufgespießte Sterne, an jenem Sonntag also und zu jener bangen Stunde, die ein Abschied war und zugleich auch eine Ankunft, kam es Fanny Bertrand einen kurzen Augenblick lang vor, als stünde sie in einem unendlich weiten Zuschauerraum, während sich vor ihr das Bühnenbild eines unbekannten Dramas entfaltete: eine schwarze Insel, emporgereckt, in der Mitte die abweisenden Mauern einer niedrigen Stadt, zu beiden Seiten gerahmt von senkrechten, längs gefurchten Felswänden: ein versteinerter Vorhang, der – auf ewig erstarrt – nichts mehr verbarg und nichts mehr schützte.

Das Drama konnte beginnen: Das Bühnenbild war möbliert, die Szene bereit für die Akteure, die jedoch nicht wie Schauspieler theatralisch aus den Kulissen traten, sondern geradewegs aus dem Parkett heraus über die Rampe kletterten, ohne zu bedenken, daß sie da unten ihre Freiheit zurückließen und sich an dem neuen Schauplatz den Gesetzen unbekannter Spielleiter auslieferten, die doch selbst auch nur aus der Ferne dirigiert wurden, von noch mächtigeren Regisseuren, die lauthals triumphierten, auch wenn sie heimlich immer noch fürchteten, ihre Gefangenen könnten entgegen aller Wahrscheinlichkeit entfliehen und, von der Nostalgie des wankelmütigen Volkes getragen, ihre einstigen Machtpositionen zurückverlangen.

Doch die Verbannten waren erschöpft von der Niederlage, von der Reise um die halbe Welt und von der Ungewißheit, zu müde, um an Flucht zu denken. Wie alle Vertriebenen in einem fremden Land fügten sie sich in ein Schicksal, das ihre Vorstellungskraft überschritt. Sie stiegen auf die Bühne und nahmen gehorsam die Plätze ein, die man ihnen zuwies: inmitten der elenden kleinen Stadt und oben zwischen nackten Felsen und Mr. Balcombes weißen Rosenblüten. Sie ließen zu, daß die Tage vergingen und ihr Leben zerrann, ungenutzt, während sich ihre Welt mehr und mehr verengte, an jedem Tag bedrückender war als noch am Tage zuvor. Jede leere Stunde ein weiterer, wertloser Kieselstein an einer Halskette, die den Atem beengte.

»Montag: Langeweile!« schrieb General Gourgaud in sein Tagebuch. »Dienstag: Langeweile!« »Mittwoch: Langeweile!« Und immer so fort bis zu jenem Abend, als auf dem Ball des englischen Gouverneurs die anmutige Laura Wilks neben ihm saß und mit zögerndem Lächeln und vorsichtig kauend die Leckerbissen verzehrte, die er mit schmachtendem Blick auf ihren Teller gehäuft hatte.

Meine Taube! nannte er sie heimlich, wenn er in seinem schattigen Zimmer in Mr. Porteous' Pension lag und sich nach ihr verzehrte. Meine Taube, so sanft, so gurrend. Selbst ihre Körperhaltung schien seinem Kosewort zu entsprechen: immer ganz aufrecht, als hätte sie es sich jeden Morgen vorgenommen, die vorgereckte Brust halb entblößt in den dünnen, lichten Kleidern, die Napoleons Joséphine selbst im Feindesland zur Mode gemacht hatte. »Immer ein wenig wie Nachthemden«, hatte Napoleon einmal festgestellt, doch es gefiel ihm, wie es allen gefiel, Herren und Damen, nach der geschnürten Enge vor der Revolution. Eine Befreiung auch des Körpers.

Doch Laura Wilks war nicht frei in dem Sinne, wie Gourgaud es erhoffte. Entgegen ihrer sinnlichen Ausstrahlung war sie ein braves Mädchen, das tat, was seine Eltern und die britische Gesellschaft von ihm erwarteten. Ein französischer General, mochte er noch so jung, noch so schneidig und noch so verliebt sein, durfte in diesem Lebensplan keine Rolle spielen, selbst wenn sich Laura manchmal ihre Nachmittage damit versüßte, sich auszumalen, was sein könnte, wenn... Aber die Taube träumte nur und gurrte, blieb aber trotzdem fest auf dem Boden, eine praktische kleine Engländerin auf der Suche nach der passenden Partie – während Gourgaud fast den Verstand verlor und sich in immer gewagtere Streitigkeiten mit Montholon verstrickte, um wenigstens auf diese Weise Dampf abzulassen.

Schwärmerei? Liebe? Endlich, jedenfalls, ein Sonnenstrahl in der Hoffnungslosigkeit, wie ein jeder der Franzosen sich sein eigenes Lichtlein suchte, das seine Angst einschläferte, aber zugleich auch seine Aufmerksamkeit und Widerstandskraft, so daß das gestern noch Unerträgliche heute auf einmal annehmbar erschien und die Insel am Rande der Welt ein Platz wie fast jeder andere.

Wie in den alten Tragödien, die schon die kleine »Strohnase« von Brienne verschlungen hatte, überbrachte ein berittener Bote ein Schreiben der herrschenden Macht – in diesem Fall des Gouverneurs und Admirals Cockburn im Namen der englischen Krone. Es war an »General Bonaparte« adressiert, wurde jedoch nicht ihm ausgehändigt, sondern Bertrand in seiner Funktion als Großmarschall des Palastes – ein Instanzenweg, der zeigen mochte, daß die Engländer zwar nicht bereit waren, Napoleon den Titel einer Kaiserlichen Majestät zuzugestehen, daß sie aber dennoch informell die Hierarchie respektierten, auf der Napoleon bestand.

»Sie wissen, daß ich diesen Brief nicht akzeptieren kann!« Bertrand reichte dem Soldaten das Schreiben zurück. Dieser nahm es und legte es sogleich wortlos auf Mr. Porteous' Theke mit den eingetrockneten Rändern unzähliger Bier- und

Schnapsgläser. Dann salutierte er und eilte hinaus zu seinem Pferd.

Es war Mittag, doch nach der langen Ballnacht in Plantation House schliefen außer dem Frühaufsteher Bertrand noch alle Franzosen, so wie wahrscheinlich auch die Engländer und die Saints, denen die Ehre zuteil geworden war, auf Napoleons Fest zu tanzen. Bertrand legte die flache Hand auf den Brief und zog ihn über die klebrige Theke zu sich heran. Er nahm ihn und drehte ihn unschlüssig hin und her. Ihm wurde bewußt, daß dieses Schreiben ganz sicher schon vor dem Ball verfaßt worden war und daß jede darin erteilte Anweisung, freundlich oder unerbittlich, schon festgestanden hatte, bevor sich Briten und Franzosen gemeinsam zu Tisch setzten. *Rule, Britannia! Britannia, rule the waves!* ... Bertrand griff nach einer der Flaschen, die Mr. Porteous am Vorabend nicht mehr auf das Regal zurückgestellt hatte. Sie war fast leer. Zwei Finger hoch eine klare Flüssigkeit, wie die Matrosen auf Landgang sie liebten, weil sie das Heimweh besänftigte und die Enttäuschung darüber, auch im ersehnten Hafen immer noch der gleiche zu sein wie an Bord ... *Allons, enfants de la patrie!* ... Bertrand entfernte den Korken und trank in ein paar schweren Schlucken die Flasche leer. *Contre nous, c'est la tyrannie* ... Ihn ekelte, und er wußte sich nicht zu helfen.

Ohne Fanny zu wecken, die im Schlaf lächelte, machte er sich auf den Weg zur »Wildrose«. Während er die schmale Bergstraße emporritt, versuchte er sich vorzustellen, wie Napoleon auf die Anrede des Briefes reagieren würde. Doch er kam zu keinem Schluß. Schon immer war Napoleon schwer einzuschätzen gewesen – dies war vielleicht auch einer der Gründe für seine Erfolge. In letzter Zeit aber war er noch launischer geworden. »Eine endlose Teeparty!« nannte er seinen Aufenthalt in Mr. Balcombes Pavillon, und einmal, als Bertrand ihn zu seinem Logenplatz zwischen den Felsen begleiten durfte und Napoleon unaufhörlich mit dem Fernrohr den Horizont absuchte, sagte er plötzlich: »Ich bin es müde, Bertrand. Ich bin es so müde!« Dabei richtete er erneut das Fernrohr auf die leere

See, auf die seine Augen die Trugbilder seiner reichen Erinnerung projizierten: Toulon vielleicht, als der junge Feldherr aufbrach, um Ägypten zu erobern und die Engländer aus Afrika zu vertreiben. Siebzehn Jahre war das her, so lange schon! Damals war Joséphine noch an seiner Seite gewesen und hatte ihre Untreue hinter falschen Abschiedstränen verborgen. Drei Quadratmeilen weit war der große Hafen mit Schiffen bedeckt gewesen, die Masten aus der glitzernden See emporragend wie ein riesiger Wald. Als wäre er bereits Cäsar nach seinen größten Siegen, so bestieg Napoleon die Admiralsbarkasse, und als sie ablegte, flaggten alle Schiffe, die Regimentskapellen an Bord spielten auf, und die Kanonen donnerten ihren Salut ...

»Ich bin es müde, Bertrand. Ich bin es so müde!« Kein Wort mehr, kein Hinweis auf Träume, die verblaßten. Trotzdem verstand ihn Bertrand und blickte, als saugte der Abgrund ihn an, den steilen Felshang hinunter, der vor dem Wasser in einer Geröllhalde endete: so viele Steine, die in so vielen Jahrhunderten den Abhang hinuntergestürzt waren. Jetzt lagen sie am Fuße des Berges, übereinander, nebeneinander, als wäre dies immer schon ihr Platz gewesen seit dem Tag, an dem die Feuer des Erdinnern aus dem Ozean hervorgebrochen waren und das ausgespien hatten, was die Menschen Millionen Jahre später Sankt Helena nannten.

»Kein Mensch würde einen solchen Sturz überstehen«, sagte Napoleon, der Bertrands Blicken folgte.

»Daran dürfen Sie nicht einmal denken, Sire!«

»Ich darf alles, Bertrand. Denken zumindest darf ich alles.«

2

Schon von ferne hörte ihn Bertrand lachen. Ihn und die Kinder: die beiden Balcombe-Knaben und vor allem Betsy, die Napoleon die Augen verbunden hatte und ihn im Kreise drehte, damit er die Orientierung verliere. Blinde Kuh spielten sie, auf die englische Art, die sich von der französischen darin unterschied, daß jeder er selbst blieb, während er in der französischen eine Rolle übernahm, die ihm eine willkürlich gezogene Karte zuwies.

Beim ersten Mal hatte Napoleon, der bei allen Spielen betrog, die Augenbinde heimlich nach oben geschoben, um Betsy zu finden, denn nur auf sie kam es ihm an. Obwohl er sie sehen konnte, machte sie es ihm nicht leicht, doch als er sie endlich am Kleid erwischt hatte und festhielt, riß sie ihm triumphierend das Tuch vom Kopf und streckte ihm wie ein Bannkreuz ihre Karte entgegen, damit er sehe, was sie darstellte. »*La Mort!*« rief sie lachend. »Der Tod! Sie haben sich den Tod eingefangen, Monsieur!«

Da verlangte Napoleon, der immer schon abergläubisch gewesen war, daß alle Karten vernichtet würden und man ab sofort nur noch die englische Variante spielte, die kindlicher war und weniger gefährlich. Ein harmloses Fangenspiel, bei dem höchstens ein Sturz ins Gras drohte, aber kein Schauder über die Weissagung einer existentiellen Bedrohung.

Zum letzten Mal hatte er das Spiel in Frankreich gespielt, in Malmaison, dem Schloß seiner glücklichsten und seiner traurigsten Stunden. Es war ihm, als hätte er damals die gleiche Karte gezogen, vielleicht, er wußte es nicht mehr so genau, denn damals war sein Gemüt noch weniger empfindlich gewesen. Nun spielte er wieder, aber seine Seele war verletzbar geworden, und er hatte Mühe, sie zum Schweigen zu bringen und sich fallen zu lassen und fröhlich zu sein – oder es zumindest zu scheinen.

»Ich habe Sie!« rief er, als wäre er selbst noch ein Kind. Mit beiden Händen hielt er Betsy um die Taille fest. Doch sie blieb nicht stehen, sondern versuchte immer noch, ihm zu entkommen. Als er sie nicht freigab, stürzten sie beide zu Boden, was die Knaben veranlaßte, sich kreischend darüberzuwerfen, so daß der einstige Kaiser von Frankreich und König von Italien mit drei blonden englischen Kindern und dann auch noch einem Hund auf dem Territorium seines Erzfeindes lag und sich laut lachend wehrte, weil die Kinder versuchten, ihn zu kitzeln.

Bertrand sprang vom Pferd und übergab einem der Sklaven die Zügel. Höflich erwiderte er den Gruß des Hauslehrers der Kinder, Mr. Huff, den inzwischen ganz Jamestown als den ersten Bonapartisten von Sankt Helena bespöttelte. Mr. Huff, dessen Vornamen niemand kannte, hatte Napoleon schon verehrt, noch ehe dieser die Insel betrat, und es schien ihm, als wäre es ein Wink des Schicksals, daß es sein Idol ausgerechnet hierher verschlagen hatte, wo er selbst lebte, Mr. Huff, der Napoleon besser verstand als jeder andere. Der seine Leistung ermaß und die Reinheit seiner Ideale! Mr. Huff, der vielleicht auserwählt war, dem bedeutendsten Menschen, den die Welt je hervorgebracht hatte, dorthin zurückzuhelfen, wo er gebraucht wurde und wohin er gehörte: nach Frankreich, der Wiege aller Gerechtigkeit ... Freiheit, Gleichheit, Brüderlichkeit ... Oh, wie sehnte sich Mr. Huff danach, dem großen Napoleon zu dienen, bei ihm sein zu dürfen und seinen Blick wohlwollend auf sich zu fühlen!

»Sie sind mein Gefangener!« schrie Betsy und rannte zu der weißen Holzbank, auf der Napoleons prunkvoller Degen lag: mit der Scheide aus einem einzigen Stück Schildpatt, übersät von goldenen Bienen, Napoleons Wappentier, wie der Adler das Kaisertum symbolisierte. Mit beiden Händen ergriff Betsy die Waffe und verfolgte Napoleon, der in gespieltem Entsetzen vor ihr flüchtete und sich erst nach mehreren Runden durch den ganzen Garten am Stamm eines Feigenbaums stellen ließ. »Edler Ritter *Pie O'Nay*!« rief Betsy mit schallender Stimme. »Tapferer irischer Held! Geben Sie sich geschlagen oder Sie sind tot!«

»Wieso irisch?« fragte Napoleon und rang nach Atem.

»Hände hoch!« schrie Betsy. Mit beiden Händen hob sie den Degen und setzte die Spitze an Napoleons Halsgrube, genau dort, wo eine Ader pochte.

»Seien Sie vorsichtig, Mademoiselle!« schrie Bertrand entsetzt auf und eilte, ihr die Waffe zu entreißen. Auch Mr. Huff, blaß wie der Tod, wollte eingreifen.

Doch Napoleon winkte ab. »Lassen Sie nur, Bertrand! Wie es scheint, wäre dies die Lösung all meiner Probleme und wahrscheinlich auch der Ihren. Madame Bertrand hätte bestimmt nichts dagegen, bald nach England reisen zu können.« Er lächelte aufmunternd. »Nur zu, Mademoiselle *Betsiii*!«

Betsy wurde unsicher. Sie schwankte. Einen Augenblick lang schien es, als wolle sie den Degen zurückziehen. Doch das Spiel gefiel ihr zu gut, als daß sie damit aufhören konnte.

»Ich weiß, was Sie fühlen, Mademoiselle«, sagte Napoleon leise, den Blick in den ihren gebohrt. »Ist es nicht berauschend, Macht zu besitzen? Los, stoßen Sie zu! Es wird Ihnen nichts geschehen. Sie haben meine Erlaubnis. Ja, Sie erfüllen mir sogar einen Wunsch, glauben Sie mir!«

Betsys Gesicht war voller roter Flecken. Die Kraft schien sie zu verlassen. Die Spitze des Degens rutschte ein kaum merkliches Stück nach unten und hinterließ auf der Haut eine winzige rote Spur.

»*La Mort!*« flüsterte Napoleon. »Wissen Sie noch? Der Tod. Sie haben mir den Tod gezeigt. Vielleicht war es Schicksal. In meinem Leben ist alles Schicksal. Kein Gott, keine Religion. Nur Schicksal. Fatum. Wie bei Alexander oder bei Cäsar. Sie wissen doch, wie Cäsar gestorben ist, Mademoiselle? Jeder kennt noch heute den Namen seines Mörders, des einen unter den vielen, die sich über ihn hermachten, aber dessen Stich es war, der den großen Cäsar vernichtete. Wenn Sie jetzt zustoßen, wird auf ewig jeder den Ihren kennen: Betsy Balcombe, Tochter von William Balcombe von der kleinen Insel Sankt Helena im südlichen Atlantik, weit, weit weg von Europa, und doch hat sie den einstigen Herrscher Europas bezwungen! So wird man über Sie sprechen, Mademoiselle. Selbst noch in hundert Jahren, in zweihundert Jahren. Immer. Jeder auf der Welt wird wissen, wer Betsy Balcombe war, auch wenn Sie selbst längst tot sein werden – was man sich in Ihrem Alter aber wahrscheinlich noch nicht vorstellen kann. Unsterblich zu sein: Verlockt Sie dieser Gedanke nicht, kleine Betsy? Sie sind kein Kind mehr, aber auch noch keine Frau. Niemals im Leben ist man so fähig zur Grausamkeit wie in

Ihrem Alter. Die Milde kommt erst später. Das Mitleid. Die Schwäche… Männer wie ich tun übrigens gut daran, sich die Kompromißlosigkeit ihrer frühen Jugend zu bewahren. Es erspart ihnen eine Menge Skrupel.«

Die beiden Knaben fingen gleichzeitig an zu weinen. »Das ist kein schönes Spiel!« schluchzte Alexander und zerrte Betsy am Kleid. Sie schwankte und hatte Mühe, den Degen immer noch an der Stelle zu halten, an der Napoleons Leben verletzbar pulsierte.

»Ich bin so vieles gewesen in all den Jahren«, sagte Napoleon, auf einmal ganz ruhig. »Ich war ein armer Hund, ein Revolutionär, ein Soldat, ein Feldherr, ein Administrator und ein gesalbter Herrscher. Ich war ein Sohn, ein Bruder, ein Ehemann und ein Vater. Vater zu sein war meine liebste Rolle, wenn auch nur für kurze Zeit.« Er lächelte Alexander zu, der daraufhin beruhigt seine Schwester losließ. »Was ich niemals war und niemals sein wollte: ein Opfer. Ein Märtyrer. Dabei schätzt man in meiner Heimat Märtyrer ganz besonders hoch ein. Man verehrt sie als Heilige. Man betet zu ihnen und fleht um ihre Hilfe und ihren Schutz. Vielleicht fehlt mir diese Rolle noch zu meinem Ruhm!«

»Sie sind doch schon ein Opfer, Sire!« entgegnete ihm das kleine Mädchen von der Insel – den Kopf erhoben, das rosige Kinn kämpferisch vorgeschoben.

Napoleon legte die Hand ganz sanft auf den Degen. »Deswegen, meinen Sie? Dieses Ding kann mich vielleicht töten, aber es kann mir nicht mehr weh tun. Darüber bin ich hinaus. Sie müssen sich schon damit abfinden, liebe Betsy, daß man mich nicht mehr treffen kann.«

»Das glaube ich nicht, Sire.«

»Es ist aber so.« Seine Hand lag nun unter der Degenspitze, wie um Betsy behilflich zu sein, wozu auch immer sie sich entschließen mochte.

»Ich könnte Ihnen beweisen, daß es für Sie immer noch Schlimmeres gibt als den Tod, Sire. Ich kenne Sie. Wir sind doch Freunde! Wollen wir wetten?«

»Meinetwegen.« Napoleons Hand zitterte plötzlich. »Freunde! Die kleine Betsy! Was für eine Seelenverwandtschaft! Aber Sie werden Ihre Wette trotzdem verlieren.«

Da ließ Betsy den Degen sinken. Sie beugte sich zu Alexander und flüsterte ihm etwas ins Ohr. Der Knabe nickte begeistert und tippelte davon. »Warten Sie ab, Monsieur«, sagte Betsy mit ruhiger Stimme. »Ich versichere Ihnen: Die kleine Betsy wird ihre Wette gewinnen!«

Alexander kehrte zurück, glücklich und stolz, daß alle diese Erwachsenen auf ihn gewartet hatten. Seine rundlichen Kinderhände hielten vorsichtig einen bunten Gegenstand, der von ferne aussah wie ein Spielzeug. Alexander stellte ihn auf den Frühstückstisch und lächelte Napoleon vertrauensvoll zu.

»Alexander!« rügte Mr. Huff den kleinen Jungen streng und wollte den Gegenstand entfernen, noch ehe Napoleon ihn sehen konnte. Doch Napoleon, der mit den anderen herantrat, schob den Lehrer beiseite. »Was haben wir denn da Schönes?« murmelte er und brauchte eine Weile, um zu erkennen, was sich ihm darbot: sein eigenes Abbild, ein hölzerner Napoleon, nicht größer als ein Männerdaumen, bemalt in den fröhlichsten Farben. Ein immens dicker Bauch. Auf dem runden Kopf ein großer, schwarzer Zweispitz. Unsicher nach vorne gebeugt, lehnte der kleine Napoleon an der untersten Sprosse einer Stehleiter, als wäre er daran festgeklebt oder betrunken.

»Was soll das?« fragte Napoleon mißmutig. Er war daran gewöhnt, angegriffen und verspottet zu werden. Je mächtiger er geworden war, um so häufiger hatten die Journale Europas und sogar Amerikas Karikaturen über ihn verbreitet: beleidigende Karikaturen; solche, die ihn eigentlich rühmten; amüsante; scharfsinnige, die den Nagel auf den Kopf trafen; traurige, bösartige oder einfältige. Napoleon hatte sich nie darum gekümmert. Noch war er unverwundbar und unanfechtbar. Er hatte weder Zeit noch Lust, sich über Nadelstiche Gedanken zu machen.

Das hier aber war keine Karikatur, sondern offenkundig ein Kinderspielzeug, das Alexander gehörte, wie sein Anerkennung heischendes Lächeln vermuten ließ.

»Papa hat gesagt, praktisch jedes Kind in England besitzt ein solches Spielzeug«, erklärte Betsy. Sie streckte den Arm aus und drückte auf einen Knopf an der Rückseite der Leiter. Mit einem Ruck schnellte der kleine Napoleon auf die nächste Sprosse. »Paris« stand da, und erst jetzt konnte man lesen, daß die unterste Sprosse die Aufschrift »Korsika« trug.

Wieder betätigte Betsy den Knopf. Das Hampelmännchen mit dem Zweispitz schwankte, wackelte erbarmungswürdig mit dem Kopf und schlenkerte mit den kurzen Armen. Trotzdem landete es sicher auf der folgenden Sprosse: »Italien«.

»Möchten Sie es selbst versuchen, Monsieur?«

Napoleon antwortete nicht. An seiner Schläfe pochte eine Ader.

Da drängte sich Alexander vor, da er doch der Besitzer dieses faszinierenden Objekts war. Er setzte es in Bewegung und freute sich.

Die nächste Sprosse verkörperte »Spanien«, dann kam »Rußland«, wobei man die kleine Leiter schon festhalten mußte, damit sie auf der Unebenheit der Tischtuchstickerei nicht umstürzte. »Deutschland«… und dann, ganz oben, so daß das Gerät schon bedenklich schwankte: »Sankt Helena«!

»Soll ich?« fragte Betsy und betätigte, ohne die Antwort abzuwarten, ein letztes Mal den auslösenden Knopf. Der kleine, hölzerne Napoleon quälte sich nach oben, wobei er um sein Gleichgewicht zu kämpfen schien wie ums Überleben. Doch kaum hatte er die letzte Sprosse endlich erklommen, knickten seine kurzen Beinchen ein, und er stürzte ab! Erst jetzt konnte man erkennen, daß er an einem dünnen, kaum sichtbaren Faden pendelte. Als hätte man ihn daran erhängt, baumelte er noch eine Weile hin und her, den schweren Kopf zur Seite geknickt, die Puppenarme und -beine grotesk verrenkt, während die Füßchen in den schwarzen Schnallenschuhen bei jeder Schwingung das weiße Tischtuch streiften.

Alexander lachte fröhlich auf und wartete auf Beifall.

»Das ist infam!« sagte Bertrand kalt. »Sie sollten sich entschuldigen, Mademoiselle!«

Napoleon schwieg, ohne sein Abbild aus den Augen zu lassen. »Wofür?« murmelte er dann. »Wir sollten Mademoiselle gratulieren. Sie hat ihre Wette gewonnen. Ich frage mich nur, was der Einsatz war.«

Ein ganzes Anwesen in Aufruhr: Mr. Huff, der auf die schreiende Betsy einprügelte. Mr. Balcombe, der tief beschämt, seinen Gast um Verzeihung anflehte. Mrs. Balcombe, die ihre weißen Hände rang, gegen die aufkeimende Migräne kämpfte und immer wieder schluchzend ausrief, sie habe von Anfang an gewußt, daß das alles nicht gutgehen könne. Las Cases, der, aus dem Tiefschlaf gerissen, halbblind, mit offenem Hemd und gezogenem Degen am Eingang des Pavillons stand, die Chance zum Heldentum endlich vor Augen, und nicht wußte, wo und wie er eingreifen sollte. Sein Sohn Emmanuel, der voller Abneigung das junge Mädchen beobachtete, das Mr. Huff abwehrte und zugleich seinen Eltern verzweifelt versicherte, dies alles sei doch nur ein Scherz gewesen. Die Dienstboten, die nicht wußten, worum es ging ... und die Sklaven, die sich hinter dem Zaun des Gemüsegartens in Sicherheit gebracht hatten, mit großen Augen dem Tumult zusahen und meinten, nun wären die bösen Geister in die Köpfe der Weißen gefahren und hätten ihren Verstand aufgefressen.

3

Napoleon und Bertrand standen mitten im Chaos, als hätten sie nichts damit zu tun. Es war wie früher, dachte Bertrand, wenn eine Schlacht ihren Höhepunkt erreicht hatte und keiner mehr er selbst war. Außer sich, dachte Bertrand. Ein jeder von uns war außer sich, bereit zu tun, was er zu einer anderen Zeit verdammt hätte. In diesen Momenten, wenn der Lärm nicht mehr gehört wurde und alle Bewegungen sich zu verlangsamen schienen, in diesen Momenten wurde Napoleon ganz plötzlich vom Handelnden zum Beobachter. Einer, der nicht mehr dazugehörte, ungerührt und unverwundbar. Ein kalter Gott des Krieges, der alles überblickte und ohne Zorn, Angst und Eifer entschied.

Auch jetzt, in der Banalität dieses häuslichen Kampfes, der dennoch seine Seele verwundet hatte wie eine unerwartete Niederlage, löste sich Napoleon wieder von seiner Umgebung. Als ginge ihn das alles gar nichts an, stapfte er, das Kinn vorgestreckt, die Hände auf dem Rücken verschränkt, mitten durch den Tumult, gefolgt von Bertrand. Nicht anders hatte er sich von Moskau abgewandt, dessen Luxus und Elend in der Höllenglut versank. Und nicht anders von den kalten Nebeln von Waterloo, aus denen noch vereinzelt das gedämpfte Knattern letzter Schüsse drang, das Jammern der Verwundeten und das dumpfe Stöhnen sterbender Pferde: Napoleon, der mit einer Situation abgeschlossen hatte, der nichts mehr sehen, hören, fühlen wollte.

Sie traten in den Pavillon und schlossen die Türe hinter sich, während draußen Mr. Huff seinen Herrn davon zu überzeugen suchte, daß für ein solches Vergehen gegen Gastfreundschaft und Humanität nur Freiheitsentzug die adäquate Strafe sein könne, worauf Mr. Balcombe, inzwischen bereits am Rande der Apoplexie, die schuldige Betsy zur Kellertür zerrte, das schreiende, sich gegen den Boden stemmende Mädchen hineinstieß, daß es beinahe die Treppe hinunterstürzte, und die Türe hinter ihm verriegelte. Die beiden Knaben, die nichts begriffen hatten und meinten, das wäre das Ende der Welt, klammerten sich schreiend durch das seidene Kleid hindurch an die Beine ihrer Mutter, jeder an eines, so daß sich Mrs. Balcombe ärgerlich befreite, denn es ging nicht an, daß jedermann, vor allem die Diener und Sklaven, sehen konnte, daß auch Damen Beine haben.

Mrs. Balcombe hatte nie aufgehört, vor Napoleon Angst zu haben, obwohl er sich ihr gegenüber immer wie ein Kavalier benommen hatte. Doch selbst wenn er ihr – wie irgendein englischer Gentleman – beim Abwickeln von Wolle half, wurde sie nie den Verdacht los, daß ihm diese friedliche Betätigung nicht nur ungewohnt, sondern auch unangenehm war, denn er benahm sich äußerst ungeschickt dabei und war nicht einmal in der Lage, das einfache, gegenläufige Auf und Ab der Hände, das dem einer Gliederpuppe beim Gehen glich, mit seiner Konversation zu verbinden. Dabei hatte man sich doch immer erzählt, er sei imstande, drei Briefe gleichzeitig zu diktieren und nebenher auch noch einen Feldzug zu planen. Das Abwickeln von Wolle allerdings überstieg seine Koordinierungsfähigkeiten: Spätestens nach drei Sätzen hielt er inne und vergaß, den Strang stramm zu halten, so daß die Wolle an seinen Händen wie die Ketten eines Delinquenten hing und die Arbeit unterbrochen werden mußte.

»Pardon, Madame!« lächelte er dann verbindlich, wenn Mrs. Balcombe mißbilligend die Augenbrauen hochzog. »Mit dem Degen bin ich vertrauter!« – was Mrs. Balcombe erst recht kalte Schauer über den Rücken jagte, da nicht daran zu zweifeln war, gegen wen sich sein Degen gerichtet hatte.

»Wie heroisch«, sagte sie dann, wickelte hastig weiter und wartete darauf, daß er wieder zu lachen aufhörte, denn vor seinem Lachen fürchtete sie sich am meisten.

4

»Ein Brief vom Haifisch? Öffnen Sie!« Schwerfällig wie nach einem harten Ritt ließ sich Napoleon in einen der beiden zierlichen Sessel fallen, die Mr. Balcombe aus dem Mobiliar seines eigenen ehelichen Schlafzimmers zur Verfügung gestellt hatte. Sesselchen für zarte Damen, die die raschelnde Stofffülle ihrer schimmernden Negligés um sich drapierten, um Gedanken und Wünsche zu wecken, die, zumindest am Anfang, mehr oder weniger schamhaft zurückgewiesen werden mußten, denn so gebot es der Anstand.

Napoleon paßte in diesen Sessel wie ein Soldat auf das Lesesofa eines Stiftsfräuleins. Er lag darauf, mehr als daß er saß, nach vorne gerutscht, die Beine weit von sich gestreckt, die

Arme an den Seitenlehnen schlaff herabhängend. Schon während der Überfahrt war ihm seine Satinweste zu eng geworden und spannte nun in unzähligen Fältchen um seinen Bauch, daß man meinte, die Knöpfe müßten jeden Augenblick abspringen. Eine dünne, braune Strähne hing ihm in die Stirn: weiches Babyhaar, das seinem ungebärdigen Temperament widersprach.

Bertrand mußte plötzlich lächeln, ein liebevolles Lächeln: Das hier war der Napoleon, den er kannte! Der mürrische, spröde, der die Langweiler und Nervtöter in die Schranken wies und sich nicht darum scherte, was andere von ihm dachten. Genauso wie jetzt hatte er seine Generäle empfangen, seine Minister und hatte sie gezwungen, seinen rasanten Gedankensprüngen zu folgen und sich auf das Wesentliche zu konzentrieren ... Nur das Wichtigste, meine Herren! Erst einmal die große Linie! Die Kleinarbeit machen die Beamten! ... Ha! Als ob sich Napoleon zuletzt nicht doch noch um jedes Detail gekümmert hätte!

Bertrand überging das Titelproblem. Er stellte erleichtert fest, daß auch Napoleon nicht nach der Anrede fragte. Dann brach Bertrand mit geübtem Griff das offizielle Siegel des Gouverneurs und faltete das knisternde Papier auseinander. Ein kurzes Schreiben an »General Bonaparte«. Sachlich, kalt, ohne Floskeln. Nur die Aufforderung, »... das irreguläre Übergangsdomizil auf dem englischen Anwesen *The Briars* unverzüglich zu verlassen und sich bereits am nächsten Morgen gegen acht Uhr mit dem gesamten Gefolge nach Longwood zu begeben: Ihre künftige Residenz, die nach bereits erfolgter, gründlicher Renovierung Ihnen und Ihrer Begleitung in Zukunft alle Ihnen zustehenden Annehmlichkeiten bieten wird.«

Bertrand las vor und ließ dann das Schreiben sinken. Danach besann er sich und reichte Napoleon den Brief, ob er ihn nicht vielleicht auch selbst durchsehen wolle. Doch Napoleon winkte ab. So wenige Worte, doch sie trafen mitten ins Herz. Ihre künftige Residenz ... in Zukunft ... Was bedeutete das: Zukunft? Wie lange dauerte sie? Womit endete sie? Mit dem Tode? Aber mit wessen Tod? Oder mit etwas anderem? Einem Beschluß der Sieger vielleicht? Einer heimlichen Flucht mit Hilfe treuer Vasallen? Einer gewaltsamen Befreiung?... Aber dann? Was kam danach? Nach der sogenannten Zukunft. Nach der englischen Zukunft... Nach dem Tode... Nach der Begnadigung... Nach der Befreiung... Was sollte aus dem abgedankten Kaiser Napoleon I. werden, nachdem ihn sein Fatum auf der kahlen Hochebene von Longwood stranden ließ als eine Art Pro-forma-General mit einem Hofstaat von Verblendeten und Heimwehkranken?

»Morgen früh also«, murmelte Napoleon und schlenkerte plötzlich mit den Armen wie Alexanders kleiner Kaiser nach einem weiteren Sprung. Bertrand dachte, daß im gleichen Ton auch der letzte König von Frankreich gesprochen haben mochte, als man ihm sagte, die Guillotine warte schon auf ihn, den *Bürger Capet*, der Frankreich verraten habe – damals, während der großen Revolution, deren Produkt schließlich Napoleon I. gewesen war, auch wenn er sich in Wahrheit nie für ihre blutbefleckten Phantasien begeistert hatte.

Draußen war es still geworden. Jemand – es war der kleine Alexander, die anderen hätten es nicht gewagt – öffnete die Tür. Betsy wand sich herein, wohl um Verzeihung zu erflehen: ein blasses Schulmädchen, zerknirscht und verzweifelt, das sich die Abgründe in der eigenen Seele nicht mehr vorstellen konnte. Wie in einem Trauerzug folgte ihre Familie und die anderen, die zur »Wildrose« gehörten.

Napoleon starrte vor sich auf den Boden. »Morgen reisen wir ab«, sagte er, als ginge es weit in die Ferne. »Das windumspielte Longwood wartet schon auf uns.«

Betsy blieb stehen und fing an zu weinen.

»Sie wollen sich wirklich aufgeben, Sire?« fragte Mr. Huff, weiß wie das Interieur des Pavillons.

Napoleon rührte sich nicht.

Da drehte sich Mr. Huff um und ging hinaus. Über den Rasen und zum Haus. Bevor er durch die Tür trat, wandte er sich noch einmal um: ein kurzes Spähen über die hochgezogenen Schultern, verstohlen und voller Schmerz. So mochte Judas geblickt haben, als sich seine treulosen Augen ein letztes Bild Jesu einzuprägen suchten. Aber Mr. Huff war kein Judas. Er hatte niemanden verraten. Im Gegenteil. Niemand beachtete ihn. Alle schauten nur auf Napoleon, während Mr. Huff geradewegs und entschlossen wie noch nie in seine winzige Kammer ging und aus seiner Kommode einen Strick holte, den er sich schon vor Jahren in Mr. Solomons Laden beschafft hatte, als Mr. Solomons Tochter Harriet, die zweitälteste und eigentlich reizloseste von allen sieben, ihn ausgelacht hatte. Ausgelacht und verschmäht. Zurückgewiesen, wie er immer zurückgewiesen wurde. Mr. Huff ohne Vornamen . . . Die spöttische Harriet lag inzwischen auf dem kleinen Friedhof von Jamestown, nur ein paar Schritte vom Laden ihres Vaters entfernt, zusammen mit den beiden Zwillingsknaben, die zu groß gewesen waren für ihre schmale Gestalt. Ihr Mann – der, den sie Mr. Huff vorgezogen hatte – war längst wieder verheiratet und dachte nicht einmal an ihrem Todestag daran, ihr Blumen aufs Grab zu legen. Das übernahm an seiner Stelle Mr. Huff, den sie gedemütigt hatte. Harriet Solomon . . . Mr. Huff dachte ein letztes Mal an sie und dann nicht mehr. Er dachte an seinen gefallenen Engel Napoleon und dann nicht mehr. Dachte an eine freie Welt, in der jeder respektiert wurde, und dann dachte er nichts mehr.

»Lassen Sie mich allein!« gebot Napoleon leise. Da gingen nach einigem Zögern alle hinaus – außer Bertrand, der seinen Herrn noch nie verlassen hatte, wenn dieser ihn brauchte, und Betsy. Napoleon griff nach seinem Rock, der über der Lehne hing und holte seine Lakritzdose hervor. Er füllte sich den Mund mit den schwarzen Pastillen, dann besann er sich und hielt Betsy die geöffnete Dose entgegen.

Betsy trat schüchtern näher und bediente sich so reichlich wie er. »Danke, Sire!« murmelte sie. Ihre weißen Zähne waren schwarz gerändert, als sie plötzlich lächelte: »Danke, edler Ritter *Pie O'Nay!*«

Napoleon starrte sie finster an. »Ihr Akzent ist fürchterlich, Mademoiselle!« sagte er streng. »Das wollte ich Ihnen immer schon sagen. Es heißt nicht ›Bayou Neille‹, sondern *paille-au-nez! Paille-au-nez!* Ich dachte, Sie hätten Französisch gelernt in Ihrer lächerlichen englischen Töchterschule!«

»Ich war immer die Beste im Sprachunterricht, Monsieur!«

»Davon merkt man aber nichts.«

»Ihr Englisch läßt auch zu wünschen übrig!«

Er starrte sie düster an. »Außerdem sind Ihre Röcke zu kurz! Das stört mich schon die ganze Zeit. Sie kommen daher wie ein Kleinkind. In Ihrem Alter sollte man die Unterhosen nicht mehr zeigen.«

Bertrand drehte den Kopf zur Seite, um ein Schmunzeln zu verbergen.

»Ab morgen ziehe ich nur mehr lange Röcke an, Sire.«

Da schwieg Napoleon. Noch einmal bot er ihr Lakritz an. Erst ihr, dann Bertrand, der zum ersten Mal im Leben das Angebot wahrnahm, obwohl er Lakritz verabscheute.

»Ich weiß doch, wie es wirklich heißt!« sagte Betsy plötzlich leise und schüchtern. »Es heißt nicht *Pie O'Nay* oder sonst etwas. Es heißt *Napoleone*, nicht wahr? Ich habe es nicht vergessen, Monsieur!«

Im gleichen Augenblick fand Mrs. Balcombes Köchin, die sich für die Junggesellen des Haushalts verantwortlich fühlte, Mr. Huff auf dem Dachboden. Er hing am dicksten Balken und baumelte noch ein wenig. Sein Stehkragen lag auf dem Überseekoffer in der Dachschräge, und neben dem umgestürzten Hocker standen seine abgetretenen, tausendmal polierten Schuhe fein säuberlich nebeneinander, als hätte sich Mr. Huff nur zur Ruhe begeben wollen.

Sein Leichnam war noch warm, doch er atmete nicht mehr. Sein Gesicht mit der seitlich herausgestreckten Zunge zeigte so wenig von der einschüchternden Erhabenheit des Todes, daß die Köchin erst meinte, hier würde ein Scherz mit ihr getrieben an diesem verrückten Tag, an dem anscheinend alle den Verstand verloren hatten.

»Kommen Sie herunter, Mr. Huff!« befahl sie streng. Erst, als er nicht aufhörte zu schweigen und zu baumeln, traf sie der Schreck wie ein Blitz vom Himmel, und sie stürmte die Treppe hinab.

Da dem Selbstmörder eine christliche Bestattung in geweihter Erde verwehrt sein würde, ließ ihn Mr. Balcombe noch zur gleichen Stunde in unmittelbarer Nähe der »Wildrose« begraben, dort, wo sich die Straße nach Jamestown mit der Jakobsleiter kreuzte. Obwohl kein Gedenkstein auf die unseligen Gebeine hinwies, nannten die Yamstocks die Stelle am Hang über dem Meer bald nur noch das »Bonapartistengrab« und schworen darauf, daß an diesem verfluchten Ort zu mitternächtlicher Stunde der Geist von Old Huff auf dem Boden kauere und bitterlich darüber weine, daß der große Kaiser von einst nicht mehr bereit sei, für seine Freiheit zu kämpfen und für die Freiheit der Unterdrückten auf der ganzen Welt.

»Sie dürfen nicht fortgehen, Monsieur!« flehte Betsy drüben im Pavillon, ihre Stimme so leise und traurig, daß Bertrand sich zur Seite wandte, weil er das Gefühl hatte, ein Eindringling zu sein.

Das Gesicht des ehemaligen Kaisers war ohne jede Maske: »Aber ich bin doch fort, *ma petite Betsii!* Wo auch immer ich bin, bin ich fort.«

ZWEITES BUCH

Longwood

VIII. Das Gefängnis

1

Der 10. Dezember 1815 präsentierte sich als ein Sommertag, der die Seele wärmte. Ohne eine erkennbare Trennungslinie verschmolz der Himmel tiefblau und makellos mit dem Meer, das, ruhig und sanft wie sonst nie, der Küste entgegenatmete. Sogar oben auf Deadwood Plain hielt zum ersten Mal seit Jahren der Wind inne, als gelte es, die neuen Bewohner nicht schon vor der Zeit zu entmutigen. Deadwood Plain zeigte sich so idyllisch, wie es nur möglich war: eine schräge Hochebene, 1750 Fuß über dem Meer, zwischen schroffen Felsen und einem steilen Abgrund nach Osten hinunter zur See, hinter deren Horizont man Afrika wußte: unbekannt und gefürchtet.

Der erste Besuch auf Deadwood Plain hatte in Napoleon jeden Wunsch erstickt, freiwillig hierher zurückzukehren. Zwar wußte er, daß Cockburn die Renovierungsarbeiten zügig vorantreiben ließ, und einige Male hatte ihm der Admiral auch angeboten, die Baustelle von Longwood House zu besichtigen. Doch Napoleon hatte sich immer geweigert, sich dorthin zu begeben, wo ihn der heiße Wind aus Südost zu verschlingen drohte und die Sonne die Erde buk, bis der Boden aufsprang in fingerbreite Spalten, die keinen Samen, auch nicht der genügsamsten Pflanze, mehr aufnahmen.

Napoleon hätte blind sein müssen, wenn er während der letzten sieben Wochen von seinem Platz auf Mr. Balcombes Terrasse die endlosen Karawanen übersehen hätte, die sich von

Jamestown den Weg heraufquälten, vorbei an der »Wildrose«, bis sie hinter Hut's Gate verschwanden. Dreihundert Matrosen – die Zahl hatte Napoleon von Mr. Balcombe – waren Tag für Tag auf der schmalen Bergstraße unterwegs mit Tragekörben, Handkarren und Wägelchen, mit Packeseln und den kräftigen kleinen Pferden der Insel. Sie schleppten Gerätschaften, Zement und anderes Baumaterial, Holz, Dachpappe und Farbe. Später dann Tapeten und Wandbehänge, Jalousien, Vorhänge und Möbel; ein Klavier, eine Badewanne, zwei riesige Globen und zuletzt sogar einen Billardtisch.

Nachdem sie ihre Ladung an der Baustelle abgeliefert hatten, kehrten die Matrosen mit ihren Bütten, Wagen und Lasttieren wieder nach Jamestown zurück – im Gegenstrom zu den nächsten, so daß ein ständiges Auf und Ab die steile Straße mehr und mehr verbreiterte und glattrieb, bis sich die Tiere auf dem nackten Gestein kaum noch halten konnten und immer wieder eines ausglitt und in die Tiefe stürzte, oder ein Wagen nicht mehr gebremst werden konnte und davonrollte. Menschen und Tiere wurden erschlagen, verloren den Halt und stürzten ab oder wurden vom Sturm in die Tiefe geweht.

Doch die Prozession riß nicht ab. Man barg die Verletzten und Toten, schaffte sie in die Stadt hinunter und ersetzte sie durch andere. Auch Yamstocks sprangen ein, denn der Lohn war nicht schlecht, und das Schleppen waren sie gewöhnt.

»Hätte ich die doppelte Anzahl Arbeiter zur Verfügung, wären es immer noch zu wenige«, seufzte Cockburn und verpflichtete nun auch die Soldaten des 53. Regiments zur Mithilfe, ebenso wie eine kleine Gruppe chinesischer Arbeiter, die, auf der Flucht vor der Not in ihrer Heimat, ein Schiff bestiegen und sich die Überfahrt durch Arbeit verdient hatten. Es war ihnen gleich, wo sie landeten: Afrika, Amerika ... Was nicht China war, war ohnedies Fremde, und überall in der Fremde war es trostlos, auch wenn es mehr zu essen gab als daheim nach der großen Flut. So strandeten sie auf Sankt Helena, ohne zu merken, daß es kaum einen anderen Platz auf der Welt gab, der ihnen weniger Chancen zum Aufstieg bieten würde. Doch nach dem Elend in ihrem Dorf schien ihnen schon der bescheidene Wohlstand der Hafenstraße von Jamestown als Verheißung, und jeden Abend, bevor sie unter dem im Wind knatternden Stoffdach ihres Bauzelts einschliefen, erzählten sie sich gegenseitig zum hundertsten Mal die gleichen Geschichten von jenen Männern aus irgendeinem Nachbardorf, die sich auf einer Insel namens Hawaii emporgerackert und -spekuliert hatten und nun jedes Jahr bares Geld nach Hause schickten und sich von dort Altäre kommen ließen und ehrsame Bräute für ihre Söhne. Einer dieser reich gewordenen Auswanderer – so schwärmten sie mit vor Heimweh und Müdigkeit schwerer Zunge – hatte sogar verfügt, daß sein Leichnam dereinst heimgeschafft werde ins mütterliche China, um auf ewig in der gleichen heiligen Erde zu ruhen wie seine geehrten Ahnen.

»Kantonmänner« nannten die Saints die kräftigen kleinen Chinesen mit dem einen langen Zopf, der über ihren Rücken baumelte, als wären sie Mädchen. Große, runde Strohhüte trugen sie, unter dem Kinn zugebunden wegen des Windes, weite blaue Jacken und wadenlange, flatternde Hosen, und sie sprachen mit keinem Fremden, außer wenn es um Arbeit ging.

Nun verrichteten sie auf Sankt Helena die Dienste von Pferden. Doch sie beklagten sich nicht, und als man ihnen zu verstehen gab, daß sie von jetzt an zum Haushalt des dicken Mannes mit dem schwarzen Hut gehören sollten, waren sie es zufrieden. Sie hatten beobachtet, daß die malaiischen Sklaven ihm vertrauten, und wenn sie auch vermieden, ihm in die Augen zu blicken, war es ihnen doch nicht entgangen, daß er sie mit Sympathie ansah, wenn er an ihnen vorüberging. Die Malaien behaupteten, er sei ein Kaiser, aber das mußte wohl ein Mißverständnis sein, wie so vieles unbegreiflich war auf dieser Insel mit ihren vielen unterschiedlichen Bevölkerungsgruppen, deren Bedeutung und Hierarchien so ganz anders waren als alles, was den Kantonmännern von zu Hause her vertraut war: von ihrer Provinz her, die sie bisher nie verlassen hatten, und von dem fernen, mächtigen Peking, das sie nur vom

Hörensagen kannten, wo es aber auch einen Kaiser gab, der jedoch in Pracht und Herrlichkeit lebte. Niemand hätte wagen dürfen, sich ihm anders zu nähern als auf dem Bauche kriechend.

2

»Sie werden zusätzliches Personal benötigen«, sagte Cockburn zu Napoleon, der auf der Wiese vor seinem Pavillon stand, inmitten der Habseligkeiten, die die letzten Wochen seines Exils begleitet hatten: sein Feldbett mit den grünen Vorhängen, das ihn zu besseren Zeiten gesehen hatte, aber auch zu solchen, die gefährlicher waren. Das Tafelgeschirr aus Sèvres-Porzellan mit den Darstellungen seiner unvergeßlichen Ruhmestaten und sein Waschbecken aus Silber, das schönste, das je ein Mensch besessen hatte. Dazu in ein paar Kisten: die Porträts seiner Familie, seine Orden, seine Bücher und Landkarten, seine Uniformen und mittendrin der Wecker des Königs von Preußen ... So wenig! Nicht viel mehr als das Bündel, mit dem der magere korsische Knabe durch das einschüchternde Portal der Militärschule von Brienne getreten war. Ein kleines Häufchen beiläufig ausgewählter Dinge auf dem gepflegten Rasen eines englischen Kaufmanns in den Kolonien, als stünde eine Versteigerung bevor, vor einer endgültigen Rückkehr in die Heimat vielleicht oder auch nach einem Todesfall oder einem Bankrott ...» Auf jeden Fall stellen wir Ihnen die Chinesen zur Verfügung. Sie sind genügsam und fleißig. Außerdem schikken wir Ihnen Dienstboten aus Jamestown, soviel Sie benötigen und unterbringen können.«

Napoleon in seinem grünen Wams aus glänzendem Satin, die Schärpe der Ehrenlegion quer über der Brust und trotz der Wärme den schwarzen Hut tief ins Gesicht gezogen, trat auf sein Pferd zu und saß auf. Er verneigte sich ein letztes Mal vor Mr. Balcombe und lächelte den Kindern zu, Betsy vor allem, die so blaß war wie Mr. Huff, als er von der Decke hing. Mit

einer beschwörenden Geste deutete Betsy auf ihren Rock –
kein Kinderröckchen mehr, das den Blick auf die Spitzen der
langen Unterhosen freigab, sondern der weite, züchtige Rock
einer erwachsenen Dame, den sie ihrer Mutter abgeschmeichelt hatte. Da verneigte sich Napoleon ein weiteres Mal und
lüftete galant seinen Hut. Betsys Gesicht hellte sich auf, und
sie suchte den anerkennenden Blick ihrer Schwester, die jedoch
zu Boden starrte.

Von Mrs. Balcombe hatte sich Napoleon bereits verabschiedet, denn wieder einmal lag sie als Opfer ihrer Migräne darnie-
der. Sie verfiel in tiefstes Entsetzen, als der Oger von Frankreich in ihr Zimmer eindrang, sich sogar auf ihr Bett setzte und
ihre zitternden Hände liebevoll um eine goldene Tabaksdose
schloß, verziert mit seinen Initialen.

»Ich wäre gern noch länger geblieben, Madame«, sagte er
sanft in seinem fast unverständlichen Englisch, das Mrs. Balcombe aber auf einmal so sehr rührte, daß sie zu weinen anfing. »In Ihrem schönen Haus bin ich glücklich gewesen: zum
ersten Mal seit sehr langer Zeit und vielleicht zum letzten Mal
in meinem Leben.« Damit erhob er sich wieder, verbeugte sich
so tief und ehrerbietig, wie kein Engländer es jemals getan
hätte, und ging hinaus. Als er die Türe hinter sich schloß, erinnerte sich Mrs. Balcombe daran, daß man ihr des öfteren gesagt hatte, sie sähe seiner Gemahlin ähnlich: Joséphine, die er
von ganzem Herzen geliebt hatte, wie es hieß. »Gott schütze
Sie, Mr. Bonaparte!« flüsterte Mrs. Balcombe zu ihrem eigenen Erstaunen, dann seufzte sie tief und lieferte sich erleichtert wieder ihrem Leiden aus. Als sie am Abend erwachte, hielt
sie noch immer Napoleons Geschenk in den Händen.

Auch von den Sklaven hatte er Abschied genommen, was die
Engländer nicht nur für überflüssig, sondern sogar für schädlich und – was noch schlimmer war – für peinlich hielten. Er
hatte ein paar Worte, die keiner verstand, an alle gemeinsam
gerichtet. Dann legte er seine Hand auf Tobys Schulter und
fragte ihn, wie alt er sei. Toby wußte es nicht: »Vielleicht achtzig Jahre, vielleicht hundert, Majestät von Frankreich. Ganz

schön alt jedenfalls, aber ich werde trotzdem dafür sorgen, daß oben auf Deadwood Plain wieder Pflanzen wachsen. Ich werde Ihnen Setzlinge bringen und sie eigenhändig eingraben, wo sie Halt finden können.«

Napoleon nickte bedächtig. Dann reichte er Toby einen kleinen roten Lederbeutel mit zwanzig goldenen *Napoléons.* »Nimm das!« sagte er leise und schüttelte den Beutel, daß die Münzen klirrten. »Das ist deine Freiheit. Du kannst selbst entscheiden, ob du dich loskaufen willst oder nicht.«

Toby küßte ihm die Hand. »Danke, Majestät von Frankreich!« sagte er. »Ich werde es für Sie aufbewahren. Vielleicht brauchen Sie es einmal.«

Dann ritten Napoleon und seine Begleiter und Cockburn mit den englischen Offizieren hinaus aus dem blühenden Garten. Die beiden Damen, Fanny und Albine, folgten mit den Kindern und zwei Dienerinnen in einer offenen Kutsche, eine wohlgekleidete, vornehme Gesellschaft wie auf dem Weg zu einem Picknick. Hinter sich hörten sie noch Sambos Bellen, den Gesang der Pirole und Betsys bitterliches Schluchzen – und vor sich das Schnattern und Lachen der Neugierigen, die aus Jamestown heraufgekommen waren, um einen letzten Blick auf den alten Boney zu werfen, ehe er oben, im toten Wald, verkam und verfaulte. Angst hatten sie keine mehr vor ihm.

3

Vor Hut's Gate hielten sie an. Die Straße von Jamestown herauf hatte ihren höchsten Punkt erreicht und mündete nun in ein weites, offenes Tor mitten im Felsen. Bei Napoleons erstem Ritt nach Longwood hatten sie diesen natürlichen Durchgang von der Westseite der Insel zu ihrem Osten ohne Zögern passiert: hinein durch Hut's Gate in die schattige Felsenschlucht mit ihren verkümmerten Bäumchen und Büschen und, ganz tief unten, dem lieblichen Geraniental, wo sich Napoleon gestärkt hatte und das er, seltsam bewegt, das »Tal der Stille«

nannte, als hätte dieser Platz für ihn eine besondere Bedeutung, daß er ihm einen eigenen Namen schenken wollte.

Beim ersten Besuch war Cockburn noch unsicher gewesen und hatte immer wieder seine Notizen konsultiert, doch diesmal zeigte er sich mit dem Weg so vertraut, als hätte er ihn inzwischen schon hunderte Male zurückgelegt. »Nicht hier!« hielt er Napoleon, der das Felsentor durchqueren wollte, zurück.

So verließen sie die Straße und ritten auf einem schmalen Pfad an Hut's Gate vorbei, bis sie hinter einer Krümmung des Felsens ein kleines Haus erreichten, das wie die »Wildrose« im Cottagestil erbaut war: langgestreckt und ebenerdig, an der Vorderseite drei hohe Fenstertüren, zu denen eine großzügige Treppe hinaufführte. *French windows*, französische Fenster, nannte Cockburn diese Türen und er wies Napoleon auf sie hin, als wären sie eine besondere Aufmerksamkeit seinerseits.

Hinter dem vorderen Teil des Hauses war, senkrecht darauf, ein Anbau hinzugefügt, mit großen, weißen Sprossenfenstern und vielen blühenden Sträuchern rundherum. Insgesamt ein einfaches, hübsches Gebäude, dessen Eingangstür einladend offenstand, wofür wohl eine Gruppe englischer Soldaten verantwortlich war, die sich diskret, aber mit der gefälligen Symmetrie einer Balletttruppe, im Hintergrund hielten.

»Ich verstehe nicht«, murmelte Napoleon indigniert. »Sie haben doch nicht die Absicht, uns in dieses Puppenhaus zu stopfen?«

Cockburn lächelte, was Napoleon wieder an einen Haifisch denken ließ. »Longwood House, in dem Sie Residenz beziehen werden, ist zwar fertiggestellt, General, aber wir haben die Absicht, noch einige Nebengebäude zu errichten, damit jedes Mitglied Ihres Haushalts bequem untergebracht werden kann. Bei unserer letzten Begehung kamen Gouverneur Wilks und ich zu dem Schluß, daß das gegenwärtige Longwood für so viele Personen nicht geräumig genug ist. Vor allem nicht für zwei Familien mit Kindern. Wir haben daher entschieden, die Familie Bertrand vorübergehend hier in Hut's Gate unterzubringen.«

»So, das haben Sie entschieden!«

»Die Entfernung von hier nach Longwood beträgt nur eine Meile. General Bertrand und seine Familie können sich ohne große Mühe jeden Morgen nach Longwood begeben und am Abend wieder hierher zurückkehren. Eigentlich geht es nur um eine Unterkunft für die Nacht.«

»Admiral Bertrand ist Großmarschall des Palastes. Es geht nicht an, daß er anderswo logiert!«

»Vorübergehend, General.«

»Auch nicht vorübergehend!«

Admiral Cockburn schien entschlossen, sich sein Lächeln und damit auch sein seelisches Gleichgewicht zu bewahren. »Wollen Sie das Haus nicht wenigstens besichtigen, General?« Er stieg die Treppe hinauf und lud Napoleon und die Bertrands mit einer fast zeremoniellen Bewegung ein, ihm zu folgen. Napoleon rutschte vom Pferd, mürrischer denn je, stapfte die Treppe hinauf und trat ein.

Ein freundlicher, sonniger Raum empfing ihn: der Salon eines englischen Landarztes vielleicht oder eines Geistlichen. Das Mobiliar stammte ohne Zweifel aus verschiedenen Haushalten, war aber geschmackvoll arrangiert. Auf dem Eßtisch standen ein üppiger Strauß Lilien und eine Schüssel mit Obst.

»Mrs. Wilks und Miss Laura haben Wunder gewirkt«, sagte Cockburn zu Fanny Bertrand. »Wie ich höre, sind Sie Freundinnen geworden.«

Fanny errötete. »Vielen Dank!« murmelte sie. Sie wagte nicht, Napoleon anzusehen.

Napoleon wies mit dem Kinn auf einen kleinen Tisch, auf dem einige Stapel blütenweißer Handtücher lagen. »Und was ist das?«

»Eine kleine Aufmerksamkeit von Mrs. Wilks für Madame Bertrand. Mrs. Wilks hat bemerkt, daß die Familie Bertrand nicht ausreichend mit Badewäsche versorgt ist.« Er zuckte die Achseln. »Es sind vier Dutzend Handtücher, sagten mir die Damen.«

Napoleon schnaubte. Er drehte sich auf dem Absatz um und

verließ das Haus. Bertrand folgte ihm, bleich vor Entsetzen. »Sire, das alles ist ohne mein Wissen geschehen! Selbstverständlich lehnen wir es ab, hier zu bleiben. Mein Platz ist an Ihrer Seite.« »Und wo ist der Platz Ihrer Familie? Wo ist der Platz von Madame Bertrand? Oder sollte ich lieber sagen: Mrs. Fanny Bertrand?« Zum ersten Mal in seinem Leben gelang es Napoleon, einen Namen absolut korrekt auf englisch auszusprechen. Fanny zitterte am ganzen Körper. Sie hatte plötzlich das Gefühl, daß sich ihr hier eine Chance bot wie vielleicht niemals wieder. So wie in Plymouth, als sie versucht hatte, durch einen Sturz ins Hafenbecken ihr Schicksal und das ihrer Familie herumzureißen. Es war ihr nicht gelungen, aber sie hatte es wenigstens versucht. Wenn sie nun erreichte, in Hut's Gate unterzukommen, konnten ihr und Bertrand viele kleine Nadelstiche und Demütigungen erspart bleiben, die aus der allzu großen Nähe und Abhängigkeit allzu vieler Menschen entstehen würden... »Longwood wird die Hölle«, hatte sie schon einmal zu Bertrand gesagt, als er sich über Mr. Porteous' Pension beklagte. »Jetzt sind wir wenigstens noch einigermaßen frei. Aber was wird später, wenn er uns von morgens bis abends beansprucht und anfängt, uns zu quälen, weil er sein Schicksal haßt und vielleicht auch sich selbst?«

Fanny klammerte die Hände ineinander. Sie konnte vor Aufregung kaum sprechen... *Keep your distance!* Doch von wem eigentlich?... »Wenn auf Longwood wirklich nicht genug Platz für alle ist, Sire«, sagte sie zu Napoleon, der sie finster anstarrte, »dann sollten wir vielleicht das Opfer auf uns nehmen, die Nächte hier zu verbringen. Unsere Kinder sind wohlerzogen, aber sie sind immerhin Kinder. In beengten Wohnverhältnissen...«

»Beengte Wohnverhältnisse?« Napoleon wunderte sich über die Wortwahl, die so wenig zur Situation eines Kaisers paßte. Vielleicht dachte er an die Tuilerien, an Schönbrunn und zuletzt womöglich an sein Elternhaus auf Korsika... »Meinetwegen!« knurrte er dann. »Aber nur vorläufig!«

Bertrand versuchte erneut, ihm zu widersprechen, doch Napoleon sprang auf sein Pferd. »Opp!« befahl er und trat dem Tier die Sporen in die Seite, daß es sich wiehernd aufbäumte. »Am Abend reiten Sie hierher zurück!« rief er und ritt an den englischen Offizieren vorbei. »Jeden Abend! Hoffentlich regnet es immer!«

Fanny stand noch auf der Treppe. Sie blickte auf ihre Kinder, die mit Albine, Tristan de Montholon und den beiden Kinderfrauen in einer offenen Kutsche saßen und lachten. Fannys Hände lösten sich voneinander. Am liebsten hätte sie mitgelacht.

Napoleon zügelte sein Pferd und drehte sich um. »Vier Dutzend Handtücher!« rief er über die Schulter. »Englische Handtücher! Ich wünsche nicht, daß meine Begleiter Geschenke von unseren Bewachern annehmen!«

Fanny hatte das Gefühl, in diesem Augenblick könnte ihr nichts mehr etwas anhaben. »Ich werde die Handtücher zurückschicken, Sire.«

Napoleon hatte Mühe, das gekränkte Pferd zu zähmen. »Das wäre plump. Aber seien Sie in Zukunft etwas zurückhaltender mit Ihren Freundschaften!«

»Ja, Sire.« Fanny dachte plötzlich an ihre Familie zu Hause, in England; an ihren Cousin, der aussah, als wäre er ihr Zwillingsbruder; an Lady Holland, die ihr eine zweite Mutter war... und dann plötzlich wieder an ihren Mann, Henri-Gratien Bertrand, dessen loyales Soldatenherz in diesem Augenblick fast zerbrach: Henri, der sie und ihre Kinder hierher gebracht hatte und den sie dennoch liebte, das spürte sie, sogar jetzt; den sie liebte, weil er war, wie er war, was immer ihr das auch bringen mochte.

4

Aus dem Schatten von »Des Teufels Punschtopf«, jener finsteren Senke, in die das Geraniental mündet, ritten sie hinaus ins grelle Licht von Deadwood Plain, einer weißen, stechenden

Sonne entgegen, ganz anders als auf der Westseite der Insel, wo das üppige Blütendach der Tropen die Strahlen filterte und dem menschlichen Auge angenehm machte.

Deadwood Plain ... Nur ein Name, hatte Mr. Porteous zu Napoleon gesagt, aber wahrscheinlich war er selbst noch nie hier oben gewesen, denn Deadwood Plain galt unter den Saints als verfluchter Ort: ausgetrocknete Erde mit ein paar armseligen Flecken von hartem, verwildertem Gras, da und dort ein Gummibaum, fast nicht als solcher zu erkennen, so sehr hatte ihm der heiße Atem der ständig wehenden Passatwinde zugesetzt. Und – wie um die Trostlosigkeit noch zu steigern – ein vereinzelter, schief gewachsener Baum, dessen Schatten so schmal war, daß er selbst an den sonnigsten Tagen kaum den Boden färbte: ein Eukalyptus, der eigentlich schon kein Baum mehr zu sein schien, höchstens noch die Idee eines Baumes, eine traurige Erinnerung an die paradiesischen Wälder, die das Eiland bedeckt hatten, bevor gewitzte Männer herausfanden, wie bequem sich aus Holz Profit ziehen läßt. Great Woods hatte das Plateau damals noch geheißen, jetzt – ausgedörrt und ohne Leben – verzeichneten es die Karten der Ostindischen Kompanie als Deadwood Plain.

Das erste, was sie sahen, waren die drei Gebäude des Anwesens, das von nun an auf ungewisse Zeit ihr Wohnsitz sein würde: Longwood House, die Kopfgeburt eines längst vergessenen englischen Gouverneurs, der – frisch aus England – in den Annalen von Sankt Helena blätterte und vom Niedergang des Waldparadieses auf der Ostseite der Insel las. Aus Langeweile, vielleicht auch aus Idealismus, beschloß er, dem ausgeplünderten Osten seine einstige Schönheit und Nützlichkeit wiederzuschenken. Um ein Gebiet von etwa sechs Quadratkilometern ließ er eine hohe Mauer errichten, die die wilden Ziegen aussperren sollte, so daß man eine neue Generation von Bäumen pflanzen, Weizen anbauen und auf einem weiteren umfriedeten Bereich eine Herde Madagaskar-Rinder heranzüchten konnte. Um die erwartete Weizenernte zu lagern, die erforderlichen Geräte unterzubringen und während der Regenzeit den Rindern Unterschlupf zu bieten, veranlaßte der Gouverneur, daß in der Mitte der Ebene eine Scheune und ein Viehstall gebaut wurden: der Grundstock für Longwood House, das ein halbes Jahrhundert später einen Kaiser beherbergen sollte.

Doch der Elan des tatkräftigen Engländers verrauchte, als in drei aufeinanderfolgenden Dürrejahren der Weizen verkam und die Setzlinge eingingen. Wie nach dem Jüngsten Gericht sah es aus auf dem neuen Entwicklungsgebiet, dessen allzu hastig emporgezogene Grenzmauer der brennenden Sonne nicht standhielt und von Tag zu Tag mehr verfiel.

Eine ausgeglühte Erdkrume blieb zurück mit tiefen Narben und darauf eine Herde bis aufs Skelett abgemagerter Rinder, die vergebens nach Wasser und nach Gras brüllten. Die wilden Ziegen kletterten über die brüchige Mauer und kehrten in ihr angestammtes Gebiet zurück – an das karge Leben viel besser angepaßt als die einst so fetten und verheißungsvollen Rinder, die eines nach dem anderen zu Tode kamen, ohne daß sich irgend jemand aus Plantation House noch um ihr Schicksal gekümmert hätte. Gouverneure wechselten schnell auf Sankt Helena, und keiner hatte Lust, seine Amtszeit mit den todgeweihten Projekten seines Vorgängers zu vergeuden.

Erst 1812, drei Jahre vor Napoleons Ankunft, verliebte sich der stellvertretende Gouverneur, ein Mr. Skelton, in den endlos weiten Ausblick nach Osten, den man von Deadwood Plain über das insellose Meer genoß: ein melancholisches Panorama, das ein Gefühl von Verlassenheit erweckte, als wäre man der einzige Mensch, der auf dieser Welt übriggeblieben war; ein Gefühl, das für einen Großstädter, den es überraschenderweise hierher verschlagen hatte, eine kurze Zeit lang verführerisch sein mochte – bis er sich wieder an das Häusermeer von London erinnerte, an das Rattern der Droschken und das lebhafte, bunte Gewimmel unzähliger Fremder, die hierhin und dorthin eilten, die Dinge und Nachrichten von einer Stelle zur anderen transportierten, die einander liebten, haßten oder gleichgültig übergingen. Eine Gegenwelt zu Deadwood Plain, aber sogar einem heimlichen Weltflüchtling wie Mr. Skelton immer noch genehmer, da er plötzlich merkte, daß auf Dauer sogar Übersättigung und Enge leichter zu ertragen waren als Grenzenlosigkeit und Leere.

So wurde wieder nichts aus den Plänen für Deadwood Plain und nun auch schon für Longwood. Zwar ließ Mr. Skelton noch Fußbodenbretter über den getrockneten Kuhmist verlegen, er sorgte dafür, daß das Dach geteert wurde und die Wände getüncht. Doch damit waren sein Interesse und seine Fürsorge auch schon erlahmt. Der tägliche weite Weg von Plantation House herauf ermüdete ihn, seine junge Frau streikte gegen ein Leben als Einsiedlerin, und der Wassermangel raubte ihm die letzte Lust am Blick ins Nichts. Wider Erwarten stellte er fest, daß er sein tägliches Bad am Morgen doch mehr liebte als das spirituelle Eintauchen in unendliche Weiten.

Mit einem verlegenen Lächeln und einem Achselzucken über die eigene Schrulle kehrten Mr. Skelton und Gemahlin nach Plantation House zurück. Sie vermieden es, sich über ihre Eskapade zu äußern, und auch Gouverneur Wilks schwieg verständnisvoll dazu bis zu dem Tage, als wie ein Blitz die Nachricht einschlug, daß der Kaiser von Frankreich – verhaßter Erzfeind und Alptraum jedes englischen Patrioten! – hierher verbannt werden würde, wo nichts für ihn bereitstand und wo unter den Einheimischen kaum einer mehr von ihm wußte als seinen gottverdammten Namen und daß er ein Räuber und Kriegshetzer war.

Auf ein Zeichen des Admirals hielten sie an, geblendet von der Sonne und beklommen von der Ödnis der Landschaft. Sie sahen das schräge, fast pflanzenlose Hochplateau; den vereinzelt dastehenden Gebäudekomplex von Longwood, verlassen wie ein verlorenes Kinderspielzeug auf einem weiten Platz; sahen im Osten den Abgrund zum Meer hinunter mit der flirrenden Weite des Ozeans ohne irgendein tröstliches Anzeichen von Leben; sahen die schwarzen Felsen im Norden, Westen und Süden wie die Kulissen einer Bühne, die den Weg zum anderen, heiteren Teil der Insel versperrten, den Weg zu den Menschen und zum alltäglichen Leben, das ein jeder braucht, um sich seine Mitte zu bewahren.

Es war still. Sogar die Kindern hatten aufgehört zu reden und zu lachen. Doch dann brach plötzlich von oben, von den Bergkämmen und Klippen, ein ohrenbetäubendes Krachen los. Auf ein einziges Signal hin, das von Anhöhe zu Anhöhe weitergeleitet wurde, entboten sämtliche Kanonen der Insel ihren Salut – so unerträglich laut, daß man unten in Jamestown glaubte, nun wäre doch noch das geschehen, womit die Alten drohten, wenn sie mit den Jungen unzufrieden waren: daß das Feuer der Erde, das die Insel geschaffen hatte, sie nun wieder zerstörte, jetzt, da der Teufel seinen leiblichen Sohn hergeschickt hatte, um ihn in diesem Augenblick unter Blitz und Donner wieder zu sich zu holen und mit ihm jene, die ihm Unterschlupf gewährt hatten.

Sogar die englischen Offiziere und Admiral Cockburn, der den Ablauf des Geschehens persönlich festgelegt hatte, wurden von der überwältigenden Lautstärke der Ehrensalve überrascht. Ohne es zu wollen, zuckten sie zusammen, und erst als der Donner unter vielfältigem Echo langsam verrollte, klopfte ihr Herz wieder in dem gemäßigten Rhythmus, der von einem wackeren Engländer erwartet werden durfte. Wieder wurde es still. Erst jetzt bäumten sich die Pferde auf, und die Kinder fingen an zu weinen und klammerten sich an ihre Mütter.

Napoleon war der einzige, der Ruhe bewahrte. Die akustische Dimension des Empfangs kam seiner Vorliebe für grandiose Spektakel entgegen. Er fühlte sich in dem ihm zukommenden Maße geehrt, da ihn seine Kerkermeister wenigstens nicht heimlich und durch die Hintertür in sein Gefängnis führten, sondern ihm immerhin die Ehre erwiesen, ihm das Ausmaß ihrer militärischen Stärke zu demonstrieren. Denn auch das bemerkte er nun und bemerkten sie alle, als sich ihre Augen an das Sonnenlicht gewöhnt hatten: Etwa eine Meile nördlich von Longwood breiteten sich wie eine Goldgräberstadt die Baracken und Wachtürme des Camps von Deadwood aus, bevölkert von mehr als dreitausend Mann, die jetzt in ihren leuchtend roten Uniformen strammstanden, hundertfach umweht vom strahlenden Rot, Blau und Weiß des Union Jack, der sie hier in der Ferne zusammenschweißte wie die abstrakte Idee ihrer gemeinsamen Heimat und wie der Gedanke an ihren König, Symbol von Gottes Gnaden, der zur Zeit wegen geistiger Umnachtung durch den Prinzregenten vertreten wurde.

»Das 53. Regiment«, erläuterte Admiral Cockburn. »Infanterie und eine Abteilung Artillerie. Angetreten zu Ihrem Schutz, General, und zu dem Ihrer Begleitung.« Er wartete keine Antwort ab, sondern trieb sein Pferd an.

Die Kinder hatten aufgehört zu weinen. Sie steckten ihre Daumen in den Mund oder suchten die beruhigende Nähe des warmen Körpers ihrer Mutter oder Kinderfrau. Die Kanonen schwiegen, als hätten sie nie auch nur einen Laut von sich gegeben. Auch die Soldaten oben im Camp bewegten sich nicht. Wie eine Armee von Zinnfiguren verharrten sie in ihrer Position. Nur die Fahnen brachten Leben in das bunte Gemälde. Man hätte glauben können, sie knattern zu hören im heißen Wind vom Meer herauf. Die Hufe der Pferde klapperten über das harte Gestein, und die Räder der Kutsche ratterten.

5

Durch ein verfallenes Tor in der alten Ziegenmauer gelangte die Gesellschaft in die Domäne von Longwood. Gleich neben dem Tor hatte man ein Wachhäuschen errichtet, das Tag und Nacht besetzt war, so daß niemand unbemerkt nach Longwood gelangen oder es verlassen konnte.

»Diese Mauer ist vier Meilen lang«, erläuterte Cockburn. »Sie haben das Recht, sich innerhalb dieses Gebiets ohne Begleitung zu bewegen. Sollten Sie aber den Wunsch haben, Ihre Domäne zu verlassen, wird Ihnen in einem Abstand von dreißig bis vierzig Schritt ein englischer Wachsoldat folgen. Captain Poppleton. Sie werden ihn noch kennenlernen, General. Er ist höflich und diskret. Er wird Ihnen keinen Grund geben, sich über ihn zu beklagen.«

Ein schmaler, aber doch herrschaftlicher Zufahrtsweg brachte sie bis zur Freitreppe des Hauptgebäudes von Longwood, dessen Schieferdach noch nicht fertiggestellt war. Doch die Mauern waren in einem leuchtenden Gelb frisch gestrichen, und hinter dem Haus spähten ein paar neugierige, schwarze Gesichter hervor. Noch ehe der Admiral absitzen konnte, hörte man, wie irgendwo im Hintergrund des Anwesens metallene Gegenstände umfielen und eilige Hände sie wieder aufstellten.

»Die Bauarbeiten sind noch nicht abgeschlossen«, erklärte Cockburn. »Wenn Sie es wünschen, General, werde ich Ihnen nach der Führung durch das Gebäude die Bauleiter vorstellen: Schiffszimmermann Cooper und Lieutenant Blood. Seine Exzellenz nennt sie ›Cooper, Blood & Co.‹. Sie haben gute Arbeit geleistet, wie Sie bemerken werden.«

Er ging voraus. Napoleon folgte ihm. Als sie die Freitreppe betraten, trommelten oben im Camp die Soldaten einen Begrüßungswirbel. Es war, dachte Fanny Bertrand – und so dachten vielleicht auch die anderen – wie bei ihrer Ankunft auf der Insel, als ihnen die Ungewißheit den Atem raubte. Inzwischen war vieles klarer geworden und absehbarer, jedoch nicht weniger bedrückend.

Über fünf nicht allzu breite Stufen schritten sie zu einer kleinen Veranda hinauf, auf der kein Tischchen Platz gehabt hätte. Danach betraten sie durch eine hohe Rundbogentür eine großzügige Eingangshalle, getäfelt mit Kiefernholz, das Cooper, Blood & Co. blaßgrün gestrichen hatten, da Napoleon doch von seinen Schlössern her gewöhnt war, von Farbenpracht umgeben zu sein. Ein lichtdurchfluteter Raum mit zwei großen Fenstern auf der einen Seite und drei weiteren auf der anderen.

Napoleon, die Hände hinter dem Rücken verschränkt, rümpfte die Nase und bekrittelte den Farbgeruch, der immer noch beißend in der Luft hing. Dann trat er an eines der Fenster und blickte hinaus auf den Berg, den die Saints die »Scheune« nannten und der an das Profil eines Mannes erinnerte. Seit sie

Napoleon kannten, wußten sie, daß es sein Profil war, das Sankt Helena nun ewig prägen würde.

Von der anderen Seite des Raumes blickte man nach Westen auf den höchsten Berg der Insel, Diana's Ridge, den die Franzosen schon vom Schiff aus gesehen hatten, schwarz und abweisend und gekrönt von den kantigen Umrissen der Festung High Knoll. Napoleon nahm sein Fernrohr aus der Tasche, zog es auseinander und holte die Festung zu sich heran mit ihren polierten, aufs Meer gerichteten Kanonen und den Soldaten, die seinetwegen dort Stellung bezogen hatten.

Es war heiß in der Halle. Die Sommersonne, durch den Flammenwind noch verstärkt, brannte auf das halbfertige Dach und buk sich ins Herz der Täfelung ein. Auch nachts, daran bestand kein Zweifel, würde es hier nicht abkühlen. Fanny und Albine fächelten sich Kühlung zu, und die Kinder klagten über Durst.

Trotzdem war es ein schöner Raum, zumindest für das Auge. Rechts und links vom Eingangstor standen wie Wachsoldaten zwei riesige Globen: Erde und Himmel. Napoleon rief die Kinder zu sich, bückte sich und zeigte ihnen Sankt Helena: »Seht her, *mes petits*, hier sind wir.« Er bohrte den Nagel seines Zeigefingers in die Stelle mitten im Atlantik. »Seht ihr es? Nur ein Fliegenschiß mitten im Meer!«

Die Kinder schrien begeistert auf und wollten ebenso wie er in den Globus kratzen und den Eltern zeigen »wo wir sind«. »Ein Fliegenschiß! Ein Fliegenschiß!« sangen sie und tanzten durch den Raum. Napoleon fing sie lachend auf und küßte den blonden Scheitel der kleinen Hortense Bertrand.

Die Engländer tauschten entnervte Blicke. Es war typisch, wie die Franzosen mit ihren Bälgern umgingen! Kein Wunder, daß sie später zu disziplinlosen Erwachsenen wurden, deren größtes Vergnügen es war, Revolution zu spielen und über ihre Nachbarn herzufallen. Rücksichtnahme und realistisches Denken lernte man in der Kinderstube oder niemals. Kleine Jungen sollte man sehen, aber nicht hören, so hieß es in England. Das galt natürlich auch für Mädchen, aber die wurden ohnedies angemessen kurz gehalten. Diese kleinen Gallier aber kannten keine Zucht. Als sie feststellten, daß man die Globen auch drehen konnte, wirbelten sie sie wild im Kreis. Ganz sicher wäre ein Unglück geschehen, hätte Napoleon die kleinen Teufel nicht auf das Klavier aufmerksam gemacht, das in einer Ecke stand. Nun stürzten sie sich darauf, hämmerten in die Tasten, traten in die Pedale und hörten nicht auf ihre Mütter, die sie zur Ordnung riefen. Natürlich vergebens, denn Napoleon – der große Kaiser, der vorgehabt hatte, die Welt in Schach zu halten – ermunterte die Gören noch, lächelte milde wie Gottvater persönlich und sagte in unerwarteter, kaum noch zu ertragender Nachsicht zu Cockburn: »Es sind doch Kinder, nicht wahr? Sie hatten es schwer in letzter Zeit. Gut, daß sie wenigstens hier etwas haben, mit dem sie spielen können.« Und er ließ zu, daß sie über den Billardtisch herfielen und die grüne Filzdecke gefährdeten, die Cockburn eigens aus Kapstadt hatte kommen lassen.

Sie gingen weiter in den Salon, dessen zwei Fenster weit offen standen. Zarte weiße Musselinvorhänge, wie die duftigen, fast durchsichtigen Kleider, in denen einst Joséphine ihren Kaiser verwirrt hatte, bauschten sich in der Zugluft – ein verspielter Rahmen für den erneuten Ausblick auf High Knoll mit seinen Kanonen, die bereitstanden, jedes Schiff, das sich unerlaubt der Küste näherte, unverzüglich auf den Meeresgrund zu schießen, kam es doch vielleicht in der Absicht, den kostbaren Gefangenen zu befreien. Blaßgelbe Seidentapeten erinnerten an die milde Sonne, die es hier nicht gab, und überall im Raum standen Spieltischchen und bequeme Lehnsessel als Einladung zum Gespräch und zu Gesellschaftsspielen, die das langsame Ticken der Zeit erträglicher machen sollten.

Aneinandergedrängt und ermattet wie Besucher eines Museums schoben die Franzosen sich weiter in das Speisezimmer, das durch den Anbau der vorigen Räume sein Fenster verloren hatte und nun nur noch durch den Glaseinsatz der Tür zum Garten hin spärlich erhellt wurde. Wer hier eintrat, konnte kaum etwas erkennen. Es war so dunkel und so heiß, daß sogar

Admiral Cockburn zurückzuckte. Die dunkelroten Tapeten verstärkten noch den Eindruck des Eingeschlossenseins und der Hitze.

»Ein Raum für den Abend«, sagte Cockburn entschuldigend. »Bei Kerzenlicht sieht er sehr elegant aus.«

Napoleon schob die Unterlippe vor. »Und man wird hier gewiß nicht frieren«, setzte er sarkastisch hinzu.

Mit der Wehrlosigkeit von Voyeuren betraten sie die künftige Bibliothek. Vor den Regalen stapelten sich bereits die Kisten mit Napoleons Büchern; die sechshundert Bände seiner Kriegsbibliothek, die ihn auf seinen Feldzügen begleitet hatte, damit er sich jederzeit in den Werken seiner Lieblingsschriftsteller verlieren konnte: Rousseau, der die Natur liebte und Napoleons Korsika. Lord Byron. Ossian, der den Stil der alten Sänger so perfekt imitierte, daß er Napoleons romantische Seele sogar noch tiefer berührte als jene. Die hochgerühmten französischen Dramatiker Racine und Corneille, deren Helden den gleichen Idealen von Ruhm und Ehre folgten wie Napoleon selbst. Shakespeare in Übersetzung und eine französische Ausgabe von Goethes »Werther«, in der Napoleon bei seiner Lektüre unter den Pyramiden einen sachlichen Fehler entdeckt hatte. Und dann die Biographien, sie vor allem, von der Antike bis zur Gegenwart! Die Lebensbeschreibungen der ganz Großen, denen sich Napoleon verwandt fühlte und von denen er zu lernen hoffte, was ihm selbst vielleicht noch fehlte.

Durch eine weitere Tür auf der anderen Seite des Speisezimmers gelangten die neuen Bewohner Longwoods in Napoleons persönliche Räume, sein Interieur: sein künftiges Arbeitszimmer mit einem Schreibtisch, mehreren Stühlen, einem Bücherschrank und einem Feldbett mit einem Nachttopf darunter. Sein Schlafzimmer mit einem schmalen Fenster nach Nordosten, durch das er über den sogenannten Rasen hinweg auf die »Scheune« blicken konnte wie auf einen Nachruf seiner selbst. Auch in diesem Raum hellgelbe Chinatapeten mit einer rotgeblümten Bordüre; ein zweites Feldbett, ebenfalls mit einem Nachttopf; ein offener Kamin mit grauem Anstrich;

eine geräumige Kommode; ein altes Sofa aus Plantation House, über das man eine Decke aus weißer Baumwolle geworfen hatte, um den abgeschabten Bezug zu verdecken; ein tiefer Lehnsessel, den Mr. Balcombe gestiftet hatte, und ein einzelner, thronartiger Stuhl mit einer sehr hohen, geraden Lehne.

Eine neu eingefügte Tür führte auf eine ehemalige Veranda, die man nun zugebaut und zu einem Badezimmer umfunktioniert hatte. Mr. Cooper selbst hatte unter Beachtung von Napoleons Körpermaßen einen breiten, hohen Trog ausgehöhlt und mit Bleiblech ausgekleidet. Da die Zeit nicht ausgereicht hatte, einen Badeofen zu installieren, sollte das Badewasser draußen im Garten erhitzt und eimerweise durchs Fenster gereicht werden.

Engländer und Franzosen waren gleichermaßen von Schweiß überströmt, als sie durch einen kleinen Innenhof hinter Napoleons Intérieur zu den Wirtschaftsräumen gelangten: zu einer niedrigen Küche mit einem Herd, dessen beste Jahre kaum ein Lebender noch in Erinnerung haben konnte, zu ein paar winzigen Abstellräumen und dahinter zu einem Stall für die Pferde.

»Oben sind dann noch die Bodenkammern für die Bediensteten«, erklärte Cockburn in betont beiläufigem Ton, um zu verhindern, daß er die leiterähnliche Holztreppe emporklettern mußte: bis hinauf unter die Decke, die unter der geteerten Dachpappe fast glühte und die – wie Cockburn wußte – so niedrig war, daß höchstens ein Kind aufrecht darunter stehen konnte.

»Und wir?« fragte plötzlich Albine in die betretene Stille hinein. »Sollen wir etwa auch da oben wohnen?« Sie war blaß, wie so oft in letzter Zeit, so daß Fanny sich schon überlegte, ob Albine nicht vielleicht schwanger war.

Cockburn vermied es, Albine anzusehen. »Madame la Comtesse«, wand er sich. »Dies ist ein Übergangsdomizil! Man plant in England bereits ein ganz neues Gebäude für Sie. Ein kleines Schloß, in dem Sie sich bestimmt wohl fühlen werden. *Longwood New House*. Standesgemäß und stilvoll. Aber das dauert

150

natürlich einige Zeit. Bis dahin müssen Sie sich irgendwie behelfen. Wir können auch keine Wunder wirken. Wir haben getan, was in unserer Macht stand, um es Ihnen bequem zu machen.«

»So bequem wie hier?« Albines Stimme klang plötzlich so schrill, wie es bisher noch nie jemand von ihr gehört hatte.

»Nun...« Der Schweiß floß über Cockburns Gesicht. Er wischte ihn mit einem Taschentuch weg und tupfte sich über den Nacken. »Sie könnten zum Beispiel mit Ihrer Familie vorübergehend in der Bibliothek schlafen... und Monsieur de Las Cases mit seinem Sohn in dem Raum hinter der Küche.«

»Hinter dem Herd?« Auch Las Cases, der sonst so Bleiche, errötete nun. »Die Wände werden glühen, wenn man erst anfängt, den Ofen zu heizen!«

»Man könnte natürlich während der Sommermonate im Garten ein Schlafzelt aufstellen...«

»Garten?« Napoleons Stimme war blanker Hohn.

»Nun, vor dem Haus oder meinetwegen auch dahinter, wie Sie wollen... Wie gesagt: alles nur eine Übergangslösung. Mr. Cooper und Mr. Blood planen bereits ein Nebengebäude, das Ihre Probleme lösen wird.«

»Unsere Probleme? Ihre! Die europäischen Zeitungen werden sich darum reißen, zu berichten, wie man uns hier behandelt!« Napoleon verschränkte die Arme hinter dem Rücken und blickte zur Tür. »Ist damit Ihre Führung beendet, Admiral?«

Cockburn zuckte die Achseln und holte tief Luft. »Vorläufig, würde ich sagen, General.«

»Vorläufig wie alles hier, nicht wahr?« Napoleon, nun der Hausherr, geleitete die Engländer zur Veranda.

6

Inzwischen hatte das Wetter umgeschlagen: ganz schnell, wie immer auf diesem Teil der Insel. Der Wind hatte sich verstärkt, der Himmel war voller Wolken. Hinter High Knoll grollte Donner. Erste große Regentropfen klatschten auf die heißen Holzstufen, breiteten sich aus, verdampften gleich wieder und wurden von neuen überdeckt.

Die Engländer blickten besorgt nach oben. Napoleon stand im Trockenen unter dem Vordach. Er hatte es auf einmal nicht mehr eilig, sich zu verabschieden. »Wir haben noch nicht über das Wasser gesprochen, *mon amiral*!« sagte er. »Es werden, die Dienstboten eingeschlossen, demnächst über fünfzig Menschen hier leben. Sie haben uns noch nicht gezeigt, wo sich der Brunnen für uns alle befindet. Wie Sie wissen, braucht man Wasser, um zu überleben.«

Der Wind verstärkte sich. Die Tropfen fielen schwerer und dichter. Sie verdampften nicht mehr, sondern sammelten sich in den Rillen des Holzes und tropften bald von einer Stufe zur nächsten. Die Engländer versuchten, Haltung zu bewahren, doch immer häufiger blickten sie nach oben zum Himmel und zum Camp, wo auch jetzt noch die Soldaten Parade standen, bis der Admiral und seine Begleitung die Domäne von Longwood verlassen haben würden.

»Der Brunnen!« beharrte Napoleon. »Wo ist der Brunnen?«

Dem Admiral floß der Regen übers Gesicht. »Es gibt keinen Brunnen hier, Sire ... General!«

»Auch keine Quelle?«

»Nur die im Geraniental. Die Chinesen sind beauftragt, das Wasser von dort heranzuschaffen.«

»Vier Mann sollen Wasser für fünfzig Personen herbeischleppen? Täglich? Aus dieser Entfernung?«

»Die Chinesen werden den ganzen Tag unterwegs sein. Ein ständiges Hin und Her.«

»Das Wasser ist faulig, bis es hier angekommen ist!«

»Sie bringen es in eigenen Behältern aus Silber. Ganz dicht

zu verschließen. Bestes Quellwasser, General! Sie brauchen sich keine Sorgen zu machen. Außerdem: wenn erst das neue Gebäude errichtet ist …«

»Bis dahin sind wir längst an der Ruhr gestorben!«

Der Regen prasselte nun senkrecht vom Himmel. Das Camp war nicht mehr zu sehen. Die Engländer standen in Pfützen, die sich um jeden von ihnen gebildet hatten. Napoleon imitierte erfolgreich Cockburns Haifischlächeln, doch Cockburn erkannte sich darin nicht wieder.

»Wenn Sie erlauben, General, werden wir das Problem morgen erörtern. Ich werde mir gestatten, Sie aufzusuchen.«

»Ausgezeichnet, *mon amiral*! Melden Sie sich bei Großmarschall Bertrand an. Er wird wenig Schwierigkeiten haben, Ihnen einen Termin zu vermitteln. Ich bin in nächster Zeit meistens zu Hause, müssen Sie wissen.«

Sie verbeugten sich höflich voreinander, wenn auch in unterschiedlicher Stimmung. Dann schwangen sich die Engländer auf ihre durchnäßten, unruhigen Pferde und galoppierten den Zufahrtsweg hinab. Die Pferde rutschten auf den glatten Steinen und auf dem durchweichten Boden, der sich begierig mit Wasser vollgesogen hatte und die Hufe der Pferde mit einem klatschenden Geräusch aufnahm und schmatzend wieder freigab. Als die Engländer das Tor erreicht hatten, erwarteten sie den festgelegten zeremoniellen Trommelwirbel, doch im Camp konnte man sie durch die dichten Regenschleier hindurch nicht sehen. Man fing erst an zu trommeln, als sie aus der Regenwand heraus im Camp auftauchten.

Napoleon stand auf seiner kleinen Terasse und blickte in der Richtung, in der die Engländer seinen Augen entschwunden waren. Hinter ihm seine Begleiter. Die Treuesten der Treuen. Schweigend, selbst die Kinder.

So plötzlich, wie er begonnen hatte, hörte der Regen wieder auf. Vom Camp herunter hörte man das verspätete Trommeln. Durch das Tor in der Mauer marschierte eine Abteilung englischer Wachsoldaten und verteilte sich rund um das Haus.

Napoleon beobachtete, wie sich die Wachen aufstellten, wie

sie stampften und starr nach vorn blickend stehenblieben.
»Mr. Balcombe sagte einmal, die Engländer trügen Samthand-
schuhe, aber ihre Hände darunter seien kalt und hart wie
Stahl«, murmelte er so leise, daß nur Bertrand ihn verstand.
»Ich wollte, ich wäre in Waterloo gestorben, auf dem Feld, in-
mitten meiner Alten Garde ...«

IX. PICKNICK AUF SANKT HELENA

1

Schon als Knabe war Napoleon vom Lauf der Zeit fasziniert gewesen. Wenn ein Jahr zu Ende ging, wog er ab, was es ihm gebracht hatte, wo seine Fehler gelegen hatten und seine Stärken, und was er daraus lernen konnte. Früh schon teilte er sein Leben ein in gute Jahre und in schlechte. Wenn ihn dabei Pessimismus befiel, meinte er, alle seine Jahre seien schlecht gewesen, denn auch den besten fehlte die Vollkommenheit: sich selbst zum Kaiser zu krönen, vom Papst gesalbter Herr des goldenen Frankreich zu werden – welch ein Triumph! Zur gleichen Zeit aber zu erfahren, daß die eigene Gemahlin, nach der man sich in der Ferne verzehrte, einen anderen vergötterte und mit ihm die Ehe brach – welch ein Schmerz! Vergeblich darauf zu warten, daß diese Frau einen Thronfolger gebar, damit das eigene Werk und der eigene Name nicht in Vergessenheit gerieten – welch eine Demütigung! Welche Angst davor, daß alles vergeblich gewesen sein könnte! Wo war die ungemischte Freude, die man als Kind für selbstverständlich gehalten hatte? Wo waren der Sieg ohne Blutvergießen und das Glück ohne Traurigkeit? Der Advokatensohn aus Korsika hatte alles gewonnen. Dennoch flüsterten, raunten und schrien ihm seine Gegner zu, daß ihm nichts davon zustände. Daß er sich alles widerrechtlich angeeignet habe. Daß er ein Dieb sei. Ein Proletarier, den eine unrechtmäßige Revolution – und waren nicht alle Revolutionen unrechtmäßig? – emporgespült habe. Ein dreister Hochstapler, der sich anmaßte, was anderen gehörte, und der seine unfähigen Verwandten auf die Throne Europas setzte. Ein schmutziger kleiner Rebell von einer schmutzigen kleinen Insel, der nur an Streit dachte, an Auflehnung, an Raub und Rache!

Hier auf Sankt Helena zu sein, ein Gefangener zu sein: es tat ihm weh, aber er wußte, daß er es ertragen konnte, solange er daheim in Europa nicht in Vergessenheit geriet. Solange es Stimmen gab, die seine Eroberungen rühmten, die Frankreich mächtiger gemacht hatten als jemals zuvor. Groß zu sein wie Alexander oder wie Cäsar: davon hatte Napoleon immer geträumt, selbst in den demütigendsten Augenblicken seines Lebens. Eine Legende zu sein, ein Mythos, ein Wesen nahe der Göttlichkeit: darauf kam es ihm an. Sich glücklich zu fühlen, geliebt zu werden, gesund zu sein: das alles war nebensächlich. Was er wollte, war die abstrakte Verehrung durch Tausende. Wonach er sich sehnte, war der Nachruhm. Die Unsterblichkeit seines Namens. Noch in hundert Jahren, in zweihundert, in tausend Jahren … auf ewig … solange es Menschen gab, sollten sie wissen, daß da einmal einer gewesen war, der Napoleon Bonaparte hieß und anders war als alle anderen. Der alle übertraf und den sie deshalb verehrten. Beneideten. Haßten. Verfolgten. Quälten. Der vom Sieger zum Märtyrer wurde. Verraten. Begraben auf einer Insel am Rande der Welt … Und dennoch unvergessen!

Dennoch? Es war der erste Januar 1816. Napoleon zog Bilanz. Draußen im Stall wieherten die neuen Pferde aus Südafrika, die ihm sein Kerkermeister Cockburn als Neujahrspräsent gebracht hatte. Cockburn, der Haifisch, höchstpersönlich! Gute, neue Pferde und dazu eine prächtige Kalesche, die auch für Fahrten auf den schlechten Wegen der Insel geeignet sein würde.

»Man behandelt uns gar nicht so übel hier«, sagte Napoleon widerwillig zu Las Cases, als Cockburn durch das verfallene Törchen davonritt, zufrieden mit der eigenen Großzügigkeit und fast schon glücklich darüber, seinem Gefangenen eine Freude gemacht zu haben, auch wenn man ihn in London für die hohen Geldausgaben rügen würde und dafür, daß er den Erzfeind zu sehr verwöhne. Ihn – und damit auch die schöne Albine, die den alten Haifisch anzusehen verstand wie keine Frau zuvor... auch nicht Amy Stranger, deren Augenglitzern ihm einst die hohe Lust der Sünde verheißen hatte, und die jetzt nur noch davon redete, daß sie ein Recht darauf habe, Mrs. Cockburn zu werden.

Man war so nahe beieinander auf der Insel. Befohlene Ressentiments hielten der Zeit nicht stand und nicht dem Charme des Gegners. Sympathien, die keiner für möglich gehalten hatte, bahnten sich ebenso plötzlich an wie Feindschaften unter solchen, die eigentlich die gleichen Interessen hätten haben sollen. Dr. O'Meara, der englische Arzt, den Cockburn in Napoleons Haushalt einschleuste, damit er die Verhältnisse auf Longwood ausspioniere, entdeckte seinen Respekt für »das alte Schlachtroß Bonaparte« und filterte seine Meldungen an den Admiral nach dem Gesichtspunkt, wie weit sie Napoleon nützlich waren oder seinen Interessen schaden konnten. Zugleich gab er Napoleon versteckte Hinweise auf die Stimmung in Plantation House und darauf, welche kleinen Bosheiten man sich zur Entlastung der eigenen Seele den Engländern gegenüber ungestraft erlauben konnte.

Sogar die Soldaten oben im Camp von Deadwood hörten auf, sich über *Boney now Fleshy* zu mokieren. Mit Feldstechern standen sie auf der Anhöhe und blickten auf Longwood hinunter. Sie sahen Napoleon durch den sogenannten Garten irren, immer ein wenig verloren, weil alles so eng war um ihn herum und dennoch so leer. Fast erstaunt dachten sie daran, daß er ihr Feind gewesen war, den sie gefürchtet hatten. Sie riefen sich den Anblick seiner *Grande Armée* ins Gedächtnis zurück – so prächtig und so diszipliniert! –, und die eigene Panik fiel ihnen wieder ein, die sie ergriffen hatte, als sie diesem Koloß gegenüberstanden, den er kontrollierte. Er allein!

Damals hatten sie sich unterlegen gefühlt. Später, nach Waterloo, hatte es ihnen wohlgetan, den früher so übermächtigen Gegner nun kleiner zu sehen. Kleiner: aber nicht so klein! Es war nicht gerecht, daß ein Mensch so tief fallen konnte! Es war, als trete man mit beschlagenen Stiefeln einem Gegner, der schon auf dem Boden lag, noch zusätzlich in den Leib.

Boney now Fleshy? Schon nach wenigen Wochen hörten sie auf, über ihn zu spotten. In unausgesprochener Vereinbarung nannten sie ihn plötzlich *Nap*. Das klang männlicher und ehrenwerter, denn wenn er auch einst ihr größter Feind gewesen war, ihren Respekt hatte er allemal verdient. Auch ihre Bewunderung: Einmal nannte ihn einer sogar *The most self-made of men*. Das Wort machte die Runde im Camp von Deadwood.

Keiner der englischen Soldaten zweifelte daran, daß auch die eigenen britischen Feldherrn, wären sie an Napoleons Stelle gewesen, nicht gezögert hätten, sich ebenso wie er den Kontinent Europa zu unterwerfen. Staaten und ihre Repräsentanten waren gefräßige Ungeheuer, die niemals satt wurden und verschlangen, was zu schwach war, sich ihnen zu widersetzen. Britannia, Herrin der Meere: Schickte nicht auch sie ihre Schiffe und Soldaten in die Welt, sie zu erobern? Beeilte nicht auch sie sich, nach dem militärischen Sieg schnellstens ihre Missionare auszusenden, damit sie sich nach den Körpern nun auch der Seelen der Besiegten bemächtigten und das Terrain vorbereiteten für die Siedler und die Händler, mit deren Hilfe der Sieg der Waffen endgültig zementiert wurde? Was *Nap* von allen anderen unterschied, war nur, daß er gewagt hatte, so viel zu fordern, alles fast, und daß er einfallsreich und rücksichtslos genug gewesen war, seine Absichten auch zu verwirklichen. Er hätte es schaffen können, sich zum Herrn der Welt zu machen. Daß ihm das letzte Quentchen Glück dazu gefehlt hatte, der entscheidende Sieg, lag nicht an seiner möglichen Schwäche, aber auch nicht an der Stärke und Einigkeit seiner Widersacher.

So beobachteten sie ihn, redeten über ihn und versuchten ihm zu begegnen. Es war bekannt, daß er Gesprächen nicht abgeneigt war und sich die Gesichter und Namen derer merkte, mit denen er sich, vielleicht sogar nur ein einziges Mal, unterhalten hatte. Sie fragten Captain Poppleton, der ihn zu bewachen hatte, nach ihm aus; Captain Poppleton, der die Aufgabe hatte, Napoleon auf dreißig Schritt Entfernung zu folgen, sobald er Longwood verließ.

2

Napoleon hatte unerwartet zornig auf diese Begleitung reagiert, und nicht einmal Cockburns Versicherung, dies geschehe nur zu seinem Schutz, konnte ihn beruhigen. »Zu meinem Schutz? Und wer garantiert mir, daß dieser sogenannte Beschützer nicht den Auftrag hat, mich zu töten? Oh, ich kenne euch Engländer! Ein Stich mit dem Bajonett – und dann sagt ihr, es sei nur ein Irrtum gewesen!«

»General!«

»Mon amiral! ... Zu meinem Schutz! Ha!« Napoleon versank in Schweigen und war nicht mehr ansprechbar. Was, wenn Cockburn recht hatte? Wenn jemand, zum Beispiel die Bourbonen, seine Nachfolger, die seine Rückkehr fürchteten, wenn also jemand einen Mörder nach Sankt Helena schickte mit dem Auftrag, ihn, Napoleon Bonaparte, zu töten ... Was dann? Waren die dreitausend Mann da oben im Camp wirklich in der Lage, ihn zu beschützen? Und waren nicht vor allem die Engländer seine Feinde? Konnte nicht auch ein jeder von ihnen jener Attentäter sein, vor dem sie ihn angeblich bewahren wollten? Und wenn nicht, wenn die Gefahr doch von außen drohte: Was sollte ihm da ein unerfahrener Junge wie dieser Poppleton helfen können, der ihm durch seine aufdringlich britische Uniform ständig suggerierte, daß er ein Gefangener war, dem man einen Wachhund nachschickte! Die Demütigung durch den ständigen Anblick dieser Uniform war schlimmer als die Angst vor dem Tod.

So kam es, daß aus Captain Poppleton ein *Monsieur Poppel-*

tón wurde, Napoleons britischer Leibwächter, der mit General Gourgaud und Dr. O'Meara im Garten von Longwood übernachtete: in einem geräumigen Zelt, das Cooper, Blood & Co. aus einem alten Segel angefertigt hatten. Um Napoleons Sensibilität nicht weiter zu verletzen, trug Poppleton nun – auf ausdrückliche Anordnung des Admirals! – die prächtige Uniform eines kaiserlichen Dieners. Anfangs schämte er sich dafür, wenn er unterwegs Kameraden aus dem Camp von Deadwood begegnete und ihr spöttisches Lächeln sah. Erst als Gouverneur Wilks vor versammelter Truppe seine hervorragende Diensterfüllung lobte und ihm eine baldige Beförderung in Aussicht stellte, fühlte sich Poppleton in seiner Selbstverleugnung bestärkt und fand sich mit der befremdlichen Gewandung ab. Was er hier tat, tat er für sein Land, und es war ebenso bedeutsam und ehrenvoll wie der Dienst im Feld mit der Waffe in der Hand.

Auch Napoleon war es nun halbwegs zufrieden. »*Ah, Monsieur Poppeltón!*« begrüßte er den jungen Mann schon am Morgen und machte sich einen Spaß daraus, ihn über seine Pläne hinters Licht zu führen. Wo es nur ging, hängte er ihn ab. Er versteckte sich vor ihm, so daß Poppleton immer wieder meinte, er hätte ihn verloren, und deshalb schier verzagte, denn die Strafe dafür war hoch, und außerdem fürchtete er trotz allem, diesen heroischen Auftrag einzubüßen, durch den er – davon war er überzeugt – selbst zur geschichtlichen Person wurde.

Wie fast alle auf Sankt Helena führte auch Poppleton ein Tagebuch über jeden Schritt Napoleons und über jedes Wort aus seinem Munde. Das aufregendste Erlebnis, mit dessen Verkauf an eine englische Zeitung Poppleton Jahre später seine magere Pension aufbesserte, war ein einsamer Ausflug Napoleons zu den Klippen am Ostrand der Insel. Bertrand, Montholon und Gourgaud, die ihn begleiteten, hatte er zurückgeschickt. Nur sein Schatten Poppleton war noch in seiner Nähe, immer gehorsam auf dreißig Schritt Entfernung, auch wenn er darüber fast verzweifelte.

Doch plötzlich war Napoleon verschwunden! Poppleton kletterte den steilen Ziegenpfad hinab, unter dem das Meer brauste. Napoleon war nirgends zu sehen.

»General!« schrie Poppleton verzweifelt. »Sir! Wo sind Sie? Guter Gott, ich komme vors Kriegsgericht, wenn ich Sie nicht lebendig zurückbringe!« Doch keine Antwort war zu hören. Poppleton setzte sich auf einen Stein, bereit, zu weinen wie ein Kind... Da rumpelte es plötzlich über ihm. Steine rollten den Abgrund herunter, und Napoleons Stimme klang atemlos von oben zu Poppleton herab. »Poppeltón! Poppeltón! Vite! Vite!«

Erst jetzt erkannte der Captain, daß sich Napoleon, wie schon früher, hinter einem Felsen vor ihm versteckt hatte und dabei ausgeglitten war. In peinlicher Bedrängnis hing er nun in einem der riesigen Feigenkakteen, die dem kahlen Felsen entwuchsen. Nur mit Mühe und unter heftigem Gestöhn beiderseits gelang es Poppleton, den Kaiser zu retten und ihn von den Stacheln zu befreien, die sich in seine Kehrseite gebohrt hatten.

»Werden Sie über den Vorfall Bericht erstatten?« fragte Napoleon mit schmerzverzerrtem Gesicht, während ihn der Captain schweißüberströmt vom letzten Stachel erlöste.

Poppleton gelobte Stillschweigen, doch schon am gleichen Abend konnte er der Versuchung nicht widerstehen. Er schlich hinauf ins Camp zu seinen Kameraden und gab sein Erlebnis in allen Einzelheiten preis, ja, er schmückte es sogar noch künstlerisch aus, so daß es mit jedem Mal abenteuerlicher wurde. Ganz Sankt Helena erfuhr davon, nur die Bewohner von Longwood nicht – außer Cipriani, aber der kannte seinen kaiserlichen Blutsbruder gut genug, um zu wissen, daß man ihm manche Nachricht besser verschwieg, und Dr. O'Meara hielt es ebenso.

Am nächsten Morgen erkundigte sich Napoleon bei dem jungen Engländer, ob er denn auch wirklich dichtgehalten habe. Poppleton wandte das Gesicht ab, um sein Erröten zu verbergen, doch er legte einen heiligen Eid auf das gemeinsame Geheimnis ab.

Napoleon nickte zufrieden. Zwar wunderte er sich, aber er glaubte Poppleton, denn irgend jemand hatte ihm einmal erzählt, die Engländer seien von Natur aus diskreter als alle anderen Völker.

3

Seit drei Wochen lebten sie nun schon in Longwood, ein Tag wie der andere. Sogar der sprunghafte Wechsel des Wetters auf dieser Seite der Insel bedeutete eine Ablenkung, die ihnen wenigstens ein neutrales Gesprächsthema lieferte. Sie fingen an, sich aneinander zu reiben. Nicht nur Gourgauds hitziges, durch Lauras Zurückhaltung noch zusätzlich angefachtes Temperament geriet mehrmals täglich in gefährliche Wallung, auch die anderen hatten Mühe, die allzu große Nähe ihrer Gefährten zu ertragen. Ein kaiserlicher Hof, hineingepfercht in eine ehemalige Scheune. Imperiales Zeremoniell auf knarrenden Holzdielen, unter denen sich ein Volk von Ratten tummelte.

Ja, die Ratten waren das Schlimmste. Sie waren überall und schienen das ganze Haus und alle Nebengebäude unterminiert zu haben. Wenn man über den Boden ging, hörte man sie unter sich: ein Rascheln, ein Wischen, ein Krabbeln, ein Quieken … Als Napoleons Leibdiener Marchand, bereits am Ende seiner Nerven, eine Diele des Küchenbodens hochstemmte, entdeckte er, daß der ganze Raum untergraben war: ein einziges Nest, in dem sich die glattfelligen Nager drängten – fette alte und noch ganz junge, die noch nicht einmal sehen konnten.

Von Ekel übermannt, ergriff Marchand einen Besen und hieb auf die Tiere ein. Sie stießen spitze Schreie aus und flüchteten in die anderen Räume. Marchand merkte nicht einmal, daß auch er schrie: vor Wut, vor Widerwillen und vor Verzagtheit, weil dies ein Feind war, mit dem keiner gerechnet hatte und der, so schien es, nicht zu besiegen war. Hunger: Marchand war bereit, ihn für seinen Herrn zu ertragen … Ein Feind, der seinen Tod wollte: Her mit ihm! ... Kälte, Hitze, was auch immer: Für Napoleon war Marchand kein Opfer zu groß ... Aber nicht diese Tiere, die sich ineinander zu verknoten schienen, so viele waren es.

Die Kantonmänner versuchten, Geflügel zu züchten, doch die Ratten fraßen alles auf. Als eines der Pferde krank wurde und sich nicht wehren konnte, nagten sie ihm bei lebendigem Leib einen Teil seiner Keule ab. Sogar draußen auf den Bäumen nisteten sie sich ein. Sie fraßen die Vorratskammern leer und gewöhnten sich so schnell an die Gegenwart der Menschen, daß sie schon in der zweiten Nacht den Schlafenden übers Gesicht liefen. Als eine von ihnen den schlummernden Bertrand in den Arm biß, kaufte Fanny unten in Jamestown sämtliche Wassereimer auf. Man füllte sie und stellte die Füße der Betten hinein.

Die Kinder zitterten ständig vor Angst und weigerten sich, zu essen. Albine weinte nur noch und erbrach sich vor Ekel, und Gourgaud – in jeder Hand eine Pistole – ging in Napoleons Salon auf Rattenjagd. Im Blutrausch schoß er die Magazine leer, bis ihm die Munition ausging und er bei Cockburn Nachschub beantragen mußte.

Cipriani brachte körbeweise Katzen vom Hafen, doch die fürchteten sich vor der Übermacht und verschwanden eine nach der anderen. Montholon schließlich kaufte Gift bei Mr. Solomon: alles, was dieser auf Vorrat hatte. Schachtelweise. Arsen: kleine Kügelchen, die man überallhin verstreute.

Die Ratten fraßen sie. Schon nach einer Stunde starben die ersten. Bald lagen überall im Haus die pelzigen Leichen, die keiner anfassen mochte. Cipriani bedrohte die Kantonmänner mit Mord, wenn sie ihm nicht gehorchten und die Kadaver hinausschafften, an den Rand der Hochebene, um sie dort zu verscharren.

Doch man fand nicht alle, die das Gift gefressen hatten. Schon nach einem Tag drang zwischen den Ritzen der Bodendielen Verwesungsgestank hervor. Keiner hielt es mehr im Hause aus. Halbtot vor Widerwillen rissen die Diener sämtliche Böden auf und leerten und säuberten die Hohlräume.

Nun hörte man auf, Gift zu streuen, doch weiterhin wurden tote Ratten gefunden, auch solche, die anscheinend über längere Zeit die Giftkügelchen geschluckt hatten – in einer Dosis, die wohl nicht sofort tödlich gewesen war, die sich aber in den Körpern angereichert hatte, so daß die Kadaver nicht mehr verwesten, sondern dalagen, als wäre noch Leben in ihnen.

Bertrand sprach bei Cockburn vor und forderte energisch eine Lösung des Problems. Cockburn war es peinlich. Er versicherte, vom Umfang der Rattenplage nichts gewußt zu haben, und sandte umgehend eine weitere Ladung Katzen, die aber, wie ihre Vorgänger, entflohen, und danach Kaninchen, denn Mr. Cooper – oder war es Mr. Blood? – hatte behauptet, Kaninchen und Ratten hielten es nicht miteinander aus. Damit mochte er recht gehabt haben, aber es waren nicht die Ratten, die sich aus dem Staub machten.

Zuletzt reparierte man sämtliche Fußböden und nagelte Blech über die Ritzen. Gegen die Ratten im Freien legte man wieder Arsen aus. Fanny und Albine wagten kaum noch, ihre Kinder aus den Augen zu lassen, aus Furcht, sie könnten mit dem Gift in Berührung kommen.

Trotzdem bestand Napoleon darauf, daß das höfische Zeremoniell rigoros eingehalten wurde. Es war wie in den Tuilerien, wenn auf Longwood zu Mittag und zu Abend gespeist wurde, nachdem Cipriani in besticktem grünen Mantel und schwarzen seidenen Breeches die Eßzimmertür geöffnet und sich tief verbeugt hatte: »*Le diner de Sa Majesté est servi!*« Dann senkte er den Blick starr zu Boden und verließ in ehrerbietiger Haltung rückwärts den Raum. »Tragt auf!« befahl er draußen in verändertem Tonfall den livrierten Dienern, die mit ihren Terrinen und Vorlegetellern schon bereitstanden und nun im Gänsemarsch das Speisezimmer betraten, in dem der Kaiser mit seinem Hofstaat unbeweglich an dem langen Tisch saß, als wolle er für ein Gemälde posieren.

Der rotseiden tapezierte, fensterlose Raum glühte in der Sommerhitze. Die Kerzen auf dem Tisch und überall an den Wänden trugen noch dazu bei, daß man kaum noch atmen konnte. Trotzdem wagten Fanny und Albine nicht, ihre Fächer zu öffnen. Sie wußten, daß sich Napoleon dadurch gestört fühlen würde. Nur bei Gästen, die seine Abneigung nicht kannten, duldete er die hektischen Bewegungen des Fächelns, die ihn, den Meister der Konzentration, so sehr ablenken konnten, daß er den Gesprächsfaden verlor. Trotzdem hatten es die Damen in ihren dünnen Seidenkleidern – weiß, stets nur weiß wie einst Joséphine! – immer noch leichter als die Herren in ihren engen Uniformen.

Auch Napoleon litt unter der Hitze. Zu Anfang hatte man versucht, die Tafel draußen im Garten anzurichten. Doch die Stechmücken und die Flöhe, die in den Gummibäumen nisteten, fielen auf der Stelle über die Speisenden her, die ins Haus flüchteten und unverzüglich ihre Kleider wechseln mußten, in denen sich das Ungeziefer bereits eingenistet hatte. So kehrte man wieder ins Speisezimmer zurück, wischte sich verstohlen den Schweiß von Stirn und Oberlippe und versuchte, die Geräusche der Ratten unter den Bodendielen zu überhören oder es nicht zu sehen, wenn einer der Nager durch den Raum lief und die Diener erschreckte, daß sie Mühe hatten, die schwankende Last der Speisen im Gleichgewicht zu halten.

Es war nicht leicht, auf Longwood satt zu werden. Die Hitze trug dazu bei, daß Napoleon, der immer schon schnell gegessen hatte, sein Tempo noch weiter erhöhte. Er griff kaum noch zu. Ein, zwei Bissen, dann legte er sein Besteck hin und lehnte sich zurück. Sofort servierten die Diener den Gang ab und brachten den nächsten. Selbst mehrgängige Menüs wurden jetzt in einer knappen halben Stunde absolviert. Wer zu langsam gewesen war, blieb hungrig, und wer womöglich noch vom Kaiser in ein Gespräch verwickelt wurde, kam oft gar nicht dazu, auch nur einen Bissen zum Munde zu führen. In seinen boshaften Momenten genoß Napoleon diese Machtausübung sogar besonders, auch wenn sie nur ein schwacher Ersatz dessen war, was ihm einst zu Gebote gestanden hatte.

Jahresende, Jahresanfang. Ein Tag war wie der andere. Erst nach und nach wurde ihnen bewußt, daß sie an einer Endstation angelangt waren. Europa hatte sie abgeschrieben; verstaut in die hinterste Ecke auf dem Dachboden der Geschichte. Man gab ihnen zu essen und zu trinken und man bewilligte ihnen die Lektüre von Büchern und Zeitschriften. Man erlaubte jedoch nicht, daß sie ihre muffige Ecke verließen, über die sich der Staub der Zeit legte und in die als einziger Luftzug hin und wieder ein Besuch von draußen drang.

In den ersten Monaten waren es nur Inselbewohner, die auf Longwood ihre Aufwartung machten, vor allem Angehörige der britischen Verwaltung und Offiziere mit ihren Damen, die zwischen Neugier und Beklommenheit hin und her schwankten und nach ihren Besuchen herumerzählten, *sie* hätten sich nicht vom falschen Charme der Franzosen einwickeln lassen – ganz im Gegensatz zu ihren Ehemännern, die *Nap* immer noch als militärisches Genie betrachteten und sich geehrt fühlten, wenn er sich nach ihrer Meinung erkundigte oder ihnen weltpolitische und geschichtliche Themen erläuterte: nach vorne gebeugt, im Salon auf- und abmarschierend, die Hände auf dem Rücken verschränkt, den Blick in die Ferne gerichtet – wenn in Wirklichkeit auch nur auf die Wand mit den gelben, chinesischen Tapeten, auf welche die Sonne fiel, so daß sie schon nach kurzer Zeit ausbleichten.

»Rußland, meine Herren, Rußland: die Macht, die man künftig am meisten fürchten muß! Der Zar kann so viele Arme haben, wie er will: seiner militärischen Stärke wird es nicht schaden. Anders als in England und Frankreich, wo bald keiner mehr Soldat werden will, verbessern die Untertanen des Zaren ihre Situation, wenn sie zur Armee gehen. Der Russe, meine Herren, ist ein Sklave, solange er Bauer ist. Erst als Soldat wird er frei.«

Und dann weiter, ohne Pause: »England, Ihr England, meine Herren: Wenn es seine gegenwärtige Politik beibehält, ist sein

Ruin gewiß. Ihre Minister legen neuerdings eine Vorliebe für Großzügigkeit und Reformen an den Tag, anstatt an das zu denken, was England groß gemacht hat: sein Handel und seine Marine. England wird nie eine Kontinentalmacht sein, und wenn es versucht, eine zu werden, wird es sich verlieren. Bewahren Sie Ihre Vorherrschaft auf See, und Sie können Botschafter an alle Höfe Europas senden und verlangen, was Sie wollen. Ihre Vorfahren schlossen nie einen Friedensvertrag, ohne etwas dabei zu gewinnen. Sie waren echte Kaufleute, die ihre Börsen füllten. Ihre gegenwärtigen Politiker aber wollen die Edelmenschen spielen und die Grandseigneurs, und damit werden sie alles verlieren. Das Volk muß Brot haben, darauf kommt es an! Die Lektüre Ihrer Journale zeigt mir aber, daß es hungert und meutert. Das einzige Heilmittel, das Ihnen noch bleibt: Reduzieren Sie ihre Reformen und weiten Sie Ihren Handel aus!«

Er sprach so schnell, wie er dachte, und er erwartete keine Antwort von den kleinen Leuten, die da vor ihm standen und nicht wußten, ob sie etwas sagen sollten und wenn ja, dann was? Wie eine Gewehrsalve brach sein Monolog über sie herein, mehr erschreckend als gewinnend. Sein Redetalent kam im Salon nicht zur Geltung. Es war für Volksversammlungen geeignet, um die zu inspirieren, die ohnedies schon auf seiner Seite standen; für Ansprachen an seine Soldaten, die sich Mut von ihm holen wollten und die Rechtfertigung dafür, daß sie in fremden Ländern ihr Leben für Ziele aufs Spiel setzten, die ihnen selbst keinen Vorteil bringen würden... Zu plaudern hatte Napoleon kein Talent. Entweder fragte er, kurz, laut und barsch, oder er dozierte, ohne einen Einwand zuzulassen. Eine halbe Stunde und länger referierte er dann vor sich hin, bis sich die Blicke auch der interessiertesten Zuhörer verschleierten und Fanny die Diener herbeiwinkte, damit sie Süßigkeiten und Erfrischungen servierten. Dabei lief sie immer Gefahr, sich Napoleons Unwillen zuzuziehen, aber an den hatte sie sich inzwischen fast schon gewöhnt.

Auch Zivilisten waren auf Longwood zu Gast, sogar der geschäftstüchtige Mr. Porteous, dessen Pension bei den Durchreisenden florierte, seit Napoleon und sein Anhang dort abgestiegen waren. Er hatte Napoleons Unterschrift aus dem Gästebuch geschnitten und rahmen lassen, und er nannte das Zimmer, in dem der Verbannte seine erste Nacht auf Sankt Helena verbracht hatte, nun das »Kaiserzimmer«. Es kostete doppelt so viel wie die anderen Räume des Hauses, aber es war auch doppelt so eindrucksvoll, denn die anderen Zimmer waren dank Fannys Matratzenaktion inzwischen frei von Ungeziefer. Das Kaiserzimmer hingegen bot als einziges noch die Dienstleistungen alter Tradition, so daß jeder, der sich den kostspieligen Luxus geleistet hatte, im gleichen Bett zu übernachten wie Napoleon I., am nächsten Morgen für alle Welt erkennbar mit dem juckenden *Pour le mérite* kaiserlicher Nachfolge ausgezeichnet war.

»Ein schönes Anwesen!« sagte Mr. Porteous anerkennend und immer noch etwas kurzatmig von dem anstrengenden Ritt den Berg herauf. Verstohlen blickte er sich um. Schade, daß Longwood so weitab von Jamestown lag. Wenn die Bonapartisten erst in Sankt Helena gelandet waren, um ihren Herrscher zu befreien und im Triumph nach Paris zurückzubringen, konnte dieses Gebäude eine Goldgrube werden – als Hotel vielleicht oder als Ausflugsziel für die Snobs aus England und Südafrika.

»Ich habe Ihnen ein kleines Geschenk mitgebracht, Majestät!« Mr. Porteous reichte Napoleon einen Packen zerlesener Journale. »Zeitungen vom Kap, Majestät! Sie sind voll von Berichten über Sie. Ganz Südafrika ist begeistert von Ihnen. Die besten Zuchtstiere werden nach Ihnen benannt, die schnellsten Rennpferde und die wildesten Kampfhähne. Sogar ein Branntwein heißt jetzt ›Napoleon‹!«

»Wie schmeichelhaft!« Napoleon ließ sich in seinen Lehnsessel fallen und nahm das oberste Blatt. Unter der Überschrift ›Picknick auf Sankt Helena‹ zeigte es die Karikatur eines Mannes in einer Hängematte zwischen zwei Palmen, deren

Stämme sich unter seinem Gewicht bogen. Allein schon an seinem Zweispitz und seiner schweren Gestalt konnte man erkennen, daß es sich um Napoleon handeln mußte. Er hatte es sich äußerst bequem gemacht, die Arme hinter dem Kopf verschränkt, ein Bein spielerisch aus der Matte heraushängend. An der großen Zehe schlenkerte ein Schnallenschuh, der andere lag umgekippt auf dem Boden neben der verknüllten Uniformjacke. Das Hemd stand bis zum Gürtel offen; der schwarze Hut war in die Stirn gerutscht. Der kaiserliche Degen steckte im Gras.

»Man könnte sich totlachen, nicht wahr, Majestät?«

»O ja, Monsieur Porteous, in der Tat.«

Vor der Hängematte stand ein junges Mädchen in einem Baströckchen wie aus der Südsee. Es hielt Napoleon eine Schüssel mit Obst unter die Nase und schien dabei kokett mit den Hüften zu wackeln. Im Hintergrund schimmerte hell und luftig der Pavillon der Balcombe-Familie, unter dessen Portal Mr. Balcombe selbst stand: eine große, kräftige Gestalt mit der Krone von England schief auf dem Haupt. Neben ihm, ganz stolze Mutter, seine schlanke Gemahlin.

»Sie wissen doch, wer gemeint ist, Majestät?«

Napoleon schwieg.

Auf der anderen Seite der Karikatur knieten mit gesenktem Kopf mehrere Herren und zwei Damen: demütig wie Sklaven. Die Herren trugen französische Uniformen und unzählige Orden, die sie zu Boden zogen, die Damen waren voller Schmuck und offensichtlich stark geschminkt.

»Der Mann ist genial, nicht wahr, Majestät? Sie bringen jede Woche eine Karikatur von ihm. Ich habe sie alle gesammelt. Wenn Sie sie einmal sehen möchten ...«

»Vielen Dank, Monsieur Porteous. Mein Bedarf ist gedeckt.«

5

Erster Januar 1816. Zeit, Bilanz zu ziehen. Napoleon konnte nicht aufhören, an die Karikatur zu denken, die so anders war als all die hundert, tausend Karikaturen, die er bisher von sich gesehen hatte. Sosehr sie ihn alle zu verhöhnen schienen, sosehr sie von Haß triefen mochten – an verstecktem Respekt vor seiner Leistung und seiner Person hatte es ihnen nie gefehlt: Napoleon, der natürliche Sohn des Teufels. Napoleon, der feuerspeiende, Städte verbrennende Oger. Napoleon, der Menschenfresser. Der Staatenverschlinger... Aber nie klein! Nie lächerlich. Nie halbnackt in einer Hängematte mit einem Kind, das aufreizend die Hüften schwenkte!

Während seiner Regierungszeit hatte Napoleon darauf Wert gelegt, die Presse im Zaum zu halten. Wer die Meinung des Volkes kontrollierte, kontrollierte den Staat. Der Sohn der Revolution wußte um die Macht der Emotionen und der versteckten Kampagnen. Je höher er stieg, um so größer wurde die Zahl seiner Polizeispitzel und um so enger zog sich das Netz der Zensur um die Presse seiner Länder. Als er Kaiser geworden war, gab es in Frankreich nur noch den ›Moniteur‹ als Organ der Regierung und das ›Journal des Modes‹ als Spiegel und Erziehungsinstrument der Gesellschaft. Keines von beiden hätte gewagt, sich gegen Napoleon zu äußern oder gar ihn oder Personen seiner Umgebung der Lächerlichkeit preiszugeben.

Wohin es führte, keinen Einfluß ausüben zu können, sah Napoleon am Beispiel englischer Gazetten, die ihn einerseits als impotent verhöhnten, ihm aber andererseits in aller Heimlichkeit das Angebot unterbreiteten, gegen eine hohe Summe in seinem Sinne zu berichten. Er lehnte ab. Was in England über ihn geschrieben wurde, brauchte den Kaiser von Frankreich nicht zu interessieren. Nur Kontinentaleuropa zählte, und das hatte er in der Hand.

Doch nun war alles anders geworden. Auf Sankt Helena war Napoleon Bonaparte nicht mehr der Herr. Der Journaille von Kapstadt hatte der Gefangene Europas nichts zu befehlen. Er war ihr ausgeliefert wie ein Hund der Meute. Und so war eine ehrbare Familie durch ihn in Verruf gekommen. Menschen, die ihm ihre Gastfreundschaft gewährt hatten. Großzügig, freundlich, selbstlos. Durch die Berührung mit ihm waren sie zu Opfern geworden, über welche die obskure Presse eines obskuren Landes spöttisch herzufallen wagte. Anständige, joviale Menschen. Bürger, die ihre Pflichten erfüllten und erwarteten, daß es ihnen dafür gutging und daß man sie achtete. Menschen wie sein eigener Vater und seine eigene Mutter. Menschen, wie er gewünscht hätte, daß auch seine Geschwister gewesen wären. Menschen mit den Eigenschaften, die man ihm selbst anerzogen hatte und die er immer noch schätzte, auch wenn sie ihm bei seinem steilen Aufstieg nur hinderlich gewesen wären.

Die Balcombes von der »Wildrose«: Auch sie hatten ihn inzwischen in Longwood besucht. Zu fünft, auf seinen eigenen Wunsch. Die ganze Familie, nicht nur die Eltern, denn er liebte auch die Kinder, jedes auf seine Art, das eine mehr, das andere weniger. Alexander, der war wie sein eigener kleiner Sohn, der nun in Wien mit dem Ziel erzogen wurde, seinen Vater zu vergessen. Und Betsy! Betsy vor allem, die nun ganz anders war als früher. Erwachsener, stiller. Fast schüchtern. Ein paar Wochen nur – und jetzt eine solche Veränderung! Nicht mehr die kesse kleine Fliege, die ihn zu verlocken suchte. Nicht mehr das ungestüme, rücksichtslose Kind, das einen General der französischen Krone ohrfeigte. Betsy Balcombe – Miss Betsy Balcombe! –, ein blasses junges Mädchen in einem langen Kleid und mit Puder auf der Nase. Am Ende des langen Eßtisches hatte sie gesessen, Gourgaud an ihrer Seite, der galant mit ihr plauderte, auch wenn seine Gedanken bei einer anderen waren. Sie hatte auf ihrem Teller herumgestochert und falsche Antworten gegeben, immer wieder von unten her zum Kopfende des Tisches blickend wie ein kleines Tier, das einen Angriff erwartet. Erwartet oder erhofft.

Nach dem Essen gingen sie im Garten spazieren. Napoleon

171

führte Mrs. Balcombe am Arm und zeigte ihr die mageren Pflanzenbüschel, die Toby inzwischen in die trockene Erde gesetzt hatte. Jede Stunde mußten sie begossen werden. Hätte man es einmal vergessen, wären sie in ihrer vom Wasser dunkler gefärbten, kreisrunden kleinen Insel der Fruchtbarkeit verdorrt.

Erst gegen Ende des Besuchs war Napoleon auf Betsy zugetreten. Im höflichen Gesellschaftston, in dem er sich mit ihrer Mutter unterhalten hatte, wollte er nun auch Betsy anreden, doch der Schmerz in ihrem Blick verschlug ihm den Atem. Noch nie, so dachte er plötzlich, hatte ihn eine Frau angesehen wie sie. Viele hatten ihn bewundert und aus den verschiedensten Gründen umworben, aber keine war ihm je so vertraut gewesen wie dieses Kind aus dem Rosengarten. So vertraut und doch so völlig ohne Rechte.

Napoleon, der einst alles bekommen konnte, wenn er es nur wollte, sah auf einmal seine Grenzen. Er dachte an die rundliche, blonde Frau in Europa, die seine Briefe nicht beantwortete, die ihm seinen Sohn entfremdete, und die er dennoch um jeden Preis halten wollte, denn wenn sie erst die Scheidung von ihm verlangt hätte – so wie er selbst von seiner ersten Frau –, stünde er ebenso verlassen und rechtlos da wie einst jene. Alles verloren, dann auch de jure wie jetzt schon de facto, aber damit konnte er noch leben.

»*Veel you comme into my parlore ...?*« summte er und lächelte, obwohl sein Herz schwarz war vor unerwarteter Trauer.

»*Said the spider to the fly.*« Auch Betsy lächelte nun wieder, erleichtert über die süße Gemeinsamkeit der Erinnerung. »*It's the prettiest cosy little parlour that ever you did spy!*« Ihre helle Mädchenstimme klang wieder genauso wie damals. Damals, vor kurzer Zeit und doch schon vor einer Ewigkeit! Ihre Lider flatterten plötzlich, wie er es bisher noch nie an ihr gesehen hatte – Zeichen mühsamer Selbstbeherrschung? Sie wagte nicht mehr, ihn *Pie O'Nay* zu nennen, und er konnte sich kaum noch vorstellen, daß er sie angestachelt hatte, den jungen Las Cases zu küssen.

Etwas war zu Ende gegangen, von dem er nicht einmal gemerkt hatte, daß es begann. Ein süßes Spiel mit dem Feuer. Eine kurze, viel zu kurze Rückkehr ins verlorene Paradies der Jugend, in der er Ähnliches nie erlebt hatte. Zu drängend war damals seine Unruhe gewesen, sein Ehrgeiz und sein Egoismus. Nun, da er dieses gelobte, einst so wenig geschätzte Land längst verlassen hatte, hätte er vielleicht selbstlos sein können, liebevoll und ohne Nebengedanken. Doch jetzt war es zu spät.

Warum eigentlich? dachte er einen verführerischen Augenblick lang. Warum zu spät? Er stellte sich vor, wie es wäre, mit einem einzigen Wort dieses hübsche, blasse Gesicht zu beleben und ein Lächeln in die mutlosen Augen zu zaubern. Warum eigentlich nicht? Doch dann sah er Mr. Porteous' Karikatur vor sich. Picknick auf Sankt Helena ... Nein, das Leben von Napoleon Bonaparte war kein Picknick! War nie eines gewesen. Wenn er es jetzt dazu machte, löschte er alles aus, wofür er gelebt hatte, und der einstige Kaiser von Frankreich war so tot und begraben wie seine Feinde in Europa es ihm wünschten. Verscharrt in der Lächerlichkeit – ein schlimmeres Ende hätte er nicht finden können.

»Es ist alles wie früher«, versicherte er, weil er es selbst nicht glaubte. »Nicht wahr, *Mademoiselle Betsiii?*« Zitate der Vergangenheit, die beschwören wollten und doch so weh taten, daß die Stimme sie kaum trug.

Betsy blickte zu ihm auf. »Es war die beste Zeit meines Lebens!« sagte sie in unerwarteter Klarsicht. »Es wird nie wieder so werden wie damals.« Sie drehte sich um und ging von ihm fort, ohne daß er wagte, ihre Hand zu ergreifen. Der Hund Sambo, der ihr von zu Hause gefolgt war, lief hinter ihr her, und sie krallte ihre Finger in sein dichtes Fell.

6

Erster Januar 1816. Um vier Uhr nachmittags, nach einer ausgiebigen Siesta, versammelte man sich im Salon, um den Beginn des neuen Jahres zu feiern. Auf den Spieltischen häuften sich die Geschenke, die Napoleon zu verteilen gedachte, alle in feines weißes Seidenpapier gewickelt und mit breiten goldenen Schleifen zugebunden, die die Diener auf Ciprianis Befehl nach dem Auspacken auflösen und bügeln würden, damit sie bei nächster Gelegenheit erneut verwendet werden konnten, denn weder Mr. Solomons Laden noch Mr. Balcombe hatten ähnlich Exquisites auf Lager.

»Wir wären alle gern an einem anderen Ort«, sagte Napoleon ungewöhnlich leise. »Das vergangene Jahr hat uns kein Glück gebracht. Wollen wir hoffen, daß das neue besser wird . . . oder zumindest das Jahr danach. Wir werden viel Kraft brauchen. Trinken wir darauf!«

Champagner aus Frankreich. Champagner wie in den Tuilerien. Zierliche Luftbläschen, die nach oben stiegen wie kurze Träume vergeblicher Hoffnung. Angenehm belebend und vergänglich. Blitzende Gläser, die sachte aufeinanderprallten. Triangelklang. Hinter den weißen Musselinvorhängen die Festung High Knoll.

»Nun, Gourgaud, was haben Sie für mich als Geschenk zum neuen Jahr? Ich höre, Sie haben halb Jamestown leergekauft. Da wird doch hoffentlich auch für mich etwas dabeisein.«

Gourgaud lächelte verlegen. Alle Welt wußte, daß es der Etikette eines französischen Hofstaats widersprach, den Souverän zu beschenken. Er war es, der gab, und dem man zu danken hatte. Wenn er selbst etwas wollte, ließ er es sich nicht schenken, sondern er nahm es sich, denn was seinen Untertanen gehörte, gehörte auch ihm. *Le roi veut!* hatte es schon bei den Bourbonen geheißen. Der König will es. Auch der Kaiser wollte es so, und sein Wille war Gesetz. »Majestät, das einzige, was ich Ihnen geben kann, habe ich Ihnen längst zu Füßen gelegt: mein Leben.«

Napoleon lachte.»Immer ein wenig zu pathetisch, nicht wahr, Gourgaud?« Damit wandte er sich, um die Hierarchie nicht zu verfälschen, an Bertrand. »Bertrand, mein treuer Freund!« sagte er so sanft wie schon lange nicht mehr. »Möge das Schicksal uns gnädig sein und uns in das Land zurückbringen, nach dem wir uns sehnen!« Er reichte Bertrand sein Geschenk und umarmte ihn.

Bertrand dankte mit Tränen in den Augen. Dann trat er einen Schritt zurück, damit Fanny ihr Geschenk entgegennehmen konnte. Auch zu ihr war Napoleon an diesem Tag milde wie sonst nie. Knicksend empfing sie mehrere große Pakete und machte, halbblind hinter dem Stapel auf ihren Armen, den Platz frei für die Montholons. Danach folgten Las Cases, Gourgaud und Emmanuel de Las Cases, »unser lieber junger Page«. Zum Erstaunen aller wurde auch Cipriani hereingerufen und mit einem Geschenk geehrt. In seinem sonnverbrannten Piratengesicht war nicht zu lesen, was er dachte, doch Fanny schien es, als nähme er den Gunstbeweis für selbstverständlich.

Danach wurden die Kinder bedacht. Napoleon küßte ein jedes von ihnen auf die Stirn. Sie dankten ihm überschwenglich wie einem lieben Onkel. Voller Ungeduld rissen sie ihre Pakete auf, ohne die Erlaubnis abzuwarten – Startsignal nun auch für die Erwachsenen. Marchand, Ali und die anderen Domestiken erhielten nichts. Es hätte gegen die Etikette verstoßen, sie in den Familienkreis einzubeziehen. Sie waren nur Diener.

Bertrand hob ein Schachspiel aus seinem Paket: fein geschnitzte Figuren aus Ebenholz und Elfenbein. »Jetzt können Sie mit Ihrer Gemahlin üben, damit Sie demnächst besser spielen als bisher«, sagte Napoleon boshaft. Alle lachten, obwohl sie wußten, daß Bertrand Napoleon im Schach jederzeit besiegen konnte und es aus Biederkeit auch meistens tat, während Montholon seinen Herrn gewinnen ließ und sich dann zu dessen Frohlocken scheinbar auch noch über die Niederlage ärgerte.

In Montholons Paket steckte ein silbernes Reisenecessaire mit einem eingelegten Stern der Ehrenlegion: das kostbarste

Geschenk von allen, wie sich später herausstellte. »*Monsieur le Comte* sind auf dem Weg nach oben!« flüsterte Gourgaud, von Eifersucht verzehrt, Fanny zu. Sie tat, als hätte sie es nicht gehört.

Gourgaud bekam ein Teleskop, Las Cases einen bibliophilen Atlas und Emmanuel eine Pistole. »Sie sind kein Kind mehr, Monsieur«, sagte Napoleon, um den Spott der vergangenen Wochen vergessen zu machen. Emmanuel errötete. Er wagte nicht, das Geschenk aus seinem Etui zu nehmen. Fanny fragte sich, ob der empfindsame Sohn des Wissenschaftlers Las Cases überhaupt gelernt hatte, mit einer Waffe umzugehen.

Cipriani öffnete sein Paket nicht. Er verneigte sich und bat, sich empfehlen zu dürfen. Napoleon nickte ihm zu. Nachdenklich schaute er Cipriani nach, wie er zur Tür ging, sich erneut verneigte und dann den Raum verließ.

Stille entstand. Doch dann fingen die Kinder an, sich mit den Süßigkeiten vollzustopfen, die sie bekommen hatten, und zeigten stolz ihre Präsente herum. Fast ungläubig hielt die siebenjährige Hortense Bertrand in ihren kleinen Händen eine kostbare Bonbonniere, die Napoleon einst von seiner Lieblingsschwester Pauline bekommen hatte: Paolina, so schön, so eitel und so oberflächlich! Er hatte sie geliebt und er hatte sie verachtet, beides zugleich, aber wenn sie bei ihm war, wurde es heller um ihn. Sie brachte ihn zum Lachen und zur Weißglut, und wenn sie ging, hinterließ sie eine Leere ... Es war ein Liebesbeweis, dachte Fanny, an die kleine Hortense ein Geschenk von Pauline weiterzugeben. Sie nahm sich vor, Napoleon nicht mehr nur als ihren heimlichen Feind anzusehen, der schuld daran war, daß sie und die Ihren nicht in Wohlstand und Zufriedenheit auf einem englischen Landschloß lebten, umgeben von Verwandten, die ihnen wohlgesonnen waren, und frei ... so frei!

Die jüngeren Kinder erhielten Leckereien, Schals und Porzellantassen mit ihren Initialen. Nur Tristan de Montholon, wie Hortense sieben Jahre alt, weigerte sich, sein Geschenk zu zeigen. Er lief damit hinaus ins Kinderzimmer und kehrte erst zurück, als seine Mutter ihn holte. Es mußte etwas ganz Besonderes gewesen sein, denn Albine dankte Napoleon mit großer Inbrunst. Während sie sprach, hielt er ihre Hand fest in den seinen und er sah sie an, als stünde sie ihm nah. Sie war sehr blaß. Die Dienstboten behaupteten längst, sie sei schwanger. Trotzdem erwiderte sie Napoleons Blick mit gleicher Intensität, und ihr Ehemann Tristan blickte zur Seite.

Die beiden Damen konnten ihre Geschenke gar nicht allein zu den Sesseln tragen: feine Seide aus China, die Mr. Balcombe mit Hilfe der Ostindischen Kompanie beschafft hatte; jeweils ein Teeservice, ebenfalls aus China, federleicht, aus weißem Porzellan mit kobaltblauen Drachen darauf in einer ebenfalls blauen Landschaft mit runden Gipfeln und Bäumen so zart wie Engelsflügel. Dazu noch für jede der Damen ein fernöstlicher Morgenrock: für Fanny aus weißer Seide und für Albine aus roter.

Es war ein freundlicher Nachmittag in einer ungewohnt gerührten Stimmung, die von Napoleon selbst ausging. Schon lange hatten sie ihn nicht mehr so nachdenklich erlebt, so geduldig und aufmerksam. Man könnte glauben, er habe ein Herz! dachte Fanny und verbot sich den Gedanken gleich wieder, denn es tat gut, sich für ein, zwei Stunden wohl zu fühlen und ohne Streit und Bosheiten einig zu sein mit der kleinen Gruppe von Menschen, an die man gekettet war, vielleicht für immer.

Erster Januar 1816. Eine gemeinsame Feier. Verbindliche Worte, endlich einmal ein Lächeln in den Augen. Und doch auch der Anfang eines Jahres, das nicht gelingen konnte. Bilanz und Prognose.

»Wir haben einen Krieg zu eröffnen«, sagte Napoleon plötzlich in das liebenswürdige Stimmengewirr hinein, das sofort verstummte, als hätte sich ein Schuß gelöst. »Wenn wir den Engländern weiterhin erlauben, uns zu domestizieren, wird Europa die Achtung vor uns verlieren und uns mit Vergessen bestrafen. Auch wenn es einfacher wäre, sich mit den Kerker-

meistern zu arrangieren, müssen wir dennoch immer daran
denken, daß sie unsere Feinde sind. Wir dürfen ihnen für keine
Gefälligkeit danken und keine Nichtachtung hinnehmen. Wir
müssen jede Gelegenheit nutzen, die Presse der Welt auf uns
aufmerksam zu machen und auf das Unrecht, das uns angetan
wird. Wir müssen jeden Durchreisenden von Rang bei uns
empfangen und ihm unsere Unzufriedenheit kundtun als
Nachricht an unsere Freunde daheim. Täglich müssen wir demonstrieren, daß wir Opfer sind, die sich mit ihrem Schicksal
nicht abgefunden haben: Märtyrer!« Er blickte zum Fenster
hinaus auf den Berg, der sein Profil trug. Dann drehte er sich
um und ging zur Tür. »Märtyrer werden nicht vergessen. Ihre
Namen sind ewig.« Seine Stimme wurde plötzlich heiser, als
hätte er Mühe, ein Schluchzen zu unterdrücken. »Das Schicksal zwingt uns, auf diesem schwarzen Felsen im Meer unsere
letzte Schlacht zu liefern, indem wir von hier aus das Bild for-
men, das wir der Nachwelt hinterlassen wollen. Gott helfe uns,
daß wir diese Schlacht gewinnen!« Einen Augenblick lang
schwieg er, als suchte er nach einer weiteren Erklärung. Dann
verließ er den Raum.

Erster Januar 1816 ... Sie standen da mit ihren Geschenken,
den frivolen Geschmack des Champagners noch auf den Lippen. Sie wagten nicht zu sprechen, denn sie wußten alle, was
Napoleon meinte, und sie ahnten, was es für sie bedeuten
konnte.

»Wieso Krieg?« fragte die kleine Hortense, und Tristan
strich ehrfürchtig über Emmanuels Pistole in dem goldgepräg-
ten Etui.

X. DAS KREUZ DES SÜDENS

1

»Ich glaube, ich sollte Sie warnen, meine Liebe«, sagte Mrs. Wilks zu Fanny Bertrand und nippte zierlich an ihrer Tasse mit indischem Tee, den sie selbst als Gastpräsent mitgebracht hatte. »Dabei ist die Situation für uns alle schon schwierig genug. Der Gouverneur sagt immer, das größte Problem auf Sankt Helena seien die Loyalitäten. Alles verschwimmt irgendwie. Jeder gehört irgendwo dazu, aber auf eine ungesunde Weise auch anderswohin. Wir haben das bisher noch auf keinem unserer Posten so erlebt. Allein schon die Position meines Mannes: Er ist Colonel der britischen Armee, doch als er nach Sankt Helena versetzt wurde, repräsentierte er plötzlich die Ostindische Handelskompanie, die seit zweihundert Jahren Konzessionärin der Insel ist. Dann verfrachtete man aus heiterem Himmel Bonaparte hierher, und die Handelskompanie mußte Sankt Helena an die britische Regierung abtreten. Sie können nicht ermessen, welchen administrativen Aufwand das mit sich bringt. Von einem Tag zum anderen änderten sich sämtliche Zuständigkeiten und die meisten Dienstwege! Dabei hatten wir gehofft, es hier ruhiger zu haben als bisher.«

»Sie wollten mich vor etwas warnen, Mrs. Wilks?« Fanny saß aufrecht auf ihrem Bett. Trotz der spätsommerlichen Hitze trug sie einen Wollschal um die Schultern. Seit sie vor nun schon fast zwei Wochen erkrankt war, hatte sie nicht aufgehört zu frieren. Das »Kreuz des Südens« hatte Montholon in einer

Art Galgenhumor, in den sie alle von Zeit zu Zeit flüchteten, das Leiden genannt, von dem fast alle Bewohner Longwoods schon einmal befallen worden waren. Napoleon sprach von der Inselkrankheit, um darauf hinzuweisen, in welch ungesundes Klima ihn das Perfide Albion verschleppt hatte.

Mit heftigen Verdauungsbeschwerden fing es an, durch die quälende Enge auf Longwood nicht nur schmerzhaft und schwächend, sondern auch äußerst peinlich. Zugleich froren die Kranken, als befänden sie sich mitten im russischen Winter. Ihre Augen wurden wässrig und empfindlich gegen jedes Licht. Die Haut fing an zu jucken. Muskelkrämpfe und Schmerzen in der Lebergegend. In der Nacht dann oft Alpträume und Angstzustände, und wenn die Krankheit endlich abgeklungen war: Niedergeschlagenheit abwechselnd mit Aggressivität. Als Napoleon an der Inselkrankheit litt, beleidigte er der Reihe nach sämtliche Gefährten, so daß keiner mehr freiwillig sein Schlafzimmer betrat. Nur Marchand ertrug die Stimmungen seines Herrn mit Geduld, und eines Tages waren sie vorbei, wie weggewischt, und Napoleon verlangte lachend ein Glas Rotwein, ein Biskuit und seine Lakritzdose.

Auch Fanny hatte das Kreuz des Südens durchgemacht, wenn auch nicht in seiner heftigsten Form. Als sich die ersten Symptome zeigten, brachte Bertrand sie sofort nach Hause. Ihr Zuhause: so nannten sie inzwischen Hut's Gate, denn hier war es ruhig und friedlich, und wenigstens an dem kleinen Teil des Tages, den sie hier verbrachten, konnten sie tun und lassen, was sie wollten.

Trotz Napoleons Einspruch blieb Bertrand bei Fanny, bis es ihr wieder besser ging. Er legte Mrs. Wilks' weiße Badetücher in die pralle Sonne und wärmte mit ihnen Fannys frierenden Körper. Er hielt die Zitternde in seinen Armen, wenn Träume von kaltem, rotem Feuer und Blutlachen auf der Straße sie quälten, und er ließ sie reden, als sie ihm nach ein paar Tagen stundenlang Vorwürfe machte, er habe ihr Leben ruiniert und das ihrer Kinder. Dabei hörte sie sich selbst, als stünde sie daneben, und haßte sich für das, was sie sagte, und redete dennoch weiter und weiter; wollte ihn beleidigen, ihm Schmerz zufügen und hätte sich zugleich am liebsten für ihre Angriffe entschuldigt und ihm gesagt, daß sie ihn liebe!

»Es ist die Krankheit«, murmelte er nachsichtig, als sie zu weinen begann. »Das bist nicht du. Wir kennen das doch schon von den anderen!«

Die anderen: das waren vor allem der junge Emmanuel de Las Cases und General Gourgaud. Emmanuel hatte schon drei Anfälle hinter sich. Gleichzeitig war er seinem Alter gemäß noch gewachsen und blickte nun auf fast alle Bewohner von Longwood herab: ein riesengroßer junger Mann, dabei dünn wie eine Gerte. Sein Vater konnte vor Sorge nicht mehr schlafen und sprach in versteckten Andeutungen davon, die Insel zu verlassen, sonst würde es seinen Sohn noch das Leben kosten.

Besonders schwer hatte es Gourgaud getroffen. Er, sonst der Mutigste von allen, tollkühn und wider jede Vernunft angriffslustig, lag plötzlich weinend in seinem Bett, frierend und von Krämpfen geschüttelt. Er zerkratzte seine Haut und glaubte, Ameisen darauf zu sehen. Als eines Mittags eine Kakerlake über seine Bettdecke kroch – nichts Außergewöhnliches in der tierreichen Rattenburg auf Deadwood Plain – fing er an zu schreien und um sich zu schlagen. Dies hier sei der Teufel selbst. Der schwarze Satan mit spitzen Klauen und langen Zähnen, der gekommen sei, ihn in sein Höllenreich zu entführen, ins ewige Feuer, aus dem es keine Rettung gab!

Napoleon war entsetzt, seinen Dauerlebensretter in einem solchen Zustand zu sehen. Trotzdem verweigerte er die Zustimmung, als Dr. O'Meara erklärte, er sei mit seinem Latein am Ende. Es gebe nur noch zwei Mittel, die helfen könnten: Aderlaß und Quecksilber.

Doch Napoleon lehnte beides ab. »Aderlaß ist englische Medizin«, sagte er abweisend. »Ihr Engländer seid ein barbarisches Volk. Ihr vertragt so etwas. Für uns Franzosen sind solche Maßnahmen ungeeignet.«

»Und Quecksilber?«

»Das ist Gift! Mit Gift wollen wir erst recht nichts zu tun haben.«

»Es ist ein Medikament, Sire! Erst die Dosis macht das Gift!«

»Gift ist Gift. Machen Sie ihn gesund, oder scheren Sie sich zur Hölle!«

Gourgaud überstand mehrere Krisen, in denen seine Gefährten jedesmal meinten, nun ginge es mit ihm zu Ende. Doch dann erholte er sich wieder. Alle atmeten auf und lachten unter Tränen, als er zuerst Montholon zum Duell forderte. Dann schimpfte und zeterte er mehr als je zuvor, obwohl seine Kräfte dafür kaum ausreichten. Eines Morgens aber war er wieder gesund, so wie sich alle erholten – mit Ausnahme einer Dienerin Albines, für die und deren zweijähriges Kind es keine Rettung gegeben hatte. Aber es war, wie gesagt, nur eine Dienerin, und wie den Selbstmörder Huff begrub man sie noch am gleichen Tag und suchte sich Ersatz.

2

»Loyalitäten!« nahm Mrs. Wilks den Faden des Gesprächs wieder auf. »Betrachten Sie doch einmal Ihre eigene Lage, Liebste! Sie brauchen es mir nicht zu sagen, aber wir alle wissen, wo Ihr Herz schlägt, und wo Sie wirklich hingehören. Und Ihr Mann, dieser hochanständige Offizier und Gentleman! Glauben Sie, daß seine Situation eindeutig ist? Jeder von Ihnen da oben auf Deadwood Plain kocht sein eigenes Süppchen, selbst der große Napoleon. Der vor allem ... Und die vielen anderen, die ungewollt und unverschuldet in diese Mühle hineingeraten sind? Mr. Balcombe weiß schon lange nicht mehr, wem er seine Treue schuldet, und Dr. O'Meara ist bereits mehr Franzose als Brite – was man hätte voraussehen können, denn er stammt aus Irland!« Sie stellte ihre Tasse auf den Tisch zurück und sah zu, wie ihr Jeanne, Fannys kreolische Dienerin, deren Mutter schon Fannys Mutter gedient hatte, nachschenkte. »Hübsches

Mädchen!« murmelte Mrs. Wilks, nachdem die Mulattin den Raum verlassen hatte. »Vielleicht sollten Sie sie einmal Bonaparte zeigen, dann muß er nicht die Countess Montholon belästigen!«

»Das tut er nicht!« Fanny verbarg ihren Ärger. Zugleich dachte sie, daß sie gerade genau die Zerrissenheit und Orientierungslosigkeit fühlte, von der Mrs. Wilks gesprochen hatte. Dabei hatte sie sich so sehr über diesen Besuch gefreut: Mrs. Wilks mit ihrer Tochter Laura und der undurchsichtigen, aber auch unvermeidlichen Miss Stranger. Beide jungen Damen saßen nun am Fußende von Fannys Bett und überließen Mrs. Wilks das Wort – allerdings nicht ohne aufmerksam zuzuhören und an den richtigen Stellen beifällig zu nicken.

»Nun, belästigen ist vielleicht nicht das richtige Wort«, räumte Mrs. Wilks ungerührt ein. »Aber es ist wohl kaum noch ein Geheimnis, daß die Countess guter Hoffnung ist!«

»Sie spricht nicht darüber, Mrs. Wilks.«

»Und warum nicht? Ganz Jamestown behauptet, Bonaparte sei der Vater dieses Kindes.«

Fanny errötete. »Um ganz genau zu sein, Mrs. Wilks: Zeitlich gesehen muß dieses Kind auf der ›Northumberland‹ gezeugt worden sein, und wir...«, mit einer Handbewegung bezog sie auch Amy Stranger als Reisegefährtin in das »Wir« mit ein, »wir wissen genau, daß es auf diesem Schiff für Seine Majestät keine Privatsphäre gab. Jeder seiner Schritte wurde überwacht. Er hätte sich niemals unbemerkt mit jemandem treffen können.«

Amy Stranger zuckte die Achseln. »Wo ein Wille, da ein Gebüsch!« bemerkte sie in unerwarteter Direktheit, die Fanny wie schon oft daran zweifeln ließ, daß die junge Dame das war, was sie zu sein vorgab.

»Wie auch immer...« Mrs. Wilks nahm ihre Tasse wieder auf und verlor sich in einer Reihe von resignierten Schlucken. Erst als die Tasse leer war, atmete sie auf. »Tatsache ist«, begann sie wieder in neu erwachter Vitalität, »Tatsache ist, meine Liebe, daß wir die Geburt dieses Kindes – Bastard oder nicht –

nicht mehr miterleben werden. In spätestens einer Woche wird der neue Gouverneur in Jamestown an Land gehen und das Amt meines Gatten übernehmen. Wir müßten lügen, wenn wir sagten, es täte uns leid.«

Fanny erschrak. »So früh schon?« murmelte sie. Von Anfang an war die Rede davon gewesen, die Amtszeit des Gouverneurs werde noch in diesem Jahr enden. Trotzdem hatte sich niemand auf Longwood, auch Napoleon nicht, Gedanken darüber gemacht, wann genau dieser Wechsel stattfinden würde. Zu sehr war man seit Neujahr damit beschäftigt gewesen, Napoleons Vorschriften auszuführen und den Engländern täglich mit offiziellen Beschwerden und Klagen die Hölle heiß zu machen. Fast jeden Nachmittag sprach Bertrand mit einem versiegelten Brief Seiner Kaiserlichen Majestät in Plantation House vor: jedes Mal ein wenig verlegener und unbehaglicher, da er der Meinung war, Gouverneur Wilks und Admiral Cockburn kämen ihren Gefangenen eigentlich sehr weit entgegen.

Doch Napoleon blieb unerbittlich. »Ich will nicht hoffen, Großmarschall, daß Ihnen die strategische Intelligenz fehlt, unser Vorgehen zu begreifen! Die Engländer können es uns gar nicht recht machen! Sie dürfen es uns nicht recht machen! Es ist unsere Aufgabe, sie immer wieder ins Unrecht zu setzen. Sie zu zermürben und alle Welt davon in Kenntnis zu setzen, daß man uns quält, foltert und demütigt.« Dabei trank er erfrischendes, eisgekühltes Wasser, denn Cockburn hatte ihnen seine eigene, pneumatisch betriebene Kühlmaschine zur Verfügung gestellt, ein kleines technisches Wunderwerk, das er aus England mitgebracht hatte, sein privates Eigentum, aber da er sah, daß das Trinkwasser auf Longwood tatsächlich zu wünschen übrig ließ, sorgte er dafür, daß die Maschine auf Longwood in dem kleinen Hof neben der Küche aufgestellt wurde. Dank erntete er keinen dafür, nur die Bemerkung, daß man daran schon früher hätte denken können.

Damit verlor der Haifisch die Lust an weiteren Gefälligkeiten. Enttäuscht und mit einem Gefühl des Scheiterns stellte er von einem Tag zum anderen seine Besuche bei Napoleon und in

Hut's Gate ein. Verbittert zog er sich in sein Büro im Schloß zurück und ordnete penibel seine Papiere, als stünde nicht das Ende seiner Amtszeit bevor, sondern das seines Lebens. Er betrachtete die schwarze Insel mit den Augen eines Menschen, der sich fortsehnt, wohin auch immer. Sogar Amy Stranger wurde ihm zur Last, da er ihre Umarmungen und kühnen Kommentare, die ihn bisher amüsiert hatten, plötzlich als einen Teil dieser Welt ansah, die er so schnell wie möglich verlassen wollte. Manchmal, wenn die letzten Strahlen der Abendsonne schräg auf seinen Schreibtisch fielen, dachte er noch an Albine und an ihren zarten Nacken, auf dem sich die rotbraunen Löckchen so verwirrend kräuselten. Aber selbst diese Vorstellung, nach der seine Träume bisher angenehm entgleist waren, stieß ihn nun ab wie die Erinnerung an ein unwürdiges Abenteuer.

Er sagte sich, daß er in ein paar Monaten vierundvierzig Jahre alt sein würde, und er fragte sich, was sein bisheriges Leben wert gewesen war. Noch vor einem Jahr hätte er sich solche Zweifel nicht vorstellen können. Damals war seine Welt eindeutig gewesen, klar und übersichtlich. Er hatte Napoleon gehaßt und war deshalb von Lord Bathurst dazu ausersehen worden, den Verbannten zu bewachen: er, Konteradmiral George Cockburn, eben zurückgekehrt von den Kämpfen in Amerika, ausgezeichnet mit hohen Orden der britischen Krone ... Doch dann hatte sich Sympathie für den Gefangenen in sein Herz geschlichen. Verständnis nach langen Gesprächen, in denen Napoleon zu ihm über sein unvorstellbares Leben sprach und ihm seine Gedanken enthüllte, die denen seines Bewachers gar nicht so unähnlich waren. Gemeinsame Abendessen auf der »Northumberland« folgten und hin und wieder ein Spielchen am Kartentisch.

Ich habe versagt! dachte Cockburn nun. Ich habe mit einem Gefangenen fraternisiert und ihm erlaubt, mich zu demütigen ... Er fragte sich, ob die angemessene Konsequenz für ein solches Verhalten nicht wäre, sich eine Kugel in den Kopf zu jagen, denn wer ihn demütigte, beleidigte auch die Nation, die er vertrat. Seine eigene Unachtsamkeit und Naivität waren schuld daran, daß eine solche Beleidigung möglich geworden war. Jeden Tag ein Beschwerdebrief! Erst immer von Bertrand überreicht, doch dann auf einmal nur noch von Montholon. Doktor O'Meara und auch die Diener, die auf Longwood als Informanten eingeschleust worden waren, berichteten, Bertrand habe sich eines Tages geweigert, weitere, wie er es nannte, ungerechtfertigte Beschwerdebriefe zu verfassen und zu überbringen. Deshalb sei er bei Napoleon in Ungnade gefallen. War es überhaupt möglich, im Umgang mit einem Mann wie Bonaparte seine Unversehrtheit zu bewahren?

3

»Wir fahren alle nach Europa zurück!« sagte Mrs. Wilks. »Noch keinen Posten haben wir mit so viel Erleichterung verlassen. Gott im Himmel, was habe ich geweint, als wir von Indien fortgingen. Resident von Mysore, das was mein Gatte damals!« Ihr Blick verschleierte sich. Für einen Moment war sie wieder die junge Frau von einst, eine Königin in ihrem kleinen Reich, in dem, wie überall in Indien, den Engländern untersagt war, persönlich Land zu besitzen, während sie dennoch unumschränkt regierten, immer in dem wohligen Gefühl, dem indischen Volk mehr Gerechtigkeit zu gewähren, als es unter seinen alten, einheimischen Herrn je hätte erhoffen können. »Laura ist auch in Indien geboren«, sagte Mrs. Wilks voll wehmütiger Erinnerung an die Zeit, als sie selbst noch schlank gewesen war und über alle Maßen stolz darauf, und als Mr. Wilks – Mark! dachte sie plötzlich voller Zärtlichkeit – noch jeden Morgen vor dem Frühstück ausritt, beweglich zu Pferde wie ein junger Gott, der gelacht hätte, hätte ihm jemand vorausgesagt, wie sehr ihn in späteren Jahren die Gicht plagen würde.

»Nach England . . .« murmelte Fanny und unterdrückte ein Schluchzen.

Mrs. Wilks legte ihre Hand auf Fannys Bettdecke und tätschelte den nackten Fuß darunter. »Ich weiß, was Sie fühlen, Liebe!« versicherte sie. »Ich werde Ihre Verwandten von Ihnen grüßen und ihnen sagen, wie tapfer Sie sich halten.« Und dann: »Denken Sie nach, Countess! Ein Brief genügt, und man läßt Sie nach Hause!«

Fanny schüttelte den Kopf. »Das kann ich nicht tun!« Sie dachte an Bertrand, immer wieder an ihn, weil er der Grund war für alles, was sie bedrückte, und für alles, was sie glücklich machte. »Vielleicht später.«

Mrs. Wilks zog ihre Hand zurück. »Was ich noch sagen wollte . . .«

»Sie wollten mich vor etwas warnen?«

Wie beiläufig erhoben sich Laura und Amy Stranger und verschwanden taktvoll auf die Terrasse.

Mrs. Wilks wartete, bis sie die Tür hinter sich geschlossen hatten. »Ich weiß nicht, wie ich anfangen soll, meine Liebe. Ich weiß nicht, ob ich überhaupt das Richtige tue. Ich weiß ja nicht einmal, ob ich mich auf Ihre Diskretion verlassen kann. Immerhin bin ich die Gemahlin des Gouverneurs. Wenn ich etwas äußere, ist es so gut wie offiziell. Aber was ich Ihnen jetzt sagen möchte, ist nicht offiziell. Niemand darf es erfahren, und wenn es doch geschieht, muß ich alles leugnen. Ich sage es Ihnen nur, weil Sie die Cousine von Lord Dillon sind und die Nichte von Lady Holland, und weil ich es nicht fertigbringe, Sie blinden Auges ins Unglück rennen zu lassen.«

»Wovon sprechen Sie, Mrs. Wilks?« Fanny zog ihren Wollschal enger um die Schultern. Sie fror plötzlich wieder, sogar noch mehr als zuvor.

Mrs. Wilks goß sich Tee nach. Sie schien sich darin ertränken zu wollen. »Ich weiß nicht, zu welchen Spielchen sich Ihr Bonaparte aus heiterem Himmel entschlossen hat. Jedenfalls täuscht er sich, wenn er uns – ich meine uns Engländer – für seine Todfeinde hält. Es entspricht nicht unserem Charakter, einem Besiegten unnötigerweise noch den Rest zu geben. Sie wissen so gut wie wir, meine Liebe, wie sehr er unser Land und unseren Handel durch seine sogenannte Kontinentalsperre geschädigt hat. Dazu noch seine ständige Drohung, er werde mit seiner *Grand Army* auf englischem Boden landen und im Triumph die Themse hinauffahren bis London! Eine schreckliche Vorstellung für uns alle. Ich weiß nicht, wie viele schlaflose Nächte auf sein Konto gehen ... Aber jetzt ist er bezwungen und hat sich uns ausgeliefert. Wir haben keinen Grund mehr, ihn zu fürchten oder zu hassen. Doch das scheint er nicht zu begreifen. Vielleicht meint er, er könnte uns immer noch gefährlich werden, und wir hätten deshalb die Absicht, ihn aus dem Weg zu räumen.« Wieder tätschelte Mrs. Wilks gedankenverloren Fannys Fuß unter der Decke. »Tatsache ist«, fuhr sie dann fort, »daß wir seiner sicher sind auf dieser abgelegenen Insel. Er kann uns nicht mehr schaden. Wir wollen ihm nichts Böses ... und immerhin war er ein bedeutender Mann – seinerzeit.«

»Und die Warnung, Mrs. Wilks?«

»Die Warnung ...« Mrs. Wilks stand auf und ging unschlüssig im Zimmer hin und her, hob hier eine Vase hoch und knickte dort ein Kissen, prüfte zerstreut den Staub auf den Buchrücken und trat dann ans Fenster, um nach den jungen Damen zu sehen. »Das Problem ist, daß ich nicht einmal genau weiß, wovor ich Sie warnen soll«, sagte sie bekümmert. »Nur eines ist sicher: daß Sie in Gefahr sind, Sie alle da oben bei Ihrem verbannten Kaiser, der sich so viele Feinde geschaffen hat, daß man sich wundert, wie er überhaupt noch am Leben sein kann.«

»Aber seine Feinde sind nicht hier. Sie sind in Frankreich.«

»Und überall in ganz Europa. Und wer sagt Ihnen, daß sie nicht doch auch hier sind? Wer sagt Ihnen, daß von einem der wenigen Schiffe, die wir überhaupt in unsere Nähe lassen, nicht doch einmal ein Mensch unbemerkt an Land schwimmt, irgendwo im Hafen untertaucht oder sich in den Bergen versteckt und eines Tages nach Longwood kommt, mit welchem Ziel auch immer?«

Fanny dachte an die immer und immer wiederholten Beteuerungen Cockburns: Ständig seien fünf englische Schiffe vor dem Hafen von Jamestown unterwegs – dem einzigen Platz, an dem man auf Sankt Helena landen könne. Drei kreuzten mit dem Wind, die beiden anderen in Gegenrichtung. Kein fremdes Schiff dürfe sich dem Hafen nähern, außer es benötige unbedingt Wasser und Lebensmittel. Habe es aber erst Anker geworfen, würden sofort Wachen an Deck plaziert, die erst wieder abzögen, wenn man wieder Segel setzte. Um neun Uhr abends sei Zapfenstreich, und nur der dürfe nach Jamestown zurück, der das Paßwort nennen könne. Dazu noch die strenge Bewachung von Deadwood Plain durch die Soldaten des 53. Regiments. Kanonen, die abgefeuert wurden, sobald ein Schiff am Horizont auftauchte. Wachposten auf den Hügeln und Wachen, die ständig die Gegend kontrollierten. Wachen, die Napoleon folgten und Wachen für seine Begleiter. In konzentrischen Ringen patroullierten ständig fünfhundert bewaffnete Soldaten um die Domäne von Longwood und meldeten mit ihren Flaggen nach Alarm House hinauf, wo sich Napoleon gerade befand. Eine blaue Flagge hätte den schlimmsten anzunehmenden Fall bedeutet: *Bonaparte missing!*

So viele Sicherheitsvorkehrungen – und doch beklagte sich Montholon fast jeden Morgen darüber, daß die Diener nachts Frauen ins Haus schmuggelten, Frauen vor allem aus der Hafenstraße, die für gutes Geld den weiten Fußweg nach Longwood herauf nicht scheuten und die Schleichwege kannten, um die englischen Wachposten zu umgehen. Vielleicht bedurften sie dieser Schleichwege aber auch gar nicht, sondern nahmen unterwegs die eine oder andere zusätzliche Verdienstmöglichkeit wahr in diesen langen, heißen Inselnächten, die hier oben bestimmt einträglicher waren als unten im Viehhof, wo die Geschäfte nicht mehr so blühten wie seinerzeit, als der Hafen noch überquoll von Schiffen, die Lebensmittel und frisches Wasser holten und im Atlantikbordell die schnelle Lust für die Matrosen.

»Sire! Es wird immer schlimmer! Die Wände sind dünn. Wir finden kaum noch Schlaf. Außerdem ist es gefährlich. Wir wissen doch schon gar nicht mehr, wer alles sich in unser Haus einschleicht!«

»In mein Haus, Montholon! Es ist immer noch mein Haus.« Napoleon wies die Beschwerden zurück. »Meine Diener sind gesunde, gutaussehende junge Männer, keine Eunuchen; und das hier, vor allem, ist kein Kloster! Wenn Sie nicht schlafen können, stopfen Sie sich die Ohren zu! Und Ihre Frau Gemahlin sollte sich auch nicht empfindsamer gebärden, als sie ist!« Erst ein paar Tage zuvor war Napoleon von der Inselkrankheit genesen, was seine Nerven aufgereizt und seine eigene Empfindsamkeit eingeschläfert hatte. Der Ton auf Longwood wurde rauher. Soldatensprache. Niemand nahm derbere Worte in den Mund als der ehemalige Kaiser: für jeden Körperteil mindestens zwei Bezeichnungen und für die intimen Teile das Doppelte.

Mrs. Wilks kehrte zu ihrem Tee zurück. »Sie müssen wachsam sein, meine Liebe! Sie dürfen niemandem trauen. Niemandem, der von draußen kommt und Ihnen wohlzuwollen scheint, aber auch niemandem von drinnen. Die Treuesten der Treuen: So nennt er Sie doch manchmal, wenn er in guter Stimmung ist, nicht wahr? Aber sind wirklich alle treu, die sich da um ihn zu sorgen scheinen?«

Fanny schüttelte den Kopf. »Wie sollen wir noch weiterleben können, wenn wir schon untereinander kein Vertrauen mehr haben dürfen?« Dabei dachte sie plötzlich an das Unbehagen, das auch sie selbst manchmal befiel. An die vielen Kleinigkeiten, die sie sich nicht erklären konnte, und die einfach nicht zusammenpaßten: der sonderbare Vorfall mit der Teekanne zum Beispiel, die während eines Besuchs von Albine und ihrem kleinen Jungen vom Tisch gestürzt war. Niemand hatte das Mißgeschick beobachtet, aber als Fanny und Albine von der Terrasse in den Salon von Hut's Gate zurückkehrten, lag die Kanne zerschmettert auf dem Boden. In Frankreich hätte der kleine Unglücksfall keine Bedeutung gehabt, aber hier auf der Insel war Ersatz schwer zu finden. Mr. Solomon zuckte bedauernd die Achseln, und nur Mr. Balcombe versprach seine Hilfe und notierte sich genau, wie die gewünschte Kanne auszusehen habe. Fanny richtete sich auf eine längere Wartezeit ein, doch schon am nächsten Morgen fand ihre Dienerin eine neue Kanne, der zerbrochenen ganz ähnlich, auf den Stufen vor der Haustür: mit einer breiten, himmelblauen Seidenschleife geschmückt und mit einer weißen Blüte, wie sie im Garten von »Wildrose« wuchsen. Fanny nahm sich vor, schon am nächsten Tag zu den Balcombes zu reiten, um sich zu bedanken. Doch als sie eben das Haus verlassen wollte, erschien Napoleon mit Montholon nach einem Ausritt. Fanny war froh, ihm einen perfekten Teetisch bieten zu können, und wirklich schien sich der Kaiser in ihrem Hause wohl zu fühlen. Er war entspannt und heiter und bewunderte das erlesene Porzellan. Nachdem man sich eine Weile darüber unterhalten hatte, hob Montholon plötzlich die neue Teekanne hoch, um das Firmenzeichen an der Unterseite zu begutachten. Dabei schien er zu erschrecken. Er stellte die Kanne gleich wieder zurück und wurde auffallend schweigsam. Napoleon runzelte die Stirn und bestand trotz Montholons Beschwichtigungen darauf, die Kanne ebenfalls in Augenschein zu nehmen. Plötzlich rötete sich sein Gesicht. »Die Lilien der Bourbonen!« zischte er. »Wie können Sie es wagen, Madame!« Er schleuderte die Kanne zu Boden, daß sie zerbrach.

Fanny weinte und versicherte, sie habe die Lilien bisher nicht bemerkt, ja, sie wisse nicht einmal, woher die Kanne stamme. Doch Napoleon schnitt ihr in scharfem Ton das Wort ab, bezweifelte ihre Verläßlichkeit und stürmte aus dem Haus, nicht ohne Fanny zu verbieten, ihren Gatten in den nächsten beiden Wochen nach Longwood zu begleiten.

Verbannung in der Verbannung. Wenn sie ehrlich zu sich selbst war, bereitete ihr Napoleons Verbot keinen allzu großen Kummer. Nur Bertrand tat ihr leid, der früh am Morgen schweren Herzens fortritt und erst nach Mitternacht zurückkam. Dann konnte er nicht schlafen und erzählte sorgenvoll, wie geschickt sich die Montholons von Tag zu Tag mehr an Napoleon heranmachten. Las Cases, auf der »Wildrose« noch Napoleons Favorit, war längst entthront und verbrachte seine Nachmittage damit, gemeinsam mit Emmanuel das ›*Mémorial de Sainte-Hélène*‹ zu überarbeiten. Napoleon fragte nicht einmal nach ihm.

Die Montholons hatten den »Verzückten« vollständig ersetzt. Mit allem, was sie sagten oder taten, schien Napoleon nun einverstanden zu sein. Nicht einmal Albines Schwangerschaft schien ihn mehr zu stören. Nur die Diener murmelten, daß neuerdings fast jede Nacht Albines neue Kammerfrau Esther Vesey, die schwarzäugige Nachfolgerin der jungen Verstorbenen, in Napoleons Schlafzimmer schleiche und erst nach ein, zwei Stunden wieder zurückkäme, oft mit einem neuen Kleid über dem Arm, glitzernden Ringen im Ohr oder ein paar schweren Münzen in der Faust – *Napoléons d'or*, mit denen sie sich unten in Jamestown ihre heimlichen Wünsche erfüllen und vor allem ihre Familie unterstützen konnte. Bevor Albine sie als Kammerfrau angestellt hatte, hatte Esther zu den Armen der Insel gehört, fast schon zu den Yamstocks, auch wenn ihre Eltern auf ihrem kargen Besitz mit den steinigen Feldern den Schein aufrechterhielten, immer noch britische Bürger zu sein, die ihr Leben in der Fremde meisterten. Knochenarbeit von Sonnenaufgang bis Sonnenuntergang. Hunger, versteckte Scham ... Und dann dieses Angebot der französischen Gräfin! Wer in Esthers Situation wäre da nicht bereit gewesen, alles dafür zu tun? Alles: was immer auch verlangt wurde?

Nach der zweiwöchigen Verbannung kehrte Fanny nach Longwood zurück. Napoleon tat, als wäre sie nie fortgewesen, und vielleicht hatte er es wirklich kaum bemerkt. Beim gemeinsamen Spaziergang durch den kahlen Garten und beim Kartenspiel nach dem Diner hielt sie sich fern von ihm, so gut es ging. Erst als sich der Abend schon seinem Ende zuneigte, trat Napoleon an sie heran und reichte ihr ein Glas Constantia-Wein vom Kap – der beste Wein auf Longwood, so schwer zu bekommen, daß nur Napoleon selbst ihn trank. Nur auserwählten Gästen bot er davon an und manchmal seinen Getreuen als Belohnung. Diesmal auch Fanny. Sie blickte hinüber zu Bertrand, der sich mit Gourgaud unterhielt, und sah die Erleichterung in seinem Gesicht. So lächelte sie gehorsam ihr schönstes Lächeln, von dem ihr Vater einst in Paris gesagt hatte, niemand könne ihm widerstehen, und hob Napoleon das Glas entgegen. Auch er lächelte erfreut, trank ihr zu und murmelte, sie sei bezaubernd. Da nahm sie sich vor, von nun an ihrem Mann zuliebe diplomatischer vorzugehen. Doch schon am nächsten Morgen brach das »Kreuz des Südens« bei ihr aus und hinderte sie daran, Bertrand so nützlich zu sein, wie sie es gern gewesen wäre.

4

»Diese Krankheit, die Sie alle manchmal befällt ...« Mrs. Wilks winkte Jeanne herbei und zeigte auf die Kanne. »Die Inselkrankheit hat Bonaparte sie wohl genannt ...«

»Wir sagen manchmal auch ›Kreuz des Südens‹.« Fanny zuckte resigniert die Achseln.

»Inselkrankheit jedenfalls trifft nicht zu!« Mrs. Wilks' Gesicht verhärtete sich. »Dieser Name würde bedeuten, sie sei sozusagen ein örtliches Leiden, typisch für Sankt Helena. Aber das stimmt nicht. Nur die Bewohner von Longwood erkranken daran und seltsamerweise auch das Ehepaar Balcombe. Dies aber erst nach einem Besuch bei Bonaparte. Wie erklären Sie sich das, meine Liebe?«

»Das Wasser, Mrs. Wilks! Die Chinesen holen es im Geraniental, mehr als eine halbe Stunde von Longwood entfernt. Bei dem Klima hier fängt es schnell an zu faulen.«

»Zu faulen? Wer sagt das? Die Wasserbehälter sind aus Silber und gut isoliert. Die Deckel schließen luftdicht ab. Das Wasser kann darin gar nicht faulen. Es ist reinstes Quellwasser, besser als sonst irgendwo auf der Insel, und Sie wissen doch, Sankt Helena ist berühmt für sein klares, wohlschmeckendes Wasser. Seit die Insel entdeckt wurde, legen Schiffe hier an, um sich zu versorgen, und nie war die Rede davon, das Wasser von Sankt Helena mache krank.«

»Ich verstehe nicht, worauf Sie hinauswollen, Mrs. Wilks!« Fanny fror, denn sie verstand nur zu gut.

Mrs. Wilks schüttelte abweisend den Kopf. »Verzeihen Sie, meine Liebe, aber deutlicher kann ich nicht werden!« Sie goß den frischen, dampfenden Tee, den Jeanne gebracht hatte, in Fannys Tasse. »Trinken Sie, damit Ihnen endlich wieder warm wird. Aber trinken Sie immer nur, wenn Sie wissen, durch welche Hände Ihr Getränk gegangen ist! Essen Sie nur, wenn Sie sicher sind, daß es Sie nicht in Gefahr bringt! Trauen Sie niemandem! Niemandem, sage ich!« Sie stand auf und beugte sich zu Fanny hinunter. Sie nahm ihre kalten Hände und rieb sie aneinander, um sie zu wärmen. »Sie sind ein guter Mensch, meine Liebe. Viel zu naiv für die Schlangengrube da oben. Das gleiche gilt für Ihren Gatten, auch wenn er ein großer Kriegsheld gewesen sein mag. Die Taktiken des offenen Kampfes kennt er vielleicht, aber durchschaut er auch die Listen und Schleichwege von Intriganten und Giftmischern?« Sie seufzte. »Guter Gott, ich rede schon wieder zuviel! Es wird Zeit, daß mein Gatte in Pension geht, dann werde ich endlich sagen können, was ich denke.« Mit fast zärtlicher Langsamkeit legte sie Fannys Hände auf die Bettdecke zurück. »Hören Sie auf eine Frau, die die Welt kennengelernt hat und die Ihre Mutter sein könnte! Halten Sie die Augen offen, Countess! Machen Sie sich über alles Gedanken und seien Sie sicher: Wenn Ihnen etwas sonderbar vorkommt, haben Sie allen Grund, sich zu fürchten!«

Auf ihren Wink hin kamen Laura und Amy Stranger zurück, um sich zu verabschieden. Laura hatte Tränen in den Augen.

»Darf ich Grüße bestellen?« fragte Fanny leise. Ihr fiel ein, daß Gourgaud das junge Mädchen seine »Taube« genannt hatte.

Lauras Lippen zuckten. Sie schüttelte den Kopf. »Ich glaube nicht.« Sie zog ihre Hand zurück und drehte das Gesicht zur Seite, damit ihre Mutter es nicht sehen konnte.

194

»Gott schütze Sie, Countess!« sagte Mrs. Wilks, schon an der Tür. Dann gingen sie fort. Fort aus Fannys Leben, dachte sie. Fort für immer. Ein Wiedersehen würde es nicht geben ... Sie hörte, wie sie in die Kutsche kletterten, und wie der Kutscher mit der Peitsche knallte. Das Rollen der Räder auf dem harten Felsboden wurde leiser und leiser. Dann war Fanny allein und sie wagte nicht einmal mehr, den Tee aus ihrer eigenen Tasse zu trinken.

DRITTES BUCH

Die Akte Napoleon

XI. Hudson Lowe I

1

Am 14. April 1816 schnellten wie hochgeschossene Tontauben eine nach der anderen die Signalflaggen des Telegraphensystems der Insel nach oben und sandten ihre Nachricht von Posten zu Posten. Am Horizont war das Schiff aufgetaucht, das schon seit Tagen erwartet wurde, die »H. M. S. Phaeton«. An Bord der neue Herr der Insel: Hudson Lowe, Sir Hudson Lowe, Generalleutnant und künftiger Gouverneur, beauftragt, die allzu milde und kostspielige Verwaltung von Gouverneur Wilks und Admiral Cockburn durch ein straffes Regiment zu ersetzen. Kein Schmusekurs mehr für den Gefangenen Europas. Kein zeitraubendes Hin und Her von überzogenen Forderungen und unbegründeten Beschwerden. Statt dessen übersichtliche Finanzen und ein klar definierter Kanon von Anweisungen und Verboten. General Bonaparte war darüber aufzuklären, daß seine Situation endgültig war und er gut daran tat, sich zu fügen.

Hudson Lowe betrat die Bühne von Sankt Helena wie mit einem Donnerschlag. Er wankte nicht, als er sich am Seil ans Ufer schwang. Mit federnden Schritten eilte er die glitschigen Stufen zur Stadt empor, ohne auf sein Gefolge zu warten, das ihm ebenso entschlossen folgte.

Die Kanonen oben auf den Felsen donnerten ihren Salut. Zur gleichen Zeit senkten sich die warmen Herbstnebel auf den Hafen nieder und hüllten die »Phaeton« ein, daß sie von einem Augenblick zum anderen nicht mehr zu sehen war, als wäre der neue Gouverneur aus dem Nichts aufgetaucht. Mit kalter Miene, kalten Worten und kalten Händen begrüßte er seine Vorgänger, als fielen ihm diese bereits zur Last und müßten ihren Platz so schnell wie möglich räumen.

»Ein sturer Bock!« sagte Gouverneur Wilks vor dem Einschlafen zu seiner Frau, und Admiral Cockburn erinnerte sich gegen seinen eigenen Willen an den Albatros, den seine Größe daran gehindert hatte, sich in die Lüfte zu erheben. »Der alte *Nap* wird uns noch ganz schön nachweinen!« sagte er zu Amy Stranger. Er wußte selbst nicht, was ihn in seinem Innern tiefer bewegte: ein boshafter kleiner Triumph oder Mitleid mit seinem Quälgeist, den er für ein paar unvergeßliche Wochen auf See fast als Freund betrachtet hatte. Noch immer schnürte es ihm die Kehle zu, wenn er daran dachte … Doch es gab keine Freundschaft zwischen Gefangenen und ihren Wärtern. Wahrscheinlich hatte der Neue recht, wenn er gar nicht erst versuchte, auf seinen Häftling einzugehen. »Ein sturer Bock«, murmelte auch Cockburn und ließ seufzend, aber nicht unwillig zu, daß ihm die zielstrebige Amy nahe kam.

Hudson Lowe war der Sohn eines Militärarztes aus Lincolnshire, der auf Posten in Galway in jugendlicher Hast eine Irin geheiratet hatte. Sie vererbte ihrem Sohn ihre Sprachbegabung, ihr kräftiges rotes Haar und die bedrohliche Neigung zu unerwarteten Wutanfällen, die aus ihm hervorbrachen wie Lavamassen, unbeherrschbar und erschreckend. Danach war er zu Tode erschöpft und konnte sich kaum noch erinnern, was er während seiner Raserei gesagt oder getan hatte.

Mit zwölf Jahren verließ er sein Elternhaus und trat in die Armee des englischen Königs ein – wie im fernen Frankreich der kleine Napoleone Buonaparte in die des französischen. Achtzehn Tage älter als der Korse war Hudson Lowe , doch das schien vorerst die einzige Parallele zwischen den beiden. Es bestand keine Veranlassung zu glauben, daß sie einander jemals begegnen würden.

Die Armee wurde seine Heimat. Als er achtzehn war, schickte sie ihn als Fähnrich des 50. Infanterieregiments nach Gibraltar. Nach kurzer Zeit schon sprach er fließend Spanisch und Französisch. In Lissabon lernte er Portugiesisch. Als man ihn als Flügeladjutanten des englischen Gouverneurs nach Ajaccio versetzte, eignete er sich ebenso mühelos das Italienische an.

Es gefiel ihm auf Korsika, auch wenn die heiße Sonne des Mittelmeers seine irische Haut verwüstete. Die roten Ekzeme, die sein Gesicht entstellten und seine Chancen bei den Damen schmälerten, heilten niemals mehr aus. Trotzdem wäre der junge Lowe am liebsten für immer auf Korsika geblieben. Doch es kam nicht dazu, denn ein gewisser Bonaparte, von dem in England noch nicht viel mehr bekannt war, als daß er aus dem Chaos der Französischen Revolution emporgestiegen war und Italien überfallen und erobert hatte, zwang die englischen Truppen – und damit auch den Flügeladjutanten Lowe, der die Insel ins Herz geschlossen hatte –, Korsika zu verlassen.

Hudson Lowes militärische und später auch diplomatische Laufbahn führte ihn durch ganz Europa, von Jahr zu Jahr mehr im Zeichen des Widerstands gegen Bonaparte, von dem man in England inzwischen so gut wie alles zu wissen glaubte und der doch immer wieder anders handelte, als man es im erstaunten London vorausgesagt hatte. Fasziniert verfolgte Hudson Lowe die Karriere des Mannes aus Korsika, die auch ihn selbst durch Europa trieb wie einen Korken auf unruhiger See: In immer einflußreicher werdenden Ämtern diente er auf Elba und Sardinien. Er wurde Militärgouverneur von Capri und Kephalonia. In geheimer Mission gewann er den schwedischen Kronprinzen Karl Johann – Bonapartes ehemaligen Marschall Bernadotte – für die Sache Englands gegen den französischen Kaiser. Er kämpfte gegen ihn in den Schlachten von Bautzen und Leipzig. Napoleon beherrschte seine Gedanken und beeinflußte sein Leben ohne zu wissen, daß es in der Menge englischer Offiziere diesen einen gab, der selbst noch nicht ahnte, welche Rolle er einst im Leben des großen Mannes spielen würde.

1814, nun schon fünfundvierzig Jahre alt, erhielt Hudson

Lowe den Auftrag, die Nachricht von der Abdankung Napoleons – seiner ersten, noch nicht hoffnungslosen – nach England zu überbringen. Dafür wurde er zum Ritter geschlagen und erhielt mehrere russische und preußische Orden. Der einstige jähzornige Rotschopf aus Galway war nun Sir Hudson – mehr als er je zu hoffen gewagt hatte, doch er war überzeugt, daß ihm die Ehre zustand.

Immer weiter aufwärts ging es. Hudson Lowe wurde Chef des Generalstabs der britischen Truppen unter Wellington. Mit etwas mehr Glück wäre er sogar in Waterloo dabeigewesen. Doch bei engerer Zusammenarbeit hatte Wellington seine Meinung über ihn geändert und ihn nach Genua fortgelobt, um ihn loszuwerden. Um sein Gewissen endgültig zu beruhigen, ernannte er ihn nach dem endgültigen Sturz Napoleons zum Gouverneur von Marseille. Dort empfing Hudson Lowe die großartige und beängstigende Ernennung zum Gouverneur von Sankt Helena, Napoleons schwarzem Gefängnis mitten im Ozean.

Noch nie, auch nicht während seinen schlimmsten Wutanfällen, war Hudson Lowe so erregt gewesen wie an jenem regnerischen Herbsttag in Marseille, als ihm ein Gesandter des Kolonialministers Bathurst seine Ernennung zum Gouverneur von Sankt Helena überbrachte. Ihm war, als stürze der Himmel auf ihn herunter. Ganz dunkel wurde es plötzlich um ihn her und dann wieder so hell, daß es blendete. Er spürte, wie ihm das Blut zu Kopf schoß, und er wich dem Blick seines Besuchers aus, der befremdet die Stirn runzelte, als sein Gegenüber gleich darauf erbleichte, als müsse er umsinken.

Hudson Lowe hätte am liebsten die Hände vor die Wangen geschlagen. Er wußte, daß seine Blässe die roten Flecken seines Sonnenekzems beschämend offenbarte. Mit einem verstohlenen Seitenblick sah er die Abneigung in den Augen seines Besuchers, und er zweifelte nicht daran, daß jener sich fragte, ob sein Minister die richtige Wahl getroffen habe.

»Sagen Sie Seiner Exzellenz, daß ich die Ernennung dankend annehme und verspreche, mich seines Vertrauens würdig zu erweisen!« Glatte Worte, die dem anderen Gelegenheit gaben, sich hastig zu verbeugen und in unnötiger Eile zu verabschieden.

Draußen regnete es. Hudson Lowe trat ans Fenster und blickte hinunter auf das dunkelgrüne Blättermeer der Bäume im Park seiner Residenz. Bonaparte, der große Bonaparte, den er immer gehaßt und zugleich bestaunt hatte, würde ihm gegenüberstehen! Würde gezwungen sein, mit ihm, Hudson Lowe, zu reden, den er bis vor kurzem noch mit einem gleichgültigen Achselzucken übergangen hätte! Bonaparte, der verjagte Kaiser! Er würde aufblicken zu ihm, Sir Hudson, der über sein Schicksal entscheiden konnte. Der gefallene Gott würde den Arztsohn aus Galway fragen, ihn bitten, vielleicht sogar anflehen.

Doch wie würde Seine Exzellenz, der Gouverneur Sir Hudson Lowe, darauf reagieren? Würde er seinen Gefangenen spüren lassen, daß ganz England ihn verabscheute für die vielen Jahre der Isolierung und Not, die seine Kontinentalsperre über Britannien gebracht hatte? Würde er ihn demütigen für die Peitschenhiebe, die er England versetzt hatte? Würde er ihn strafen für die Hekatomben von Leichen, für die er verantwortlich war? Für das Blut, das durch seine Anmaßung geflossen war? Für die gestohlenen Throne und die geraubten Kunstschätze?

Hudson Lowe glaubte zu ersticken an der Verantwortung, die sich plötzlich auf ihn zuschob wie die unabwendbare Säule eines Wirbelsturms. Zugleich aber war er sicher, damit fertigwerden zu können. Wer, wenn nicht er, der erfüllt war von den Tugenden, die Britannien groß gemacht hatten! Korrektheit, Realitätssinn, Patriotismus: das waren die Waffen, denen raffgierige, degenschwingende Eroberer wie Bonaparte unterlagen!

»Laßt uns den Kampf erst einmal beginnen, dann werden wir sehen, wie es weitergeht!« So pflegte Bonaparte einst zu sprechen, als er noch an sein Fatum glaubte. Zu Anfang war er damit durchgekommen, aber jetzt saß er mitten im Ozean fest und weder er noch sein Fatum waren mehr in der Lage zu bestimmen, wie es weitergehen sollte. Atavistische Schicksalsgläubigkeit und größenwahnsinnige Erwähltheitsphantasien zählten nicht mehr.

Korrektheit, Realitätssinn, Patriotismus: Hudson Lowe, der designierte Gouverneur und Kerkermeister, atmete auf. Die klaren, reinen Werte der englischen Zivilisation waren das Gerüst, das sein Vorhaben stützen würde. Gesetze, Verordnungen und die Anweisungen der Kolonialbehörde in London würden ihm den erforderlichen Rückhalt bieten: die fein durchdachte Verwaltungsmaschinerie, die sich sein wunderbares Land geschaffen hatte und die mutige Männer von der kühlen grünen Insel in die Welt hinausgetragen hatten. Auf dieser Grundlage und mit Hilfe seiner persönlichen Tatkraft würde es gelingen, den einstigen Kriegsgott im Zaum zu halten.

Eine klare Linie. Transparenz. Keine Zugeständnisse, aber auch keine unerlaubten Repressalien. Napoleon Bonaparte, der Gefangene Europas, hatte sich in die Hände seiner englischen Feinde begeben und nach englischer Gepflogenheit sollte er auch behandelt werden. Korrekt. Immer korrekt! Ja, die Aufgabe war zu bewältigen. Es galt nur, wachsam zu sein; sich kein Detail entgehen zu lassen; jedes Wort, das man aussprach oder schrieb, abzusichern. Alles zu klären, alles zu dokumentieren und alles zu melden. Keine Schwäche zu zeigen, auch nicht im persönlichen Bereich. Unangreifbar zu sein. Vollkommen. Das perfekte Bild eines Gouverneurs: wie eine Statue auf ihrem Podest!

Mit zitternden Händen öffnete Hudson Lowe das Fenster. Der Regen schlug ihm entgegen und kühlte den brennenden Makel auf seinen Wangen. Bonaparte! dachte er und hielt sein Gesicht nach oben. Bonaparte!

Hudson Lowe bereitete sich vor. Er überdachte jedes Detail und verschaffte sich jede erreichbare Information. Vom frühen Morgen an bis spät in die Nacht befand er sich im Geiste bereits auf Sankt Helena und verwaltete Bonapartes Gefangenschaft. Wenn er dann endlich zu Bett gegangen war, fand er keinen Schlaf. Regungslos auf dem Rücken liegend, die Arme über der Brust gekreuzt, blickte er in die Dunkelheit und stellte sich vor, wie er Napoleon gegenüberstehen und ihn mit seiner Kompetenz beeindrucken würde: zwei herausragende Persönlichkeiten ihrer Zeit, die einander als Feinde begegnet waren und dem anderen doch den Respekt nicht versagen konnten. Welche Chance zur Unsterblichkeit, die ihm das Schicksal bot!

Das einzige, was Hudson Lowe zum perfekten Diplomaten fehlte, war eine Ehefrau. Die abgeschlossene Gesellschaft einer kleinen Insel brauchte eine First Lady, an der sich das soziale Leben orientieren konnte: eine Herrin, die beriet und lenkte, die Gäste empfing und das Empire repräsentierte. Auf seinen früheren Posten hatte er eine solche Gefährtin nie vermißt. Nie war er lang am gleichen Ort stationiert gewesen, und neben seinen Verwaltungsaufgaben hatte man vor allem erwartet, daß er Informationen beschaffte, auf welche Weise auch immer. Dafür war er bekannt. Bei den wenigen Gelegenheiten, zu denen er nach London reiste, stellte er jedesmal fest, daß man ihn dort als Geheimdienstler einstufte; nach seinen Verhandlungen mit dem schwedischen Kronprinzen dann als Diplomaten – aber immer als einen fürs Grobe, Heimliche. Doch das störte ihn nicht.

Nach zwei peinlichen Mißerfolgen in jungen Jahren hatte er sich nicht mehr für Frauen interessiert. Selbst in Gesellschaft sprach er nur das Nötigste mit ihnen. Seine Welt war eine Welt von Männern – und vielleicht nicht einmal das, denn kein einziges Mal in seinem Leben hatte ihn ein Mann seine Freundschaft fühlen lassen. Es gab niemanden, der ihn liebte, und niemanden, den er hätte lieben wollen. Hudson Lowe, der Karriereoffizier und Diplomat, lebte einsam unter vielen, und je heißer seine Wangen brannten, um so kälter war ihm ums Herz. Er litt nicht darunter, doch als sich ihm nun die Gelegenheit bot, dem verbannten Kaiser nahe zu kommen, hätte er vor

Sehnsucht weinen mögen, weil er spürte, daß da einer war, der ebenso isoliert dastand wie er selbst.

So heiratete Hudson Lowe die erste in Frage kommende Frau, die ihm nach seiner Ernennung über den Weg lief: Mrs. Johnson, geborene Susan de Lancy, eine Witwe mit zwei jungen Töchtern, Charlotte und Susanna. Mit imposantem Gepäck und schwindendem Vermögen reiste Mrs. Johnson durch Europa auf der Jagd nach standesgemäßer Versorgung – eine Frau an der äußersten Grenze ihrer Jugend, getrieben von ihrer ständigen Angst vor Alter und Not.

Als Hudson Lowe am Abend nach seiner Ernennung die Tischordnung für das Dinner zu Ehren des Gesandten aus London inspizierte, las er ihren Namen, erkundigte sich nach ihrem Alter und ihren Lebensumständen und ließ durch seinen Sekretär ihren Leumund überprüfen. Danach vertauschte er eigenhändig die Tischkarten und setzte Mrs. Johnson an seine Seite. Während des Fleischgerichts bot er seinem Zufallsgast eine gesicherte Zukunft als Gouverneursgattin an. Noch vor dem Dessert willigte sie ein. Am nächsten Mittag heirateten sie in aller Stille. Zwei Wochen später verließen sie gemeinsam mit den schmollenden Töchtern Marseille in Richtung Sankt Helena. Die einzige Bedingung, die Mrs. Johnson, nun Lady Lowe, gestellt hatte, war, keine Kinder mehr bekommen zu müssen. Diese Forderung war ganz im Sinne des Bräutigams, denn die Vorstellung neugieriger kleiner Hände, die ihm ins Gesicht faßten, entsetzte ihn.

Schon zu Beginn der Reise stellte er fest, daß seine Gemahlin launisch war, eitel, zänkisch, herrschsüchtig und – zumindest bei anderen Männern – kokett. Trotzdem bedauerte er seine Heirat nicht, denn er meinte, so seien wohl die meisten Frauen. Solange sie ihn nicht bloßstellte, sah er keinen Grund zu einer Ermahnung, und Lady Lowe war klug genug, ihre Grenzen nicht zu überschreiten.

Beide waren froh, daß die Enge auf dem Schiff sie zu distanzierter Rücksichtnahme verpflichtete. In Marseille, in der ersten gemeinsamen Nacht, hatte Hudson Lowe einen Anfall von unkontrollierter Leidenschaft erlebt, der sich glücklicherweise aber schnell wieder gelegt hatte. Lady Lowe, welt- und eheerfahren, zeigte Haltung und ging am nächsten Morgen nicht weiter auf den Vorfall ein, was ihr Gatte ihr hoch anrechnete. Es gab keine Anzeichen, daß sich das peinliche Ereignis wiederholen würde. Und doch: einmal, auf dem Atlantik, als nach einem Gewittersturm die Abendsonne glühend rot ins Meer versank und die Hitze in der Kabine kaum noch zu ertragen war, flammte jenes Gefühl ein zweites Mal auf und erschreckte ihn mehr als sie. Als er wieder er selbst war, entschuldigte er sich für sein unpassendes Benehmen. Lady Lowe, die auf ihrer demütigenden Suche nach Sicherheit so manches zu tolerieren gelernt hatte, antwortete achselzuckend, es müsse ja nicht wieder vorkommen. Zu ihrem Schrecken stellte sie jedoch nach ihrer Ankunft in Plantation House fest, daß die einzige Bedingung, die sie gestellt hatte, nicht eingehalten worden war, und sie ausgerechnet von dem einzigen Mann, der ihr wirklich nie gefallen hatte, ein Kind erwartete.

Das »Infernalische Duo« nannte Gouverneur Wilks – nun plötzlich der »alte Gouverneur« – schon nach dem ersten Zusammentreffen Hudson Lowe und seinen Stellvertreter und Polizeichef, Sir Thomas Reade, der schon beim Begrüßungsdinner in Plantation House kein Hehl aus seiner Abneigung gegen das »Gesindel da oben in Longwood« gemacht hatte: »Wenn ich Gouverneur wäre, würde ich den französischen Hund schon zur Raison bringen! Ich würde ihn von seinen Freunden trennen, die nicht mehr wert sind als er. Ich würde ihm seine Bücher nehmen und ihm verbieten, Post zu empfangen. Er ist nur ein miserabler *hors-la-loi*, und so würde ich ihn auch behandeln. Bei Gott, es wäre ein Dienst am französischen König, ihn von diesem Individuum zu befreien! Es war pure Nachlässigkeit, ihn hierherzuschicken, anstatt ihn vor ein Kriegsgericht zu stellen.«
Hudson Lowe hatte die Worte seines Polizeichefs nicht ge-

hört. Gouverneur Wilks fragte sich, ob sein Nachfolger die Meinung und die Methoden seines Untergebenen teilte.

»Ein sturer Bock«, wiederholte Wilks seinen ersten Eindruck dann auch in der Nacht, in der Dunkelheit des Schlafzimmers, das er und seine Frau nun bald für immer verlassen und an den »Neuen« und seine grell geschminkte Gattin abtreten würden.

Mrs. Wilks nickte, was ihr Mann zwar nicht sehen konnte, was er aber dennoch spürte, denn in politischen Angelegenheiten war sie immer seiner Meinung. »Du hast recht«, sagte sie und legte ihre Hand auf die seine. »Er ist unerträglich.« Dann zog sie ihre Hand wieder zurück. »Aber sein Adjutant ist nett!«, sinnierte sie. »Gorrequer. Er scheint wirklich ein Gentleman zu sein. Jedenfalls ist er ein gutaussehender junger Mann.« Ohne daß sie es aussprechen mußte, wußte Gouverneur Wilks, daß sie nun wehmütig an die Heiratsaussichten ihrer kleinen Laura dachte und vielleicht daran, daß auch der neue Gouverneur mit ehefähigen Stieftöchtern geschlagen war. Sogar ihr leises Seufzen erwartete er, und er wurde nicht enttäuscht. »Dieser Gorrequer ist doch Hudson Lowes Adjutant, nicht wahr?« fragte sie ihn dann.

»Adjutant und Militärsekretär...« murmelte Gouverneur Wilks schon halb im Schlaf. »Aber, wie gesagt, der Alte ist ein sturer Bock!« Während er in die wohlige Welt seiner Träume hinüberglitt, dachte er daran, daß er nun bald in England sein würde, dem Paradies auf Erden. »*Guv me a kuss, luv!*« murmelte er, obwohl er wußte, daß sie schon zu müde war, sich zu ihm herüberzubeugen, und er schmunzelte über diese komische kleine Insel Sankt Helena, von der sich seine Seele immer weiter entfernte. »*Guv me a kuss ... luv ...*«

2

April auf Longwood. Regen, Regen, Regen. Das Dach, das angeblich so sorgfältig renoviert worden war, gab schon nach wenigen Tagen seinen Widerstand gegen die Nässe auf. Überall im Haus standen Gefäße, um die Rinnsale aufzufangen, die durch die Zimmerdecken quollen. Wenn man einen Raum durchquerte, wurde man immer wieder von vereinzelten Tropfen getroffen, ohne daß sich herausfinden ließ, woher genau sie kamen. Jeden Morgen entdeckte man neue Pfützen in den Zimmern und stellte Schüsseln und Töpfe auf, bis man keine mehr hatte und auf das edle Porzellan zurückgreifen mußte. Die Diener stopften Papier und Lappen in die Fugen und Öffnungen, doch schon nach kurzer Zeit hatte sich alles vollgesogen.

Die Ratten, deren Plage man schon eingedämmt zu haben glaubte, kehrten ins Haus zurück, um vor der Nässe Schutz zu suchen. Die Kantonmänner, deren Aufgabe es war, aus dem Geraniental Trinkwasser heranzuschaffen, waren ununterbrochen unterwegs, durchweicht und mit verschrumpelter Haut, so daß Gourgaud mitleidig feststellte, bald würden sie sich entweder den Tod holen oder ihnen würden zwischen den Fingern Schwimmhäute wachsen.

Überall im Haus mischte sich ein neuer, muffiger Gestank mit dem alten, beißenden Farbgeruch, der sich noch immer nicht verflüchtigt hatte, den die Franzosen aber nicht mehr wahrnahmen, so sehr hatte er sich in ihren Lungen eingenistet, auf ihrer Haut, in der Stoffülle ihrer Kleider und in allem, was sie umgab.

Albine erklärte zwischen Trotz und Tränen, wahrscheinlich würde sie einen Wassermann gebären, wenn sie nicht schon vorher im eigenen Bett ertrank, und Napoleon drehte in heimlicher Verzweiflung seinen Zweispitz hin und her und murmelte, er müsse entweder Sankt Helena sofort verlassen oder so schnell wie möglich sterben, denn bald würde sogar sein Hut verschimmelt sein. Woher aber sollte er auf diesem verfluchten Felsbrocken einen neuen bekommen?

»Langeweile, Langeweile, Langeweile!« schrieb Gourgaud erneut in sein Tagebuch. Er hatte nicht einmal mehr genug Energie, den Namen Laura zu buchstabieren, und auf die Jagd zu gehen, was ihn bisher zumindest ein wenig getröstet hatte, war wegen des Regens nicht mehr möglich. »Vielleicht ist es die Sintflut, Sire«, sagte der Mameluk Ali und rieb mit einem im Ofen erhitzten Tuch die ledernen Buchrücken trocken, als gelte es, ein menschliches Wesen zu retten.

Fast schon unter Lebensgefahr kamen Bertrand und Fanny jeden Mittag von Hut's Gate herüber – zu Fuß, denn die Pferde glitten immer wieder auf den glatten Wegen aus. Wenn die beiden am Abend früher aufbrachen als sonst, weil der Weg auf einmal so weit erschien und so beschwerlich war, beklagte sich Napoleon und zweifelte ihre Treue an. »*Madame la Comtesse* freut sich immer, wenn sie das Haus ihres Kaisers verlassen kann!« sagte er boshaft. »Nur zu! Gehen Sie! Wenn Sie nicht wollen, brauchen Sie auch nicht wiederzukommen.«

Mitten in diese Stimmung hinein platzte am 16. April um neun Uhr morgens Captain Poppleton mit der Ankündigung, der neue Gouverneur, Sir Hudson Lowe, sei mit großer Begleitung unterwegs hierher nach Longwood, um General Bonaparte seine Aufwartung zu machen.

»Es gibt keinen General Bonaparte!« ließ ihm Napoleon, noch immer im Schlafrock, ausrichten. »Sagen Sie Ihrem Herrn Gouverneur, Seine Majestät, der Kaiser von Frankreich und König von Italien, sei jedoch gerne bereit, ihn morgen nachmittag um zwei Uhr zu empfangen.« Und dann kopfschüttelnd durch den Türspalt hinaus: »Ich werde nie verstehen, Poppeltón, warum ihr Briten eure Besuche ständig zu Zeiten macht, zu denen anständige Menschen noch mit sich selbst beschäftigt sind.«

So kam es, daß Hudson Lowe mit seinen prächtig rot-weißen Begleitern Longwood zwar trotz des Regens erreichte, dort aber vor verschlossenen Türen und zugeklappten Fensterläden stand. Er blickte hinauf zu dem unauffälligen, hölzernen Eingangstor, das ihn von seiner neuen Lebensaufgabe Bonaparte trennte, und er hatte das Gefühl, einen diplomatischen Fehler begangen zu haben. Zwar hatte ihm Poppleton versichert, Napoleon sei um diese Stunde längst aufgestanden, doch hätte er, der Gouverneur der britischen Majestät, sich nie der Gefahr aussetzen dürfen, unangemeldet zu erscheinen und deshalb zurückgewiesen zu werden. Nicht einmal zornig wurde er, aber er nahm sich vor, von nun an immer im Recht zu sein, auch wenn es sich nur, wie jetzt, um das Recht ziviler Höflichkeit handeln mochte.

»Er ist Ihr Gefangener, Exzellenz«, sagte Reade verärgert.

»Wir brauchen nur die Türe einzutreten, dann wird er sehen, wer hier das Sagen hat!«

Gorrequer drängte sein Pferd näher an Hudson Lowe heran. »Darf ich dazu etwas bemerken, Exzellenz«, mischte er sich ein. »Bonaparte hat seit neuestem die Presse auf seiner Seite. Sogar die englische. Ich weiß nicht, wie er es gemacht hat, aber er tut plötzlich allen leid. Wenn man in England erfährt, daß wir gewaltsam bei ihm eingedrungen sind, fällt alles über uns her.«

Hudson Lowe verzog keine Miene. Er zähmte seinen tänzelnden Braunen, der sich durch Gorrequers Pferd bedrängt fühlte. »Wir kommen morgen wieder!« entschied er kühl und wischte sich einen Wasserschwall von den Schulterklappen. »Wir wollen aber die Gelegenheit nutzen, uns schon heute ein allgemeines Bild der Lage hier oben zu verschaffen.«

Ohne sich durch den Regen und die immer heftiger werdenden Windböen stören zu lassen, sprang er vom Pferd, warf die Zügel über den Geländerpfosten der Holztreppe und ging daran, das Gebäude von außen zu inspizieren. Prüfend strich er mit der flachen Hand über die Hauswand; klopfte mit der Reitpeitsche an die Fensterläden; trat zurück, um das Dach aus der Entfernung zu betrachten; stocherte im schlammigen Boden und umrundete schließlich mit großen, abgezählten Schritten den gesamten Gebäudekomplex.

Seine Begleiter folgten ihm verstimmt. Nur Gouverneur Wilks und Admiral Cockburn entschuldigten sich. Sie hätten noch Vorbereitungen für die Heimreise zu treffen. Außerdem sei Longwood ja nicht mehr ihre Angelegenheit. »Glücklicherweise!« setzte Gouverneur Wilks mürrisch hinzu. Der Haifisch hörte es und nickte beifällig.

Drinnen im Haus stand Napoleon hinter den Fensterläden seines Schlafzimmers, in die er schon vor Wochen Löcher hatte bohren lassen, damit er, ohne selbst bemerkt zu werden, die englischen Wachen beobachten konnte, die mit Einbruch der Dunkelheit nach der letzten Salve ans Haus heranmarschierten und unter den Fenstern und vor den Türen Aufstellung nahmen. Napoleon haßte den Gedanken, von feindlichen Soldaten bewacht zu werden, die, wenn er sie zur Rede stellte, dann auch noch behaupteten, sie befänden sich zu seinem Schutze hier.

»Wozu dienen die vielen Gräben hier im Garten?« fragte Hudson Lowe. Keiner seiner Begleiter wußte es. Man nahm aber an, sie sollten das herumstreunende Vieh abhalten. »Dann reichen sie nicht aus!« bestimmte Sir Hudson. Er wies Leutnant Basil Jackson, der künftig mit der Wartung der Gebäude von Longwood beauftragt sein würde, an, dafür zu sorgen, daß die alten Gräben verbreitert und vertieft und mehrere neue hinzugefügt wurden. Basil Jackson, der schönste britische Offizier, den Sankt Helena je erblickt hatte, salutierte und gelobte Erledigung. »Ich brauche Pläne!« fuhr Hudson Lowe fort. »Pläne des Hauses, des gesamten Grundstücks und Pläne der Umgebung. Außerdem muß der Garten besser geschützt werden. Wachen allein reichen zur Sicherheit nicht aus. Ich habe die Geschichte dieser Insel studiert. Es hat hier bereits zweimal einen Aufstand gegen die Obrigkeit gegeben. Ich werde zu verhindern wissen, daß Bonaparte die Bevölkerung gegen uns aufstachelt. Außerdem haben sich von jetzt an die Kontakte des Gefangenen mit den Angehörigen des 53. Regiments nur noch auf das Nötigste zu beschränken.« Cockburn hatte ihm erzählt, Napoleon habe das Herz der heimwehkranken Soldaten für sich gewonnen. »Sie schwärmen für ihn!« hatte er berichtet, ein wenig enttäuscht, weil ihm selbst eine solche Zuneigung versagt geblieben war. »In ihren Augen ist er ein Held wie Alexander der Große. Ein genialer Feldherr. Es macht ihnen nichts aus, daß er noch vor kurzem ihr Feind war.«

Hudson Lowe versagte es sich, über so viel Naivität höhnisch aufzulachen. Ein Gefangener, der bei seinen Bewachern derartige Gefühle auslöste, war kein Held, sondern ein Sicherheitsrisiko. »Ich wünsche, daß dieses Grundstück zur Gänze eingezäunt wird!« wies er den schönen Basil an. »Berechnen Sie, wieviel Maschendraht wir dafür benötigen. Mit der nächsten Postsendung muß die Bestellung nach London gehen.« Er überlegte. »Zirka zwölfhundert Yard Maschendraht, würde ich sagen. Eine dichtere Konstruktion als sonst üblich. Eine Spezialanfertigung, so etwas wird doch sicher möglich sein. Und mehrere Gitter...« Das Karussell in seinem Kopf drehte und drehte sich.

Auch während des langen beschwerlichen Ritts zurück nach Plantation House kamen Hudson Lowes Gedanken nicht zur Ruhe. Er konnte nicht aufhören zu planen und zu erwägen. »Was war das für ein Haus oben auf dem Berg mit Blick direkt auf Longwood?« fragte er nach dem Dinner Gouverneur Wilks, als ihm dieser gerade sein Landgut in England schilderte.

»Ich nehme an, Sie meinen Mason's Stock House«, antwortete der alte Gouverneur leicht gekränkt. »Es ist ihnen sicher aufgefallen, weil man von dort den besten Blick auf Longwood hat. Deswegen haben wir da oben auch einen ständigen Beobachtungsposten eingerichtet.«

Hudson Lowe nickte. »Ganz in meinem Sinne!« Ohne weitere Erklärungen ließ er seinen Vorgänger stehen und teilte Gorrequer mit, er habe vor, morgen, gleich nach dem Besuch bei Bonaparte, zu diesem Stock House hinaufzusteigen, um die Situation persönlich zu erkunden.

Die ganze Nacht saß er am Schreibtisch, notierte seine Gedanken, skizzierte die Meldungen, die er nach London zu senden gedachte und kämpfte gegen die Sorge, die ihn schon den ganzen Tag lang gefangennahm: daß Napoleon schlauer sein könnte als er; daß er ihn in Sicherheit wiegte wie die beiden Idioten Wilks und Cockburn, und daß trotz aller Vorsichtsmaßnahmen die Wachen oben auf Fort Knoll eines Tages plötzlich die blaue Flagge hißten: *Bonaparte missing!*

Hudson Lowe wischte sich den Schweiß von der Stirn und legte vorsichtig seine Hände auf die heißen Wangen. *Bonaparte missing*... Wartete nicht halb Europa darauf, daß diese Katastrophe eintrat? Jeden Tag tauchten neue Gerüchte auf: Der amerikanische Bonapartist Carpenter habe auf dem Hudson River in aller Öffentlichkeit ein Schiff ausgerüstet, mit dem er nach Sankt Helena zu segeln gedenke, um sein Idol zu befreien... In Brasilien werde eine Expedition zur Rettung des großen Eroberers vorbereitet... Die spanischen Kolonien in Amerika planten eine Revolte und wollten in Buenos Aires Napoleons Bruder Joseph, der nach Philadelphia geflohen war, als ihren König einsetzen. Von dort war es nicht allzu weit nach Sankt Helena... In spätestens zwanzig Jahren, wahrscheinlich aber schon viel früher, prophezeiten andere, werde es in Frankreich eine neue Revolution geben, die die Bourbonen endgültig hinwegfegte. Und wem – ja, wem? – würde man dann wohl den Thron von Frankreich auf dem Tablett servieren?

Hudson Lowe sank nach vorne, doch bevor der Schlaf ihn übermannte, raffte er sich wieder auf. Morgen – nein, es war schon heute! – war der wichtigste Tag seines Lebens. Zum ersten Mal würde er Bonaparte gegenübertreten und sich gegen ihn behaupten müssen. Korrektheit, Realitätssinn, Patriotismus. Eine klare Linie... Er würde seinen Gefangenen höflich behandeln. Höflich, aber bestimmt. Er würde ihm darlegen, wie er sein Amt zu führen gedenke, und Bonaparte würde ihn verstehen. Er würde die erforderlichen Restriktionen nicht als persönliche Einschränkung betrachten, sondern als das, was sie waren: Regeln, die eine Regierung aufstellen mußte, um ihrer Verantwortung nachzukommen und ihr Gesicht zu wahren. England war der Sieger in der Auseinandersetzung mit Bonaparte. Hätte er den Kampf gewonnen, wären seine Maßnahmen nicht weniger streng ausgefallen. Die Zeit kindlicher Spielereien und verantwortungsloser Bordkumpaneien war zu Ende. Die Zeit besonnener Männer war gekommen – ohne Schnörkel und Gefühlsduselei.

Als der Morgen graute, schlief Hudson Lowe doch noch ein, das Gesicht auf dem papierenen Wust seiner Notizen. Am Vormittag trat seine Frau ins Zimmer, um sich nach seinem Wohl zu erkundigen. Doch er hörte sie nicht einmal. Selbst im Schlaf drehte sich in seinem Kopf noch immer das Karussell des Bedrohlichen und des zu Erledigenden.

»Guten Morgen, mein Lieber.« Lady Lowe legte ihm ihre kühle Hand auf die Schulter.

Da schreckte er auf und blickte zu ihr empor. »Mrs. Johnson?« fragte er verwundert. »Wie kommen Sie denn hierher?«

3

Der Regen hatte die Luft reingewaschen. Die Sonne des Südens, sanft leuchtend wie sonst fast nie auf Sankt Helena, huschte mit ihren hellen Strahlen über die schwarzen Felsen, über die kleine weiße Stadt in der Bucht und über die saftiggrünen Wiesen, die die Residenz des Gouverneurs umgaben. Die harten Gegensätze der tropischen Farben verschwammen zu zartem Pastell wie auf den Bildern der englischen Maler, deren militärische Landsleute soeben in prachtvollen Uniformen Plantation House verließen.

Ein zauberhafter Tag! dachte Hudson Lowe in unerwarteter Rührung. Er war dankbar, nach dem diplomatischen Fehlgriff von gestern eine zweite Chance erhalten zu haben, an deren Gelingen sich nun sogar der Himmel zu beteiligen schien.

Es war Mittag. Unten in Jamestown läuteten die Glocken der kleinen Kirche mit dem hohen, spitzen Turm wie zu Hause in England. Das Meer war glatt und so blau wie der Himmel. Nur hin und wieder kräuselten sich ein paar weiße Wellenkämme und verloren sich gleich darauf wieder in der Vollkommenheit und Ruhe des Ozeans. Weit draußen vor der Bucht kreuzten die Wachschiffe, die so klein wie Spielzeuge wirkten, so daß man die Flagge, die über ihnen wehte, nicht erkennen konnte. Doch es genügte zu wissen, daß es die Flagge Englands war, der

Union Jack, präsent auf der ganzen Welt. Stolzes Emblem einer stolzen Nation.

Hudson Lowe und sein Gefolge ritten den Berg hinan, vorbei an kleinen Farmen im englischen Stil, deren Bewohner herausliefen, um sich das Schauspiel so vieler hoher Offiziere in ihren rot-weißen Uniformen nicht entgehen zu lassen. Manche der Siedler winkten und lachten, andere wieder schauten nur, und man konnte nicht erkennen, was sie dachten.

Es war ein weiter Weg, bis der grüne, fruchtbare Teil der Insel nach und nach in steinigeren Boden überging. Wie einen letzten Gruß des alten England erblickte Hudson Lowe unten am Abhang ein liebliches Anwesen, das von einem Meer weißer Rosen umgeben war. Auch hier traten die Bewohner aus dem Haus auf die Terrasse, und da standen sie nun und blickten hinauf zu den englischen Offizieren auf ihren stolzen Pferden. Eine Familie so britisch wie das Empire! dachte Hudson Lowe. Englische Eltern mit vier blonden Kindern, zwei älteren und zwei jüngeren, wie es sich manchmal fügte, wenn ein Paar von der Ankunft eines dritten Kindes überrascht wurde und dieses dann nicht ohne Spielgefährten aufwachsen lassen wollte. Hudson Lowe dachte daran, daß es in nicht allzu ferner Zukunft auch in seiner Ehe ein drittes Kind geben würde, und zum ersten Mal empfand er diese Aussicht nicht als Bedrohung.

»Das ist *The Briars*«, erklärte Admiral Cockburn. »Hier hat Bonaparte seine ersten Wochen auf Sankt Helena verbracht. Die Balcombes haben sich mit ihm angefreundet.«

Für einen Augenblick schien die Sonne hinter einer Wolke zu verschwinden. Hudson Lowe hielt sein Pferd an und schaute hinunter auf diese englische Familie, die den französischen Feind bei sich hatte eindringen lassen. Hudson Lowe kannte das Gerücht, Mr. Balcombe sei ein natürlicher Sohn des Prinzregenten, und er sah das Anwesen und seine Menschen auf einmal mit ganz anderen Augen. Doch dies war ein zauberhafter Tag und vielleicht der wichtigste im Leben des Hudson Lowe, der sich zur Milde entschlossen hatte. So hob er die

Hand und winkte. Dabei lächelte er sogar, obwohl es die Menschen da unten auf die Entfernung ganz gewiß nicht erkennen würden. Dann ließ er die Hand sinken und wartete auf eine Reaktion. Doch die Menschen zwischen den Rosen schauten nur, ohne sich zu bewegen. Wie auf einer Bühne standen sie da oder vielleicht auch wie an der Reling eines Schiffes, das sich langsam fortbewegt, immer weiter fort, bis man es nicht mehr erkennen konnte.

Hudson Lowe unterdrückte seine Enttäuschung und ritt weiter, vorbei an einer Wegkreuzung mit einer kleinen Grabstelle, auf der verwelkte Blumen lagen. Eine der wilden Ziegen, die hier überall herumstreunten, roch daran und wandte sich wieder ab. In der Ferne glänzte ein Wasserfall, der aussah wie ein Herz. »Es ist schön hier«, sagte Hudson Lowe nachdenklich. »Ein wenig wie Jersey, finden Sie nicht auch?«

»Bonaparte sagt, Sankt Helena erinnere ihn an ein Indianerdorf!« erwiderte Cockburn, obwohl er nicht die Absicht gehabt hatte, Napoleon ein zweites Mal zu erwähnen. »Genauso klein und genauso schäbig.«

Hudson Lowe antwortete nicht. Er war entschlossen, sich diesen Tag von niemandem verderben zu lassen. Aus diesem Grund war er auch froh, daß Gouverneur Wilks am heutigen Besuch nicht teilnahm. Er habe sich gestern im Regen erkältet, hatte er ausrichten lassen. Husten und dazu noch ein schmerzhafter Anfall der leidigen Gicht. Bleib im Bett, alter Mann! dachte Hudson Lowe voller Abneigung. Bleib im Bett und geh so bald wie möglich zurück nach England auf das Landgut, von dem du dauernd faselst! Bestimmt bist du dort besser aufgehoben als auf dieser Insel, die in die Geschichte eingehen wird.

Durch Hut's Gate gelangten sie in die Schlucht. Die Hufe der Pferde klapperten auf dem Felsboden. Keine Sonnenstrahlen mehr, dafür eine tiefe Stille, die Hudson Lowe an eine Kathedrale gemahnte. Es müßte schön sein, dachte er, hier einmal ganz allein zu sein. Die Augen zu schließen und der Stille zu lauschen. Zugleich aber wußte er, daß er für solche Gefühle nicht geschaffen war. Seine Gedanken waren nur schwer im

Zaum zu halten. Ohne die Gesellschaft anderer Menschen würden sie ihn überwältigen, bis Sorge und Angst ihn wieder von hier forttrieben, dorthin, wo Menschen waren, die er zwar nicht liebte, die ihn aber wenigstens ablenkten.

»Das Geraniental«, erinnerte er sich, obwohl es gestern im Regen ganz anders ausgesehen hatte. »Und ›Des Teufels Punschtopf‹!« Sie führten ihre Pferde am Zügel und redeten nicht mehr miteinander. Es war dunkel und kühl nach der warmen Sonne draußen, doch ehe sie zu frösteln begannen, öffnete sich der Fels vor ihnen wie ein Tor: Deadwood Plain ... Als sie hinausritten, lag Longwood vor ihnen. Napoleons Longwood – und zur Linken die »Scheune«, die so aussah wie er.

4

Mit klopfendem Herzen und einem Gesicht, in dem die Sonnenmale glühten, stieg Hudson Lowe die knarrenden Stufen zur Veranda von Longwood empor, allen voran, in der Überzeugung, nur noch ein paar Schritte vom Höhepunkt seines Lebens entfernt zu sein. Was geschehen würde, wenn er endlich dem geheiligten Monstrum Bonaparte gegenüberstand, wußte er nicht. Daß diese Begegnung aber alles verändern würde, daran glaubte er fest.

Der Mameluk Ali, prachtvoll ausstaffiert in seiner grün-weiß-schwarzen Livree mit leuchtend goldenen Tressen um den Hals und an den Handgelenken, öffnete die Tür und trat zur Seite. Es hätte kaum einen größeren Gegensatz geben können als zwischen dem braunhäutigen, hochgewachsenen Diener mit der abweisenden Miene eines kaiserlichen Lakaien und dem knarrenden Holztor mit dem abblätternden Anstrich.

Das erste, was Hudson Lowe auffiel, war der beißende Farbgeruch in der Eingangshalle, an deren Wänden unbeweglich Napoleons Dienerschaft stand wie eine verkleinerte, aber immer noch pompöse Reminiszenz an seine untergegangene *Grande Armée.*

Aus dem Inneren des Raumes trat Bertrand auf die Besucher zu, geschmückt mit den Orden des Kaiserreichs. Mit erlesener Höflichkeit hieß er Hudson Lowe und sein Gefolge willkommen.

Niemand bemerkte, daß Ali dem letzten in der Gruppe die Tür vor der Nase zugeschlagen hatte: Admiral Cockburn, der zuerst an einen Irrtum glaubte und deshalb von außen klopfte. Erst als niemand öffnete, erkannte er, daß dies die letzte Bosheit seines französischen Gefangenen war, mit der er endgültig zerstörte, was noch an Resten von Zuneigung und Mitleid im Herzen des Haifischs übriggeblieben war.

»Verdammte *Jerries*!« fluchte Cockburn. Er sprang die Treppe hinunter und schwang sich aufs Pferd. Nicht einmal bei »Des Teufels Punschtopf« saß er ab, und fast wäre er abgestürzt, doch in seiner Erschütterung und seinem Zorn wurde er sich der Gefahr nicht einmal bewußt. »Verdammter Bonaparte! Verdammte Insel!« Noch nie hatte er ein solches Gefühl der Niederlage erlebt und der Demütigung. Es war, als legte sich durch diese Beleidigung ein dunkler Schatten über sein ganzes Leben als Offizier, als Diplomat und als Mensch.

Napoleon ließ seine Besucher eine halbe Stunde warten, in der sie in der Eingangshalle neben den Globen von Himmel und Erde standen und es vermieden, die Diener anzusehen, die mit ausdrucksloser Miene vor sich hinstarrten. Immer wieder jedoch übermannte sie Neugier. Dann trafen sich die Blicke von Franzosen und Engländern und ließen ebenso schnell wieder voneinander ab. Niemand sprach. Hin und wieder knarrte der Boden oder man hörte ein Rascheln unter den Dielen.

Basil Jackson lehnte sich an das Klavier und klopfte ungeduldig mit seinen gepflegten Fingernägeln auf den Deckel. Der infernalische Reade zerkaute seine Unterlippe und flüsterte Hudson Lowe zu, das alles hier gehe zu weit. Er bitte um Erlaubnis, der Situation endlich das Gesicht zu geben, das ihr zukam. Hudson Lowe schüttelte den Kopf und suchte auf dem Globus seine Insel. Als er wieder aufschaute, fiel sein Blick auf

Ciprianis Piratengesicht mit den dünnen Zöpfen, die von seinen Schläfen baumelten.

Hudson Lowe stutzte und überlegte, ob er diesem Mann schon einmal begegnet sein konnte. Cipriani hielt seinem Blick stand. Respektlos, herausfordernd. Er wartete darauf, daß der Gouverneur ihn wiedererkannte als den Mann, der ihm auf Capri unter dem Namen Franceschi als Spion gedient hatte: Damals sollte er herausfinden, was die französischen Truppen auf dem Festland vorhatten. Franceschi war ein ausnehmend tüchtiger Spion gewesen, der eine Vielzahl von Informationen lieferte. Nie hatte der Gouverneur von Capri, Hudson Lowe, damals noch nicht Sir, herausgefunden, daß das Herz seines fleißigen Agenten in Wahrheit französisch schlug und er demzufolge seinen gutgläubigen englischen Auftraggeber mit Fehlinformationen fütterte, die dazu führten, daß eine kleine französische Abteilung das schwer befestigte, leicht zu verteidigende Eiland eroberte und die Engländer verjagte.

»Wie ist Ihr Name?« fragte Hudson Lowe.

»Cipriani, *Monsieur le Gouverneur.*« Er sprach den Namen französisch aus, obwohl es ihm das größte Vergnügen bereitet hätte, seine wahre Identität zu enthüllen.

Als sich die Wartenden schon nicht mehr vorstellen konnten, jemals aus ihrer mißlichen Lage erlöst zu werden, öffnete sich plötzlich die Tür. Der Diener Noverraz verkündete, Seine Majestät, Kaiser Napoleon I., sei bereit, Sir Hudson Lowe, Gouverneur der britischen Majestät, und seine Begleitung zu empfangen. Die Engländer nahmen Haltung an und ließen sich in den Salon führen.

Die Sonne vergoldete den hellen Raum mit den gelben Chinatapeten und den üppigen Rosensträußen auf allen Tischen. Toby selbst hatte die Blumen am Vormittag gebracht, damit der Brave Boney, die Majestät von Frankreich, sich seines Lebensstils nicht zu schämen brauchte.

Napoleon, in der Uniform eines Infanteriegenerals – der gleichen, die er bei seiner Ankunft auf Sankt Helena getragen hatte –, stand mit mürrischer Miene am Kamin und schwieg. Auf seiner Brust glänzte das Kreuz der Ehrenlegion, Napoleons eigene Schöpfung, die er »das Spielzeug« nannte, »mit dem man Menschen lenkt«.

»Ich bin gekommen, Monsieur, Ihnen meine Aufwartung zu machen«, sagte Hudson Lowe auf französisch.

»Sprechen Sie Italienisch, *Signore!* Das können Sie doch sicher sehr gut. Wie ich höre, haben Sie einmal ein korsisches Regiment befehligt: Banditen, die sich gegen Frankreich erhoben!«

»Darüber ließe sich streiten, *Generale.*«

»Wie viele Jahre haben Sie insgesamt gedient?«

»Achtundzwanzig.«

»Dann bin ich der ältere Soldat von uns beiden.«

»Ich bin sicher, *Generale*, die Geschichte wird unsere militärischen Dienste sehr unterschiedlich beurteilen.«

Napoleon antwortete nicht. Mit seinem berüchtigten Adlerblick musterte er seinen Gast. Hudson Lowe, der sonst so hastig die Augen abwandte, hielt diesmal stand. Es schmeichelte seiner Eitelkeit, fast einen Kopf größer zu sein als sein Gegenüber, das in jeder Hinsicht anders zu sein schien als er: Hudson Lowe – hochgewachsen mit übergroßen Händen und Füßen; Napoleon – in allem klein und plump. Hudson Lowes Gesicht – rot und empfindlich; Napoleons Gesicht – blaß und in diesem Augenblick der sich verhärtenden Seelen sogar mit einem Stich ins Olivfarbene. Hudson Lowes Augen – von dichten, roten Haarbüscheln beschattet, wie sie auch aus seinen Ohren und Nasenlöchern wucherten; Napoleons Haut und Haar – weich und glatt ... von Jahr zu Jahr mehr, wie er sich manchmal bei seinem Diener Marchand beklagte, wenn dieser ihn am Morgen mit seinem nur für ihn gemischten Duftwasser einrieb, das erfrischend nach Kräutern und Kümmel roch. Das »Kaiserwasser« hatte sein Hersteller es genannt, und es war nur in Paris verfügbar. Zwei Flaschen davon standen noch in Napoleons Intérieur. Doch was würde man tun, wenn sie aufgebraucht waren?

»Ich habe eine Anzahl von Beschwerden vorzubringen!« sagte Napoleon mit Feldherrnstimme. »Das Verhalten Ihrer Regierung mir gegenüber ist unverständlich. Vor allem was Ihre Aufgabe betrifft, *Signore*. Sind Sie hierhergekommen, um mein Henker zu sein?«

Napoleons Augen waren so voller Argwohn, daß Hudson Lowe erschrak. Er begriff, daß er seine Situation von Anfang an falsch eingeschätzt hatte. Es war kein Schritt zur Unsterblichkeit, diesen Mann zu bewachen. Es würde keinen Respekt zwischen ihnen geben und kein Verständnis füreinander, weil man sich auf gleicher Ebene sah. Im Gegenteil: dieser Mann, Napoleon Bonaparte, lehnte ihn ab, und sei es nur, weil der Gouverneur von Sankt Helena automatisch sein Kerkermeister war und die Macht besaß, über sein Schicksal zu entscheiden. Mit jeder Verfügung, die Napoleons Spielraum einschränkte, würde dieser ihn mehr bekämpfen. Korrektheit, Realitätssinn, Patriotismus: für Bonaparte nur die Prinzipien seines Feindes!

»Ich wünsche, daß Sie die Wachen abziehen, die mit Einbruch der Dunkelheit über dieses Haus herfallen!«

Hudson Lowe schwieg.

»Bisher konnte der Großmarschall die Pässe ausgeben, die bestimmten Personen den Zutritt nach Longwood gestatten. Meine Gäste, *Signore!* Man hat mir berichtet, Sie hätten vor, uns diese Berechtigung zu entziehen!«

»So ist es, *Generale*. Ab sofort wird in Plantation House entschieden, wer nach Longwood kommen darf und wer nicht.« Hudson Lowe spürte, wie Zorn in ihm aufstieg. Der Zorn nach der Enttäuschung. »Außerdem habe ich Befehl von Lord Bathurst, die Ausgaben auf Longwood drastisch zu reduzieren. Die Verwaltung Wilks-Cockburn hat Ihrem Haushalt jährlich zwölftausend Pfund zugestanden. In Zukunft wird Ihr Etat nur noch achttausend Pfund betragen.« Hudson Lowes Gesicht war hart und abweisend. Mit heimlicher Befriedigung dachte er daran, daß man ihm selbst ein Einkommen von zwölftausend Pfund zugesagt hatte – mehr, viel mehr als ihm seinem Rang nach irgendwo sonst auf der Welt bezahlt worden wäre! Genug auch, um Mrs. Susan Johnson im Lauf eines einzigen Dinnergangs dazu zu veranlassen, innerhalb von fünfzehn Stunden Lady Lowe zu werden. »Es interessiert Sie vielleicht, *Generale*, daß die Truppen und Schiffe, die Ihretwegen auf Sankt Helena stationiert sind, im Jahr mehr als eine Viertelmillion Pfund kosten!«

»Es interessiert mich keineswegs.«

Reade, Polizeichef und Napoleonhasser, hämmerte in unterdrücktem Zorn mit der Faust auf einen der Spieltische – so heftig, daß die Vase darauf, übervoll mit Blumen, fast umkippte.

Napoleon beobachtete ihn mit seiner arrogantesten Miene. »Nun, Gouverneur«, wandte er sich dann wieder zu Hudson Lowe, »da Sie uns so erschöpfend über Ihre Finanzlage informiert haben, wäre dieser Besuch nun ja wohl als beendet zu betrachten.«

Hudson Lowe spürte, wie sein alter Zorn, den er besser kannte als einen Bruder, in ihm aufstieg – langsam, als füllte sich sein Körper plötzlich mit warmem Schaum. Nur mit Mühe hielt er sich zurück. »Keineswegs!« antwortete er mit beherrschter Stimme. »Keineswegs, General!« Er sprach den Titel nun wieder englisch aus. Die Zeit der Rücksichtnahme war vorbei. Mit einer knappen Handbewegung winkte er seinen Adjutanten zu sich heran. Gorrequer präsentierte eine Mappe mit mehreren Dokumenten und stellte Feder und Tinte bereit.

»Sie sind von vielen Menschen umgeben, General«, sagte Hudson Lowe. »Die englische Regierung fühlt sich dafür verantwortlich, daß diese Personen nicht unter Zwang hier leben. Ich muß mir deshalb von jedem einzelnen Ihrer Begleiter bestätigen lassen, daß er sich aus freien Stücken hier befindet.«

»Wollen Sie mich beleidigen, *Signore*?«

Hudson Lowe ging nicht auf Napoleons Bemerkung ein. »General Bertrand!«

»Natürlich bin ich aus freien Stücken hier, *Monsieur le Gouverneur!*«

»Darum allein geht es nicht, General!« Hudson Lowe griff

nach dem ersten Dokument. »Lord Bathurst gibt bekannt, daß der Prinzregent den Begleitern des Generals Napoleon Bonaparte gestattet, Sankt Helena unter strenger Bewachung zu verlassen und sich nach Kapstadt zu begeben. Nach einer gewissen Quarantäne wird man sie dann nach Europa befördern.«

»Wir sind nicht hergekommen, um Seine Majestät auf einmal im Stich zu lassen!« rief Montholon empört.

Napoleon schwieg.

Hudson Lowe ließ sich nicht beirren. »Jene aber«, fuhr er fort, »die sich entschließen zu bleiben, werden in Zukunft allen Einschränkungen unterworfen sein, die ihrem Herrn auferlegt werden. Vor allem aber«, Hudson Lowe ließ seinen Blick über die Gesichter der Franzosen schweifen, »vor allem aber werden sie sein Exil teilen müssen, solange er lebt.«

Montholon schüttelte den Kopf. »Dazu haben wir uns schon bereit erklärt, als wir unseren Fuß auf die ›Northumberland‹ setzten!«

Hudson Lowe legte das Dokument der Regierung in die Mappe zurück und nahm ein anderes. »Davon will ich mich jetzt überzeugen!« Er wandte sich wieder an Bertrand. »General Bertrand, sind Sie mit dieser Erklärung einverstanden und bereit, sie zu unterzeichnen?«

Fanny senkte den Kopf und schloß die Augen. Wir werden nie mehr nach Europa zurückkehren! dachte sie verzweifelt. Das ist das Ende unserer Freiheit! Sie schlug die Hände vors Gesicht. Hatte ein Ehemann wirklich das Recht, eine solche Entscheidung auch für seine Ehefrau zu treffen und für seine Kinder?

»Es tut mir leid, Sire!« Bertrands Stimme schwankte. »Meine Gattin verträgt das Klima hier schlecht. Sie war bereits zwei Mal auf den Tod krank: einmal auf dem Schiff und einmal hier auf Longwood, wie Sie wissen. Ich möchte sie nicht verlieren, Sire!«

»Dann kann sie ja nach England gehen!« Napoleon war blaß geworden. »Das wünscht sie sich doch schon die ganze Zeit!

Auf dem Rückweg wird sie bestimmt nicht aus dem Bullauge springen.«

»Sie ist meine Frau, Sire! Sie selbst haben diese Ehe arrangiert. Eine glückliche Ehe. Ich könnte mir keine bessere vorstellen. Ich möchte, daß meine Frau gesund ist und daß sie sich in ihrer Umgebung wohl fühlt. Von meiner Entscheidung hängen ihre Gesundheit und ihr Glück ab. Verzeihen Sie, Sire, aber sie leidet auch unter der Ablehnung, mit der Sie ihr begegnen!«

»Mit einem Wort: Sie desertieren!« Napoleons Adlerblick: Wer nicht für mich ist, ist gegen mich. »Glauben Sie nicht, daß ich mich darüber wundere! Es gibt nichts, was ich besser kenne als Undank. Berthier, Marmont und all die anderen, die ich mit Ehren überhäuft habe – wie haben sie es mir zurückbezahlt? Oh, ich kenne die Menschen! Ich weiß, wie schlecht sie sind! Glauben Sie mir, Bertrand: So verräterisch könnten Sie gar nicht sein, daß ich es Ihnen nicht schon längst zugetraut hätte!«

Hudson Lowe lächelte. »Also keine Unterschrift, General Bertrand?«

»Darf ich meine eigenen Worte hinzufügen, *Monsieur le Gouverneur*?«

»Einschränkungen sind nicht vorgesehen.«

»Ich möchte schreiben, daß es mein Wunsch ist, mit meiner Familie das Exil meines Monarchen zu teilen.«

»General Bonaparte!«

»Daß ich aber ersuche, mir ein Jahr Frist einzuräumen. Bis dahin wird sich herausstellen, ob wir uns an dieses Klima gewöhnen können.«

»Und an mich!« Napoleon bedeckte seine Wunde mit Eis.

Hudson Lowe überlegte. »Schreiben Sie, was Sie wollen!« sagte er dann. »Wir werden später darüber entscheiden, ob Ihre Erklärung tragbar ist . . . General Montholon?«

Noch ehe Bertrand seine Zusätze einfügen konnte, hatte Montholon schon nach der Feder gegriffen. »Keine Bedingungen, *Monsieur le Gouverneur*! Wir sind glücklich und stolz darauf, Seiner Majestät zu dienen.«

Napoleon schnaubte zufrieden.

Hudson Lowe überging die Titelfrage. »General Gourgaud?«

»Ich bleibe.« Gourgaud zögerte. »Ich möchte nur hinzufügen, daß es für mich eine Frage der Ehre ist, dieses Exil zu teilen.«

Napoleon runzelte die Stirn. »Was soll das heißen, Gourgaud? Ich hätte erwartet, Sie blieben aus Verehrung oder aus Zuneigung zu Ihrem Kaiser!«

Gourgaud senkte den Blick. »Eine Frage der Ehre, Sire!« beharrte er.

»Monsieur de Las Cases?«

»Ich bleibe ebenfalls.« Las Cases, der »Verzückte«, der nie gelernt hatte, der Autorität direkt zu widersprechen ... Das eine Brillenglas, das nicht zerbrochen war, beschlug sich. Sein Sohn Emmanuel, der ganz hinten im Raum stand, unterdrückte ein Schluchzen.

Als alle unterzeichnet hatten, packte Gorrequer die Dokumente in seine Mappe.

»Ich danke Ihnen für die interessanten Einblicke, die Sie uns gewährt haben«, sagte Hudson Lowe. Der Sarkasmus war Balsam für seine enttäuschte Seele. Gegenseitiger Respekt zwischen ihm und dem ehemaligen Kaiser! Was für ein Narr er doch gewesen war! Dieser Mann hatte nicht einmal Respekt vor seinen eigenen Getreuen! »Morgen früh wird Sir Thomas Reade, unser Polizeichef, mit Begleitung hier erscheinen und die gleichen Fragen an die Dienstboten stellen. Sie alle werden schwören müssen, daß sie ohne Zwang hier leben und bereit sind, Sankt Helena bis nach dem Tod des Hausherrn nicht zu verlassen, es sei denn, sie geben ihren Dienst sofort auf. Von dieser Erklärung sind nur die einheimischen Dienstleute ausgenommen, aber denen steht es ohnedies frei, ihre Arbeit hier jederzeit zu kündigen.«

»War das alles Ihre Idee, Gouverneur?«

»Ich führe nur Befehle aus, General Bonaparte.« Mit einer knappen Verbeugung verabschiedete sich Hudson Lowe und eilte zum Ausgang. Seine Begleiter folgten ihm ebenso hastig. Nur der schöne Basil Jackson drehte sich an der Tür noch einmal um und warf einen letzten Blick auf Albine, die er schon die ganze Zeit über mit den Augen verschlungen hatte. Sie bemerkte seine Aufmerksamkeit und hüllte sich fester in das weiße Spitzentuch, unter dem Sie die Anzeichen ihrer Schwangerschaft verbarg. Als Jackson sich vor ihr verneigte, nickte sie ihm kaum merklich zu.

»Ich danke dir!« sagte Fanny leise zu Bertrand. »Mein Gott, wie sehr ich dir danke!« Sie fing an zu weinen. Bertrand legte einen Augenblick lang den Arm um ihre Schultern.

Napoleon sah es und wandte sich ab. Er duldete keine Vertraulichkeiten in seiner Gegenwart. Selbst die Ehepaare unter seinen Begleitern hatten sich in der Öffentlichkeit zu siezen, und als Öffentlichkeit galt jeder, auch die eigenen Kinder und die Dienstboten. »Im Schlafzimmer ist jeder Übergriff erlaubt«, pflegte er zu scherzen, »nicht jedoch vor den Augen und Ohren anderer!«

Draußen fiel das Tor zu. Eilige Schritte, die Holztreppe hinunter. Hufgeklapper, das sich entfernte.

Napoleon schleuderte seinen Hut in die Ecke. Montholon hob ihn eilig auf und prüfte besorgt die Kokarde. Es war seine eigene. Napoleon konnte die seine nicht mehr finden. Er wußte nicht, wann er sie verloren hatte.

»Hudson Lowe!« knurrte Napoleon, vor Zorn außer sich. »Dieser Mann ist ein Sbirre! Ein sizilianischer Gefängniswärter! Er ist gekommen, mich zu töten, das ist sicher! Er oder dieser Reade. Beides Mörder! Hyänen! Wie sagte doch der große Vespasian? ›Der Leichnam eines Feindes riecht immer gut!‹ Oh, sie werden alles tun, sich diesen Genuß zu verschaffen!« Er stützte sich auf den Kamin und bedeckte sein Gesicht. »Und auch ihr alle hier werdet aufatmen, weil euch mein Tod die Freiheit wiederschenkt!« Seine Stimme war kaum noch zu hören. »Tatsache ist, daß ich gerne tot wäre!«

XII. Der Verdacht

1

Mit Hudson Lowes Ankunft kam auch der Winter nach Sankt Helena – der erste tropische Winter, den Napoleon und die Seinen erlebten. Drückende Hitze, obwohl dichte Wolken die Sonne verbargen und die Insel in ein dumpfes Grau hüllten, ständig wiederkehrende Regengüsse, die Luft so feucht, als bewegte man sich durch warmes Wasser. Am Morgen war der Nebel so dicht, daß man die eigenen Schuhe nicht sehen konnte und jedes Geräusch gedämpft wurde, als müßte es erst eine Schicht aus Watte durchdringen.

Im ganzen Haus wucherte Schimmel. Das Klavier war so verstimmt, daß keiner mehr darauf spielen wollte, nicht einmal Albine, die sonst ohne Musik nicht leben konnte. In den Gardinen und den Bettvorhängen setzten sich Wanzen fest, und der Kampf gegen die Ratten hörte niemals auf.

Napoleon sorgte sich am meisten um seinen Zweispitz, der ebenfalls vom Schimmel befallen war. Manchmal schaute er dann hinauf zu dem Berg, der sein Profil trug – zu seinem Berg, der ihm immer vertrauter wurde –, und klagte, bald werde nur noch dieser einsame Felsrücken die charakteristische Silhouette des Kaisers von Frankreich zeigen. So wurde der Zweispitz nun täglich von Marchand persönlich abgebürstet. Getragen wurde das gute Stück nicht mehr, sondern nur noch aufbewahrt für eine bedeutende Gelegenheit, wann immer sie sich einstellen mochte.

»Wir verlieren immer mehr von uns selbst«, klagte Napoleon leise, während er durch die Löcher in den Fensterläden hinausblickte auf das, was vor kurzem wenigstens noch die Idee eines Gartens gewesen war. Nun aber waren gut hundert britische Soldaten damit beschäftigt, Zäune aufzustellen und Gräben und Wälle zu ziehen. Dabei zerstörten sie die letzten Reste von Gras und fruchtbarer Erde. »Ein Käfig«, murmelte Napoleon. »Sie sperren die gefährliche Bestie in einen Käfig!« Sogar die englischen Soldaten schüttelten den Kopf über die eigene Arbeit und nannten die Großbaustelle von Longwood nur noch »Fort Hudson«.

Fast jeden Tag erschien Hudson Lowe auf Deadwood Plain, inspizierte, kontrollierte, kritisierte und dirigierte. Dabei richtete er ständig ein verstohlenes Auge auf Napoleons Fenster und auf die Veranda vor dem Haus in der uneingestandenen Hoffnung, Napoleon würde eines Tages zu ihm heraustreten und seine Tüchtigkeit loben. Der einstige Feldherr Europas mußte doch einen Blick dafür haben, wenn einer seine Pflicht tat und sogar noch viel mehr als das!

Der schöne Basil Jackson schickte Cooper, Blood und Co. nach Jamestown zurück und wandte seine ganze Energie dafür auf, Longwood zu erweitern. Als erstes ließ er einen Anbau für die Montholons errichten, wobei er sich immer wieder an Albine wandte und sie nach ihren besonderen Wünschen fragte. Er schien zu zerfließen, wenn er sie sah, und auch Albine tauchte immer öfter scheinbar zufällig dort auf, wo er sich gerade befand. Ihr Gatte ließ sie, wie immer, kommentarlos gewähren.

Sogar die Diener munkelten schon, die schöne Albine habe sich trotz ihres Zustands in den englischen Schnösel verliebt, und sie erzählten sich untereinander, daß es ihr manchmal sogar die Sprache verschlage, wenn sie Jackson sah, so daß sie nicht mehr wußte, was sie sagen sollte. Dann hüllte sie sich noch fester in ihr weißes Spitzentuch; hoffte wohl, Jackson möge die Zeichen der Schwangerschaft übersehen oder zumindest nicht Anstoß daran nehmen. Vielleicht betete sie dabei auch, er möge sie so sehr begehren und vielleicht sogar lieben, wie seine Augen es zu verraten schienen.

Dann, am 18. Juni 1816, um ein Uhr morgens, wurde Albine endlich aus ihrem mißlichen Zustand erlöst. Mit Hilfe des englischen Arztes Dr. O'Meara gebar sie mit einer für ihren zarten Körper erstaunlichen Leichtigkeit eine Tochter, ein robustes kleines Mädchen mit einer Stimme, die bald ganz Longwood um den Schlaf brachte: Napoléone, die vom ersten Tag an von allen nur Lili genannt wurde. Ihre Geburt fand bereits in den neuen, vom schönen Basil ans Haus angebauten Räumen statt – mit einer eigenen Tür nach draußen.

»Ein hübsches Kind«, entschied Napoleon gnädig und hob die Spitzendecke des Kinderbettchens, um Lilis kleine Füße zu kitzeln. Als sie aufjauchzte, gab er Cipriani, der an der Tür wartete, ein Zeichen, und die Kantonmänner – alle vier, darauf hatte Napoleon bestanden – trugen eine prächtige, weiß gestrichene Wiege herein, die sie an mehreren Abenden nach ihrer schweren Arbeit gebaut und verziert hatten.

Napoleon hatte längst die handwerkliche Begabung der Chinesen erkannt und Bertrand angewiesen, von Hudson Lowe zu verlangen, daß dieser mehrere kräftige Soldaten dafür abstellte, die Kantonmänner als Wasserträger zu entlasten. Unerwartet prompt hatte der Gouverneur die Forderung erfüllt. So entwickelte sich hinter den Gebäuden von Longwood eine winzige Werkstatt, in der immer neue Kostbarkeiten entstanden, die den Kantonmännern ihre Zufriedenheit und Selbstachtung zurückgaben. Für Lili – »die erste Französin«, wie Napoleon sagte, »die ohne englische Erlaubnis auf diesen Felsen gekommen ist« – brachten sie nun diese Wiege, ausgestattet mit feinster weißer Spitzenwäsche, für die Fanny eine Gardine ihres Salons geopfert hatte.

Es war ein Überraschungsbesuch am frühen Nachmittag, wie Napoleon, der selbst keine Siesta hielt, es liebte. Napoleon kam und mit ihm die Bertrands. Montholon saß am Schreibtisch in dem kleinen Salon und schrieb in sein Tagebuch. Albine lag bei geöffneter Tür im Schlafzimmer daneben und las in einem Buch. Als die Gäste eintraten, schreckte sie auf, warf das Buch in die Lade ihre Nachttischchens und stieß diese zu. Dann richtete sie sich mit fahrigen Bewegungen die Haare und murmelte schmollend und verlegen, sie habe nicht mit Besuch gerechnet und sehe fürchterlich aus.

Napoleon küßte ihr die Hand. »Verbotene Lektüre?« fragte er anzüglich. »Darf man sehen, womit sich junge Mütter im Wochenbett amüsieren?« Er machte Anstalten, die Lade zu öffnen, doch Albine fiel ihm in den Arm.

»Keinen Widerstand, Madame!« befahl Napoleon mit strenger Miene. »Vor mir gibt es keine Geheimnisse. Seinerzeit habe ich sogar heimlich die Post meiner ersten Gemahlin gelesen, und sie hat sich nie darüber beklagt. Vorsichtshalber unterließ sie es allerdings, ein Tagebuch zu führen, was mich noch viel mehr interessiert hätte. Es wäre sicher aufschlußreich gewesen, ihre geheimen Aufzeichnungen zu lesen, denn im täglichen Umgang log sie beinahe ständig – aber geschickt!«

Albine gab ihren Widerstand auf und zuckte nervös die Achseln.

»Was haben wir denn da?« Napoleon nahm zwei kleine Bände aus der Lade. »Die ›Causes célèbres‹!« rief er erfreut. »Die habe auch ich irgendwann einmal gelesen. Berühmte Gerichtsfälle: genau das Richtige für eine junge Mutter.« Er legte das Buch auf die Bettdecke und ließ die Seiten auseinanderfallen, um zu sehen, an welcher Stelle Albine gerade gelesen hatte. »Der Fall Brinvilliers«, stellte er interessiert fest. »Die große Giftaffäre! Eine hübsche junge Frau rottet aus Habgier ihre halbe Familie aus und ganze Scharen unschuldiger Kranker in den Hospitälern von Paris, um an ihnen fast schon wissenschaftlich ihre Künste zu erproben. Gefallen Ihnen solche Geschichten, Madame?«

Albine errötete. »Das Buch fiel mir nur zufällig in die Hände, Sire. Eigentlich lese ich so etwas nicht gern. Aber wir haben hier nicht allzuviel Lektüre zur Verfügung, nicht wahr?«

Napoleon stand auf und ging nachdenklich im Zimmer auf und ab. »Diese Brinvilliers muß geisteskrank gewesen sein«, überlegte er. »Ich kann es ja zur Not noch verstehen, daß eine Frau ihren untreuen Liebhaber vergiftet. Aber doch nicht den eigenen Vater! Abgesehen davon ist es aber wohl typisch, daß die beiden größten Giftmordserien der französischen Rechtsgeschichte von Frauen ausgingen. Es scheint, der Giftmord ist das *crime féminin par excellence*. Ein typisches Verbrechen von Frauen – und vielleicht auch von Feiglingen.« Er griff nach dem zweiten Buch aus Albines Lade. »Die Fabeln von La Fontaine!« rief er entzückt. »Das ist allerdings etwas anderes. Mein Gott, haben wir sie nicht alle in unserer Jugend lernen müssen?« Gerührt fing er an zu zitieren:

La cigale ayant chanté tout l'été
se trouva fort épourvue quand la bise fut venue.

Die Bertrands und Montholons stimmten im Chor mit ein. Dabei lachten sie, als wäre eine Last von ihnen abgefallen.

»Sie sorgen doch dafür, Madame, daß auch Ihr Sohn in den Genuß dieser Kunst kommt?« erkundigte sich Napoleon.

Albine versicherte, sie selbst lese dem Kleinen jeden Tag aus den Fabeln vor. Er sei begeistert davon und könne nicht genug bekommen.

Napoleon nickte zufrieden.

In diesem Augenblick kam der kleine Tristan hereingelaufen, verfolgt von der Dienerin Esther, die ihn zurückzuhalten suchte. Doch Napoleon umarmte ihn und küßte ihn auf die Stirn. »Nun, mein Kleiner?« begrüßte er ihn. Er nahm das Kind zwischen die Knie und legte ihm die Hände auf die Schultern. »Ich höre, du liebst die Fabeln des großen La Fontaine. Kannst du uns vielleicht auch eine aufsagen?«

Tristan blickte ihn verständnislos an. »Nein!« sagte er dann. »Was ist denn das?«

Napoleon musterte Albine durchdringend. Ihre Lippen zuckten. »Er ist verlegen«, versicherte sie. »Die Gegenwart Eurer Majestät…«

»Kinder sind in meiner Gegenwart nie verlegen«, unterbrach er ihre Ausflüchte. »Er ist nicht verlegen, er ist faul! Und Sie, Madame, haben versäumt, für eine angemessene Erziehung zu sorgen.« Er lachte plötzlich auf. »Schade, daß sich der alte Huff aufgehängt hat. Sein Französisch war nicht schlecht. Er hätte die Kinder hier auf Longwood wenigstens in den grundlegenden Dingen unterrichten können.« Er wandte sich wieder an Tristan. »Du arbeitest doch sicher nicht jeden Tag, oder?«

»Nein, Sire.«

»Aber du willst jeden Tag essen?«

»Ja, Sire.«

»Das sieht man. Du bist viel zu gut im Futter. Du mußt dich mehr bewegen und jeden Tag arbeiten, denn man darf nur essen, wenn man gearbeitet hat.«

»Dann werde ich von jetzt an jeden Tag arbeiten, Sire.«

Napoleon lachte. »Da haben wir die Macht des kleinen Bauches!« sagte er und klopfte Tristan auf den seinigen. »Es ist der kleine Bauch, der die Welt bewegt. Kriege, Revolutionen ... alles, damit der kleine Bauch schön voll bleibt. Wenn es ums Essen geht, verraten wir alles und jeden. Vielleicht wirst du einmal sogar noch ein Page Ludwigs XVIII.«

Albine wand sich entsetzt. »Sire!« flehte sie. »Bitte!«

Esther Vesey brachte Limonade und Gebäck. Fanny beobachtete die Dienerin aufmerksam, als sie Napoleon das Glas kredenzte. Die ganze Insel wußte, daß Esther jeden Abend in Napoleons Intérieur huschte. Manchmal kam sie schon nach wenigen Minuten wieder heraus, manchmal aber blieb sie fast bis zum Morgen. Trotzdem schien es keine innere Beziehung zwischen den beiden zu geben. Kein Blick, den er für sie gehabt hätte, als er sein Glas nahm, kein Lächeln, und auch ihrerseits keine Verlegenheit, keine Vertrautheit, kein Suchen in der Miene des anderen. Nur Gleichgültigkeit, sachlich und kühl. Er brauchte etwas, sie gab es ihm und bekam dafür, woran sie selbst Mangel hatte. Die mittellose Siedlerstochter und der ehemalige Kaiser: ein Geschäft, sonst nichts.

Fanny wechselte einen Blick mit Bertrand. Sie wußte, daß er das gleiche dachte wie sie. Von Jugend auf war Napoleon dafür bekannt gewesen, ein Liebhaber zu sein, der schnell zur Sache kam und nicht lange verweilte. Sogar der Revolutionär Robespierre, in dessen Charakter der Humor nicht gerade das hervorstechendste Element war, erzählte in seinen seltenen entspannteren Stunden gern von dem Spitzelbericht, den ihm eine der käuflichen Damen aus den Arkaden des Palais Royal über einen gewissen jungen Offizier aus Korsika abgeliefert hatte, den sie abwechselnd entweder »Bon-bon« nannte oder den »Gestiefelten Kater«.

Sie war sich absolut sicher, daß er im Verlauf ihrer Dienste seine Jungfräulichkeit verloren hatte – zu Anfang eine Schwerarbeit, wie sie seufzend erwähnte, denn der junge Mann begann das Gespräch nicht mit dem üblichen Aushandeln der Zahlungsbedingungen, sondern fragte sie nach dem ersten Blickkontakt sofort nach den Einzelheiten ihres Gewerbes und was sie dazu gebracht habe, es zu erwählen. Erst durch hinterhältige Manipulationen konnte sie ihn von seinem Verhör abbringen, doch unmittelbar nach Erfüllung der Geschäftsgrundlagen setzte er seine Befragung fort.

Ohne weitere Verhandlungen bezahlte er ganz nebenbei einen überhöhten Preis und erläuterte dann aufs Ausführlichste, warum er bis zu seinem sechzehnten Lebensjahr für Rousseau sein Leben gegeben hätte und daß er die Liebe für schädlich für die Gesellschaft und für den einzelnen halte und deshalb stets Herr seiner Seele bleiben wolle. Daraufhin hielt ihn die junge Dame für etwas, das sie geistig pervers nannte, versetzte ihm einen Stoß vor die Brust und entfloh.

Napoleon selbst bestritt diesen Bericht. Sogar auf Sankt Helena behauptete er Bertrand gegenüber immer noch, er sei zur fraglichen Zeit längst verlobt gewesen und habe in Marseille seine kleine Braut im Garten ihres Bruders entjungfert – selbst nach so vielen Jahren immer noch eine tiefe Befriedigung für ihn, da die niedliche Desirée in der Folge seinen späteren Erzfeind Bernadotte geheiratet hatte, der als Thronfolger von Schweden seine alte Heimat Frankreich verriet; vor allem aber auch seinen Kaiser Napoleon, dem er so gut wie alles zu verdanken hatte.

Seine erste Gemahlin Joséphine, Fannys leibliche Tante, mochte Napoleon wohl von Herzen geliebt haben, so sehr jedenfalls, daß er sogar auf ihren Mops Fortuné eifersüchtig war. Er bewunderte das Rot und Weiß ihrer Schminke, ihre Tränen und ihre Fähigkeit, immer das rechte Wort zu finden. Der Sohn der Revolution entzückte sich am Anschein alter Noblesse und starb fast vor Kummer, als bewiesen wurde, was er schon lange uneingestanden befürchtet hatte: daß die schöne Joséphine ihn zum Hahnrei gemacht und seine Leidenschaft wahrscheinlich gar nicht erwidert hatte.

»Vielleicht habe ich sie geliebt, aber nie wirklich geachtet«, sagte Napoleon im Salon von Longwood zu Bertrand in einem Gespräch, in dem in einer schwülen Regennacht plötzlich wie weiße Gespenster aus der Vergangenheit alle jene Frauen aufzutauchen schienen, die in Napoleons Leben eine Rolle gespielt hatten. Jene, die sein Blut in Wallung brachten wie Joséphine, und jene, die sein Herz berührten wie die Polin Marie Walewska, die ihm einen Sohn gebar und vielleicht die einzige war, die ihn wahrhaft liebte. Als sie ohnmächtig wurde, hatte er sich ihrer bemächtigt.

Nicht weniger schneidig verhielt er sich bei Marie-Louise, der österreichischen Kaisertochter, Katholikin bis ins Mark, die er nach der – in ihren Augen ungültigen – Ziviltrauung im Wald von Compiègne in einer Kutsche überwältigt hatte. »Sie bat mich, es noch einmal zu tun!« ergänzte er später das Bild vom Beginn seiner zweiten Ehe. »Marie-Louise habe ich wohl weniger geliebt als Joséphine, dafür aber höher geachtet.« Niemand wagte einen Kommentar.

Immer schneller, immer flüchtiger wurden seine Begegnungen mit Frauen. Ganz Spanien haßte ihn dafür, daß er in Madrid die Töchter der vornehmsten Granden herbeizitiert und wie ein Sultan die ausgewählt hatte, die ihm am begehrenswertesten erschien. Danach sollte sie draußen im Vorzimmer warten, bis er seine Konferenzen beendet hatte. Nach zwei Stunden wagte ein Diener nachzufragen, was mit der *Contesa* zu geschehen habe. »Sie soll sich ausziehen!« gebot der Advokatensohn aus Korsika. Dann vergaß er sie wieder. Bei der zweiten Anfrage hatte er die Lust verloren. »Schickt sie weg!« Bertrand fragte sich manchmal, ob diese Beleidigung nicht vielleicht der Grund für die Unversöhnlichkeit der Spanier gewesen war, deren Widerstand Napoleons Sturz beschleunigt hatte.

Und nun die kleine Dienerin mit dem blassen, dreieckigen Gesicht und den schwarzen Augen, über denen sich die wie mit Tusche gezeichneten Bögen ihrer Brauen wölbten, so makellos wie vielleicht auch jene der spanischen Aristokratin, die erst gedemütigt und dann verschmäht worden war. Liebe? Wußte Napoleon überhaupt, was Liebe war? Wollte er es wissen? Oder waren alle Güter und alle Gefühle der Welt nicht mehr wert für ihn als die Waren in Mr. Solomons Laden und die Steine unter den Klippen von Sankt Helena?

Von Joséphines Tod erfuhr er auf Elba aus der Zeitung, ein Jahr vor dem Rauch von Waterloo. Er las es, stand auf, ging in sein Schlafzimmer und schloß sich zwei Tage lang ein. Erst dann durfte Bertrand wieder zu ihm. Das erste, was Napoleon sagte, war, nun sei sie wohl schon begraben, tief unter der Erde. Und sie habe doch immer so leicht gefroren!

Und Marie-Louise, die blonde Österreicherin, fast noch ein Kind, als sie nach Frankreich geschickt wurde? Wie erleichtert sie gewesen war, als die Alliierten ihr verboten, den Gemahl in die Verbannung zu begleiten! Allein wie eine Witwe, doch lachenden Herzens kehrte sie nach Wien zurück in das große, gelbe Schloß ihres Vaters mit dem Wald rundherum und der geliebten Stadt, so lebensfroh nach der Befreiung vom französischen Usurpator! Welche Freude, wieder zu Hause zu sein und mit dem goldhaarigen Sohn durch den Park zu spazieren! Napoleon II. hätte er werden sollen, der Erbe Europas. Nun war er nur mehr der kleine König von Rom und später der Herzog von Reichstadt. Er sprach wienerisch wie seine Mutter und seine Großeltern, und niemand erzählte ihm von seinem Vater mehr, als daß er tot sei.

Auf der fernen Insel im Atlantik aber wurde bei jedem Essen ein Stuhl für die Kaiserin freigehalten, und wenn sich am Horizont ein Schiff näherte, schickte Napoleon seinen getreuen Cipriani zum Hafen hinunter, damit er frage, ob Post für den Kaiser angekommen sei: von seiner Gemahlin, um ihm über den kleinen Sohn zu berichten, oder auch von der Mutter oder den Geschwistern, denen es gutging, wie man hörte.

»Noch etwas Limonade«, befahl Napoleon beiläufig und schaukelte mit der Stiefelspitze die Wiege, in die man Napoléone-Lili umgebettet hatte. Die Dienerin Esther knickste und ging hinaus, das Bestellte zu holen.

2

Es war Abend. Seit zwei, drei Tagen hatte es nicht geregnet. Nach dem Essen öffneten die Diener sämtliche Fenster und Türen, um die Luft aufzurühren, die so warm und feucht und bewegungslos in den Räumen stand, daß man meinte, sie mit Händen greifen und umhertragen zu können. Als ein kaum merklicher Hauch die Gardinen bewegte, sprang der kleine Tristan de Montholon auf und rannte von einem Zimmer zum anderen. Dabei flatterte er mit den Armen wie mit Vogelschwingen und blies die Backen auf. »Ich bin der Winnnd!« rief er. »Ich bin der Winnnd! Es ist Winter! Es ist kühl! Draußen liegt Schnee! Auf dem See ist eine Eisdecke! Ich darf darauf rutschen! Oh, es ist so kalt! Ich bin der Winnnd! Ich bin der Winnnd!« Dann blieb er plötzlich stehen und fing an zu weinen. Er lief zu Albine, die zum erstenmal wieder am gemeinsamen Mahl teilgenommen hatte, und barg sein Gesicht in ihrem Schoß.

Napoleon, der mit Bertrand vor dem Schachbrett saß, tat, als hätte er nichts gehört.

Fanny dachte an ihre eigenen Kinder in Hut's Gate, die sie kaum noch zu Gesicht bekam. Vielleicht liefen auch sie wie gefangene kleine Tiere durch die Räume und sehnten sich nach dem Klima, in dem sie geboren waren, das sie nie bewußt wahrgenommen oder beurteilt hatten, das ihr Körper und ihre Seele aber dennoch entbehrten.

»Darf ich heute etwas früher aufbrechen, Sire?« fragte Fanny leise.

»Warum?«

»Ich sehne mich nach meinen Kindern, Sire.«

Er blickte auf und schaute sie lange an. »Wollen Sie nicht zusehen, wie Ihr Mann sein Spiel verliert, Madame?«

»Ich möchte lieber zu meinen Kindern, Sire.«

Er zuckte die Achseln. »Dann gehen Sie, Madame«, sagte er, nicht unfreundlich. »Jemand wird Sie begleiten. Ihr Gatte kann Ihnen ja später von seiner Niederlage berichten.«

»Ich danke Ihnen, Sire.«

Sie zog ihre Galoschen an und nahm ihren Regenumhang. An beides hatten sie sich alle in den letzten Wochen gewöhnt. Man konnte nie wissen, ob nicht schon in der nächsten Minute ein Platzregen vom Himmel stürzen würde, daß die Beine bis zu den Waden im Schlamm versanken und man sie nur noch mit Mühe wieder herausziehen konnte.

Vor dem Haus wartete Cipriani mit zwei gesattelten Pferden. »Ich darf Sie begleiten, Madame«, sagte er höflich und half ihr beim Aufsteigen.

»Warum Sie? Ist kein Diener frei?« Cipriani war Haushofmeister – zu hoch in der Hierarchie des kleinen Kaiserhofs, um Begleitdienste zu übernehmen.

Er antwortete nicht, sondern ritt schweigend vor ihr her. Hinter einem der neuen Wälle aus Hudson Lowes genialer Planung tauchte ein englischer Soldat auf und machte Anstalten, ihnen zu folgen.

»Nicht nötig, Kamerad!« rief ihm Cipriani zu – in seinem seltsamen Englisch, das sich wie eine Mischung aus Italienisch und Französisch anhörte. »Wir reiten nur bis Hut's Gate. Da habt ihr uns ohnedies immer schön im Visier. Wir rücken schon nicht aus!«

Der Engländer zögerte. Dann tippte er grüßend an die Schläfe und kehrte zum Kartenspiel mit seinen Kameraden zurück. Diesen Vorteil wenigstens boten Hudson Lowes Mauern mitten auf dem Plateau: daß man sich dahinter ein wenig zurückziehen und amüsieren konnte. Auch die Damen von der Hafenstraße hatten ihre Chance bereits erkannt und außerdem einen Schleichweg entdeckt, auf dem man den Wachen vor der Schlucht ausweichen konnte. Hudson Lowe entging dieser Nebeneffekt seiner Schutzmaßnahmen.

»Wie geht es Ihrer Frau und Ihren Kindern?« fragte Fanny. Auf Elba war sie einmal zufällig Ciprianis Familie begegnet: zwei kleinen Jungen mit dem schlagfertigen Witz ihres Vaters und seiner bezaubernden jungen Frau, die auf den ersten Blick nicht zu ihm paßte, die er aber behandelte, als wäre sie eine Prinzessin. Auch sie schien ihn zu lieben, und sie errötete erfreut, als er ihr sein braunes Piratengesicht zuwandte, und das Lachen hundert Fältchen um seine schwarzen Augen grub.

Er drehte sich nicht um. »Vielen Dank, *Madame la Comtesse*. Es geht ihnen gut. Sie haben mir schon oft geschrieben. Sie leben jetzt bei meiner Familie auf Korsika.« Nun kehrte er sich doch noch zu ihr um und lachte. »Die Familie meiner Frau wohnt gleich in der Nachbarschaft. Signora Cipriani hat also genügend Schwestern, Schwägerinnen, Cousinen und Tanten, um von früh bis spät zu schwatzen. Sie hat keine Zeit, mich zu vermissen.«

»Und Sie? Haben Sie denn keine Sehnsucht nach Ihrer Familie?« Fanny dachte daran, daß auch Cipriani Hudson Lowes Erklärung unterschrieben hatte, bis an Napoleons Lebensende bei ihm zu bleiben.

Cipriani gab keine Antwort. Sie ritten in die Schlucht. Vor »Des Teufels Punschtopf« saßen sie ab.

»*Madame la Comtesse*«, sagte Cipriani plötzlich mit rauher Stimme. »Ich muß mit Ihnen sprechen! Erlauben Sie, daß ich Ihr Pferd halte.«

»Das kann ich selbst!« antwortete sie erschrocken. »Ich wüßte nicht …« Einen Augenblick lang dachte sie, er wolle sie bedrängen. Doch er mußte wissen, daß ihn das Undenkbare das Leben gekostet hätte.

Sein Gesicht war jedoch voller Kummer. »Dieses Buch«, begann er, »das Madame de Montholon bei Ihrem Besuch las . . .«

»Ja?«

Er zog es aus seiner Brusttasche. Fanny erkannte es sofort an dem auffallenden grünen Umschlag. »Es ist die Chronik ungezählter Giftmorde«, erklärte er. »Wer will, kann es auch als Gebrauchsanweisung lesen: Wie morde ich, ohne in Verdacht zu geraten, über einen langen Zeitraum oder ganz schnell, je nach Bedarf. Diese Brinvilliers hat alles ausprobiert und jede Einzelheit genau dokumentiert!«

»Monsieur!« Fanny merkte, daß ihre Hände zitterten. »Ich glaube nicht, daß das ein Thema ist, das wir beide erörtern sollten!« Sie machte Anstalten weiterzugehen, doch Cipriani hielt sie am Arm zurück.

»Verzeihen Sie die Ungehörigkeit, *Madame la Comtesse!*« bat er. Noch nie hatte Fanny ihn so verzweifelt gesehen. »Sie halten mich für einen Domestiken, nicht wahr? Ein Domestik wagt es, die Gemahlin des Großmarschalls Bertrand in ein Gespräch zu verwickeln! Aber so ist es nicht, *Madame la Comtesse!*« Er nahm Haltung an und schlug die Hacken zusammen. »Mein Name ist nicht Cipriani, sondern Franceschi! Cipriani war immer schon mein *nom de guerre* im Geheimdienst Seiner Majestät. Ich habe ihn beibehalten und auf Befehl Seiner Majestät zur Tarnung das Amt eines Haushofmeisters übernommen. Das ist meine offizielle Funktion auf Longwood. In Wahrheit aber bin ich der Außenminister Seiner Majestät und der Chef des kaiserlichen Geheimdienstes. Eine hohe Position, *Madame la Comtesse!* Ich bin Talleyrand! Ich bin Fouché! Jedenfalls bin ich verantwortlich für die Sicherheit des Kaisers und seines Hofstaats.«

»Das höre ich zum erstenmal. Weiß der Großmarschall davon?«

»Niemand weiß es, *Madame la Comtesse.* Seine Majestät hat auf strenger Geheimhaltung bestanden.«

»Und warum verraten Sie es dann mir?«

Seine Augen schienen zu flehen. Seine schwarzen Zöpfe hingen ihm über die Wangen wie bei einem Husaren. »Weil nur Sie mir helfen können! Sie könnten mit Ihrem Gatten sprechen oder zur Not auch mit den Engländern. Niemand steht wie Sie zwischen allen Fronten. Vielleicht hört sogar der Kaiser selbst auf Sie.«

»Ausgerechnet auf mich? Er behandelt mich wie einen Eindringling!«

»Nur weil Sie sich ihm entziehen.«

Fanny wagte nicht weiterzufragen. »Ich will mit so etwas nichts zu tun haben!« sagte sie entschlossen. »Nehmen Sie Ihr Buch wieder an sich und lassen Sie mich in Ruhe! Ich will nach Hause zu meinen Kindern!«

Er ging auf ihren Widerspruch nicht ein. »Ich habe dieses Buch entwendet, *Madame la Comtesse*. Aus der Lade der Gräfin Montholon, noch am gleichen Abend. Ganz bestimmt verdächtigt sie mich, und ich habe kein sicheres Versteck für das Buch. In meinen Zimmer würde man es finden. Longwood ist voll von Spitzeln. Jeder der einheimischen Dienstboten verkauft seine Informationen, ganz gleich ob an die Engländer oder an sonst jemanden. Glauben Sie bloß nicht, *Madame la Comtesse*, daß nicht auch jeder Ihrer Schritte in Hut's Gate von irgend jemandem beobachtet und an irgend jemanden gemeldet wird.« Seine Stimme drängte. »Ich flehe Sie an, *Madame la Comtesse*! Lesen Sie das Buch! Vergleichen sie die Symptome der Brinvilliers-Opfer mit den Auswirkungen unserer sogenannten Inselkrankheit: Schwäche in den Beinen, geschwollene Gelenke, ständiges Frieren, Erbrechen, blutendes Zahnfleisch, Lichtempfindlichkeit ...«

»Hören Sie auf, Monsieur Cipriani! Oder soll ich Sie Franceschi nennen?«

»Haben Sie sich schon einmal gefragt, *Madame la Comtesse*, warum ein Aristokrat wie Tristan de Montholon sich einem Mann anschließt, der mit der Revolution in einem Atemzug genannt wird? Der den Thronfolger der Bourbonen aus dem Weg räumen ließ und sich dessen auch noch rühmt? Der ihn selbst wegen seiner ungenehmigten Heirat mit einer geschiedenen Frau«, Cipriani klopfte auf das Buch, »unserer Comtesse Albine, von seinem Botschafterposten in Würzburg verjagte?«

Fanny starrte ihn an. Mrs. Wilks' Warnungen fielen ihr ein: Sie müssen wachsam sein, meine Liebe! Sie dürfen niemandem trauen. Niemandem, der von draußen kommt und Ihnen wohlzuwollen scheint, aber auch niemandem von drinnen! ... Die Inselkrankheit? Nur die Bewohner von Longwood erkranken daran, und seltsamerweise auch das Ehepaar Balcombe. Dieses aber nach einem Besuch bei Bonaparte ... Trinken Sie immer nur, wenn Sie wissen, durch welche Hände Ihr Getränk gegangen ist! Essen Sie nur, wenn Sie sicher sind, daß es Sie nicht in Gefahr bringt! Trauen Sie niemandem!

Niemandem? »Welchen Grund hätte ich, Ihnen zu trauen, Monsieur?« fragte Fanny müde.

Auch Cipriani wirkte erschöpft. »Unser Kaiser stammt aus dem Bürgertum«, erklärte er leise. »Wissen Sie, wie die Bourbonen das Volk nennen? – Die *Canaille!* Auch heute noch. Nach der Revolution sind sie feindseliger denn je. Ein Offizier eines britischen Schiffes erzählte mir erst vergangene Woche, sein Vorgesetzter, ein englischer Graf, habe den Comte d'Artois, den Bruder des jetzigen Königs also, aus irgendwelchen Gründen aufgesucht und sei von ihm mit erlesener Freundlichkeit empfangen worden. Er dankte dem Comte dafür und erhielt als Antwort, der Adel müsse doch zusammenhalten. Bekanntlich gebe es auf der Welt nur zwei Arten von Menschen: die Aristokratie und die *Canaille.*« Cipriani wischte sich den Schweiß von der Stirn. »Und aus diesen Kreisen, *Madame la Comtesse,* stammt auch unser Tristan de Montholon!«

»Aus diesen Kreisen stamme auch ich, und trotzdem hat hier niemand etwas von mir zu befürchten!«

Cipriani schüttelte den Kopf. »Ich habe Montholons ganzes Leben durchforscht und keinen Hinweis darauf gefunden, daß er sich innerlich von den Bourbonen entfernt hätte. Seine Familie trägt den Adelstitel seit dem zwölften Jahrhundert! Zwei seiner Vorfahren dienten der Monarchie als Großsiegelbewahrer. Durch die zweite Heirat seiner Mutter ist er praktisch ein Neffe Sémonvilles – und dieser wieder ist der engste Vertraute des Comte d'Artois, das heißt des Bruders Ludwigs XVIII.! Warum sollte ein Mann mit solchen Verbindungen mit dem Feind seiner Verwandtschaft und seiner Klasse ins Exil gehen, wo er doch zuvor außer ein paar gemeinsamen Wochen auf Korsika nichts mit ihm zu tun hatte?«

Fanny schloß die Augen. »Ich weiß es nicht.«

»Und die Gräfin? Sie stammt aus einer der ersten Familien des Languedoc. Ihr Vater war Haushofmeister bei Monsieur, dem Bruder Ludwigs XVI. Während der Revolution verhalf er seinem König zur Flucht nach Varennes. Die Jakobiner hätten ihn dafür guillotiniert, wäre er ihnen nicht entkommen.«

»Die Bourbonen hätten also allen Grund, den beiden wohlgesonnen zu sein ...«

»So ist es, *Madame la Comtesse*! Doch was tun Monsieur und Madame de Montholon? Sie flehen einen abgesetzten Kaiser an, ihn begleiten zu dürfen, und lassen sich dann auf einer verlassenen Insel geduldig seine Launen gefallen!«

»Aber warum das alles, Monsieur?« Fannys Stimme zitterte. »Wenn sie den Kaiser töten wollten, hätten sie es doch schon längst tun können. Jeder hätte an Selbstmord geglaubt, wenn er auf der ›Northumberland‹ über Bord gegangen wäre.«

Cipriani zuckte resigniert die Achseln. »Ich weiß selbst nicht genau, worauf sie aus sind«, gestand er. »Tag und Nacht zerbreche ich mir den Kopf, aber ich komme nicht dahinter! Vielleicht haben die Bourbonen Angst, den Kaiser zu früh sterben zu lassen und damit das Volk gegen sich aufzubringen. Vielleicht wollen sie, daß er durch ein langsames Siechtum umkommt wie der Vater der Brinvilliers.« Er schlug mit der Hand auf das grüne Buch. »Hier steht genau, wie er getötet wurde. Seine Tochter und ihr Geliebter haben jeden einzelnen Schritt des Mordes aufgeschrieben. Exakt und penibel wie Wissenschaftler. Mitleidlos wie der Teufel.«

»Aber daß Madame de Montholon dieses Buch gelesen hat, bedeutet noch nicht, daß sie oder ihr Gatte dem Beispiel folgen wollen!«

Cipriani hielt Fanny eine Handfläche nahe vors Gesicht, um sie am Weiterreden zu hindern – eine Geste des Südens, die Fanny fremd war und sie zurückweichen ließ.

»Bitte hören Sie mir genau zu, *Madame la Comtesse!*« flehte er. Jede Spur von Ironie, die sonst so auffällig an ihm war, war aus seinem Gesicht gewichen. »Dreißig Mal verabreichte die Marquise ihrem Vater Arsen, bis jede Zelle seines Körpers mit dem Gift getränkt war. Man könnte meinen, es hätte ihn töten müssen, aber er gewöhnte sich an die winzigen Mengen und reagierte sogar mit Entzugserscheinungen, wenn er kein Gift bekam.«

»Schlechte Laune? Gereiztheit?« Fanny erinnerte sich an ihren eigenen, unverständlichen Zorn auf Bertrand.

»Die Marquise berichtet, daß ihr Vater aussah, als wäre er ein Trinker, und sie schildert alle Symptome unserer Inselkrankheit.«

»Und dann?«

»Als sie glaubte, daß ihr Vater für den letzten Schlag bereit war, gab sie ihm Mandelmilch zu trinken. Kühl und erfrischend. Er war ihr dankbar dafür. Was er nicht ahnte, war, daß sie unter die süßen Mandeln auch Bittermandeln gemischt hatte.«

»Aber daran stirbt man nicht!«

»Nein. Aber wenn man kurz danach Kalomel einnimmt, dann bedeutet es den Tod.«

»Ich kenne Kalomel. Jeder von uns hat es schon vom Arzt bekommen, um die Verdauung anzuregen. Es ist eine Medizin, kein Gift!«

Cipriani nickte. »Das ist das Teuflische an dieser Brinvilliers! Sie experimentierte so lange mit ihren Dienstboten und den Armen in den Spitälern, denen sie angeblich als guter Engel zu Hilfe kam, bis sie herausgefunden hatte, welche Wechselwirkung zwischen Arsen, Bittermandeln und Kalomel besteht. Sie war sehr stolz auf diese Erkenntnisse und schrieb sie Punkt für Punkt auf: Kalomel ist nicht löslich, daher harmlos. Zusammen mit Bittermandeln aber verwandelt es sich in eine ätzende Mischung, die den Magen zersetzt. Ein gesunder Körper hätte dann immer noch die Kraft, dieses Gift zu erbrechen, doch ein mit Arsen gesättigter behält es bei sich – bis zum Tode. Findet eine Obduktion statt, so sieht die Verätzung aus, als handelte es sich um Krebs.« Cipriani hatte Tränen in den Augen. »Stürbe unser Kaiser auf ähnliche Weise, würde sich alle Welt daran erinnern, daß auch sein Vater einem Magenkrebs zum Opfer fiel. Schon mit achtunddreißig Jahren! Eine Erbkrankheit, sozusagen. Niemand würde es wagen, von Mord zu sprechen.«

»Ich verstehe immer noch nicht, warum die Montholons einen so komplizierten Weg gehen sollten!« Fanny hatte vergessen, daß sie mit der Angelegenheit nichts zu tun haben wollte.

Cipriani nickte. »Zwei Möglichkeiten fallen mir ein. Die erste: Es geht ausschließlich darum, den Kaiser im Auftrag der Bourbonen aus dem Weg zu räumen. Oder die zweite: Unser teuflisches Pärchen möchte zwei Fliegen mit einer Klappe schlagen, das heißt, sich bei den Bourbonen durch den Mord einschmeicheln und zugleich das Opfer beerben.«

»Das ist absurd! Kein normaler Mensch ist zu einer solchen Infamie fähig.«

»Wenn Sie wüßten, *Madame la Comtesse*, zu welchen Infamien normale Menschen fähig sind! Und warum sind Sie überhaupt so sicher, daß die Montholons normale Menschen sind? Elegante Manieren und Charme sind noch kein Beweis für Normalität. Bedenken Sie, daß der Kaiser immer noch einer der reichsten Männer der Welt ist! Schon von der Kriegsbeute seines ersten Feldzugs behielt er drei Millionen Francs für sich, und er änderte diese Gewohnheit nicht. Nur er selbst weiß, wie reich er wirklich ist, auch wenn er zur Zeit nur über Mittelsmänner an seine Konten herankommt. Vererben aber dürfte er sein Vermögen sehr wohl. Alle Getreuen hier auf Longwood können damit rechnen, ein großzügiges Legat zu erhalten.

Warum sollte Monsieur de Montholon nicht versuchen, den fettesten Brocken für sich zu ergattern? Bestimmt rechnet er damit, daß der Kaiser schon ein Testament verfaßt hat. Niemand kennt es, aber in der letzten Zeit hat sich so viel verändert, daß es bestimmt nicht mehr aktuell ist. Andererseits aber hoffen wir doch alle, daß wir nicht für immer hier bleiben müssen. Glauben Sie nicht auch, *Madame la Comtesse*, daß sich der Kaiser sehr krank fühlen müßte, um mit seinen sechsundvierzig Jahren und in dieser Übergangssituation ein neues Testament abzufassen, in welchem Sinne auch immer?« Cipriani lächelte bitter. »Außerdem: Sollte es wirklich um die Erbschaft gehen, wäre es wohl auch günstig, möglichst viele Konkurrenten auszuschalten. Wenn der junge Emmanuel nicht bald gesund wird, wird ihn sein Vater schnellstens von hier fortbringen wollen, und General Gourgauds Gesundheit ist auch nicht mehr die beste.«

»Aber wie könnte jemand den Kaiser unbemerkt vergiften? Wir essen alle am gleichen Tisch und trinken den gleichen Wein!«

»Wir essen alle am gleichen Tisch, und viele von uns sind schon erkrankt, nicht wahr? – Und der Wein? Das Gesöff, das die Engländer zu Anfang geliefert haben, war kaum trinkbar. Montholon hat sich im Auftrag des Kaisers bei Admiral Cockburn beschwert und erreicht, daß man uns nun zusätzlich noch geringe Mengen Constantia-Wein vom Kap liefert. Der schmeckt ähnlich wie Burgunder, und der Kaiser trinkt ihn gern. Man liefert den Wein in Fässern, und fragen Sie mich nicht, wer ihn in Flaschen abfüllt.«

»Monsieur de Montholon?«

»Exakt. Aus Sicherheitsgründen!«

Fanny glaubte, umsinken zu müssen. »Seine Majestät hat mir einmal ein Glas dieses Weins angeboten. Das war an dem Tag, bevor ich krank wurde . . . Die Inselkrankheit!« Sie schlug die Hände vor den Mund . . . Trinken Sie nur, wenn Sie wissen, durch welche Hände Ihr Getränk gegangen ist! Trauen Sie niemandem! . . . Fanny schüttelte den Kopf. »Aber wenn Sie der

Chef des kaiserlichen Geheimdienstes sind, Monsieur, warum haben Sie den Kaiser dann nicht schon längst gewarnt?«

Cipriani senkte entmutigt den Kopf. »Weil er mich nicht anhört! Er ist zu mir wie ein Bruder, und er rechnet sogar damit, daß jemand versuchen könnte, ihn zu vergiften. Monsieur de Montholon hat aber erreicht, daß der Kaiser diesen Mörder unter den Engländern vermutet. Bevor er Montholon verdächtigt, würde er eher noch glauben, daß Sie ihn töten wollten!«

»Trotzdem müssen Sie es ihm sagen!«

»Er verbietet mir das Wort, wenn ich das Thema auch nur anschneide. Tristan de Montholon ist unantastbar, und Madame Albine ist ein süßes Versprechen. Der Kaiser rechnet damit, daß sie seine Geliebte wird, sobald sie das Wochenbett verlassen hat.«

»Es gibt also keinen Ausweg...« Fanny fror trotz ihres Umhangs. »Haben Sie denn keine Angst, daß man versuchen könnte, Sie zum Schweigen zu bringen?«

»Jetzt mehr denn je!« gestand Cipriani. »Die beiden wissen, daß ich das Buch gestohlen habe, und sie müssen befürchten, daß ich es dem Kaiser zeige: nicht als amüsante Bettlektüre über einen alten Kriminalfall, sondern als Beweis, daß die Inselkrankheit weder mit dem Wasser im Geraniental zu tun hat, noch mit dem Klima auf Deadwood Plain. Die Bezeichnung ›Inselkrankheit‹ hat sich übrigens Montholon ausgedacht! Er war gar nicht begeistert, als Gourgaud vom ›Kreuz des Südens‹ zu witzeln anfing.«

Fanny schwankte. »Wenn Sie gefährdet sind, Monsieur, dann bin ich es jetzt auch, wissen Sie das? Vielleicht hat man bemerkt, daß Sie mich begleiten, und vielleicht wundert man sich, weil Sie so lange nicht zurückkehren.«

»Ich glaube nicht, daß die beiden wagen würden, Ihnen etwas zu tun, *Madame la Comtesse*. Sie haben die Engländer hinter sich, und Ihr Gemahl steht zu hoch, als daß die Öffentlichkeit den plötzlichen Tod eines von Ihnen unbeachtet hinnehmen würde.« Er lächelte bitter. »Bei einem Monsieur Cipriani würde man allerdings schnell wieder zur Tagesordnung übergehen – vorausgesetzt, man nähme überhaupt zu Kenntnis, daß er nicht mehr da ist.«

»Trotzdem haben Sie mich in Gefahr gebracht, Monsieur! Vorausgesetzt, Ihr Verdacht ist berechtigt.«

»Zweifeln Sie daran, *Madame la Comtesse*? Verzeihen Sie mir, aber es geschah für den Kaiser. Ich tue nur meine Pflicht.«

Fanny zögerte. »Geben Sie mir das Buch!« sagte sie dann entschlossen und streckte die Hand aus. »Ich werde es lesen und danach entscheiden, was zu tun ist.«

»Ich danke Ihnen, *Madame la Comtesse!*« Er reichte ihr das Buch.

Sie schob es unter ihren Regenumhang. »Ich wünschte, Sie hätten mir nichts davon gesagt, Monsieur!«

Sie verließen die Schlucht. Bis nach Hut's Gate sprachen sie kein Wort mehr miteinander. Es war dunkel geworden. Die englischen Soldaten vor dem Haus leuchteten ihnen mit einer Fackel ins Gesicht und salutierten höflich, als sie Fanny erkannten.

Fanny stieg die Treppe hinauf. Bevor sie ins Haus trat, blickte sie sich noch einmal um. Sie sah Cipriani in der Dunkelheit verschwinden. Ein Schatten nur. Die Hufe seines Pferdes klapperten. Immer ferner, immer leiser... Ein englischer Soldat wandte sein Pferd und folgte Cipriani in die Nacht hinein.

Fanny öffnete die Tür und trat ins Haus. Die Kinder jubelten auf, stürzten zu ihr und umarmten sie. Im sanften Schein der Kerzen kam ihr das Gespräch mit Cipriani auf einmal so unwahrscheinlich vor wie die Erzählung eines verwirrten Menschen, der sich seiner Phantasie ausliefert. Lachend und weinend zugleich küßte sie ihre Kinder. Doch als sie den Regenumhang von den Schultern nahm, fiel das grüne Buch, das ihr Cipriani anvertraut hatte, zu Boden, und alles, was eben noch ein Traum gewesen zu sein schien, war wieder Wirklichkeit.

Sie aß mit den Kindern und Jeanne, der braunen Dienerin, einen kleinen Imbiß am Küchentisch. Keine Zeremonien wie oben auf Longwood. Wie sie da saß, hätte die Gemahlin des Großmarschalls des Palastes ebensogut eine biedere Geschäftsfrau sein können, die joviale Gattin eines Pfarrers oder eines Landdoktors.

Gemeinsam brachten die beiden Frauen die Kinder zu Bett, sangen mit ihnen, beteten und warteten, bis sie eingeschlafen waren. So friedlich könnte alles sein, dachte Fanny und überlegte, ob sie sich in Plymouth nicht doch hätte weigern sollen, Bertrand zu begleiten. Er hätte sie nicht gezwungen, mit ihm zu gehen, und ganz sicher hätte er ihr die Kinder überlassen. Vielleicht hätte er dann in seinen einsamen Nächten auf Sankt Helena die Loyalitäten abgewogen und schließlich seinen launischen Herrn verlassen. Dann säßen Fanny und Henri vielleicht jetzt schon wieder gemeinsam an den Betten ihrer Kinder: in England, wo niemand ihr Leben bedrohte, wo es keine Inselkrankheit gab und kein grünes Buch mit der Auflistung von Morden und mit Anleitungen, wie man sie beging.

Als die Kinder eingeschlafen waren, löschte Jeanne die Kerzen, machte einen Knicks und zog sich zurück. Fanny ging ins Schlafzimmer. Erst jetzt wurde ihr bewußt, wie müde sie war. Unmöglich konnte sie sich jetzt noch auf das Buch konzentrieren. Morgen! dachte sie. Morgen ... Dabei hoffte sie, daß sich mit der Sonne des neuen Tages Ciprianis Anschuldigungen als Irrtum herausstellten; daß auf Longwood niemand mehr erkrankte und daß ein Wunder geschah und die Engländer Napoleon und den Seinen erlaubten, die Insel zu verlassen und nach Europa zurückzukehren, wo sie hingehörten.

Trotz ihrer Erschöpfung suchte Fanny noch nach einem Versteck für das Buch. Schließlich holte sie einen Stuhl und zog ihn vor den Glasschrank mit den Büchern, neben der Frisierkommode. Sie stieg hinauf und steckte das Buch hinter die oberste Reihe. Zufrieden stellte sie fest, daß es von den anderen Bänden verdeckt wurde.

Die Tür öffnete sich. Jeanne brachte eine Tasse Tee. Fanny stieg vom Stuhl. »Soll ich Ihnen den Nacken massieren, *Madame la Comtesse?*« fragte Jeanne. Fanny drehte den Stuhl um und setzte sich. Es ist wie in alten Zeiten, dachte sie, schloß die Augen und überließ sich Jeannes kräftigen Händen. »Es ist nicht schön hier«, murmelte sie in Gedanken. »Nein, *Madame la Comtesse.*«

Sie schlief so fest, daß sie nicht einmal merkte, wie Bertrand nach Hause kam, sie zudeckte und sich neben sie legte. Vor dem Einschlafen räusperte er sich noch einmal, um zu prüfen, ob sie nicht vielleicht doch noch halb wach sei und er noch ein wenig mit ihr reden könnte. Doch Fanny hörte ihn nicht, so tief hatte sie sich in den Schlaf hineinfallen lassen, um allem zu entfliehen, besonders der Wahrheit.

Gegen Morgen, es wurde gerade hell, fing sie an zu träumen. Sie hörte Schüsse und wußte, daß sie in Paris war. Draußen auf der Straße herrschte ein ungeheurer Lärm. Fäuste hämmerten ans Tor, und laute Stimmen befahlen zu öffnen. Fanny sah sich selbst, ein kleines Mädchen im Nachthemd, barfuß, die Hände ans Treppengeländer geklammert. Dienstboten im Nachtgewand liefen hin und her mit Kerzen in den Händen. Die Köchin, sonst immer unerschrocken und energisch, kniete händeringend auf dem Boden und betete.

Dann kam der Vater. Lord Dillon. Fanny lief zu ihm, und er hob sie auf. In seinen Armen verlor sie jede Angst. Er tröstete sie, zugleich aber sagte er, sie müsse tapfer sein. Einem Kind würde nichts geschehen. Vielleicht dürfe sie auch bald nach England, wo es so schön sei, und wo niemand ihren Schlaf stören würde ... Auch jetzt noch, in Hut's Gate, roch Fanny wieder den Duft von Lavendel, der aus Lord Dillons Morgenrock aus indischer Seide aufstieg: so beruhigend, so friedlich!

Als das Tor aufgesprengt wurde, stellte Lord Dillon Fanny auf den Boden. Im gleichen Augenblick wurde er fortgerissen.

Fanny hörte, wie sie schrie. Auch die anderen schrien. Alle. Nur der Vater nicht. Blutend stürzte er zu Boden. Füße traten auf ihn ein, Hände zerrten ihn wieder hoch und schleppten ihn fort. Bevor er in der Menge verschwand, gelang es ihm ein letztes Mal, sich umzudrehen. Fanny, das Kind – die Frau? –, sah sein Gesicht. Ein blasses, englisches Gesicht, das im Fakkelschein plötzlich braun wurde! Von den Schläfen hingen schwarze Zöpfe wie bei einem Husaren. »*Madame la Comtesse!*« rief er, nicht Fanny. Und dann doch: »Fanny! Fanny!«

Jemand rüttelte sie an den Schultern und rief ihren Namen. Die roten Flammen der Revolution erloschen. Die Schreie verstummten. Nur ihre eigenen nicht. Sie selbst konnte sie hören und zugleich auch immer wieder die Männerstimme, die ihren Namen rief. Nicht die Stimme des Vaters. Konnte sie sich an die denn überhaupt noch erinnern?

Bertrand beugte sich über sie, streichelte ihren Kopf und versuchte, sie zu beruhigen. »Du hast geträumt!« versicherte er und hörte nicht auf, sie zu liebkosen. »Mein Gott, was für ein Traum muß das gewesen sein!«

Erst jetzt merkte sie, daß immer noch jemand ans Tor hämmerte. »Was ist das für ein Lärm?« fragte sie erschrocken.

Bertrand stand auf und warf sich einen Morgenrock über. Einen Augenblick lang sah er aus wie Lord Dillon, bevor die Fluten der Revolution ihn fortrissen.

»Geh nicht!« flehte Fanny. »Bitte!«

Bertrand küßte sie auf die Stirn. »Die Diener haben Angst«, sagte er und holte seine Armeepistole aus der Nachttischlade. Noch immer klopfte und hämmerte es.

Es waren Marchand und Noverraz, Napoleons Schweizer Bär. Hinter ihnen stand die kaiserliche Kutsche.

»Verzeihen Sie die Störung, *Monsieur le Grand Maréchal!*« rief Marchand außer Atem. »Ein Unglück ist geschehen!«

Bertrand erbleichte. »Der Kaiser?« fragte er tonlos.

Marchand ergriff ihn am Arm und zog ihn zum Wagen. Der Schlag stand offen. Drinnen lag eine Gestalt unter einer Decke.

An den Dienern vorbei, die sich auf der Veranda drängten, lief Fanny die Treppe hinunter.

»Wer ist es?« fragte Bertrand.

Fanny zog die Decke vom Gesicht des Liegenden. Sie war überzeugt, sie würde das Anlitz ihres Vaters erblicken, als sollte sich hier auf Sankt Helena der Kreis schließen und der verlorene Vater, von dem sie seit jener Nacht nichts mehr gehört hatte, würde vor ihr liegen. Tot, aber sie könnte ihm wenigstens die Ehre erweisen, ihn in geweihter Erde begraben zu lassen. »Papa!« flüsterte sie. Der Traum der Nacht ließ sie nicht los; noch immer war die Erinnerung gegenwärtiger als die Gegenwart.

Bertrand zuckte zusammen. »Cipriani!« flüsterte er entsetzt. »Mein Gott, wie ist das möglich?«

Und dann erzählten Marchand und Noverraz, daß Cipriani nach der Rückkehr von Hut's Gate ein wenig Fleisch und Kuchen gegessen und sich zu Bett begeben hatte. Schon bei seiner Ankunft hatte er erschöpft ausgesehen, doch niemand konnte ahnen, wie schlecht es ihm wirklich ging.

In der Nacht hörte man ihn plötzlich schreien, so laut, daß bei den dünnen Wänden von Longwood alle erwachten. Sie stürzten in sein Zimmer. Auch Dr. O'Meara, doch Cipriani ließ ihn nicht an sich heran. Er schlug wie wild um sich, erbrach sich, schien vor Fieber zu verbrennen und gleich darauf zu erfrieren. Dr. O'Meara diagnostizierte eine Blinddarmentzündung.

Napoleon war außer sich vor Sorge. Er erlaubte sogar, daß Dr. O'Meara Cipriani zur Ader ließ. Vier Mann mußten den Kranken dabei festhalten. Danach packte ihn ein Schüttelfrost, wie noch niemand es je zuvor gesehen hatte. Man wickelte Cipriani in warme Tücher, doch er hörte nicht auf zu zittern. »Ich kenne das«, murmelte Napoleon voller Mitleid und Liebe und rieb die Hände seines Haushofmeisters. Dann ließ er ein heißes Bad richten – in seiner eigenen Wanne – und Cipriani hineinlegen. Doch auch das half nichts. So brachte man den Kranken wieder zurück auf sein Zimmer.

»Immer wieder hat er nach Ihnen gerufen, *Madame la Comtesse*«, erzählte Marchand mit einem Unterton von Verwunderung. »Seine Majestät wollte Sie schon holen lassen.«
Dann kamen die Schmerzen wieder. Albine fing an zu beten, doch Cipriani wollte das nicht. »Er schnellte hoch und stürzte sich auf sie«, berichtete Marchand. »Es sah aus, als wollte er sie erwürgen!« Danach jammerte Cipriani nur noch. Wimmerte. Schrie noch einmal laut auf. Sank in sich zusammen, die Augen weit offen ...
»Seine Majestät hat geweint wie ein Kind«, sagte Noverraz mitleidig. »Cipriani war sein Blutsbruder.«
»Und warum ist er dann hier?« fragte Fanny kalt und zeigte in die Kutsche. »Warum hat man ihn nicht aufgebahrt, wie es sich gehört? Warum hat man keinen Priester geholt?«
Marchand starrte sie an. »Aber er wollte sicher keinen, *Madame la Comtesse*. Ein Revolutionär wie er! Es machte ihn doch schon zornig, wenn Madame de Montholon nur betete!«
»Und was soll nun geschehen?« fragte Bertrand. »Hat Seine Majestät Anweisungen gegeben?«
»Er soll so schnell wie möglich nach Jamestown gebracht werden. Es gibt dort angeblich einen protestantischen Friedhof. Seine Majestät will nicht, daß dieser Tod Aufsehen erregt. Cipriani – ich meine das, was von ihm übrig ist – soll beerdigt werden, noch bevor die Leute in Jamestown erwachen. Das Gerede ... Außerdem gibt es auch hygienische Gründe. Die Hitze, Sie verstehen? Es könnte unerträglich werden auf Longwood, würde man zu lange warten ...« Marchand konnte nicht weitersprechen. Er schlug die Hände vors Gesicht und wandte sich ab.
»Es ist auch so unerträglich«, murmelte Fanny. »Gibt es in Jamestown denn keinen katholischen Priester?« Sie wußte die Antwort schon im voraus. Dies hier war eine englische Insel. Außer den Franzosen gab es keine Papisten hier. Dabei hatte sich während der Schiffsreise bei einer Zwischenlandung auf Madeira ein katholischer Geistlicher bei seinem Idol Napoleon gemeldet und gebeten, ihn ins Exil begleiten zu dürfen. Napo-

leon hatte ihm geantwortet, er wüßte nicht, was er auf Sankt Helena mit einem Pfaffen anfangen sollte. »Ein guter Koch wäre mir lieber.«

Bertrand zog sich an, um Cipriani nach Jamestown zu begleiten. Auch Fanny wollte mit, doch schließlich sah sie ein, daß es dann erst recht Gerede geben würde. So stand sie wieder auf der Veranda und sah, wie erst vor wenigen Stunden, Cipriani nach, wie er sich entfernte und dann verschwand, diesmal für immer.

Die Diener bestürmten sie mit Fragen, doch sie ging schweigend an ihnen vorbei, zurück ins Schlafzimmer. Sie zog den Stuhl zum Glasschrank und stieg hinauf, um sich zu vergewissern, daß sich Ciprianis Buch noch an seinem Platz befand. Ihre Hände suchten hinter der Bücherreihe, und sie atmete erleichtert auf, als sie den kleinen Band unter ihren Fingern spürte.

XIII. Der heimliche Krieg

1

Das Leben auf Longwood schien stillzustehen. Napoleon und die Seinen waren wie gelähmt. Die engen Räume schienen immer noch erfüllt zu sein von Ciprianis Schmerzensschreien: kein Widerhall, sondern ein kompaktes Geräusch, fast greifbar, das den Anwesenden den Atem nahm. Wenn die Kanonen auf Fort Knoll den Abend verkündeten, zuckten alle zusammen, und sogar Lilis gesundes Kindergeschrei brachte ihr Herz zum Klopfen. Noch quälender waren die Baugeräusche der Engländer, die am oberen Rand von Deadwood Plain eine Rennbahn bauten und gleichzeitig in unmittelbarer Nachbarschaft von Longwood ein Haus für die Bertrand-Familie hochzogen, so schnell, daß Fanny jeden Abend erschrak, weil schon wieder so viel geschehen war. Sie hatte Angst, Hut's Gate zu verlassen und damit das letzte Stück Freiheit aufzugeben, das ihr noch geblieben war. Ein paar Schritte, und sie konnte das Meer sehen, den Hafen von Jamestown und die schmucken kleinen Cottages der Siedler, aus der Ferne viel heiterer und gepflegter als von nah. Wenn sie Hut's Gate verließ und nach Longwood zog, war auch diese kleine Freiheit dahin: der Blick auf eine Welt, die kein Kerker war; der Blick auf Menschen, die einfach nur lebten, von einem Tag zum anderen, ohne aufreibende Kämpfe und ohne Siege. Eine alltägliche Existenz, die mit dem Tod zu Ende war. Kein Nachruhm, um den gerungen werden mußte, für den man log und betrog und dem man das Heute opferte.

Vom Aufwachen bis zum Einschlafen konnte sie an nichts anderes denken als an Ciprianis Verdacht. Immer wieder nahm sie einen Anlauf, wollte Bertrand alles erzählen. Doch wenn er sich ihr zuwandte, um sie anzuhören, fing sie von etwas anderem zu sprechen an. Ciprianis weißes Totengesicht tauchte vor ihr auf wie eine Warnung, daß es jedem, der zuviel wußte und zuviel redete, ergehen konnte wie ihm. Fanny war sich sicher, daß Bertrand nicht schweigen würde, wenn er erst die Wahrheit erfuhr. Er würde zu Napoleon gehen und ihm Ciprianis Verdacht mitteilen. Vielleicht würde er sich sogar auf Montholon stürzen und ihn zum Duell fordern. Den Dingen ihren Lauf zu lassen, entsprach nicht Bertrands Charakter, selbst wenn er sich damit nicht nur Montholon zum Feind machte, sondern auch Napoleon.

Sie merkte, daß die Dienstboten sie beobachteten und tuschelten, was es wohl zu bedeuten habe, daß Cipriani auf dem Totenbett so leidenschaftlich nach Madame la Comtesse gerufen hatte, und sie zweifelte nicht daran, daß sich auch Napoleon darüber wunderte. Bisher hatte er sie jedoch nicht darauf angesprochen, und je länger darüber geschwiegen wurde, um so mehr wünschte sich Fanny, endlich Klarheit zu schaffen.

Doch es gab keine Klarheit auf Longwood. Über so vieles wurde diskutiert und gestritten. Jedes Gefühl wurde zerredet, jedes Thema. Die heimliche Angst aber, die sie alle fast erstickte, wurde totgeschwiegen. Nicht einmal Bertrand fragte seine Frau, warum Napoleons Blutsbruder in seiner letzten Stunde nach ihr verlangt hatte und warum sein Tod sie so tief getroffen hatte. Jeder, dachte Fanny verbittert, jeder hier fürchtet sich, die Wahrheit zu erfahren oder das, was er für die Wahrheit hält. Jeder hat sein Geheimnis. Jeder glaubt insgeheim, alles zu durchschauen, und doch weiß vielleicht nur ein einziger hier wirklich Bescheid – oder auch nicht.

»Wenn wir allein waren, nannte er mich *padrone*.« Napoleon sprach mit sich selbst. »Es werden immer weniger, die mein ganzes Leben lang bei mir waren. Kaum noch jemand, der mich kannte, als ich jung war. Bald werden mich alle nur noch als das einschätzen, was ich heute bin.«

»Nicht wir hier, Sire: Ihre Getreuen«, widersprach Montholon sanft, fast zärtlich.

Napoleon sah ihn an und schwieg. Das Essen wurde serviert, doch kaum jemand nahm etwas zu sich. Nur Napoleon aß scheinbar unbesorgt und trank seinen Constantia-Wein. »Wovor haben Sie Angst, meine Freunde?« fragte er. »Kann uns etwas Schlimmeres widerfahren als die Verbannung?«

Draußen war es noch hell. »Ich will mir ein wenig die Beine vertreten.« Napoleon erhob sich. »Allein!« Ohne jemanden zu beachten, verließ er das Haus. Als er sich außer Sichtweite wähnte, veränderte sich sein Gang und wurde mühsam und schleppend.

Captain Poppleton, der nicht mehr damit gerechnet hatte, Napoleon an diesem Abend noch einmal begleiten zu müssen, eilte herbei, setzte sich hastig die Kappe auf und knöpfte den Rock zu. Er trug jetzt wieder seine englische Uniform. Hudson Lowe hatte darauf bestanden und die französische Livree als wohlverschnürtes Bündel auf die Veranda von Longwood werfen lassen.

Napoleon durchquerte den sogenannten Garten, vorbei an den neuen Zäunen, Gräben und Wällen, hinüber zu den Klippen, wo er sich seinen neuen Logenplatz eingerichtet hatte, einsam wie der frühere nahe der »Wildrose«, mit Blick entlang der halben Erdkrümmung, doch auf dieser Seite der Insel nicht nach Westen, sondern nach Sonnenaufgang hin, wo weit, weit entfernt Afrika lag.

Durch die zahlreichen Schutzbauten von »Fort Hudson« hatte sich das Aussehen des Gartens so stark verändert, daß Napoleon glaubte, sich verlaufen zu haben, als er an der Stelle, wo bisher sein Aussichtsplatz gewesen war, eine Mauer erblickte. Erst als er näher kam, sah er, daß sie den Zugang zu den Klippen versperrte und durch ihre Höhe die Aussicht aufs Meer. Deadwood Plain war endgültig zum Käfig geworden, der seinen Gefangenen nicht einmal mehr den Blick in die Freiheit erlaubte.

»Wie ein verirrtes Kind«, erzählte Poppleton später seinen Kameraden vom 53. Regiment; wie ein verirrtes Kind habe *Nap* vor Hudson Lowes steinerner Mauer gestanden. Von tief unten das Geräusch der Brandung. Man mußte damit vertraut sein, um es aus dem ständigen Brausen des Windes herauszufiltern.

»Ein besonders apartes Geschenk Ihres Gouverneurs, *Poppeltón*«, sagte Napoleon.

Poppleton trat näher als erlaubt. Er spürte, daß Napoleon eine menschliche Stimme hören wollte. »Vielleicht aus Sicherheitsgründen, Majestät«, versuchte er höflich eine Erklärung. »Die Klippen sind so steil hier. Jemand könnte abstürzen.«

Napoleon legte ihm eine Hand auf die Schulter. »Wahrscheinlich haben Sie recht, *mon ami*«, sagte er müde.

Gemeinsam machten sie sich auf den Weg zurück zum Haus, vorbei am Zelt der Kantonmänner, die alles beobachtet hatten. Als Napoleon an ihnen vorüberging, verbeugten sie sich so tief, daß sie nicht sehen konnten, wie er ihnen zunickte. Sie wußten aber dennoch, daß er sie beachtete, und als er fort war, berieten sie sich lange, zeichneten mit den Fingern Skizzen in die feuchte Erde und baten am nächsten Morgen die englischen Soldaten, sie beim Wassertragen zu vertreten.

Niemand auf Longwood merkte, daß die Chinesen drei Tage lang in ihrer Werkstatt verschwanden, und englische Soldaten immer wieder verstohlen Bretter, Nägel und Glasplatten hineinschleppten, die eigentlich für den Bau des Bertrand-Hauses gedacht waren. Am dritten Abend näherten sich die Kantonmänner Napoleon, der auf der Veranda stand, verbeugten sich viele Male und winkten ihn zu sich. Es war das erste Mal, daß sie es wagten, ihn direkt anzusehen und ihn gleichsam auch anzusprechen.

Napoleon lächelte verwundert und stieg zu ihnen hinunter. Wie kleine Kinder, begierig, ihr Werk zu zeigen, liefen sie vor ihm her, drehten sich immer wieder um, um sich zu vergewissern, daß er ihnen auch wirklich folgte, gestikulierten, buckelten, kicherten, redeten aufgeregt miteinander und konnten nicht widerstehen, verstohlen seine Miene zu beobachten, obwohl er doch ein Kaiser war, dem man zu Hause in China bei Todesstrafe nicht ins Gesicht blicken durfte.

Als sie sich der Stelle näherten, wo früher sein Logenplatz gewesen war, blieb Napoleon stehen, als fürchtete er, verspottet zu werden. Doch dann sah er, was die Kantonmänner für ihn geschaffen hatten: auf einem mannshohen Podest stand ein zierliches Teehaus, wie sie es aus ihrer fernen Heimat in Erinnerung hatten, federleicht anzusehen, ganz aus Holz und Glas, mit duftigen, weißen Musselinvorhängen aus dem Pavillon der »Wildrose«. Poppleton hatte sie Mrs. Balcombe abgeschmeichelt, und Betsy hatte sie heimlich zurechtgenäht. Ein chinesisches Teehaus, ein kleiner Zauberturm, gerade ein wenig höher als Hudson Lowes Mauer direkt dahinter am Rande des Abgrunds. Es sah aus, als müßte sich ein Mensch von da oben nur wie ein Vogel in die Lüfte schwingen, um über den Wall hinwegfliegen zu können, geradewegs in den Himmel hinein, unter sich die Weite des Meeres, vielleicht auch begleitet und beschützt von dem roten Glücksdrachen mit dem langen, gezackten Schwanz, den die Kantonmänner über dem Eingang des Teehauses angebracht hatten.

Napoleon trat näher. »Ein Drache!« rief er überrascht und wies nach oben.

»Drache!« wiederholten die Kantonmänner, nickten heftig und wollten sich fast ausschütten vor Lachen. »Drache! Drache!«

Sie standen am Fuße einer festen Holzleiter. Napoleon rüttelte zweifelnd an den Sprossen. Die Kantonmänner redeten beruhigend auf ihn ein, stützten ihn an Armen und Hüften und schoben ihn so mit aller Kraft nach oben. Sie klatschten in die Hände, als er ins Innere des Teehauses kletterte, in dem sie ein rundes Tischchen für ihn aufgestellt hatten mit einem breitsitzigen Sessel davor. Alles mit Aussicht aufs Meer, deren Napoleon bedurfte; das hatten die Kantonmänner mit ihren ebenfalls heimwehkranken Herzen begriffen.

Napoleon setzte sich, zog mit der dramatischen Bewegung eines Schauspielers sein Fernrohr auseinander und schaute in die Ferne, um zu demonstrieren, wie gut er das Geschenk zu nutzen verstand. Die Kantonmänner nickten zufrieden, hockten sich unten auf den Boden und beobachteten ihn.

Die Nacht brach herein. Napoleon schob das Fernrohr zusammen, steckte es in die Tasche und kletterte die Leiter wieder hinunter. Die Kantonmänner sprangen auf und erwarteten ihn mit ausgestreckten Armen, als wollten sie einen Ball auffangen. Sie wußten, daß er manchmal unsicher auf den Beinen stand. Sie, in deren Volk die Menschen so lange jung aussehen, meinten, er wäre schon uralt.

Als er vor ihnen stand, verbeugten sie sich tief, wie es sich vor einem so hohen Herrn gehörte. Doch Napoleon griff ihnen unters Kinn und richtete sie auf, einen nach dem anderen. »Ich danke euch, meine Freunde!« sagte er gerührt. »Noch nie hat jemand so etwas für mich getan.«

»Drache!« stimmten sie lachend zu und deuteten nach oben. »Drache!«

»Ja«, sagte Napoleon. »Es ist ein Drache. Er soll mir Glück bringen, nicht wahr?« Er wußte nicht, ob sie ihn verstanden hatten, jedenfalls nickten sie heftig und liefen zu ihrem Zelt davon.

Auch Napoleon ging zurück zu Longwood House, Poppleton im angemessenen Abstand hinter ihm her.

»Gute Nacht, *Poppeltón*«, rief ihm Napoleon gut gelaunt zu. »Passen Sie auf, daß Sie sich bei all den Mauern und Gräben keines Ihrer kostbaren angelsächsischen Beine brechen!« Er lachte über den eigenen Scherz laut auf und begab sich ins Haus und ins Spielzimmer zu seinen Getreuen, die erleichtert aufatmeten, als sie sahen, daß er in heiterer Stimmung war. An der Tür blieb er stehen und nahm das Bild des Raumes und der Menschen darin in seine Erinnerung auf. »Schade, daß Cipriani nicht mehr bei uns ist«, sagte er nach einer Weile. »Wir dürfen ihn nicht vergessen.«

2

Aus seiner philosophischen Betrachtung der Welt und der Gesetzmäßigkeiten der menschlichen Existenz hatte Hudson Lowe die Erkenntnis gewonnen, daß es im Leben jedes Menschen zumindest eine schwere gesundheitliche Krise und zumindest eine einschneidende Katastrophe gab. Mit Ausnahme seines Sonnenekzems war er bisher von körperlichen Leiden verschont geblieben, und auch die Zwangslagen, in die ihn der Lauf seiner Karriere immer wieder einmal geraten ließ, hatten sich nie als unüberwindbar erwiesen. Hudson Lowe konnte also mit einer gewissen Berechtigung zu der Ansicht gelangen, daß er entweder zu den Glückskindern gehörte, denen gegen jede Wahrscheinlichkeit der große Schicksalsschlag erspart blieb, oder daß ihm dieser erst noch bevorstand.

Nun aber war ein Ereignis eingetreten, mit dem Hudson Lowe nicht gerechnet hatte und das er als Mißtrauensvotum seiner Regierung und der europäischen Mächte betrachtete. Es erschütterte und verunsicherte ihn so sehr, daß ihm zum erstenmal im Leben der Gedanke kam, auch ihm würde eine schwere Lebenskrise nicht erspart bleiben, und dies könnte ihr Anfang sein.

Ein Schiff war eingetroffen, die »H.M.S. Newcastle«, mit der kostbaren Fracht von vier Persönlichkeiten höchsten Ranges: Sir Pulteney Malcolm, als Nachfolger von Admiral Cockburn, und drei Kommissare der alliierten Mächte, beauftragt, auf Sankt Helena Residenz zu nehmen, um sich im Namen ihrer Herrscher an Ort und Stelle zu vergewissern, daß – wie es der Comte d'Artois formuliert hatte – »der Teufel immer noch in Ketten« lag.

»Wachhunde!« hatte Hudson Lowe getobt, als ihm die Bestellung der drei Kommissare mitgeteilt wurde. »Ich möchte wissen, wozu wir sie brauchen und wen sie eigentlich bespitzeln sollen: den Nachbarn oder mich!« Den Nachbarn: so pflegte Hudson Lowe neuerdings Napoleon zu nennen. Der Nachbar. Kein guter Nachbar, sondern einer, der sich ihm entzog. Der ihn enttäuscht hatte wie noch kein Mensch zuvor. Der seinen Traum zerstört hatte von einer unvergleichlichen Freundschaft zwischen zwei Männern von außergewöhnlichem Talent, zwei Einsamen in der Herde der Mittelmäßigkeit. Der Nachbar, der sich abschottete und deshalb bewacht werden mußte, gezähmt wie ein wildes Tier. Am liebsten wäre Hudson Lowe mit ihm allein auf der Insel gewesen, um alle Einflüsse von ihm fernzuhalten; vor allem jede Zuwendung und Verehrung, die dem Gefangenen noch immer überreich zuteil wurden.

Wer konnte wissen, wie schnell die drei sogenannten Kommissare auf den trügerischen Charme der Bestie hereinfielen und sich gegen den wandten, der das Recht verkörperte, das Richtige, die Gerechtigkeit: Hudson Lowe, dem jeder nur Steine in den Weg legte, selbst die Regierungen Europas, für die er sich aufopferte!

Der Nachbar: Es tat gut, Bonaparte mit einem Decknamen zu belegen wie irgendein beliebiges Objekt der Beobachtung. Hudson Lowe war lange genug im Geheimdienst gewesen, um zu wissen, daß allein schon ein solcher Deckname Abstand schuf. Er entzog dem Objekt seine Seele. Wer »Napoleon« sagte, dachte unbewußt zugleich an tausend Dinge, die er über ihn wußte, gute, böse und indifferente, aber in ihrer Summe ergaben sie einen Menschen. »Der Nachbar« aber war nurmehr ein Ding. Etwas, das es zu beobachten und zu handhaben galt. »Napoleon« konnte man weh tun; mit ihm konnte man Mitleid haben. »Der Nachbar« aber erweckte keine Gefühle, zumindest keine der Sympathie. Es war leichter, seine Mißachtung zu ertragen als jene von »Bonaparte«, »Napoleon« oder gar »Nap«, wie die Soldaten im Camp von Deadwood ihn immer noch nannten, obwohl Hudson Lowe es ihnen durch seinen Polizeichef Reade hatte verbieten lassen.

Der Nachbar: Bisher viermal hatte Hudson Lowe ihn aufgesucht. Zuerst um ihn zu begrüßen und seine Achtung zu gewinnen. Dann ein zweites Mal, um das erste Treffen ungeschehen zu machen. Die beiden letzten Male nur mehr, um Restriktionen mitzuteilen und um zu verletzen, weil er selbst verletzt worden war.

»Monsieur Lowe!« hatte Napoleon ihn angebellt wie den niedrigsten Rekruten. »Monsieur Lowe, Sie sind ein Schreiberling, sonst nichts! In unseren Generalstäben laufen Hunderte von Ihrer Art herum. Ihr ganzes Leben lang haben Sie nichts Gescheiteres getan, als Papier vollzuschmieren und Ausgaben zusammenzuzählen.«

Noch heute ärgerte sich Hudson Lowe darüber, daß er immer noch versucht hatte, den Nachbarn für sich zu gewinnen: »General«, hatte er eingewandt, viel sanfter, als es seinem Wesen entsprach, »wie können Sie es wagen, mich zu verurteilen. Sie kennen mich doch gar nicht!«

Doch Napoleon hatte nur gelacht und das rotkarierte Tuch aus Madrasseide, mit dem er seinen Kopf bedeckt hatte, heruntergerissen. Es war schon Mittag. Trotzdem trug er noch immer seinen Morgenrock, obwohl ihm seit zwei Tagen bekannt gewesen war, daß ihn der Gouverneur besuchen würde. Obwohl? »Weil« wäre richtiger gewesen, dachte Hudson Lowe voll Bitterkeit. Selbst die nachlässige Kleidung war in der Hand des Nachbarn eine Waffe. Eine bewußte Nichtachtung, wie dieser Mensch sie so gut beherrschte.

»Wahrhaftig, Gouverneur, ich kenne sie nicht. Wo hätte ich auch Ihre Bekanntschaft machen können? Auf einem Schlachtfeld jedenfalls habe ich Sie nie erblickt. Ich habe die Welt regiert, und Sie waren im Dunkeln. Wissen Sie, Monsieur, es gibt zwei Arten von Leuten, deren sich Regierungen bedienen: jene, denen sie Achtung, und jene, denen sie Verachtung entgegenbringen. Sie, Hudson Lowe, gehören zu letzteren. Der Posten, den man Ihnen zugeschanzt hat, ist der eines Henkers.«

Selbst in der Erinnerung an Napoleons Worte brannte Hudson Lowes Gesicht noch immer.

»Sehen Sie da draußen vor diesem Gefängnis Ihre eigenen englischen Schildwachen, Monsieur? Wenn ich jetzt hinausginge und zu ihnen sagte: ›Kameraden, habt ihr noch Platz für einen alten Soldaten?‹, so würden sie zusammenrücken und ihre Kost mit mir teilen. Können Sie das gleiche von sich behaupten, Gouverneur?«

Der Nachbar. Der Gefangene. Der Rivale – um welche Gunst der Menschen oder des Schicksals auch immer.

»Mein Leben ist in den Händen von Verbrechern, aber meine Seele ist frei wie ein Vogel. Selbst hier, in diesem Gefängnis, ist sie ebenso stolz, als ob ich noch an der Spitze von sechshunderttausend Mann stünde und meinen Thron einnähme; als ob ich Könige einsetzte und Kronen verteilte.« Und dann ganz leise, daß Hudson Lowe ihn kaum noch verstand: »In fünfhundert Jahren, Monsieur, wird jeder noch wissen, wer Napoleon Bonaparte war, während der Name Bathurst und der Ihrige nur durch ihr unrechtes Verhalten mir gegenüber bekannt sein werden.«

Der Nachbar. Der Quälgeist. Der Feind.

3

Die drei Kommissare vertraten die Herrscher von Frankreich, Rußland und Österreich. Jeder von ihnen war im Laufe seiner Karriere Napoleon mehrere Male persönlich begegnet, und alle rechneten sie fest damit, ihn auf Sankt Helena nicht nur zu beobachten, sondern auch gesellschaftlich mit ihm zu verkehren.

»Es wäre doch lächerlich«, sagte Comte de Balmain, der trotz seines französischen Namens aus Schottland stammte und den Zaren vertrat, »es wäre doch lächerlich, auf dieser gottverlassenen Insel nicht jede Gelegenheit zu angenehmer Geselligkeit wahrzunehmen.« Dabei blickte er nicht seinen Gesprächspartner Hudson Lowe an, sondern dessen ältere Stieftochter – die hübschere von den beiden. Sie war der gleichen Ansicht wie er. Noch am selben Abend teilte sie ihrer Mutter mit, sie beabsichtige, den jungen Russen – oder was auch immer er sein mochte – zu heiraten.

Lady Lowe, geprägt von den demütigenden Jahren ihrer Partnersuche, zeigte Verständnis und versprach jede Unterstützung. Je frischer der Schmelz der Jugend bei einem Mädchen war, um so leichter erwarb es sich den Ruf, schön zu sein. Im Laufe ihres schwierigen Lebens hatte Lady Lowe gelernt, daß dieser Ruf nützlicher sein konnte als wirkliche Schönheit, daß er aber oft schon nach ein, zwei Jahren wieder schwand – und damit auch die Aussichten auf eine vorteilhafte Heirat. Zeit zu verlieren, das wußte niemand so gut wie Lady Lowe, war die größte Dummheit, die eine Frau begehen konnte.

Der österreichische Kommissar, Baron Stürmer, hatte seine Gemahlin mitgebracht. Wie Balmain schien er ein angenehmer Mensch zu sein, was ihn in den mißtrauischen Augen von Hudson Lowe aber fast schon wieder verdächtig machte. »Ein Chamäleon ist er«, sagte er zu seinem Sekretär Gorrequer. »Diese Österreicher sind in der Lage, die Farbe ihrer Umgebung anzunehmen, mag das gut sein oder schlecht.«

Noch weniger behagte ihm der dritte der Kommissare, Marquis de Montchenu. Allein schon sein Name erinnerte Hudson Lowe an Montholon, und daß er Franzose war – wenn auch wahrlich kein Bonapartist –, kostete Montchenu den letzten Rest von Sympathie, den der Gouverneur für ihn noch hätte aufbringen können. Es entging Hudson Lowe auch nicht, daß sich die beiden anderen Kommissare über Montchenu lustig machten: über seinen altmodischen, gepuderten Zopf, über den sie rätselten, ob er Teil einer Perücke sei oder tatsächlich dessen Haupt entwachsen; über sein umständliches, klassenbewußtes Benehmen, das nur aus anerzogenen Gesten und erlernten Floskeln zu bestehen schien; und über seine ständige Sorge, nicht ehrerbietig genug behandelt zu werden. In Frankreich galt er als *général de carosse*, einer, der den Krieg nur von der Kutsche aus beobachtet und noch nie einen Schuß gehört hatte, der ihn hätte gefährden können.

Auch Napoleon kannte Montchenu von früher. Als er erfuhr, daß jener auf Sankt Helena gelandet sei, drückte er sich noch viel drastischer aus als die anderen und nannte den Marquis einen alten Esel mit einem noch älteren Stammbaum.

Trotz seines bedeutungsschweren Gehabes schien Montchenu nicht die Absicht zu haben, sich auf Sankt Helena durch Arbeit hervorzutun. Dafür hatte er seinen Sekretär mitgebracht, einen gewissen Gors, von Leichenblässe und unermüdlicher Schaffenskraft gezeichnet. In Gors' Gepäck befand sich ein Bündel von Briefen aus Paris, die er persönlich bei Tristan de Montholon ablieferte – unauffällig, am Abend durch den Hintereingang, den der schöne Basil Jackson mit ganz anderen Nebengedanken eingeplant hatte.

4

»Es wird reichlich voll auf Sankt Helena«, bemerkte Napoleon mürrisch, als er von der Ankunft der Kommissare hörte. Sofort verbot er Bertrand, den drei Diplomaten Zugang nach Longwood zu gewähren, es sei denn, sie meldeten sich als Privatleute an und erklärten sich schon im voraus bereit, dem Hausherrn von Longwood seinen kaiserlichen Titel nicht zu versagen. Ausnahmen würden nicht gewährt, denn »auch ihre Herrscher sind mir nicht entgegengekommen!«

Napoleons Miene hellte sich erst auf, als er von der vierten Person erfuhr, die mit der »H.M.S. Newcastle« eingetroffen war: Admiral Malcolm, der neue Kommandant der Inselstreitkräfte. Sir Pulteney Malcolm führte allerdings nicht wie sein Vorgänger Cockburn eine dubiose Miss Stranger mit sich, sondern die eigene Gemahlin, bei deren Erwähnung Napoleon plötzlich lächelte, als spräche man von seiner eigenen Schwester.

»Ich will die beiden so schnell wie möglich sehen!« rief er entzückt. »Bertrand, reiten Sie hinunter nach Plantation House und laden Sie sie ein. Am besten erst zu sich nach Hut's Gate, damit es nicht zu sehr auffällt. Dort können wir uns dann treffen und entscheiden, wie es weitergehen soll.«

Schon lange hatten die Getreuen ihren Herrn nicht mehr so froh und glücklich gesehen. Er, von dem sie schon meinten, er

hätte alle Hoffnung aufgegeben, schien wie aus einer tiefen Er-
starrung erwacht. »Vielleicht wendet sich doch noch alles zum
Guten«, sagte er und küßte überraschend die Innenseite von
Fannys Handgelenk. »Es könnte doch sein, daß man plant,
Malcolm zum Nachfolger von Hudson Lowe zu ernennen.
Unser ganzes Leben würde sich dann verändern.«

Damit lehnte er sich zurück und schloß die Augen. »Vielleicht streckt uns die englische Regierung doch noch die Hand
entgegen«, fuhr er mit sanfter Stimme fort. »Vielleicht war alles Bisherige nur Säbelgerassel, um das Gesicht zu wahren.
Vielleicht hat London längst beschlossen, diesen Lowe abzu-
ziehen und durch Malcolm zu ersetzen und dann, nach einer
gewissen Frist, uns alle in die Zivilisation zurückzuholen.« Er
öffnete die Augen und nahm das Weinglas von dem Tischchen
neben seinem Sessel. Wie ein Kenner, der er nicht war, ließ er
die Flüssigkeit im Glas kreisen, roch daran und trank in kleinen, bewußten Schlucken, spülte das Getränk über Zunge und
Gaumen, um es mit allen Geschmacksnerven zu genießen – ein
Zeichen von Muße, zu dem er trotz allem Überfluß an Zeit
schon lange nicht mehr fähig gewesen war. »Wenn der Prinzregent erst gestorben ist, wird ihm die kleine Prinzessin Charlotte nachfolgen«, führte er seine Gedanken weiter. »Man hat
mir erzählt, daß sie mich bewundert. Es wird ihr eine Freude
sein, mich zu befreien und die Ideale unserer Revolution auch
auf ihrer kühlen Insel zu verwirklichen.«

Die neu erwachte Hoffnung verlieh ihm die Ausstrahlung
eines Verliebten. Mit einer Bewegung seines Zeigefingers wies
er Marchand an, das Glas wieder zu füllen. »Letzten Endes war
das Schicksal immer auf meiner Seite«, sinnierte er weiter und
trank dabei. »So hoffnungslos schien manchmal alles zu sein,
und dann geschah doch noch ein Wunder, als wäre das Leben
eine kunstvolle Stickerei, in der kein Faden verlorengeht.« Er
gab Marchand ein Zeichen, auch die Gläser der Getreuen mit
dem Constantia-Wein zu füllen. »Am heutigen Tag ist solch ein
verlorener Faden wieder aufgetaucht, meine Freunde, und das
Gute, das ich getan habe, wird mir gelohnt.«

Während er ganz gegen seine Gewohnheit ein drittes Glas leerte, erzählte er von jenem wolkenverhangenen Tag vor der Schlacht von Waterloo, als bei Belle-Alliance Franzosen und Engländer aufeinandertrafen. »Ein Scharmützel, nicht viel mehr«, sagte er und weilte nicht mehr auf Longwood und nicht mehr auf Sankt Helena. »Am Abend, als Ruhe eingekehrt war, ritt ich mit meiner Begleitung über das Schlachtfeld. Verwundete lagen da und Tote. Die Franzosen versorgten wir. Die Engländer mußten noch warten. Einer von ihnen fiel mir auf, weil er so jung war und so schön wie die Gefallenen auf diesen sentimentalen, bunten Postkarten, die die Soldaten nach Hause schicken. Der Uniform nach war er ein Hauptmann der Kavallerie. Etwas, ich weiß nicht was, veranlaßte mich dazu, abzusteigen und mich zu ihm hinunterzubeugen. Er atmete noch. Ich rief einen Arzt. Man brachte ihn ins Lazarett und versorgte ihn. Es gelang, sein Leben zu retten. Sein Name war Elphinstone. Am nächsten Tag war die Schlacht von Waterloo, und ich dachte nicht mehr an ihn. Doch als ich mich schon den Feinden ausgeliefert hatte, besuchte mich in Plymouth eine vornehme englische Dame. Sie stellte sich als Elphinstones Schwester vor und bedankte sich für seine Rettung.« Napoleon stellte das leere Glas zurück und erhob sich. »Es war Lady Malcolm, meine Freunde, und daß sie nun nach Sankt Helena gekommen ist, kann nur Gutes bedeuten!«

5

Mit der Ankunft der »H.M.S. Newcastle« schien der Augenblick gekommen, daß plötzlich alles über Hudson Lowe zusammenstürzte. Die Katastrophe drohte erst nur und brach dann über ihn herein, ganz anders allerdings, als er sich seine Lebenskrise bisher vorgestellt hatte. Kein verschwundener Napoleon, kein Aufstand der Yamstocks und keine Meuterei im Camp von Deadwood. Nein, es war die dunkle, unauffällige Katastrophe der Überforderung und Isolierung, die in seiner

Umgebung keinem sonst auffiel, die ihn aber dennoch zu verschlingen drohte, als liefe er ständig über Treibsand und könnte nur überleben, wenn er nicht aufhörte, zu rennen und mit den Armen zu rudern.

Schon die Verwaltung der Insel und des »Gefängnisses« des verbannten Kaisers hatten Hudson Lowes gesamte Kraftreserven beansprucht. Doch damit hatte er sich abgefunden. Er war sogar stolz auf das Vertrauen, das London in ihn gesetzt hatte. Selbst als Napoleon ihn brüskierte, beleidigte und lächerlich machte, war Hudson Lowe immer noch überzeugt, seiner Aufgabe gewachsen zu sein. Noch ein wenig mehr Anstrengung, noch ein wenig mehr Genauigkeit und ständige Absicherung durch tägliche, ausführliche Berichte nach England, dann konnte ihm niemand etwas anhaben, auch nicht der Nachbar mit seinem boshaften kleinen Privatkrieg und noch weniger die verblendeten Engländer, die sich von ihm betören ließen und ihrem eigenen Gouverneur in den Rücken fielen.

Ein Mann, eine Aufgabe: das war die Welt von Sir Hudson Lowe. Das konnte er bewältigen, dafür reichte sein Talent. Daß andere anders waren, hielt er für Prahlerei. Als sein Sekretär Gorrequer einmal sagte, Napoleon habe in seiner Zeit als Kaiser täglich mehrere tausend Entscheidungen getroffen, zuckte Hudson Lowe nur verächtlich mit der Schulter und sah den korpulenten kleinen Mann im Schlafrock vor sich, da oben auf Longwood, wo auch nur mit Wasser gekocht wurde wie überall auf der Welt – selbst in den Tuilerien, wo schlaue Minister das dumme Volk mit Legenden über das Genie und die Tatkraft des selbsternannten Kaisers zu ködern suchten.

Ein Mann, eine Aufgabe: Nur dem Gouverneur oblag die Bewachung Bonapartes. Der Auftrag seiner Regierung, seine Diensterfahrung und sein Pflichtbewußtsein ermächtigten ihn dazu. Was er nicht gebrauchen konnte, waren arrogante aristokratische Spitzel, die ihm ins Konzept pfuschten und Falschmeldungen nach Europa schickten, weil sie sein Konzept nicht begriffen. Es war auch ohne diese Eindringlinge schon schwer genug, den Vorgesetzten und der Presse verständlich zu machen, daß Bonaparte gegenüber Wachsamkeit und Strenge vonnöten waren.

Jedes neue Schiff, das vor der Bucht Anker warf, brachte Stapel von Journalen und Gazetten, die sich in letzter Zeit anscheinend darauf geeinigt hatten, Bonaparte und die Seinen zu bemitleiden. Zwei bekannte Rechtsgelehrte, Romilly und Loft, hatten der englischen Regierung unter Lord Liverpool ein Gutachten vorgelegt, das beweisen sollte, daß Bonapartes Deportation nicht Rechtens sei. Lord Holland, dessen Gattin mit Fanny Bertrand verwandt war, hatte erreicht, daß im Parlament eine Debatte darüber stattfand, wie das Schicksal des ehemaligen Kaisers erleichtert werden könnte. Man solle Napoleon doch gestatten – so Lord Holland von der Whig-Opposition –, die Exkaiserin Marie-Louise nach Sankt Helena zu holen. Ein Mann in den besten Jahren ohne Ehefrau: War eine solche Art der Strafe einer Nation wie der englischen würdig? Die Regierungspartei wandte ein, es bestünde die Gefahr, daß Bonapartes junge Gemahlin weitere Erben in die Welt setzte, die vielleicht später meinten, auf irgendwelche Rechte pochen zu können. Diese Meinung vertrat selbstredend auch Hudson Lowe, der jedes Argument, das den Nachbarn begünstigte, sofort als persönlichen Angriff deutete und fand, daß eine Debatte wie diese einer siegreichen Nation nicht würdig war.

Selbst aus der Entfernung von viertausend Meilen war es nicht zu übersehen: Napoleon, von dem man schon gemeint hatte, er würde unbeachtet auf Sankt Helena verrotten, war plötzlich wieder im Gespräch! Vor allem in England wurde es chic, ihn zu verteidigen. Selbst die ›Times‹, die nach Waterloo noch verlangt hatte, man solle ihn unverzüglich »exekutieren nach diesem langen Krieg«, badete nun in Mitleid, ebenso wie die ›Edinburgh Review‹ und der ›Morning Chronicle‹.

Einzig die französischen Journale, fand Hudson Lowe, konnte man als englischer Patriot noch lesen, ohne vor Scham zu erröten. Vor allem das Regierungsorgan ›Le Moniteur‹, einst Napoleons Sprachrohr, nannte die Dinge beim Namen: daß Hudson Lowe, den ganz England plötzlich als sadistischen

Schergen beschimpfte, ein verantwortungsvoller Beamter sei und daß man einem verschlagenen Menschen wie »dem Korsen Napoleone Buonaparte« gegenüber nicht vorsichtig genug sein könne. Es sei unbedingt erforderlich, so verlangte der französische Premierminister Richelieu, die englische Garnison auf Sankt Helena so oft wie möglich auszuwechseln; vor allem aber auch die Wachen, die mit dem Gefangenen in direkten Kontakt kamen. »Er ist ein Verführer!« schrieb der ›Moniteur‹. »Wenn er es will, verfallen ihm früher oder später alle, die ihm begegnen. Er ist eine Krankheit, deren Ansteckungsgefahr man sich nicht zu lange aussetzen sollte.«

Ein Mann, eine Aufgabe: Hudson Lowe fürchtete nicht nur, ausspioniert und verleumdet zu werden. Allein schon die Gegenwart der Kommissare belastete ihn. Laßt mich in Ruhe, dachte er, als er von ihrer Ankunft erfuhr. Laßt mich meine Arbeit tun. Lenkt mich nicht ab. Für diese Insel bin ich zuständig, nicht für euch. Ich will die Ruhe hier bewahren, das Recht und die Ordnung. Dafür brauche ich meine ganze Kraft. Ich will nicht, daß ihr mich stört, weil ihr untergebracht werden wollt, versorgt und dann womöglich auch noch unterhalten! Dies hier ist ein Gefängnis, kein Ort des Vergnügens. Geht weg, wenn ihr nicht selbst für euch sorgen könnt. Ich fühle mich für euch nicht verantwortlich. Für mich seid ihr nichts als Störenfriede.

Nur widerwillig kümmerte er sich darum, daß die Kommissare mit ihrem Anhang im Schloß von Jamestown untergebracht wurden – was sie als Beleidigung empfanden, als sie zum erstenmal die lichten, luftigen Räume von Plantation Hause erblickten, den weitläufigen Park mit den mächtigen alten Bäumen und den zierlichen weißen Bänken, auf denen man sich, wenn der Wind singend durch die Blätter strich, wie im Paradies fühlen konnte. Auf dem Rasen eine Riesenschildkröte, deren Alter keiner kannte, weil die Gouverneure alle vier Jahre wechselten und die Einheimischen das Tier nicht zu sehen bekamen. Bequemlichkeit und Luxus. England vor den Toren Afrikas: Plantation House ...

Und unten in Jamestown: das Schloß mit seinem flachen Dach, das die Glut der Sonne einfing und speicherte. Ringsumher der durchdringende Lärm der kleinen Hafenstadt. Das schrille Gelächter barfüßiger Frauen, die bereits gegen Mittag an den Stalltüren lehnten. Das Gröhlen der Matrosen schon am Nachmittag, weil vor Einbruch der Nacht Zapfenstreich war. Das Geschrei der Händler, der Kinder. Alle hier schienen immer nur zu schreien, als wollten sie den ständigen Wind übertönen und sich bemerkbar machen bei den anderen Menschen auf der Welt, die alle so fern waren und nichts wußten von dem verlorenen Inselchen mitten im Ozean.

»Man sorgt nicht gut für uns!« beschwerte sich der französische Kommissar. »Wie kommt es, daß das halbe Camp von Deadwood damit beschäftigt ist, ein neues Haus für die Familie Bertrand zu bauen, daß aber niemand daran denkt, endlich die Gasträume Ihres sogenannten Schlosses zu renovieren und eine ordentliche Küche einzurichten? In meiner Heimat, Exzellenz, gibt man den Besuchern die besten Zimmer, nicht die Abstellkammern. In Paris wird man sich wundern, wenn wir über die Gastfreundschaft der Engländer berichten. Oder sollte es sich hier nur um Ihre eigene, ganz persönliche Vorstellung von Höflichkeit handeln?«

Der Beginn der Katastrophe. Als Hudson Lowe wieder allein war, fing er an, mit den Fäusten auf seinen Schreibtisch zu trommeln, rhythmisch erst, dann immer schneller und ungeordneter. Dabei wünschte er sich, das feiste Gesicht des Marquis unter seinen Fingern zu spüren. Seines und das des Nachbarn und die Gesichter all jener, die ihn im Stich gelassen hatten.

Alle waren gegen ihn. Lady Malcolm, die aufgrund ihrer Abstammung allen Grund zum Patriotismus gehabt hätte, erzählte Hudson Lowe mit inniger Rührung von ihrem Besuch in Hut's Gate. Napoleon und alle seine Begleiter hätten den Weg dorthin nicht gescheut, um sich mit ihr und dem Admiral zu treffen und über die alten Zeiten zu plaudern. Wie sich doch alles zum Schlechten gewendet habe.

»Es geht ihnen gar nicht gut da oben«, bemerkte Lady Malcolm mitfühlend, als trüge Hudson Lowe die Schuld an allen Übeln der Welt. »Das Wasser, wissen Sie. Es muß etwas mit dem Wasser sein. Sie waren alle blaß und erschöpft, und sie froren trotz der Hitze. Besonders der Kaiser.«

»General Bonaparte!«

Lady Malcolm schüttelte den Kopf. »Ach was, Sir Hudson. Warum ihm denn alles nehmen? Er war Kaiser. Das Volk von Frankreich hat ihn gewählt, und der Papst – man mag von ihm halten, was man will – hat ihn gesalbt. Wem tut es schon weh, wenn man dem armen Mann seinen Titel läßt?«

»Die alliierten Mächte und damit auch unsere eigene Regierung haben ihm den Titel aberkannt, Mylady. Er ist General Bonaparte, sonst nichts. Wenn Sie mich fragen, ist das schon mehr, als er verdient.«

Lady Malcolm blickte den Gouverneur lange an. Dann stand sie auf, verneigte sich kühl und ging. Hudson Lowe spürte ihre Verachtung, aber die seine für sie und ihresgleichen war noch viel größer. »Die Gefangenschaft ist unvereinbar mit den Privilegien, die zum kaiserlichen Rang gehören!« rief er ihr beschwörend nach. Doch Lady Malcolm blieb nicht stehen, um ihn anzuhören. »Bonaparte würde jedes einzelne dieser Privilegien sofort einfordern, würden wir ihm erst den Titel zugestehen.«

Die Tür fiel zu. Hudson Lowe hörte Lady Malcolms Absätze über den Korridor klappern. Aus irgendeinem Grund hatte sie sich entschlossen, neben dem Teppich zu gehen.

Nicht einmal seine Familie war ein Trost für ihn. Seine Stieftochter Charlotte trieb sich ständig bei dem ewig vergnügten Balmain herum, während ihre Schwester schmollte, sich von aller Welt vernachlässigt fühlte und vor Kummer von Tag zu Tag dicker wurde. Auch Lady Lowe war keine Hilfe. Ihre fortgeschrittene Schwangerschaft hatte sie unbeweglich gemacht. Es war unmöglich, von ihr zu verlangen, sich um die Unterbringung der Kommissare zu kümmern. Sogar die Gastgeberpflichten für die Malcolms, die in Plantation House logierten, waren ihr schon zuviel. Sie kam Hudson Lowe vor wie ein riesiger, himmelblauer Ballon, denn außer einem blauen Sommerkleid paßte ihr nichts mehr, und sie war zu träge geworden, für weitere Garderobe zu sorgen. Nichts kannte Hudson Lowe besser als das schmerzhafte, zusammenzuckende Lächeln, mit dem sie sich in ihren Lehnsessel fallen ließ, beide Handrücken gegen das Kreuz gepreßt, die Brust reckend und dabei tief aufseufzend. »Es kann nicht mehr lange dauern«, kündigte sie dann an und schloß jede weitere Verantwortung aus.

Hudson Lowe sah sie an: ihr Gesicht, das auf unerklärliche Weise aus der Form geraten war, als wäre Wasser über ein Gemälde geflossen; ihre Hände, in die sich die Ringe tief eingegraben hatten; vor allem aber ihren Körper, der ihn erschreckte und daran erinnerte, daß er bisher immer nur unter Männern gelebt hatte. Schon die schlanke Figur einer Frau, die sich nicht in anderen Umständen befand, kam ihm fremd vor – wenn er sich denn die Mühe nahm, genauer hinzusehen. Wieviel seltsamer erschien ihm da erst der gesegnete Leib seiner Gattin, die er vorher kaum gekannt hatte! Unvorstellbar, daß in diesem Körper ein menschliches Wesen heranwuchs, das bald nach draußen drängen würde. Unvorstellbar und beängstigend! Eigentlich wollte Hudson Lowe damit gar nichts zu tun haben.

Zu viel auf einmal, dachte er und sehnte sich plötzlich nach Schlaf. Von seinem Fenster aus konnte er das Meer sehen und im Mondlicht die Umrisse der vielen Schiffe, die nun darauf kreuzten oder vor Anker lagen. Zu viele Schiffe. Zu wenig Überblick. Zu wenig Sicherheit!

Wie so oft nach Mitternacht sank Hudson Lowe, halb im Schlaf, nach vorn, die Stirn auf den Wust von Papieren gestützt. Die Katastrophe, dachte er mit plötzlicher Klarheit, obwohl seine Augen zugefallen waren und jeder ihn für schlafend gehalten hätte. Die Katastrophe!

Mit irgendeiner versteckten Absicht, das begriff er plötzlich, hatte ihm der Nachbar den Krieg erklärt. Von dort oben, von

Longwood, dem Rattennest, gingen alle diese Zeitungsmeldungen aus. All die Bosheit und die Lügen! Irgend etwas wollte der Nachbar erreichen. Warum sonst hätte er nach der Ankunft der Kommissare seine Diener nach Jamestown geschickt, mit drei großen Kisten, angefüllt mit dem unschätzbaren Tafelsilber aus den Tuilerien? Den kaiserlichen Adler hatten sie weggehackt, doch sonst waren all die Schöpfkellen, Bestecke und Saucieren unversehrt.

Wie Marktschreier boten Bonapartes Männer den Offizieren und Matrosen von der »H. M. S. Newcastle« und ihren Begleitschiffen das »Tafelsilber Seiner Kaiserlichen Majestät« an, das »unser armer Herr« verkaufen müsse, um »die Seinen zu ernähren«. Mit Tränen in der Stimme erzählten sie von den Restriktionen, die der »Herr Gouverneur« über die Bewohner von Longwood und »vor allem unseren guten Herrn« verhängt habe. »Wenn ihr sehen könntet, Kameraden, wie dieser Mann jetzt leben muß, es würde euch das Herz zerreißen, selbst wenn er einmal euer Feind war.«

Kein Wunder, daß die Matrosen, die wußten, was schlechtes Essen bedeutete, von Mitgefühl übermannt wurden und ihre Heuer statt für die Damen im Viehhof für silberne Kostbarkeiten ausgaben, deren Wert den verlangten Preis um ein Vielfaches überstieg. Eine Propagandamaßnahme, dachte Hudson Lowe, während sich eine Stirn in den Papierberg bohrte. In spätestens vier Monaten wird man in jeder europäischen und amerikanischen Zeitung lesen, daß ich den armen Napoleon verhungern lasse! Dabei hatten ihm seine Spione berichtet, Napoleon habe auf Longwood eine Bargeldreserve von zweihundertvierzigtausend Goldfranc versteckt und ein weiteres Vermögen in spanischen Doublonen! Doch wie sollte man das dem Nachbarn nachweisen, ohne das gesamte Anwesen und seine Umgebung auf den Kopf zu stellen – was erst recht einen Skandal ausgelöst hätte.

Ein Krieg, den niemand bemerkte. Die Katastrophe, ja, da war sie nun. Seine, Hudson Lowes Lebenskatastrophe, denn wie – mein Gott, wie nur? – sollte sich er, der scheinbar die

Macht besaß, gegen den Schwachen wehren, dessen unbesiegbare Waffe das Mitleid der Welt war?

Hudson Lowe schlief ein. Als es schon hell wurde, wachte er plötzlich auf. Erst meinte er, jemand rüttele an seinem Sessel und versuche, ihn umzuwerfen. Dann aber hörte er das kristallene Klirren des venezianischen Leuchters über seinem Kopf und das Scheppern der Gegenstände auf den Regalen. Er begriff, was geschah. Ein Erdbeben? dachte er verwundert und blickte nach oben.

Draußen öffneten sich Türen. Menschen schrien, Hudson Lowe blickte noch immer nach oben in das gläserne Zittern, als könne er daraus eine Wahrheit erfahren. Er hatte keine Angst mehr. Ihm war, als könne ihm nicht einmal mehr der Nachbar etwas anhaben, wenn er nur stillhielt und sich seinem Schicksal ergab. Ein Erdbeben! wiederholte er staunend den eigenen Gedanken. Bestimmt werden mir die englischen Zeitungen auch daran die Schuld geben!

Dann zuckte er plötzlich zusammen. Noch immer bebte alles um ihn her, doch plötzlich hatte er Angst. Er sprang auf, so daß der Sessel umfiel und er über ihn stolperte: ein paar Schritte zurück – genug, um nicht von dem schweren Lüster getroffen zu werden, der wie ein Schauer von Eiskristallen von der Decke stürzte, direkt auf den Schreibtisch, wo Hudson Lowe eben noch geschlafen hatte.

XIV. SANDY BAY

1

Der Name hatte Napoleon gefallen: Sandy Bay. Er erinnerte ihn an seine Kindheit, wenn er im Sommer mit den Geschwistern zum Strand hinuntergelaufen war, weit genug von der Stadt entfernt, um sich plötzlich frei zu fühlen. Wirklich frei! dachte Napoleon in einer Aufwallung von Mißvergnügen mitten im Zauber der Erinnerung. Nicht die Freiheit, für die die Kinder der Revolution so freigebig und töricht ihr Blut vergossen hatten, sondern die wahre Freiheit, die nichts kostete, kein Blut und kein Geld: die Freiheit der Seele, die Sorglosigkeit!

Eine sandige Bucht auf Korsika. Eine Handvoll ausgelassener Kinder, der Aufmerksamkeit der Erwachsenen entronnen. Die Knaben zogen die Schuhe aus, dann sogar die Hemden. Mit der größten Lust der Welt rannten sie ins Wasser. Wer schwimmen konnte, schnellte wie ein Delphin nach vorne und durchschnitt mit seinem Körper das erfrischende Naß.

Die Mädchen blieben am Ufer zurück und sahen zu. Nur Pauline – mein Gott: Paolina, damals noch! – konnte der Lust nicht widerstehen, wie sie auch später keiner Lust widerstand. Sie streifte die Schuhe ab und die weißen Kniestrümpfe aus Baumwolle. Dann watete auch sie in die Fluten und tauchte mit einem kleinen Aufschrei unter. Paolina... Obwohl sie eigentlich noch ein Kind war, konnte keiner, Knabe oder Mädchen, den Blick von ihr wenden, als sie wieder ans Land zurückkehrte. Die nassen Kleider klebten an ihrem Körper, der schon damals so viel zu versprechen schien, daß der älteste Bruder, Joseph, ihr entsetzt nachstürzte und sein trockenes Hemd über ihre Schultern warf. Die Göttin der Liebe entstieg den blauen Wellen des Mittelmeers und raubte den Sterblichen den Atem.

Sandy Bay. »Ich lebe auf einer Insel«, sagte Napoleon eines Abends, als jemand den Namen der kleinen Bucht erwähnte, »trotzdem war ich seit meiner Ankunft noch nie am Meer!« Seine Stimme war heiser vor Sehnsucht. Er dachte an Paolinas zarte Glieder und an ihre Locken, die sich an den Spitzen vor Nässe ringelten wie kleine schwarze Schlangen nach der Vertreibung der Menschen aus dem Paradies.

Nun waren sie unterwegs nach Sandy Bay, der einstige Kaiser mit seinen Treuesten der Treuen, ein paar Dienern und den besten Freunden: Mr. Balcombe und Betsy, die kesse kleine Fliege – bei weitem nicht so schön und verführerisch wie Paolina Buonaparte, die nun in Rom lebte und nach Halt nicht einmal suchte.

»An diesem schönen Tag dürfen wir nicht traurig sein«, gebot Napoleon, während er die Treppe von Longwood hinunterstieg zu der Kutsche, die auf ihn wartete und auf die Damen, denen die Ehre zuteil wurde, bei ihm sitzen zu dürfen: Fanny Bertrand, Albine de Montholon und die kleine Betsy, das Mädchen von der Insel. Ihr Neufundländer Sambo war ihr gefolgt und jagte bellend hinter der Kutsche her, halb vergnügt, halb um seine junge Herrin besorgt.

»Ich habe Angst vor Hunden«, sagte Albine und entfernte ihre seidenbeschuhten Füße aus der Nähe von Betsys Leinenstiefelchen.

»Hunde sind Symbole der Treue«, antwortete Napoleon anzüglich, obwohl auch er selbst für Tiere nur wenig übrig hatte. »Halten Sie nichts von Treue, Madame?«

Albine schwieg. Sie wußte, daß ihr Geheimnis längst kein Geheimnis mehr war: Nur wenige Wochen nach der Geburt der kleinen Lili hatte sich die Gräfin Montholon bereit erklärt, jene Funktion zu übernehmen, deretwegen Napoleon sie und ihren Mann insgeheim als Begleiter ausgewählt hatte. Nach langen Verhandlungen – wie für den Ehevertrag einer Herrscherstochter – hatte sie den Platz ihrer Dienerin Esther übernommen, die dafür nicht mehr zur Verfügung stand.

Zu Napoleons Mißvergnügen hatte Esther ein Kind geboren. Marchand bat seinen Herrn, die junge Mutter heiraten zu dürfen, um ihr so die Schande einer unehelichen Geburt zu ersparen. Er liebte Esther, seit er sie zum ersten Mal gesehen hatte: in ein weißes Laken gehüllt, die langen schwarzen Haare aufgelöst, eine nachtdunkle Flut bis über die Hüften ... daneben das zerwühlte Feldbett seines Herrn. An Esthers Hand ein goldenes Armband aus Paris, auf ihren Lippen kein Wort.

Napoleon verweigerte seine Einwilligung: Wenn sein Kammerdiener eine schwangere Dienerin heiratete, würde ganz Europa daraus schließen, daß Napoleon der Vater des Kindes sei. »Eine solche Peinlichkeit kann ich meiner Gemahlin nicht zumuten«, sagte er in der Sorge, die nicht aufhörte, ihn zu quälen – daß er Marie-Louise einen Scheidungsgrund liefern könnte und damit seinen letzten legitimen Halt verlor und das letzte Band zu seinem Sohn, seinem kleinen Gott, seinem Idol, nach dem er sich so sehnte, daß es weh tat!

Marchand handelte trotzdem als Kavalier. Er erlaubte Esther, ihn als Vater zu benennen, und schickte ihr jeden Monat eine kleine Geldsumme, von der sie und das Kind leben konnten. Das Getuschel begann jedoch von neuem, als sich herausstellte, daß das unselige kleine Geschöpf blaue Augen hatte. Blau wie die von Bonaparte, während sowohl Esther als auch Marchand schwarzäugig waren! Für Wochen war das kleine Mädchen Thema Nummer eins auf Sankt Helena, nur Napoleon fragte nie nach ihm, und als er es später einmal im Garten spielen sah, ging er an ihm vorbei, als hätte er es nicht bemerkt. Er kannte nicht einmal seinen Namen und wollte ihn auch nicht erfahren.

Alle wußten, daß Albine Napoleons Geliebte geworden war. Eine Geliebte, die nicht liebte und nicht geliebt wurde. Zwanzigtausend Franc im Jahr standen ihr von nun an zu, zahlbar aus dem Fonds, den Napoleons Stiefsohn für ihn verwaltete; des weiteren vierundzwanzigtausend Franc, zahlbar durch Napoleons Mutter von seinen Konten in Rom, und hundertvierundvierzigtausend Franc auf Scheck, zahlbar durch seinen Bruder Joseph – alles zu überweisen auf die Barings-Bank in London zu Gunsten der Gräfin Albine Hélène de Montholon, derzeit Sankt Helena.

»Sie lassen sich Ihre Zuneigung teuer vergüten, Madame!« sagte Napoleon kalt, als das Geschäft abgeschlossen war und Montholon durch Schweigen und Wegblicken seine Zustimmung signalisiert hatte.

Von nun an machte jeder auf Longwood seine zufälligen oder gewollten Beobachtungen, wenn Albine im Morgenmantel in Napoleons Intérieur huschte oder von dort herauskam, immer verstohlen, obwohl keiner gewagt hätte, etwas dagegen einzuwenden.

Vielleicht schämt sie sich, dachte Fanny, als sie die abweisende Miene beobachtete, mit der Albine von nun an dem Kaiser begegnete und die der seinen glich, wenn er sich ein Vergnügen daraus machte, seine Geliebte vor versammelter Gesellschaft in Verlegenheit zu bringen: »Wie war das eigentlich mit Ihrer ersten Ehe, Madame? Ist es wahr, daß der glückliche Gatte viermal so alt war wie Sie?« Oder: »Was halten Sie von der Treue, Madame? Sie lieben Ihren Gatten doch, nicht wahr? Könnten Sie sich vorstellen, ihn zu betrügen?«

Dann errötete Albine und senkte den Kopf, als wartete sie darauf, daß jemand sie verteidigte. Doch alle schwiegen, auch Tristan, der seine Seele verbarg und so bezaubernd war, daß er außer Gourgaud alle entwaffnete, wenn er sie anlächelte und eine angenehme Bemerkung machte.

»An diesem schönen Tag dürfen wir nicht traurig sein«, wiederholte Napoleon, während die Kutsche hinter den Reitern Bertrand und Montholon herfuhr, gefolgt von einer zweiten, kleineren, in der Las Cases, Emmanuel und Mr. Balcombe saßen. Danach kamen Gourgaud zu Pferde, hinter ihm die Diener mit dem Proviant und zuletzt im vorgeschriebenen

Abstand die englischen Bewacher, erfreut über die Abwechslung.

»Ich bin aber traurig, Monsieur!« widersprach Betsy, ohne auf Fanny oder Albine Rücksicht zu nehmen.

Ein heiterer Ausflug an einem heiteren Frühlingstag, zugleich aber auch ein heimliches Abschiedsfest: Hudson Lowe wollte nicht länger die Augen davor verschließen, daß eine englische Familie von bester Abkunft mit den französischen Gefangenen fraternisierte. Er meldete nach England, Mr. Balcombe von Balcombe, Fowler & Co. stünde im Verdacht, Briefe für den verbannten Exkaiser auf die Insel zu schmuggeln und im Gegenzug dazu dessen unerlaubte Korrespondenz an der Zensur vorbei aus dem Land zu schaffen. »Wenn Mr. Balcombe seine subversive Tätigkeit nicht einstellt, muß ich ihn verhaften lassen!« schrieb Hudson Lowe nach London. Er wußte, daß man diese Nachricht sofort an den Prinzregenten weiterleiten würde, der die Interessen seines natürlichen Sohnes ganz gewiß über die Anschuldigungen eines Beamten stellen und den Sohn aus der Schußlinie nehmen würde.

So wurden Mr. und Mrs. Balcombe von höchster Stelle aufgefordert, der alten Heimat England einen Besuch abzustatten. Der Prinzregent wünsche auch die vier Kinder der Familie kennenzulernen. Ein Aufenthalt von mindestens einem Jahr sei empfehlenswert, vielleicht sogar länger, aber darüber könne man später noch entscheiden. Brücken sollten erst überschritten werden, wenn man sie erreicht habe.

»Mein Kompagnon Fowler wird während meiner Abwesenheit die Geschäfte übernehmen«, sagte Mr. Balcombe, als er Napoleon einweihte. »Ich habe alles so gut organisiert, daß sogar eine Schlafmütze wie Fowler keinen allzu großen Schaden anrichten kann. Er wird übrigens mit seiner Familie nach »Wildrose« ziehen, damit das Anwesen nicht verkommt und die Diener und Sklaven versorgt bleiben.«

»Und wann werden Sie zurückkehren, mein Freund?« Napoleon, so blaß, so traurig, so einsam!

»Darf ich offen sprechen, Majestät?«

»Nur zu, *mon ami*.«

»Ich glaube, daß wir diese Insel niemals wiedersehen werden, Sire. Zumindest nicht, solange Sie sich hier aufhalten.«

»Dann habe ich Ihnen wohl kein Glück gebracht.«

»Es ist nicht Ihre Schuld, Sire.«

»Wenn man Sie in England nach mir fragt, was werden Sie sagen?«

»Nur das Beste, Sire. Sie nennen mich Ihren Freund, und als solcher werde ich sprechen. Sie werden sich keinen besseren Advokaten Ihrer Sache vorstellen können.«

Napoleon nickte. »Ich danke Ihnen, mein Lieber. Berichten Sie allen, wie schlecht es mir geht und daß man mir nach dem Leben trachtet! Helfen Sie mit, daß mich die Welt nicht vergißt, dann wird diese schmerzliche Trennung doch noch ihren Sinn gehabt haben!«

2

Sandy Bay: im südlichsten Teil der Insel, genau gegenüber von Jamestown. Mr. Balcombe hatte erzählt, daß die Bucht vor hunderten Jahren noch von dichten Wäldern gesäumt gewesen war, die von der Hochebene bis zum Strand hinunterreichten. Prächtiges Ebenholz mit einem schwarzen Kern, das langsamer wuchs als jede andere Art. Koromandel-Ebenholz, das edelste von allen, weil es das geduldigste war. Uralt waren die Wälder, bis sie jene Höhe und Dichte erreicht hatten, die sie so kostbar machte. Doch die Natur bewertete nicht. Sie beachtete weder die Schönheit, noch zählte sie die Jahre oder kalkulierte den Gewinn, den das Holz der stolzen Bäume auf den Märkten Europas einbringen konnte. Sie existierte einfach, und bevor die Menschen kamen, wurde sie nicht gestört. Ihre Kinder, die Pflanzen der Insel und die Tiere, hatten keine Namen, und so gehörten sie auch niemandem als sich selbst: Geschöpfe der ständig wehenden Passatwinde, der Regengüsse und der Sonne des Südens.

Doch dann erschienen die weißen Männer mit ihren großen Schiffen, deren Segel sich im Wind blähten und deren bunte Flaggen schon von ferne signalisierten, ob sie Freunde oder Feinde des Betrachters waren. Die Männer staunten über das, was sie sahen. Sie bewunderten es und zugleich wuchs ihr Begehren. Das Tor des Paradieses sprang auf.

Als erstes wurden die Zitronenhaine im Westen der Insel abgeholzt, dann entdeckte man den Süden und den Osten. Die gierigen Schiffe mit ihren geräumigen Bäuchen ankerten vor Sandy Bay, und es dauerte nur ein halbes Menschenleben, bis an Stelle der tausendjährigen Wälder nur noch Baumstümpfe aus dem Boden ragten, zwischen denen Meerfenchel wucherte, wilder Sellerie, ein Paar Farne, verkrüppelte Gummi- und Feigenbäume und die unvermeidlichen weißen Flachslilien, die die schwarzen Stümpfe wie Grabblumen schmückten.

»Solche Wälder wird es nie wieder geben!« sagte Mr. Balcombe. »Wir haben nicht mehr genug Zeit, Bäume tausend Jahre wachsen zu lassen.«

Von Sandy Bay bis hinauf zur Hochebene wurden Bäume gefällt. Aus *Great Wood* wurde *Deadwood Plain*. Die Passatwinde, die Sonne und der Regen, die bisher die Stärksten unter den Tieren und Pflanzen ausgewählt und zum Überleben bestimmt hatten, trafen nur noch auf Schwache und fegten, brannten und schwemmten sie fort. Deadwood Plain ... Sandy Bay, sandiger Strand: Ob er so geheißen hätte, als die Wälder noch lebten zum stummen Ruhm der Schöpfung? Doch damals wurde nicht benannt, denn Namen bedeuten Herrschaft. Im Paradies der schwarzen Wälder aber gab es keine Herrschaft, sondern nur ein Gesetz, ein einziges: das Gesetz von Leben und Tod, von Geburt, Heranwachsen und Vergehen.

Schon vor Sonnenaufgang waren sie aufgebrochen. Wo Hudson Lowes Wälle sie nicht daran hinderten, konnten sie zwischen dem Bleigrau von Himmel und Meer einen schmalen, orangeroten Streifen erkennen. Sie fröstelten, weil die Luft noch kühl und feucht war. Zugleich aber genossen sie die angenehme Erfrischung. Sie wußten, wie schnell die Hitze von der Insel Besitz ergreifen würde.

Der Streifen am Horizont verbreiterte sich, fing an, sich in den Wellen zu spiegeln und im klaren Luftraum zwischen den Wolken. Dann wurde es hell: mit jedem Tritt der Pferde und mit jeder Umdrehung der Kutschenräder mehr. Die Sonnenstrahlen fingen sich in den Haaren und glitzerten in den Augen. Sogar die Einöde von Longwood schien plötzlich vergoldet und liebkost. Oben auf High Knoll donnerte die Kanone, und überall auf der Insel erscholl die Antwort. Ein neuer Tag war nach Sankt Helena gekommen. Einer von so vielen, die der verbannte Kaiser hier zu verleben hatte.

Über eine schmale, steile Bergstraße fuhren sie im Zickzack hinunter zu einem kleinen Paß. Zu ihrer Rechten ragte Diana's Peak empor, der höchste Berg der Insel, der dunkelste und kahlste – das erste, was den Franzosen auf Sankt Helena aufgefallen war, als die »Northumberland« vor Anker ging und alle Hoffnungen zerbrachen.

Der Blick weitete sich. In der Ferne leuchtete das Meer. Als sie um einen Felsen bogen, lag ein großes, weißes Anwesen vor ihnen wie eine verkleinerte Ausgabe von Plantation House. Es gehörte, so erklärte Mr. Balcombe, einem gewissen Sir William Doveton, mit dem die Balcombes schon seit einer Ewigkeit befreundet waren. »Bestimmt wäre es Sir William eine Ehre, Sie zu empfangen, Majestät.«

So saßen sie dann im Garten der Dovetons, tranken Kaffee und aßen englischen Toast und Pastete aus Napoleons Proviant. »Geben Sie zu, lieber Balcombe, daß Sie uns angekündigt haben«, sagte Napoleon angenehm berührt.

Sir William hatte seine ganze Familie um sich versammelt. Sogar seine verheiratete Tochter, eine Mrs. Greentree, war mit ihren drei wohlfrisierten Kindern angereist, um »den ehemaligen Kaiser« kennenzulernen. »Ein Eindruck fürs Leben«, hatte sie den Knaben versprochen, als sie sich über die beengende Kleidung und das naß gekämmte Haar beschwerten.

Auf englischen Gartensesseln an einem englischen Tisch mit

einem englisch geblümten Tuch: so saßen Briten und Franzosen unter Zedern und Zypressen. Auch die englischen Bewacher wurden hereingebeten und bewirtet. Ein wenig abseits hatten sie einen Tisch für sich, aßen entspannt und mit großem Appetit und hatten längst vergessen, daß sie sich nicht unter Freunden befanden. Zuletzt servierte Mrs. Greentree noch für jeden Erwachsenen ein Glas selbst angesetzten Orangenlikörs: am Vormittag! – was Napoleon erschütterte und in seiner Überzeugung bestärkte, daß alle Engländer heimliche Säufer waren. Wahrscheinlich hätten sie sonst das Klima auf ihrer nebligen Insel nicht ertragen.

Man verabschiedete sich herzlich. Napoleon schenkte jedem Kind einen *Napoléon d'or* mit seinem Bild. Wie immer, wenn er das Haus verließ, hatte er auch an diesem Morgen seine linke Jackentasche mit Goldmünzen gefüllt, um sie bei Bedarf zu verschenken: an einen Sklaven, der ihn ehrerbietig grüßte; an ein Kind, das ihn mit offenem Mund anstarrte; an einen englischen Soldaten, wenn kein Zeuge in der Nähe war. Er schenkte gern, auch wenn es nun nicht mehr Orden oder Schlösser waren, sondern nur Münzen, und die Adressaten keine Generäle oder Herzöge, sondern nur noch kleine Leute auf einer kleinen Insel.

»Es war sehr schön bei Ihnen, Sir William«, verabschiedete sich Napoleon auf englisch. Nur die Franzosen verstanden ihn, aber sein Lächeln genügte. »Warum nur haben mich Ihre Leute nicht nach England gehen lassen?« fragte er Mr. Balcombe, als er sich wieder in die Kutsche helfen ließ. »Trotzdem: Heute ist ein guter Tag. Ich hätte nicht gedacht, daß mir diese Insel einmal gefallen könnte.« Er zögerte. »Zumindest an ein paar Stellen – nur wenigen allerdings – und ausnahmsweise!«

3

Um Napoleon eine Freude zu bereiten, hatte Mr. Balcombe das große weiße Zelt aus seinem Garten nach Sandy Bay schaffen lassen. Damit es nicht von einem nächtlichen Regenguß durchnäßt werde, übernachteten zwei der malaiischen Sklaven mit dem zusammengelegten Zelt in einer Felshöhle an der Bucht und stellten es erst am Morgen auf, während sich die kleine Prozession durch die Berglandschaft bewegte.

»Sie sind wirklich ein Freund, mein lieber Balcombe«, sagte Napoleon gerührt, als er nach den drei Damen aus der Kutsche geklettert war und auf die Bucht und auf das Meer hinunterblickte – so nahe nun, nicht nur vom Logenplatz hoch oben zu sehen, als wäre es nicht mehr als der Gegenstand eines Gemäldes. Hier brauchte Napoleon kein Fernrohr, um die kleinen, weißen Wellenkämme zu erkennen. Hier war er selbst Teil der Szenerie. Er vernahm das leise Klatschen und Plätschern, und er roch das Salz in der Luft, herangetragen von einem milden Frühlingswind. Gleich, so schien es ihm plötzlich, könnte er Paolina hören, wie sie aufschrie, erschreckt und entzückt zugleich, als das kühle Wasser ihren erhitzten Körper umfing; gleich würde sie aus dem Wasser waten, die Sonne im Gesicht. Ein Bild der Jugend, die ihm längst entglitten war, ohne daß ihm bewußt geworden wäre, wann die Trennung stattgefunden hatte. Nun ging er auf die fünfzig zu, und als er über die kleine, steinige Böschung zum Zelt hinunterstieg, war er froh, daß Mr. Balcombe fürsorglich eine Hand unter seinen Ellbogen legte.

Die Diener Marchand, Ali und Noverraz rückten die Stühle zurecht und wischten über die Tische, mißtrauisch beäugt von den beiden Malaien, die sich dadurch gemaßregelt fühlten. Der Koch Pierron und sein Assistent Lapage beeilten sich, die Speisen für das Buffet auszupacken, weiße Tischtücher aufzulegen und die Tafel zu arrangieren: Pastete, Büchsenfleisch mit verschiedenen Saucen, kalter Truthahn, Geflügel in Curry, Schinken und dünne Scheiben Schweinefleisch; dazu noch Datteln,

Mandeln, Apfelsinen, einige feine Salate und Weißbrot. Als Getränke Wein, Tee und Limonade. Zum Dessert Kaffee und Kuchen. Es war wie einst in der goldenen Zeit in den Tuilerien, wenn Joséphine Napoleon überredet hatte, seine Arbeit für kurze Zeit im Stich zu lassen und mit ihr und ihren Freunden ein Picknick zu machen. Damals hatte er es nicht zu schätzen gewußt: ein Zeitvertreib für Kinder und Tagediebe! Heute aber war er glücklich darüber und dankbar, und er lächelte jeden an, dessen Blick er begegnete.

Tatendrang kam auf. Gourgaud suchte nach Begleitern für einen kurzen Besichtigungsgang hinauf zur Kapelle von Sandy Bay, einem kleinen, rechteckigen Gebäude aus riesigen, grob behauenen Steinen, mit einem niedrigen Vorbau und einem Türmchen mit einer Glocke, die so zittrig klang wie ein Sterbeglöckchen. Nur selten verirrte sich jemand hierher zwischen die steilen Felsen, und noch seltener wurde das einsame Glöckchen geläutet.

Nach kurzer Rücksprache mit Fanny willigte Bertrand ein, Gourgaud zu begleiten. Fanny selbst wollte nicht mitkommen. Seit ein paar Wochen wußte sie, daß sie schwanger war. Als es keinen Zweifel mehr geben konnte, hatte sie zwei Tage lang nur geweint. Alle Hoffnungen, in der nächsten Zeit nach Europa zurückzukehren, schienen mit einem Schlag zunichte gemacht. Bis zur Geburt war an eine anstrengende Seereise nicht zu denken, und auch danach würde die Überfahrt für das Kind vorerst zu gefährlich sein. Bertrand sah den Kummer seiner Frau und machte sich Vorwürfe, mit der Rückkehr so lange gewartet zu haben. Sogar Napoleon bemerkte Fannys Niedergeschlagenheit, und allen fiel auf, daß er seine boshaften Bemerkungen auf einmal unterließ und Fanny mit ausgesuchter Höflichkeit behandelte und manchmal sogar mit Fürsorge und Freundlichkeit.

Nun saß sie in einem bequemen Liegestuhl, den Mr. Balcombe für sie aufgestellt hatte, im Schatten der Felsen, blickte auf das ruhige Meer und auf die Menschen, die zu ihrem Leben gehörten, mochte sie es sich wünschen oder nicht. Noch immer spürte sie den Schrecken über Ciprianis Tod und noch immer hatte sie niemandem von dem grünen Buch erzählt, das er ihr am letzten Abend seines Lebens anvertraut hatte. Ihr war, als ob sie da oben in ihrem Schrank das Böse selbst eingeschlossen hätte und als ob es schweigen würde, solange niemand daran rührte. Schon mehrmals hatte sie einen Stuhl vor die Vitrine gestellt, um das Buch herunterzuholen, doch noch bevor sie hochstieg, gab sie ihr Vorhaben wieder auf und beschäftigte sich schnell mit etwas anderem, um sich abzulenken.

Sie zweifelte nicht daran, daß Ciprianis Tod mehr war als die Folge einer zufälligen Blinddarmentzündung, und sie wußte auch, daß sie mit ihrem Verdacht nicht allein stand. Zu merkwürdig waren die Ereignisse, die später noch folgten, als Napoleon bereute, seinem Blutsbruder kein würdigeres Begräbnis bereitet zu haben. Durch Bertrand verlangte er von Hudson Lowe eine angemessene Grabstelle in Jamestown: groß genug und in einem Teil des Friedhofs, in dem die angesehenen Bürger der Insel bestattet wurden.

Hudson Lowe hatte sofort seine Einwilligung gegeben. Schon am folgenden Tag wurde Ciprianis Sarg ausgegraben und zum Transport auf einen Wagen gehoben. Dabei stellten die Totengräber fest, daß der Sarg viel zu leicht war. In Gegenwart von Bertrand, Montholon, Dr. O'Meara und Sir Thomas Reade öffnete man ihn. Er war leer! Nur ein paar in Lumpen gewickelte Steine lagen darin!

Nach langer Beratung beschlossen die vier Verantwortlichen, den Sarg an seiner früheren Stelle wieder zu beerdigen und offiziell Stillschweigen über die Angelegenheit zu bewahren, die wahrscheinlich doch nicht aufgeklärt werden konnte, womöglich aber unabsehbare Schwierigkeiten auslösen würde, wenn sie erst unter die Leute kam. Nicht einmal Napoleon forderte weitere Schritte, doch er war überzeugt, daß »diese beiden Schurken Lowe und Reade hinter der Schweinerei« steckten und vielleicht sogar die Schuld am Tode des »armen Cipriani« trugen.

Fanny hatte Montholon beobachtet, als er mit Bertrand Napoleon vom Verschwinden der Leiche berichtete. Doch so wachsam sie auch nach Anzeichen forschte, die einen Verdacht rechtfertigten, so sehr wurde sie enttäuscht. Kein falscher Ton in der Stimme, kein verschlagener Blick, nichts Verstohlenes oder Zweideutiges. Was sie sah, war ein Mann ohne Arg, der seinen Herrn von einer traurigen, unerklärlichen Sache in Kenntnis setzte, ratlos, aber das war Bertrand auch.

Nun, am Strand von Sandy Bay, schritten die Montholons am Wasser auf und ab, Albine unter einem weißen Sonnenschirm, den sie schräg hielt, damit auch ihr Gatte am Schatten teilhaben könne. Ein schönes, elegantes Paar, das leise miteinander redete und einander zulächelte. Fanny beschloß, das Buch so lange an seinem Platz zu lassen, wie es nur möglich war. Vielleicht hatte der Spuk längst sein Ende gefunden.

4

Jeder suchte sich seine Beschäftigung oder ruhte sich aus. Mr. Balcombe kommandierte die Diener herum, und die beiden Las Cases setzten sich vor dem Zelt in den Schatten. Seit seiner Krankheit hatte sich Emmanuel nicht mehr erholt. Ständig war er müde und erschöpft, so kraftlos, daß er kaum ein paar Schritte bergauf gehen konnte, ohne sich danach sofort hinlegen zu müssen. Dabei wuchs er so schnell, daß es auf Sankt Helena schon niemanden mehr gab, der ihn überragt hätte. »Nicht einmal unter den Schwarzen«, wie Dr. O'Meara beeindruckt feststellte. Vorsichtig und ein wenig verwirrt diagnostizierte er ein Klimaleiden: das, was man auf Longwood die Inselkrankheit nannte. Auch das Herz des jungen Mannes sei angegriffen, was auf das beschleunigte Wachstum zurückzuführen sei. Ausreichend Schlaf, eine gesunde Ernährung und regelmäßige Bewegung an der frischen Luft würden aber sicher bald Heilung bringen. Die Leiden der Jugend waren nicht wie die Leiden des Alters. Sie töteten entweder rasch oder sie verschwanden nach und nach auf Nimmerwiedersehen. Ein Siechtum wie das der späten Jahre blieb den Jungen zumeist erspart: das unendliche Fegefeuer, das jede Hoffnung erstickte, weil in der Ferne kein Licht mehr zu erkennen war, sondern nur noch das finstere Ende.

»Hier ist doch sicher noch frei«, fragte Napoleon rhetorisch und setzte sich neben Las Cases.

»Eine Ehre, Majestät, eine große Ehre!« antwortete der »Verzückte« mit einem heimlichen Mißklang, denn auch Betsy, die entschlossen war, Napoleon nicht von der Seite zu weichen, nahm in der Runde Platz. Emmanuel errötete und senkte den Blick.

Betsy kämpfte eine Weile mit sich. »Monsieur de Las Cases«, begann sie dann mit einer Verlegenheit, die bisher keiner der Anwesenden an ihr beobachtet hatte. »Ich muß oft daran denken, daß ich Ihre Brille zerbrochen habe. Glauben Sie mir bitte, es tut mir sehr leid! Ich wünschte, ich könnte es wiedergutmachen.«

Las Cases verzog keine Miene. Er trug noch immer die gleiche Brille wie damals, doch nur noch mit einem Glas. Die zweite Fassung war leer. Es war nicht möglich, auf Sankt Helena ein Glas von der Stärke zu finden, wie er sie brauchte. Seit ihm das zweite Glas fehlte, schien ihm sein Leben doppelt schwer. Immer öfter dachte er an die Blindheit seines Vaters und seines Großvaters und er verfluchte in Gedanken das dreiste Kind, das seine Schwäche so quälend spürbar gemacht hatte.

»Sie verzeihen mir doch, Monsieur, nicht wahr?«

Las Cases würdigte Betsy keines Blickes. Über ihre Schulter hinweg starrte er an ihr vorbei. Um Napoleons willen deutete er dann eine knappe Verbeugung an. Keine Vergebung, nur ein Zur-Kenntnis-Nehmen der Entschuldigung. Auch Emmanuel schwieg und blickte aufs Meer hinaus.

Napoleon erhob sich und streckte Betsy die Hand entgegen. »Wir wollen ans Wasser gehen, Mademoiselle«, ordnete er an.

Betsy atmete auf. »O ja, Monsieur!« rief sie erleichtert und zog sich an Napoleons Hand hoch. Sie strich ihren langen Rock glatt und wandte sich noch einmal mit schiefgeneigtem Kopf zerknirscht an Las Cases:»Sie sind mir nicht mehr böse, Monsieur, oder?«

Las Cases verneigte sich ein zweites Mal, nun noch abweisender als zuvor.

»Es ist doch das letzte Mal, daß wir einander sehen.«

Las Cases reagierte nicht mehr. Mit der verschlossensten Miene der Welt starrte er in die Ferne, die er nicht sehen konnte.

»Nun ja...« murmelte Betsy. Dann drehte sie sich zu Napoleon um und strahlte ihn an. »Auf ins Wasser, edler Ritter *Pie O'Nay*!« rief sie übermütig wie früher im Garten der »Wildrose« und zerrte ihn mit sich über den Sand.

Ohne Napoleons sehnsüchtige Jugenderinnerungen zu kennen, hatte Betsy ihre Schuhe und Strümpfe ausgezogen und hüpfte nun im seichten Wasser die Küste entlang, Napoleon neben ihr im trockenen Sand, über den immer wieder kleine Wellen schwemmten, warm von der Sonne und von zarten Luftblasen gekrönt, als hätte jemand Seife aufgeschäumt. Betsy sprang hin und her, zerriß mit den Zehen die angeschwemmten Algenstränge, bückte sich und bespritzte Sambo mit Wasser. Schon seit Tagen befand sie sich in einem Zustand der Euphorie. Die ganze Welt schien ihr offenzustehen. Alles war möglich, seit sie vor anderthalb Wochen das erste Pferderennen der Insel gewonnen hatte – oben auf der neuen Rennbahn von Deadwood-Camp, die für die Soldaten des 53. Regiments angelegt worden war. Napoleon hatte Betsy sein Pferd Hope zur Verfügung gestellt und ihr sein Motto eingeschärft, daß im Leben nur der erste Platz zähle. Wer nicht siegte, hatte verloren.

Betsy hatte gesiegt, und als sie auf dem hölzernen Podest stand und Hudson Lowe persönlich ihr die Medaille umhängte, wußte sie, daß sie alles konnte, wenn sie es nur wollte. Sie war die Amazone des Südatlantik, die Königin der Rennbahn!

Ihr erster Weg nach der Siegesfeier hatte sie nach Longwood geführt. »Wir haben gewonnen!« rief sie Napoleon zu, der im Salon saß und die Zeit vergehen ließ. Wir – das hieß Betsy Balcombe und Napoleon Bonaparte! Wir – es gab nichts, das sich das kleine Mädchen aus dem Rosengarten inniger gewünscht hätte!

Sie kamen zu einem Felsen mit einem Vorsprung wie eine Bank. Napoleon setzte sich und lehnte sich an den heißen Stein. »Bald werden Sie abreisen, Mademoiselle«, sagte er und blinzelte in die Sonne. »Ihr Vater meint, Sie werden vielleicht nie zurückkommen.«

Betsy stand vor ihm, als wollte sie ihn vor der Sonne schützen. Sie wußte, wie lichtempfindlich er war, seit ihn die Inselkrankheit immer wieder packte. Sie sah, daß seine Schuhe naß geworden waren, und bückte sich, sie ihm auszuziehen.

Napoleon zuckte zurück, beschämt wegen der körperlichen Veränderungen, deren Opfer er geworden war. Doch Betsy ließ sich nicht abweisen. Sie streifte ihm die Schuhe von den Füßen und legte sie mit der Öffnung nach oben zum Trocknen in die Sonne. Dann streichelte sie mit sanfter Hand über seine weißseidenen Kniestrümpfe, die vom Meerwasser durchnäßt waren und über dem Rist spannten. »Die armen Füße«, sagte sie leise. »Man tut Ihnen etwas an, Monsieur, wissen Sie das?« Mit großer Vorsicht zog sie ihm die Strümpfe aus und breitete sie neben den Schuhen aus.

Napoleon widerstand dem Wunsch, seine Füße zu verbergen, deren er sich schämte, seit sie so unförmig angeschwollen waren. »Und wer, meinen Sie, tut mir etwas an?«

»Mein Vater hat einen Verdacht, aber ich weiß nicht, ob ich darüber sprechen darf.«

»Und wie könnte ich mich schützen, was glauben Sie, Mademoiselle?«

Betsy verlor plötzlich die Fassung. »Erlauben Sie, daß ich bei Ihnen bleibe, Monsieur!« rief sie. »Erlauben Sie, daß ich auf Sie aufpasse! Niemand könnte das besser als ich.«

»Und Ihre Familie?«

»Ich bin erwachsen, Monsieur. Ich möchte zu Ihnen gehören!«

»Wissen Sie nicht, daß ich Frau und Kind habe?«

»Und wo sind sie, bitte sehr, Ihre Frau und Ihr Kind? Sie führen ihr eigenes Leben und haben Sie vergessen. So sieht das aus. Aber ich, ich bin hier! Es ist mein Schicksal.«

Napoleon schüttelte den Kopf. »Schicksal«, murmelte er unwillig. »Frauen haben kein Schicksal.«

Betsy kämpfte um ihr Glück. »Sie könnten sich scheiden lassen, Monsieur!« rief sie beschwörend. »Das haben Sie doch schon einmal getan. Und dann könnten Sie mich heiraten. Glauben Sie mir, Ihr Leben könnte noch so glücklich werden! Ich würde dafür sorgen.«

Napoleon erhob sich. Immer noch war er ein wenig größer als das junge Mädchen. »Es sieht aus, als liebten Sie mich«, sagte er.

Betsy nickte. »Aber ja!« rief sie. »Immer schon! Schon seit Sie von der Straße herunter in unseren Garten geritten kamen und Ihr Pferd Mamas schönen Rasen kaputtmachte. Sie hat Sie dafür gehaßt, das können Sie mir glauben!«

Er lächelte. »Das wußte ich nicht. Ich dachte immer, sie hätte mich gern.«

»Sie hat Sie gefürchtet.«

»Auch jetzt noch?«

»Jetzt nur noch ein wenig.«

Er setzte sich wieder, wischte den Sand von seinen aufgeweichten Fußsohlen und zog sich die Kniestrümpfe wieder an. Betsy wollte ihm helfen, doch er schob ihre Hand von sich.

Betsy setzte sich neben ihn und blickte hinaus auf den Horizont. »Sie wollen mich nicht«, sagte sie ernüchtert. »Sie lieben mich nicht. Esther Vesey haben Sie zu sich geholt, und sie hat ein Kind von Ihnen.« Sie zeigte theatralisch auf seine Schuhe. Für einen Moment sah sie wieder aus wie das übermütige kleine Mädchen, das ihm beim Spiel die Todeskarte entgegengehalten hatte. »Und mir erlauben Sie nicht einmal, Ihnen zu helfen!«

»Sie dürfen sich nicht mit Esther Vesey vergleichen, Mademoiselle.«

»Und wenn ich gern an ihrer Stelle wäre?«

Er ergriff ihre Hand. »Sie sind an einer viel besseren Stelle, Betsy.«

»Aber Sie wollen, daß ich nach England gehe!«

»Zu Ihrem eigenen Besten.«

»Das kennen immer alle besser als ich selbst!«

Sie schwiegen. Mit Mühe zog sich Napoleon die nassen Schuhe über die Füße, die nun noch stärker angeschwollen waren. Er blickte hinüber zum Zelt, wo Marchand darauf wartete, zu Hilfe gerufen zu werden.

»Darf ich ein Andenken von Ihnen haben, Monsieur?«

»Ich fürchte, ich habe heute nichts bei mir, was Ihnen Freude bereiten könnte. Aber wenn wir erst wieder in Longwood sind...«

Sie unterbrach ihn ungeduldig. »Eine Locke?« fragte sie atemlos. »So viele Menschen haben Locken von Ihnen! Ihre Diener verkaufen sie nach dem Haareschneiden für teures Geld. Aber ich möchte sie von Ihnen selbst bekommen. Jetzt!« Sie zog eine zierliche, silberne Schere aus einer versteckten Tasche in ihrem Rock.

Napoleon lachte, neigte den Kopf nach vorne und ließ es geschehen. Betsy versorgte sich mit einer dicken Strähne, wie sie bestimmt keiner der Diener zu bieten gehabt hätte. Dann stand sie ein wenig ratlos da und wußte nicht, wo sie die Kostbarkeit verstauen sollte. Da holte Napoleon seine Lakritzdose aus der Tasche, stopfte die Süßigkeiten zu den Münzen in die andere Rocktasche und legte die Locke vorsichtig in die runde Schachtel. »Sie wird nach Lakritz duften«, sagte er leise. Mit einem kurzen Stift, den er immer bei sich trug, schrieb er eine Widmung auf die Rückseite der Dose. Betsy fing an zu weinen, als sie las, wie er ihren Namen geschrieben hatte: »Für *Mademoiselle Betsii!* Napoleon.«

5

Sie aßen zu Mittag und zogen sich dann auf ihre Liegestühle zurück. Kleine Grüppchen bildeten sich nach den Gesetzen der Sympathie und des Zufalls. Napoleon saß bei Betsy und Mr. Balcombe, der ihm zum Abschied ein handgeschriebenes Büchlein schenkte. Mr. Huff – der Old Huff der Balcombe-Kinder – hatte es verfaßt. Nach seinem Freitod wurde es in seinem Zimmer gefunden. Es war die wahre, abenteuerliche und traurige Geschichte eines gewissen Fernando Lopez, der vor dreihundert Jahren als Einsiedler auf Sankt Helena gelebt hatte, der erste Ausgestoßene auf dieser Insel.

Auch jetzt noch wußte jedes Kind auf Sankt Helena, wer Fernando Lopez gewesen war, doch die Einzelheiten seines Schicksals klangen von Generation zu Generation verworrener und märchenhafter. Mr. Huff war voller Mitgefühl für den Einsamen, der in einer Höhle am Strand hauste und sich den Seeleuten, die an Land kamen, um frisches Wasser zu holen, nur aus der Ferne zeigte. Um die Biographie dieses Mannes vor dem Vergessen oder der Verklärung zu bewahren, hatte Old Huff im Laufe vieler Jahre alle Informationen zusammengetragen, derer man nach so langer Zeit noch habhaft werden konnte. In einem Büchlein, wie es seine Schüler zur Sammlung fremdsprachiger Vokabeln verwendeten, schrieb er die Denkwürdigkeiten über Fernando Lopez nieder und hoffte, irgendwann einmal würde sich jemand dafür interessieren und ein richtiges, gedrucktes Buch daraus machen, das die Londoner Buchhändler in ihre Vitrinen legten.

»Fernando Lopez war ein portugiesischer Aristokrat«, erzählte Mr. Balcombe. Die in der Nähe saßen, hörten ihm ein wenig schläfrig und zerstreut zu. Die anderen dösten und lieferten sich dem Rhythmus der Wellen aus, die heranrollten und sich zurückzogen, als wäre der Ozean ein riesiges, nasses Tier, das lebte und atmete. »Ein Abenteurer«, fuhr Mr. Balcombe fort, »der in die Ferne segelte, um neue Länder zu entdecken und seinen König reich zu machen – und auch sich

295

selbst. Nach langen, entbehrungsreichen Monaten auf See erreichte er die Südwestküste Indiens: das reiche, wundersame Goa. Gemeinsam mit General D'Alboquerque und seinen wilden Soldaten belagerten Fernando Lopez und seine Männer die Festungsstadt und nahmen sie in Besitz. Danach machte sich D'Alboquerque auf den Weg zurück nach Portugal, um den Sieg zu melden und noch mehr Soldaten anzufordern: für die Verteidigung des Eroberten und für weitere Kriegszüge. Fernando Lopez und seine Männer blieben in Goa zurück. Bezaubert von der Schönheit und der fremdartigen Kultur des Landes, nahmen sie nach einiger Zeit den moslemischen Glauben an, kleideten sich wie Inder, lebten wie Inder und dachten kaum noch an ihre Heimat.«

Napoleon hatte die Augen geschlossen. Mr. Balcombe meinte, er wäre eingeschlafen; deshalb schwieg er. Doch Napoleon bedeutete ihm mit der Hand weiterzusprechen.

»Nach Jahren kam D'Alboquerque mit vielen Schiffen, Soldaten und Waffen zurück nach Goa«, setzte Mr. Balcombe fort, ein wenig leiser als vorher, um die anderen nicht bei ihrer Siesta zu stören. Doch die Las Cases und die Bertrands rückten ihre Liegestühle näher heran, um keines seiner Worte zu versäumen. »Als D'Alboquerque erfuhr, daß Fernando Lopez zum Heiden geworden war, ließ er ihn und seine Männer wie Vieh zusammentreiben und von schwarzen Folterknechten bestrafen. Fernando Lopez als Aristokraten und damit Verantwortlichen am schwersten von allen: Man ›schuppte ihn ab‹, das heißt, man riß ihm alle Haare seines Körpers aus, sogar die Augenbrauen. Dann schnitt man ihm vor aller Augen auf dem Marktplatz von Goa Nase und Ohren ab. Man hackte ihm die rechte Hand ab und den linken Daumen und jagte ihn dann zusammen mit seinen Getreuen aus der Stadt, blutend und vor Schmerz schreiend, hinaus in die Weite des fremden, unwirtlichen Landes. Im Wald versteckten sie sich. Als ihre Wunden verheilt waren, schlugen sie sich zur Küste durch. Ein mitleidiger Kapitän nahm sie auf. Fernando Lopez wollte auf dessen Schiff zu seiner Frau und seinen Kindern zurückkehren, die er im Banne der Ferne fast vergessen hatte.«

»Wie kann man Frau und Kind vergessen?« fragte Napoleon, ohne die Augen zu öffnen.

»Nach vielen Wochen auf See erreichte das Schiff die kleine, unbewohnte Insel Sankt Helena: ein Garten Eden mit Wäldern, murmelnden Bächen und Quellen mit reinstem Wasser, edler als Wein.«

Napoleon richtete sich auf. »Reines Wasser!« rief er ungläubig. »Jetzt haben wir immer nur Regen und verfaultes Wasser aus dem Kanister! Reines Wasser... Haben Sie davon gehört, lieber Balcombe, daß in Ägypten einige meiner Soldaten Selbstmord begingen, weil die Brunnen leer waren?« Er blickte Mr. Balcombe an, als wüßte dieser alles auf der Welt und könnte jedes Problem lösen. »Sprechen Sie weiter, *mon ami*«, sagte Napoleon dann. »Ich möchte hören, was uns Mr. Huff noch überliefert hat. Ich wünschte, ich hätte ihn mehr beachtet, als er es sich so sehr von mir erhoffte.«

Mr. Balcombe nickte. »Als sich Fernando Lopez niederbeugte, um zu trinken«, fuhr er fort, »sah er im Spiegel des Wassers sein verstümmeltes Gesicht. Darüber erschrak er so sehr, daß er in den Wald hineinfloh, immer tiefer und tiefer, so daß man ihn nicht mehr fand. Das Schiff mußte die Reise ohne ihn fortsetzen, doch die Besatzung ließ ein Faß mit Zwieback für ihn zurück, Reis, Dörrfleisch, Käse, eine Zunderbüchse und eine Bratpfanne. Als die Anker hochgezogen wurden, fiel ein junger Gockel über Bord. Fernando Lopez rettete ihn aus dem Wasser und fütterte ihn mit dem Reis: das einzige Geschöpf, das sein Leben in der Einöde teilte, nachts bei ihm schlief und tagsüber hinter ihm hertrippelte.«

»Mr. Huff sagte, Sankt Helena war damals ein Paradies«, mischte sich Betsy ein. »Es gab keine wilden Tiere, nichts, wovor sich ein Mensch hätte fürchten müssen.«

»Und die Einsamkeit, Mademoiselle?« fragte Napoleon und legte seine Hand auf Betsys Arm. »Die Bestie, die sich schlafend stellt und doch ständig auf der Lauer liegt?«

»Aber er war so häßlich, Monsieur! Da mußte er doch froh sein, wenn ihn niemand sah!«

Napoleon antwortete nicht. Er zog seine Hand zurück.

»Nach und nach«, so Mr. Balcombe, »begannen die Seeleute, Fernando Lopez als einen Heiligen zu verehren. Ein Mann, der so viel Leid ertragen hatte und der so verlassen war! Sie kamen zu dem Schluß, daß es Glück brachte, ihm Gutes zu tun. So überhäuften sie ihn mit nützlichen Geschenken. Sie brachten ihm Samen von Orangen- und Zitronenbäumen, von Granatäpfeln, Gemüse und Blumen. In Körben ließen sie Hühner für ihn zurück, Enten, Truthähne und einmal sogar eine Kuh und zwei Schweine. Die einen beschenkten ihn mit Ziegen, Katzen und zwei Hunden, andere mit jungen Weinstöcken. Fernando Lopez wartete jedes Mal, bis das Schiff wieder abgelegt hatte, dann eilte er zum Strand und holte die Gaben. Der Aristokrat und Abenteurer wurde zum Bauern, zum Viehzüchter und Pflanzer. Immer noch war er ganz allein, doch unter seiner Hand wurde die Insel zu einem blühenden Garten, den die Seeleute in aller Welt rühmten.«

Gourgaud war eingenickt und schnarchte leise. Der Hund Sambo lag zu Betsys Füßen. Er ließ sein Fell in der Sonne trocknen, räkelte sich im Schlaf und knurrte, während sich seine Augäpfel unter den geschlossenen Lidern hin und her bewegten. Die englischen Bewacher lagerten in einiger Entfernung auf einer Felsplatte, redeten leise miteinander, ließen eine Flasche kreisen und lachten manchmal unterdrückt auf.

Nur die Montholons blieben für sich. Zurückgelehnt ruhten sie in Mr. Balcombes Deckstühlen, die Augen geschlossen, als schliefen sie. Unzugänglich sahen sie aus, dachte Fanny, als sie zu ihnen hinüberblickte. Zwei Fremde, die nicht zu den anderen gehörten und vielleicht nicht einmal zueinander. Zwei, die planten und agierten, wo die anderen nur in den Tag hineinlebten. Zwei Erwachsene in einer Gruppe, die durch die Leere ihres Daseins in kindliche Trägheit zurückgefallen war. Aber vielleicht, dachte Fanny, verhielt sich alles auch ganz anders.

Wie konnte man nur so lange Zeit so eng zusammenleben und einander doch von Stunde zu Stunde weniger kennen?

»Eines Tages kam auch dem König von Portugal die merkwürdige Geschichte seines abtrünnigen Landeskindes zu Ohren«, erzählte Mr. Balcombe weiter. »Er befahl, Fernando Lopez nach Lissabon zu bringen. Als man den Einsiedler im Wald aufstöberte, wehrte er sich wie ein gefangenes Tier. Er beruhigte sich erst, als man ihm die Anordnung des Königs mitteilte. Zum Abschied streichelte er seinen Hahn. Dann folgte er den Seeleuten an Bord. Ein halbes Jahr später kniete er in den prächtigen Kleidern eines portugiesischen Adeligen vor seinem König und seiner Königin: ein sonngegerbter Fremder, kaum noch als Europäer zu erkennen, verstümmelt und der Sprache ungeübt. Schweigen breitete sich um ihn aus wie ein Nebel des Entsetzens und des Mitleids. Sogar der König vergaß, was er ihn hatte fragen wollen. Es war Fernando Lopez selbst, der zu sprechen begann. Mit schwerer Zunge bat er seinen Herrn, nach Rom reisen zu dürfen, damit er den Papst um Vergebung seiner Sünden anflehen könne. Danach wolle er wieder auf seine Insel zurück, wo es niemanden gab, der vor seinem Anblick erschrak, und wo er sein eigener König war in einem duftenden Reich der Fruchtbarkeit und Schönheit. Man erfüllte seine Wünsche – auch den, seine Familie nicht mit seinem Anblick zu belästigen. Dann war Fernando Lopez wieder auf seiner Insel – Sankt Helena, der Blühenden. Er pflegte die Zitronenhaine, die Dattelpalmen und die Bananenwälder, und er bekämpfte die ersten Folgen des Zusammentreffens mit der Zivilisation: die Ratten, die von den Schiffen an Land geschwommen waren und sich erschreckend vermehrten; die Ziegen, über die er zuerst so glücklich gewesen war, die nun aber anfingen, die Triebe der Bäume abzufressen; die Kolonien der Hunde und Katzen, die einander bekämpften; die surrenden Schwärme der flügellosen Wanderheuschrecken, die sich auf Schiffen aus Afrika herübergeschmuggelt hatten und nun wie marodierende Söldner über die wehrlose Insel zogen. Mit großer Mühe und mit Kummer im Herzen hielt Fernando Lopez die Feinde seines Paradieses im Zaum. Doch er wurde alt. Seine Kräfte ließen nach, und die Gegner wurden immer stärker. Im Jahr des Herrn 1546 starb Fernando Lopez, einsam und resigniert. Er wußte, daß nicht nur seine eigene Zeit zu Ende war, sondern auch die glücklichste Epoche seiner schönen Insel ... Wenig später kamen die ersten Siedler nach Sankt Helena. Man vermaß die Landschaft, zeichnete Karten, und Portugiesen und Engländer eröffneten den Kampf um den Besitz des Eilands. Mit einem lauten Krachen fiel das Tor des Paradieses zu.«

Alle schwiegen, horchten aufs Meer hinaus und vielleicht auch in sich selbst hinein. Dann machten sie sich auf den Rückweg. Schweigend. Die Diener blieben zurück, um alles fortzuräumen und einzupacken. Gourgaud machte sich einen Scherz daraus, zur Kapelle hinaufzulaufen und das Glöckchen zu läuten, während sich die kleine Prozession in Bewegung setzte, hinauf nach Norden, immer in Richtung des Berges, der Napoleons Profil trug: nach Longwood – nicht nach Hause.

Schon während der Fahrt fing Napoleon an zu frieren. Bertrand wickelte seine Füße in einen warmen Schal und rieb seine Waden. Napoleon schlief ein. Er erwachte nicht einmal, als sie in Longwood ankamen. Bertrand und Montholon führten den halb Schlafenden in sein Zimmer. Sie legten ihn aufs Bett und Mr. Huffs Buch neben ihn auf den Nachttisch. Napoleon schlief fest, eine Hand unter seine taillierte Jacke gesteckt, als wollte er den eigenen Herzschlag ertasten. Er sah aus wie auf den Zeichnungen, die die Journale von ihm verbreiteten.

Mr. Balcombe und Betsy standen draußen vor der Terrasse und blickten hinauf zu der Tür, hinter der Napoleon verschwunden war. Betsy weinte, während oben auf High Knoll die Abendkanone das Ende des Tages verkündete.

XV. Die Legende

1

Das Picknick von Sandy Bay war Napoleons letzter Ausflug. Von dem Augenblick an, als Bertrand und Montholon den noch halb Schlafenden in sein Interieur führten – so fürsorglich, als wäre er blind oder uralt – und ihn auf sein Bett legten, schien die Zeit auf Longwood stillzustehen, nicht nur für Napoleon, sondern auch für seine Getreuen und Diener. Es war wie in dem Kindermärchen, in dem ein ganzer Hofstaat hundert Jahre schläft und erst durch einen Kuß der Liebe wieder zum Leben erweckt wird.

Doch es gab nicht viel Liebe auf Longwood. Selbst die Treuesten der Treuen fingen an, an der eigenen Hingabe zu zweifeln. Das allzu enge Zusammenleben hatte ihnen nach und nach die Augen geöffnet. Sie sahen, daß ihr Idol auch nur ein Mensch war und vielleicht nicht einmal ein besonders liebenswerter. Die Bewunderung von einst fand keine Nahrung mehr, und das Mitleid erstickte unter den Launen des zu Bemitleidenden.

»Ich habe mich von meinem Freund Balcombe nicht verabschiedet!« klagte Napoleon, als er gegen Mitternacht erwachte. Marchand lag wie ein treuer Wachhund auf dem Teppich vor dem Bett seines Herrn, immer auf der Hut, ob ihn jener vielleicht brauche. »Was muß er von mir denken!«

»Er liebt Sie, Majestät«, murmelte Marchand und erhob sich schlaftrunken. »In Europa wird er Ihr bester Botschafter sein.«

Napoleon setzte sich auf, ließ die Beine baumeln, um sein Blut wieder in Bewegung zu setzen, und wechselte dann hinüber in den Lehnstuhl, um Marchand Gelegenheit zu geben, die Laken zu glätten und die Kissen aufzuschütteln. »Ich werde nicht mehr einschlafen können!« seufzte er. »Die Augen tun mir weh und die Zähne, und da ist auch wieder dieser Schmerz hier an der Seite, wie von einer Rasierklinge, immer im Kreis herum. Dabei war gestern doch ein so schöner Tag! Früher meinte ich immer, es mache gesund, wenn man glücklich ist.«

»Waren Sie denn glücklich, Majestät?« Marchand unterdrückte ein Gähnen und reichte Napoleon eine Tasse mit lauwarmem Tee. Dankbar nahm Napoleon sie entgegen und trank in kleinen Schlucken. »Ein wenig, Marchand. Nur ein wenig, aber ich glaube, in meiner Lage ist das schon sehr viel. Ich bin es nicht gewöhnt, glücklich zu sein.«

Ja, die Zeit stand still, obwohl die Jahreszeiten wechselten, obwohl zweimal ein heißer, trockener Sommer auf einen warmen, nassen Winter folgte. Obwohl Geschäftigkeit sie umgab und fremde Menschen kamen, sie zu besuchen – wahrscheinlich aber vor allem, um sie zu betrachten wie Tiere im Zoo und um dann, in Europa, mit leiser Bestürzung in der Stimme davon zu berichten, wie Napoleon und die Seinen da oben auf ihrer gottverlassenen Hochebene hausten und sich vormachten, noch immer an einem Kaiserhof zu leben. Eine ständige Lebenslüge, die aufrechtzuerhalten so viel Kraft kostete, daß sie alle davon müde wurden und verbraucht; abgetragen wie ihre Garderobe, die sie nicht erneuerten, weil es auf der Insel nichts gab, was ihren mondänen Sinn für Qualität befriedigt hätte, und weil sie merkten, daß die Mode, der sie bisher mit gehorsamem Vergnügen gefolgt waren und die sie manchmal auch selbst beeinflußt hatten, nun in weiter Entfernung an ihnen vorbeizog. Wenn die Journale aus Paris oder London eintrafen, war die Saison, über die sie berichteten, längst vorbei. Die Damen und Herren in den Hauptstädten kleideten sich bereits wieder neu ein, und das, was auf Sankt Helena erregend und unerhört erschien, war in Europa schon wieder von gestern … Von gestern – ja, so fühlten sie sich. Zwanzig, dreißig, vierzig Jahre alt, und schon in der Versenkung verschwunden!

Die Zeit stand still. Ein Kind wurde geboren: Fannys jüngster Sohn Arthur, dunkelblond wie seine Mutter und mit den schwarzbraunen Augen ihrer kreolischen Vorfahren. Ein hübsches, gesundes Kind. Da auf Sankt Helena keine geeignete Amme zu finden war, stillte Fanny selbst – eine neue Erfahrung, die sie tiefer berührte, als sie es erwartet hatte. Einmal kam Napoleon – überraschend, wie es seine Gewohnheit war – und bat, zusehen zu dürfen, wie das Kind an der Brust seiner Mutter lag und trank. Das Schmatzen und das zufriedene Grunzen des Säuglings waren die einzigen Geräusche im Zimmer. Da hielt sogar der ehemalige Kaiser den Atem an, um nicht zu stören!

Erst einige Tage zuvor hatte ihm Lady Malcolm ein Geschenk mitgebracht, das sein Herz rührte: eine Marmorbüste seines Sohnes, dekoriert mit dem Adler der Ehrenlegion. Auf dunklen Wegen war das kleine Kunstwerk, nicht höher als der Unterarm eines Mannes, nach Sankt Helena gelangt: Angeblich, wenn auch nicht wahrscheinlich, hatte es ein Wiener Künstler auf Anordnung der Kaiserin Marie-Louise angefertigt. Danach erhielt ein ominöser Kaufmann namens Biaggini den Auftrag, die Statuette als Geschenk für Napoleon nach Sankt Helena zu liefern. Mit dem heimlichen Transport auf der »Baring« wurde ein Matrose namens Radevitsch beauftragt, dem sein Kapitän, ein gewisser Lamb, diese Aufgabe jedoch entzog, um sich mit Hilfe des Gegenstandes selbst Zutritt bei Napoleon zu verschaffen. Zudem war nun eine Rechnung für das angebliche Geschenk der Kaiserin aufgetaucht: hundert Pfund, von denen inzwischen aber niemand mehr wußte, an wen sie zu entrichten seien.

Da Lamb beim Gouverneur um Besuchserlaubnis für Longwood ansuchen mußte, erfuhr auch Hudson Lowe von der Büste. Sofort erwachte sein Mißtrauen. Er ließ das Paket öffnen.

Sein erster Gedanke war, daß im Inneren der Statuette eine geheime Nachricht an Napoleon verborgen sei: ein Fluchtplan vielleicht oder sogar Unterlagen zu einer Eroberung der Insel durch die Bonapartisten.

Bei genauer Untersuchung stellte sich jedoch heraus, daß dieser Verdacht nicht zutreffen konnte. Der makellose weiße Marmor war gänzlich unversehrt. Hudson Lowe mußte einräumen, daß es wahrscheinlich wirklich nur darum ging, Napoleon eine Büste seines Sohnes zu schicken und dafür Geld zu verlangen. So konfiszierte der Gouverneur den Gegenstand, ließ Kapitän Lamb eine Quittung aushändigen und sicherte ihm zu, die Rechnung werde bezahlt werden, sobald alle Modalitäten abgeklärt seien. Korrektheit, Realitätssinn, Patriotismus. Kapitän Lamb, der selbst kein allzu reines Gewissen hatte, wagte nicht zu widersprechen. Er betrachtete die hundert Pfund als verloren und ließ am nächsten Morgen die Segel setzen.

Von Dr. O'Meara wußte Hudson Lowe, mit welcher Liebe Napoleon an seinem Sohn hing und wie verzweifelt er sich nach ihm sehnte. Diese Büste mußte eine ganz besondere Freude für ihn bedeuten: für den Nachbarn Bonaparte, den Hudson Lowe von Tag zu Tag mehr verabscheute, weil es keine Chance gab, ihm näherzukommen. So sah der Gouverneur auch keinen Grund zur Eile, das Geschenk nach Longwood zu liefern.

Nach den ersten vier Besuchen hatte Hudson Lowe Longwood House nicht mehr betreten, obwohl er sich mindestens zweimal in der Woche nach Deadwood Plain begab, um die Baufortschritte der Befestigungsanlagen, des Bertrand-Hauses und des neuen Palastes zu begutachten. An trockenen Tagen kam er zu Pferde, sonst in einer zweisitzigen Kutsche. Während der Regenperiode benutzte er einen groben Bauernwagen, der von zwei Ochsen gezogen wurde: das einzig sichere Gefährt, seit die Straße hinauf nach Hut's Gate und vor allem durch die Schlucht von den vielen Fahrzeugen, die täglich darauf verkehrten, so glatt gerieben worden war, daß der blanke

Basalt zutage trat. Kaum eine Woche verging, ohne daß sich ein Unfall ereignete, einige Male sogar mit tödlichem Ausgang.

Manchmal besuchte Hudson Lowe zusammen mit Reade die Unfallstelle, betrachtete schweigend die Verletzten, betastete mit der Reitpeitsche die verwundeten Pferde und wandte den Kopf ab, wenn Reade einem von ihnen den Gnadenschuß gab, während der Kutscher sein Gesicht hinter zitternden Händen verbarg.

Obwohl Napoleon mit diesen Ereignissen nichts zu tun hatte, ja nicht einmal von ihnen wußte, gab ihm Hudson Lowe insgeheim die Schuld daran. Wenn er wieder einmal vor einem umgestürzten Gefährt stand, dessen Räder sich leer in der Luft drehten, wünschte er sich im stillen, der Nachbar hätte darin gesessen und läge nun mit einer blutenden Kopfwunde hier auf der Straße anstelle des aufrechten englischen Soldaten, den nur der Zufall hierhergeführt hatte, weil sein Regiment damit beauftragt war, eine Unterkunft für einen Ausgestoßenen zu bauen.

Das Material für Longwood New House war zur Gänze aus England angeliefert worden, alles genau geplant. Die Balken, Bretter und Platten mußten nur noch nach den Zeichnungen zusammengefügt, die Fenster verglast, die Tapeten geklebt, die Stukkaturen angebracht, die Möbel aufgestellt, die Bilder verteilt und die Gardinen aufgehängt werden. Ein hölzerner Palast über dem Meer, den die Sonne schon austrocknete, bevor er fertiggestellt war. Luxuriös und unpassend. Eine goldverzierte Lächerlichkeit unter den heißen Passatwinden des Sommers und den warmen Regengüssen eines Winters, der ganz anders war als die Winter in dem Teil der Welt, nach dessen architektonischen Vorgaben das Gebäude konzipiert worden war.

»Man erwartet in London wohl nicht, daß Bonaparte ein besonders langes Leben haben wird«, sagte der schöne Basil Jackson, der die Bauaufsicht innehatte. »Das Holz zerspringt jetzt schon, und die Dachschindeln werden keine zwei Jahre überstehen. Vielleicht sollte man denen in London das einmal mitteilen.«

Korrektheit, Realitätssinn, Patriotismus. Eine klare Linie. Transparenz ... Hudson Lowe sandte eine Meldung nach London, der für den Bau verantwortliche Offizier erachte das Material für Longwood New House für nicht klimagemäß. Eine Meldung nur, kein Vorschlag für Verbesserungen. Ein Schreiben unter so vielen, daß man es in London nur noch seufzend überflog.

»Weiterbauen!« war die lakonische Antwort. Hudson Lowe übermittelte sie Basil Jackson. Auch der Gouverneur war längst müde geworden. Auch für ihn stand die Zeit still.

Sie hatten alle keine Hoffnung und keine Energie mehr auf Sankt Helena, weder die Engländer noch die Franzosen. Das war auch der Grund für die genußvolle Schadenfreude, die Hudson Lowe wie eine Glückswelle überflutete, wenn er die weiß schimmernde, von der Sonne beschienene Büste des Kleinen Adlers auf seinem Fensterbrett stehen sah, und dabei daran dachte, welche Freude er dem Nachbarn vorenthielt, indem er ihm die Ankunft des Kunstwerks verschwieg.

Erst als Lady Malcolm durch Zufall in Hudson Lowes Amtszimmer kam und die Büste bemerkte, hatte das hinterhältige kleine Vergnügen ein Ende. Die aufmerksame Dame begriff sofort, wen die Statuette darstellte und für wen sie bestimmt war. In scharfem Ton erkundigte sie sich, wann das Kunstwerk angekommen sei und warum man es »unserem armen Freund« nicht schon längst zugestellt habe.

»Es steht Ihnen frei, den Gegenstand persönlich zu überbringen«, sagte Hudson Lowe mit gespieltem Gleichmut. »Die Zensur ist aufgehoben.« Er wühlte in seinen Papieren und reichte Lady Malcolm die Rechnung. »Nur das Honorar steht noch aus.«

Lady Malcolm überflog das Blatt. »Wäre es möglich, daß mein Gatte und ich diese Unkosten übernehmen?« fragte sie kühl.

»Möglich schon, aber vielleicht nicht ganz passend, Lady Malcolm.«

Sie lächelte ihn an, wie immer voller Abneigung, zuckte die Achseln und nahm die Büste des Kindes an sich. Fast wäre sie gestolpert, so schwer war der Gegenstand. Doch schnell sammelte sie ihre Kräfte wieder und verließ erhobenen Hauptes den Raum. Hudson Lowe hieb mit der Faust auf den Tisch, als er hörte, daß sie schon wieder neben dem Teppich ging und ihre Schritte durch die Korridore hallten, nur dazu bestimmt, auf seine gequälten Nerven einzuhämmern.

Nun prunkte die Büste auf dem Kaminsims in Napoleons Schlafzimmer, umgeben von weißen Rosen, die Toby nach Longwood gebracht hatte. Ein kleiner Altar, vor dem Napoleon saß wie in einer Kirche, manchmal mit Tränen in den Augen. Glück? Stolz? Sehnsucht? Trauer? »Was für ein schönes Kind!« sagte er manchmal. Alle stimmten ihm zu. »Was für ein schönes Kind!« Dabei legte er die Hände auf seine Brust, wo in der Innentasche seiner Jacke ein silbernes Döschen steckte, das ihm der österreichische Kommissar Stürmer, ebenfalls durch Lady Malcolm, geschickt hatte. Eine Locke des Kleinen Adlers befand sich darin, glänzend wie Gold, aber für den Großen Adler tausendmal wertvoller. Wenn er allein war und die Augen schloß, vergaß er für kurze Zeit, wo er war, vergaß die Schmerzen der Inselkrankheit und den Überdruß seiner Seele. Er spürte die Kraft der Gegenstände, die ihn mit seinem Sohn verbanden, und einmal, als Tristan de Montholon und Hortense Bertrand draußen vor dem Haus herumliefen und übermütig lachten, dachte er schon, ein Wunder habe sich ereignet und der kleine König von Rom sei gekommen, um endlich von seinem Vater in die Arme genommen zu werden.

2

Die Menschen wurden ihm zur Last. Immer häufiger suchte er die Einsamkeit: in seinem Interieur, wo er ziellos vom Salon ins Schlafzimmer irrte und wieder zurück; in dem kleinen Teehaus, das nicht genug Platz für eine zweite Person bot; vor allem aber in der winzigen Badestube, mit nichts darin als dem hölzernen Badetrog, ursprünglich eine gewöhnliche Kiste, die Mr. Cooper eigenhändig mit Kupfer ausgekleidet hatte. Ein Monstrum von einem Möbelstück, mit dem Rücken zur Tür. Zur Linken, weit oben, ein Fensterchen, durch das die Diener die Eimer mit dem dampfenden Wasser hereinreichten, das sie auf dem Küchenherd erhitzt hatten. Während Napoleon badete, warteten sie draußen auf seine Forderung nach weiterem heißem Wasser, um das erkaltende Bad wieder aufzuwärmen. Noverraz, der kräftigste der Diener, hatte die Aufgabe, die Eimer von draußen zu übernehmen. Manchmal schwappte dabei das Wasser über. Dann schrie Napoleons Schweizer Bär vor Schmerz auf und meinte, er hätte sich verbrüht. Napoleon hingegen beklagte sich jedesmal, das Wasser sei nur lauwarm.

Hudson Lowe kannte Napoleons Badegewohnheiten. Er hatte schon mehrere Briefe an Bertrand geschrieben, in denen er verlangte, den immensen Wasserverbrauch auf Longwood einzuschränken. Seit die Kantonmänner für General Bonapartes private Zwecke eingesetzt würden, seien zu viele englische Soldaten damit beschäftigt, das Wasser aus dem Geraniental heranzuschaffen, und stünden deshalb für andere, viel dringlichere Aufgaben nicht zur Verfügung. Wenn General Bonaparte nicht selbst Einsicht zeige, werde man ihm die militärischen Hilfskräfte entziehen müssen.

Bertrand protestierte jedes Mal und verlangte den Bau einer Wasserleitung vom Camp herunter nach Longwood. Er bekam nie eine Antwort. Erst als er persönlich bei Hudson Lowe vorsprach und drohte, sich an die Öffentlichkeit zu wenden, lenkte der Gouverneur ein und versprach, die Angelegenheit zu überprüfen. Vorher müsse jedoch der Bau von Longwood New House beendet sein. Danach werde allerdings keine Notwendigkeit mehr bestehen, das alte Gebäude mit Wasser zu versorgen.

»Seine Majestät hat nicht die Absicht, in das neue Haus zu ziehen!« antwortete Bertrand kühl. Hudson Lowe unterdrückte seinen Ärger und erklärte noch viel kühler, dann solle

General Bonaparte sein Wasserproblem gefälligst selbst lösen. Sobald der neue Palast fertiggestellt sei, werde sich die englische Verwaltung für die Wartung der früheren Unterkunft nur noch bedingt zuständig fühlen.

Wenn Napoleon im Badetrog lag, ging es ihm besser. Seine Hände und Füße, sonst eiskalt, daß er schon meinte, sie wären für immer abgestorben, nahmen die Wärme des Wassers in sich auf. Sie hörten auf zu zittern und wurden wieder Teile seines Körpers statt nur fremde Anhängsel zu sein, die ihn quälten. Dabei dauerte es lange, bis er diesen wohligen Zustand erreichte. Das Badewasser konnte gar nicht heiß genug sein, daß es ihm half, und viel zu schnell kühlte es ab. Wenn dann nicht gleich fast kochendes Wasser nachgegossen wurde, packte ihn wieder der Schüttelfrost, und er beschimpfte die Diener und bedrohte sie mit Folter und Totschlag.

Einmal, als er schon mehr als zwei Stunden in der Wanne gelegen hatte, hörte er im Nebenzimmer ein ungewohntes Geräusch. Sofort meinte er, es müsse ein vom Gouverneur gedungener Mörder sein, gekommen, ihn wie Marat in der Wanne zu töten. Nackt wie er war, sprang er auf und befahl den Dienern draußen vor dem Fenster mit aufgeregtem Flüstern, den Eindringling in die Enge zu treiben und einzufangen. Während sie zu Hilfe eilten, blieb er in der Wanne stehen, bereit, sich zu wehren, und trotz der Hitze schon wieder vor Kälte zitternd.

Zur allgemeinen Erleichterung stellte sich heraus, daß es sich bei dem vermeintlichen Attentäter um Fanny Bertrand handelte, die die Kinder Hortense und Tristan aus Napoleons Schlafzimmer hinausscheuchen wollte, wohin sie geschlichen waren, um heimlich in seinen Schränken zu wühlen.

»Kommen Sie herein, Madame!« befahl Napoleon mit barscher Stimme. Noch immer steckte ihm der Schreck in den Gliedern. Er setzte sich wieder und ließ sich von Noverraz heißes Wasser nachfüllen.

Fanny blieb im Türrahmen stehen und entschuldigte sich,

den Blick höflich abgewandt. Die Kinder reckten die Hälse, um den nackten Kaiser zu sehen. Doch alles, was sie erkennen konnten, war ein Stück von seinem Kopf und seine rechte Hand, die nach der Seife griff. Sie kicherten und versteckten ihre Gesichter in Fannys Rock.

»Ich habe nur die Kinder geholt«, versicherte Fanny. »Wenn Sie erlauben, Majestät, werden wir uns jetzt wieder entfernen.«

»Schicken Sie die Kinder weg!«

Fanny bedeutete den beiden, zu gehen. Sie starrte auf Napoleons rundliche Hand, sonst ganz weiß, nun aber rosig wie das Händchen einer alten Dame. Er spielte mit der Seife und stieß sie in ihrer Einbuchtung im Trog hin und her. Dann nahm er sie, seifte sich ein und legte sie danach wieder in die Vertiefung.

»Hatten Sie eine Affäre mit Monsieur Cipriani, Madame?«

Fanny erschrak. »Aber nein, Majestät, gewiß nicht!«

»Und warum lag ihm dann so viel daran, von Ihnen Abschied zu nehmen?«

»Ich weiß es nicht, Sire.«

»Lügen Sie mich nicht an!«

Fanny merkte, daß ihr schwindlig wurde. Die Geburt des kleinen Arthur hatte sie geschwächt, und die Luft in der Badestube war so heiß und feucht, als müßte man unter Wasser atmen. »Mir ist nicht gut, Sire!«

»Dann holen Sie sich einen Stuhl! Ich will mit Ihnen reden.«

Sie gehorchte, saß nun halb in Napoleons Schlafzimmer, halb im Bad und verwünschte ihn insgeheim, daß er sie in diese Situation brachte.

»Ich brauche diese Bäder«, sagte er nach einer Weile und lehnte den Kopf zurück. Ein paar feuchte, braune Haarsträhnen waren das einzige, was Fanny nun noch von ihm sah. »In Rußland hatte ich einen Zobelmantel«, fuhr er fort. »Sie glauben gar nicht, wie warm der hielt! Mein Gott, war es dort kalt! Viele Soldaten erfroren. Manche wärmten sich die Hände an den Nüstern der Pferde ... Aber das reicht wohl nicht aus, um einen Menschen vor dem Kältetod zu bewahren.« Das Wort beschäftigte ihn: »Kältetod...«

»Es ist die Inselkrankheit, Sire«, unterbrach Fanny seine Gedanken. »Als ich erkrankt war, fror ich auch so erbärmlich, und den anderen erging es ebenso.«

»Aber Sie sind alle wieder gesund geworden. Nur bei mir hört es nicht auf!«

»Es tut mir leid, Sire.«

»Sie haben mir noch immer nicht gesagt, was Cipriani von Ihnen wollte.«

Fanny gab sich einen Ruck. »Darf ich offen sein, Sire?« fragte sie, obwohl sie fürchtete, sich damit in Gefahr zu begeben.

»Sind Sie nicht immer offen zu Ihrem Kaiser?«

Sie nickte gehorsam, obwohl sie wußte, daß er es nicht sehen konnte. Dann erzählte sie ihm, hastig und stockend zugleich, von ihrem letzten Gespräch mit Cipriani und von dem Buch, daß er ihr gegeben hatte. Das einzige, was sie nicht auszusprechen wagte, waren Ciprianis Verdächtigungen in Richtung Montholon. »In dem Buch sind die Symptome der Vergiftung genau beschrieben«, sagte sie und zitterte trotz der Hitze. Ihr war, als teilte sie Napoleons Leiden. »Arsen, Sire!«

Napoleon schwieg. Fanny hörte nur, daß er das Wasser mit den Händen von einer Seite zur anderen schwappen ließ. Es klang, als schwämme er in dem engen Trog hin und her. »Ich habe immer gewußt, daß man mir nach dem Leben trachtet«, sagte er, mehr zu sich selbst, als zu ihr. »Mein Gott, wie viele Attentate habe ich schon überstanden! Ich war immer der Ansicht, daß es keinen Sinn hat, zu vorsichtig zu sein. Man macht sich damit nur zum Sklaven seiner Feinde – und seinem Schicksal kann man trotzdem nicht entrinnen!« Wieder schwieg er. »Arsen!« murmelte er dann. »Rattengift. Ich dachte es mir schon längst. Außerdem hat Cipriani auch mir gegenüber gewisse Andeutungen gemacht. Es ist ja wohl offensichtlich, daß mir dieser verdammte Lowe etwas antun will, und seine Kreatur Reade besitzt sogar einen Schlüssel zu meinem Weinkeller!«

»Darf ich fragen, woher Sie das wissen, Sire?«

»Montholon hat es herausgefunden. Er ist ein aufmerksamer Beobachter.«

Fanny spürte, daß ihre Haare an der Stirn und am Hals festklebten. Trotzdem hatte sie das Gefühl, sie stünden ihr zu Berge. Sie konnte kaum noch atmen. »Monsieur Cipriani meinte, es könnte vielleicht auch jemand anderer sein, der Sie bedroht, Sire!« flüsterte sie, doch Napoleon verstand sie trotzdem.

»Hören Sie auf, Madame!« befahl er ärgerlich. »Ich habe diese ewigen Verdächtigungen satt! Ich kenne die Menschen. Ich weiß, wer für mich ist und wer gegen mich. Versuchen Sie also nicht, irgend jemanden anzuschwärzen! Ich weiß genau, wieviel Eifersucht und Rivalität es hier auf Longwood gibt – nicht anders als an allen Herrscherhöfen. Ich habe nichts dagegen. Ich fand es schon immer sehr wirkungsvoll, die Schwächen der Menschen gegeneinander auszuspielen.« Er lachte. Dann wurde seine Stimme plötzlich schneidend. »Aber ich will keine Verleumdungen hören, Madame! Bemühen Sie sich nicht, die Position Ihres Gatten zu stärken, indem Sie seinen Konkurrenten vor mir schlechtmachen! Das gelingt Ihnen nicht, glauben Sie mir!«

»Ich verstehe, Majestät«, Fanny hatte das Gefühl zu ersticken.

»Was ich aber sehen möchte, ist dieses Buch. Bringen Sie es mir! Sofort!«

Fanny erhob sich – so ungeschickt, daß der Stuhl umfiel. Noverraz eilte herbei und stellte ihn wieder auf. Als er sah, wie bleich Fanny war, wollte er sie stützen, doch sie wich ihm aus.

»Ich hole es, Sire!« Sie wartete keine Antwort ab, sondern lief durch das Interieur und die überhitzten Räume von Longwood House hinaus in den Garten und hinüber zu dem kleinen Cottage, das sie mit ihrer Familie seit zwei Monaten bewohnte. Nur wenige Tage vor Arthurs Geburt war es fertig geworden. Fanny hatte geweint, als sie Hut's Gate verließen. Wieder ein Stück Freiheit verloren, wieder einen heimatlichen Ort zurückgelassen. Doch Napoleon hatte trotz Fannys Zustand darauf bestanden, daß sie sofort umzogen.

Während der Übersiedlung hatte sie das grüne Buch mit den berühmten Rechtsfällen der französischen Geschichte unter ihren eigenen Toilettengegenständen versteckt. Inmitten von Puderquasten, Parfumflakons und Cremetöpfchen lag es nun, und Fanny hoffte, es nie öffnen zu müssen. Als die Möbel aufgestellt und die Schränke eingeräumt waren, verbarg sie es wieder in ihrer Vitrine. Ein mühsames Unterfangen, dachte sie. Sie mußte plötzlich lachen, als sie sich erinnerte, wie schwerfällig sie auf den Stuhl geklettert war – eine junge Frau kurz vor der Geburt ihres vierten Kindes, in einem Klima, das sie nicht vertrug und von einem Verdacht bedrückt, den sie am liebsten vergessen hätte!

Wieder stieg sie auf den Stuhl und griff hinter die Bücher. Doch ihre Hand faßte ins Leere! Ungeduldig bewegte sie sie hin und her. Angst erfaßte sie. Panik. Hastig räumte sie die Bücher in die unteren Regale. Einige fielen zu Boden, doch auch jetzt war das grüne Buch nicht zu finden! Aufgeregt kramte sie in den anderen Regalen und wider besseres Wissen zwischen ihren Schönheitsutensilien. Sogar ihre Wäschelade durchwühlte sie, obwohl sie genau wußte, daß das Buch dort nicht sein konnte.

Schließlich gab sie die Suche auf. Sie wagte nicht daran zu denken, daß eine fremde Person in ihrem Schlafzimmer gewesen war und es durchstöbert hatte: so lange, bis der Gegenstand gefunden war, der ein Beweismittel sein konnte . . . Eine fremde Person? Wirklich so fremd? . . . Und wer, dachte sie plötzlich und ihr Herz blieb fast stehen, wer hatte Ciprianis Leichnam verschwinden lassen?

Erst jetzt gestand sie sich ein, daß dieser Gedanke sie ständig verfolgte, auch wenn sie ihn immer von sich schob, als hätte er mit ihr selbst nichts zu tun und die anderen müßten zusehen, wie sie das Rätsel lösten. Doch wer waren diese anderen, und wer war der Feind, der nun sogar in ihr Heim eingedrungen war? . . . Ich weiß es, dachte sie. Und weiß es doch auch wieder nicht!

Ohne die Ordnung wiederhergestellt zu haben, eilte sie zu Napoleon zurück. Er hatte inzwischen die Badestube verlassen und saß nun im seidenen Morgenmantel in seinem Schlafzimmer, die nassen Haare entgegen seiner sonstigen Gewohnheit zurückgekämmt und nach dem Lavendelwasser duftend, mit dem ihm Marchand den ganzen Körper eingerieben hatte. Als er Fanny bemerkte, die zögernd an der Tür stand, befahl er sie mit einer Handbewegung herein.

»Ich bitte um Verzeihung, Sire«, entschuldigte sich Fanny und wischte sich die nassen Löckchen aus der Stirn. »Ich kann das Buch nicht finden.«

Napoleon räkelte sich in seinem Lehnstuhl, die Beine weit von sich gestreckt. »Das wundert mich nicht, Madame!« sagte er barsch. »So ist es immer: Erst werden Verdächtigungen ausgestreut, doch wenn man nachfragt, fehlen die Beweise.«

»Sie müssen mir glauben, Sire!«

»Ich muß gar nichts, Madame!« Seine Hand wies Fanny die Tür.

»Sire, ich bitte Sie ...!«

Doch Seine Majestät war nicht mehr zu sprechen, und Fanny war zu erschöpft, um noch weiter zu beharren. Mit müden Schritten kehrte sie zurück in ihr neues Heim. Sie ließ sich aufs Bett fallen und schloß die Augen. Dabei fragte sie sich plötzlich, ob sie nicht vielleicht froh sein sollte, das Buch los zu sein. In ein paar Monaten, höchstens einem Jahr, würde sie mit ihrer Familie nach England reisen. Sankt Helena und alles, was sich hier ereignet hatte, würde dann nur noch eine Erinnerung sein, die sie in die hinterste Ecke ihres Gedächtnisses verbannen konnte. Bis dahin aber galt es zu überleben. Ja, überleben! dachte sie. Nur das. Überleben und schweigen, wenn es bedeutete, schweigen zu müssen, wenn man überleben wollte.

Unvermittelt schlief sie ein. Sie merkte nicht einmal, daß ihre Dienerin Jeanne hereinkam, verwundert die Unordnung bemerkte, zögerte, dann aber ihre Herrin sanft zudeckte und auf Zehenspitzen wieder hinausging.

Am Abend, als sie sich für das Diner zurechtmachte, hörte Fanny plötzlich einen Schuß. Sie nahm an, es sei Gourgaud, der wieder einmal hinter den Rebhühnern der Insel her war. Seit die schöne Laura nach England zurückgekehrt war, war die Jagd sein einziges Vergnügen. In Jamestown beschwerte man sich schon, wenn es so weitergehe, werde General Gourgaud bald den gesamten Wildbestand ausgerottet haben.

Fanny trat aus dem Haus, um sich zu vergewissern, daß es wirklich Gourgaud war, der geschossen hatte. Doch nicht Gourgaud kam mit noch rauchendem Gewehr auf sie zu, sondern Montholon.

»Ich muß mich entschuldigen, Madame!« sagte er zerknirscht. »Sie hatten vor Ihrem Haus eine Ziege angebunden. An einem Pfosten, wie ich eben sah. Seine Majestät bemerkte das Tier vom Fenster aus und meinte, es wäre eine von diesen wilden Ziegen, die immer wieder hier eindringen und die Gartenpflanzen abfressen. Er befahl, sie zu erschießen. Nun sehe ich aber, daß es sich anscheinend um ein Haustier handelte, das Ihnen gehört und von dem wir nichts wußten.«

Fanny spürte, daß ihre Hände zitterten. »Die Ziege sollte in einigen Wochen die Milch für unser Baby geben!« erklärte sie mühsam. »Wie Sie vielleicht wissen, haben wir keine Amme ... Die Ziege befindet sich übrigens schon seit zwei Wochen an dieser Stelle!«

Montholon schüttelte den Kopf. »Ich bin untröstlich, Madame!« Er lehnte das Gewehr an die Treppe und wollte Fannys Hand ergreifen. Doch Fanny trat zurück. »Es ist nicht weiter schlimm«, sagte sie abweisend. »Verzeihen Sie, Monsieur, aber ich bin in Eile.«

Sie ließ ihn stehen. Danach aber beobachtete sie ihn durch das Fenster, wie er zum Haus zurückging: ein eleganter junger Mann, dafür geboren, den Reichtum und das Ansehen seiner Vorfahren zu genießen ... Sie sah ihm nach, bis sich die Tür hinter ihm geschlossen hatte. Dann trat sie an die Wiege des kleinen Arthur, hob ihn hoch und drückte ihn an sich. »*What a world!*« flüsterte sie. »*What a world, my baby!*«

Jeanne kam herein, um das Kind zu übernehmen. Fanny trug ihr auf, die Ziege den Kantonmännern zukommen zu lassen, die aus dem Fleisch ganz sicher wunderbare Gerichte zaubern würden. »Ich weiß allerdings nicht, ob Chinesen Ziegenfleisch essen«, fügte sie zweifelnd hinzu. Doch Jeanne lachte. »Marchand sagt immer, die Chinesen essen alles, was vier Beine hat, außer Tischen und Stühlen!« Da lachte Fanny ebenfalls. Sie strich Jeanne übers Haar und küßte das Baby zum Abschied. »Sieh zu, daß du ganz schnell groß wirst«, flüsterte sie. »Damit wir bald wieder nach Hause können!« Nach Hause? Ihre Augen füllten sich mit Tränen, als sie daran dachte, daß sie eigentlich nicht mehr wußte, wo ihr Zuhause war... Überall, dachte sie dann voller Trotz. Überall – nur nicht hier!

3

Seine größte Angst war es, vergessen zu werden, über die Erde geschritten zu sein, ohne Spuren zu hinterlassen. Selbst an den Tagen, an denen ihn die Inselkrankheit quälte, hörte er nicht auf, an das Bild zu denken, das von ihm zurückbleiben sollte: das übermächtige, goldgerahmte Gemälde eines kühnen Eroberers, eines romantischen Helden und eines weisen Herrschers, der der Welt Gesetze geschenkt hatte, die der gefräßigen Zeit widerstanden.

Es war diese Angst, die ihn bis tief in die Nacht hinein wachhielt, wenn alle Geräusche im Haus verstummt waren, selbst die der Liebe in den engen Kammern der Dienstboten. Nur von draußen drangen manchmal, durch die geschlossenen Fensterläden hindurch, ein paar vereinzelte Laute der englischen Bewacher. Ein Flüstern. Ein leises Lachen. Das Zischen eines Streichholzes, das eine energische Hand an Soldatenstiefeln entzündete... Und dann auch der Wind, der ewige Wind von Deadwood Plain! Im Winter mit Regen schwer beladen, im Sommer trocken und heiß, daß die Nerven von Mensch und Tier fast verbrannten und einer dem anderen im Wege stand.

In solchen Nächten litt Napoleon am meisten. Die Rasierklinge, die die rechte Seite seines Leibes marterte, hörte nicht auf, sich zu drehen, bis er im Dunkel aufsprang und ohne Rücksicht auf Marchand, der vor seinem Bett lag, dorthin rannte, wo er die offenstehende Tür wußte, die in seine Bibliothek führte. Während Marchand schlaftrunken eine Kerze anzündete, warf sich Napoleon auf das Feldbett vor den Büchern; sprang gleich wieder auf und rannte hinaus in den Salon und ins Entree, Marchand immer hinter ihm her, um ihm zu leuchten. Napoleon merkte kaum, daß ihm sein Diener folgte. Er griff nach dem Billardstock, schlug damit auf den Tisch und nahm seinen Weg durch die Räume erneut auf. Hin und her und im Kreise herum. Eingesperrt in seinen stickigen Käfig wie in ein Grab, in dem er nach dem Willen Europas vergessen werden sollte.

»Kerzen!« herrschte er Marchand an. »Mach mir Licht!« Er lief zu seinem Rasierspiegel im Schlafzimmer und beugte sich vor, ganz tief, ganz nah, während Marchand mit der Kerze neben ihm stand.

Ein fremdes Gesicht starrte Napoleon entgegen. Aufgedunsenes Fleisch. Die Haut so gelb, daß man es sogar im Halbdunkel sah. Trübe Augen, ohne Feuer und ohne Leben. »Das bin ich«, stellte Napoleon nach einer Weile fest, plötzlich ganz ruhig. »Dazu haben sie mich gemacht: Fernando Lopez, dem man sein Gesicht und seine rechte Hand genommen hat!« Erneut packte ihn der Zorn. Er schleuderte den Stock in die Ecke, warf sich aufs Bett und sprang wieder auf. Kein kühner Eroberer mehr. Kein romantischer Held.

Manchmal schlief er ein, zumindest für kurze Zeit. Manchmal aber befahl er auch, Las Cases zu holen, um ihm seine Gedanken zu diktieren, die er sonst bis zum Morgen vielleicht vergessen hätte. Wenn Las Cases dann zu ihm kam, gelassen, als wäre es eine Selbstverständlichkeit, um diese Zeit noch zu arbeiten, atmete Napoleon auf. Die Hände hinter dem Rücken verschränkt, marschierte er im Zimmer auf und ab, erleichtert, etwas tun zu können, das seinem Ziel diente und ihm damit half, seine Angst im Zaum zu halten.

›Lettres du Cap‹ hieß seine neueste Waffe gegen das Vergessenwerden. Es sollte eine Sammlung fiktiver Briefe werden, als hätte irgendein Kapitän, ein Händler, ein Soldat oder ein Seemann einen Brief nach Hause geschrieben, in dem er über den ehemaligen Kaiser von Frankreich berichtete, dem er auf der kleinen Insel Sankt Helena »nicht allzuweit vom Kap der Guten Hoffnung entfernt« begegnet war und dessen schweres Schicksal ihn bewegte: die Ungerechtigkeit, mit der ihn seine Kerkermeister behandelten, und die Tapferkeit, mit der er sein Joch ertrug.

Es dauerte Monate, bis Napoleon meinte, die Sammlung wäre nun komplett. In ungewohnter Rührung machte er Anstalten, Las Cases zu umarmen, aber dann war er dazu doch nicht in der Lage. Zu lange schon hatte er verlernt, gütig zu sein. »Ich danke Ihnen, mein treuer Freund«, sagte er leise und stieß die Unterkanten der Manuskriptblätter mehrmals auf den Tisch, um sie zu ordnen.

Las Cases verbeugte sich. Während der ganzen Zeit, in der ihm Napoleon die Nachtruhe geraubt hatte, hatte ihm Las Cases kein einziges Mal gestanden, daß seine schwachen Augen nicht mehr imstande waren zu lesen, was er schrieb. Nur seine rechte Hand hatte er Napoleon geliehen; sein Augenlicht gehörte ihm fast nicht mehr.

Napoleon schien von einer Last befreit. Eilig im Zimmer hin- und herlaufend, plante er, wie man die Briefe nach Europa schmuggeln und den richtigen Leuten zuspielen könnte. Im Laufe seines Exils hatte er viele Wege kennengelernt, mit der Außenwelt in Verbindung zu treten, ohne daß Hudson Lowe davon erfuhr. Sogar die Briefe der kleinen Betsy Balcombe, die ihm beharrlich und voll heimlicher Zärtlichkeit, jede zweite Woche schrieb, erreichten ihn auf solchen Kanälen: über Kaufleute auf Handelsschiffen oder in den Seesäcken von Matrosen, die sie am späten Nachmittag, auf dem Weg vom Viehhof zurück zu ihrem Schiff, in Mr. Balcombes Kontor am Hafen ablieferten, wo jetzt Mr. Fowler im grünen Ledersessel thronte und hoffte, sein Kompagnon möge nie wieder zurückkehren. Schon am nächsten Tag kam das nach Rosen duftende Schreiben in Longwood an und zauberte ein Lächeln auf Napoleons griesgrämiges Gesicht. Manchmal antwortete er ihr. Dann ritt Marchand hinunter zum Hafen, gefolgt von seinem Bewacher, kaufte bei Mr. Solomon dies und das, schlenderte durch die Stadt, beobachtete die Schiffe und begrüßte zuletzt ganz kurz Mr. Fowler. Während der englische Soldat noch an der Tür stand und überlegte, ob er eintreten sollte, hatte Marchand das *billet doux* seines Herrn längst unter dem Tisch in Mr. Fowlers offene Hand geschoben und verabschiedete sich höflich.

4

O wie er darum kämpfte, der Welt im Gedächtnis zu bleiben! Wie er seinen Stolz unterdrückte und sich beflissen zu jedem herabließ, dessen Stimme ihm in Europa von Nutzen sein konnte!

Oft mehrmals im Monat suchten Durchreisende aus Indien oder dem Fernen Osten, deren Schiffe auf dem Weg nach England Zwischenstation auf Sankt Helena machten, um Bewilligung an, den verbannten Kaiser besuchen zu dürfen. Kapitäne von Handelsschiffen vor allem und Persönlichkeiten von hohem Rang: Gouverneure, Generäle, Diplomaten. Von hohem Rang, gewiß, aber nicht annähernd so hoch, wie der seine einst gewesen war!

Zu Anfang erwartete er viel von diesen Besuchen. Er achtete streng darauf, daß das kaiserliche Hofzeremoniell eingehalten wurde. Wenn die Besucher aber dann in seinem Salon standen – immer nur standen, so war es vorgeschrieben – konnte es vorkommen, daß er einer plötzlich aufkeimenden Sympathie nachgab. Dann öffnete sich seine starre Miene, und seine Stimme wurde leiser; kein bellender Befehlston mehr, kein Sperrfeuer von Fragen.

»Kann es sein, daß ich in meiner Jugend einem Verwandten von Ihnen begegnet bin?« fragte er den jungen Kapitän Basil Hall, der mit seinem Schiff, der »Lyra«, von einer langen Reise aus China zurückkehrte.

Basil Hall lächelte erfreut. »Meinem Vater, Sire! Er war einige Zeit mit Ihnen gemeinsam auf der Militärakademie von Brienne.«

»James Hall, nicht wahr?«

»Jawohl, Sire.«

Napoleon lachte, zufrieden mit seinem Namensgedächtnis. »James Hall war der erste Engländer, dem ich begegnete«, erklärte er mit Blick auf Fanny Bertrand. Dann wandte er sich wieder an den Kapitän. »Hat Ihr Vater von mir gesprochen?« fragte er. »Was erzählt er über mich?«

»Er bewunderte Ihre Förderung der Wissenschaften – als Sie noch auf dem Thron waren.«

»Meine Förderung der Wissenschaften ... Dann ist er an militärischen Leistungen wohl nicht sonderlich interessiert, Ihr lieber Vater James Hall?«

»Er ist an allem interessiert, was mit Ihnen zusammenhängt, Sire. Sie sind ein Teil seiner Jugend.«

Napoleon wurde ernst. »Die Jugend ...« murmelte er. »Warum denken wir mit so viel Sehnsucht an sie zurück? Damals erschien sie uns doch gar nicht so wunderbar.«

Die Diener servierten Erfrischungen im kaiserlichen Silbergeschirr. Napoleon selbst lehnte ab. Er erkundigte sich nach dem Leben in China und nach den unbegreiflichen Sitten auf der kleinen Insel Liu-Tschu im Chinesischen Meer, wo die Menschen kein Geld kannten und keine Waffen.

»Sie überhäuften uns mit Geschenken«, berichtete Basil Hall. »Sie brachten Lebensmittel aufs Schiff und wollten keine Gegenleistung dafür. Als wir sie fragten, ob sie jemals von Europa gehört hätten, verneinten sie.« Basil Hall lächelte. »Ich denke, sie wissen nicht einmal, wer Napoleon Bonaparte ist!«

Der Besucherstrom riß nicht ab. Sir Stamford Raffles sprach vor, der ehrgeizige Gouverneur von Java, noch keine dreißig Jahre alt. Er erzählte Napoleon von den Verträgen, die er mit den Niederländern ausgehandelt hatte, und von einem Hafenstädtchen an der Südspitze Malayas, das er gegründet hatte und von dem er hoffte, es würde sich entwickeln: »Ich habe es Singapore genannt«, sagte er zufrieden und verschränkte die Arme. »Das bedeutet ›Stadt des Löwen‹.«

Der Große Adler lächelte. Dennoch verabschiedete er seinen Besucher schon nach kurzer Zeit. Die Inselkrankheit machte ihm zu schaffen.

»Ich war bereit, über die alte Feindschaft zwischen unseren Ländern und über die unangenehmen Seiten seines Charakters hinwegzusehen«, erzählte Sir Stamford ein paar Monate später in London. »Trotzdem muß ich gestehen, daß mich Bonaparte enttäuscht hat. Immerhin ist er der berühmteste Mann unserer Epoche. Wahrscheinlich liegt es an seiner gegenwärtigen Situation, daß er so wenig Eindruck auf mich machte. Alles sehr bescheiden. Mir schien, daß sogar der grüne Jagdrock, den er trug, gewendet war. Das alles färbt natürlich ab, und gesund ist er wohl auch nicht. Sie können sich gar nicht vorstellen, wie fett er geworden ist! Aufgedunsen. Möglicherweise trinkt er zuviel. Jedenfalls sieht er aus wie ein portugiesischer Weinhändler.«

Napoleon hoffte, seine Besucher würden in England für ihn Fürsprache einlegen. Als sich Mr. Charles Ricketts, ein hoher Beamter aus Kalkutta, bei ihm melden ließ, meinte Napoleon, sein Gast wäre ein Bruder des Premierministers Lord Liverpool. Es konnte viel bewirken, ihn für sich zu gewinnen ... So empfing Napoleon Mr. Ricketts wie einen lieben Freund, unterhielt sich vier Stunden lang mit ihm und überreichte ihm schließlich ein Memorandum, in dem er Lord Liverpool um seine Rückberufung nach Europa ersuchte. Erst als er Mr. Rickett bat, ihn seinem Bruder, dem Premierminister, zu empfehlen, stellte sich heraus, daß der Gast mit jenem zwar verwandt, aber nur ein entfernter Cousin von ihm war.

Napoleons Vertrauen in die Protektion durch seine Besucher schwand. Nach einiger Zeit, als die Krankheit anfing, ihn gänzlich zu beherrschen, beschloß er, keine Durchreisenden mehr zu empfangen. Der erste Gast, den er ablehnte, war Lady Loudon, die Gemahlin des Vizekönigs von Indien. Auf ihrer Heimreise war sie mit großem Pomp nach Sankt Helena gekommen, begierig darauf, das französische Monster mit eigenen Augen zu sehen.

Während die englische Kolonialmacht zu Ehren der hohen Dame im Hafen von Jamestown ihr buntes, einschüchterndes Zeremoniell entfaltete und das Meer wie zu einer Regatta von Dutzenden Schiffen wimmelte, hatte Napoleon bereits entschieden, sich nie mehr bei irgend jemanden anzubiedern. »Dr. O'Meara hat mir von dieser Art Memsahibs erzählt«, sagte er zu Bertrand. »Ausgedörrt von der Glut der indischen Sonne und vom Gin, der die Gedärme beruhigen und den Schlaf herbeiholen soll. Kräftige Stimmen, die sich durchzusetzen verstehen und keine Gegenmeinung dulden. Robuste Figuren mit einer mächtigen Brust unmittelbar über der Taille. Nein, Bertrand, ich bin nicht bereit, diese Dame zu empfangen. Melden Sie das dem Gouverneur!«

Lady Loudon, ein gemäßigtes Abbild von Dr. O'Mearas Vorurteilen, konnte nicht glauben, daß man sie abgewiesen hatte. Sie schob die Schuld auf Hudson Lowe, der ihr die Absage überbrachte. Als Napoleon auch zu dem Ball, den der Gouverneur ihr zu Ehren in Plantation House gab, nicht erschien, war Lady Loudon überzeugt, daß Hudson Lowe, der von Anfang an ihren Unwillen erregt hatte, seiner Position nicht gerecht wurde. Diese Meinung äußerte sie auch mit großem Freimut in London und fand dafür offene Ohren. Der verbannte Kaiser hatte wohl einiges auszustehen unter diesem Gouverneur, der seine Inkompetenz durch übertriebene Strenge auszugleichen suchte!

So drehte sich in Europa allmählich der Wind. Sogar die Zeitungen berichteten davon, daß die öffentliche Meinung über Napoleon dabei war, sich zu verändern. Wenn die Journale und

Gazetten mit der üblichen Verspätung auf Sankt Helena eintrafen, konnten die Leute von Longwood kaum glauben, was
sie lasen. Die Napoleonische Legende war erneut zum Leben
erwacht und wuchs mit jedem Tag, während der Gegenstand
ihrer Verehrung auf der wüsten Hochebene von Deadwood fast
verzweifelte.

XVI. Zeit des Abschieds

1

Es war, als würden die Ereignisse auf Longwood und in Plantation House von einer riesigen Kugel aus einzelnen Spiegeln reflektiert, die das Geschehen langsam umkreiste wie die Erde die Sonne, so daß sich die Bilder, die die Kugel zurückwarf, in einem fort veränderten – immer wieder von einer neuen Position aus betrachtet, die der vorigen nahe war und doch aus einem anderen Blickwinkel eine abweichende Facette des Betrachteten enthüllte.

Es schien eine eindeutige Situation zu sein, beunruhigend zwar, aber sogar einem Kind auf den ersten Blick verständlich: Rot-weiß uniformierte englische Soldaten unter der Führung des Polizeichefs Reade verhafteten im Garten von Longwood zwei Männer – den Grafen de Las Cases und seinen Sohn Emmanuel. Oben auf der Terrasse: Bertrand, bereit, seinen Gefährten zu Hilfe zu eilen. Neben ihm seine Gemahlin Fanny mit ihrem jüngsten Kind auf dem Arm, und dahinter, ein wenig versteckt, das Ehepaar Montholon – zurückhaltend, abwartend. Napoleon war nicht zu sehen. Man durfte jedoch annehmen, daß er hinter den geschlossenen Fensterläden stand und das Vorkommnis durch die Gucklöcher beobachtete, in die er sein Fernrohr steckte, der teilnahmslose Zuschauer einer Schlacht, die sich verselbständigt hatte ... Nur ein einziger mischte sich ein: General Gourgaud, der, seinen Degen schwingend, auf Reade zustürzte und eine Erklärung forderte.

Die beiden, um die es ging, reagierten kaum. Ohne Widerspruch ließen sie zu, daß die Engländer ihre kleinen Kammern stürmten, in mitgebrachten Kisten sämtliche Papiere herausschleppten und sie auf Hudson Lowes Ochsenwagen luden. Zuletzt zerrten sie noch Las Cases' Diener aus dem Haus, einen hühnenhaften Mulatten aus Jamestown, der sich so heftig wehrte, daß zwei Engländer zu Boden gingen und alle anderen, mit Ausnahme des Polizeichefs, in Trab gehalten wurden, bis sich auf einen Zuruf von Reade ein Soldat dem Gefangenen von hinten näherte und ihn durch einen Schlag mit dem Gewehrkolben außer Gefecht setzte. Verständnislos beobachteten die Franzosen, daß die Engländer dem ohnmächtigen Mulatten die Jacke auszogen und das Futter aufschnitten. Triumphierend zeigten sie dann zwei Lappen aus weißer Seide, die mit Tusche beschrieben waren.

»Das ist der Beweis!« erklärte Sir Thomas. Und zu Gourgaud gewandt: »Sie können Ihre Freunde jederzeit im Gefängnis von Jamestown besuchen, General. Den beiden wird es dort an nichts fehlen.« Damit schob er Las Cases eigenhändig zur Kutsche und zwang ihn mit einem versteckt schmerzhaften Griff einzusteigen. Emmanuel, von der Inselkrankheit geschwächt, mußte hinaufgehoben werden.

Die Kutsche setzte sich in Bewegung, gefolgt von Reade und seiner Abordnung. Sie fuhr die Allee hinunter und verschwand dann zwischen Hudson Lowes genialischen Wällen. Überrumpelt standen die Franzosen auf der Terrasse und durchschauten nicht, was geschah.

»Das ist eine Schikane!« rief Gourgaud der Kutsche nach, die schon nicht mehr sichtbar war. »Sie werden sich entschuldigen müssen, Reade!« Dann gab er auf, versetzte einem Stein einen Fußtritt und ging zu den anderen.

Dies war die eine Facette des Ereignisses; die offenkundige, beabsichtigte. Die, von der die Saints ein paar Tage lang reden und die Zeitungen in Europa berichten würden: »Las Cases und dessen Sohn von britischen Behörden verhaftet!

Wollte der Graf konspirative Schriften ins Ausland schmuggeln?«

Auch Hudson Lowe, der im Schloß von Jamestown auf die beiden Arrestanten wartete, betrachtete die Verhaftung unter diesem Gesichtspunkt. Für ihn allerdings hatte die Affäre Las Cases bereits ein paar Stunden früher begonnen, als ein alter Mann lautstark und ohne sich aufhalten zu lassen zu seinen Amtsräumen vorgedrungen war. Ein Schwarzer. Ein Yamstock. Einer von denen, die eigentlich nicht wagten, das Schloß zu betreten. Bei diesem aber war es anders.

»Ich muß mit dem Gouverneur reden!« brüllte er und stieß die Wachen beiseite. »Wo ist Gouverneur Reade?« Anscheinend war ihm die Hierarchie der helenianischen Verwaltung kein Begriff. So wunderte er sich, als er Hudson Lowe gegenüberstand, den er bisher noch nie gesehen hatte. »Sie sind nicht der Gouverneur!« beschwerte er sich. »Ich will mit dem Gouverneur sprechen!«

Nach einigem Hin und Her ließ er sich beschwichtigen und berichtete dann mit plötzlich weinerlicher Stimme, er sei ein armer Mann, der Mühe habe, seine Familie zu ernähren. So sei es auch eine große Erleichterung für ihn gewesen, daß sein Sohn – »Ein feiner Sohn, Herr Gouverneur! Ein sehr feiner Sohn!« – eine Stelle als Diener eines französischen Grafen oben auf Longwood bekommen habe. »Guter Lohn, Herr Gouverneur! Gutes Essen, gute Behandlung!«

Das fette Leben da oben habe aber nun dem Sohn den Kopf verdreht. Plötzlich wolle er nach England, um dort noch mehr Geld zu verdienen. »Er will uns verlassen, Herr Gouverneur! Diese Franzosen haben ihm einen Floh ins Ohr gesetzt. Er gibt es nicht zu, aber ich bin mir sicher, sie zahlen ihm diese Reise, damit er für sie Briefe nach Europa bringt. Ich habe selbst gesehen, wie er an seiner Jacke herumgenäht hat. Das wäre ihm bisher nicht im Traum eingefallen. Wahrscheinlich hat er im Futter irgendwelche Geheimnachrichten versteckt.« Der Alte fing an zu weinen. »Ich will nicht, daß mein Sohn eingesperrt wird, Herr Gouverneur! Ich will, daß er bei uns bleibt, sonst nichts!«

»Wie ist der Name deines Sohnes?«

»James Scott, Herr Gouverneur, und er ist bestimmt unschuldig. Diese Verbrecher da oben haben ihn verführt! Dieser Boney mit seinen blutigen Händen!«

Hudson Lowe nickte Reade, der den größten Teil der Aussage mitgehört hatte, zu. »Verhaften!« sagte er zufrieden. Welch gottgesandte Gelegenheit, da oben endlich aufzuräumen!

Las Cases und sein Sohn verhielten sich kooperativ. Man führte sie in eines der Gästezimmer im Schloß, die man nach den heftigen Beschwerden des französischen Kommissars renoviert hatte. Seit einigen Wochen standen die Suiten des russischen und des österreichischen Kommissars leer. Beide hatten die Insel verlassen: der Österreicher Stürmer, weil er die Langeweile nicht mehr ertrug, und der Russe Balmain, weil er inzwischen die Stieftochter des Gouverneurs geheiratet hatte, und diese ihn Tag und Nacht beschworen hatte, sie endlich von hier wegzubringen. Nur der französische Kommissar war auf der Insel geblieben und versicherte bei jeder Gelegenheit, er werde erst von Sankt Helena fortgehen, »wenn Buonaparte endlich unter der Erde ist!« Nun wohnte er Tür an Tür mit Buonapartes getreuem Begleiter, und nur seine sorgfältige Erziehung befähigte ihn, dem Todfeind und seiner Brut mit Höflichkeit zu begegnen.

Die beiden auf Seide geschriebenen Briefe waren an Napoleons Bruder Lucien und an eine alte Freundin, Lady Cleveland, gerichtet. Zu Hudson Lowes Erstaunen erwiesen sie sich als so harmlos, daß sie ohne weiteres seine Zensur passiert hätten. Wegen der Geheimniskrämerei jedoch suchte Hudson Lowe stundenlang nach Doppeldeutigkeiten und Verschlüsselungen. Doch alles blieb unzweifelhaft und klar, fast schon einfältig. Eine Anklage jedenfalls ließ sich nicht darauf aufbauen.

»Sie verstehen doch, daß Sie und Ihr Sohn auf keinen Fall mehr nach Longwood zurückkönnen«, sagte Hudson Lowe und erwartete Verzweiflung. »Man wird Sie mit dem nächsten größeren Schiff nach Kapstadt bringen. Dort gehen Sie in Quarantäne. Nach einigen Monaten schicken wir Sie nach England. Ich nehme an, dort haben Sie nichts zu befürchten.«

Las Cases verzog keine Miene. Er verneigte sich knapp und fragte nach einem Arzt für seinen Sohn. Hudson Lowe schickte Dr. Barry, der sich mit seiner Einfühlsamkeit bei Lady Lowes Entbindung Verdienste erworben hatte: ein verschlossener junger Mann, zart, bartlos und mit einer Stimme wie ein Zwölfjähriger. Die bösen Zungen von Jamestown behaupteten, Dr. Barry sei in Wirklichkeit eine Frau. Aber das war wohl nur eines jener Gerüchte, die die hanebüchenen Saints in die Welt setzten, um ihr eigenes, ereignisloses Dasein durch eine Sensation auf Kosten anderer interessanter zu machen.

Dr. Barry wies die Bezeichnung »Inselkrankheit« scharf zurück. Er diagnostizierte eine Leberentzündung und verordnete Diät, Bewegung und viel Schlaf – genau wie Dr. O'Meara, nur daß sich Dr. Barrys Therapie als erfolgreicher erwies. Schon nach wenigen Tagen fühlte sich Emmanuel wie neugeboren. Nur zwei Dinge bereiteten ihm noch Mühe: Treppensteigen und Bergaufgehen. Doch nach einer weiteren Woche waren auch diese Schwächen behoben, und Emmanuel fühlte sich so wohl wie schon seit Monaten nicht mehr. Er dankte Dr. Barry und ergriff dabei seine Hand. Er erschrak, als er sah, daß der Arzt errötete und sich schnell von ihm abwandte. »Sonst bin immer ich es, der errötet!« sagte Emmanuel überrascht. Er wunderte sich, daß Dr. Barry von diesem Tag an seine Krankenbesuche bei ihm einstellte, doch zugleich merkte er voller Freude, daß sie nun auch nicht mehr nötig waren. Emmanuel de Las Cases war endlich wieder gesund.

Währenddessen stapelten sich in Hudson Lowes Amtsräumen die Papiere, die man auf Longwood konfisziert hatte. Es war unmöglich, sie alle zu überprüfen, und eigentlich auch nicht erforderlich. Schon Stichproben hatten gezeigt, daß es sich um eine Art Lebensbeschreibung General Bonapartes handelte, zusammengefaßt unter dem Titel ›*Mémorial de Sainte-Hélène*‹. Hudson Lowe blätterte darin und las mit Zähneknirschen, daß ihn Napoleon einen Büttel genannt hatte, einen sizilianischen Sbirren und einen schändlichen Menschen »mit dem infamsten Gesicht, das ich je gesehen habe«.

Hudson Lowe spürte, wie seine Wangen brannten. Er stellte sich vor, was geschehen konnte, wenn diese Beleidigungen in England veröffentlicht wurden. Einen Augenblick lang erwog er, die ihn betreffenden Seiten des Manuskripts zu entfernen. Die Behörden in London würden es kaum bemerken, und wenn doch, würden sie es vielleicht sogar billigen, daß sich ein Beamter, der in seiner Person doch den Staat selbst verkörperte, vor Schmähungen schützte.

Korrektheit, Realitätssinn, Patriotismus... Nein! Kein Krimineller – und hätte er einst eine noch so hohe Position innegehabt – würde einen Hudson Lowe dazu verführen können, Beweismaterial zu unterschlagen! Büttel? Sbirre? Schändlicher Mensch? – Aus dem Munde eines Mannes, der auf dem Höhepunkt seiner Karriere von sich gesagt hatte, seine Jahresrente seien fünfundzwanzigtausend Mann, waren solche Worte keine Beleidigung. Kein aufrechter Brite würde einem treuen Beamten der Krone seine Achtung versagen, was immer auch ein ehemaliger Kriegshetzer über ihn sagte.

»Man wird dieses sogenannte ›Mémorial‹ versiegeln und nach London schaffen«, teilte Hudson Lowe also Las Cases mit, ohne sich seine Erbitterung anmerken zu lassen. »Dort wird man es prüfen und nach Bonapartes Ableben an Sie zurückgeben.« Der Gouverneur konnte sich eine verächtliche Pause nicht verkneifen. »Wann immer das sein mag!«

Wieder deutete Las Cases eine Verneigung an. »Und meine anderen Unterlagen, Monsieur le Gouverneur?« erkundigte er sich.

»Die können Sie gleich zurückhaben – wenn Sie Ihre Heimreise tatsächlich mit diesem Gekritzel belasten wollen!«

Las Cases lächelte.

Die Spiegelkugel drehte sich weiter. Auf Longwood saß Napoleon mit den Seinen bei Tisch. Im Gegensatz zu ihnen kannte er die Hintergründe. Wie in alten Zeiten hatte er die Fäden gezogen und die Puppen tanzen lassen. Aus seiner Kasse stammte das Bestechungsgeld für James Scott und seinen Vater – diesen begnadeten Schauspielern, derer man sich schon längst hätte bedienen sollen –, und mit eigener Hand hatte er die zwei Briefe auf Seide geschrieben: verdächtig und doch so simpel, daß kein Gericht der Welt sie für konspirativ erklären konnte.

Die Idee für die Intrige stammte allerdings von Las Cases selbst: »Hier auf Longwood kann ich Euer Majestät nicht mehr nützen«, hatte er eines Morgens zu Napoleon gesagt. »Meine Schriften sind abgeschlossen. Sie können erst zum Leben erwachen, wenn sie gelesen werden. Sire, ich flehe Sie an, schicken Sie mich nach Europa zurück, damit ich mich dort für Sie aufopfern kann: im Dienste Ihres Ruhms in Gegenwart und Zukunft!« *L'Extasé*, der zu schmeicheln und zu manipulieren verstand wie nur noch ein einziger anderer!

»Aber Sie haben sich dem Gouverneur gegenüber verpflichtet, bis an mein Lebensende auf Sankt Helena zu bleiben!«

Nie würde Napoleon das feine Lächeln vergessen, das plötzlich auf Las Cases' Lippen lag und das Achselzucken begleitete, mit dem er das Versprechen auslöschte, das ihm eine feindlichen Macht abgefordert hatte: »Wer ist mein Herr, Sire? Sie, Majestät, oder Sir Hudson von den Roten Backen?«

Napoleon, der gerne von Tiefgang redete und doch viel lieber an der Oberfläche der menschlichen Beweggründe verharrte, versagte es sich, darüber nachzudenken, ob der Graf bei seinem Plan mehr an seinen Herrn gedacht hatte oder doch vor allem an die eigenen Interessen: an seinen Sohn, bei dessen Anblick sein Herz blutete, an die Schwäche seiner Augen und an den Ruhm und den Reichtum, den ihm seine Schriften in Europa einbringen würden … Doch was bedeuten schon Motive! dachte Napoleon nach kurzem Erwägen. Nur der Nutzen zählt. Bei den Menschen und bei all ihren verrückten Unternehmungen.

Erst jetzt merkte er, daß es ihn schmerzte, Las Cases zu verlieren, den interessantesten und gebildetsten seiner Begleiter.

Zugleich aber wußte er, daß ihm jener in Europa bessere Dienste leisten konnte. Keiner würde wie Las Cases Artikel schreiben, die Napoleon so darstellten, wie er es wollte. Keiner sonst wäre in der Lage, aus dem Wust der Notizen das ›Mémorial‹ wiederherzustellen, auch wenn die Engländer meinten, mit der Reinschrift hätten sie ihm schon das ganze Werk genommen. Keiner würde wie er für die ›Briefe vom Kap‹, die bereits auf einem Kohlenschiff nach England unterwegs waren, die geeigneten Verleger in den wichtigsten Sprachen Europas finden!

Ich vermisse Sie jetzt schon, mein Freund, dachte Napoleon und schwieg, während Bertrand und Gourgaud vor vollen Tellern diskutierten, wie man Las Cases befreien und nach Longwood zurückholen könnte, und während auch Montholon zu essen vergaß, ein wenig verwirrt, als hätte er plötzlich ein Ziel erreicht, daß er sich noch gar nicht zu setzen gewagt hatte.

2

Napoleons Gesundheitszustand hatte sich stabilisiert, doch seine Seele war krank geworden. Fast jeden Tag schickte er Gourgaud nach Jamestown hinunter, damit er sich nach dem Befinden der beiden Gefangenen erkundigte und vielleicht sogar ein paar Worte mit ihnen wechselte, aus denen sich entnehmen ließ, wie sie sich fühlten.

»Eine Zeit des Abschieds«, sagte Napoleon ungewohnt still und traurig. Von Lady Malcolm hatte er erfahren, daß Hudson Lowe und die Bourbonen ihr gemeinsames Ziel erreicht hatten: Schon in den nächsten Tagen sollte das 53. Regiment von der Insel abgezogen und durch das Zwanzigste ersetzt werden. »Eine Zahl!« wie Napoleon zunächst wegwerfend bemerkte. Bereits im nächsten Augenblick aber wurde ihm bewußt, daß mit diesem Wechsel auch die Malcolms Sankt Helena verlassen würden, ebenso wie der junge Poppleton, der Napoleon inzwischen ans Herz gewachsen war. Als klar wurde, daß man einander nie mehr wiedersehen würde, schenkte Napoleon dem jungen Offizier ein Porträt von sich, eine kostbare Miniatur aus den Tagen des Kaiserreichs. »Ja, ja, *Monsieur Poppeltón*, schauen Sie sich das Bild nur genau an! So stattlich habe ich einmal ausgesehen!«

»Ich werde Sie nie vergessen, Sire! Es war mir eine Ehre, Ihnen so nahe sein zu dürfen.«

Am nächsten Morgen, als die englischen Soldaten zum letzten Mal Aufstellung nahmen, um mit großem Pomp das Lager an ihre Nachfolger zu übergeben, erschien Poppleton noch einmal vor dem Haus Bertrands, wo sich die Franzosen versammelt hatten, weil man von dort das Zeremoniell der Engländer am besten beobachten konnte.

»Man zwingt mich, Ihnen Ihr Geschenk zurückzugeben, Sire!« sagte Poppleton, atemlos und rot vor Scham. »Ich bitte Sie um Vergebung für diesen Affront! Glauben Sie mir, Majestät, kein Geschenk in meinem ganzen Leben war mir lieber und teurer!« Mit ausgestrecktem Arm hielt er Napoleon das Bild entgegen.

Napoleon nahm es zurück. »Dann werden Sie mich eben in Ihrem Herzen in Erinnerung behalten, mein lieber *Poppeltón!*«

»Das werde ich, Sire!« Er salutierte, sprang aufs Pferd und jagte davon, hinauf zu seinem Camp, wo Hudson Lowe vor dem Festzelt auf der Rennbahn bereits die Parade abnahm. Trommelwirbel, Befehlsgeschrei, Fanfaren, Blasmusik. Und dann: Kanonenschüsse, die sich über die ganze Insel fortpflanzten, als würde es Nacht.

Am Abend gab Hudson Lowe einen Ball für zweihundert Gäste zu Ehren der Offiziere des 53. Regiments. Am nächsten Tag noch eine Theateraufführung, für die die Schauspieler die weite Reise aus England auf sich genommen hatten, dann strömten die Angehörigen des Regiments in vorbildlicher Ordnung auf die Schiffe, die sie nach England zurückbefördern sollten – nach Hause, vor allem aber weit weg von dem gefährlichen Verführer, dessen vergiftendem Einfluß sie schon viel zu lange ausgesetzt gewesen waren, so daß sie verlernt hatten, ihn zu hassen; *Nap*, der sie auf die gleiche ambivalente Weise ins Herz geschlossen hatte wie die Angehörigen seiner eigenen Alten Garde.

»Ich wette, Lady Malcolm mußte auf dem Ball mit Hudson Lowe tanzen«, sagte Napoleon, mitten im Abschiedsschmerz plötzlich amüsiert. »Was gäbe ich darum, sie davon erzählen zu hören!«

Dann war es soweit. Wieder kündeten die Kanonen der Insel und die Semaphoren auf den Berggipfeln ein besonderes Ereignis an. Die Flotte mit dem 53. Regiment an Bord stach in See – und zugleich auch die »Griffon« mit Vater und Sohn de Las Cases auf den Weg zum Kap, auf den Weg zum Ruhm.

Zeit des Abschieds. Napoleon blickte hinauf zum Lager, das nicht anders aussah als in den Jahren vorher: die gleichen blauweiß-roten Flaggen des Union Jack, die gleichen Baracken, die gleichen Zelte, die gleichen Uniformen, die gleichen Geräusche und Rufe. Nur die Menschen da oben waren andere, aber das konnte man aus der Entfernung nicht erkennen.

»Man fühlt sich wie in einem Kurort, wenn alle anderen gesund geworden sind und abreisen, doch man selbst bleibt zurück, und nichts hat sich verändert«, sagte Napoleon und blickte auf seine Getreuen. Auf die wenigen, die noch bei ihm waren.

3

Noch vor ihrem Abzug hatten die Soldaten von Deadwood Camp den neuen Palast fertiggestellt, der das Leben des hohen Gefangenen bequemer und luxuriöser gestalten sollte, Longwood New House, das die englischen Zeitungen rühmten, als wäre es ein zweites Versailles.

Das Infernalische Duo, Lowe und Reade, erschien mit großer Begleitung, um General Bonaparte seine künftige Residenz zu präsentieren. Auch Lady Lowe nahm an dem Ereignis teil. So begierig sie darauf war, Napoleon persönlich kennenzulernen, so wenig hatte sie bisher dazu Gelegenheit gehabt. Nach den ersten Begegnungen hatte Napoleon abgelehnt, jemals wieder mit dem »sizilianischen Sbirren« zusammenzutreffen.

Auch diesmal, bei der Vorstellung des hölzernen Palastes, wurde der Gouverneur enttäuscht. Nur die Ehepaare Bertrand und Montholon erschienen zum vereinbarten Zeitpunkt, dazu noch General Gourgaud. Die Kolonie von Longwood war klein geworden, und der, auf den es Hudson Lowe angekommen wäre, entzog sich erneut.

Hudson Lowe verbarg seine Enttäuschung, die ihn wegen der Anwesenheit seiner Gemahlin doppelt schmerzte. »Vierzig Räume!« verkündete er dennoch mit großer Geste gleich zu Beginn der Besichtigung. »Ich bedaure, daß General Bonaparte unpäßlich ist. Aber sicher werden Sie, meine Freunde, ihm alles genau schildern.«

Eine Fassade im klassischen Stil – Griechenland im Südatlantik. Ein langgestrecktes Gebäude mit vierzehn schönen Fenstern im Erdgeschoß. Alle Räume hoch und großzügig, ganz anders als in der alten Residenz. Trotzdem drückte auch hier die Hitze auf die Lungen. In der Hektik des Aufbruchs hatte man vergessen, die Zimmer zu lüften. So sammelte sich nun die Sommerglut der vergangenen Tage in den hölzernen Räumen, daß man sich darin fühlte wie in riesigen, kostbar tapezierten Schachteln. Seide an den Wänden; die zartesten, elegantesten Farben; überall Zierleisten aus Gold; duftige Vorhänge mit breiten Samtbordüren; auf dem Boden erlesene Teppiche aus dem Orient.

Ein blauer Salon. Das Speisezimmer in Lavendel, in der Mitte ein überdimensionaler Tisch für große Essen: »Britische Eiche!«, wie Hudson Lowe bedeutungsvoll anführte. Ein zweiter Salon in Salbeigrün. Ein Marmorbad in strahlendem Weiß. In Napoleons Schlafzimmer ein Himmelbett wie in den Tuilerien, wo er mit Joséphine im Alkoven der unglücklichen Marie-Antoinette genächtigt hatte. Vorhänge in Lila und Gold. Klassisches Altertum überall. Hellas in jedem Winkel. Griechische Sofas und Hocker. Ein Weinkühler aus Bronze in Form einer Bacchanalienvase. Ein wenig aus der Reihe tanzend, aber besonders prunkvoll: ein Bücherschrank im etruskischen Stil, der auf Napoleons inzwischen schon dreitausendbändige Reisebibliothek wartete.

»Das alles auf Sankt Helena«, flüsterte Gourgaud Fanny zu. »Wie unerhört passend!«

»Und wenn alles aus Gold wäre«, sagte Napoleon, als sie zu ihm ins alte Gebäude zurückkehrten und es ihnen durch den Kontrast noch enger vorkam als bisher, noch schäbiger und ärmlicher, »selbst dann würde ich den Engländern nicht die Genugtuung bereiten, dort einzuziehen. Hierher haben sie mich verbannt. Hier werde ich bleiben.«

»Aber, Sire, was könnte es schaden, es uns ein wenig angenehmer zu machen?« wandte Albine ein und tupfte sich verstohlen einen Schweißtropfen von der Oberlippe.

Napoleon musterte sie kalt. »Schweigen Sie, Madame!«

Und sie schwieg, wie sie immer noch alle schwiegen, wenn er es befahl, auch wenn der Widerstand in ihrem Inneren wuchs und sie auf einmal nur noch seine Fehler bemerkten und sich kaum noch vorstellen konnten, was sie bewogen hatte, ihm hierher zu folgen.

Selbst die Diener waren kaum noch in der Lage, ihre Unzufriedenheit zu verbergen. Die engen, stickigen Räume bedrückten sie wie ein Gefängnis. Trotz der Hitze bestand Napoleon nach wie vor darauf, daß alle Bediensteten ständig ihre Livree trugen und beim Kontakt mit ihm oder seinen Getreuen auch weiße Handschuhe. Er verlangte pausenlose Dienstbereitschaft eines jeden, selbst in der Nacht, wenn durch die Hintertüren die Frauen von der Hafenstraße hereinschlichen als Ersatz für die Familien, die sich die Männer von Longwood gewünscht hätten; als Ersatz auch für die Liebe und Geborgenheit, nach der sie sich sehnten und die so mancher für kurze Zeit bei den flüchtigen Besucherinnen der Nacht zu finden glaubte. Immer wieder ersuchte einer der Diener bei Bertrand um Heiratsbewilligung, die jedoch nie erteilt wurde. Napoleon hatte vor, alle Mitglieder seines Haushalts in seinem Testament mit hohen Legaten für ihre Treue zu belohnen, und er wünschte, daß die später wohlhabenden Männer nach seinem Tode nach Frankreich zurückkehrten und dort ehrbare Töchter seiner Veteranen ehelichten.

»Seine Majestät ist noch keine Fünfzig!« murrte der ältere der beiden Archambault-Brüder, als Bertrand ihm die Heiratserlaubnis verweigerte. »Sollen wir noch dreißig Jahre warten, bis wir endlich eine Familie gründen dürfen?«

An diesem Abend war Archambault nicht in der Lage, beim Servieren des Diners mitzuhelfen. Sein Bruder versuchte zu vertuschen, daß er betrunken auf seinem Bett lag. In der Nacht wachte er dann auf, torkelte aus dem Haus, holte sich ein Pferd aus dem Stall und galoppierte ohne Sattel hinauf zur Rennbahn. »Tod dem Kaiser!« brüllte er, daß das halbe Camp aus dem Schlaf gerissen wurde. »Es lebe der König! Es lebe Ludwig XVIII.!« Dabei sprengte er wie ein Wahnsinniger über die Rennbahn, bis er sich nicht mehr auf dem Pferderücken halten konnte und in den Kies stürzte. Die Engländer nahmen ihn fest und brachten den Blutenden und nun heftig Weinenden zu Bertrand, der seinem Herrn den Vorfall verschwieg.

Bertrand wußte, daß auch die anderen Diener ihren Überdruß im Alkohol ertränkten. Montholon hatte längst den Überblick über den Inhalt seines Weinkellers und über die Lieferungen aus Südafrika verloren. Als er verlangte, daß ab sofort jede leere Flasche aufzubewahren und der gesamte Verbrauch schriftlich festzuhalten sei, zerschlugen die Diener in der Nacht sämtliche leeren Flaschen und verstreuten die Scherben über den ganzen Garten. Es gelang nicht, den Schuldigen zu finden, und der Weinverbrauch verringerte sich auch in Zukunft nicht. Den Unterlagen des Gouverneurs war zu entnehmen, daß auf Longwood im Laufe eines Trimesters nach wie vor durchschnittlich dreitausenddreihundert Flaschen Wein oder Champagner getrunken wurden – das meiste von den Domestiken, doch diese Einschränkung drang nicht bis Plantation House.

Niemand auf Longwood hatte Las Cases je geliebt. Oft genug hatten sich die Treuesten der Treuen über ihn lustig gemacht und ihn dann, wenn er verletzt für kurze Augenblicke seine Überlegenheit und Arroganz herauskehrte, geschlossen abgelehnt. Er war immer anders gewesen als alle anderen, ein Außenseiter, neben dessen beflissener Ernsthaftigkeit sie sich manchmal wie unreife Kinder vorkamen: abgekanzelt und nicht für voll genommen. Nur Napoleon überhäufte er mit Lobeshymnen – der geborene Höfling, der abzuschätzen verstand, wo sich Begeisterung lohnte.

Nun, da er fort war und mit ihm auch sein Sohn – die »Fahnenstange«, der »Hering«, das »Schilfrohr« –, fehlten die beiden auf einmal. Sogar in dem engen Speisezimmer war auf einmal zuviel Platz; bei Tisch saß man zu weit auseinander; es gab keine tiefsinnigen Bemerkungen mehr, die plötzlich aufflatterten, verklangen und danach erst allgemeine Heiterkeit auslösten, bei der sich auch Napoleon nicht ausschloß und sie so sanktionierte.

»Ich war oft unhöflich zu ihm«, gestand Gourgaud am Abend des Tages, an dem die »Griffon« Sankt Helena verlassen hatte. Und dann mit einem Seitenblick: »Sie allerdings noch viel mehr, Montholon! Ihnen war er doch von Anfang an ein Dorn im Auge . . . wie wir alle!«

Fanny, die neben Napoleon saß, zuckte zusammen. Dies war nicht der erste Streit, den Gourgaud mit Montholon vom Zaun brach. Sogar zum Duell hatte Gourgaud seinen Lieblingsfeind schon mehrmals gefordert, allerdings ohne darauf eine Antwort zu erhalten. Meistens hatte Napoleon eingegriffen und Gourgaud zur Raison gebracht – bis zum nächsten Mal, aber daran hatten sie sich inzwischen schon gewöhnt. Sie hatten sich damit abgefunden, daß sie verschieden waren, daß sie einander nicht leiden konnten, daß sie aber gezwungen waren, es miteinander auszuhalten, weil es keinen Ausweg gab. Auf Sankt Helena waren sie, und auf Sankt Helena mußten sie bleiben, bis . . . Ja, bis!

Mit der Abreise der beiden Las Cases hing plötzlich eine ganz andere Stimmung in der Luft. Es hatte sich gezeigt, daß es möglich war, die selbstgewählten Ketten zu sprengen. Daß man nicht alles ertragen mußte, sondern immer noch sagen konnte: Ich will nicht mehr. Ich gehe.

»Ich will nicht mehr. Ich gehe!« Das sagte auch Gourgaud am Ende jenes Abends im roten Speisezimmer von Longwood. Ich will nicht mehr. Ich gehe – nachdem er Napoleon daran erinnert hatte, daß er ihm sein Leben verdankte: »Zweimal, Sire! Zweimal habe ich Ihnen das Leben gerettet!«, und nachdem Napoleon darauf mürrisch geantwortet hatte, es wäre besser gewesen, Gourgaud hätte ihn damals in Ruhe gelassen.

Ein langer Streit, der immer heftiger wurde. »Was hat Sie, einen Neffen Sémonvilles, dazu bewogen, dem Feind der Bourbonen ins Exil zu folgen? Sind Sie ein Spion, Montholon? Ein Verräter? Oder gar ein Mörder? Warum sind wir alle ständig krank, nur Sie und Ihre Gemahlin nicht? Was mischen Sie uns in den Wein, Montholon? Und was bereden Sie mit dem französischen Kommissar, wenn Sie ihn im Schloß besuchen?«

»Ist das wahr?« Napoleon war bleich geworden.

»Nein, Sire, nein!« Erst jetzt ergriff auch Montholon das Wort. »Es ist nicht wahr! Sie wissen doch, Sire, wie ergeben ich Ihnen bin! Das ist auch der Grund, warum mich dieser Mensch derart verleumdet.«

Napoleon atmete auf. »Gehen Sie auf Ihr Zimmer, Gourgaud!« befahl er kalt. »Von jetzt an werden Sie nicht mehr mit uns speisen. Sie sind ein Ausgestoßener. Wenn Sie Freunde suchen, dann bitte unter den Dienstboten. Die meiste Zeit des Tages verbringen Sie ohnehin auch jetzt schon mit Noverraz und den Archambaults.«

»Auf der Jagd, Sire«, wandte Gourgaud ein. »Weil Sie mich von Ihrer Gegenwart ausschließen. Wenn Sie mir erlaubten, bei Ihnen zu sein – es wäre immer noch das höchste Glück für mich!«

»Ich sagte, Sie sind ein Ausgestoßener! Ich weiß nicht, ob

ich Sie jemals begnadigen werde. Ihr Anblick ist mir ein Greuel.«

Gourgaud schwieg. Er starrte von einem zum anderen, doch niemand kam ihm zu Hilfe. Sogar Bertrand war der ewigen Streitigkeiten müde und bemühte sich nicht mehr zu vermitteln.

Überraschend wandte sich Gourgaud an Fanny:»Und Sie, Madame?« fragte er mit plötzlich ganz sanfter Stimme.»Ist Ihnen mein Anblick ebenfalls ein Greuel? Glauben Sie auch, daß ich Monsieur de Montholon nur verleumden will, wenn ich ihn einen Mörder nenne?«

Trotz der Hitze zitterte Fanny.»Das sind zwei ganz verschiedene Fragen, Monsieur!«

»Dann würden Sie vielleicht auf die eine mit ja antworten und auf die andere mit nein?«

»Warum versuchen Sie, mich in die Enge zu treiben, Monsieur?« Er tat ihr plötzlich leid.

»Aber auf welche von den beiden mit ja, und auf welche mit nein, Madame?« Ganz unerwartet ergriff er Fannys Hand und küßte sie.»Sie haben ganze Arbeit geleistet, Montholon!« sagte er beifällig.»Niemand wagt mehr, sich zu mir zu bekennen. Alle lehnen mich ab.«

Fanny zog ihre Hand zurück.»Ich lehne Sie nicht ab, Monsieur, aber ich glaube nicht, daß wir heute abend noch irgendein Problem lösen werden. Es war ein langer und trauriger Tag. Wir haben zwei Kameraden verloren, und jetzt sind wir müde.«

Gourgaud blickte auf Fanny hinunter. Schon lange hatte sie ihn nicht mehr aus der Nähe angesehen. Ihr wurde bewußt, wie jung und verletzlich er noch wirkte, und ihr fiel ein, wie verliebt er in Laura Wilks gewesen war, seine bescheidene englische Taube, die genau wußte, auf welchen Platz im Leben sie gehörte.

»Ich will nicht mehr, Madame«, sagte Gourgaud mit sanfter Stimme.»Ich gehe. Sagen Sie das bitte den anderen, die mir schon nicht mehr zuhören, weil ich doch ein Ausgestoßener bin. Sagen Sie es bitte auch Seiner Majestät! ... *Monsieur le Baron, mon premier officier d'ordonnances* – so nannte er mich früher, auch noch hier auf Sankt Helena. Dem Sinn nach bedeutete es nur die Feststellung einer Tatsache, doch aus seinem Mund war es ein Ritterschlag.« Seine Stimme wurde bitter. »Und dann kam die Schlange und flüsterte Seiner Majestät ins Ohr, meine Gefühle für ihn seien unziemlich!« Er blickte auf Montholon, der nun wieder schweigend auf seinen Teller starrte. »Wie leicht ist es doch, einen Junggesellen auf diese Weise zu vernichten! Glauben Sie mir, Monsieur le Comte, auch ich hätte gern eine Frau an meiner Seite gehabt, aber erst war ich für meinen Kaiser im Krieg – während Sie die Lohngelder Ihrer Truppe unterschlugen, Monsieur le Comte! –, und dann begab ich mich ins Exil. In beiden Fällen kein günstiger Platz, seine Normalität zu beweisen.«

Bertrand mischte sich ein. »Lassen Sie es für heute gut sein, Gourgaud. Morgen reden wir weiter. Wir werden eine Lösung finden.«

Doch Gourgaud schüttelte den Kopf. »General Bertrand«, murmelte er. »Großmarschall des Palastes! Immer die Güte selbst ... Aber auch Sie können mich nicht zurückhalten. Ich werde jetzt aufs Pferd steigen und im Schloß von Jamestown die Engländer um meine Verhaftung ersuchen. Inzwischen haben wir ja gelernt, wie das funktioniert.« Er lachte unfroh auf. »Schade, daß diese Auseinandersetzung nicht schon gestern stattgefunden hat! Dann säße ich jetzt mit Las Cases und seinem Sohn auf der ›Griffon‹, der Freiheit zum Umarmen nah.« Er ging zur Tür. »Es wäre freundlich, wenn man mir meine Habseligkeiten ins Schloß nachschicken würde. Viel ist es ohnedies nicht ... Mein Diener soll sie bringen, dann kann ich ihn auch gleich entlohnen. Er kommt aus Deutschland und hat den Dienst bei mir nur angenommen, um sich das Reisegeld nach Hause zu verdienen. Er wird jubeln, wenn er nicht länger hier zu sein braucht.« Gourgaud schlug die Hacken zusammen und salutierte. »Ich darf mich entfernen, Sire! Ich war immer Ihr treuer Diener. Noch vor ein paar Minuten wünschte ich mir insgeheim, Sie hielten mich zurück ... Verzeihen Sie mir, wenn ich Ihren Zorn erregt habe!« Zackig wie auf dem Kasernenhof drehte er sich um und ging hinaus.

Sie hörten seine eiligen Schritte, das Klappen der Türen, das Knarren der Treppenstufen hinunter zum Garten. Dann nach längerem Warten – während die kleine Standuhr auf dem Kaminsims so laut tickte, daß es weh tat – das Klappern der Pferdehufe, die sich entfernten. Schnell. So schnell.

Die Kerzen waren fast niedergebrannt. Ihr Flackern durchzuckte den kleinen Raum mit dem riesigen Tisch, an dem nur noch wenige saßen: der einstige Kaiser mit dem, was von seinem Hofstaat übriggeblieben war – der Großmarschall des Palastes, der Feldmarschall und zwei Hofdamen. Draußen vor der Türe, beunruhigt, die Domestiken, aber die zählten nicht.

Zeit des Abschieds. Obwohl die Kerzen nach und nach erloschen, konnten sich die Verlassenen nicht dazu entschließen aufzustehen und in die eigenen Räume zu gehen. Erst als Noverraz mit frischen Kerzen hereintrat, winkte Napoleon ab und erklärte den Abend für beendet.

XVII. Hudson Lowe II

1

Sankt Helena entwickelte sich zur Insel der Tagebücher, Memoiren und Briefe. Jeder, der in irgendeiner Beziehung zu dem Verbannten stand – und sei sie noch so oberflächlich –, fühlte sich auf einmal als agierender Teil der Historie und schrieb am Abend, wenn das mückenumschwirrte Kerzenlicht die Sonne des Südens ersetzte, seine Beobachtungen und Gedankensplitter des vergangenen Tages auf, in einem Schulheft vielleicht, auf losen Blättern, in zweckentfremdeten Kontomappen oder in maroquingebundenen Fünf-Jahres-Tagebüchern, in denen jede Seite in fünf Abschnitte unterteilt war, so daß sich dem Leser auf einen Blick erschloß, was dem Schreibenden zum gleichen Datum der vorangegangenen Jahre aufzeichnenswert erschienen war.

Der einzige, dem es nie in den Sinn kam, seine Erinnerungen in bezug auf Napoleon festzuhalten, war Hudson Lowe, der unermüdliche Herr der Meldungen und Berichte, der Anfragen und Beschwerden, der Weisungen und Verbote. Hudson Lowe, die fleischgewordene Zensurbehörde. Hudson Lowe, der sich von Geschriebenem zu ernähren schien und der seine Vorgesetzten in London unter Papier erstickte und in Tinte ersäufte.

Sie wehrten sich dagegen, indem sie seine Schreiben beiseite legten und sich anhäufen ließen, bis sich schließlich irgendein verzweifelter Beamter entschloß, sie zu archivieren – gelesen oder ungelesen, darauf schien es schon gar nicht mehr anzukommen. Die ›Lowe-Papers‹ nannte man im Ministerium die entsprechenden Aktenberge, die eigentlich keine Berge waren, sondern Türme von Aktenmappen, in die keiner mehr hineinblickte, weil inzwischen schon wieder neues Material aus Sankt Helena eingetroffen war, genauso umfangreich und ermüdend ausführlich wie das vorhergehende.

Antworten aus London fanden sich viel seltener in Hudson Lowes Amtszimmer ein, und wenn, dann lakonische, fast schon einsilbige, was wohl der übersättigten Gemütslage der Absender entsprach. Wenn Hudson Lowe diese Schreiben las, fühlte er sich unverstanden und im Stich gelassen. Die Kopien seiner eigenen Briefe lagen vor ihm, penibel eingeteilt in Punkte und Unterpunkte, alles durchnumeriert und geordnet in römischen Ziffern, arabischen, in Großbuchstaben, Kleinbuchstaben und sogar griechischen Lettern: römisch eins, arabisch eins, groß A, klein a; Alpha, Beta, Gamma … Und darauf dann die Antwort aus London:»Der Exilierte ist zu bewegen, seine bisherige Unterkunft zu verlassen und ohne Verzögerung nach Longwood New House umzuziehen.« Zu bewegen! Wie bewegte man einen Felsblock, gegen den einst ein ganzer Kontinent vergeblich angerannt war?

Kein Tagebuch irgendeines Eingeweihten konnte sich mit der unterbewerteten Informationsfülle der ›Lowe-Papers‹ vergleichen, aus denen man in London jede Einzelheit aus dem Leben des gefangenen Kaisers hätte entnehmen können: wann er an welchem Tag aufgestanden und zu Bett gegangen war; was er wann zu sich genommen hatte; seine Badestunden, seine Spaziergänge und seine einsamen Ewigkeiten im kleinen Teehaus über dem Abgrund; wer ihm die Haare schnitt, wen er beleidigte, wem er Geschenke machte. In Hudson Lowes sperrigen Berichten verwandelte sich ein Mensch aus Fleisch und Blut zu Glas: von allen Seiten beobachtet und bespitzelt, ausgehorcht und ausgebeutet. Ein fremdartiges Insekt unter einem erbarmungslosen Mikroskop, fremden Blicken hilflos ausgeliefert; ungeliebt, weil nur noch Objekt.

Hudson Lowe war stolz auf seine Genauigkeit. Er allein durchschaute die Lückenlosigkeit seines Werks, seines *summum opus*, für das er vielleicht eigens geboren worden war, von seinem persönlichen Schicksal ausersehen wie Napoleon von dem seinigen. Die Mißachtung seiner Arbeit schmerzte ihn um so mehr, als jeder durchreisende Kapitän und jede geschwätzige Memsahib auf dem Weg von Indien nach England damit rechnen durfte, daß sich die europäische Presse auf ihre Berichte über den unglücklichen Menschen von Longwood stürzte und sie vieltausendfach verbreitete.

Es war nicht mehr zu übersehen: Bonaparte und seine Sprachrohre hatten ganze Arbeit geleistet. Innerhalb weniger Jahre war die Stimmung in Europa umgeschlagen. Der verhaßte Tyrann, der eine ganze Armee in den eisigen Weiten des russischen Winters im Stich gelassen hatte, war auf einmal vergessen. In der Erinnerung Tausender verschwamm sein beschämtes, gramverzehrtes Gesicht und verwandelte sich zurück in die schmalen, siegestrunkenen Züge des jungen Generals auf der Brücke von Arcole, wo er die jungfräuliche Marianne, die Personifikation der französischen Republik, wie Sankt Georg vor dem bourbonischen Drachen beschützt hatte. So begeisternd, so mitreißend, daß ein ganzes Land seinem Zauber verfiel!

Hudson Lowe spürte es, und es raubte ihm den Atem: Die Napoleonische Legende hatte ihren Anfang genommen, und sie wuchs von Tag zu Tag. Als dann auch noch die beiden Las Cases nach Europa zurückkehrten und bald darauf der junge Gourgaud, flossen Ströme von Tränen des Mitleids und der Reue. Napoleon hatte seine letzte Schlacht siegreich geschlagen. Niemand begriff das deutlicher und schmerzhafter als sein Kerkermeister in Plantation House, der sich immer wieder fragte, ob er den Siegeszug des Verbannten durch die Herzen seiner neuen-alten Anhänger nicht hätte verhindern können und ob es einen Weg gegeben hätte, dafür zu sorgen, daß der Mann von Longwood – der Nachbar, der verhaßte Nachbar! – in Vergessenheit geriet: höchstens noch eine Episode in der Geschichte des Kontinents, Stoff für ein paar Schulstunden. Nicht mehr.

Ein Abgrund, so schien es Hudson Lowe, klaffte zwischen der öffentlichen Meinung in Europa und dem Willen der herrschenden Aristokratie, die in Aachen das Urteil gegen Napoleon endgültig bestätigte: das Ende all seiner Hoffnungen auf Rückkehr... Dazu noch der Tod der »kleinen Prinzessin Charlotte«, wie Napoleon sie zu nennen pflegte, der künftigen Königin von England, deren Herz heimlich für die Ideale der Revolution geschlagen hatte. Freiheit, Gleichheit, Brüderlichkeit. Die goldenen Träume, für die noch immer der Name Bonaparte stellvertretend stand... Im Kindbett war die Prinzessin gestorben. Wer unter den Herrschern der Welt würde jetzt noch seine Stimme für den Verbannten erheben?

Ein Schlag nach dem anderen: In Frankreich machten die Bourbonen Jagd auf die alten Bonapartisten und schickten ihre Führer auf die Guillotine. Wieder zog der Terror seine blutige Spur durch die Dörfer und Städte der französischen Provinz. Einmal ereignete sich das Wunder, daß eine Henne ein Ei mit Napoleons Bild legte. Die Nachricht davon eilte durch ganz Frankreich, und die Bonapartisten putzten schon ihre Waffen. Auch in Paris erfuhr man davon. Der Comte d'Artois sandte eine Abteilung seiner Soldaten in das ketzerische Dörfchen. Bourbonische Stiefel beeilten sich, das revolutionäre Ei zu zertreten. Dann köpfte man die aufmüpfige Henne und warf ihren Besitzer in den Kerker... Napoleon war nicht vergessen. Immer noch wurde er geliebt und gefürchtet, mochte er noch so fern auf einer noch so abgelegenen Insel schmachten und verzweifeln, weil er das Ausmaß seines letzten Sieges noch nicht begriff.

2

Das Leben in der Enge einer Insel, von der endlosen Weite des Ozeans umgeben, hatte sie alle geprägt. Etwas Verschlagenes trat in ihre Blicke. Vorsicht. Mißtrauen. Jeder fürchtete, ein anderer könnte ihm zu nahe kommen und seinen Spielraum noch mehr beschränken. Selbst Hudson Lowe, vor dessen Spionen kaum ein Geheimnis sicher war, meinte, er wüßte immer noch zu wenig über den Nachbarn oben auf Deadwood Plain, der sich vor der Welt versteckte und sie dennoch für sich gewann. Er sei krank, behauptete Bonaparte, und die Ärzte, die er bestochen oder sonstwie auf seine Seite gebracht hatte, gaben ihm recht. Von Inselkrankheit faselten sie, wie er es ihnen eingeblasen hatte; von chronischer Leberentzündung durch unreines Wasser. Schnellstmöglich müsse er aus dem Gefahrenbereich fortgebracht werden, am besten weit weg von Sankt Helena, zumindest aber auf die Westseite der Insel, geschützt vor dem ständigen Wind, vor der Feuchtigkeit und der Hitze ohne Schatten. Bliebe er noch länger auf Deadwood Plain, könnte es seinen Tod bedeuten.

Hudson Lowe dachte an Dr. O'Meara, den Doppelspion, der längst auf der Seite seines Patienten stand, und er beglückwünschte sich dazu, daß er die Versetzung des Arztes endlich erreicht hatte. Vor wenigen Wochen erst hatte man O'Meara nach England zurückberufen. Für den Nachbarn ganz sicher ein herber Verlust. Trotzdem fragte sich Hudson Lowe, ob O'Meara in England nicht noch gefährlicher werden konnte als hier auf der Insel, wo er Tag und Nacht unter Aufsicht gestanden hatte. Seit die beiden Las Cases und Gourgaud in Europa die Werbetrommel für Bonaparte rührten, mußte man jeden fürchten, der Sankt Helena verließ. Bestimmt würde sich die Presse auch an O'Meara heranmachen. Doch was würde er sagen? Wie weit ging das Mitgefühl des Arztes für seinen Patienten? Würde er es wagen, öffentlich für ihn einzutreten?

Ich bin von Verrätern umgeben! dachte Hudson Lowe. Auch der neue Arzt, den er an O'Mearas Stelle nach Longwood geschickt hatte, hatte allein schon durch die Wortwahl in seinen Berichten zu erkennen gegeben, daß ihm nicht zu trauen war. Dr. John Stokoe: jung, freundlich, schwärmerisch, beeinflußbar. »Der Kranke«, sagte er immer, wenn er von Bonaparte sprach. Der Kranke! Wo doch auf der Hand lag, daß die schweren Leiden auf Longwood nur vorgetäuscht waren, um das Mitleid der Welt zu erregen!

Der Kranke! – Schon beim ersten Mal hatte Hudson Lowe den Arzt unterbrochen und ihn aufgefordert, neutral von »General Bonaparte« zu sprechen oder vom »Gefangenen«. Doch so fügsam und sanft der Arzt sich sonst auch gebärdete, in diesem Punkt erwies er sich als störrisch. »Der Kranke«, sagte er beim nächsten Mal wieder, und die gleiche Bezeichnung verwendete er in seinen schriftlichen Berichten, so daß Hudson Lowe sie mit der Anmerkung zurückschickte, in dieser Form könnten sie nicht nach London weitergereicht werden.

Von da an veränderte sich das Verhalten des Arztes noch mehr zum Schlechten hin. Hudson Lowe sah sich genötigt, sein Vorleben zu durchleuchten. Dabei stellte er fest, daß Stokoe im Haus von Mr. Balcombe ein und aus gegangen war. Angeblich hatte er sich sogar in die ältere Tochter verliebt, Jane – nicht Betsy, mit der sich Bonaparte verlustiert hatte! Jane, so berichteten die Diener, sei ein ungewöhnlich zurückhaltendes Mädchen gewesen. Dennoch habe man beobachtet, daß sie errötete, sobald der junge Stokoe mit seinen braunen Locken, seinen blauen Augen und seinem romantischen Lächeln erschien. Offenkundig sei das Pärchen aber zu schüchtern gewesen, um sich zu erklären. Erst als die Familie Balcombe schon an Bord der Barkasse ging, habe Dr. Stokoe in einer plötzlichen Gefühlsaufwallung Janes Hände ergriffen und beschwörend auf das junge Mädchen eingeredet, das ihm darauf ebenso aufgeregt antwortete. Zuletzt, als sich der Rest der Familie bereits mit dem Seil an Bord geschwungen hatte, umarmten sich die beiden zum Abschied und hörten nicht auf zu winken und verzweifelt die Hände zu ringen, bis das Schiff außer Sichtweite war... Verdächtig genug! dachte Hudson Lowe. Wer auf Sankt Helena »Balcombe« sagte, sagte im gleichen Atemzug auch »Bonaparte«.

Diese Meinung vertrat auch der Polizeichef. Schon seit Tagen drängte er, man solle Dr. Stokoe vor ein Kriegsgericht stellen. »Dort wird sich ja erweisen, ob er sich unzulässig mit dem

Nachbarn eingelassen hat oder nicht!« pflegte Reade zu argumentieren. »Ein abschreckendes Beispiel hat noch nie geschadet. Es wird auch anderen eine Warnung sein, sich mit dem Longwood-Gesindel einzulassen. Eine günstige Gelegenheit, es noch mehr zu isolieren.« Und dann mit einem Lächeln, vor dem sogar Hudson Lowe erschrak: »Immerhin ist Stokoe Marinechirurg. Wenn er aus den Kadern ausgestoßen wird, wird kein anderer mehr wagen, dem Pack da oben auch nur den kleinen Finger zu reichen!«

»Ein Bauernopfer, Reade?«

»Und wenn schon, Exzellenz?«

3

Aber sie mißtrauten auch einander. Hudson Lowe und seine Gemahlin lebten in ständiger Sorge, von Reade ausgebootet zu werden.

»Der eigentliche Gouverneur sind doch Sie, Sir Thomas!« sagte Lady Lowe eines Abends zu Reade, als man gemeinsam auf der Terrasse das Abendessen einnahm und dabei der Schildkröte zusah, die sich über den Rasen quälte und beängstigende Laute ausstieß, als wollte sie im nächsten Augenblick ihr uraltes Leben aushauchen. »Sie entscheiden, was auf Sankt Helena getan wird. In Wahrheit ist *Mach* nur Ihr Sekretär, und ich selbst bin eine Null!« Bittere Worte, ohne ein Lächeln ausgesprochen, während die Gabel mit dem Fleisch zum Munde geführt wurde.

Mach: Hudson Lowe wußte, daß ihn die Angestellten im Schloß heimlich so nannten. Aus dem Munde seiner Frau hatte er diesen Spitznamen jedoch noch nie gehört. *Mach:* die spöttische Abkürzung von Machiavelli, dem die Engländer seit dreihundert Jahren nicht verziehen, daß er die Mechanismen der Macht bloßgelegt und beim Namen genannt hatte, als hätte er sie selbst erfunden und gebe sie nun als Ratschlag weiter. Dabei hatte er den wunden Punkt der Menschen im fernen England so präzise getroffen, daß sie ihm sogar die Ehre erwiesen, den

Teufel persönlich nach ihm zu benennen: *Old Nick,* nach Machiavellis Vornamen Niccolò.

Nun, auf Sankt Helena, war Hudson Lowe die janusgesichtige Ehre widerfahren, nach dem verhaßten Kenner der Machthungrigen tituliert zu werden: *Mach.* Mehr als einmal war er, der gern vor halboffenen Türen stehenblieb, unbemerkt Zeuge geworden, wie die Leute im Schloß es aussprachen – abfällig, als würgten sie eine verdorbene Speise aus ihrem Magen. *Mach!*

»Jeder von uns hat seine Aufgabe, Lady Susanna«, wandte Reade beruhigend ein und verneigte sich galant. »Mir reicht die meinige, und Sir Hudson erfüllt die seine.«

»Und ich?«

Nie, dachte Hudson Lowe, würde seine Gattin eine Gelegenheit verstreichen lassen, nach Komplimenten zu haschen.

»Sie sind der strahlende Mittelpunkt dieser Insel; die Sonne, um die sich alles dreht!« Sir Thomas schob seine Schultern unmerklich beiseite, um nicht mit den Dienern in Berührung zu kommen, die die Teller abräumten.

Major Gorrequer, Hudson Lowes Adjutant, der ebenfalls auf Plantation House logierte, wenn auch nur in einem winzigen Nebengebäude, beteiligte sich nicht an dem Gespräch. Hudson Lowe selbst hatte ihn für den Posten auf Sankt Helena ausgewählt, diese Entscheidung aber längst bereut. Zu verschieden waren seine eigenen Ansichten und Arbeitsmethoden von denen des jungen Mannes, der mehr als einmal sein Mitgefühl für die Leute von Longwood geäußert hatte, als hätte auch er bereits vergessen, wohin er gehörte. Ob er sich wohl Gedanken darüber machte, daß ihn sein Gouverneur dafür bei der fälligen Beförderung übergangen hatte? Beklagt jedenfalls hatte er sich nicht, doch Hudson Lowe mißtraute ihm seither und vermutete, daß er ihm seinen Spitznamen verdankte, so wie Gorrequer auch Reade mit einem zweiten Namen dekoriert hatte, als wollte er sich auf diese versteckte Weise an seinen Vorgesetzten rächen, die ihrerseits den Mann von Longwood zum bloßen »Nachbarn« degradiert hatten.

Ninny hieß der Polizeichef nun in den Amtszimmern des Schlosses. *Ninny* – als lächerliche kleine Abkürzung von *Nincumpoop*, was soviel bedeutete wie Einfaltspinsel. Hudson Lowe wußte nicht, ob Reade, dem nichts auf Sankt Helena verborgen blieb, von diesem Namen wußte oder ob ihm seine Spitzel und Zuträger ausgerechnet diese Information vorenthielten, weil es niemanden gab, der Reade wirklich leiden konnte.

Sogar Lady Lowe war ein *nom de guerre* verpaßt worden, eigentlich sogar deren zwei. Die Dienstboten in Plantation House nannten sie *Donna*, die Angestellten im Schloß *Sultana*, doch nicht voll Ehrerbietung, sondern mit Trotz, denn geliebt wurde auch sie von keinem der Untergebenen, vielleicht sogar von keinem Menschen auf der Welt – die einzige Gemeinsamkeit, die sie alle hier teilten: Hudson Lowe, der alles niederschrieb und doch so wenige befriedigende Antworten bekam; seine Gemahlin, die alles beherrschen wollte und doch immer nur vergeblich kämpfte; Sir Thomas Reade, dem nichts entging, und der am liebsten alles an sich gerissen hätte. Vereint wurden sie nur durch ihre Abneigung gegen den Mann, um dessentwillen sie hierhergekommen waren: Napoleon Bonaparte. Es gab nur eine einzige Gelegenheit, bei der sie von Herzen miteinander lachen konnten: wenn der kleine Sohn des Gouverneurs mit seinem hellen Kinderstimmchen den Toast ausbrachte, den ihn seine Mutter gelehrt hatte, noch bevor er ein Gebet sprechen konnte: »Gott schütze den König! Gott schütze die Königin! Und verdammt sei der Nachbar!«

Unvermittelt wie immer brach die Nacht herein. Von den Felsen und vom Hafen herauf hallten noch die Schüsse der britischen Kanonen und Gewehre. Dann versank, als gehorchte sie ihnen, die Sonne im Meer, eine schmale, dunkelrote Linie, hinter der weit, weit in der Ferne das grüne Land Brasilien lag. Der Gouverneur und seine Gesellschaft blickten hinaus zum Horizont, wo auch die letzten Spuren des Lichts allmählich verblaßten und nur noch einen matten Schimmer zurückließen, der den Himmel vom Meer trennte. Dann verschwand auch er. Die Gestirne des Südens traten aus dem Dunkel hervor und zogen die Blicke der Menschen auf sich.

Ganz still war es auf der Terrasse von Plantation House. Jeder war mit sich allein und hatte keine Lust zu sprechen. Sogar das Ächzen der Schildkröte war verstummt. Statt dessen entfaltete sich der Duft der Jasminblüten auf einmal, als sollte die ganze Welt betäubt werden.

»Charlotte ist jetzt wahrscheinlich in London«, sagte Hudson Lowes Stieftochter Susanna voll heimlicher Sehnsucht und Neid. Ein Diener brachte Limonade und Sherry, füllte die Gläser und verschwand so leise, wie er gekommen war.

Es ist schön hier, dachte Hudson Lowe verwundert. Bis dahin war ihm ein solcher Gedanke nie gekommen. Für gewöhnlich nahm er sich nicht die Zeit, zum Abendessen auf der Terrasse zu erscheinen. Am liebsten wäre er jede Nacht in seinem Amtszimmer im Schloß geblieben. Er wußte selbst nicht, warum er an diesem Abend seine Gewohnheit unterbrochen hatte. Vielleicht lag es am Frühling, der von einer Stunde zur anderen die dampfende Regenzeit abgelöst hatte und sogar die düsteren Kontore der britischen Verwaltung mit dem Duft von Rosen, Myrten und Lilien erfüllte.

Es ist schön hier, dachte Hudson Lowe noch immer. Ohne zu begreifen, warum, hätte er plötzlich am liebsten geweint. Die Ahnung von einem Leben, das anders war als das seine, überkam ihn. Wie es tatsächlich sein sollte, konnte er sich nicht vorstellen, doch es schien ihm auf einmal, als hätte er alles falsch gemacht. Als verhielte sich jedes Faktum seiner Existenz in Wirklichkeit genau umgekehrt, so wie die Codenamen, an die er wie unter Zwang den ganzen Abend gedacht hatte. *Il Longo* hieß der kleinwüchsige Las Cases in den Mappen des helenianischen Geheimdienstes, und Montholon, den alle für einen Lügner hielten, trug den Namen *Veritas*, die Wahrheit.

Hudson Lowe spürte, wie er errötete. *Mach!* dachte er. *Mach:* Vielleicht verhielt sich auch mit seinem eigenen zweiten Namen alles genau umgekehrt, und seine Umgebung sah in ihm nicht den schlauen politischen Kopf, sondern den Versager, der nichts verstand und nichts bewegte ... Und *Donna? Sultana?* Vielleicht war sie in den Augen der anderen in Wirklichkeit nicht die souveräne Herrin von Plantation House, sondern nur die Null, als die sie sich selbst bezeichnet hatte? Die alternde Hochstaplerin, der es gelungen war, sich einen einflußreichen Mann zu angeln ...

Er blickte hinüber zur anderen Seite des Tisches, wo wie ein dunkler, gesichtsloser Schatten sein Polizeichef saß. Reade. *Ninny.* Der Einfaltspinsel? Was aber war das Gegenteil davon? War nicht vielleicht der zweite Mann der Insel de facto der erste, wie Lady Susanna es behauptet hatte? War *Ninny* der wahre *Mach* ... und der unterworfene »Nachbar« der wahre Sieger?

Ich bin so müde, dachte Hudson Lowe. Vielleicht bin ich dabei, alt zu werden. Vielleicht hat mich dieses Leben hier ausgelaugt. Vielleicht war die Aufgabe, die ich übernommen habe, zu schwer für mich. Vielleicht hat mich Bonaparte zerstört. Vielleicht werde ich nie mehr die Kraft haben, glücklich zu sein.

Und dann die Frage, in die Nacht hinein unter den glühenden Sternen: Bin ich denn jemals glücklich gewesen? Weiß ich überhaupt, was das ist – Glück?

Seine Wangen brannten. Er nahm sein Glas und trank, doch es erfrischte ihn nicht. Von oben her, aus den Fenstern des Kinderzimmers, drangen Stimmen. Die eine vor allem: die seines kleinen Sohnes, den er so selten sah, daß ihn dieser fast für einen Fremden hielt und ihn nur mit Sir anredete.

Hudson Lowe erinnerte sich, daß er sich vor der Geburt des Kleinen davor gefürchtet hatte, die kindlichen Hände auf seinen schmerzenden Wangen zu spüren. Jetzt, in diesem Augenblick der Erkenntnis und der Schwäche, sehnte er sich auf einmal nach genau dieser Berührung, als könnte sie alle Wunden seines Leibes und seiner Seele heilen. Er dachte an Lady Lowes Arzt Dr. Barry, der aussah wie ein Knabe und ihn dennoch mit der Weisheit und dem mitleidigen Verständnis eines sehr alten

Menschen angesehen hatte. »Wollen Sie Ihren Sohn nicht in die Arme nehmen?« hatte er Hudson Lowe nach der Geburt gefragt, und als dieser zurückwich, fügte er tröstend hinzu: »Macht nichts, Exzellenz! Das mit der Liebe kommt oft erst nach einiger Zeit. Haben Sie Geduld mit sich selbst!«

Hudson Lowe stand auf und ging ohne Erklärung ins Haus und hinauf ins Kinderzimmer. Die Nanny hatte die Kerzen schon gelöscht, doch aus dem Korridor drang noch ein schwacher Lichtstrahl. Als die Frau ihren Herrn erkannte, erschrak sie über den ungewohnten Besuch. Doch Hudson Lowe nickte ihr zu und wies sie an zu gehen. Dann trat er ans Bett seines Sohnes, ergriff dessen warme Hände und legte sie sich auf die Wangen.

Die Augen des Kindes glänzten im matten Lichtschein. »Sir?« fragte es und versuchte, sich aus dem Griff zu befreien.

Doch Hudson Lowe hielt die kleinen Hände fest, hielt sich selbst an ihnen fest, weil alles so dunkel war und hier auf einmal das einzige Licht schien. »Ich bin dein Vater!« sagte er leise. »Ich glaube, ich habe dich bisher nicht genug geliebt. Verstehst du das, mein Kind?«

Der Knabe zog seine Hände an sich und versteckte sie unter der Bettdecke. »Nein, Sir!« antwortete er mit seiner zarten Stimme. »Aber ich bin müde.«

»Das bin ich auch.« Hudson Lowes Wangen brannten noch immer. Es war wohl doch eine Illusion gewesen, auf Heilung zu hoffen. Er ging zur Tür. Dort drehte er sich noch einmal um. Er sah, daß das Kind eingeschlafen war. »Man muß Geduld haben!« murmelte er. »Vielleicht wird doch noch alles anders.« In diesem Augenblick glaubte er daran, obwohl er nicht wußte, warum sein Leben anders werden sollte und wie.

Lady Susanna kam die Treppe herauf und fragte beunruhigt, ob er sich nicht wohl fühle. Sie wunderte sich, daß er nicht antwortete, sondern sich an sie lehnte und die Arme um sie schloß.

Das haben Sie noch nie getan! wollte sie sagen und ihm scherzhaft-kokett auf die Schulter tippen. Doch der Instinkt ihrer langen Wanderjahre befahl ihr zu schweigen. Sie spürte auf einmal, daß der Mann, dem sie um den halben Erdball gefolgt war, mit dem sie lebte und ein Kind gezeugt hatte, einsam war und verzweifelt und daß er in diesem Moment zum erstenmal seit langem nicht an den Nachbarn dachte, sondern an sich selbst und vielleicht auch an sie, die wie er immer nur gesucht und nie gefunden hatte. Sie schaute ihm ins Gesicht und sah seine wunden Wangen, und er sah die viel zu grelle Schminke auf ihrer müden Haut. Ein langer Blick wie noch nie zuvor, und ohne daß sie begriffen, warum, waren auf einmal jedem von ihnen die Züge des anderen tröstlich und angenehm.

Am nächsten Morgen erteilte Hudson Lowe den Auftrag, eine Wasserleitung von Deadwood Camp hinunter nach Longwood zu legen.

Viertes Buch

Das Tal der Stille

XVIII. Die Karawane

1

Die beschwichtigende Wirkung der Rituale: ein Handgriff nach dem anderen, jede Geste wie schon unzählige Male zuvor. Vielleicht flackerte einmal eine Kerze etwas unruhiger als die anderen. Vielleicht hustete jemand oder unterdrückte ein unpassendes Lachen, oder etwas fiel zu Boden. Vielleicht hatte ein Diener etwas vergessen und eilte hinaus, den Fehler wiedergutzumachen. Doch das waren Ausnahmen, die man vielleicht sogar in Erinnerung behielt, Abenteuer fast in der langen Kette ewig gleichförmiger Abläufe, wenn der kaiserliche Hofstaat in dem fensterlosen Eßzimmer saß, mit den blutroten Tapeten, die dem Haifisch so vornehm erschienen waren. Trotzdem hatte er den Raum schnell wieder verlassen, weil er die Hitze in dem winzigen, rotgoldenen Glutofen nicht aushielt.

Wie es sich gehörte, saß Napoleon am Kopfende der Tafel, der Kaiser, um den sich alles zu drehen hatte. Hinter ihm zur Rechten der Mameluk Ali und zur Linken Noverraz, der Schweizer Bär; beide wie aus einem alten sattfarbigen Gemälde entstiegen. Schöne Menschen, wie Napoleon es liebte. Zur Rechten des Kaisers hatte Fanny Bertrand Platz genommen und neben ihr, elegant, als wäre er selbst ein Prinz – und er war es ja auch beinahe –, Montholon. Zu Napoleons linker Hand: Bertrand, groß und ruhig. Sonst niemand mehr. Der Kaiser, der einst vierundvierzig Paläste sein eigen genannt hatte und von unzähligen Menschen umgeben gewesen war, hockte nun in einer glühenden roten Kammer, zusammen mit drei Gefährten, den letzten der Treuesten der Treuen. Die Allertreuesten sozusagen, auch wenn sie sich in Wirklichkeit Tag und Nacht den Kopf darüber zerbrachen, wie sie es anstellen könnten, mit Anstand von ihm wegzukommen.

Und Albine? Wo war sie, der dem Zeremoniell nach der Platz zu Napoleons Linken gebührt hätte? Albine, die ihn am späten Abend oder vor dem Aufstehen heimlich aufzusuchen pflegte? Albine, die ihm in jeder Hinsicht teuer gewesen war. Die ihm aber immer nur ihren Körper gegeben hatte, doch keinen Frieden. Albine, die manchmal weinte, wenn sie von ihm zurückkam, oder mit Gegenständen um sich warf und mit gedämpfter Stimme ihren Gatten beschimpfte.

Sie hatte ein Kind geboren: Joséphine, nach Lili ihre zweite Tochter. Ein winziger Säugling, der es viel zu eilig hatte, auf diese Welt zu kommen, auf der alle vor ihm zurückschreckten. Derbes Lachen begleitete den Anfang des Lebenslaufs von Joséphine de Montholon, Spott und Verachtung.

»Armer kleiner Bastard«, sagte Esther Vesey, wenn sie mit dem Kind allein war. Sie wußte, wovon sie sprach, nur daß ihr eigener kleiner Bastard wenigstens Großeltern hatte, die ihn aufnahmen und beschützten – auf dieser Insel, wo man es nicht so genau nahm mit Ehrbarkeit und Legitimität. »Armer kleiner Bastard!« Und dabei so häßlich, fügte Esther heimlich hinzu und dachte an ihr eigenes Kind unten bei den Großeltern, das wenigstens hübsch geboren war, so daß man immer noch hoffen konnte, der wahre Vater sei Marchand und nicht der sogenannte Kaiser, der nur an das eigene Wohlbefinden dachte und meinte, er hätte das Recht, alle Menschen zu kaufen und auszubeuten.

»Mir liegt nur an Menschen, die mir nützlich sind«, hatte er einmal zu Esther gesagt. »Es interessiert mich nicht, was Menschen denken, sondern nur, was sie sagen oder tun. Selbst wenn sie mich in Gedanken ermorden wollten: Solange mir ihre Dienste Vorteile bringen, ist mir das gleich.«

»Ich habe ihn durchschaut, deinen leiblichen Vater«, sagte
Esther zu dem kleinen Mädchen, das in seinem kostbaren, spit-
zenbesetzten Steckkissen lag und zu ihr aufsah – voll Vertrauen, wie nur ein Wesen blicken kann, das sich geborgen
glaubt. Aber hatte Joséphine de Montholon Grund, sich geborgen zu fühlen? War sie nicht eine Schande für die ganze Welt?
Eine Last für ihre Mutter und ein Gegenstand des Entsetzens
und der Angst für ihren Vater?

»Er behauptet, er liebe Kinder«, fuhr Esther fort und überließ dem kleinen Mädchen ihren Zeigefinger. Joséphine sog
daran und lächelte mit ihrem kleinen Äffchengesicht. »Zum
Teil mag das auch stimmen«, räumte Esther ein und erwiderte
das Lächeln des Kindes. »Er ist vernarrt in seinen Sohn in
Wien. Seinen Erben, darum geht es wahrscheinlich. Er nennt
ihn den Kleinen Adler, stell dir das vor, Josie! Als ob ein Adler
etwas wäre, das man von Herzen lieben kann! Es sei denn, man
ist selbst ein Adler, und so hat man ihn früher wohl auch genannt, deinen Herrn Vater. Den Adler... Ich hasse Raubvö-
gel!«

Sie reichte dem Kind ein Fläschchen mit Ziegenmilch. Eine
Amme hatte man diesmal nicht gefunden, und Albine war zu
schwach und zu niedergeschlagen, um dieses Kind selbst zu
stillen. Zu Anfang hatte Joséphine die Ziegenmilch nicht ver-
tragen. Es sah fast aus, als würde sie daran sterben. Doch die
Kleine war zäh, und während die, auf die sie vertraute, es dem
Schicksal überließen, ob sie mit ihrer Nahrung zurechtkam
oder nicht, gewöhnte sie sich schließlich daran und gewann die
Kraft, die ihr die Welt nicht gönnte.

»Auch zu den Bertrand-Kindern ist er freundlich«, erzählte
Esther weiter, während das Kind trank und sie ansah, als verstünde es jedes Wort. »Er macht ihnen teure Geschenke und
spielt mit ihnen. Genauso mit deinen Halbgeschwistern, Tristan und Lili.« Sie küßte das Kind auf die Stirn. »Nur mit dir
wird er nie spielen, obwohl du wahrscheinlich sein eigen
Fleisch und Blut bist. Du machst ihm Angst. Mehr als eine
ganze feindliche Armee! Zu dir wird er sich nie bekennen,

ebensowenig wie zu meiner Kleinen. Er fürchtet, daß ihm seine kaiserliche Gemahlin euretwegen den Laufpaß gibt. Dabei wissen hier außer ihm alle, daß sie sich längst einen anderen angelacht hat. Ich weiß sogar seinen Namen. Er stand in den Zeitungen, die der Großmarschall vor dem Kaiser versteckt hat. Neipperg heißt der Liebhaber Ihrer Majestät. Sie leben zusammen wie Mann und Frau und haben sogar ein gemeinsames Kind. Bestimmt verstoßen sie es nicht, wie er euch verstößt!«

Oben, im Camp von Deadwood, wo das Zwanzigste Regiment das Dreiundfünfzigste ersetzt hatte, amüsierte man sich kaiserlich über den kleinen Bastard und vor allem über das Verhältnis, aus dem er hervorgegangen war. Wetten wurden abgeschlossen, die auf keinen Fall gewonnen werden konnten, weil niemand je mit Sicherheit die Lösung des Rätsels erfahren würde, wer nun wirklich der Vater des kleinen Mädchens war: Montholon? *Nap?* Oder der schöne Basil Jackson, der sich schon beim Bau des Montholon-Trakts einen Schlüssel für den Hintereingang gesichert hatte? Im Schloß erstattete er allwöchentlich haarklein Bericht über jedes Treffen mit der Gräfin und über jedes ihrer Worte, die sie so wenig bedachte, weil sie verliebt war in den jungen Mann. Jünger als sie.

Keiner der Spaßvögel im Camp von Deadwood konnte ermessen, wie sehr sie erschrak, als Basil ihr gestand, er sei erst vierundzwanzig Jahre alt. Sie rannte zum Spiegel, um abzuschätzen, für wie alt Basil sie wohl halten könnte. »Vierundzwanzig? Da bist du ja jünger als ich!« murmelte sie verlegen und schaute auf ihr Spiegelbild, zu dem sie keine Distanz zu gewinnen wagte. »Ein wenig zumindest.«

»Was bedeutet das schon«, murmelte er und legte die Arme um ihren Körper. »Sehen kann man es jedenfalls nicht. Du bist die Schönste von allen.«

Sie atmete auf und lächelte. Sie wollte gar nicht wissen, was er wirklich dachte.

Auch in den Dienstbotenkammern von Longwood nahmen

die derben Späße kein Ende. Es entwickelte sich zum täglichen Sport, daß einer den anderen beschuldigte, der vierte mögliche Vater zu sein. »Sie hat dich angesehen! Glaubst du, wir hätten es nicht bemerkt, wie?«

Wenn Esther mit dem Kind im Garten auf und ab ging, pirschten sie sich heran und forschten in dem winzigen Gesicht nach Ähnlichkeiten. »Was für ein häßlicher kleiner Affe!« sagten sie dann zumeist, und Esther verteidigte Joséphine, als wäre sie ihr eigenes Kind: »Hört endlich auf! Sie ist eine Frühgeburt. Das wächst sich alles noch aus. Am Ende wird sie so schön sein wie ihre Mutter!«

»Und genauso viele Männer haben, was?«

Albine, um die sich alle Reden drehten, verließ kaum noch ihr Zimmer. Nur Montholon und Esther durften zu ihr hinein, und einmal auch Fanny, weil Albine der einzigen Dame ihres Standes einen Besuch nicht verwehren konnte. Doch als Fanny mit Geschenken für das Kind auftauchte und mit Blumen, die Toby für Albine gebracht hatte, drehte sich Albine wie eine Schwerkranke mit dem Gesicht zur Wand und antwortete nur einsilbig auf Fannys Gruß.

Nach mehreren vergeblichen Versuchen, ein Gespräch in Gang zu bringen, verabschiedete sich Fanny. Während sie hinausging, dachte sie an die Albine auf der »Northumberland«, die alle Männer in Unruhe versetzt hatte und in gewisser Weise auch die Frauen; an die Albine, die sich noch hier auf Longwood jeden Abend ans Klavier gesetzt hatte, um mit ihrer leisen, ein wenig heiseren Stimme das Lied zu singen, das alle Anwesenden an Frankreich erinnerte, vom fernen Sankt Helena aus gesehen sogar für Fanny so etwas wie Heimat:

> *Plaisir d'amour ne dure qu'un moment;*
> *Chagrin d'amour dure toute la vie.*

»Ich komme wieder«, versprach Fanny, obwohl sie sicher war, daß Albine keinen Wert auf ihren Besuch legte.

»Morgen?«

Fanny hielt überrascht inne. Albine hatte sich umgedreht und sah sie an. Blaß. Zerbrechlich. Die rotbraunen Löckchen ringelten sich um ihre Stirn und ihre Wangen. Obwohl sie nicht geschminkt war, war sie schön. Kein junges Mädchen mehr, wie sie es für Basil Jackson so gern gewesen wäre, aber eine Frau Mitte dreißig, die die Welt kennengelernt hatte und keiner Erfahrung, die sie lockte, aus dem Weg gegangen war.

»Ich will fort von hier!« flüsterte sie heiser, als hätte sie schon lange nicht mehr gesprochen.

Fanny erschrak. Auch sie hatte die Hoffnung noch nicht aufgegeben, in nächster Zeit nach Europa zurückkehren zu können. Doch wenn Albine jetzt abreiste und vielleicht auch Montholon, blieben von den Getreuen nur noch Fanny und Bertrand übrig. Damit wären die letzten Türen in die Freiheit zugefallen, denn niemals würde Bertrand den Kaiser allein zurücklassen.

»Und Ihr Gemahl?« fragte Fanny atemlos.

»Er bleibt.«

Montholon allein mit Napoleon und den Dienern, die nichts zu sagen hatten! Montholon mit seinem grünen Buch, das vielleicht für ihn nützlicher gewesen war als für Albine... Wer von euch beiden, dachte Fanny beklommen, wer von euch ist hier die treibende Kraft? Wer von euch sorgt dafür, daß auf Longwood die Inselkrankheit nicht erlischt? Und wofür tut ihr es? Wo liegt euer Gewinn? Oder verdächtige ich euch zu Unrecht?

2

Zwei Briefe wurden geschrieben. Der eine an Lord Bathurst in London, via Hudson Lowe; der zweite nach Rom, ebenfalls durch die Zensurschleuse der britischen Autoritäten in Jamestown.

Den ersten Brief hatte Montholon verfaßt: ein flehentliches Ersuchen um ein Visum für seine Gemahlin Albine, die das

Klima in Longwood nicht länger ertragen könne und zugrunde gehen werde, wenn man ihr nicht schnelle Hilfe leistete – eine Kur in England vielleicht. Cheltenham wäre wohl günstig. Auf jeden Fall aber Luftveränderung. Ein Aufenthalt in Europa und gute ärztliche Betreuung. Danach könne man wieder an eine Rückkehr nach Sankt Helena denken, um das Versprechen einzulösen, das man dem exilierten Kaiser gegeben habe: bis an sein Lebensende an seiner Seite auszuharren. Doch dieses Versprechen dürfe ja wohl nicht bedeuten, das eigene Leben vorzeitig zu opfern! »Gewähren Sie meiner Gemahlin ein Visum, Mylord, ich bitte Sie inständig darum! Ebenso inständig flehe ich Sie an, diese Genehmigung möglichst rasch zu erteilen. Es könnte sonst zu spät sein für meine geliebte Gattin!«

Den zweiten Brief hatte Bertrand in Napoleons Auftrag geschrieben. Adressat war Kardinal Fesch, der Halbbruder von Letizia Bonaparte, *Madame Mère*, Napoleons Mutter, die bei ihrem Bruder in Rom lebte, in der prachtvollen Via Giulia, inmitten einer riesigen Sammlung flämischer und italienischer Gemälde. Noch als Napoleon Kaiser war, hatte sich Kardinal Fesch dessen Rat zu Herzen genommen, sich möglichst nahe an den Papst heranzumachen, denn keine Macht der Erde säße fester im Sattel als der Heilige Vater im Vatikan. »Küßt ihn, wohin auch immer er es wünscht!« hatte Napoleon im Soldatenjargon geraten, dessen er sich bediente, wenn er die Praktiken des Überlebens erörterte. »Es ist keine Schande, sondern nur Klugheit, dem Papst hineinzukriechen.«

Napoleons Rat trug Früchte. Trotz seiner Verwandtschaft mit dem Erzfeind Europas führte Kardinal Fesch in Rom ein angenehmes Leben, ebenso wie Madame Letizia, der schon im ersten Jahr von Napoleons Verbannung ein deutscher Hellseher eröffnet hatte, ihr Sohn, der Kaiser, schmachte gar nicht in britischer Gefangenschaft, wie alle behaupteten. Wohl habe er die Insel Sankt Helena erreicht, dort aber habe ihn eine Schar von Engeln auf die Flügel genommen und in ein ande-res Land gebracht, wahrscheinlich Südamerika. Da lebe er nun in Freude und Gesundheit. Die Schreckensberichte aus Sankt Helena seien alle gefälscht, weil die Engländer nicht eingestehen wollten, daß ihnen der große Napoleon entwischt war.

Madame Mère glaubte jedes dieser Worte, weil sie es glauben wollte. Es war ihr unmöglich, sich vorzustellen, daß ihr wunderbarer Sohn, der Mann des Jahrhunderts, auf einer verlassenen Insel in einer windschiefen Baracke hausen sollte, in Gegenwart von Ratten und Ungeziefer. »Alles Lügen!« blockte sie im gleichen Tonfall wie Napoleon jeden Einwand ab, der ihr klarmachen wollte, daß sie einem Scharlatan aufgesessen war und ihr gottähnlicher Sohn tatsächlich im Fegefeuer schmachtete, einsam und krank. Daß er sich danach sehnte, von ihr zu hören und Briefe von ihr zu empfangen, die ihm sagten, daß sie, seine verehrte Mutter, ihn nicht vergessen hatte! »Alles Lügen!« wiederholte sie. Nichts konnte ihre Überzeugung erschüttern. Sogar Las Cases und Gourgaud bezeichnete sie als Betrüger und Verräter, von den Briten gekauft, um vor den Völkern Europas die Wahrheit zu verschleiern. »Meinem Sohn geht es gut!« beharrte sie und dankte ihrem Schöpfer jeden Morgen auf Knien für diese Gnade.

Nicht einmal die Briefe, die Napoleon jahrelang an sie schrieb und in denen er sie um Hilfe und Zuspruch anflehte, konnten sie überzeugen. Sie hielt sie alle für gefälscht. Zuletzt las sie sie nicht einmal mehr, sondern befahl, sie ungeöffnet ins Feuer zu werfen. Auch ihre Tochter Paolina forderte sie auf, mit ihren Briefen aus Sankt Helena in gleicher Weise zu verfahren, zumal Paolina es immer wieder wagte, an den hellseherischen Fähigkeiten des deutschen Wahrsagers zu zweifeln. »Dein Bruder ist glücklich und zufrieden. Du wirst doch nicht so dumm sein, auf die britische Propaganda hereinzufallen!« Als ihr daraufhin Napoleons Brüder Louis und Lucien klarzumachen suchten, wie es wirklich um den begabtesten ihrer Söhne stand, beschimpfte sie sie als Dummköpfe und Werkzeuge der reaktionären Aristokratie. »Ein Genie!« sagte sie zärtlich, wenn sie an Napoleon dachte. »Nie wieder wird die Welt mit einem solchen Menschen beschenkt werden!«

Bertrand tat gut daran, sich mit seinem Anliegen nicht an *Madame Mère* zu wenden, sondern an den Kardinal, der ihre Überzeugung nicht teilte, es aber für ratsam hielt, sie ihr nicht zu nehmen. Was konnte es schon nützen, einer zufriedenen alten Frau die Augen zu öffnen für eine Wahrheit, die sie vernichten würde?

Es ging darum, neue Gefährten aufzutreiben, die die Einsamkeit auf Longwood teilen und den kaiserlichen Hofstaat ergänzen sollten. Immer häufiger klagte Napoleon, er sehne sich nach interessanter Ansprache und nach neuen Ideen. Montholon und die Bertrands konnten ihm diese nicht mehr bieten. Zu lange schon lebten sie mit ihm auf engstem Raum. Alles war schon gesagt. Jedes Buch im Hause gelesen, jede Schlacht – gewonnen oder verloren – hundertmal durchgekaut. Sie brauchten einander nur noch anzusehen und wußten schon, was der andere sagen würde.

»Es wäre interessant, einen Priester im Hause zu haben«, sinnierte Napoleon. »Nicht daß ich plötzlich in den Schoß der Kirche zurückkehren möchte, aber ein gebildeter Geistlicher, der auch über andere Religionen Bescheid weiß und vielleicht auch über Philosophie und Literatur, könnte unsere abendlichen Gespräche anregen. Bertrand, bitten Sie den Kardinal, uns einen katholischen Priester zu schicken! Er sollte nicht zu konservativ sein, sonst käme er wahrscheinlich auch nicht hierher; und vielleicht sollte er auch nicht zu jung sein, da er sonst noch nicht genug weiß. Nicht unter vierzig, würde ich sagen.«

Es war, als ginge Napoleon einkaufen. Er überlegte, was er benötigte, was es ihn kosten würde und ob es überhaupt zu bekommen sei. »Einen Arzt brauchen wir selbstverständlich auch. Wenn möglich, sogar zwei. Einen Leibarzt und einen Chirurgen. Auch bei ihnen ist selbstverständlich darauf zu achten, daß sie gebildet sind. Ich sehne mich danach, endlich wieder bei Tisch Gespräche zu führen! Drei neue Gefährten! Kardinal Fesch kann sie mir nicht verweigern. Ohne meine Protektion wäre er ein Nichts.«

Bertrand verfaßte seinen Brief, drängte zur Eile und darauf, ernst genommen zu werden. Er war nicht sicher, ob der Kardinal ihm überhaupt antworten würde und ob nicht womöglich die englischen Behörden ihre Zustimmung verweigerten. Napoleon aber faßte neuen Mut. Er vermied es, Albine zu treffen oder Esther mit dem Kind, saß stundenlang im Bad oder in dem kleinen Teehaus über dem Abgrund und wartete darauf, daß sich etwas veränderte.

3

Ein Brief von Sankt Helena nach London brauchte zwei Monate. Es würde also mindestens vier Monate dauern, bis Albines Visum in Jamestown eintraf. Trotzdem kam schon drei Wochen nach Montholons Ansuchen der infernalische Reade mit ein paar Rotröcken vom Camp heruntergeritten und eröffnete Montholon, seine Gemahlin und ihre Kinder könnten schon mit dem nächsten Schiff nach Europa aufbrechen.

»Bedanken Sie sich bei Kommissar Montchenu!« bellte der Polizeichef zu Montholon gewandt, doch laut genug, daß auch Bertrand es hörte. »Sie haben einflußreiche Freunde, General. Man will Ihre Gattin nicht länger als nötig gesundheitlichen Gefahren aussetzen. Das französische Kommissariat in Jamestown ist überzeugt, daß sich Lord Bathurst dem Ansuchen der Countess nicht entgegenstellen wird. Man hat daher Seine Exzellenz Lowe gebeten, dem üblichen Dienstweg ausnahmsweise vorzugreifen und das Visum schon jetzt auszustellen.«

Was Reade verschwieg, war, daß im Gespräch mit Hudson Lowe Montchenu Albine eine gefährliche Viper genannt hatte, die man so schnell wie möglich loswerden sollte. »Eine günstige Gelegenheit, *mon Gouverneur*«, hatte er Hudson Lowe gedrängt. »Wer weiß, ob sich eine ähnliche so schnell wieder bieten wird!«

So kam es, daß Albine, noch kaum vom Wochenbett genesen, ihre Koffer packen ließ – viel weniger, als sie mitgebracht hatte, dafür zwei Kinder mehr. Zwei kleine Mädchen, unterschiedlich geliebt. Immer wieder zog Montholon die kleine Lili an sich und schärfte ihr ein, sie müsse brav sein, ihrer Mutter gehorchen und ihr Freude bereiten. Dann würde man einander auch bald wiedersehen.

»Wie bald, Papa?«

»Sehr bald, *mon ange!*«

Auch Tristan wurde zu seinem Vater gerufen. Der Knabe war in den letzten Monaten dick geworden, träge und unzufrieden. Sein Gesicht war hübsch, doch er sah aus, als ob er immerzu schmollte.

»Du mußt viel lernen, *mon fils!*« sagte Montholon zärtlich und fuhr ihm durchs Haar. »Deine Mutter wird dir die besten Lehrer suchen. Ganz bestimmt wird dir dein neues Leben gefallen. Du wirst dich wundern, wieviel es dir zu bieten hat!«

»Werde ich Freunde finden, Papa?«

»Aber ja, Tristan! So viele du willst!«

Dann kam der Tag, an dem Albine noch vor dem Signal der Morgenkanone Longwood verließ. Über dem Teehaus und den Wällen von »Fort Hudson« färbte sich der Himmel grau. Aus Südwesten brauste der ewig warme Wind. Am Fuß der Treppe blieb Albine stehen und blickte sich um, als wolle sie die Atmosphäre des Hauses und seiner Umgebung ein letztes Mal auf sich einwirken lassen, vielleicht um sich später daran zu erinnern wie an einen Alptraum. Die Diener eilten mit dem Gepäck an ihr vorbei und verstauten es in der größeren der beiden Kutschen, die schon bereitstanden. Die wuchtigeren Koffer wurden aufs Dach und an die Rückwand geschnallt, das Handgepäck kam auf einen Teil der Sitze und auf den Kutschenboden.

Erst jetzt trat die Sonne über den Horizont, hell wie ein Blitz flach auf dem Meer. Zugleich donnerten die Kanonen ihren Salut an den Tag und vielleicht auch an die Gräfin, deren Liebesleben die Kojengespräche im Camp von Deadwood so unvergleichlich belebt hatte.

Immer noch allein stand Albine in ihrem leichten, weißen

Kleid und dem Sommerhut zwischen Haus und Kutsche, als könnte sie es als einzige nicht erwarten, von hier fortzukommen. Ihre Gestalt und ihr Gesicht wechselten vom Grau der Nacht zum warmen Gold der Morgensonne. Nun trat auch Montholon aus dem Haus, prachtvoll gekleidet in der Uniform eines *chasseur de garde*. Albine sah ihm entgegen, als hätte sie ihn lange nicht mehr bemerkt und als käme ihr erst jetzt wieder zu Bewußtsein, wie elegant er war. Sie senkte den Kopf und verbarg ihr blasses Gesicht.

Fanny und Bertrand erschienen, um sich zu verabschieden. Auch Bertrand hatte Albine zu Ehren die Uniform des Großmarschalls des Palastes angelegt. Er verneigte sich und sprach ein paar konventionelle Abschiedsworte, die Albine mit einem dankbaren Kopfnicken quittierte. Dann umarmte sie Fanny, küßte mit spitzen Lippen die Luft neben ihren Wangen, zögerte ein wenig und murmelte etwas von einem baldigen Wiedersehen, wenn sie ihre Gesundheit wieder zurückgewonnen habe.

Erst jetzt holte man die Kinder: Tristan in einem viel zu kurzen und zu engen Anzug; Lili, die unbedingt die Treppe ohne Hilfe hinunterspringen wollte, und auf dem Arm von Esther Vesey die kleine Joséphine, die noch nicht aufgewacht war und von der so mancher hoffte, sie würde es auch nicht mehr tun.

Es war vorgesehen, daß Esther Albine nach England begleitete, um auf der Reise die Kinder zu betreuen, vor allem Joséphine, die eigentlich noch viel zu klein für eine solche Reise war. Esther tat das Herz weh, wenn sie überlegte, daß sie für fremde Kinder ihr eigenes zurücklassen mußte, doch dann dachte sie an die Entlohnung, die ihr Albine für diesen Dienst versprochen hatte und die sie für immer aller Geldsorgen entheben würde, wenn sie erst wieder nach Sankt Helena zurückgekehrt war. Vom Vater des Kindes wollte sie nichts mehr annehmen. Als er sie gefragt hatte, was ihr Preis sei, hatte sie wegen der Wortwahl schweigend vor ihm ausgespuckt und sein Intérieur danach nie mehr betreten.

»Seine Majestät schläft wahrscheinlich noch«, sagte Albine

368

zögernd. »Er hat mir gestern abend eine gute Reise gewünscht. Ich glaube, ich sollte nicht darauf hoffen, ihn heute noch einmal zu sehen.«

Doch als wäre dies das Stichwort gewesen, öffnete Marchand die Flügeltüren, und Napoleon trat auf die Terrasse – korrekt gekleidet, wie sie ihn schon lange nicht mehr gesehen hatten. Auf seinem grünen Jagdrock blitzte in der Morgensonne das Kreuz der Ehrenlegion. Unter dem Arm hielt er seinen Zweispitz, von dem er gesagt hatte, er wolle ihn für besondere Gelegenheiten schonen. Darauf Montholons Kokarde.

Albine versank in einen Knicks. »Welche Ehre, Sire!« bedankte sie sich.

Napoleon stieg zu ihr hinunter und sah sie prüfend an. »Sie sind wirklich erholungsbedürftig, Madame!« stellte er fest. Dann, als fiele es ihm jetzt erst ein, griff er in seine Brusttasche und zog einen Umschlag heraus. »Ein kleines Abschiedsgeschenk, Madame!« kündigte er an, hielt das Papier aber noch zurück. »Da ich Ihre Vorlieben inzwischen kennengelernt habe, habe ich es in Hinblick darauf ausgewählt.« Mit einer Verneigung reichte er Albine den Umschlag. Sie nahm ihn zögernd entgegen. »Zweihunderttausend Franc!« erklärte Napoleon. »Ich denke, damit treffe ich Ihren Geschmack.«

»Sire! Ich weiß gar nicht ...«

Er winkte ab. »Sie haben es lange auf Longwood ausgehalten, Madame. Glauben Sie nicht, daß ich das nicht zu schätzen wüßte! Aber ich darf wohl annehmen, daß Sie nicht die Absicht haben, hierher zurückzukehren?«

»O doch, Sire! Wenn ich erst wieder gesund bin ...«

»Wenn Sie erst wieder gesund sind, werden Sie Besseres zu tun haben, als wieder ins Gefängnis zu gehen!« Er wies auf den Umschlag. »Stecken Sie das ganz schnell in Ihre Tasche, sonst verlieren Sie es noch! Sie wissen ja wohl, wo Sie es einlösen können?«

»Barings in London?«

Er nickte ironisch. »Wie immer, Madame!« Damit verneigte er sich noch einmal und stapfte ins Haus zurück.

Albine sah ihm nach. Sie räusperte sich verlegen. »Vielleicht sollten wir jetzt aufbrechen«, schlug sie vor.

Montholon half ihr in die Kutsche und setzte sich neben sie. Die Diener unterstützten Esther und die Kinder beim Einsteigen in die andere. Die Brüder Archambault – zu dieser frühen Stunde noch nüchtern – saßen auf dem Kutschbock und schnalzten mit der Peitsche. Der kleine Zug setzte sich in Bewegung. Ein paar Schritte weit gingen Fanny und Bertrand neben dem Wagen mit den Kindern her, eine Hand auf die Tür gelegt. Dann beschleunigte sich das Tempo, und sie ließen los.

»Viel Glück und gute Reise!« rief Fanny noch. Obwohl ihr Albine immer fremd geblieben war und sie ihr nie getraut hatte, hätte sie plötzlich am liebsten geweint. Wieder ein Abschied, dachte sie. Wann bin endlich ich es, die nach Hause darf?

Innerhalb weniger Minuten war es heller Tag geworden. Die beiden Kutschen bogen in die Allee ein. »Spätestens am Abend bin ich wieder zurück!« rief Montholon noch, und Albine, Esther und die Kinder winkten, bis sie nicht mehr zu sehen waren.

Oben auf den Bergen glitzerten die Kanonen. Ein Tag wie jeder andere auf Deadwood Plain. Schon war es, als hätte es Albine und ihre drei Kinder nie gegeben.

4

Danach begann das Warten. Ein Priester und zwei Ärzte. Die »Karawane« nannte Napoleon die drei Männer, in die er so große Hoffnungen setzte wie schon lange nicht mehr in Menschen. Aus unerfindlichen Gründen stellte er sich vor, sie würden einer nach dem anderen – wie eine Karawane eben – aus Jamestown zu ihm heraufmarschieren wie die Heiligen Drei Könige zum Jesuskind. Die Karawane. Brauchte er sie wirklich?

Noch immer hatte er seine heimliche Hoffnung nicht aufgegeben, die hohen Herren in London würden sich endlich seiner erbarmen und ihm erlauben, nach Europa zurückzukehren. Es konnte doch nicht möglich sein, daß sie ihn auch jetzt noch so sehr fürchteten, um für ihr Sicherheitsbedürfnis einen ganzen Ozean zwischen sich und ihm zu benötigen!

»Ich bin ein kranker Mann«, sagte Napoleon mit lauter Stimme in den Dunst seiner Badestube hinein, in der man endlich einen Ofen installiert hatte, so daß der Badende nicht mehr dauernd durch die Anwesenheit seiner Diener gestört wurde, die heißes Wasser nachfüllten.

Ein Badeofen und eine hölzerne Wasserleitung vom Camp herunter! Napoleon konnte kaum glauben, was er sah, als die Rotröcke mit ihren Arbeiten begannen. Fast hätte er sich bei Hudson Lowe für diese unerwartete Vergünstigung bedankt. Doch rechtzeitig erinnerte er sich wieder an seine Strategie, sich unter allen Umständen als Opfer britischer Willkür darzustellen. Nach dieser Vorgabe handelte er, als eines Nachmittags der infernalische Reade am Zaun von Longwood auftauchte – so überraschend, daß Napoleon keine Zeit mehr fand, ihm auszuweichen.

Ob er mit der Installation zufrieden sei, fragte Reade in jenem barschen Kasernenhofton, den Napoleon höchstens sich selbst zugestand.

»Zufrieden?« fragte er deshalb mürrisch nach. »Zufrieden? Der Bau dieser Wasserleitung wäre schon vor Jahren fällig gewesen! Ich wüßte wirklich gerne, warum sich Ihr Herr Gouverneur damit so lange Zeit gelassen hat! Liegt es vielleicht daran, daß er hoffte, ich würde seinen Anschlägen schon viel früher zum Opfer fallen? Glauben Sie etwa, Sir Thomas, ich wüßte nicht, woher meine sogenannte Inselkrankheit stammt, von der ich mich niemals ganz erhole, obwohl ich noch vor wenigen Jahren der gesündeste Mann Europas war?«

Hudson Lowe sei blutrot angelaufen, erzählten die Longwood-Diener, die es von den Plantation-House-Dienern erfahren hatten. Blutrot, als Reade, *Ninny*, von seiner Begegnung mit dem »Nachbarn« berichtete und maliziös hinzufügte, wenn es nach ihm ginge, bräuchte das Schwein da oben schon längst kein Badewasser mehr und wäre nicht mehr in der Lage, anständigen Menschen Mordabsichten zu unterstellen ... Das winzige Törchen zur winzigen Versöhnung war endgültig ins Schloß gefallen. *Mach* und der Nachbar hatten keine Chance mehr, ihren Frieden miteinander zu machen.

Das einzige, was noch blieb, war zu warten und immer nur zu warten, ohne zu wissen, was geschehen würde. Napoleon saß im Teehaus, wo nur für ihn Platz war. Noch nie hatte jemand anderer gewagt, hier heraufzuklettern und sich auf seinen breiten Stuhl zu setzen, der von Anfang an für andere tabu gewesen war wie einst der Thron des Kaisers.

Das Taschenfernrohr, der ständige Begleiter seines Exils, lag vor ihm auf dem Tisch. Was brachte es noch, den Horizont abzusuchen, da auf dieser Seite der Insel ja doch niemals ein Schiff vor Anker gehen würde! Napoleon Bonaparte war am Ende der Welt angelangt, das wußte er jetzt; am Ende seiner Karriere, vielleicht sogar seines Lebens. Nie würde er Frankreich wiedersehen oder Korsika; nie die vielen Menschen, die ihm zugejubelt hatten und von denen er nun nichts mehr hörte. Wenn er hier saß und den Horizont kaum noch wahrnahm, erschien ihm sogar die Inselkrankheit weniger als Bedrohung denn als Hoffnung auf baldige Erlösung.

Das einzige, was noch Veränderung bringen konnte, war die Karawane. Doch die Tage vergingen, die Wochen und Monate, und keine Antwort traf ein. Napoleon fragte sich schon, ob Bertrands Brief überhaupt irgend jemanden erreicht hatte; ob Kardinal Fesch vielleicht gar nicht mehr lebte und ebensowenig *Madame Mère*. Was wußte man schon hier auf der Insel von dem, was in Europa geschah? Was wußte man in der Ferne vom kurzen Leben einzelner Menschen? Wer in Europa hätte daran gedacht, den verbannten Napoleon Bonaparte vom Tod seiner Mutter zu benachrichtigen? Sie hatten ihn doch alle vergessen, sonst hätten sie ihm längst geschrieben!

Fast alle seine Freunde waren fort. Selbst Mr. Balcombe würde nicht mehr nach Sankt Helena zurückkehren. Der Prinzregent hatte es ihm verboten, um ihn vor »unklugen Verwicklungen« zu bewahren. Darüber wenigstens hatte man Napoleon informiert. Man: das war das junge Mädchen mit dem einst viel zu kurzen Rock, der ihre langen Spitzenunterhosen sehen ließ. Man: Betsy Balcombe, von der er erst vor zwei Tagen einen Brief erhalten hatte, so von Tränen verschmiert, daß er ihn kaum lesen konnte. Ihr Französisch war noch kurioser geworden, vielleicht weil sie zuwenig Übung hatte; vielleicht auch, weil sie so sehr weinte, als sie ihren Brief an den »Edlen Ritter *Pie O'Nay*« verfaßte.

»Wildrose« sei verkauft worden, schrieb sie. Verkauft an die englische Regierung, die nun den Befehlshaber des jeweils stationierten Regiments dort unterbringen werde. Mr. Fowler sei wieder in sein eigenes Haus zurückgekehrt und habe die Geschäftsanteile von Mr. Balcombe übernommen. Alle materiellen Brücken nach Sankt Helena seien abgebrochen. Und doch: »Warum haben Sie mich nicht gefragt, Monsieur?«

Warum. Das fragte er sich auch, obwohl niemand die Antwort besser kannte als er selbst. Warum nicht Betsy? All die Tränen, mit denen sie ihr rosenfarbenes und auch nach Rosen duftendes Papier aufgeweicht hatte, wären ihr erspart geblieben. »Sein Name ist Abell, Monsieur. Er ist ein feiner junger Mann aus den besten Kreisen. Unsere Hochzeit soll schon in drei Wochen stattfinden, denn gleich danach werden meine Eltern und Jane nach Neusüdwales aufbrechen, wo Papa den Posten eines Schatzmeisters der britischen Regierung übernehmen wird. Es heißt, das sei eine sehr verantwortungsvolle Stellung und das Klima dort sei angenehm und gesund, was besonders wegen Mamas Migräne von Bedeutung ist. Jane weint jede Nacht, weil sie nun Dr. Stokoe nie mehr wiedersehen wird. Haben Sie gewußt, Monsieur, daß Dr. Stokoe Urlaub genommen hatte, um zu uns nach England zu kommen? Jane wollte ihn am Hafen abholen, doch als das Schiff vor Anker ging, wurde der Ärmste vor ihren Augen verhaftet und umgehend nach Sankt Helena zurückexpediert. Der Gouverneur will ihm einen Prozeß wegen Insubordination anhängen. Papa sagt, Dr. Stokoe habe keine Chance. Man werde ihn bestimmt verurteilen, sonst hätte man das ganze Theater gar nicht erst inszeniert.«

Napoleon zog das Fernrohr auseinander und ließ es auf den Schoß sinken. Er wußte nur zu gut, was man im Gepäck des jungen Arztes gefunden haben mußte: aus Sankt Helena einen Brief an die Balcombes von einem Freund mit den Initialen N. B. Des weiteren einen Brief von ebendiesem N. B. an Lady Holland mit der Bitte, sich bei der Regierung für ihn zu verwenden. Einen Brief an die Barings-Bank. Je einen an Las Cases, Gourgaud und Dr. O'Meara. Dazu einen Scheck, ausgestellt auf den Namen Dr. John Stokoe, um ihm in England einen neuen Anfang zu erleichtern. Unterschrift: Napoleon Bonaparte.

Allein schon dieser Scheck würde Dr. Stokoe das Genick brechen. Die Diener von Longwood hatten schon erzählt, daß die Verhandlung unten im Schloß begonnen habe. Ein Schuldspruch war unausweichlich. Es war nur zu hoffen, daß sich die Strafe darauf beschränkte, den Militärchirurgen unehrenhaft aus der Armee auszustoßen, und daß es ihm erspart blieb, auch noch ins Gefängnis gehen zu müssen.

Napoleon schob das Fernrohr unbenutzt wieder zusammen und stieg – sehr langsam und vorsichtig – die Leiter hinunter. Als er sich umdrehte, sah er hinter einem Feigenkaktus den jungen Captain Nicholls vom 20. Regiment, seinen neuen Ordonnanzoffizier, der die Aufgaben von Captain Poppleton übernommen hatte. Nicholls salutierte, und gegen seine sonstige Gewohnheit, ihn nicht zu beachten, nickte ihm Napoleon zu. Einen Augenblick lang glaubte er, die Zeit hätte stillgestanden und der englische Offizier, der ihn so respektvoll grüßte, wäre immer noch der junge *Poppeltón*. Doch die Zeit blieb nicht stehen, und Wunder gab es keine. Exil war Exil, und endgültig war endgültig.

Dreißig Meter Entfernung. Nie hatte Napoleon dem jungen

Offizier erlaubt, näher an ihn heranzukommen. Reade bestand darauf, daß Nicholls mindestens einmal am Tag Napoleon aus der Nähe zu sehen habe, damit die britische Verwaltung sicher sein könne, daß der Gefangene nicht geflohen sei und einen Doppelgänger an die eigene Stelle gesetzt habe.

In Wahrheit aber vergingen oft Tage, ehe Nicholls Napoleon begegnete. Manchmal schlich sich der Captain ans Haus heran und spähte durch die geschlossenen Holzläden, um seiner Pflicht doch noch nachzukommen. Einmal schichtete er ein Paar Holzscheite auf, um in die Badestube hineinschauen zu können. Napoleon aber, der in der Wanne saß, hörte ihn frühzeitig. Als Nicholls' Gesicht hinter den dunstbeschlagenen Scheiben auftauchte, erhob sich Napoleon aus dem Wasser, nackt, wie er war, und erschreckte den jungen Engländer durch den Anblick seines rundlichen, weißen Körpers, der sich durch die Inselkrankheit bis zur Unkenntlichkeit verändert hatte. Weich, unbehaart, mit Brüsten wie bei einer Frau.

Nun stand er da im heißen Wasser, schaute hinauf zu dem entsetzten Gesicht hinter den Scheiben und breitete dann die Arme aus, als wollte er dazu einladen, ganz genau zu betrachten, was man aus dem kräftigen Mann von einst gemacht hatte. »Sehen Sie nur, *mon Capitaine!*« rief er Nicholls zu, der ihn durch das Fenster hindurch nicht verstand, aber fassungslos auf ihn hinunterstarrte. »Meine Haut ist so glatt wie die von Fernando Lopez, nachdem man ihn geschuppt hatte. Sie wissen doch, wer Fernando Lopez war? Mein Vorgänger sozusagen, nur wurde er wenigstens nicht auf Schritt und Tritt von britischen Wachsoldaten verfolgt!«

Nicholls schrie erschrocken auf, verlor das Gleichgewicht und warf dabei den Holzstoß, auf dem er stand, um. Napoleon aber setzte sich in die Wanne zurück, bespritzte sich mit heißem Wasser, um sich aufzuwärmen, und schloß die Augen, um sich selbst nicht sehen zu müssen.

Von diesem Tag an wagte sich Nicholls nicht mehr an die Fenster von Longwood House. Statt dessen stand er stundenlang verloren vor dem Gebäude, wartete auf die Gelegenheit,

Napoleon doch noch zu sehen, und fürchtete sich davor, von Hudson Lowe oder Reade gefragt zu werden, wann die letzte Begegnung mit dem »Objekt« stattgefunden habe.

5

Mrs. Abell! dachte Napoleon, als er in seinem Schlafzimmer stand und Marchand ihm die Uniformjacke zuknöpfte. Mrs. Elizabeth Abell – seit ein paar Monaten erst verheiratet mit einem Mann, den sich Napoleon nicht vorstellen konnte, weil er von ihm nur den Nachnamen wußte und daß er ein »feiner junger Mann aus den besten Kreisen« sei. Mrs. Abell: die kleine Betsy, die ihm die Todeskarte gezeigt hatte und das Kinderspielzeug, dessen Anblick ihn tiefer getroffen hatte als so manche Niederlage im Feld. *»Will you come into my parlour?« said the spider to the fly.* Ein Kind war sie gewesen, als er sie zum erstenmal sah. Als sie Sankt Helena verließ, war sie erwachsen, und er hatte es kaum bemerkt.

Vielleicht, so dachte er, hätte er ihr doch die Frage stellen sollen, auf die sie so ungeduldig gewartet hatte. Vielleicht wäre es für alle Beteiligten besser gewesen, sich mit den Gegebenheiten abzufinden und sich an dem wenigen zu erfreuen, das sich noch bot. Nach einer Scheidung hätte sich Marie-Louise endlich zu ihrem neuen Leben bekennen dürfen, von dem alle hier glaubten, er wüßte nichts davon; und auch er selbst wäre vielleicht noch ein wenig glücklich geworden. Ein Mann von Fünfzig mit der bleiernen Last von fünf Jahres des Exils in seinen Knochen; jeder seiner Gedanken vergiftet durch die erlittenen Demütigungen; im Herzen die Angst, vergessen zu werden.

Vergessen von wem? Von einer Nachwelt, die er nicht kannte? Von Leuten, die ihm nichts bedeuteten? Aber vielleicht ging es auch nur um einen einzigen Menschen, um den, den Napoleon liebte, obwohl er ihn nie wieder in die Arme schließen würde. *L' Aiglon,* der Kleine Adler... Bestimmt versuchte man, einen österreichischen Prinzen aus ihm zu machen. Vielleicht verschwieg man ihm sogar, wer sein Vater war und was er geleistet hatte. Ein Kind war so leicht zu belügen und in Unwissenheit zu halten! Doch irgendwann würde der Knabe anfangen, Fragen zu stellen, und dann würde er begreifen. Das ungeduldige Blut seines Vaters würde sich durchsetzen gegen die müden *décadents* in Schönbrunn. Der Kleine Adler würde sich die Taten des großen Adlers zum Vorbild nehmen und in seinem Namen vollenden, was jenem nicht gelungen war: Napoleon I. und Napoleon II.: zuletzt doch noch die Herren der Welt?

Und Betsy Balcombe? Wo war ihr Platz in diesen Träumen? Wo war die Nische im Leben des einstigen Kaisers, in die sie hineingepaßt hätte, ohne ihn lächerlich zu machen? Picknick auf Sankt Helena. Betsy Balcombe im Baströckchen, die einen fetten alten Mann in einer Hängematte verwöhnte! Mrs. Abell? Ein Brief, kaum lesbar vor lauter Tränen. Und doch: besser so. Besser so.

»Es kann nicht mehr lange dauern«, sagte Marchand und bürstete ein letztes Mal über Napoleons Uniform. »Der Gouverneur und Reade wollten sie erst noch befragen, aber das braucht bestimmt höchstens eine Stunde. Sie müßten also jeden Augenblick hier eintreffen.«

Ganz Longwood war in Aufruhr. Auch oben, im Camp von Deadwood, standen die Rotröcke mit ihren Fernrohren und suchten die Straße ab, ob die drei Herren aus Rom schon im Anmarsch seien. Die Karawane, so nannten auch sie die Erwarteten. Zu viele Verbindungskanäle gab es längst zwischen den Bediensteten von Longwood, den Soldaten im Camp, den Angestellten des Gouverneurs und den Frauen unten im Viehhof, die über alle Vorgänge auf Longwood viel genauer Bescheid wußten als sämtliche Männer zusammen.

Nur Napoleon und seine Getreuen hatten den Anschluß verloren. Vorbei die Zeiten, wo man in Plantation House getanzt hatte; vorbei die Zeiten, wo die Befehlshaber des Regiments in

Longwood ihre Aufwartung machten: der Haifisch Cockburn oder Admiral Malcolm und seine schwärmerische Gemahlin. Sie hatten noch in der Residenz des Gouverneurs gewohnt, unter ständiger Bewachung durch seine Spitzel. Der Neue, Admiral Plampin, residierte komfortabel und unabhängig auf »Wildrose« und dachte nicht daran, sich mehr als nötig mit Hudson Lowe abzugeben oder sich gar von seinem mürrischen Gefangenen demütigen zu lassen. Er sorgte für ausreichende Bewachung und ließ Napoleon im übrigen links liegen.

Alles, was er von seinem Gefangenen wußte, stieß ihn ab. Er wollte mit ihm so wenig zu tun haben wie ein Zoowärter mit einem gefährlichen Raubtier. Unterbringen und Füttern. Alles Weitere war überflüssig. Fünfzehn Jahre war es her, daß der Wiener Kongreß Napoleon zum Outlaw erklärt hatte. Damals ahnte man nicht, daß er von seiner ersten Verbannung auf Elba wieder zurückkehren würde. Nach seiner zweiten Verbannung war man vorsichtiger geworden, doch nicht weniger unerbittlich. In Aachen hatte man die Entscheidung von Wien als endgültig anerkannt, ebenso wie die lebenslange Verbannung im Südatlantik: Mehr brauchte der Befehlshaber der bewachenden Garnison nicht zu wissen. Unterbringen und Füttern. Vielleicht auch noch vor Attentaten schützen ... Aber dafür sorgte schon der endlos weite Ozean um die Gefängnisinsel herum: eine Mauer aus Wasser, unüberwindlich. Die Welt war sicher vor der Bestie, und die Bestie sicher vor der Welt.

Dann war es soweit. Die Tür wurde aufgerissen, und Noverraz steckte den Kopf herein. »Sie kommen!«

Die Bertrands und Montholon warteten bereits vor dem Interieur. Sie folgten Napoleon durch die Flucht der kleinen Räume. Im Eßzimmer blieb er stehen und wies auf die drei Stühle für die neuen Hausgenossen. Für Kaiserin Marie-Louise würde man von nun an keinen Stuhl mehr freihalten.

Sie traten hinaus auf die Terrasse. »*Madame Mère* kennt meinen Geschmack«, bemerkte Napoleon, während er über die Gräben hinweg die Stelle suchte, wo die Kutsche der drei Herren aus Rom auftauchen mußte. »Ganz sicher hat sie selbst die passenden Gefährten für uns ausgesucht: fachlich kompetent und menschlich interessant!«

Und dann, wie aus dem Nichts, war die Kutsche auf einmal da und rollte näher und näher. Die Getreuen erschraken fast, als hätten sie nach der langen Wartezeit gar nicht mehr an diese Ankunft geglaubt. Napoleon lächelte. Es war, als kehrten liebe Verwandte nach vielen Jahren zu den Ihren zurück.

Vor der Terrasse blieb der Wagen stehen. Fanny bemerkte, daß der Kutscher bereits wieder betrunken war. Wenigstens aber hatte er sein Gefährt noch sicher durch »Des Teufels Punschtopf« gelenkt. Vielleicht, dachte Fanny, gelang es den neuen Ärzten, den beiden Archambaults das Trinken abzugewöhnen. Vielleicht fand sogar die Inselkrankheit nun ein Ende.

Noch bevor Archambault die Kutschentür öffnete und das Treppchen herausklappte, wurde sie schon von innen aufgemacht. Ein kräftiger junger Bursche sprang heraus, braungebrannt, muskulös und angezogen wie wohl die jungen Bauern aus der Gegend um Rom.

Napoleon nickte zufrieden. »Es ist gut«, sagte er, »daß unsere lieben Freunde ihre eigenen Dienstboten mitbringen. Frisches Blut: das ist es, was wir auf Longwood brauchen. *Madame Mère* hat klug gewählt!«

»Für das Gepäck war kein Platz mehr in der Kutsche, *Signore*«, rief der Bauernbursche zu Napoleon hinauf. »Wir haben es beim Gouverneur untergestellt: die Meßgewänder, die Kelche und so weiter. Vielleicht kann es morgen jemand dort abholen.«

Napoleon runzelte die Stirn. Langsam stieg er die Treppe hinab. Die anderen folgten ihm.

»Wie ist dein Name?« fragte Napoleon in gefährlicher Ruhe.

Der Bursche wischte sich die Hände an der Hose ab und streckte Napoleon seine Rechte entgegen. »Antommarchi!« sagte er mit einem breiten Grinsen. »Ich bin der neue Doktor.« Da Napoleon seine Hand nicht ergriff, ließ auch Antommarchi

die seine sinken. Er wies auf die Kutsche, aus der sich ein kleingewachsener, dicker Mensch schälte, der aussah wie ein Hirte
frisch von der Weide. »Das ist Pater Vignali. Er kommt aus
Korsika, wie wir alle. Wir mußten ihn als zweiten Priester mit-
nehmen. Kardinal Fesch meinte, es wäre nicht richtig, einen
Geistlichen allein ans Ende der Welt zu schicken. Wer sollte
ihm da sonst die Beichte abnehmen?« Antommarchi lachte
und zeigte zwei Reihen kräftiger weißer Zähne. »Obwohl ich
fürchte, daß unser lieber Pater ohnedies nicht mehr viel zu
beichten haben wird!« Er trat zur Kutsche und ergriff eine be-
bende Hand, die sich hilfesuchend ins Freie streckte. »Pater
Buonavita«, stellte Antommarchi vor und zerrte und hob zugleich einen zitternden alten Mann aus der Kutsche. »Es geht
ihm nicht besonders gut«, erklärte Antommarchi, ohne seine
gute Laune einzubüßen. »Vor der Abreise hatte er einen
Schlaganfall und auf dem Schiff den zweiten. Es sieht nicht
aus, als ob er sich davon je wieder erholen würde. Wahrscheinlich wird er demnächst das Zeitliche segnen.« Antommarchi
blickte um sich. »Nun: Zum Sterben ist es hier immer noch gut
genug.«
Napoleon schwieg. Er wandte sich an Bertrand, der hinter
ihm stand und um seine Fassung rang. »Wie sagten wir doch,
Bertrand? Möglichst nicht unter vierzig...« Napoleon schüttelte den Kopf. »Mein Gott, man hat uns drei Trottel geschickt!«
Antommarchi hatte es gehört. Er lachte. »Fünf!« verbes-
serte er. »Wir haben noch zwei Diener dabei, aber die sind beim
Gepäck geblieben, damit die Engländer es nicht mopsen können.«
»So, so. Mopsen...« Napoleon winkte Ali herbei. »Sorgt
dafür, daß die Herren untergebracht werden, und bringt ihnen
das Essen auf ihre Zimmer!« Er blickte der Karawane nach, seinen Heiligen Drei Königen, von denen er nicht wußte, welche
Geschenke sie für ihn bereithielten: der gesunde, gutaussehende Antommarchi mit seinem welligen schwarzen Haar wie
das von Marchand, der dicke, sonnverbrannte Vignali, der von

hinten die gleiche Figur hatte wie Napoleon selbst, und Pater Buonavita, der sich hilflos an Vignalis Hemd festkrallte, um nicht umzufallen, und der in kaum verständlicher Sprache flehte, man solle doch auf ihn warten.

Bevor sie ins Haus traten, wandte sich Antommarchi noch einmal um. »Ich hätte nicht gedacht, Sie wirklich hier anzutreffen, *Don Napoleone*«, sagte er. »Wir dachten alle, Sie hätten sich längst verdünnisiert ... Alle außer Ihrer Schwester übrigens, Sie wissen schon, Prinzessin Paolina. Sie hat mir eine Gitarre mitgegeben und mir eingeschärft, falls Sie doch noch hier wären, sollte ich für ein wenig Unterhaltung sorgen.«

Die drei verschwanden im Haus. Die Bertrand-Kinder standen auf der Veranda und platzten fast vor Lachen.

»Ihr solltet lieber weinen, *mes petits!*« murmelte Napoleon. »Aber vielleicht habt ihr recht: Was ist schon für ein Unterschied zwischen Weinen und Lachen?« Er blickte hinauf zum Lager der Engländer, die sich wahrscheinlich auf seine Kosten amüsierten, und dann auf seine drei Gefährten, als hätte er sie eine Ewigkeit lang nicht bemerkt. »Man hat mich wirklich vergessen«, murmelte er, mehr erstaunt als gekränkt. »Sogar meine eigene Mutter! *Don Napoleone!* Habe ich Europa erobert, um mich zu guter Letzt von einem Halbidioten anreden zu lassen wie ein Clanchef auf einer kleinen Mittelmeerinsel?« Er schüttelte den Kopf und ging an den anderen vorbei ins Haus: vorgebeugt, die Hände hinter dem Rücken verschränkt.

In seinem Interieur ließ er sich von Marchand aus der Uniform helfen und legte sich dann im Schlafrock aufs Bett, in der Hand das Kreuz der Ehrenlegion wie das Bild einer Geliebten. »Clanchef auf einer kleinen Insel«, wiederholte er, als Marchand schon meinte, er wäre eingeschlafen. »Vielleicht bin ich das sogar, Marchand, und dieses unfaßbare Leben dazwischen war in Wahrheit nur ein Traum.«

XIX. Der Wiedergänger

1

Eine lateinische Messe, dafür wenigstens hatte Kardinal Fesch gesorgt. Als am folgenden Morgen die beiden Diener der »römischen Herren« mit dem Gepäck auftauchten, begleitet von spöttelnden englischen Soldaten, ließ Napoleon die Holzkisten mit den Gerätschaften für die Messe in den Garten schaffen und den Inhalt auf weißen Bettlaken zur Schau stellen: einen Kelch aus vergoldetem Silber und einen Hostienteller für Leib und Blut Christi; aus dem gleichen kostbaren Material, dazu noch kunstreich verziert, eine Karaffe für den Meßwein, einen Kessel für Weihwasser und sein Pendant für Weihrauch; zwei hohe Kreuze aus Ebenholz mit einem silbernen *crucifixus;* dazu eine reichliche Reserve an Duftkerzen und in einer eigenen Kiste die Meßgewänder in Weiß und Gold.

Napoleon liebte es, Verpacktes zu enthüllen und wie Beutegut zu präsentieren. Das tat er jedesmal, wenn eine Lieferung mit bestellten Büchern eintraf oder ein Paket mit Journalen. Am liebsten hätte er sich alles auf der Stelle angeeignet: alle Bücher überflogen und alle Zeitungen zumindest durchgeblättert. Nun breiteten sich vor ihm die Instrumente der Religion aus, in die er hineingeboren worden war, von der er sich aber schon als Kind gelöst hatte.

»Ich bin froh, daß ich keine Religion habe«, pflegte er zu sagen. »Dadurch bleiben mir viel Angst und schlechtes Gewissen erspart!« Trotzdem faszinierten ihn die religiösen Gefühle anderer, und er scheute sich nicht, danach zu fragen. Er meinte wohl, wenn er erst wußte, woran andere glaubten und in welcher Form sie ihre Überzeugung lebten, könnte er in ihr Innerstes blicken und ihre Motive durchschauen. Auch für andere Religionen interessierte er sich und verglich und beurteilte sie. Vielleicht hoffte er, für sich selbst daraus Nutzen zu ziehen und irgendwann einmal ganz plötzlich zu einer Erkenntnis zu gelangen, die das Dunkel seiner Schicksalsgläubigkeit erhellte und ihm erklärte, warum und von welcher Macht er – ausgerechnet er! – ausersehen worden war, andere zu beherrschen.

Wie Kostüme und Requisiten einer Theateraufführung blitzten und glänzten die christlichen Gerätschaften und Gewänder in der Sonne des späten Vormittags. Fast wie Fälschungen sahen sie aus und weckten Napoleons Spieltrieb. Am liebsten hätte er auf der Stelle eine Messe lesen lassen, um alles in Aktion zu sehen. Doch Pater Buonavita lag noch erschöpft in seinem Zimmer und konnte kaum sprechen, und Pater Vignali, beinahe schwarz von der Sonne, wirkte zu beunruhigend, als daß ihm Napoleon die heiligen Instrumente anvertrauen wollte.

»Sieht er nicht aus wie ein Straßenräuber?« flüsterte er mit einem Seitenblick auf den jungen Korsen Fanny zu, die ehrfürchtig über die schweren Stoffe der Gewänder strich. »Wenn wir nicht aufpassen, wird er uns nachts die Kehle durchschneiden und uns ausplündern!«

Fanny blickte auf und lachte. »Aber Sire!« wandte sie ein. »Wohin sollte er mit seiner Beute fliehen?«

Napoleon nickte. »Sie haben recht, Madame. Er ist ja bereits im Gefängnis! Er weiß es nur noch nicht.«

So wurden die Kostbarkeiten des römischen Kardinals wieder eingepackt und ins Haus getragen. Die Laken blieben auf der trockenen Erde und den dürren Grasbüscheln zurück, bauschten sich im Wind und paßten ebensowenig in die kahle, von Furchen und Wällen entstellte Landschaft wie das Silber eines Kardinals und ein Kaiser mit seinem Hofstaat.

Früh am folgenden Sonntagmorgen, während Napoleon noch im Bade weichte, streckte die Mutter Kirche ihren römisch-katholischen Arm nach der kleinen Vulkaninsel aus, auf der sich – seit dem Tode des abtrünnigen und dann doch zum Kinderglauben heimgekehrten Fernando Lopez – die Protestanten breitgemacht hatten.

Die Diener des verbannten Kaisers, freidenkerische Söhne der Revolution, hoben im Eßzimmer von Longwood die schwere Mahagoni-Anrichte auf zwei flache Stufen aus Holzbrettern und erklärten sie zum Altar. Fanny Bertrand stellte einen Ballen roten Samt zur Verfügung. Bevor sich Napoleons pastellener Geschmack endgültig auf Longwood durchgesetzt hatte, hatte sie geplant, sich aus dem Stoff ein Kleid nähen zu lassen. Nun aber befestigte Noverraz eine vergoldete Gardinenstange an der Decke und hängte die Stoffbahnen darüber als Seitenwände für den Altar. »Ein wenig wie ein Himmelbett«, entschuldigte er sich, aber alle versicherten ihm, es sei wunderbar.

Ali brachte einen grünen Samtteppich aus Montholons Schlafzimmer und legte ihn über die Stufen, während Montholon seinen Frisiermantel holen ließ und eigenhändig den Goldbesatz mit den Troddeln abschnitt, den Fanny dann – auf dem Boden hockend – an den Samtteppich nähte. Es war wie das Spiel von Kindern, die endlich etwas Neues gefunden hatten, mit dem sie sich beschäftigen konnten, um sich selbst ein wenig zu vergessen. Noch standen die Türen offen, und ein sanfter Luftzug erinnerte an die erfrischende Abkühlung in der Nacht. Ein Morgen, an dem auf einmal alle lächelten.

Ein weiterer Stoffballen aus Fannys eiserner Reserve – weißer Satin diesmal, mit Goldspitze an den Rändern – wurde zum Altartuch erklärt. Erst als sie es gemeinsam auflegten und dabei über jede Falte lachen mußten, bemerkten sie in einer Ecke den Buchstaben »N« mit einer Krone darüber. Sie drehten die Decke so, daß die Stickerei in der Mitte des Altars prangte. Napoleon würde sich über die kleine Geste freuen, auch wenn er sie wahrscheinlich für selbstverständlich hielt.

Ungerufen schlenderte Vignali herein, noch immer in seiner

Hirtenkleidung, aber gewaschen und gekämmt. Er brachte ein Jesusbild mit und hängte es hinter dem Altar auf. Die Diener ließen ihn gewähren, obwohl sie sich noch immer nicht an sein wildes Aussehen gewöhnt hatten und ihn nicht verstanden, wenn er sprach. Sie sahen ihm zu, wie er die Kruzifixe rechts und links auf den Altar stellte, dazu die Kerzenleuchter und die Weihrauchgefäße.

Die Brüder Archambault, ausnahmsweise nüchtern, schleppten zwei bauchige chinesische Vasen mit Blumen aus Tobys Garten herein. Der neue Befehlshaber von Deadwood Camp würde die paar Pflanzen verschmerzen können. Zuletzt ernannte Bertrand noch ein Ecktischchen zum Hostientabernakel, dann schloß man die Türen und entzündete probehalber ein paar Kerzen.

»*Una cappella!*« erklärte Vignali anerkennend. »*Molto venerabile!*« Er kniete nieder, betete kurz und bekreuzigte sich. Damit schien er der Verwandlung des Raumes seinen Segen zu geben. Die Diener lachten ein wenig und versuchten, die Bewegung des Kreuzzeichens nachzuahmen: aus der Erinnerung heraus oder ganz neu, je nachdem, wie ihr weiter Weg aus der Kindheit hinein in die Revolution und an die Seite des Großen Adlers verlaufen war.

Punkt zwölf Uhr mittags meldete sich Bertrand bei Napoleon, der bereits in seiner Uniform eines *chasseur de garde* – grün, mit roten Aufschlägen – hinter der Tür wartete und sich von seinen Getreuen in die »Kapelle« geleiten ließ. Ein Kaiser mit seinem Hofstaat. Immer noch. Bis zuletzt. In ihren Tagebüchern würden sie es aufschreiben und in ihren Briefen der fernen Welt davon berichten.

Nur Kerzen in dem kleinen Raum, zuckende Flämmchen, und der betäubende Duft von Weihrauch, dessen Schwaden das Zimmer in einzelne, übereinanderlagernde Schichten aufteilten. Ein begrenztes, dunkles Universum satter Farben, in die wie eine Erscheinung aus einer anderen Welt Pater Buonavita trat, in seinem weißgoldenen Ornat. Immer noch hinfällig, doch nun sublim in der Würde seines Amtes.

Seine Hände zitterten wie eine Spiegelung der Kerzen. Einmal schwankte er. Antommarchi sprang herbei, um ihn aufzufangen. Seine einzelnen Worte waren nicht zu verstehen, doch sein Anblick redete die klarste aller Sprachen: Seht mich an! Hierhin gehen wir alle. Hierhin gehst auch du, großer Mann! Auch dein Körper wird dich im Stich lassen. Auch du wirst dich fürchten vor dem, was dich erwartet. Auch du wirst bereuen. Auch du wirst noch lernen zu beten!

»Wir müssen ihn zurückschicken«, flüsterte Napoleon Bertrand zu. »Leiten Sie es in die Wege! Er ist zu alt für uns. Zu schwach. Sein Anblick drückt auf meine Stimmung.«

Einen Monat später hob Antommarchi den alten Priester wie ein Kind aus der Hafenbarkasse auf ein altes Handelsschiff, das nicht weniger hinfällig schien als Buonavita selbst, der nicht mehr begriff, was mit ihm geschah. Als Antommarchi ihn auf den leise schwankenden Boden niederstellte, fragte ihn der alte Mann, wer er eigentlich sei. Antommarchi nahm sein Gesicht zwischen beide Hände und küßte ihn auf die Stirn. »Weiß überhaupt irgend jemand, wer er ist?« fragte er. Buonavita nickte zufrieden.

Als das Schiff in See stach, stand er an der Reling. Antommarchi winkte ihm von der Barkasse aus zu, und Buonavita winkte zurück. Es sah aus, als ob er die schwarze Insel, auf der man ihn nicht gewollt hatte, ein letztes Mal segnete ... Doch seine Kraft reichte nicht aus. Antommarchi sah, daß er das Gleichgewicht verlor. Ein Matrose hielt ihn fest und redete auf ihn ein. Doch Buonavita schüttelte den Kopf und widersprach heftig, aus welchem Grunde auch immer. Dann verlor sich das Schiff im Dunst des warmen Tages. Antommarchi setzte sich auf den Rand der Barkasse und überließ den alten Mann dem Lohn der Barmherzigkeit, die er ein Leben lang geübt hatte.

»Sie sind nicht krank, *Don Napoleone*, Sie sind faul!«

»Wie können Sie es wagen, so mit mir zu sprechen, *dottore!*«

»Ich bin Ihr Arzt, *Don Napoleone.* Sie täten gut daran, auf mich zu hören.«

»Mein Arzt? Ha! Ein Leichendoktor!«

»Alle Leichen waren einmal Menschen, und alle Menschen werden einmal zu Leichen. Wer die einen kennt, kennt auch die anderen.«

»Sie machen mich krank, Antommarchi!«

»Ich dachte, das wären Sie schon, *Don Napoleone.*«

Es hatte sich herausgestellt, daß Antommarchi Pathologe war, jahrelang Assistent des berühmten Anatomen Mascagni. Als dieser überraschend starb, schrieb und zeichnete Antommarchi Mascagnis ›Anatomischen Atlas‹, an dem die beiden gearbeitet hatten, zu Ende. Ein Standardwerk der Medizin sollte es werden, verfügbar in allen Ländern der zivilisierten Welt.

Als Antommarchi erfuhr, daß Kardinal Fesch einen Arzt für Sankt Helena suchte und daß die Kolonialbehörde in London diesen erst persönlich in Augenschein nehmen wollte, sah er seine Chance, auf preiswertem Weg nach England zu gelangen. Dort wollte er als erstes seinen Atlas zur Veröffentlichung anbieten – nicht in Italien, wo der Name Mascagni zu bekannt war und man den jungen Assistenten als Verfasser nicht anerkannt hätte.

Zwei Monate hatte die Reise nach London gedauert, auf der Buonavita ständig glaubte, in Mexiko zu sein, wo er seine Gesundheit dem Missionarsdienst geopfert hatte. In London hielt man die »römischen Herren« unter dem Vorwand, es gebe derzeit kein Schiff nach Sankt Helena, weitere drei Monate auf. Zeit genug für Antommarchi, seine Zukunft zu sichern.

Als die Karawane schließlich doch noch an Bord ging, befand sich in seinem Gepäck bereits ein unkoloriertes Probeexemplar des ›Anatomischen Atlas‹, der den Namen Antommarchi berühmt machen würde – aber auch den Mascagnis: Im letzten Augenblick hatte sich Antommarchi doch noch dazu entschlossen, auch im entfernten England die Autorenschaft seines großen Lehrers nicht zu verschweigen und so die eigene Seele freizuhalten von schlechtem Gewissen und von den Anwürfen der italienischen Ärzteschaft, die ihn ganz sicher nicht ungeschoren hätte davonkommen lassen.

»Ich soll auf Sie hören, Antommarchi? Nun gut, dann reden Sie!«

»Sie brauchen Bewegung, *Don Napoleone!*«

»Bewegung? Ich bin schwach. Meine Leber pfeift auf dem letzten Loch!«

»Bewegung in frischer Luft. Etwas, das nicht zu sehr anstrengt und doch Freude macht.«

»Und so etwas soll es geben?«

»Gartenarbeit, *Don Napoleone.*«

»Hier? In dieser Einöde?«

»Sie haben Land, Sie haben Sonne, Sie haben eine Wasserleitung und Sie haben zwei Hände. Machen Sie etwas daraus, *Don Napoleone!* Vergessen Sie nicht: Sie haben schon einmal aus einem Chaos ein ganzes Reich geschaffen!«

»Leichendoktor, ha? Oder doch eher Seelenpfuscher? Es war mir schon immer klar: Die Medizin ist die Wissenschaft der Scharlatane.«

»Vielleicht ist sie das, *Don Napoleone.* Aber wie definieren Sie dann die Wissenschaft der Eroberer?« Antommarchi versetzte Napoleon einen freundschaftlichen Stoß vor die Brust. »Bewegen Sie sich, *Don Napoleone!* Auch die Welt bewegt sich ständig. Bliebe sie stehen, wäre es mit ihr zu Ende.«

Napoleon starrte Antommarchi düster an, ohne sich zu seinem Benehmen zu äußern. »Ich soll also arbeiten. Gärtnern! Und die Rotröcke stehen mit ihren Fernrohren oben im Camp und halten sich vor Lachen die Bäuche!«

»Nicht, wenn sie einen Mann sehen, der gesund ist und Freude am Leben hat.«

»Freude am Leben? Können Sie mir die versprechen? Soviel ich weiß, gibt es so etwas nicht.«

»Versuchen Sie es, *Don Napoleone!* Fragen Sie nicht so lange! Das haben Sie doch auch sonst nicht getan.«

»Ich verabscheue Sie, Antommarchi! Man sollte Sie von den Klippen ins Meer werfen.«

»Dazu hätten Sie gar nicht die Kraft, *Don Napoleone*, und um sie zu kriegen, müßten Sie erst Ihren Körper aufmöbeln.«

Napoleon blickte an sich hinunter und betrachtete dann seine kleinen, rundlichen Hände. »Versuchen wir es«, murmelte er mürrisch. »Der Gedanke, daß mich meine Leber umbringt und Sie dann mit ihren scharfen Messerchen an mir herumschneiden, ist mir zuwider!«

Ein kleines Paradies entfaltete sich aus dem Nichts – wenn Ideen und die Begeisterung, sie zu verwirklichen, nichts sind. Vor Napoleons Schlafzimmerfenster entstand ein Blumengarten in klassizistischem Stil: in der Mitte, ein wenig erhöht, ein Kaffeestrauch, umgeben von einem ovalen Rasenteppich, der seinerseits von einem Weg umschlossen wurde, den Rosensträucher und Erdbeeren säumten. Alles symmetrisch und übersichtlich. Klare Linien im Stil des französischen Kaiserreichs.

Als Napoleon mit Bertrand und Montholon darangegangen war, das Konzept für das kleine Kunstwerk zu entwerfen, hatte niemand in Longwood daran geglaubt, daß in dem kahlen Boden jemals eine Blume oder gar weiches, sattgrünes Gras Wurzeln schlagen würden. Nur Toby nickte, als er von Napoleons Plänen hörte, und brachte eine Wagenladung von Gartengeräten, die er in Mr. Solomons Laden auf Rechnung »des Herrn Gouverneurs« erstanden hatte. Napoleon war entzückt, und Hudson Lowe zahlte, ohne sich zu beschweren.

Von da an war es vorbei mit dem gemächlichen Leben. Schon um fünf Uhr morgens hatten alle strammzustehen: die Diener, die Kantonmänner und unausgesprochen auch Bertrand und Montholon. Nur Fanny und ihre Kinder waren vom Morgenappell ausgenommen, doch wurde es gern gesehen, wenn auch sie gruben, harkten, wässerten und zupften.

Der einzige, der im Bett blieb, war Antommarchi. Als Napoleon ihn deswegen rügte, antwortete er, die Gartenarbeit sei Therapie, und wer habe je davon gehört, daß sich auch der Arzt der Therapie seines Patienten unterzog? Statt dessen erkundete er die Insel, machte Bekanntschaften – vor allem weibliche, wie es hieß – und kolorierte seinen ›Anatomischen Atlas‹, während der Kaiser und seine Paladine unter Strohhüten in der Sonne schmachteten und jedes einzelne Blümchen wässerten und pflegten.

Während die Pflanzen des ersten Gartens Wurzeln schlugen, legte Napoleon auf der anderen Seite seiner Räume einen zweiten an. Mit Hilfe der Kantonmänner grub er verschiedene Laubbäume ein, die Hudson Lowe beigesteuert hatte. Die Engländer waren begeistert von Napoleons Aktivitäten. Zum erstenmal konnte der Gouverneur nach London melden, alles sei in Ordnung und niemand habe sich über irgend etwas beschwert.

Als die Bäume so dichtes Laub trugen, daß sie Schatten über Napoleons Fenster warfen, plante er sofort weiter, wie es seiner Natur entsprach, die ihn einst durch ganz Europa getrieben hatte. Eines nach dem anderen. Niemals stillstehen, wenn man sich erst auf den Weg gemacht hat ... So bauten die Chinesen ein Spalier, das von der Eßzimmertür in den Garten führen sollte, und Napoleon säte mit eigener Hand Passionsblumen daran entlang. Unter der tropischen Sonne und dank der ständigen Bewässerung schlangen sich innerhalb von zwölf Wochen dicke Girlanden um das Holzgerüst und bedeckten es mit ihren roten und weißen Blüten, die an das Leiden Jesu erinnern sollten und an die Dornenkrone auf seinem Haupt.

Ein Erdwall entstand, um die Passatwinde abzuhalten, drei Meter hoch und zwölf Meter lang, mit einem schattigen Weg an der Innenseite und daneben einem Becken, in dem Napoleon kleine rote Fische aussetzte. Doch das Wasser verdunstete schnell, und Napoleon gelangte immer mehr zu der Überzeugung, das wahre Problem seines Gartens sei der Mangel an Bäumen.

So versuchte er es zuerst mit Eichen, die jedoch keine Wurzeln schlugen, und danach mit Pfirsichbäumen aus dem Garten von »Wildrose«. Nicht alle überlebten die Verpflanzung, aber unter der flehentlichen Pflege setzten sich ein paar davon schließlich doch in der Erde fest und wuchsen, blühten und trugen Früchte – alles in rascher Folge und manchmal sogar gleichzeitig, wie es nur unter der heißen Sonne des Südens möglich ist.

Eine Grotte wurde errichtet mit einem kleinen Sitzplatz darin, und ein Vogelhaus, auf dessen Dach die Chinesen Napoleon zu Ehren einen geschnitzten Adler setzten. Da sie aber noch nie einen Adler gesehen hatten, wurde ein Kormoran daraus, als König der Vögel. Fanny fuhr nach langer Zeit wieder nach Jamestown hinunter und kaufte ein paar Käfige mit Kanarienvögeln, als Grundlage für eine weitere Besiedlung der Voliere. Doch die Tiere hielten der Hitze nicht stand und gingen ein. Auch der Kormoran erschien Napoleon von Tag zu Tag lächerlicher, so daß er ihn schließlich abnehmen ließ. Die Chinesen verbargen ihre Enttäuschung. Es war das Recht eines Kaisers, seine Untertanen zu kränken.

Um ihm zu beweisen, daß sie ihm nicht grollten, schnitzten sie ihm ein Schachspiel, dessen Bauern Napoleonhüte trugen. Kleine, dicke Männchen, die aussahen wie er. Wenn sie vor dem Spiel in ihrer Schachtel lagen, hätte man meinen können, es wären lauter winzige, tote Bonapartes; doch wenn sie erst aufgestellt waren, traute man ihnen zu, das ganze Feld mutig zu überrennen. Napoleon, der sich wegen des Kormorans keine Gedanken gemacht hatte, war gerührt und schenkte jedem der Chinesen einen *Napoléon d'or*.

Immer mehr sehnte sich Napoleon nach üppiger Vegetation und nach Wasser. Er ließ ein kleines System von Kanälen anlegen und schließlich sogar einen Springbrunnen, der von einem Wasserhahn in der Küche aus gespeist wurde. Jede lebende Seele von Longwood stand bereit, als der Brunnen zum ersten Mal in Betrieb genommen werden sollte.

»Laßt die Fontänen tanzen!« rief Napoleon mit pathetischer Stimme, und Marchand in der Küche öffnete den Hahn. Alle starrten gespannt auf das kleine Rohr in dem runden Teich aus einer alten Zinkbadewanne. Doch nichts geschah. Die Sonne brannte vom Himmel, und der Wind sirrte im Spalier. »Das Wasser hat einen weiten Weg zurückzulegen«, sagte Napoleon entschuldigend und wischte sich mit einem Tuch die Schweißtropfen vom Nacken. »Hast du den Hahn auch ordentlich aufgedreht, Marchand?«

Marchand versicherte, was ihn betreffe, sei alles bestens.

Erst jetzt quollen plötzlich ein paar Tropfen aus dem kleinen Rohr im Brunnen, dann immer mehr, bis schließlich mit einem Knall ein ganzer Strahl in die Höhe schoß, der in der Sonne glitzerte und sich in einem Sprühregen wie aus lauter Glasperlen auflöste.

»*Madame et messieurs*«, rief Napoleon überschwenglich. »*Voilà!* Die Fontänen tanzen!«

Länder, die in Besitz genommen wurden, ein Garten, einer ausgelaugten Natur abgerungen: zu erobern war leichter als zu bewahren. Als Napoleons Garten zum größten Teil fertiggestellt und sein Schöpfer zufrieden war, fand man heraus, daß der Einsatz der ersten Wochen und Monate beibehalten werden mußte, um der Trägheit der Natur zu trotzen. Es genügte nicht, vor dem eigenen Werk zu stehen und es zu bewundern. Es mußte auch weiterhin jeden Tag gepflegt werden.

Auch weiterhin trommelte Napoleon die Seinen jeden Morgen um fünf Uhr aus dem Bett und verdonnerte sie zum Dienst an der Gießkanne. Auch weiterhin gab es keine Pause bis elf Uhr, wenn endlich das Frühstück serviert wurde. Erst dann durften die hohen Herrschaften und die Diener das Paradies ihres Kaisers verlassen, die Blasen an ihren Händen und ihre verbrannte Haut pflegen, die sich trotz der Strohhüte in Fetzen ablöste.

Auch Napoleon war nun braun von der Sonne. Er sah gesund aus und fühlte sich meistens wohl. Nur noch ganz selten packte ihn am Abend nach dem Essen die Übelkeit der Inselkrankheit, und das Messer in seinem Innern bohrte sich in ihn. Doch schon am nächsten Morgen ging es ihm wieder besser, und er nahm sich nicht die Zeit, über sein Leiden nachzudenken. Dann rannte er wieder von einem zum anderen, feuerte an und kritisierte und vergaß, daß er krank gewesen war.

Laßt die Fontänen tanzen! Eine kleine Erinnerung an die herrlichen Brunnen in den Palastgärten von einst... Laßt die Fontänen tanzen! Denkt nicht an das, was ihr verloren habt!

»Unter seiner Hand wurde die Insel zu einem blühenden Garten, den die Seeleute in aller Welt rühmten«, zitierte Napoleon eines Abends seinen Freund Balcombe, als jener auf Sandy Bay von Fernando Lopez erzählt hatte. Und nachdenklich fügte er hinzu: »Ich frage mich manchmal , ob die Werke des Friedens nicht doch denen des Krieges vorzuziehen sind.«

3

»Nur ein Jahr, Sire! Nur um die Kinder zur Erziehung nach England zu bringen! Sie wachsen heran wie kleine Wilde. Hortense ist schon zwölf Jahre alt, bald eine junge Dame, und sie hat bisher noch nichts gesehen als Deadwood Plain! Wenn wir noch länger warten, wird sie sich später in Europa nicht mehr zurechtfinden.«

»Später? Sie meinen, wenn ich tot bin? Das wird doch der Startschuß sein für die glückliche Rückkehr der Familie Bertrand, nicht wahr?«

»Wenn Sie es wünschen, werde ich selbst auf Longwood bleiben, Sire, und meine Gattin mit den Kindern allein nach London schicken.«

»Und Sie meinen, sie käme wieder zurück?«

»Ich glaube schon, Sire. Aber jetzt muß sie erst einmal fort. Nur für eine kurze Zeit der Erholung!«

»Es geht also gar nicht um die Kinder?«

»Es geht um uns alle, Sire. Meine Gattin hat Heimweh. Sie sehnt sich nach ihrer Familie.«

»Ist sie mit ihrer Familie hier nicht ausgelastet? Für solche Fälle hat die Natur eine einfache Lösung vorgesehen, Bertrand: Machen Sie ihr ein Kind, dann ist sie wieder beschäftigt und kommt nicht auf dumme Gedanken!«

Sie saßen in der kleinen, schattigen Grotte: ein eckiges Tischchen in der Mitte, zwei einfache Küchenstühle einander gegenüber. Napoleon und Bertrand. Fanny hatte das Gespräch mitangehört. Sie und Montholon, der ihr leise gefolgt war und sah, daß sie lauschte. Sie schämte sich nicht, als sie ihn bemerkte, der ein paar Schritte von ihr entfernt stehengeblieben war.

»Haben Sie das gehört?« fragte sie. Sie zitterte vor Zorn und Enttäuschung.

Montholon nickte. Er schob ihren Arm unter den seinen und führte sie fort. »Ich kenne das, Madame«, sagte er sanft.

Eine Weile gingen sie schweigend über den neuen, frisch gerechten Kiesweg. Eine Dame und ein Herr der besten Gesellschaft – wie in Europa, nur daß ihr Gesicht und ihre Hände braungebrannt waren wie die von Bauern und daß ihre Kleidung zwar elegant war, aber nicht mehr der Mode entsprach, nach der man sich in den großen Städten Europas gegenwärtig kleidete.

»Wie geht es Ihrer lieben Gattin?« erkundigte sich Fanny höflich. Alle in Longwood wußten, daß kein Schiff auf dem Weg nach England je Jamestown verließ ohne einen Brief von Montholon an Albine und daß keines aus dem Norden eintraf ohne ein Schreiben von ihr. Lange, zärtliche Briefe, die über jedes Detail des eigenen Lebens berichteten; Briefe, die kein Geheimnis der Schreibenden waren, sondern zuerst in Plantation House geöffnet wurden. Reade las sie, Hudson Lowe und später auch seine Gemahlin, die sich als Folge der Lektüre fast in Montholon verliebt hatte und süchtig nach seinen Briefen war, obwohl ihr Gatte nicht aufhörte, ihn einen Lügner zu nennen, einen Betrüger, einen Intriganten und Verleumder, wie es keinen Schlimmeren geben könne. Keiner in Longwood, über den Montholon dem Gouverneur nichts Schlechtes erzählt hatte.

Nicht einmal Napoleon hatte er verschont. Genauso hielt er es sicher, wenn er auf Longwood über die Engländer sprach.

Teile und herrsche! Die alte Methode, auf die sich auch die Briten seit jeher exzellent verstanden. Montholon war ihr Meister. Doch seine Briefe, das mußte sogar Hudson Lowe eingestehen, waren wunderbar. Eine Ehe, wie diese Briefe zu beweisen schienen, hätte sich gewiß jeder Mensch gewünscht.

»Es fragt sich nur«, sagte Hudson Lowe zu seiner Gattin, die sich eine Träne der Rührung von der Wange tupfte, »es fragt sich, wie der gute Basil Jackson in dieses feine Bild paßt.« In Jamestown war es kein Geheimnis mehr, daß Albine nicht allein gereist war. Mit dem gleichen Schiff wie sie hatte auch der junge Engländer Sankt Helena verlassen. Nun kurierte *Madame la Comtesse* in Cheltenham ihr angebliches Leberleiden aus, und die Koffer für die Reise nach Brüssel, wo sie sich mit ihren Kindern endgültig niederlassen wollte, waren schon gepackt. Auch die von Basil Jackson, der sie weiterhin beschützen und seinen Vorgesetzten lückenlos über sie berichten würde.

Selbst die Diener auf Longwood kannten die Wahrheit über Albine de Montholon. Durch Jeanne hatte auch Fanny davon erfahren. Sie fragte sich, ob Montholon von der Untreue seiner Gattin wußte. Wenn ja, dann waren seine Briefe nicht zu erklären. Es sei denn, sie waren in Wahrheit nicht nur für Albine gedacht, sondern auch als Täuschungsmanöver für die Engländer. Konnte es sein, so fragte sich Fanny plötzlich, daß Albine gar nicht die betrogene Betrügerin war, für die man sie hielt, sondern daß sie den wahren Status ihres Geliebten sehr wohl durchschaute und ihn nur hören ließ, wovon sie wollte, daß er es berichtete?

Cipriani hätte Albine so eingeschätzt, dachte Fanny. Ein »teuflisches Pärchen« hatte er die Montholons genannt. War er deshalb gestorben? Gestorben, weil er nicht zögerte, von jedem das Schlimmste anzunehmen, und weil das Schlimmste vielleicht genau dasjenige war, das der Wahrheit am nächsten kam?

»Ich habe erst heute morgen einen Brief von meiner Gattin

erhalten«, beantwortete Montholon Fannys Frage. »Sehr traurige Nachrichten! Ich habe noch mit niemandem darüber gesprochen. Unsere kleine Joséphine hat uns verlassen. Die lange Reise war zuviel für sie. Sie hat sich nie davon erholt. Ein kleiner Engel ... Meine Gattin macht sich große Vorwürfe, daß sie nicht länger mit der Reise gewartet hat.«

Fanny blieb erschrocken stehen. »Es tut mir leid!« flüsterte sie. »Ich wußte nicht ...«

Montholon schüttelte den Kopf. Er ergriff Fannys Arm und ging weiter. »Ich kann meine Gefühle nicht zeigen, Madame«, entschuldigte er sich. »Verzeihen Sie, aber lassen wir es dabei.«

Sie schwiegen. Montholon begleitete Fanny zu ihrem Haus und verabschiedete sich. Er küßte ihre Hand, höflich und unaufdringlich. Trotzdem spürte sie den Zauber, mit dem er immer wieder alle für sich gewann, selbst jene, die eigentlich gegen ihn gewesen waren und es wieder sein würden, wenn er sich entfernt hatte. Ein Zauber, der nur wirkte, solange sein Träger zugegen war. Danach kehrten die Zweifel zurück: die lange Liste der Fakten, warum es so unwahrscheinlich schien, daß sich ein Mann wie Montholon Napoleon anschloß; der Verdacht, daß er eigennützig handelte oder im Auftrag der Bourbonen ... oder aus beiden Gründen. Montholon, der Kaisermörder? Der Erbschleicher? Der Giftmischer? ... Und dennoch – als er hinter den Pfirsichbäumen verschwand, tat er Fanny plötzlich leid. Sie wußte nicht, warum, und es wäre ihr lieber gewesen, wenn es sich anders verhalten hätte.

4

Eine Kiste mit Zeitungen traf ein: der ›Moniteur‹, die ›Times‹, der ›Morning Chronicle‹ und die ›Edinburgh Review‹. Dr. O'Meara hatte sie geschickt. Napoleon kämpfte mit den Tränen, als er den Namen des Absenders las und danach den Brief, in dem ihm der Arzt mitteilte, wie grundlegend sich die öffentliche Meinung über ihn in England geändert habe. »Vor allem aber auch in Frankreich, Sire! Kehrten Sie jetzt zurück, das Volk von Paris würde Ihnen Ihre alte Krone zu Füßen legen!« Ein heißer Spätsommertag auf Sankt Helena. Bald würde die Regenzeit beginnen. Die Zeit des Moders, der Ratten und der Wasserpfützen in allen Räumen.

»Kehrte ich jetzt nach Frankreich zurück...« Napoleons sonst so bleiches Gesicht glühte. Allein daß die Möglichkeit einer Rückkehr ausgesprochen wurde, schien ihm schon wie der Entschluß dazu, so wie er früher seinen Einfällen oft spontan gefolgt war, ohne die Konsequenzen zu bedenken. Zurückzukehren nach Frankreich. Wieder Kaiser zu sein. Die Agonie von Longwood nur noch eine Episode, über die man wehmütig lächelte oder vielleicht sogar spottete. Zurück nach Frankreich. Zurück nach Paris. Zurück in die Tuilerien. Zurück ins wahre Leben. Zurück zu dem schönen, blonden Knaben, dem künftigen Herrn der Welt!

Haß in Frankreich auf die Bourbonen... Das Land kam nicht zur Ruhe. Der Herzog von Berry, Neffe des Königs, hörte nicht auf, die Bonapartisten zu hetzen. Als die Ehefrau des napoleonischen Generals La Bédoyère beim König um Gnade für ihren Gatten flehte, antwortete ihr Ludwig, er werde nach der Hinrichtung eine Messe für die Seele ihres Gemahls lesen lassen. Am nächsten Mittag wurde der jungen Witwe eine Rechnung präsentiert: für das Erschießungskommando – zwölf Mann – je drei Franc.

Die Bonapartisten verteilten in ganz Frankreich Flugblätter: auf der einen Seite Napoleon, wie er einst der Gräfin Hatzfeld das Leben ihres Mannes – angeklagt wegen Spionage – geschenkt hatte; und auf der anderen König Ludwig XVIII., der Madame La Bédoyère verhöhnte. Darunter die Worte: »Der Tyrann verzeiht, der gute Vater nicht.«

Nun – so erfuhren es Napoleon und seine Getreuen aus den Zeitungen – hatte ein Bonapartist den Herzog von Berry auf offener Straße erstochen: ein Sattler aus den königlichen Ställen, Louis-Pierre Louvel. »Ich habe diese Tat seit vier Jahren geplant!« rief er, als man ihn zur Guillotine führte und die

Place de Grève schwarz von Menschen war. »Die Bourbonen sind schuld an der Niederlage von Waterloo. Sie haben Frankreich verraten. Tod den Bourbonen! Es lebe ...« Der Satz blieb unvollendet in der Luft hängen, aber alle, die zusahen, wußten, wie er weitergegangen wäre.

Dennoch hatten sich die Bonapartisten verrechnet. Sie hatten angenommen, mit dem Tod des Herzogs von Berry würden die Bourbonen aussterben, da der König keinen Erben zu bieten hatte. Nun aber stellte sich heraus, daß Berrys Gemahlin ein Kind erwartete: den künftigen König von Frankreich nach dem Willen Gottes, auf den sich das Haus Bourbon seit jeher berief.

Unruhen brachen aus. Eine neue Revolution drohte. Die Leibgarde des Königs ritt durch die Straßen und hielt wie ein Banner Berrys blutbeflecktes Hemd in die Höhe, während zur gleichen Zeit ehemalige Soldaten Napoleons aufmarschierten und riefen: »Lang lebe der König, der König der Lüfte, Napoleon, der Adler!«

Er war wieder da. Wieder in Frankreich, auch wenn ihn die Urteile von Wien und Aachen noch im fernen Südatlantik festhielten. *Le Revenant* nannte ihn der Königsbruder d'Artois: der Wiedergänger. Der Spuk, vor dem es kein Entrinnen gab. Der immer wieder auftauchte und Unruhe verbreitete. Napoleon, der Geist der Revolution, das Gespenst bürgerlicher Hoffnungen, der ewige Feind. Solange er lebte, würde Frankreich keine Ruhe finden!

Als ein betrunkener Gardist – noch viel zu jung, um Napoleon selbst erlebt zu haben – im Rausch *»Vive l'Empereur!«* rief, um seinen Kameraden zu imponieren, übergab ihn sein Oberst zur Strafe eben diesen Männern, die ein paar Minuten zuvor noch bereit gewesen waren, aus Übermut in seinen Ruf einzustimmen. Nun fürchteten sie um ihr eigenes Leben und prügelten den jungen Schreihals, der immer noch zu betrunken war, um seine Lage zu begreifen, zu Tode. Als der König davon erfuhr, drückte er seine Befriedigung aus.

Zurück nach Frankreich? Zurück in den Ruhm. Zurück in die Lust, der Erste zu sein … Sie sahen es ihm an, seine Getreuen und die Diener, daß sein Hunger wieder erwacht war. Noch sprach er nicht darüber, sondern tat das gleiche wie schon seit Monaten um diese Zeit des Tages, wenn die Hitze den Boden schon wieder ausgedörrt hatte, obwohl am Morgen ganz Longwood ausgeschwirrt war, um die Pflanzen zu wässern. Jede einzelne, als wären sie menschliche Wesen, die man nicht hilflos verkommen lassen durfte.

Er trug weiße Hauskleidung wie ein einfacher Bürger in seinen Ferien und auf dem Kopf einen Strohhut wie ein Bauer. Der Schweiß floß ihm in kleinen Bächen übers Gesicht. Seine Hände waren voller Schwielen. Neben ihm schuftete der korsische Pater Vignali, gekleidet, als wäre er der Zwillingsbruder seines Herrn. Napoleon machte sich einen Spaß daraus, die englischen Wachsoldaten zu täuschen. Da Vignali die gleiche Statur hatte wie er, konnten die Ordonnanzoffiziere nie sicher sein, ob sie wirklich *Nap* vor sich hatten, von dessen Anwesenheit sie sich täglich überzeugen mußten. Manchmal erschienen sogar drei oder vier Napoleons im Garten, das Kinn auf die Brust gedrückt, damit man das Gesicht nicht sehen konnte, und den Hut tief in die Stirn gezogen. Dann wußten sich die Engländer nicht anders zu helfen, als daß sie einen von ihnen ansprachen, und das war gewöhnlich der Falsche.

Späßchen eines Unterdrückten. Waren sie eines Kaisers würdig? Napoleons Gedanken drehten sich im Kreise. Wie war es möglich, daß er sich fünf Jahre lang dem Urteilsspruch seiner Feinde unterworfen hatte? Wo war sein Stolz geblieben? Seine Energie? Die Krankheit! dachte er. Es war diese Krankheit, die nun aber überwunden war. Was hielt ihn jetzt noch hier fest? Dreitausend Mann im Camp von Deadwood? Was waren dreitausend Mann für einen, der mit einer ganzen Million nach Rußland gezogen war?

Wie oft hatte man ihm angeboten, ihn heimlich von der Insel fortzuschaffen. So mancher Kapitän wäre bereit gewesen, alles für ihn zu riskieren, um ihn zumindest nach Amerika zu bringen, wo er als freier Mann hätte leben können. Doch er hatte abgelehnt. Gelähmt durch dieses Leiden, das seinen Leib zerschnitt, seine Augen blendete und seine Ohren betäubte. Schmerzende Lippen, juckende Haut. Die Funktionen des Körpers quälend gestört. Nicht die Engländer waren seine Kerkermeister. Nicht Hudson Lowe mit seinen schwärenden Wangen. Nein, die Krankheit war es. Die Schwäche seines eigenen Körpers. Wenn sie von außen kam, dann war jener, der sie ihm beigebracht hatte, sein wahrer Kerkermeister, der ihn fernhielt von seiner Welt. Der wunderbaren Welt des Kaisers Napoleon ...

»Ich will zurück«, sagte er zu Montholon, der mit der Gießkanne neben ihm stand und ein Rosenbeet wässerte. »Ich will zurück, Montholon! Werden Sie mich begleiten?«

»Überallhin, Sire!«

Ein kurzes Diner im glutheißen Eßzimmer. Als die Kerzen gerade angezündet waren, war das Mahl schon wieder zu Ende. Von jedem Gang aß Napoleon nur ein, zwei Bissen; dann ließ er abservieren. Dafür trank er Wein, mehr als sonst, seinen Constantia-Wein vom Kap, der schmeckte, als stamme er aus Burgund. Der Kaiserwein von Longwood, den nur Napoleon trinken durfte und die, die ihm gerade zu Gesicht standen. Fanny, Bertrand und Montholon tauschten Blicke. Sie kamen kaum dazu, etwas zu sich zu nehmen.

Ich will zurück! Unausgesprochen hingen die Worte im Raum. Kraft, wo bisher nur Schwäche gewesen war. Lang lebe der König, der König der Lüfte, Napoleon, der Adler! Kehrte ich jetzt zurück, das Volk von Paris würde mir meine alte Krone zu Füßen legen! Ich möchte meinen Sohn wiedersehen, den kleinen König von Rom, meinen Nachfolger, der die Welt regieren wird!

So viel Elan wie einst, als er in seinen Zwanzigern aus eigenem Antrieb nach Italien zog, um es zu erobern. Als er nach Ägypten aufbrach. So viel Zuversicht, so viel Angriffslust ... In der glühenden Kammer von Longwood, berauscht vom

Wein und von der Hoffnung, war Napoleon Bonaparte entschlossen, erneut mit vollem Einsatz zu kämpfen. Wenn nötig, auch zu töten. So viele waren schon für ihn gestorben. Es kam nicht mehr darauf an, wenn es noch mehr wurden. Ich bin der, der eine Jahresrente von fünfundzwanzigtausend Mann hat. Immer noch, wenn ich es will. Ich werde wieder der sein, der ich war: Napoleon I., Kaiser von Frankreich, König von Italien. Und später vielleicht noch mehr, viel, viel mehr!

5

Der erste, der ihn in der Nacht hörte, war Marchand, der auf einer Matte vor Napoleons Türe schlief. Napoleon selbst war noch nicht erwacht, doch warf er sich plötzlich im Bett hin und her und stöhnte wie unter den Qualen eines schweren Traums. Marchand sprang auf und öffnete die Tür. Im gleichen Augenblick schnellte sein Herr vom Bett in die Höhe und schrie. Der flackernde Schein des Kerzenstummels auf dem Nachttisch zuckte über ein Gesicht. Marchand erkannte es nicht wieder. Das Gesicht eines Fremden. Eines Verurteilten am Tage des Jüngsten Gerichts. Ein Schrei, der kein Ende nahm. Der sich nicht veränderte. Es war, so schrieb Marchand später in sein Tagebuch, als könnte man diesen Schrei greifen, als wäre er Materie. So viel Atem in einem menschlichen Körper! Er schrie und schrie!

Marchand lief zum Bett, die Hände vor den Mund geschlagen. Napoleon starrte mit weit aufgerissenen Augen zur Decke, als sehe er dort oben die Hölle. Noch immer erfüllte sein Schrei den Raum, das Haus und alles, was es umgab. Selbst die Engel im Himmel, schrieb Marchand, mußten diesen Schrei gehört haben; selbst der König in Frankreich und der schöne Knabe in Wien. Ein Schrei zum Tode ... und doch kein Todesschrei. Noch nicht. Auf einmal hörte er auf. Die plötzliche Stille schlug über ihm zusammen und verschlang ihn.

»Sire!« flehte Marchand und packte Napoleon an den Schultern. »Bitte!«

Napoleon löste den Blick von der Decke und starrte seinem Diener ins Gesicht. »Marchand«, ächzte er. »Hol den Arzt! Ich glaube, ich sterbe!« Er ließ sich zurückfallen, warf sich auf die Seite, krümmte sich zusammen, umschlang den eigenen Körper mit Armen und Händen, drückte gegen den Schmerz, stöhnte und weinte wie ein Kind.

Auch die anderen Diener und Montholon waren inzwischen herbeigeeilt. Verängstigt standen sie an der Tür oder halb im Raum. »Hol Antommarchi!« herrschte Montholon den Mameluken Ali an. Dann eilte er zu Napoleons Bett, kniete davor nieder und umarmte den Kranken. »Es ist gut«, murmelte er tröstend. »Keine Sorge, Sire. Gleich wird der Arzt da sein und Ihnen helfen!«

Napoleon öffnete die Augen und ergriff Montholons Hand. »Mein Freund«, klagte er. »Helfen Sie mir! Tun Sie etwas – was auch immer! Ich kann diesen Schmerz nicht mehr ertragen. Die Rasierklinge, Sie wissen schon! Sie dreht sich wieder. Viel schlimmer als sonst. Wenn man mir nicht schnell hilft, bringen mich allein schon die Schmerzen um.«

Montholon streichelte Napoleons Kopf und redete beruhigend auf ihn ein, obwohl alle sehen konnten, daß Napoleon nicht in der Lage war, auf ihn zu hören. Immer wieder schrie er auf, klammerte sich an Montholon und bat um Hilfe.

»Wo bleibt nur dieser verfluchte Doktor?« Auch Montholon schrie nun. Sie wußten alle nicht mehr, was sie tun sollten, holten Wasser und Tücher, tupften dem Kranken den Schweiß von der Stirn, streichelten seine Hände; vergaßen alle Schikanen, denen er sie unterworfen hatte, und zitterten vor Angst wie ums eigene Leben.

»Er ist nicht da!« Ali stand an der Tür, selbst blaß wie der Tod. »Sein Zimmer ist leer. Ich glaube, er ist unten in Jamestown. Er hat da eine Frau. Eine Engländerin, glaube ich ...«

Napoleon schrie erneut auf. »Gott verdamme diesen Sizilianer von einem Korsen! Diesen Leichendoktor! Wenn er von seiner Hure zurückkommt, kann er gleich die Messer wetzen. Es wird ihm ein Vergnügen sein. Ich wußte von Anfang an, daß er mir den Tod bringen wird.«... *La Mort*. Die schöne, bunte Karte, die ihm Betsy Balcombe beim Spiel entgegengehalten hatte... Kehrte ich jetzt zurück, das Volk von Paris würde mir meine alte Krone zu Füßen legen...»Zu Füßen?« schrie er auf. Niemand wußte, was er meinte. »Zu Füßen? Ha! Aufs Grab! Aufs Grab wird man mir meine Krone legen. Auf mein Grab mitten im Ozean!« Seine Stimme wurde leiser. Sein Körper entspannte sich. Die Rasierklinge hielt inne.

Noch vor der Morgensalve kehrte Antommarchi zurück. Schon als er auf das Haus zuritt, sah er, daß etwas nicht stimmte. Lichter in den Fenstern von Longwood, Lichter auch im Haus der Bertrands. Die englischen Wachsoldaten voller Unruhe.

»Was ist los?« fragte Antommarchi und erbleichte. Die angenehmen Erinnerungen, denen er während des ganzen Ritts von Jamestown herauf nachgehangen hatte, waren vergessen.

Der junge Captain Nicholls, der sich persönlich für Napoleon verantwortlich fühlte, ging unter der Veranda nervös auf und ab. »Jemand hat geschrien«, antwortete er. »Wir haben Seine Exzellenz schon verständigt.«

Antommarchi sprang vom Pferd, ließ es einfach stehen und stürzte ins Haus. Vor der Tür zu Napoleons Interieur stieß er fast mit Bertrand zusammen. »Was ist geschehen?« fragte er außer Atem. Noch nie im Leben hatte er solche Angst gehabt.

Bertrand starrte ihn voller Abscheu an. Dann holte er weit aus und schlug ihn mitten ins Gesicht. Antommarchi stolperte gegen die Wand. »Gehen Sie hinein, Doktor!« herrschte ihn Bertrand an. »Tun Sie endlich Ihre verdammte Pflicht!«

Den ganzen folgenden Tag lag Napoleon in Schmerzen. Es war genauso, schrieb Marchand in sein Tagebuch, wie bei Cipriani.

»Blinddarmentzündung«, erklärte Bertrand. »Dr. O'Meara meinte damals, es sei eine Blinddarmentzündung.«

Antommarchi drückte auf Napoleons Bauchdecke und schüttelte den Kopf. Er hob Napoleons Lider und prüfte seine

Augäpfel. Er roch an seinem Schweiß und prüfte die Farbe der Fingernägel. »Keine Blinddarmentzündung«, entschied er. »Es muß die Leber sein.« Seine Hände zitterten. »Ich habe noch nie eine solche Kombination von Symptomen gesehen. Alles ist anders, als ich es je gesehen habe.«

»Sie wissen also nicht, was zu tun ist?« Bertrands Stimme war kalt und voll Verachtung.

»Wir müssen ihm seine Schmerzen so leicht wie möglich machen. Mehr können wir nicht tun. Ich bin Arzt und kein Zauberer.«

»Ein Arzt, ja?«

Auf einen Wink Montholons entfernten sich die Diener und gingen an ihre Arbeit: Essen zuzubereiten, Badetücher aufzuwärmen für Napoleons eiskalte Glieder, Tee aufzugießen, falls der Kranke danach verlangte, ein Huhn zu kochen für eine kräftige Brühe.

Auch Montholon zog sich in seine Räume zurück, um sich endlich anzuziehen. Bertrand trat vors Haus und atmete tief. Die Engländer wagten nicht, ihn anzusprechen, und er selbst merkte nicht einmal, daß sie da waren.

Nur Fanny blieb mit Antommarchi am Krankenbett zurück.

»Könnte es Gift sein?« fragte sie plötzlich.

Antommarchi zuckte zusammen. »Ich weiß es nicht, Contessa«, gestand er. »Ich habe selbst schon daran gedacht.«

»Arsen vielleicht?«

»Ich bin Anatom, Contessa. Pathologe. Ich habe keine Ahnung von Giften. Zumindest nicht bei Lebenden.«

»Wenn es aber Arsen wäre, welche Maßnahmen würden Sie ergreifen?«

»Ich glaube, ich würde es dem Körper selbst überlassen, damit fertigzuwerden. Es muß Stunden her sein, daß es aufgenommen wurde. Zu spät, um es noch zu erbrechen.«

Napoleon stöhnte leise. Fanny führte einen kleinen Löffel mit Tee an seine Lippen. Napoleon öffnete sie und trank. Dann noch einen Löffel und noch einen. »Das ist gut«, seufzte er dankbar. »Das ist so gut!«

Die Sonne brannte auf das Haus und auf den Garten nieder. Immer wieder schlichen die Kantonmänner an das Fenster von Napoleons Schlafzimmer. Sie hoben den Kleinsten von ihnen hoch, damit er durch die Ritzen der Läden ausforsche, wie es dem kranken Kaiser des Westens erging. Dann machten sie sich daran, den Garten zu sprengen, eilig und besorgt, denn die Sonne brannte heißer denn je. Schon nach wenigen Stunden ließen die Pflanzen ihre Blätter hängen, und die Erde sprang auf.

Die Chinesen erkannten, daß sie es ohne Hilfe nicht schaffen würden, den ganzen Garten zu versorgen. Nach kurzer, aufgeregter Beratung liefen sie zu den englischen Soldaten, zupften sie am Ärmel und gaben ihnen durch Zeichen zu verstehen, was sie von ihnen wollten. Die Engländer zögerten erst, dann gingen sie mit. Auf der Veranda sah Bertrand staunend, wie die Kantonmänner und die englischen Wachsoldaten einträchtig durch Napoleons Garten schritten und seine Pflanzen betreuten.

Am nächsten Tag, nach einer unruhigen Nacht, ging es Napoleon besser. Die Schmerzen in seinem Leib hatten nachgelassen. Dafür waren seine Augen nun entzündet und so lichtempfindlich, daß er nicht einmal mehr eine Kerze im Zimmer ertrug. Im Halbschlaf wimmerte er vor sich hin. Dann öffnete er auf einmal die Augen und erklärte Bertrand, daß Mandeln in warmen Ländern gediehen und Walnüsse in kühleren Regionen. »Haben Sie das gewußt, Bertrand?« Als Bertrand bejahte, konnte ihn Napoleon nicht hören.

Draußen vor dem Fenster standen die Kantonmänner. Die Läden waren nun so fest geschlossen, daß kein Blick nach innen mehr möglich war. Hilflos und verzweifelt ließen die Chinesen ihre Blicke über den Garten gleiten. Seit Mittag schon war das Wasser vom Camp ausgeblieben. Auch das Camp war als Folge der großen Hitze und Trockenheit ohne Wasser. Im Reservoir auf Diana's Peak befand sich kein einziger Tropfen mehr.

»Bald wird die Regenzeit kommen!« vertröstete der inferna-

lische Reade Admiral Plampin vom Zwanzigsten Regiment.
»Es kann sich nur noch um ein paar Tage handeln, dann werden
wir mehr Flüssiges haben, als uns lieb ist.« Da auf »Wildrose«
bisher noch kein Mangel aufgetreten war, gab sich der Admiral
mit dieser Erklärung zufrieden und beeilte sich, schnell wieder
in sein schattiges Heim zu kommen, dessen Diener noch immer jeden Tag von der schönen Zeit schwärmten, als der
»Brave Boney« hier lebte und die »jüngere Miss« sich in ihn
verliebt hatte.

Nur ein paar Tage. Bis dahin würde Napoleons Garten vertrocknet sein, das wußten die kleinen Männer aus dem Reich
der Mitte. Verdorrt und verbrannt. Fernando Lopez hatte sich
umsonst bemüht... Unter seiner Hand wurde die Insel zu
einem blühenden Garten, den die Seeleute in aller Welt rühmten... Doch nein: Deadwood Plain blieb Deadwood Plain. Für
immer. Bald würden nur noch örtliche Legenden davon berichten, daß es auf Longwood ein paar Monate lang ein Paradies gegeben hatte. Flüchtig wie so viele Werke des Friedens.

»Geht es wenigstens Ihnen gut, Bertrand?« fragte Napoleon,
ohne die zitternden Lider zu heben. »Ich hätte nie gedacht, daß
einem so elend sein kann!«

XX. Das Vermächtnis

1

Innerhalb weniger Tage wurde Napoleons Paradiesgärtchen wieder zur Einöde. Während die Zeitungen in Europa noch berichteten, der einstige Usurpator habe nun zur friedlichen Kunst des Gartenbaus gefunden wie die besonnenen Feldherrn des Alten Rom, verbrannte die Sonne schon die letzten Spuren seiner liebevollen Anstrengung. Nur ein paar Pfirsichbäume hielten sich noch, doch die Sträucher, Stauden und Blumen klebten vertrocknet wie Papier auf der heißen Erde, lösten sich dann und wurden vom Wind über die Hochebene getrieben, bis sie zerfielen und ihr früherer Zustand nicht mehr zu erkennen war. Die Fische im Becken neben dem Erdwall zappelten ein paar Stunden lang, um sich mit den letzten Tropfen des verdunstenden Wassers zu benetzen, zuckten dann noch ein wenig auf dem Trockenen, bis ihre leuchtend rote Farbe verblaßte und auch sie zu einem Teil des Bodens wurden.

Zeichnungen gingen um die Welt, die den Sieger von Austerlitz zeigten, wie er in seinem Garten stand, beide Arme auf den Stiel einer Schaufel gestützt, ein Bein angewinkelt vor das andere gestellt, den Pflanzerhut in der Hand, während sein Blick prüfend über den Garten schweifte, ein wenig skeptisch, wie es immer seine Art gewesen war, aber aufmerksam und wach für jede Einzelheit. Beete um ihn herum, Reihen von blühenden Bäumen. Manche seiner Anhänger weinten, so hieß es, als sie dieses Bild sahen, die Resignation ihres Idols, das sich endgültig damit zu begnügen schien, Pflanzen zu ordnen und aneinanderzureihen ... Die Wahrheit war eine Frage der Zeit und der Entfernung, denn als in Europa die Bilder erschienen, gab es den Garten schon nicht mehr, und Napoleon wußte es nicht einmal, weil er zu schwach war, um ans Fenster zu treten oder gar vor die Tür.

Er verbrachte seine Tage zwischen den beiden Feldbetten, schleppte sich vom einen zum anderen, aß kaum noch, und wenn, dann erbrach er es meistens wieder. Ein wenig Mandelmilch am Morgen, ein Biskuit und hin und wieder Fleisch in Aspik und einen Schluck Constantia-Wein. Sogar seine Bäder strengten ihn nun an, und mehr als einmal wurde er ohnmächtig, wenn ihm Marchand und Noverraz aus der Wanne halfen. Trotz der Hitze hörte er nicht auf zu frieren. Eingewickelt in Flanell und aufgewärmte Badetücher lag er wie ein verpupptes Insekt auf seinem Bett, döste vor sich hin und stellte den Anwesenden kuriose Fragen, auf die sie irgend etwas antworteten, denn bald merkten sie, daß er ihnen gar nicht zuhörte, sondern nur wollte, daß die Verbindung zwischen ihm und ihnen nicht abriß.

Seine Haut juckte, seine Zähne lockerten sich, und das Zahnfleisch tat ihm weh. Manchmal, wenn er etwas zu sich genommen hatte oder sprach, überfiel ihn plötzlich ein unstillbarer Schluckauf, der Stunden dauern konnte, hin und wieder aufzuhören schien, um dann um so schmerzhafter wiederzukehren. In der Nacht hustete er oft stundenlang, daß alle im Haus es hörten und nicht einschlafen konnten. Er hustete, bis er fast erstickte, und oft hustete er noch weiter, obwohl ihn längst eine Ohnmacht von seiner Qual erlöst hatte. Dazu kamen die Schmerzen in seinem Leib, seine Rasierklinge, die sich drehte und drehte.

»Warum hilft mir niemand?« fragte er Montholon, der sein Liebling geworden war, beinahe wie ein Sohn. Als auch Noverraz, der bisher die Nachtwachen gehalten hatte, von der Inselkrankheit befallen wurde, übernahm Montholon auch noch diese Aufgabe und schlief nun wie ein einfacher Diener vor dem Bett seines Herrn, wachsam für jede Bewegung, jedes Bedürfnis und jeden Schmerz.

»Warum tun Sie das alles für mich, mein Lieber?« fragte Napoleon, wenn seine Pein für kurze Zeit nachließ und er merkte, wie blaß Montholon geworden war, wie schmal und wie müde der Blick seiner Augen. »Sie haben mir alles gegeben: Ihre Freiheit, Ihre Gesundheit und sogar den Körper Ihrer Frau. Sagen Sie mir, warum!«

Doch Montholon antwortete ihm nicht. Er lächelte ein wenig, holte Tee und flößte ihn Napoleon ein.

»Sie sind kein Schmeichler, Montholon«, sagte Napoleon anerkennend. »Früher hielt ich Sie für einen Lügner und Verleumder, aber jetzt sehe ich, zu welcher Aufopferung Sie fähig sind.« Er schlief wieder ein. Als er aufwachte, fragte er Montholon nach seiner Meinung über die anderen Bewohner von Longwood. Über Bertrand, von dem alle sagten, er sei die Güte und Treue in Person. Über Fanny, die sich nach Hause sehnte. Und über Antommarchi, den Arzt, der wohl tüchtiger war, als es den Anschein hatte, der aber schließlich doch gescheitert war.

Montholon beantwortete Napoleons Fragen nur zögernd; beantwortete sie immer nur, wenn niemand sonst zugegen war und keiner beweisen konnte, warum Napoleon seine frühere Meinung plötzlich so grundlegend geändert hatte. Bertrand? Gütig? Vielleicht. Vor allem aber dumm und ein Werkzeug seiner englischen Frau. Und Fanny Bertrand? Eine Engländerin eben und dazu noch eine halbe Kreolin, was bedeutete, daß Kälte und Hitze in ihrem Wesen im Widerstreit lagen. Abweisend zu ihrem Kaiser, der ihr jeden Wunsch erfüllt hätte, hätte sie sich ihm hingegeben; mannstoll im geheimen. Kein englischer Offizier, dem sie nicht schöne Augen gemacht hätte ... und seit neuestem – so wie damals Cipriani – gäbe es sogar einen Liebhaber aus Longwood selbst: Antommarchi, der ihretwegen seinen kaiserlichen Patienten vernachlässigte, der ihr hörig war und seine Leidenschaft kaum noch verbergen konnte. Ja, Antommarchi: Man durfte ihm nicht trauen. Da

Fanny Bertrand um jeden Preis zurück nach Europa wollte, würde er alles tun, ihr diesen Wunsch zu erfüllen; vielleicht sogar den Tod seines Patienten beschleunigen. Nein, Antommarchi war kein Freund. Selbst ein englischer Arzt wäre immer noch zuverlässiger als dieser Mann mit dem heißen Blut Korsikas in den Adern und dieser unheilvollen Leidenschaft für die Gräfin Bertrand.

2

So kam es, daß Hudson Lowe mit dem unerwarteten Ansinnen konfrontiert wurde, einen englischen Arzt nach Longwood zu senden. Noch vor kurzem hätte ihn eine solche Forderung entzückt, bedeutete sie doch, einen authentischen Zeugen in Longwood installieren zu können. Einen Top-Spion, wie Dr. O'Meara es hätte sein können, hätte er sich nicht auf die Seite des Gefangenen geschlagen; oder auch Dr. Stokoe, der zuletzt sogar Geld von seinem Patienten angenommen und Briefe für ihn geschmuggelt hatte und der dafür nun in Unehren aus der Armee ausgestoßen worden war.

Wäre es nach Hudson Lowe und Sir Thomas Reade gegangen, wäre die Strafe noch viel strenger ausgefallen. Doch auch so war der junge Arzt für immer ruiniert. Ganz England kannte seinen Verrat. Kein Brite von Anstand würde sich mehr von ihm behandeln lassen. Die einzige Hoffnung, die ihm noch blieb, war, daß ihn der dubiose, aber stinkreiche William Balcombe in seine Familie aufnahm. Doch selbst das war unwahrscheinlich. Der Prinzregent – seit dem Tod seines königlichen Bruders nun selbst König – würde nie erlauben, daß seine natürliche Enkelin, die duckmäuserische Jane, einen verurteilten Verräter ehelichte. Es genügte schon, daß sich ihre kleine Schwester kompromittiert hatte. Zwar hatte sich noch ein Dummer gefunden, der sie trotzdem heiratete, doch alle Welt wußte von ihrem Techtelmechtel mit Bonaparte, und das reichte, daß ihr guter Ruf bis an ihr Lebensende zerstört war.

Trotzdem fürchtete sich Hudson Lowe. Wie damals, als die Erde bebte und der Kronleuchter plötzlich auf ihn herunterstürzte, hatte er auf einmal das Gefühl, wachsam sein zu müssen. Vor zwei Tagen erst war eine Lieferung aus London für ihn eingetroffen, eine große Kiste, so schwer, daß die Matrosen sie kaum ausladen konnten. Ein Sarg aus Blei befand sich darin, abgesandt vom Kolonialministerium und bestimmt für die Beerdigung des Gefangenen von Longwood!

Schon lange war Hudson Lowe nicht mehr so erschrocken wie beim Anblick dieses Sarges. Obwohl ihm Bertrand immer wieder meldete, sein Herr sei todkrank, und obwohl auch Antommarchi dies bestätigt hatte, hatte Hudson Lowe nicht daran geglaubt. Klagte der Nachbar nicht schon seit fünf Jahren, das Klima auf Longwood brächte ihn um? Und hatte er nicht trotzdem in den letzten sieben Monaten täglich in seinem Garten herumgewirtschaftet, vom frühen Morgen bis mindestens mittags? Ohne zusammenzubrechen. Ohne ein Zeichen von Schwäche! Warum sollte sich sein Zustand nun plötzlich so dramatisch verschlechtert haben? Captain Nicholls, den Hudson Lowe befragte, wußte keine Antwort. Schon seit Wochen, gestand er zerknirscht, habe er den General nicht mehr gesehen. Nicht einmal die Fensterläden seiner privaten Räumlichkeiten würden noch geöffnet. Nur durch die Diener könne man erfahren, wie es ihm ginge. Diese aber versicherten, er sei krank. Todkrank.

»Aber ich bin ihm doch selbst noch begegnet!« rief Hudson Lowe ungläubig und verärgert.

»Das war seine letzte Ausfahrt, Exzellenz«, erklärte Captain Nicholls, der Zeuge des Zusammentreffens gewesen war, als Hudson Lowe gemeinsam mit seinem Sekretär Gorrequer zum Camp von Deadwood ritt und ihnen auf einmal Bonapartes Kalesche entgegenkam. Bonaparte, Bertrand und Montholon saßen darin. Als sie Hudson Lowe bemerkten, ließ Napoleon die Kutsche sofort wenden. Der Gouverneur ritt ihnen nach, von plötzlichem Zorn erfaßt. Er sah aber nur noch, daß der Nachbar den Kopf zur Seite wandte und den Kragen hochstellte. Trotz der Hitze trug er einen warmen Mantel und einen Hut. Hudson Lowe konnte sein Gesicht kaum erkennen, doch schien es ihm aus der Entfernung besonders bleich und aufgedunsen. Das wunderte ihn, denn der Lektüre von Montholons Briefen an Albine hatte er entnommen, daß der Nachbar in letzter Zeit stark abgemagert war, was wohl – so Montholon – auf das Magenleiden zurückzuführen war, das »unsere liebe Majestät von seinem Vater geerbt hat, der mit noch nicht vierzig Jahren an Magenkrebs gestorben war. Ich hoffe, Seine Majestät muß nicht das gleiche Schicksal erleiden«, hatte Montholon geschrieben. »Doch fürchte ich, er ist bereits daran erkrankt.«

Hudson Lowe war über diese Information sehr erleichtert gewesen. Die ständigen Anschuldigungen des Nachbarn, das Klima auf Longwood und das ungesunde Wasser würden ihn töten, hatten ihn beunruhigt. Ein Bonaparte aber, der an vererbtem Magenkrebs starb, würde nicht nur die englischen Behörden rehabilitieren, sondern vor allem auch ihren Gouverneur auf Sankt Helena. Daß Napoleon nun so dick und aufgeschwemmt war, strafte Montholons Worte Lügen. Doch welchen Grund, so dachte Hudson Lowe, hätte der Graf haben können, seinem Herrn eine Krankheit anzudichten, die er gar nicht hatte?

Und nun auch noch der Sarg und die Forderung nach einem englischen Arzt! Was wußte man in London, was in Plantation House unbekannt war? Hudson Lowe fühlte sich isoliert und verraten. Er, der immer nur seine Pflicht getan hatte, erschien in den Zeitungen Europas plötzlich als eine Art Monstrum: der unbarmherzige Kerkermeister des unglücklichen Napoleon, der sich in Gartenarbeit flüchtete, einsam und von fast allen Getreuen verlassen.

Weiß und schwarz, ein Guter und ein abgrundtief Böser. Die liberalen Journale schrien nach Vergeltung, verlangten die Abberufung des Folterknechts Lowe, der jeden Tag neue Schikanen ersinne, um seinen Gefangenen zu tyrannisieren. Nicht seine Pflicht erfülle er, wie er unermüdlich behauptete, sondern seinen Rachedurst befriedige er und vor allem seine perverse Lust am Quälen.

Sogar der Herzog von Wellington, der Hudson Lowe einst protegiert hatte, hatte öffentlich erklärt, es sei wohl ein Irrtum gewesen, ausgerechnet diesen Beamten zum Gouverneur von Sankt Helena zu ernennen. »Seine Veranlagung war uns nicht bekannt«, hatte Wellington angeblich behauptet und angekündigt, man werde das Amt demnächst mit einer anderen Persönlichkeit besetzen.

Korrektheit, Realitätssinn, Patriotismus ... Hudson Lowe fragte sich, was ihm seine guten Vorsätze eingebracht hatten. Von Anfang an waren die Agenten des Nachbarn durch Europa gezogen und hatten die selbstlosen Dienste verleumdet, die er, Hudson Lowe, als Gouverneur von Sankt Helena der Krone leistete! Las Cases, Gourgaud, O'Meara und wie sie alle hießen: ein Artikel nach dem anderen in allen Journalen Europas! Eine Lüge nach der anderen ... Auf einmal kehrte sich alles um. Richtig wurde falsch, und falsch war richtig. Der treue Diener seines Landes wurde zum Verbrecher, und der Verbrecher zum bewunderten Helden. Fast war es eine Genugtuung, daß wenigstens der Sarg schon bereitstand. Bereit für den, dem er gebührte ... Doch was würde geschehen, wenn der Nachbar erst tot war und damit noch mehr Mitgefühl erregte? Welche Vorwürfe würde man sich dann erst gegen den angeblich Schuldigen erlauben?

Hudson Lowe hatte Angst. Zu Beginn seiner Amtszeit auf Sankt Helena hatte er sich manchmal vorgestellt, wie es sein würde, wenn er später einmal nach England zurückkehrte. Wie man ihn freundlich und respektvoll empfangen würde. Ihn loben. Ihn auszeichnen. Ein Orden? Vielleicht sogar ein noch höherer Titel? Eine angesehene Position in der Gesellschaft?

Doch jetzt sah alles auf einmal ganz anders aus, und obwohl sich Hudson Lowe keiner Schuld bewußt war, röteten sich seine Wangen und er fürchtete, daß er nicht wagen würde, denen daheim unbefangen in die Augen zu blicken. Die Schuld, die er gar nicht auf sich geladen hatte, bedrückte ihn, als stünde sie auf seiner Stirn geschrieben, und wie ein Angeklagter, der nichts getan hat und den dennoch alle verdächtigen, errötete er und senkte den Blick. »Seine Veranlagung war uns nicht bekannt.« – Zum erstenmal nach all den Jahren war Hudson Lowe zu schwach, um zornig zu sein; zu müde und ausgebrannt. Er ballte die Faust und öffnete sie gleich wieder mit den Handflächen nach oben, auf denen er seinen künftigen Anklägern darlegte, daß er unschuldig war.

Am nächsten Tag schickte Hudson Lowe Dr. Archibald Arnott nach Longwood, den Militärarzt des Zwanzigsten Regiments und Teilnehmer am Prozeß gegen Dr. Stokoe. Fünfzig Jahre war Dr. Arnott alt, ein Mann von höchstem Ansehen in der Armee und im Privatleben. Wenn er nach dem Militärdienst nach England zurückkehrte, würde er in London eine eigene Praxis eröffnen. Niemand zweifelte daran, daß nur Angehörige der ersten Gesellschaft zu seinen Patienten zählen würden. Ein tüchtiger Arzt, der noch nie mit einer schwereren Herausforderung konfrontiert gewesen war, der aber wissen würde, wie er ihr ausweichen konnte, wenn sie ihm auf Longwood begegnen sollte.

»Magenkrebs!« sagte Hudson Lowe und blickte aus dem Fenster. »Sie werden Magenkrebs diagnostizieren.«

»Aber ich habe General Bonaparte doch noch gar nicht untersucht, Exzellenz!«

Hudson Lowe drehte sich um. »Staatsraison!« erklärte er kalt. »Magenkrebs.«

Dr. Arnott hielt seinem Blick stand. Widerspenstig. Ein Mann von Ehre. Doch dann huschte der Schatten von Dr. Stokoe durch den Raum, ein Ruch von Ruin und Schande. Staatsraison. Ein großes Wort, aber auch der Patient da oben hatte große Spiele gespielt. Gespielt und verloren. Dr. Archibald Arnott gedachte nicht, sein eigenes Spiel zu verlieren. Längst schon hatte er sich daran gewöhnt zu gewinnen. Ein Bonaparte war kein Opfer wert. Zu viele Opfer hatte er im Laufe seines Lebens zu seinem eigenen Vorteil eingefordert.

Eine Praxis in London. Arzt der Reichen und Mächtigen ...
Ein-, zweimal hatte Dr. Arnott andere Ärzte bei ihrer Arbeit
beobachtet, bei denen ihm der Gedanke kam, daß sie mehr sahen als er; daß sie treffender diagnostizierten und eine vielleicht wirksamere Therapie entwickelten. Trotzdem aber war
immer er es gewesen, der befördert wurde und den man ehrte.
Ein glatter, gutaussehender Mann. Ein Gentleman. Darauf
kam es an, und auch die Patienten zogen ihn vor und fühlten
sich von ihm bestens behandelt.

Dr. Arnott salutierte. »Magenkrebs!« stimmte er zu und begab sich in sein Quartier auf »Wildrose«, um seine Reisekiste
packen zu lassen und nach Longwood zu ziehen.

3

Dann kam der Regen. Er begann mit einem Gewitter, eigentlich
mit drei Gewittern, die sich über Longwood zusammenbrau-
ten, einen ganzen Tag lang, an dem die Pirole im Geraniental
zu singen aufhörten und die wilden Ziegen und Kaninchen sich
unter dem Gehölz verkrochen. Erst gegen Abend erreichte die
Anspannung ihren Höhepunkt. Die Erde schien zu glühen,
und die Luft ballte sich zusammen. Man konnte kaum noch atmen, vor allem nicht im Innern von Longwood, dessen Fensterläden fest geschlossen waren, weil Napoleon das Licht nicht
mehr ertrug.

Eingehüllt in warme Tücher lag er auf seinem Bett. »Ich
hatte einundsiebzigtausend Mann in Linie«, murmelte er mit
geschlossenen Augen vor sich hin. »Die Alliierten hatten fast
hunderttausend. Trotzdem stand ich knapp vor dem Sieg.«
Immer wieder der gleiche Gedanke: Waterloo, wo das Ende
anfing.

Fanny Bertrand lehnte erschöpft in einem Sessel in der Ecke.
Ihre Kinder hockten auf dem Boden, lagen, rollten umher und
jammerten nach frischer Luft. »Es ist so heiß, *maman!* Wann
wird es endlich wieder kühler?«

»Bald, *mes petits!* Ihr habt doch gesehen, wie schwarz der Himmel ist.«

Bertrand und Montholon bemühten sich um Napoleon. Sie flößten ihm heiße Brühe ein, beantworteten seine Fragen nach den Getränkepreisen in England und nach der Möglichkeit, auf Korsika Zuckerrüben anzubauen, und sie jagten die Diener durchs Haus, um seine Wünsche zu erfüllen, die er im nächsten Augenblick schon wieder vergessen hatte. Ein Komet werde bald zu sehen sein, berichtete Bertrand, der in einer Zeitung darüber gelesen hatte. Ob der Komet von Longwood aus zu erkennen sein werde, wisse er aber nicht.

Napoleon nickte zufrieden. »Ein Komet... Ein Zeichen des Schicksals wie vor dem Tode Cäsars! Ist Ihnen klar, meine Herren, was das zu bedeuten hat?« Wie erlöst schlief er ein und erwachte nicht einmal, als das Unwetter losbrach.

Drei Gewitter auf einmal, die einander zu bekämpfen schienen: vom Land her, vom Meer im Osten und senkrecht vom Himmel herunter, als hätten die drei einander den Krieg erklärt. Zugleich mit dem ersten Blitzschlag krachte auch der Donner, und der Regen stürzte auf die wehrlose Hochebene herab, senkrecht zuerst, dann immer wieder in anderer Richtung, je nachdem, welches Gewitter die Führung übernahm.

Der Sturm rüttelte an den Fensterläden. Sogar die Ratten unter den Bodendielen fürchteten sich. Ein Rascheln, ein Quieken, das die Bertrand-Kinder hochfahren, aufspringen und zur Mutter flüchten ließ, obwohl die beiden Älteren, Hortense und Napoleon, schon wie kleine Erwachsene aussahen, die man in Europa längst in den Tänzen der vornehmen Gesellschaft unterrichtet hätte und die sich beim sommerlichen Aufenthalt auf dem Lande vielleicht schon mit verbotenen Spielchen abgegeben hätten. Cousin und Cousine; ein respektloser Junge aus dem Stall und eine Zofe, die sich mehr erlaubte, als ihr Dienst es verlangte...

Das Unwetter nahm kein Ende. Die Hitze in Napoleons Schlafzimmer ließ nicht nach, obwohl durch die Ritzen unter den Fenstern das Wasser sickerte und von der Decke zu Boden tropfte. Niemand sprach mehr. Wie in einem dumpfen Grab saßen sie um ihren Pharao versammelt und warteten, ohne sich einzugestehen, worauf.

Plötzlich wurde es still. Ein letztes Donnergrollen noch, dann hörte auch der Regen auf. Die Menschen um Napoleon erhoben sich und gingen hinaus auf die Terrasse, wo schon die Diener standen und auf die dampfende Schlammwüste starrten, die noch vor kurzem der blühende Garten ihres Kaisers gewesen war... Umsonst! dachten alle zugleich und konnten sich nicht lösen von der Verwüstung, die sich ereignet hatte. Auch oben im Camp von Deadwood standen die Soldaten und starrten fassungslos auf losgerissene Dächer und umgestürztes Mobiliar.

»Es machts nichts«, hörten die Leute auf der Terrasse plötzlich eine Stimme hinter sich. »So ist es immer. Eins folgt aufs andere, und dazwischen liegt das Chaos.« Es war Napoleon in seinen weißen Hosen, seinem offenen Hemd und einem roten Tuch aus Madrasseide um den Kopf. Auch er blickte auf die nasse Wüste hinaus. Bertrand und Montholon eilten, ihn zu stützen, aber er wehrte sie ab.

»Meine Herren«, murmelte er. »Es geht zu Ende. Höchste Zeit, mein Testament abzufassen. Kommen Sie, Montholon, holen Sie Papier und Tinte! Ich fürchte, es eilt.«

Mit einer flehenden Bewegung wandte sich Bertrand um, doch Napoleon schüttelte den Kopf. »Montholon, habe ich gesagt! Der Mann, der immer für mich da war und alles für mich geopfert hat!«

4

Die Stunde des Raubtiers war gekommen. Der Lohn der Geduld nach fünfeinhalb langen Jahren. Während Napoleon auf seinem Bett saß und sein erstes Testament, dessen Inhalt niemand kannte, eigenhändig zerriß, übergab sein Favorit Montholon dem Diener Marchand das Konzept eines Briefes, der von Montholons Hand geschrieben und mit »Napoleon« unterzeichnet war. »Seine Majestät hat ihn mir diktiert und wünscht, daß Sie ihn ins Reine schreiben. Sofort, wenn ich bitten darf!«

Marchand verneigte sich, setzte sich an den kleinen Schreibtisch im Salon und richtete sich in seiner peniblen Art zuerst die Arbeitsutensilien zurecht: die Papierblätter exakt übereinander, der Linienspiegel absolut kantengleich, das Tintenfaß genau vor der rechten oberen Ecke, der Streusand links oben und der Griff der Feder optimal in der Hand liegend, damit keine Unsicherheit entstehen konnte, die womöglich einen Tintenklecks verursachte.

Nach Noverraz war nun auch Ali von der Inselkrankheit heimgesucht worden, Ali mit der schönsten Schrift im ganzen Südlichen Atlantik! Es war eine Ehre, ihn zu vertreten. Marchands Hände zitterten ein wenig, und er knetete sie, um sie beweglich zu machen. Ohne das Schreiben vorher durchzulesen, nahm er seine Arbeit auf. Diskretion war sein oberstes Gebot. Ein Kammerdiener hatte alles zu sehen, jedoch zu übersehen, was ihn nichts anging.

Er fing an zu schreiben. Schon nach wenigen Worten lockerten sich seine Bewegungen. Er freute sich, weil ihm die Arbeit so wenig Mühe bereitete, und achtete dabei kaum auf den Inhalt des Briefes. Doch dann war ihm auf einmal, als stürzte die Decke auf ihn herunter. Die Feder fiel ihm aus der Hand und hinterließ auf dem kostbaren Papier einen schwarzen Tintenfleck.

»Monsieur Laffitte«, stand da in Marchands eigener, ordentlicher Handschrift. »Ich habe Ihnen 1815 im Augenblick meiner Abreise von Paris eine Summe von sechs Millionen übergeben, für die Sie mir eine doppelte Quittung ausgestellt haben. In beauftrage den Comte de Montholon, Ihnen die zweite vorzulegen, damit Sie ihm nach meinem Tod die besagte Summe samt fünf Prozent Zinsen, vom 1. Juli 1815 an gerechnet, aushändigen, abzüglich der Zahlungen, mit denen Sie kraft meiner Anweisungen beauftragt worden sind. Ebenso habe ich Ihnen eine Schatulle mit meiner Medaillensammlung übergeben. Ich bitte Sie, diese ebenfalls dem Comte de Montholon auszuhändigen. Da dieses Schreiben keinem anderen Zweck dient, so bitte ich Gott, Monsieur Laffitte, daß er Sie in seine heilige Obhut nehme. Longwood, auf der Insel Sankt Helena, den 25. April 1821. Napoleon.«

Marchand sprang auf und zerrte an seinem Kragen. Dann sank er wieder auf seinen Stuhl, schwer atmend, und dachte nach. Schließlich rannte er zur Tür, um Bertrand um Rat zu fragen, kehrte dann aber doch wieder um und stürzte entschlossen und ohne anzuklopfen in Napoleons Schlafzimmer.

Dunkelheit empfing ihn; nur in einer Ecke, weit von Napoleons Bett entfernt, brannte eine kleine Kerze. »Sire!« rief Marchand und hielt Napoleon den Brief entgegen. »Sire! Meine Treue gebietet mir, Ihnen eine Frage zu stellen.«

Montholon, der neben Napoleons Bett saß, blickte sich um. »Marchand! Wie können Sie es wagen, einfach hier hereinzuplatzen!«

Doch Marchand beachtete ihn nicht. Er drängte sich zwischen ihn und Napoleon. »Dieser Brief, Sire! Wollen Sie wirklich, daß ich ihn kopiere?«

Napoleon lag mit geschlossenen Augen auf dem Bett. Über seiner Brust stand noch das Frühstückstablett, auf dem er am Entwurf seines zweiten Testaments gearbeitet hatte. »Was wollen Sie, Marchand?« fragte er müde und unterdrückte seinen Husten.

»Monsieur de Montholon hat mir diesen Brief gegeben, Sire. Er sagte, Sie hätten ihn diktiert.«

Napoleon war zu erschöpft, um seine Augen zu öffnen. »Habe ich das, Montholon?«

»Aber ja, Sire! Am Vormittag. Das wissen Sie doch!«

Napoleon winkte Marchand hinaus. »Dann tun Sie, was man von Ihnen verlangt, Marchand!«

Marchand war nicht bereit aufzugeben. Er vergaß jede Rücksicht auf seine eigene Person. »Ein Brief an Monsieur Laffitte, Sire!«

»Der Bankier? Haben wir an ihn geschrieben, Montholon?«

Montholon war ganz ruhig und freundlich. »Soll ich Licht

machen, Sire? Dann können Sie den Brief selbst noch einmal überprüfen.«

Napoleon hob abwehrend die Hand. »Um Gottes willen, nein, Montholon! Los, Marchand! Stellen Sie sich nicht so an. Sie brauchen keine Angst zu haben, daß Sie nicht genug erben. Mit meinem Tod werden Sie zum Grafen erhoben und bekommen vierhunderttausend Franc. Das dürfte mehr sein, als Sie erwartet haben. Aber jetzt lassen Sie mich in Ruhe!«

»Sire! Es geht um sechs Millionen Franc, die an Monsieur de ...«

»Hinaus!« Napoleons Stimme war heiser. Wieder packte ihn der Husten.

»Gehen Sie endlich, Marchand«, sagte Montholon mit sanfter Stimme. Es klang nicht wie ein Befehl, eher wie ein freundschaftlicher Rat.

Marchand mußte mehrere Anläufe nehmen, bis er das Schreiben fehlerfrei kopiert hatte. Dann übergab er es zusammen mit dem Konzept Montholon, der sich höflich bedankte. »Das haben Sie schön gemacht, Marchand! Fast so gut wie Ali. Seine Majestät wird sich freuen, daß Sie sein Diktat so perfekt ins reine schreiben.«

»Aber es war nicht sein Diktat, Monsieur le Comte! Sie haben mir das Konzept gegeben, in Ihrer Handschrift! Verzeihung, aber Sie halten es doch noch immer hier in Ihrer Hand!«

»Sie sind durcheinander, mein Lieber, aber das ist auch kein Wunder. Wir sind alle erschöpft und deprimiert.« Damit ließ Montholon Napoleons Ersten Kammerdiener stehen. Erst an der Tür wandte er sich noch einmal um. »Ich würde Ihnen raten, die Arbeit am Testament absolut vertraulich zu behandeln, Marchand. Allen gegenüber. Ohne Ausnahme. Seine Majestät wünscht es so.«

Und dann das Testament selbst! Ein paar Tage lang fühlte sich Napoleon kräftig genug, sich für kurze Zeit sogar an den Schreibtisch zu setzen und eigenhändig festzulegen, was er mit Montholons Hilfe konzipiert hatte.

»Ich sterbe in der römisch-katholischen Religion, in deren Schoß ich vor fünfzig Jahren geboren wurde«, schrieb er mit dem Datum vom 15. April 1821. »Ich wünsche, daß meine Asche an den Ufern der Seine, inmitten des französischen Volkes, welches ich so sehr geliebt habe, beigesetzt werde. Ich habe mich stets meiner treuen Gemahlin Marie-Louise rühmen können: Ich bewahre ihr bis zum letzten Atemzug die zärtlichsten Empfindungen, und ich bitte sie, darüber zu wachen, daß mein Sohn gegen Nachstellungen, die seine Jugend noch umringen, geschützt werde. Ich empfehle meinem Sohn, niemals zu vergessen, daß er als französischer Prinz geboren ist ... Er darf nie gegen Frankreich kämpfen oder demselben in anderer Weise schaden. Er soll sich meinen Wahlspruch zu eigen machen: Alles für das französische Volk!«

Jede Zeile erschöpfte ihn. Immer wieder mußte er sich aufs Bett legen. Manchmal schlief er dabei ein und träumte, bis er mit einem Aufschrei erwachte. »Ich sterbe vor der Zeit«, setzte er fort, »ermordet von der englischen Oligarchie und ihrem Handlanger. Das englische Volk wird mich einst rächen.«

In seinen Zeilen des folgenden Tages vergab er denen, die ihn verraten hatten, und seinem Bruder Louis, der sich in einer Schmähschrift von ihm distanziert hatte. Er dankte seiner Mutter, dem Kardinal und seinen anderen Geschwistern »für die Teilnahme, welche sie mir bewahrt haben«.

Zuletzt folgte ein Absatz, der sich mit der Ermordung des bourbonischen Thronfolgers, des Herzogs von Enghien, befaßte. Als Bertrand diese Zeilen zu Gesicht bekam, fragte er Montholon, ob sie auf seine Empfehlung hin geschrieben worden seien. Montholon verneinte. Seine Funktion sei nur die eines Sekretärs gewesen. In keinem Punkt des Testaments habe er Ratschläge erteilt. »Seine Majestät ist selbst in der Lage zu entscheiden, was gesagt werden soll.«

»Ist Ihnen klar, daß Seine Majestät mit diesem Passus jedes Todesurteil rechtfertigt, das die Bourbonen gegen ihn aussprechen könnten?« Bertrand zitterte vor Entsetzen. »Sogar einen Meuchelmord!«

Montholon verlor seine Ruhe nicht. »Wer sind die Todfeinde Seiner Majestät?« fragte er gelassen. »Seine Majestät weiß es genau und hat selbst Anklage erhoben.« Er zitierte: »›Ich sterbe vor der Zeit. Ermordet von der englischen Oligarchie und ihrem Handlanger.‹ – Wir wissen doch alle, wer damit gemeint ist!«

Bertrand nahm das Testament noch einmal zur Hand. »Ich habe den Herzog von Enghien festnehmen und aburteilen lassen«, stand da in Napoleons eigener Handschrift, von der Krankheit kaum entstellt. »Weil es notwendig war, in Anbetracht der Sicherheit, des Interesses und der Ehre des französischen Volkes, zu einer Zeit, da der Graf von Artois, nach seinem eigenen Bekenntnis, sechzig Meuchelmörder in Paris unterhielt. Ich würde unter ähnlichen Umständen wieder so handeln.«

»Damit verurteilt er sich selbst«, sagte Bertrand resigniert. »Hätte er diese Worte vor seiner Verbannung ausgesprochen oder niedergeschrieben, hätte man in Frankreich kurzen Prozeß mit ihm gemacht!«

Montholon zuckte die Achseln und lächelte kaum merklich. »Vielleicht«, antwortete er gleichmütig. »Vielleicht.«

Danach folgten die einzelnen Legate. Eine lange Liste mit den Namen all derer, denen sich Napoleon verpflichtet fühlte – angeführt von Montholon, dem er zwei Millionen Franc überschrieb; danach Bertrand mit fünfhunderttausend und Marchand mit vierhunderttausend. Las Cases, der Napoleons Nachruhm begründet hatte, sollte zweihunderttausend Franc erhalten. Nur Gourgaud, der ihm das Leben gerettet hatte, vergaß der Kaiser, und Montholon erinnerte ihn nicht daran ... Auch die Domestiken von Longwood wurden reich bedacht, so daß keiner sich um seine Zukunft zu sorgen brauchte. Lediglich Antommarchi wurde übergangen. Napoleon riet Bertrand, er solle dem Arzt zwanzig Franc zustecken: »Für einen Strick! Das dürfte auch in Ihrem eigenen Sinne sein, lieber Freund.«

Mit dem Ende seiner Liste kehrte Napoleon in die Kindheit

zurück. Der Kreis schloß sich. Seine Hände zitterten, als er den Namen seiner Amme niederschrieb:»Ich nehme an, sie ist tot. Zudem halte ich sie für reich. Wenn aber durch eine Laune des Schicksals alles, was ich für sie getan habe, nicht zum Guten ausgeschlagen ist, so sollen meine Testamentsvollstrecker sie nicht im Elend lassen.«

Doch noch immer kam er nicht zur Ruhe. Nachtrag folgte auf Nachtrag. Napoleon, der sich ein Leben lang um alles gekümmert hatte und kein Detail vergaß, konnte auch jetzt nicht loslassen. Alles sollte geklärt sein, alles beachtet. Kein Kleidungsstück, kein Kunstgegenstand und kein persönliches Andenken, das er nicht irgend jemandem zugedacht hätte.»Ich vermache meinem Sohn die Kästchen, Orden und anderen Gegenstände, als da sind: Silbergerät, Feldbett, Waffen, Sporen, Gefäße meiner Kapelle, Bücher, Wäsche, welche ich getragen habe, entsprechend Verzeichnis A. Ich wünsche, daß er dieses bescheidene Vermächtnis in Ehren halte, da es ihm das Andenken an seinen Vater wachrufen soll, von welchem das Weltall ihm erzählen wird.« Kein Geld für den kleinen König von Rom, den man nun den Herzog von Reichstadt nannte! Nichts von den zweihundert Millionen Goldfranc seines Vaters: Jedes Erbe des minderjährigen Sohnes, dessen war sich Napoleon sicher, würde ja doch nur seinem Feind Metternich zugute kommen.

So schrieb und schrieb Napoleon an seinem Testament, bis es eines Tages nichts mehr zu vererben gab. Alle weltliche Habe war verteilt. In Gegenwart von Bertrand und Marchand verlas Montholon die vielen Seiten des Testaments. Dann griff Napoleon zur Feder, um seinen Namen unter die Verfügungen und Kodizille zu setzen. Daß er dabei auch einen Brief an Monsieur Laffitte unterzeichnete, bemerkte weder er, noch sahen es die Zeugen. Es war so dunkel im Raum, die Kerzen flackerten so sehr, die Augen taten ihm weh, und Bertrand und Marchand weinten.

»Ich danke euch, meine Freunde«, sagte Napoleon leise, nachdem alle unterzeichnet und ihr Siegel aufgedrückt hatten. »Laßt mich jetzt allein!« Er tätschelte Marchands Arm. »Na, mein Junge, es wäre doch schade, wenn ich jetzt nicht stürbe, wo meine Angelegenheiten so vorbildlich geregelt sind.«

Danach lag Napoleon mit leeren Händen wieder auf seinem Feldbett. Seine Augen waren geschlossen. Er hörte zu, wie Vignali in der Kapelle im Eßzimmer die Messe las und die letzten der Getreuen die ungewohnten Gebete murmelten, während der Geruch von Weihrauch durch die offenen Türen zu Napoleon hereinströmte und seinen Husten reizte.

XXI. DAS ENDE

1

Sie wußten alle: Es ging zu Ende. So wie die Welt im ständigen Regen zu zerfließen schien, so löste sich auch Napoleons Leben nach und nach auf. Chronos, der gnadenlose Gott der Zeit, setzte die Grenzen und bestimmte, wie viel er dem kleinen Erdenmenschen Napoleon Bonaparte noch zugestehen wollte. Nicht mehr viel – und selbst das wenige verging, ohne behutsam genutzt zu werden. Ein Abschied, mit dem sich der Kranke abgefunden zu haben schien.

Trotzdem griffen seine kalten, weißen Hände immer noch nach dem Leben. Als ihm Antommarchi versicherte, solange man nicht tot sei, gebe es immer noch eine Chance, wieder gesund zu werden, ließ Napoleon im Salon eine Wippe aufstellen und fest im Boden verankern. Marchand mußte ihm hinaufhelfen, dann hielt er sich selbst am Griff fest. Die gegenüberliegende Seite war mit Blei beschwert, um Napoleons Gewicht auszugleichen. Diesen Platz nahm meist Montholon ein und wippte mit seinem Herrn auf und ab – vorsichtig, damit jener nicht das Gleichgewicht verlor. Trotzdem standen Marchand und Noverraz mit vorgestreckten Armen hinter ihm, um ihn, wenn nötig, aufzufangen.

Die Bewegung tat Napoleon gut und amüsierte ihn. Manchmal schaukelte er auch mit den Bertrand-Kindern und ließ sie absichtlich so wild hochschnellen, daß sie herunterfielen. Dabei schlug sich eines Tages der kleine Arthur Bertrand eine klaffende Wunde über einer Augenbraue. Die Verletzung blutete so stark, daß alle Anwesenden die Nerven verloren und erst Dr. Arnotts kundige Hilfe wieder Ruhe einkehren ließ. Trotzdem wurde die Wippe nach dem Unfall sofort entfernt, und Napoleon zog sich wieder auf seine Feldbetten zurück.

Als nächstes kündigte er an, er wolle bei Gelegenheit sein Teehaus noch einmal besuchen. Die Kantonmänner hatten Steinstufen davor gebaut, damit der Kaiser des Westens bequemer auf seinen Aussichtsplatz gelangen könne. Voller Vorfreude warteten sie darauf, daß er käme, hochstiege, sich in seinen breiten Sessel setzte, das Fernrohr auseinanderzöge und wie früher lange Zeit aufs Meer hinausblickte. Sie wußten, wie er nun aussah, denn immer wenn die Fensterläden seines Schlafzimmers geöffnet wurden, eilten die Kantonmänner herbei und blickten zu ihm hinein. Wenn er sie bemerkte, lachte er und winkte ihnen zu. Dabei schien er ihnen endlich wie ein wirklicher Kaiser auszusehen – in seinem langen Morgenrock aus schimmernder Chinaseide, dessen Saum sie gerne geküßt hätten, um dem Sohn des Westlichen Himmels ihre Verehrung zu bezeugen.

Doch es war bereits zu spät. Napoleons Kräfte reichten nicht mehr aus, das Haus zu verlassen oder gar Treppen zu erklimmen, und seine Angst, aufs Meer zu blicken, war zu groß, denn er wußte, daß er dort, wohin er bisher seine Hoffnungen gelenkt hatte, nichts mehr sehen würde als Wasser und blaue, leere Luft, die ihn anzog und abstieß zugleich. Er spürte, daß er dabei war, aufzugeben. Hinauszugehen. Eine Reise aus dem Exil in ein nächstes Exil, noch viel weniger vorstellbar und diesmal ohne jegliche Hoffnung auf Wiederkehr. Die letzte Station der kleinen Strohnase aus Korsika.

Weiße Hände, die das Leben suchten: Manchmal hielt er inne und überließ sich dem Zorn: auf Antommarchi, der ihn nicht geheilt hatte und trotzdem weiterleben und sich mit Frauen vergnügen durfte. Auf Fanny, die sich ihrem Herrn verweigert hatte, aber vielleicht nicht Cipriani oder Antommarchi. Auf Bertrand, weil er seine Frau nicht im Zaum hielt und sie nicht seinem Kaiser zugeführt hatte, wie es einem treuen Untertan geziemte. Treu wie Montholon, der nun selbst vor Erschöpfung krank war und doch alles tat, um seinem Herrn die Mühen des letzten Abschieds zu erleichtern.

Er brachte ihm Zuckerwasser und flößte es ihm mit dem Löffel ein, damit Napoleon sich nicht aufsetzen mußte. Er mischte Constantia-Wein, den Napoleon noch immer liebte, mit Wasser und gab es ihm. Er hörte nicht auf, sich den Kopf zu zerbrechen, wie man Napoleons Leiden lindern könnte. Sogar ein neues Getränk hatte er sich ausgedacht und rührte in die Mandelmilch von früher doppelt soviel süßen Sirup, der den Kranken kräftigen sollte.

»Ich danke Ihnen, *mon fils!*« seufzte Napoleon fast unterwürfig. Sogar sein Zorn hatte sich inzwischen gelegt. Er wollte nur noch, daß man gut zu ihm war und seine Schmerzen bekämpfte: seine Rasierklinge, die ihm immer noch stundenlang durch den Körper fuhr. »Es ist kein Öl mehr in der Lampe, Madame«, sagte er zu Fanny, als er ihr endlich verziehen hatte und ihr erlaubte, ihn zu besuchen. »Mein Körper ist schon fast tot. Trotzdem hört er nicht auf, mir Schwierigkeiten zu bereiten.« Er wies mit dem Kinn zu dem Glas auf seinem Nachttisch. »Meine Mandelmilch«, murmelte er und unterdrückte einen Schluckauf. »Wären Sie wohl so freundlich, sie mir zu reichen?«

Fanny zuckte zusammen. Cipriani fiel ihr ein. Cipriani an jenem Abend, den er nicht überlebt hatte. Cipriani und das grüne Buch, das jemand aus ihrer Vitrine gestohlen hatte. Arsen, Bittermandeln und noch etwas... Fanny erinnerte sich nicht mehr daran. Zu viel hatte sich seither ereignet. So nahm sie das Glas, doch bevor sie es Napoleon reichte, roch sie daran. Ein süßlicher Duft. Bitter? Sie war sich nicht sicher. Aber woher hätte sich jemand auf Sankt Helena Bittermandeln beschaffen können, ohne daß es auffiel? Und war der Geruch des Getränks auch wirklich bitter?

»Worauf warten Sie, Madame?«

Da reichte sie ihm das Gewünschte. Er trank in kurzen, hastigen Schlucken. Dann hustete er plötzlich. Fanny konnte ihm das Glas gerade noch aus der Hand nehmen, dann fiel er erschöpft auf sein Kissen zurück. »Gehen Sie, Madame!« bat er. »Dies ist kein Anblick, den ich Ihnen bieten möchte.«

Ein Streit brach aus, geführt mit unterdrückter Stimme, aber deshalb nicht minder erbittert. Montholon hatte ihn ausgelöst, als er Dr. Arnott vorwarf, nicht dafür zu sorgen, daß Napoleons Verdauung in Gang blieb. Seit drei Tagen habe sich nichts ereignet. »Seine Majestät wird daran sterben, daß Sie ihm nicht helfen!«

Dr. Arnott erschrak. Er sah sich schon als Angeklagten vor der Medizinischen Fakultät in London stehen. Die Affäre Stokoe hatte gezeigt, wie schnell eine Karriere zu Ende gehen konnte, wenn ein Arzt mit diesem Patienten in Berührung kam. »Ich habe schon darüber nachgedacht«, sagte er mit gefaßter Miene, ganz der Gentleman, als den alle Welt ihn kannte. »Selbstverständlich werde ich etwas dagegen unternehmen.«

»Und was, Doktor?«

»Kalomel, denke ich.«

Montholon nickte. »Ich glaube, Sie haben recht, Doktor«, stimmte er zu. »Seine Majestät spricht auf dieses Mittel gut an. Bei einem der Feldzüge, auf denen ich ihn begleiten durfte, nahm er es auch einmal ein. Es brachte ihm sofort Erleichterung und verursachte keinerlei Beschwerden.«

Antommarchi, der die letzte Bemerkung gehört hatte, unterbrach ihn. »Von welchem Feldzug sprechen Sie, Monsieur le Comte? Ich wußte gar nicht, daß Sie den Kaiser jemals begleitet haben.«

Montholon überhörte den Angriff. »Kalomel«, wiederholte er sanft, mit Blick auf Dr. Arnott. »Es wird ihm helfen.«

»Nein!« Antommarchis Gesicht hatte sich gerötet. »Es wird ihn umbringen! Er ist zu schwach dafür. Drei Tage lang kein Stuhlgang? Na und? Woher sollte er auch einen haben! Er hat doch auch nichts gegessen. Lassen Sie ihn in Ruhe,

Herr Militärarzt! *Primum est non nocere!* So lautet doch unser oberstes Gebot: Hauptsache, nicht schaden! Wenn Sie dem Kaiser jetzt ein Abführmittel verabreichen, wird es für ihn wie eine Explosion in seinem Bauch sein. Wollen Sie das wirklich riskieren? Oder ist ihnen sein Stuhlgang wichtiger als sein Leben?«

Dr. Arnott schwieg. Noch immer sah er die getäfelten Säle der Fakultät vor sich und auf ihrem erhöhten Podium die würdigen Gentlemen mit ihren ernsten, forschenden Blicken: »Haben Sie alles getan, Herr Kollege, um das Leben des Kranken zu retten? Ist es wahr, daß Sie seine Verdauung vernachlässigt haben? Drei Tage? Zu lang, Herr Kollege! Es muß vermutet werden, daß Sie Ihre verantwortungsvolle Aufgabe auf die leichte Schulter genommen haben.«

Dr. Arnott hielt Antommarchis Blick stand. »General Bonaparte hat mich als seinen Leibarzt zu sich berufen. In dieser Funktion werde ich entscheiden.«

»Und wie lautet Ihre Entscheidung, Herr Leibarzt?«

Dr. Arnott zuckte die Achseln.

»Dann will ich nichts damit zu tun haben!« Antommarchi stürmte hinaus und schlug die Türe hinter sich zu.

Es war die schwerste Stunde im Leben von Louis Marchand, Napoleons Erstem Kammerdiener. Niemand kannte den Kaiser so gut wie er. Nur wenige liebten ihn wie er. Nur wenigen vertraute Napoleon so wie ihm.

»Sie müssen es ihm geben«, hatte Montholon zu Marchand gesagt. »Seit er krank ist, mißtraut er allen Medikamenten. Er darf nicht merken, daß er eine Arznei zu sich nimmt.«

Marchand glaubte umzusinken. »Kalomel?« flüsterte er. »Aber er verabscheut Kalomel! Als er noch Kaiser war, erwog er sogar, es verbieten zu lassen.«

Dr. Arnott warf Montholon einen mißtrauischen Blick zu, schwieg aber. Dann redeten plötzlich alle auf Marchand ein, sogar Bertrand, den Dr. Arnott überzeugt hatte. »Es ist ein letzter Versuch, mein lieber Marchand«, sagte er leise. »Seine Majestät ist verloren, wenn wir nicht alles Mögliche unternehmen, um ihn zu retten!«

Marchand weigerte sich standhaft, doch schließlich gab er dem Ansturm nach. Er nahm das Silbertäßchen mit dem weißen Pulver, das ihm Montholon reichte, und löste die Arznei zusammen mit Zucker in Wasser auf. Seine Hände zitterten. Er erinnerte sich an einen Schwur, den ihm Napoleon zu Beginn seiner Krankheit abverlangt hatte: ihm nie – niemals! – ohne sein Wissen und seine Zustimmung ein Medikament einzuflößen.

»Gehen Sie zu ihm, Marchand!« befahl Montholon mit fester Stimme. »Tun Sie Ihre Pflicht!«

Marchand, die Tasse in der Hand, betrat Napoleons Schlafzimmer. Es war dunkel wie in der Nacht. Marchand stellte die Silbertasse auf den Nachttisch und entzündete ein paar Kerzen.

»Sind Sie es, Montholon?« fragte Napoleon mit schwacher Stimme.

»Ich bin es: Marchand!«

Doch Napoleon verstand ihn nicht. Seit einigen Tagen war er manchmal fast taub. Als er meinte, keine Antwort zu bekommen, wandte er den Kopf zur Seite. »Ach, du bist es, Marchand«, murmelte er beruhigt.

»Möchten Sie etwas trinken, Majestät?« Marchands Gesicht glühte. Er fühlte sich als Judas. Zugleich dachte er, daß er immer noch die Möglichkeit hätte, das Getränk wegzugießen, daß er es aber nicht wagen würde, weil er sich doch auch selbst danach sehnte, seinem Herrn zu helfen. »Möchten Sie etwas trinken, Majestät?« wiederholte er.

Napoleon sah, daß sein Diener die Lippen bewegte. Er lächelte bedauernd. »Ich bin ein taubes altes Schlachtroß!« entschuldigte er sich. »Aber ich habe Durst. Hast du etwas zu trinken für mich?«

Langsam, so langsam wie nur möglich, trat Marchand ans Krankenbett. Er half Napoleon, sich aufzusetzen. Dann nahm er die Tasse, als könnte er sich daran verbrennen.

»Was ist los mit dir, Marchand?« fragte Napoleon. »Du siehst aus, als könntest auch du einen Arzt gebrauchen.«

»Es geht mir gut, Sire. Ich habe nur schlecht geschlafen heute nacht.«

Napoleon verstand ihn nicht. Er öffnete den Mund und schluckte mühsam. Dann hielt er plötzlich inne. Es sah aus, als wollte er alles wieder ausspucken. »Betrügst auch du mich jetzt, Marchand?« fragte er heiser.

Marchand schwieg. Der Schweiß floß über sein Gesicht. Die Kleider klebten an seinem Körper. Seine Hände bebten so sehr, daß er die Tasse nicht mehr halten konnte. Da nahm Napoleon sie selbst in die Hand und trank sie leer. Bis auf den letzten Tropfen. Marchand stand dabei, den Mund verzerrt. Er weinte. »Ist es so recht?« fragte Napoleon. »War es das, was ihr wolltet?« Er stellte die Tasse zurück, legte sich wieder hin und drehte den Kopf zur Seite – weg von Marchand, der plötzlich an Mr. Huff denken mußte, der nun an einer Wegkreuzung begraben lag, ohne Gedenkstein und ohne Kreuz, weil Selbstmörder darauf kein Anrecht hatten.

Antommarchi hatte recht behalten. Napoleons geschwächter Körper erlag den wohlmeinenden Attacken der Medizin. Zwei Tage lang rang der Kranke mit der Wirkung des Kalomels. Seine Eingeweide schienen zu zerreißen. Wenn wieder einmal, nach vielen, vielen Malen, die Wirkung eintrat, um die es Dr. Arnott ging, fiel Napoleon danach erschöpft auf sein Bett zurück, blind und taub für alles, was um ihn herum geschah. Keine Scham mehr über den demütigenden Anblick, den er bot, kein Seitenblick auf seine Umgebung. Das Sterben brachte ihm die wahre Gefangenschaft: den Kerker der Schmerzen und des Verfalls, zugleich aber auch die wahre Freiheit – den Gleichmut gegenüber dem Urteil anderer.

»Der Verdauungsapparat des Patienten ist jetzt gereinigt«, stellte Dr. Arnott sachlich fest. »Ich bin sicher, bald wird der Genesungsprozeß einsetzen.« Der Arzt war mit sich selbst und mit der Welt zufrieden. Wie auch immer der Krankheitsverlauf weitergehen würde: Seine ärztliche Reputation war nun unantastbar. Niemand würde ihm vorwerfen können, seine Pflicht vernachlässigt zu haben. Hier auf Longwood war er, Dr.

Archibald Arnott, Absolvent der Universität von Edinburgh, der großen Herausforderung seines Lebens begegnet und ihr erfolgreich ausgewichen.

Pater Vignali trat ans Bett und spendete Napoleon die Sterbesakramente. »Herr, mein Herz ist nicht hoffärtig«, betete er, »und meine Augen sind nicht stolz; ich wandle nicht in großen Dingen, die mir unbegreiflich sind.« Niemand wußte, ob der Kranke die Worte noch hörte, und Fanny fragte sich, was er von ihnen gehalten hätte.

In der Zwischenzeit säuberten die Diener den Raum und öffneten die Fenster. Tageslicht strömte ins Zimmer, ungewohnt für alle.

Napoleon schrie auf. Er verbarg sein Gesicht, um seine Augen zu schützen. Eilig zog Marchand die Läden wieder zu, ohne sie jedoch ganz zu schließen. Er wusch Napoleon mit einem essiggetränkten Schwamm. Dann zog er ihm frische Nachtkleidung an, rasierte ihn und rieb sein Gesicht und seine Hände mit Lavendelwasser ein. »Ihre Getreuen sehnen sich danach, sich von Ihnen verabschieden zu dürfen, Sire!« rief er in Napoleons Ohr.

Napoleon zuckte zusammen. »Es ist also soweit?«

»Ich glaube schon, Sire!« Und dann noch einmal leiser: »Ich glaube schon, Sire.«

Napoleon wandte den Kopf zu Vignali, der am Fußende des Bettes stand wie eine priesterliche Version des Todes. »Erlösung?« fragte Napoleon mit heiserer Stimme. »Ich habe in letzter Zeit oft darüber nachgedacht. Können Sie mir erklären, wie sie abläuft, Vignali?«

Vignali trat verlegen von einem Fuß auf den anderen. »Das ist eine schwierige theologische Frage, Sire ...« murmelte er entschuldigend. »Ich bin nur ein einfacher Mann ...«

Napoleon hob die Hand. »Ist schon gut.« Er hustete. »Ich werde es ja demnächst am eigenen Leib erleben ... wenn ›erleben‹ das richtige Wort dafür ist, und auch ›Leib‹ ... Wo ist Antommarchi?«

»Ich bin hier, *Don Napoleone*.«

»Du wirst mich aufschneiden, *dottoraccio*. Freust du dich darauf?«

»Ein wenig schon, *Don Napoleone*. Es ist mein Beruf, und Sie sind etwas Besonderes. Es gibt da Teile des Gehirns, die noch immer nicht ganz erforscht sind. Es würde mich sehr interessieren, das kraniologische System der Doktoren Spurzheim und Gall auf Ihr Gehirn anzuwenden. Die beiden Wissenschaftler sind der Überzeugung, daß es im Gehirn eigene Organe für verschiedene Charaktereigenschaften gibt: für Verstellung zum Beispiel, Eroberungsdrang, Freundlichkeit, Phantasie, Liebe zum Ruhm ... aber auch für intellektuelle Fähigkeiten: räumliches Denken beispielsweise, Berechnung oder Vergleichsfähigkeit ...«

Napoleon hob abwehrend die Hände. »Sie reden von meinem Gehirn, Antommarchi! Ich möchte nicht, daß Sie es in tausend Stücke zerschneiden. Finden Sie heraus, woran ich gestorben bin! Das soll genügen.« Er hustete und klammerte plötzlich wieder die Arme um den Leib.

»Wollen Sie allein sein, Sire? Soll ich die anderen wegschicken?« Marchand zitterte vor Kummer und Mitleid. Er dankte dem Himmel, daß Napoleon ihn nicht mehr auf die Medizin ansprach, die er ihm verabreicht hatte. Entweder hatte er es vergessen oder ihm verziehen. Auf jeden Fall aber wußte er, daß sein Diener nur das Beste für ihn wollte.

Einer nach dem anderen traten nun die Getreuen an Napoleons Bett und verabschiedeten sich kniend von ihm. »Mein Sohn«, sagte er zu Montholon und legte ihm die Hand auf den Scheitel. »Niemand hat für mich getan, was Sie für mich getan haben!« Zu Bertrand: »Sie waren immer ein guter Mensch, Bertrand. Ich habe das nie verstehen können.« Und zu Fanny: »Manchmal, von der Seite, sehen Sie aus wie meine Gemahlin Joséphine. Ich hätte immer gern gewußt, was Sie über mich denken, aber es ist wohl besser, daß ich es nie erfahren habe.«

»Wie können Sie so etwas sagen, Sire!« Fanny weinte. Sie wunderte sich selbst, wie weh es ihr tat, ihn hier liegen und sterben zu sehen. Fast sechs Jahre ihres Lebens hatte sie ihm geopfert, und er hatte es ihr nie gedankt. Und dennoch ...

Er tätschelte die Hände der Bertrand-Kinder, die laut schluchzten. Dann verabschiedete er sich von den Dienern. »Ist Mademoiselle Betsy Balcombe nicht gekommen?« fragte er, als die Diener wieder hinausgegangen waren. »Und der kleine blonde Junge?«

Fanny streichelte seine Hände. »Sie sind in England, Sire.«

»In England? So weit weg? Da werden sie wohl nicht mehr rechtzeitig hier eintreffen.«

»Sie werden an Sie denken, Sire.«

Napoleon lächelte. »Sie meinte immer, sie spräche perfekt Französisch und sähe aus wie eine große Dame. Dabei war ihr Französisch zum Fürchten, und mit ihren kurzen Röcken kam sie daher wie ein kleines Kind.« Er blickte Fanny ins Gesicht. Für einen Moment waren seine Augen ganz klar. »Aber sie hatte etwas! Ich weiß nicht, was, aber es gefiel mir.«

»Sie war ein nettes junges Mädchen, Sire.«

»Nett? Nicht unbedingt. Aber apart. Ja, apart vielleicht. Glauben Sie, Madame, daß sie ernsthaft in mich verliebt war?«

»Ich weiß es nicht, Sire.«

Er schloß die Augen und schlief ein. Einmal noch schreckte er auf. »Mein Sohn!« rief er. »In Wien ...« Dann schlief er wieder weiter. Fanny, Bertrand und Montholon blieben an seinem Bett sitzen. Marchand wachte im Stehen. Auf dem Kaminsims tickte der Wecker Friedrichs des Großen ... Mehr war Preußen nicht wert.

Sie vergaßen die Zeit, wußten nicht mehr, wie lange sie schon hier saßen. Dr. Arnott kam herein. Unter Marchands erbittertem Blick machte er sich in Napoleons Lehnsessel breit. Antommarchi stand im Nebenraum. Die Türe wurde nicht mehr geschlossen. Es gab nichts mehr zu verbergen.

Draußen ging die Sonne unter. Langsamer als sonst, so kam es allen vor. Dann verschwand das Licht, und oben im Camp, auf den Bergen und im Hafen wurden die Kanonen abgefeuert.

Napoleon hörte es, öffnete die Augen, richtete sich ein wenig

434

auf und murmelte etwas, das jeder anders verstand. Dann seufzte er und sank zurück. Sein Kopf fiel zur Seite. Es war elf Minuten vor sechs. Der 5. Mai 1821.

Marchand schluchzte laut auf. Dr. Arnott und Antommarchi eilten zum Bett. Die Diener strömten herein, aufgewühlt und erschrocken. Fanny trat zum Kamin und hielt die Uhr an. »Exitus«, sagte Dr. Arnott. Antommarchi ergriff Napoleons Hand und küßte sie. »*ArrivederLa, Don Napoleone!*« sagte er und schloß Napoleons Augenlider, als wäre er sein geliebter Sohn.

2

Longwood: an der Peripherie der kleinen Insel Sankt Helena und mit ihr am Rande der Welt. Dort, wo die ersten Seefahrer glaubten, daß sich das Ende von allem befände, wo die Dreisten, die sich zu weit vorwagten, in grundlose Tiefen hinunterstürzten, in denen sich höllische Ungeheuer wälzten: Drachen, Lemuren und Wesen, die man sich gar nicht vorstellen konnte. Longwood: an der Peripherie aller Peripherien. Am Ende des Erdkreises. Ein verwünschter Ort, von dem das einfache Volk behauptete, er sei von Gespenstern bevölkert.

Nun aber, am 6. Mai 1821, verschob sich das Gleichgewicht der Welt. Das verachtete, gefürchtete Longwood rückte vom Rande weg in die Mitte. Nicht nur in die Mitte des Inselchens, sondern in die Mitte aller Dinge, die für die Menschen von Bedeutung waren. Alle Wege und alle Gedanken schienen zum Sterbezimmer des verbannten Kaisers zu führen, in dem noch die Seufzer hingen, die sein Ende begleitet hatten, und die Klagen seiner Getreuen.

Durch die Ritzen der halbgeschlossenen Fensterläden drang in schmalen Streifen das Licht des Tages in den kleinen Raum, dessen Boden und Wände mit schwarzen Tüchern bedeckt waren. An den Mauern steckten Fackeln, und am Kopfende des Bettes flackerten rechts und links die Kerzen zweier

Kandelaber. Seine *chambre ardente* hatte Napoleon in den letzten Tagen einmal sein Schlafzimmer genannt und es damit für die Kundigen mit der Folterkammer früherer Epochen verglichen, wo die Angeklagten unter Schmerzen alles gestanden und Lüge zu Wahrheit verfälscht wurde und umgekehrt.

In der Mitte stand sein Feldbett, darüber ausgebreitet der glorreiche Rock von Marengo. Um die vier Bettpfosten wehten im warmen Luftzug zwischen Tür und Fenster weiße Vorhänge wie Engelsschwingen. Auf dem Bett aber lag er. Er, dessen Ende niemanden gleichgültig ließ. Er, der die Welt erobern wollte. Der nicht vergessen werden wollte. Er: Napoleon Bonaparte, einst Kaiser von Frankreich und König von Italien. Er lag da, wie man zu allen Zeiten die Verstorbenen hinlegte, auf dem Rücken ausgestreckt, die Hände gefaltet. Er trug die grüne Uniform der Kaisergarde mit den roten Aufschlägen, hohe Stiefel mit angeschnallten Sporen, an der Brust das Kreuz der Ehrenlegion und eine Reihe anderer Orden. Neben ihm lagen sein Zweispitz und sein Schwert. Er sah jung aus, viel jünger, als er war. Der Tod hatte die Spuren der Krankheit weggewischt und das freigelegt, was er hätte sein sollen.

Am Altar, den man aus der Eßzimmer-Kapelle herübergeschleppt hatte, kniete Pater Vignali und betete. Am Kopfende des Bettes stand die Familie Bertrand und neben ihr Montholon, alle in Schwarz. Es war sechs Uhr morgens nach einer durchwachten Nacht, in der Antommarchi unter den Augen von sechs englischen Ärzten Napoleons Leichnam obduziert hatte. Hudson Lowes Leibarzt, ein Dr. Henry, sollte das Protokoll für die Engländer führen, Vignali für die Franzosen.

Da im Billardzimmer der meiste Platz zur Verfügung stand, stellte man den Tisch in die Mitte, bedeckte ihn mit einem Tuch und legte Napoleons Leichnam darauf. Dann begann Antommarchi sein Werk, für das er die weite Reise um die halbe Welt unternommen hatte. Erst jetzt erwies sich seine Meisterschaft. Sogar die englischen Ärzte bewunderten sein Geschick im Umgang mit Skalpell und Knochensäge.

Man nahm zu Protokoll, daß der Kopf des Verstorbenen im Verhältnis zum Körper groß war, die Haut weiß und glatt, Hände und Füße klein, das Haar fein und seidig; die Schultern gerade, die Hüften breit und die Geschlechtsorgane – wahrscheinlich krankheitsbedingt – auffallend klein.

Nach der äußerlichen Untersuchung öffnete Antommarchi die Brusthöhle. »Nieren und Herz stark verfettet«, diktierte er. »Das Herz klein, die Leber normal, höchstens leicht vergrößert.«

Die Engländer atmeten auf.

»Der Magen in äußerst ungesundem Zustand«, fuhr Antommarchi fort.

»Krebs!« unterbrach ihn Dr. Arnott und ließ seine Hände über Napoleons Bauchhöhle schweben, als wollte er darüberschwimmen oder Zauberkräfte ausüben.

»Das ist kein Krebs!« widersprach Antommarchi. »Der Magenpförtnerhals ist verätzt, ich weiß nicht, wovon. Ein unerfahrener Pathologe könnte es für Krebs halten. Aber, verehrter Herr Kollege, haben Sie jemals Menschen gesehen, die an Magenkrebs starben? Auf Ehre und Gewissen, Dr. Arnott, war einer von ihnen derart übergewichtig?«

Dr. Arnott seufzte ärgerlich und wandte sich an Dr. Henry. »Krebs des Magenpförtnerhalses«, diktierte er ungerührt und vermied es, Antommarchi anzusehen.

»Magen in schlechtem Zustand. Geschwürige Korrosion der Innenwände«, wies Antommarchi den französischen Protokollführer Vignali an. Beide Schriftführer notierten, wie ihnen befohlen.

Magen und Herz wurden in Alkohol gelegt. Da keine passenden Gefäße zur Verfügung standen, verwendete man Napoleons silbernen Schwammhalter für das Herz und eine silberne Pfefferbüchse für den Magen. Antommarchis sehnlichster Wunsch, Napoleons Gehirn zu untersuchen, erfüllte sich nicht. Dr. Arnott, als Vertreter des Gouverneurs, verweigerte seine Zustimmung.

Damit war die Autopsie beendet. Marchand wusch den

Leichnam, und Noverraz schnitt dessen Haare ab, um daraus Armringe für die Familie anzufertigen. Jeder der Anwesenden erhielt als Andenken ein Stück des blutbefleckten Lakens. Besonders die Engländer konnten gar nicht genug davon bekommen.

Zuletzt fertigte noch jeder zur Erinnerung an diese außergewöhnliche Nacht eine Zeichnung von Napoleons Gesicht an, das die meisten nur von offiziellen Porträts, aus Zeitschriften, von Münzen oder aus Karikaturen kannten. Dr. Arnott versuchte eine Totenmaske aus Kerzenwachs herzustellen, da man keinen Gips zur Verfügung hatte. Es mißlang. Ein anderer der englischen Ärzte, ein gewisser Dr. Burton, ritt deshalb noch in der Nacht nach Jamestown hinunter, hämmerte Mr. Solomon aus dem Bett, kaufte sämtliche Gipsfiguren aus dessen Laden auf und zerschlug sie noch an Ort und Stelle. Dann kehrte er in selbstmörderischem Tempo nach Longwood zurück, wo seine Kollegen gerade dabei waren, endlich aufzubrechen. Dr. Burton erzählte ihnen eine abenteuerliche Geschichte, daß er in einem kleinen Boot an der Ostküste der Insel – vor Shark's Valley – im Fackelschein Gipskristalle gesammelt und zerrieben habe.

Er erntete viel Beifall mit dieser Erzählung. Während schon der Tag graute, konnte nun doch noch eine Totenmaske angefertigt werden, die allerdings ein paar Stunden später von Besuchern gestohlen wurde. Auch seines Ruhms, ein Abenteurer zu sein, konnte sich Dr. Burton nicht lange erfreuen, denn Mr. Solomon erzählte Hudson Lowes Sekretär die wahre Geschichte jener Nacht brühwarm bereits am folgenden Morgen, und Gorrequer genoß es, sie nicht geheimzuhalten.

Nun lag er da in seiner grünen Lieblingsuniform, die an den Rändern schon abgeschabt war. Lag da, und seine Getreuen standen bereit, mit ihm gemeinsam die Trauergäste zu empfangen, die sich trotz der frühen Morgenstunde draußen im Garten drängten. Longwood war der Mittelpunkt allen Interesses. Nur Hudson Lowe, der immer als erster die neuesten

Nachrichten aus Europa empfing, wußte, daß in Portsmouth ein Kutter namens »Mosquito« eingelaufen war, dessen Matrosen die Nachricht verbreiteten, Napoleon sei von Sankt Helena geflohen und werde bald nach Europa zurückkehren. Hudson Lowes Wangen brannten, als er des weiteren las, daß die Londoner Bevölkerung bei der Neuigkeit gejubelt hatte und mit Fackeln durch die City und die Vororte gezogen war, um den Repräsentanten der revolutionären Ideale zu preisen und den eigenen König zu demütigen.

Vignali betete noch immer am Altar, laut und monoton. Dabei starrte er auf seine Knie, um den wütenden Blicken der Diener auszuweichen, die ihn vor nicht einmal einer Stunde fast zu Tode geprügelt hatten, weil Marchand beim Ankleiden des Leichnams merkte, daß jemand Napoleons Penis gestohlen hatte. Da sich nur Vignali – während der kurzen Nachtwache nach der Autopsie – mit der Leiche allein im Raum aufgehalten hatte, hätten sie ihn vielleicht erschlagen, wäre er nicht der einzige katholische Priester weit und breit gewesen.

»Ich bin eingenickt!« verteidigte er sich. »Jemand muß es getan haben, während ich schlief!«

Doch sie glaubten ihm nicht, und keiner richtete jemals wieder ein freundliches Wort an ihn.

3

Die Trauergäste erwiesen dem toten Kaiser ihre Reverenz. Als erster der Gouverneur, Seine Exzellenz Sir Hudson Lowe, mit seiner Gemahlin Lady Susanna, die zum ersten Mal die Domäne von Longwood betrat, die Wohnstätte des verhaßten Nachbarn, auf den sie neugieriger war als jemals zuvor auf irgend etwas oder irgend jemanden. Neben ihr ihre Tochter Charlotte und dahinter mit geringschätziger Miene der Polizeichef Sir Thomas Reade. Zuletzt Hudson Lowes Adjutant Gorrequer und – in fast verächtlich wirkendem Abstand – der französische Kommissar Montchenu mit seinem kadaveresken Sekretär Gors.

Bertrand empfing die hohen Gäste am Fuße der Treppe. Er führte sie durch das Billardzimmer, den Salon und die Kapelle in Napoleons Interieur: von der Helligkeit des Tages hinein ins Halbdunkel, wo der einst mächtigste Mann der Welt im flackernden Schimmer der Kerzen lag, bleich, friedlich und schön wie in jungen Jahren, als so viele Wohlmeinende ihre Träume in seiner Person verwirklicht glaubten.

Man beugte sich über ihn, indiskret, als könnte ein letzter Blick ergründen, worin seine einstige Wirkung bestanden hatte. Ein gutaussehender Mann! dachte Lady Susanna erstaunt und vermochte keine Beziehung herzustellen zwischen diesem klaren, entrückten Gesicht und der Haßfigur des Nachbarn, den sie mit Hohn überschüttet hatte ... Ich meinte, er wäre völlig ausgezehrt! dachte Hudson Lowe, der Montholons Briefen an Albine entnommen hatte, der Magenkrebs habe »unseren lieben Kaiser« zum Gespenst gemacht ... Gut, daß das Schwein tot ist! dachte Sir Thomas Reade und hoffte auf eine baldige Rückkehr nach England ... Ich wollte, ich hätte einmal mit ihm reden können! dachte der junge Gorrequer und salutierte.

Widerwillig folgten Hudson Lowe und Reade seinem Beispiel, während sich Montchenu und Gors im Schatten hielten. Nur Lady Lowe ging aus sich heraus und umarmte Fanny am Kopfende der Bahre wie eine Schwester: »Wie schwer Sie es doch hatten, meine Liebe! Diese Insel, nicht wahr? Und überhaupt alles! Und dabei sind Sie doch eigentlich Engländerin! Glauben Sie mir, es tut mir so leid!«

Durch die Glastür geleitete Bertrand die Gäste hinaus zu Napoleons Bogengang im Garten, während Noverraz durch den Vordereingang die nächsten Besucher zu seinem Kaiser führte. Sie kamen in Gruppen zu viert, sechst oder zehnt, je nach ihrem Rang: die Offiziere des Camps, die Würdenträger der Insel, die Siedler mit ihren Familien, die Saints, die Yamstocks; Männer, Frauen und Kinder; die ehrbaren Leute, die Damen vom Viehhof und zuletzt auch die Sklaven. Keinem wurde der Zugang zu Napoleon verwehrt, dessen Aufstieg sich auf dem Dreiklang der Revolution gegründet hatte: Freiheit, Gleichheit, Brüderlichkeit … Man kam, wartete geduldig draußen im Garten und schritt dann beklommen durch die engen Räume bis zu *Ihm*, stand am Fußende seiner Bahre und sah ihn an, während Marchand unbeirrt die Fliegen abwehrte, die seinen toten Herrn bedrängten.

Man hob den Leichnam in einen Sarg aus Zinn mit einer Matratze und einem Kissen aus weißem Satin, die Wände innen ebenfalls mit Satin ausgekleidet. Napoleons Hut wurde auf seine Oberschenkel gelegt, und die silbernen Behälter mit Magen und Herz an seine Seite. Bevor der Sarg verschlossen wurde, ergriff Bertrand ein letztes Mal die Hand seines Herrn und streichelte sie. Dann versiegelten die Kantonmänner den Sarg und versenkten ihn in einen zweiten, größeren aus Mahagoni, und diesen dann in einen dritten aus Blei: eine Konstruktion, die die englischen Behörden ersonnen hatten, um den Leichnam vor rascher Verwesung zu bewahren. Zuletzt barg man die drei Särge in einem vierten aus Holz, der auf der Insel hergestellt worden war, und legte den Rock von Marengo darüber: Symbol der glanzvollen Siege des Verstorbenen.

Erst jetzt betrat Vignali den Raum. Er hielt eine kurze Totenmesse, an der nur die Getreuen und die Diener teilnahmen. Ein letztes Gebet noch und ein paar Tropfen Weihwasser über den Sarg, dann marschierten auf ein Zeichen Bertrands zwölf britische Grenadiere in den Raum und hoben den Sarg mit den sterblichen Überresten des einstigen Erzfeindes auf ihre Schultern. Durch die Kapelle, den Salon und das Billardzimmer trugen sie ihn hinaus auf die Veranda und hinunter in den Garten. Dort wartete bereits der Leichenwagen, den man aus Napoleons Kutsche gebaut hatte. Nahe am Zusammenbrechen unter der schweren Last hievten die Grenadiere den Sarg auf den Wagen, bereit für seine letzte Fahrt.

Es war ein sonniger Tag. Ein warmer, angenehmer Wind wehte aus Südwest und bewegte die Haare der Trauergäste, die vor dem Haus warteten und sich auf Noverraz' Anweisung zur

Prozession formierten: ganz vorne Vignali im goldbestickten Meßgewand, ehrfurchtgebietend wie noch nie. Hinter ihm der Leichenwagen, gezogen von vier Pferden aus Napoleons Stall. Bertrand begleitete den Wagen rechts vorne, Montholon zur Linken; hinter ihnen Marchand und der junge Napoleon Bertrand. Die Diener gingen hinter dem Sarg: Ali und die Archambaults mit dem Pferd Hope, das sich aufbäumte, weil es sich vor den vielen Menschen fürchtete, danach die übrigen Hausdiener und, in einer Kutsche, Fanny Bertrand mit den jüngeren Kindern. Am Schluß folgte noch zu Pferde Hudson Lowe, als wollte er ein letztes Mal Kontrolle ausüben.

Langsam, in dem Tempo, das Vignalis Schritte vorgaben, bewegte sich die Prozession zur Straße, wo sämtliche Soldaten des Camps Spalier standen und als lebender Zaun den letzten Weg des Gefangenen säumten. Die Regimentskapellen intonierten feierliche Musik, die schon vor Jahren für diesen Anlaß einstudiert worden war.

Als die Prozession in die Straße einbog, donnerten die Kanonen ihren Salut. Die Gewehre der Soldaten antworteten. Nachdem sich die Prozession an ihnen vorbeibewegt hatte, schlossen sich die Soldaten dem Trauerzug an, und hinter ihnen die Bevölkerung von Sankt Helena.

An den Gestaden der Seine inmitten des französischen Volkes, hatte sich Napoleon gewünscht, begraben zu werden; doch er war Realist genug gewesen, um zu wissen, daß die Zeit dafür noch nicht reif war. »Später, mein Freund! Später!« hatte er zu Bertrand gesagt. »Versprechen Sie mir, daß Sie mich nach Hause bringen werden!« Bertrand hatte es geschworen – bei seiner Treue und bei seinem Leben. Später... Doch jetzt mußte er noch bleiben, Napoleon von Frankreich. Bleiben auf Sankt Helena in dem engen Tal, in dem er am ersten Tag seinen Durst gelöscht hatte. Wo die Geranien blühten und die Pirole ihre Nester bauten. Das »Tal der Stille« hatte er es genannt; »Geraniental« sagten die Leute von Sankt Helena – und von nun an »Tal des Grabes«.

Ein schmaler, steiler Pfad führte hinunter zur Quelle mit

der mächtigen Trauerweide. Die Soldaten nahmen zu beiden Seiten Aufstellung. Dann hoben die Grenadiere den Sarg wieder auf ihre Schultern und trugen ihn unter Aufbietung aller Kräfte hinunter zu der Stelle, an der man eine Grube ausgehoben und mit Steinplatten aus dem Küchenboden von Longwood New House ausgelegt hatte. Mit Hilfe eines Flaschenzugs senkte man den Sarg in die Erde. Wieder donnerte militärischer Salut über die ganze Insel bis hinunter zum Hafen, wo die Schiffe vor Anker lagen und ebenfalls antworteten. Ein Lärm wie bei einer Schlacht. Napoleon hätte es gefallen.

Man bedeckte den Sarg mit einer Steinplatte und legte noch einige mit schwarzem Stoff bespannte Bretter darüber, daß es aussah, als führte eine Tür in die Erde hinein – oder aus ihr heraus. Zuletzt betete Pater Vignali noch für das Seelenheil des Verstorbenen, dann stellte man den Grabstein auf: ohne Inschrift, denn Montholon hatte verlangt, den Toten als Kaiser zu beerdigen, während Hudson Lowe nur bereit war, »Napoleon Bonaparte« zuzulassen. So verzichteten die Getreuen am Ende auf jegliche Inschrift, und der große Kaiser von einst lag auf der einsamen Insel wie ein unbekannter Soldat.

Die englischen Soldaten kehrten in ihr Camp zurück. Der schrille Klang ihrer Querpfeifen hallte von den Bergen wider. Auch die Trauergäste verließen den Ort. Fast alle brachen sich einen Zweig oder gar einen Ast von der Weide an Napoleons Grab, um ihn als Andenken zu pressen oder ihn vielleicht sogar zum Sprießen zu bringen und so später im eigenen Garten einen Ableger der Weide vom Grab des einst mächtigen Kaisers zu besitzen.

Mit Schrecken sah Hudson Lowe das Gedränge, das um die Zweige entstand und schließlich fast in eine Rauferei ausartete. Auf der Stelle befahl er, daß fortan drei Soldaten das Grab Tag und Nacht zu bewachen hätten und daß umgehend ein eiserner Zaun um das Grab zu errichten sei. Er errötete, als er Reade den Auftrag dazu erteilte, denn noch im gleichen Augenblick dachte er, daß sich Napoleon gegen diesen Zaun heftig gewehrt und ihn einen Käfig genannt hätte.

Die Treuesten der Treuen kletterten als letzte den Pfad wieder hinauf und kehrten nach Longwood zurück, um sich auf die lange Reise vorzubereiten, die sie nach Europa zurückbringen würde. Nach Hause.

»Nach Hause!« sagte Fanny Bertrand zu ihren Kindern. »Bald sind wir wieder zu Hause!« Sie blickte hinauf zu dem Berg, den die Leute von Sankt Helena die »Scheune« nannten, *The Barn*, mit Napoleons Profil, das aufs Meer hinausblickte.

»Gibt es zu Hause auch Pfirsichbäume?« fragte der kleine Arthur.

Fanny lächelte. »Wie kommst du darauf?«

»Weil Hortense und Napoleon mit den Nüssen der Pfirsiche ›Archambaults‹ spielen.«

»Wie meinst du das?«

»Sie holen die Nüsse aus den Kernen und essen sie, und dann sind sie betrunken wie die beiden Archambaults.«

Fanny hatte das Gefühl, als würde es plötzlich Nacht um sie herum ... Bittermandeln! dachte sie. Es gab also doch Bittermandeln auf Sankt Helana ... Arsen, Bittermandeln, Kalomel! Cipriani hatte recht behalten!

Ihr erster Impuls war, zu Bertrand zu eilen und ihm alles zu sagen. Dann aber dachte sie an seinen Schmerz, den sie am Grab gespürt hatte. Sie dachte an die Liebe zu seinem Herrn, an seine Treue, an die Vorwürfe, die er sich machen würde, weil er dies alles nicht verhindert hatte; und an die Vorwürfe, die er auch an sie richten würde, weil sie ihm ihren Verdacht verschwiegen hatte.

Was konnte es jetzt noch helfen, wenn sie redete? Was sie sich wünschte, war ein glückliches Leben in Freiheit, zusammen mit ihrer Familie. Keine ewige Reue, keine Anschuldigungen. Lange genug hatten sie alle um Napoleons willen gelitten.

Ich werde schweigen! dachte sie. Schweigen ... So wie vielleicht alle hier auf Longwood geschwiegen hatten, weil jeder irgendwann etwas beobachtet oder gehört hatte, das seinen Verdacht weckte und worüber er dennoch nicht sprach. Vielleicht, um nicht zu enden wie Cipriani; oder vielleicht, um die eigene Gefangenschaft auf der Insel abzukürzen. Möglicherweise hatte sogar Napoleon selbst geschwiegen, obwohl er Bescheid wußte! Man würde wohl nie erfahren, wie es genau gewesen war, und wie weit sich jeder einzelne durch Schweigen mitschuldig gemacht hatte.

»Gibt es nun in Europa Pfirsichbäume oder nicht?« beharrte Arthur.

Fanny umarmte ihn und barg ihr Gesicht in seinen blonden Locken. »Natürlich gibt es sie dort, mein Lieber! Aber diese Spielchen mit den Kernen werden jetzt aufhören.« Sie ließ den Kleinen los und trat ans Fenster. Die Nachmittagssonne beleuchtete den Garten mit den vereinzelten Grasbüscheln, den wenigen Bäumen und den Resten des einstigen Gartens, als Napoleon für kurze Zeit versucht hatte, das Paradies nach Sankt Helena zu holen, so wie er zuvor in Europa ein Paradies der Brüderlichkeit errichten wollte... Beides gescheitert! dachte Fanny. Nie mehr wird es hier einen Garten geben, und nie werden die Ideale der Revolution in Europa verwirklicht werden. Als Fernando Lopez starb, verkam auch seine Insel.

XXII. Abschied

Es war der 25. Mai 1821. Im Hafen von Jamestown bereitete sich die »Camel« darauf vor, am folgenden Nachmittag in See zu stechen: Richtung Europa, Richtung England. Ein schmutziger Viehfrachter mit einer heruntergekommenen Besatzung, und doch würden die Begleiter eines ehemaligen Kaisers auf ihm reisen – die ersten von vielen, die Sankt Helena nun verlassen würden.

Von einem Tag zum anderen hatten sich alle Voraussetzungen geändert. Kein Camp von dreitausend Soldaten war mehr nötig, um einen einzigen Mann zu bewachen. Admiral Plampin wartete nur noch auf die Befehle aus England, die ihn und sein Regiment ohne Zweifel umgehend in die Heimat zurückbeordern würden. In der Zwischenzeit begann man bereits, das Camp aufzulösen und die Bestände des Regiments zu verstauen. Die Soldaten packten ihre persönlichen Habseligkeiten ein und schlugen die Zeit tot, weil es nichts mehr zu bewachen gab als ein eingezäuntes Grab in einem abgelegenen Tal. Ihre freien Abende aber verbrachten sie unten, in der Hafenstraße von Jamestown, wo sich die Wirte und Bordellbesitzer ein letztes Mal eine goldene Nase verdienten, während sie bereits wußten, daß das Ende des Geldsegens bevorstand, wenn die Soldaten an Bord gingen, und in Zukunft nur noch die Matrosen der Schiffe auf Zwischenstation als Gäste und Kunden zu erwarten waren.

Nichts behielt seinen Wert, seit Napoleon Bonaparte gestorben war. Die Preise für Waren und Grundstücke stürzten ins Bodenlose. Jeder fürchtete Verluste und rannte und ruderte, um noch zu retten, was zu retten war. Ein Pferd, das am Tag vor Napoleons Tod noch siebzig Pfund Sterling gekostet hatte, brachte am Tag darauf gerade noch zehn Pfund ein, wenn sich überhaupt ein Käufer dafür fand. Die Menschen in der kleinen Stadt am Krater eines erloschenen Vulkans kämpften um ihre Existenz, berauschten sich, tanzten und suchten doch nur das Vergessen, weil ein künstliches System, in dem sie sechs Jahre lang bequem ihre Profite gemacht hatten, zusammenbrach. Das Ende ihrer Welt; und eine neue konnte sich noch keiner vorstellen, auch wenn sie sich sagten, es würde wahrscheinlich wieder so werden wie zu der Zeit, bevor der Gefangene Europas an Land gegangen war. Eine ruhige Zeit, beschaulich, armselig und ohne jede Hoffnung auf Änderung der Verhältnisse. Sankt Helena, kleine Insel ... Die Strohnase aus der Militärschule von Brienne hatte sie wohl doch erobert und überließ sie nun wieder sich selbst. Ein schwarzer Felsen im Meer, dessen Bewohner sich für kurze Zeit bereichert hatten und nun wieder ins Elend zurückfielen.

In vierzig große Kisten hatten die Franzosen ihre Besitztümer verpackt. Sogar das Klavier, auf dem Albine jeden Abend ihre sehnsüchtigen Lieder begleitet hatte, nahmen sie mit. Die Soldaten des Zwanzigsten Regiments schafften die Fracht hinunter nach Jamestown und in den Bauch der »Camel«, wo sie sie neben muhenden Kühen an den Schiffswänden stapelten, während die Franzosen ins »Tal des Grabes« wanderten, um von Napoleon Abschied zu nehmen.

Fanny Bertrand war als einzige auf Longwood geblieben. Sie schlenderte durch die verlassenen Räume ihres kleinen Hauses, nur ein paar Schritte von Napoleons Longwood entfernt. In einigen Tagen würde Hudson Lowe eine Auktion abhalten lassen, bei der die verbliebenen Einrichtungs- und Haushaltsgegenstände versteigert werden sollten. Nur noch die Mauern von Longwood und des Palasts Longwood New House sollten zurückbleiben. Es gab niemanden, der bereit gewesen wäre, hier zu leben.

Als Fanny ins Freie trat, fiel ihr ein, daß sie nicht einmal abschließen konnte, weil sie nie einen Schlüssel für das Haus besessen und auch nie einen vermißt hatte. Nun aber standen keine Wachen mehr hinter jedem Mäuerchen und jedem Baum, und manchmal sah man am Abend fremde Schatten vorbeihuschen, vor denen nicht nur die Kinder erschraken.

Ein letztes Mal stieg Fanny die Stufen zur Veranda von Longwood House empor. Die Haustür stand offen und bewegte sich im Wind auf und zu, ohne jedoch ins Schloß zu fallen. Fanny trat ein. Sie drehte den Globus neben der Tür und suchte die Stelle, wo Napoleon im tiefen Blau des Atlantischen Ozeans gekratzt hatte, um Tristan de Montholon und den Bertrand-Kindern zu zeigen, »wo wir sind«. Es war, als hinge das Kichern der Kleinen noch in der Luft und das Geräusch ihrer trippelnden Schritte – sie waren noch so jung, als sie hierherkamen.

Bald würde es niemanden mehr geben, der sich daran erinnerte. Die Ratten würden das Regiment übernehmen, die neuen Herrn des alten Hauses. Regen, Sonne und Wind würden das Dach durchlöchern. Die Türen und Fenster würden ihren Halt verlieren und nur noch knarrend in den Angeln hängen. Manchmal würden Besucher auftauchen, um den Wohnsitz des einstigen Kaisers zu besichtigen, und sie würden entsetzt wieder umkehren, während sich die Saints und die Yamstocks wieder darauf besannen, daß Deadwood Plain schon immer ein verwünschter Ort gewesen war, an dem sich die Geister der Verstorbenen trafen. Die neuen Gespenster, dachte Fanny, hießen nun vielleicht Boney, Montholon oder Bertrand; und wenn die Ratten quiekend durch die Bodendielen schlüpften, glaubten die Neugierigen aus Jamestown vielleicht, den sterbenden Kaiser zu hören oder das Weinen der französischen Kinder, Countess Fanny, die vor Heimweh jammerte, oder den tapferen General Gourgaud, der seinen Rivalen zum Duell forderte und endlich doch zur Strecke brachte.

Vielleicht, so überließ sich Fanny weiter ihren Gedanken, kam in späteren Jahren einmal auch das kleine Mädchen nach Longwood herauf, Esther Veseys Bastard, so hübsch, mit den schwarzen Haaren der Mutter, die nun mit Albine in Brüssel lebte. Vielleicht würde sich die junge Frau dann an das Kind erinnern, das sie gewesen war und das am Wegrand spielte, während der kranke Kaiser vorbeiging, ohne es zu beachten, obwohl es doch hieß, daß er Kinder liebe. Dieses Kind aber hatte er gefürchtet. Vielleicht dachte es in späteren Jahren immer häufiger an ihn, weil es die eigenen Wurzeln suchte, und stieg sogar zu seinem Grab hinab, doch wohl kaum, um ihn zu beweinen.

Nur zögernd betrat Fanny Napoleons Baderaum, diese dunkle Gruft, die immer voller Dampf gewesen war, so daß an den Wänden der Schimmel wucherte. Immer noch war es, als säße der Kaiser in der Wanne und griffe mit weißen Frauenhänden nach seiner Seife... Von Beklemmung erfaßt, drehte sich Fanny um und lief durch die leeren Zimmer, deren Tapeten von den Wänden hingen, weil Napoleons letzte Besucher sie als Souvenir streifenweise heruntergerissen hatten... Niemals will ich hierher zurück! dachte Fanny. Niemals!

Von der Veranda aus sah sie ihren Mann mit den Kindern, mit Montholon, Antommarchi, Pater Vignali und den Dienern aus dem »Tal des Grabes« zurückkommen. Sie waren alle außer Atem. Die Kinder spielten Fangen.

»Er wird nicht auf ewig hier bleiben«, sagte Bertrand leise und umarmte Fanny. »Ich werde zurückkommen und ihn nach Paris holen... und wenn es das letzte ist, was ich tue!«

Da lachte Fanny über den Anglizismus. Wenn es das letzte ist, was ich tue: Ihr Vater und ihr Cousin Dillon hatten diese Redewendung häufig benutzt, und Fanny wiederholte sie gerne. Nun sagte es auch der Franzose Bertrand, und seine Frau liebte ihn dafür, weil es in den letzten Jahren so wenig gegeben hatte, worüber sie gemeinsam lachen konnten und worin er sich ihr angepaßt hätte.

Ihre letzte Nacht auf Sankt Helena verbrachten sie in Plantation House, um am nächsten Tag den Weg zum Schiff abzukürzen. Seit Napoleons Tod hatte sich ihr Verhältnis zu Hudson Lowe verändert. Er war freundlich zu ihnen und hilfsbereit, manchmal fast liebenswürdig. Erst jetzt zeigte sich, wie sehr er Napoleon gefürchtet hatte, und wie sehr er ihn vielleicht immer noch fürchtete, wenn er die Zeitungen aus Europa las, die den einstigen Usurpator nun als Sendboten einer besseren Zeit rühmten, der der Menschheit die Ideale der Revolution schenken wollte und nun in der Ferne in Ketten lag, unter der Peitsche eines Sadisten.

Ein schottischer Geschäftsmann hatte in einem Leserbrief an die ›Edinburgh Review‹ geschrieben, er werde »den Schurken Lowe« ein Leben lang verfolgen, wenn jener erst nach England zurückgekehrt sei. Jedes der Häuser, in dem »diese Bestie« Unterschlupf finde, werde er mit Freuden niederbrennen, bis »dieser Verbrecher« nirgendwo mehr unterkomme und durch die Welt ziehen müsse, ohne von einer Menschenseele aufgenommen zu werden.

Sogar die ehrenwerte ›Times‹ druckte ein Gespräch mit dem jungen Emmanuel de Las Cases ab, der mit seinem Vater zu Napoleons Treuesten der Treuen gehört und Sankt Helena nur aus gesundheitlichen Gründen verlassen hatte. Er kündigte an, sollte er dem herzlosen Gouverneur von Sankt Helena jemals wieder begegnen, werde er ihm mit der Peitsche kreuzweise ins Gesicht schlagen. Seit frühester Jugend sehne er sich danach, die Bestie Lowe zum Duell zu fordern und dorthin zu schicken, wohin sie gehöre.

»Ich bin froh, wenn ich wieder in England bin und endlich alles klarstellen kann«, sagte Hudson Lowe, als die Franzosen mit ihm, seiner Gemahlin, seiner Stieftochter und seinem Sekretär auf der Terrasse von Plantation House saßen und zu der großen alten Schildkröte hinunterblickten, die sich ächzend über den Rasen quälte. »General Bonaparte hat sein Ziel erreicht. Man wird ihn nie vergessen. Er gilt als Held und als Märtyrer, aber ich kann nicht zulassen, daß ich dafür die Rechnung bezahle.«

Seine Frau nippte an ihrem Glas – Champagner, zu Ehren der hohen Gäste! »Vielleicht ist es schon zu spät, sich zu wehren«, sagte sie. Im Laufe ihrer Wanderjahre hatte sie die zerstörerische Macht der Gerüchte kennengelernt.

Die Nanny kam aus dem Haus, an der Hand den kleinen Hudson, der den Eltern und den Gästen eine gute Nacht wünschen sollte. Als er das edle Getränk in den geschliffenen Gläsern bemerkte, lachte er und krähte den Spruch, der ihm bisher immer Beifall eingebracht hatte: »Gott schütze den König! Gott schütze die Königin! Und verdammt sei der Nachbar!«

Hudson Lowe und seine Gemahlin schwiegen betreten, und die Nanny beeilte sich, den Knaben wieder hineinzubringen. Nur die Franzosen merkten nicht, worum es ging, hoben ihr Glas, tranken und lobten das aufgeweckte Kind.

Dann erzählten sie einander bis spät in die Nacht von ihren Erlebnissen auf der Insel und von ihrer Einsamkeit – auf Plantation House nicht geringer als in Longwood. Nur von Napoleon sprachen sie nicht, als hätte es ihn nie gegeben. Trotzdem schlich er sich immer näher an sie heran, bis auf einmal alles, was sie sagten, mit ihm zusammenhing, obwohl sie ihn immer noch nicht erwähnten. Mit jedem Satz wurde es schwieriger weiterzureden und ihn dennoch zu übergehen, bis sie schließlich verstummten und Lady Lowe zu weinen begann. Alle gaben vor, es nicht zu bemerken, und doch fühlten sie auf einmal wie sie – sogar Montholon, der nach ihrer Hand griff und sie küßte.

»Sind wir nicht alle Gefangene?« fragte Lady Lowe und sah ihn verzweifelt an. Er nickte, und Fanny Bertrand hatte das Gefühl, wenn sie ihn jetzt nach der Wahrheit fragte, würde er gestehen.

»Ma'am! Der Brave Boney ist tot, und ich lebe. Er war jung, und ich bin alt. Ist das Gerechtigkeit? Hat er dafür seine Revolution gemacht?«

»Er hat sie nicht gemacht, Toby. Aber ich weiß, was du meinst. Und vielleicht hast du recht.«

»Sie sind eine Dame, Ma'am. Eine ganz große Dame. Wie Mrs. Balcombe!«

»Ja, Toby. Wie Mrs. Balcombe.«

Während Fanny einschlief, dachte sie an den alten Mann »mit den schwärzesten Fingernägeln der Welt«. Ja, er lebte noch immer, und er würde vielleicht noch lange leben und einmal in der Woche Blumen auf das Grab des Braven Boney legen. Er hatte ihn geliebt. Viele hatten ihn geliebt. Auch die Kantonmänner, die nun mit dem Geld, das sie auf Longwood verdient hatten, auf dem Weg zurück nach China waren, wo man sie in ihrem Dorf als vermögende Männer empfangen würde, geachtet und bewundert, weil sie reich waren und die Welt gesehen hatten. Männer wie sie hatte Napoleon geliebt. Es hätte ihm gefallen, die Eintragung im Standesregister von Sankt Helena zu lesen, die Hudson Lowe seinen Gästen am Ende des gemeinsamen Abends gezeigt hatte, weil sie den Tod ihres Herrn offiziell verkündete: »5. Mai 1821. Todesfälle: Napoleon Bonaparte und ein Sklave.«

»Du bleibst mit den Kindern bei den Dillons«, unterbrach Bertrand, selbst schon halb im Schlaf, Fannys Gedanken. »Und ich reise nach Paris und sondiere, wer sich dafür einsetzen will, daß wir ihn zurückholen.«

»Das kann lange dauern, Henri.«

»Ich komme immer wieder zu euch nach England.«

»Und bleibst du dann auch für längere Zeit bei uns?«

»Aber ja, Fanny!«

Dann schliefen sie ein in den weichen, weißen Betten, in dem harmonischen weißen Haus mit dem grünen Rasen ringsum und den hohen, alten Bäumen, die nie aufhörten, leise zu rauschen. Plantation House: Auch das war Sankt Helena. Der schöne Teil davon. Doch auch der Herr dieses Hauses hatte sein Glück verfehlt. Korrektheit, Realitätssinn, Patriotismus... Sein guter Wille hatte ihm nichts genützt. Der Kerkermeister war zum Gefangenen seines Gefangenen geworden. Die allerletzte Schlacht hatte Napoleon gewonnen.

Sie standen an der Reling wie einst bei ihrer Ankunft und blickten hinüber zum Pier, zu Hudson Lowe und seiner Gemahlin, die immer wieder die Hand hob und winkte. Sie trug ein grünes Kleid, grellgrün, wie Napoleon es nie um sich geduldet hätte. Es war ein warmer, freundlicher Tag, auch wenn über Diana's Peak schwarze Wolken hingen, die sich gewiß bald entleeren würden. Ein sanfter Wind kräuselte die Wellen, und oben, auf den Klippen, glitzerten die Kanonen im Licht. Aus dem Inneren der »Camel« tönte das Muhen der Kühe, das die Reisenden während der nächsten Monate begleiten würde, ebenso wie der Stallgeruch, der sich hoffentlich später, in der Weite des Ozeans, verflüchtigte.

Zu ihren Füßen, ganz vorne am Bug, lag Betsy Balcombes Neufundländer Sambo, der plötzlich am Pier aufgetaucht und hinter der Barkasse hergeschwommen war. Sie hatten versucht, ihn zurückzujagen, doch er sprang an Bord, winselte und wedelte zugleich, bis sie es nicht mehr übers Herz brachten, ihn noch länger abzuweisen. Vielleicht hoffte er, mit ihrer Hilfe seine kleine Herrin wiederzutreffen, vielleicht aber hatte man ihn auch nur von »Wildrose« verjagt, wo sich ebenfalls alles auflöste, wie überall auf der Insel. Der Kapitän der »Camel« trug seinen Namen ins Logbuch ein, als wäre er ein weiterer Passagier, und berechnete für ihn den halben Frachtpreis einer Kuh.

Wie damals, vor sechs Jahren, lag Jamestown vor ihnen, nur daß es heute noch heller Tag war und sie über alles hier besser Bescheid wußten, als sie es sich je gewünscht hatten. Eine kleine weiße Stadt mit niedrigen Häusern, hinter hohen Bäumen ein Schloß mit einem flachen Dach, der spitze Turm einer englischen Kirche. Links und rechts von allem, wie die Vorhänge eines Theaters in senkrechten Falten, hohe Basaltwände. Jamestown...

Die Ankerkette wurde hochgezogen und fiel rasselnd aufs Deck. Die Matrosen – die schmutzigsten, die die Franzosen je zu Gesicht bekommen hatten – folgten den letzten gebrüllten Befehlen. Dann blähten sich die Segel im Wind. Am Pier hob Hudson Lowe den rechten Arm, diesmal kein Winken, sondern ein Befehl. Wie jeden Tag am Morgen und am Abend und wie immer, wenn Gefahr drohte oder ein Ehrengast die Insel betrat oder verließ, donnerten auf dieses Signal hin die Kanonen auf der ganzen Insel, eine nach der anderen, bis ein einziges Krachen die Luft erfüllte und sich an den Hängen brach und wiederholte.

»Jetzt hört er, daß wir fortgehen«, sagte Bertrand leise. Fanny weinte, obwohl dies doch der Augenblick war, nach dem sie sich von Anfang an gesehnt hatte.

Hudson Lowe und seine Frau winkten ein letztes Mal. Noch während die Franzosen den Gruß erwiderten, drehten sich die beiden Engländer um und gingen zur Stadt hinauf, einsam, obwohl Reade und Gorrequer oben auf sie warteten, und in Plantation House der kleine Sohn und die erwachsene Tochter.

Immer weiter entfernte sich die »Camel« von der Insel, oder war es umgekehrt? Ein schmaler Dunststreifen lag über dem Meer und durchzog das Blickfeld der Passagiere. Fanny sah sich um. Alle waren da. Ihr Mann, ihre drei Kinder; Montholon, der verloren an einer Kanone lehnte, wie einst Napoleon auf der »Northumberland«; Antommarchi mit abweisender Miene; Vignali, der Gebete murmelte und sich bekreuzigte; Marchand mit den Dienern. Alle bewegten sich einer gesicherten Zukunft entgegen. Napoleons Testament hatte sie reich gemacht, vor allem Montholon, der bald zu den vermögendsten Männern seines Landes zählen würde. Sogar Antommarchi, der als einziger nichts geerbt hatte, konnte sich auf seine Zukunft freuen. Sein ›Anatomischer Atlas‹ würde ihm Ansehen und Vermögen bringen.

Als sich Fanny wieder umdrehte, hatte sich der Dunst verdichtet. Man konnte die Insel kaum noch erkennen. Wie ein dunkler Schatten verbarg sie sich hinter dem weißen Nebel.

Dann war sie plötzlich ganz verschwunden. Die Treuesten der Treuen blickten immer noch zurück und dachten dabei schon an die Zukunft, während auf der kleinen Insel hinter der Nebelwand der Regen die Geranienblüten im »Tal des Grabes« benetzte und die englischen Wachsoldaten unter Napoleons Weide Zuflucht suchten.

Inhalt